Im beschaulichen Lüneburg wird die Leiche eines Mädchens gefunden: wie aufgebahrt liegt sie da, scheinbar friedlich, mit Blumen umkränzt. BKA-Sonderermittlerin Nora Klerner und Fallanalytiker Johan Helms unterstützen die Kripo vor Ort bei den Ermittlungen, denn es gibt Parallelen zu einem Mordfall in Tschechien. Auch die Aktivitäten einer obskuren Hippie-Sekte haben Nora und Johan im Visier. Nora ist sich sicher, dass der Täter aus dem Umfeld der dubiosen Aktivisten-Gruppe stammt. Als ein weiteres Mädchen verschwindet, wird Nora wegen eigenmächtiger Aktionen vom Fall abgezogen. Doch sie ermittelt auf eigene Faust weiter. Denn sie weiß, wenn sie nicht schnell handelt, wird wieder ein »Blumenkind« sterben.

MEIKE DANNENBERG, Jahrgang 1974, studierte angewandte Kulturwissenschaften in Lüneburg. Seit 2003 ist sie freie Journalistin und Literaturredakteurin, seit 2011 verantwortlich für den Bereich Krimi und Kinder- und Jugendbuch beim Magazin BÜCHER. »Blumenkinder« ist ihr Debütroman. Sie lebt mit ihrer Familie in Bremen.

MEIKE DANNENBERG

BLUMENKINDER

Kriminalroman

btb

Der überwiegende Teil der Schauplätze dieses Kriminalromans entspricht realen Gegebenheiten. Sämtliche Personen und Handlungen sind frei erfunden. Ähnlichkeiten mit lebenden Personen sind zufällig und nicht beabsichtigt.

Der Verlag weist ausdrücklich darauf hin, dass im Text enthaltene externe Links vom Verlag nur bis zum Zeitpunkt der Buchveröffentlichung eingesehen werden konnten. Auf spätere Veränderungen hat der Verlag keinerlei Einfluss. Eine Haftung des Verlags ist daher ausgeschlossen.

MIX
Papier aus verantwortungsvollen Quellen
FSC® C014496

Verlagsgruppe Random House FSC® N001967

1. Auflage
Originalausgabe Dezember 2016,
btb Verlag in der Verlagsgruppe Random House GmbH,
Neumarkter Straße 28, 81673 München

Umschlaggestaltung: semper smile, München
Umschlagfotos: © Christopher Rees/Arcangel Images;
Anthony Hatley/Arcangel Images
Satz: Uhl + Massopust, Aalen
Druck und Einband: GGP Media GmbH, Pößneck
MK · Herstellung: sc
Printed in Germany
ISBN 978-3-442-71449-0

www.btb-verlag.de
www.facebook.com/btbverlag
Besuchen Sie auch unseren LiteraturBlog www.transatlantik.de

Prolog

Das kleine Mädchen atmete langsam aus und hielt die Augen geschlossen, wie man es ihm gesagt hatte. Es hörte scharrende Füße, spürte den Luftzug einer Person, die vorüberging. Dies war der Raum der Erwachsenen, der Raum, in den sie sich zurückzogen und verändert wieder herauskamen. Das Kind hatte kurz gesehen, dass er viele Ecken hatte, jedenfalls mehr als vier, bevor es, wie ihm geheißen, die Augen schloss. Monotones Summen füllte den Raum wie das Innere eines Bienenstocks. Es wusste, dass alle wegen ihm hier waren, brummten, stöhnten. Unruhig rutschte es auf dem Kissen herum. Hatte es etwas falsch gemacht? Aber er hatte ihm doch wehgetan!

»Sch, sch«, sagte seine Mutter, die dicht hinter ihm saß. »Das wird dir helfen, gesund zu werden. «

Der wabernde Klang der Stimmen steigerte sich zu einem langgezogenen Laut, der es von allen Seiten zu bedrängen schien und von den Wänden zurückgeworfen wurde. Das Mädchen tastete mit der Hand nach dem Knie seiner Mutter und krallte sich in den weichen Stoff ihres Kleides. Seine Hand wurde gelöst und zurück auf das eigene Knie gelegt.

»Geh durch die Pforte«, flüsterte die Mutter. »Geh durch die Pforte aus Licht!«

Welches Licht?, dachte das Kind. Durch seine geschlossenen Augenlider sah es nur rot wabernde Flecken, die sich nicht festhalten ließen.

Der Gesang wurde immer lauter. Es kämpfte gegen den Wunsch aufzuspringen und fortzulaufen, blinzelte, und sah kurz die Gestalten von etlichen Männern und Frauen, die in weiße

Gewänder gehüllt im Schneidersitz um es herum saßen, bevor es die Augen schnell wieder zusammenkniff. Manche saßen starr und kerzengerade, die Augen weit aufgerissen, den Blick ins Nichts geheftet. Die nach oben gerichteten Handflächen lagen auf den Knien. Allen standen vor Anstrengung der Mund offen, einige bewegten den Oberkörper vor und zurück.

Plötzlich war der Schmerz wieder da. Im Kopf, im Hals, er sammelte sich in seinem Brustkorb, schwer wie ein Bleigewicht. Es schnappte nach Luft und krümmte sich zusammen. Seine Hand fasste hinter sich und griff ins Leere. Es war nicht allein. Oder doch? Die farbigen Flecken hinter seine Augen tanzten mit dem Gesang, zogen sich zusammen und verbanden sich zu einem dunklen Punkt, der immer größer wurde. Es fiel.

Lüneburg, Sonntagvormittag

Blau wie Gletschereis wölbte sich der Maihimmel über der Stadt. Das Licht kroch in Winkel, Gassen und Hinterhöfe, ließ Turmspitzen und Wetterhähne glitzern, und die überwiegend blassen Wintergesichter der Bewohner wandten sich den ersten warmen Strahlen des Frühsommers zu. Nach einem grauen Frühjahr und starken Regenfällen um Ostern herum war das Licht zurückgekehrt.

Nora erklomm die Stiegen zu ihrem Zimmer und stellte den Koffer vor das Fenster mit dem breiten Sims. Sie sah hinaus. Die Treppengiebel Lüneburgs reckten ihre Backsteinfinger der gleißenden Morgensonne entgegen, und als sich das Licht in dem kleinen Sprossenfenster brach, fühlte sie sich kurz sicher wie im Bauch einer Trutzburg. Sie hatte sich unter den Hotelangeboten, die ihr eine Beamtin aus Lüneburg gemailt hatte, ein Giebelzimmer herausgesucht. Die Treppe war nicht viel mehr als eine Hühnerleiter, aber das Zimmer groß und hoch, mit freigelegten Deckenbalken und Schrägen. Es thronte über den anderen, und das gefiel Nora. Kurz überlegte sie, ob sie erst auspacken sollte, entschied sich dann aber dagegen. Sie hatte den frühen Zug aus Berlin genommen, um sich die Stadt anzuschauen und ein Gefühl für den Ort zu bekommen. Später, das wusste sie, würden ihre Eindrücke nicht mehr ungefiltert sein, Kollegen würden sie beeinflussen, die Routine vieles überdecken. Es galt, keine Zeit zu verlieren.

Im Parka und mit einem wollenen Halstuch gegen die trotz der Sonne noch frische Frühlingsluft, stieg sie die steilen Treppen zur Rezeption hinunter und trat hinaus. Das Ende der kleinen Gasse, in der ihre Pension lag, wurde durch Reste der hohen Stadtmauer aus dem Mittelalter begrenzt, also wandte Nora sich nach links Richtung Altstadt mit den denkmalgeschützten Kaufmannshäusern.

Im Zug hatte sie auf dem Tablet die Internetseite der Touristen-Information gelesen (»Stühle und Tische vor den Cafés in der Altstadt laden zum Sehen und Gesehenwerden ein…«), die Karte der Stadt studiert und sich die Ergebnisse der letzten Landtagswahl angeschaut: über fünfundzwanzig Prozent der Lüneburger Bürger hatten Grün gewählt. Eine Art Tal der Friedvollen, der ökologische Fußabdruck nur eine Barfußspur im Sand, mit florierenden Reformhäusern und Biomarktketten statt Billig-Discountern. Im Prenzlauer Berg, wo Nora wohnte, tummelte sich der Nachwuchs dieser Kultur, zwanzig Jahre jünger und eingebettet in ein urbanes Potpourri aus Dönerbuden, Second-Hand-Läden und Anti-Schick. In der verkehrsberuhigten Zone der Lüneburger Innenstadt hatte dagegen die Bürgerlichkeit aufgefressen, was an Individualität einmal da gewesen sein könnte, bevor man wegen der Kinder in die Kleinstadt zog. Alles war so aufgeräumt, dass sie nicht umhinkonnte, die Lider zusammenzukneifen und gezielt nach etwas Ausschau zu halten, das nicht ins Bild passte.

Idylle war für Nora eine Chimäre. Sie konnte Einzelteile benennen, aber in der Summe ergaben sie kein harmonisches Ganzes. Die Leute können in gepflegten Einfamilienhäusern leben, ihren Garten hegen, ihren Job mögen und ihren Ehepartner lieben. Aber irgendwo war bei jedem eine Narbe, eine Leiche im Keller, ein schwarzes Loch, das einen Sog entwickeln konnte, in dem all die trügerische Harmonie verschwand. Nora wünschte, sie könnte das anders sehen, aber das Leben hatte ihr bisher vor allem gezeigt, dass keiner hübschen Fassade zu trauen war. Die Straße führte sie am Rand des Rathausmarkts entlang. Wenn sie ihre Augen mit der Hand gegen die Sonne abschirmte, konnte sie oben im barocken Türmchen auf dem Dach des imposanten Gebäudes ein Glockenspiel erkennen, auf dem Platz spielten Kinder.

Es hatte etwas geradezu Bizarres, dass ausgerechnet in dieser Stadt ein Kindsmörder sein Unwesen trieb. Die Kriminalpolizei hatte zuletzt vor über zehn Jahren in einem Mordfall ermitteln müssen und noch nie wegen Entführung eines Kindes mit anschließendem Mord. Bis vor fast genau vier Wochen, Ende April, als die zwölfjährige Saskia verschwunden war. Der ganze Landkreis war bei der Suche nach dem Mädchen mobilisiert worden, täglich kam etwas in den Nachrichten, titelte die Lüneburger Landeszeitung mit dem Foto des Kindes. Doch zehn Tage nach ihrem Verschwinden hatte man das Mädchen in einem Waldstück zwischen Winsen und Lüneburg aufgefunden: erwürgt und nackt, mit Blumen im Haar. Seit einigen Stunden erst hatte ihre Leiche im Wald gelegen.

Es war ein Fall, dem man sich auch außerhalb Niedersachsens nur schwer hatte entziehen können. Nora hatte gelegentlich in Wiesbaden, wo sie kurzzeitig die örtliche Polizei gegen internetgestützte Kinderprostitution unterstützt hatte, den Ticker gelesen, die zunehmende Ratlosigkeit der Polizei vor Ort verfolgt. Inzwischen waren die Nachrichten abgeebbt.

Es ist immer traurig, wenn die Realität eine Scheinwelt in Scherben schlägt, dachte Nora. Die Menschen glauben sich zu kennen, aber im Grunde kennen sie nur das, von dem die anderen zulassen, dass man es sieht. Hier schien alles so dicht beieinander, so kuschelig eng, die vermeintliche Sicherheit des Schwarms einer homogenen Gruppe. Bis der Schwarm begann, seinen eigenen Mitgliedern zu misstrauen.

Nora bog in eine der kleineren Gassen ein und lief zwischen Wohnhäusern entlang, die über die Jahrhunderte gelernt hatten, sich gegeneinanderzulehnen, um der zunehmenden Bodensenkung zu trotzen. Es gab Mauern, die sich nach außen wölbten, als hätte ein Riese in das Gebäude geblasen. Nora konnte verstehen, warum Lüneburg so viele Touristen anzog.

Ein Kleinkind auf einem Laufrad überholte sie in halsbrecherischem Tempo auf dem Katzenkopfpflaster, gefolgt von den schnellen Schritten der Eltern.

Die blauen Male an Saskias dünnem Hals waren die einzigen sichtbaren Verletzungen, als man sie fand. Und tatsächlich war ihr Körper ansonsten unversehrt, wie sich bei der gerichtsmedizinischen Untersuchung herausstellte. Aber das Mädchen war ausgemergelt gewesen, bei einem Kind dieses Alters reichen zehn Tage Hungern, bis man jede Rippe sah. Saskia hatte in den Tagen vor ihrem Tod anscheinend nichts zu essen bekommen, ihr Magen war leer gewesen.

Es waren besonders diese Details, die bei den Lüneburgern die Nerven bloßlegten. Nora konnte es sich gut vorstellen: wütende Eltern, die – besorgt durch die schleppenden Ermittlungen der Polizei – ihre Kinder von der Schule abholen, fremde Männer in der Nähe der Spielplätze und im Park misstrauisch beäugen. Bisher haben sie vielleicht nicht mal ihre Haustür verschlossen, nun sperren sie ihre Kinder ein.

Und noch wussten sie nicht das Schlimmste. Wie viel größer würde der Aufruhr sein, wenn erst bekannt wurde, dass Saskia nicht das einzige Opfer war? Dass der Täter bereits vorher gemordet hatte?

Nora hielt dem Wind, der trotz strahlender Sonne plötzlich mit einer scharfen Bö um die Häuser pfiff, ihre Wut über die Verderbtheit der menschlichen Natur entgegen und schob die Hände tiefer in die Manteltaschen. Die Gasse öffnete sich auf einen weiten Platz, an dem Handelshäuser prunkvoll in Reih und Glied standen, an der einen Seite flankiert von der Handelskammer im glasierten Schachbrettmuster, an der anderen begrenzt von einem großen Kirchturm. Nora bog nach rechts ab, in eine weitere große Einkaufsstraße mit Bekleidungs- und Einrichtungsgeschäften in uralten Rotklinkerhandelshäusern mit schmucker Fassade, hier und dort fand sich auch ein gut eingepasster Neubau. Eine mit Rentnern gefüllte Kutsche hinter dicken Brauereipferden klapperte die Sehenswürdigkeiten ab. Eine Touristengruppe folgte einem Mann mit wehendem Umhang, Hellebarde und Samthut.

Eine Art Miniaturwunderland, dachte Nora, Puppenhausen, und ich bin Gulliver und gehöre hier nicht her. Sie werden merken, dass ich die Finsternis an diesen Ort bringe, und sich auf mich stürzen. Sie werden mich mit Nadeln piksen und am Boden festbinden. Sie wusste auch nicht, warum der Gedanke fast etwas Tröstliches hatte.

Aus einem türkischen Restaurant holte sie sich eine vegetarische Pita, setzte sich auf eine Bank und beschloss, nach dem menschlichen Strandgut an den Säumen dieser Vorzeigeidylle zu suchen. Sie würde sich erst heimisch fühlen, wenn sie wusste, dass sie da waren – die Verlorenen, Verwahrlosten, die am Rand. Sie biss von ihrer Pita ab.

Sie würden da sein. Sie waren immer da.

A7 Hamburg Hannover, Sonntag, früher Abend

Johan Helms trommelte mit den Fingern auf das Lenkrad und dachte an das tote Mädchen. Das Foto ihrer Leiche hatte sich vor seinem inneren Auge eingebrannt. Vor allem entsetzten ihn ihre unglaublich dünnen Knöchel und Handgelenke. Beim

Anblick der schutzlosen Nacktheit des Kindes hatte er sofort das Gefühl gehabt, all diese Knochen müssten bei der geringsten Bewegung brechen, als seien sie zu fragil, um den starren Körper zusammenzuhalten, leicht und hohl wie die eines Vogels.

Er stöhnte und rieb sich über den Kopf, ein leichter Schweißfilm stand ihm auf der Stirn, Nachwirkung des Alkohols von gestern Abend. Er schluckte, um seinen Hals zu befeuchten, der noch belegt war vom Zigarettenrauch.

Der Verkehr auf der A7 zwischen Hamburg und Hannover war für einen Sonntagabend ungewöhnlich dicht. Darüber hinaus hatte es begonnen zu regnen. Normalerweise wäre Johan von Hamburg direkt nach Lüneburg gefahren und hätte die Nacht in dem winzigen Apartment verbracht, das man ihm als Dienstwohnung zur Verfügung gestellt hatte. Aber er musste am nächsten Morgen in der Früh noch in Hannover im LKA-Gebäude Unterlagen abholen, zudem stand eine Besprechung mit seinem Chef an. Nicht viel Zeit, um an dem Täterprofil des Mädchenmörders zu arbeiten, das er morgen Nachmittag auf der Lagebesprechung in Lüneburg präsentieren sollte.

Die Wagen vor ihm, die ohnehin nur im Schneckentempo über die regennasse Autobahn schlichen, kamen endgültig zum Stillstand. Johan legte den Kopf in den Nacken und spürte den Verspannungen in seinem Rücken nach wie verknotete Drahtseile vom Nacken bis zum Steiß. Was für ein Wochenende! Er hatte das Köln-Concert von Keith Jarrett schon immer gemocht. Das Gedicht von Wiglaf Droste dagegen hatte er noch nicht gekannt. Jetzt würde er es allerdings vermutlich nie wieder vergessen, dachte er und musste grinsen. *»Schwarze Tasten, weiße Tasten/Töne die das Herz belasten/Finger die nicht ruhen noch rasten…* Er hatte mit Lilly über den letzten Absatz gelacht, als sie am Samstag in ihrer Wohnung auf der großen Couch vor der Musikanlage lagen, seine Hände unter ihrem Pulli.

»*... junge Menschen wurden Greise/wenn Keith Jarrett klimperte/auf dem Flokati litt ganz leise/wer vorher fröhlich pimperte.*« Sie konnte das ganze Gedicht auswendig, rezitierte es mit Inbrunst und hatte dabei seine Hände tiefer ihre Taille entlang dirigiert. Johan dachte an die weiche Haut ihres Bauches und spürte gleichzeitig, wie ihn das schlechte Gewissen einholte, das ihm schon am Freitag auf den Fersen gewesen war. Hatte er dem Mörder in die Hände gespielt, indem er wertvolle Zeit vergeudete? Doch die zwei Wochen davor hatte er Tag und Nacht gearbeitet, kaum mehr als vier Stunden geschlafen und wenig gegessen. Der Geburtstag seines besten Freundes war eine Ausnahme gewesen.

Er stellte das Radio leiser und zwang sich, die schier endlos scheinenden drei Wochen durchzugehen, die die Ermittlungen im Mordfall Saskia nun schon andauerten. Drei Wochen, die sich wie drei Monate hinzogen und in denen weder das SoKo-Team um Kriminalhauptkommissar Mohns in Lüneburg noch er selbst auf eine Spur gestoßen waren. Doch dann, Mitte letzter Woche, hatte sich das Blatt gewendet. Johan hatte einen ganz ähnlichen Mord an einer Zwölfjährigen in Tschechien entdeckt. Vor Monaten schon war das Mädchen dort umgebracht worden. Genau wie Saskia war womöglich auch das Kind in Lestra noch einige Zeit am Leben gewesen, bevor es in den Wald gelegt wurde, aufgebahrt, geschmückt mit Blumen im Haar.

Dass Johan die Datei überhaupt gefunden hatte, war reines Glück gewesen. Normalerweise hatten das VICLAS, das Violent Crime Linkage Analysis System der Bundesrepublik, und die Datenbank, die die Tschechen nutzten, keinen Zugriff auf Verbrechen des anderen Landes. Da aber die Staaten der EU kontinuierlich daran arbeiteten, die Verknüpfung von Verbrechensmustern zu verbessern, waren einzelne neuere Fälle in die deutsche Datenbank eingepflegt worden und umgekehrt.

Der Regen klatschte gegen die Windschutzscheibe. Die hektischen Bewegungen der Scheibenwischer erinnerten ihn an die Aufregung, die in der Ermittlungsgruppe geherrscht hatte. Die Entdeckung der Parallele war die entscheidende Wendung in diesem Fall, das war allen klar gewesen. Ein zweites Opfer – was die Dringlichkeit der Ermittlungen noch deutlicher machte. Sie brauchten Ergebnisse. Schnell. Der Mörder hatte nicht nur einmal zugeschlagen, und der Zeitabstand zwischen den Taten war unglaublich kurz gewesen.

Johan hatte, wie in einigen grenzübergreifenden Kapitalverbrechen möglich, unmittelbar nach seiner Entdeckung Amtshilfe vom BKA beantragt, die binnen eines Tages genehmigt worden war. Sie würden Nora Klerner schicken, um die Kommunikation mit den tschechischen Kollegen zu übernehmen und eine Anfrage bei Europol zu stellen, von wo aus wiederum die Polizeibehörden weiterer Länder informiert wurden und gebeten, ihre Datenbanken nach Taten mit ähnlichen Merkmalen zu durchforsten. Das Ganze war groß, beängstigend groß.

Johan hatte schon einmal mit Nora Klerner zusammengearbeitet und sie als außerordentlich eigenwillig kennengelernt. Und damit bildete sie ein gutes Gegengewicht gegen Dienst-nach-Vorschrift-Beamten vom Typ Mohns.

Am Freitag auf dem Weg nach Hamburg, als er sich entschlossen hatte, doch zu der Feier zu fahren, hatte Johans Gehirn noch über der Theorie eines möglichen internationalen Serientäters gebrütet. Dann war auf der Party wie aus dem Nichts diese Frau aufgetaucht. Und was für eine Frau! Als er sich mit ihr unterhalten hatte, war sein Gedankenstrom abgelenkt worden. Er hatte keine Chance. Ihr Duft, ihr lächelnder sinnlicher Mund, ihre Verheißung in der verqualmten Küche voller Menschen, der Tisch überquellend von Wein-, Sekt- und Bierflaschen, die Bässe aus dem Raum nebenan wie ein rauer Kuss in der Zwerchfellgegend. Irgendwann hatte der Mädchenmörder einfach abtreten, sich in den Teil der finsteren Welt verpissen müssen, in den er gehörte.

Johan schlug mit der Hand leicht gegen das Lenkrad. Der Stillstand auf der Autobahn machte ihn wahnsinnig. Was war da los? Wusste wieder irgendein Depp nicht, was ein Reißverschluss war? Er schielte an den Autos vorbei, sah aber nur die von Regentropfen gebrochenen gelben Lichter einer Baustelle.

Seine Gedanken kehrten zurück zu Lilly. Endorphine, Adrenalin. Gab es bessere Drogen? Als er sich von ihr verabschiedete, hatten zwischen ihren Worten und Küssen lange Pausen gelegen. Aber es war ein glückliches, begehrendes Schweigen, das Raum für Wünsche ließ. Er hatte bedauert, dass er nach Lüneburg zurückmusste. Ob sie sich nächstes Wochenende sehen könnten? Sie konnten. Dieser Gedanke machte Johan für einen Moment unruhig. Konnten sie wirklich? Er neigte dazu, sich in der Arbeit ebenso zu verlieren wie in diesen gestohlenen Stunden mit Lilly.

Die Bremslichter des Wagens vor ihm erloschen, der schlammgrüne Kastenwagen fuhr an. Johan kuppelte und schaltete in den ersten Gang. Schon jetzt wusste er, dass er morgen bei der Präsentation seiner Analyse dafür büßen würde, dass er sich am Wochenende nicht der Rekonstruktion der Taten gewidmet hatte. Ausgerechnet jetzt, wo es knifflig wurde. Die Kritik Rainer Mohns, der ständig einen Grund suchte, ihm am Zeug zu flicken, ließ ihn dabei kalt. Aber Saskia – ihr war er es schuldig. Genauso wie Evelina aus Tschechien. Und möglichen weiteren Opfern.

Nur die beiden, dachte Johan und gab Vollgas, als der Kastenwagen vor ihm am Ende der Baustelle auf die rechte Spur schwenkte. Bitte, lass es nur die beiden sein.

Lüneburg, Montagmorgen

In dieser ersten Nacht schlief Nora kaum. Sie wälzte sich im Bett hin und her und fand keinen Schlaf. Obwohl sie in ihrem Giebelzimmer über den Dingen thronte, war ihr die ganze Zeit bewusst, dass es nur einen Weg in das Zimmer hinein gab. Sollte jemand, wer auch immer, heraufkommen und ihr Übles wollen, bliebe ihr nur eine Flucht über das steile Dach. Rein hypothetisch. Sie hatte gelernt, mit ihren Ängsten umzugehen: sich eine Position im Raum zu suchen, von der aus sie alles überblicken konnte, mit einer Wand im Rücken. So zu liegen, dass sie sich sicher fühlte. Aber trotz allem, es funktionierte nicht immer. Schließlich holte Nora sich einen Roman aus einem Regal voller zurückgelassener Bücher an der Treppe und las, bis der Morgen graute. Sie würde sich an das Zimmer gewöhnen müssen. Es würde niemand die Stiege hinaufkommen.

Als es endlich dämmerte, atmete sie auf, duschte lange heiß und machte sich auf den Weg zur Polizeidirektion Lüneburg: drei unansehnliche Quader mit Flachdach und vier Stockwerken hinter einem Parkplatz an einer breiten Verkehrsstraße, die den älteren Stadtbezirk von einem Areal großer Bau- und Supermarktketten trennte. Im Vorraum der Wache vor dem Glaskasten des wachhabenden Beamten blieb Nora stehen und lauschte. Sogar hier schien die Atmosphäre geprägt von dehnbarer Ruhe. Der Polizist in dem Aquarium tippte etwas in den Computer, kein Telefon läutete.

Nora wartete auf Marie Güster, die sie in ihr Büro bringen sollte. Einmal hatten sie zuvor miteinander telefoniert. Ein freundliches, unverfängliches Gespräch, auch über die Vorzüge Lüneburgs. »Sie werden sich hier wohlfühlen«, hatte die Kollegin gesagt. Ein seltsamer Gedanke.

Marie Güster kam die Treppe hinunter. Sie war sehr jung, und ihre helle Haut schimmerte so durchscheinend, dass ihre Augenringe sie anämisch und so übernächtigt aussehen ließen, wie Nora sich fühlte. Sie lächelte ein wenig schüchtern, und Nora war überrascht. Diese Frau schenkte ihr Vorschusssympathie. Das war nicht immer der Fall. Nora war seit sechs Jahren Sonderermittlerin beim BKA, lang genug, um zu wissen, dass die Erwartungen an sie hoch waren – aber nicht so hoch wie die Renitenz, wenn sie auf Ermittlungsfehler oder Versäumnisse stieß. Und die Hoffnungen, die in sie gesetzt wurden, gingen stets einher mit der Sorge, dass sie Fehler aufdeckte. Im Grunde wäre es einfacher und sicherlich netter, immer mit den gleichen Kollegen zusammenzuarbeiten und nur aus Wiesbaden und Berlin zur Stippvisite in die örtlichen Polizeiinspektionen abzutauchen. Doch Nora hatte gute Gründe für die Wahl ihres unsteten Postens. Und sollten die ruchbar werden, könnte das in einem Desaster enden.

Sie erwiderte das Lächeln von Marie Güster. Es fühlte sich an, als würde sie ein mürbes Gummiband mit Gewalt spannen. Maries Handfläche war warm und trocken, aber ihr Händedruck ein wenig schlapp.

»Unseren Chef Rainer Mohns werden Sie erst nachher kennenlernen«, sagte Marie. »Er ist in Uelzen bei den Kollegen, um sie über die neusten Entwicklungen zu informieren.«

Sie lotste Nora durch ein anonymes Treppenhaus mit grauem Linoleum in den dritten Stock, in ein geräumiges Büro mit riesigem Schreibtisch aus buchenfurniertem Sperrholz und einem fast leeren, ebenfalls buchefarbenen Kunststoffregal für Aktenordner vor einem Fenster, das auf den Parkplatz hinausging. Auf der Fensterbank standen Topfpflanzen in angegilbten Flechtkörben, und nur in der Ferne lugten die Kirchturmspitzen im Altstadtviertel hervor.

Willkommen zu Hause, dachte Nora.

Marie lächelte ihr aufmunternd zu. »Äh, so, das ist Ihr Büro.« Sie ließ den Blick noch einmal durch das Zimmer schweifen. Anscheinend fiel ihr erst jetzt ebenfalls auf, wie trist es wirkte. »Und jetzt zeige ich Ihnen die Kaffeeküche und stelle Ihnen die Kollegen vor.«

Die Blicke der anwesenden Kollegen und Kolleginnen des Fachkommissariats I, zuständig für Gewalt- und Tötungsdelikte, waren stets auf den Computer fixiert, als sie von Büro zu Büro gingen. Nora gab jedem die Hand, alles wirkte sehr unaufgeregt, auch wenn ihr verstohlen hinterhergeschaut wurde, wenn sie ein Büro wieder verließ. Sie hatte Verständnis dafür. Dem LKA Niedersachsen und vor allem Johan Helms, der um ihre Hilfe gebeten hatte, war ihre Anwesenheit willkommen, aber die Lüneburger waren nicht gefragt worden. Sie mussten sich vorkommen wie Provinzbullen, die plötzlich kontrolliert wurden, weil etwas aus dem Ruder lief.

Systematisch versuchte sie, sich die Namen einzuprägen. Da war Kriminalkommissar Volker Reine, ein schlanker Mann mit grauen Haaren und hartem Gesicht, der sich förmlich erhob, als sie den Raum betrat. Ein weiterer Beamter, Heiner Vollmer, deutlich älter als Reine, mit Bart und Bauch, der sich verlegen am Kinn kratzte und dann grinste. Und eine etwas burschikose Mittfünfzigerin, Kriminalhauptkommissarin Irene Bauer, die breit lächelte. Sie führte, erfuhr Nora, die Akten im Fall Saskia und vertrat den Leiter der Ermittlungen, den Ersten Hauptkommissar Rainer Mohns, wenn er, so wie jetzt gerade, nicht zur Verfügung stand.

»Hallo, Frau Klerner. Ich habe hier einen Ausdruck mit allen notwendigen Passwörtern für unseren Server und die darauf befindlichen Fälle für Sie. Marie hat Ihnen die Akten der Soko-Saskia in der ausgedruckten Version auf den Schreibtisch gelegt. Auf dem Server finden Sie alles auch noch einmal digital«, sagte sie, »die Laufakten habe ich hier.« Sie legte die Hand auf einen ansehnlichen Stapel Registermappen.

»Nora, bitte«, sagte Nora zum wiederholten Mal und nahm den Zettel entgegen.

Sie hatte zwar allen das Du angeboten, aber letztlich war es ihr gleich, Unverbindlichkeit war ihr am liebsten.

Zu Beginn ihrer Tätigkeit als Beraterin und Sonderermittlerin hatte Nora sich jedes Mal intensiv auf eine neue Gruppe eingelassen, hatte versucht, kurzfristige Freundschaften zu schließen, das interne Beziehungsgeflecht zu durchschauen. Doch irgendwann hatte es nachgelassen, dieses Gefühl, dazugehören zu wollen. Vielen Kollegen fiel es schwer, sich in Noras Gegenwart zu entspannen. Die Mythen über die Spezialausbildungen in ihrer Abteilung und ihrer Behörde umgaben sie wie ein fremdartiger Geruch, der sie aus der Herde aussonderte. Dabei war die zusätzliche Ausbildung in Mikromimik und FACS, Facial Coding Action System, für Nora mehr eine Art Überlebenstraining gewesen und auch nichts sonderlich Beeindruckendes, wie sie selbst fand. Eher ein Setzkasten für Muskelgruppen und deren vermeintliche Zusammenhänge mit Emotionen. Die analytische Herangehensweise an die Gefühle ihrer Mitmenschen hatte Struktur in ihre damals chaotische, überreizte Wahrnehmung gebracht und ihr geholfen, ihre Angst in Schach zu halten.

Nach dem Rundgang durch die Büros zeigte Marie ihr noch

die Küche, bevor sie sie allein ließ. Nora nahm sich eine große Tasse mit Kaffee, dessen Oberfläche ölig glänzte, und ging damit in ihr neues Büro. Der Stuhl unter ihr fühlte sich fremd an, das Büro sah aus wie eine hässliche Möbelausstellung, und doch wusste sie, dass es sie nicht stören würde. Das Einzige, was zählte, waren die dicken Akten vor ihr auf dem Schreibtisch. Sie waren ihre Brotkrümel im dunklen Wald.

Sie pustete in die Tasse, musterte die dicken Mappen und zog dann aus ihrer eigenen Tasche den Ordner, der der eigentliche Grund dafür war, dass man sie angefordert hatte: die Akte zu Evelinas Tod in Tschechien vor etwa sechs Monaten. Sie legte sie neben die anderen und spürte die Energie, die von den Ordnern ausging, das leise Vibrieren der Düsternis und Traurigkeit dessen, was sie zwischen den Pappdeckeln erwartete. Sie wappnete sich gegen ein Gefühl, ähnlich dem, wenn ein nacktes Knie über Asphalt schürft, dann schlug sie die erste Seite des Ordners zu Saskias Tod auf und machte sich an die Arbeit.

Eine halbe Stunde später hatte sich Nora einen groben Überblick über die Details verschafft, die die Kollegen am Fundort der Leiche erwartet hatten. Sie war im Wald aufgebahrt worden, auf einer Lichtung. Auf dem Foto waren ihre blonden Haare wie ein Glorienschein um ihren Kopf drapiert, mit verwelkten Blüten von Frühlingsblumen geschmückt. Obwohl das Mädchen durchscheinend weiß war, mit einem leichten bläulichen Schimmer, sah sie fast aus, als schliefe sie. Ihre Wimpern lagen wie dunkle Fächer auf der blassen Haut. Ihre Hände hielten weitere Wiesenblumen mit dünnen Fingern umklammert. Sie lag auf der Seite, die Knie angewinkelt und die Beine übereinandergelegt wie ein langgliedriger Embryo. Sie war nackt, aber Äste hatten ihren Körper zuvor bedeckt, und immer noch klebte hier und da ein welkes Blatt dunkel auf ihrer Haut. Ihr Gesicht war erstaunlich friedlich, fast als würde sie schlafen. Nora wusste, dass die entspannten Muskeln in Saskias Gesicht von den Sedativa in ihrem Blut herrührten, aber dennoch war das Bild von einer morbiden Ästhetik, vor der ihr grauste.

Sie nahm sich den deutlich schmaleren Ordner vor, den sie bereits gestern auf der Zugfahrt studiert hatte, und schlug ihn auf. Er war schlicht beschriftet. Evelina Berkowski, f 02. Dezember 2011, Lestra.

Knapp ein halbes Jahr war es her, dass das zwölfjährige Mädchen im Dezember in Tschechien verschwunden war. Wochenlang hatte sie im Wald gelegen, bevor Forstarbeiter Mitte Januar über ihren Leichnam gestolpert waren. Weihnachten für drei Geschwister und ihre Eltern im Ungewissen über den Verbleib ihrer ältesten Tochter.

Die Ähnlichkeit der auf den Bildern abgebildeten Haltung der Leichen war frappierend. Die Akte, die Nora am Freitag in Berlin zugestellt worden war, enthielt einige Fotos, eine mehrseitige Zusammenfassung über den Stand der Ermittlungen und die verschiedenen Ansätze, die bisher verfolgt worden waren, sowie etliche bereits aus dem Tschechischen übersetzte Protokolle von Vernehmungen von Angehörigen und Anwohnern.

Sie überlegte kurz, ob die angenehm klaren Sätze in der Zusammenfassung das Werk des Übersetzers waren oder ob die Tschechen einfach besser als deutsche Beamte formulierten, die die Sprache gelegentlich in ihre Bestandteile zermahlten und zu Wortungetümen neu zusammensetzten. Hier war alles klar und schlicht gehalten: Evelina Berkowski, zwölf Jahre alt und Schülerin am Gymnasium von Hofovice, war an einem Freitag Anfang Dezember verschwunden, als sie für ihre Mutter am späten Nachmittag Besorgungen machen sollte. Die Mutter war zunächst davon ausgegangen, dass Evelina auf dem Weg eine Freundin getroffen hatte und spätestens gegen neunzehn Uhr zu Hause sein würde. Als sie jedoch um zwanzig Uhr immer noch nicht heimgekehrt war, suchten zunächst die Familie und deren Freunde, später auch die Polizei in dem dichten Wald, der das kleine Dörfchen umgab, nach dem Kind. Ohne Erfolg. Bis zum 17. Januar 2012. Ein Förster fand sie in einer Senke, zugedeckt mit Reisig, eine Rose in der Hand.

Die Übereinstimmungen der Physiognomie der Kinder, ihres Typs und ihrer Haltung auf den Bildern waren zu groß, um zu leugnen, dass hier mit höchster Wahrscheinlichkeit der gleiche Täter am Werk gewesen war. Es sei denn, jemand hatte das Foto von Evelinas totem Körper oder den Ablauf der Tat in Lestra gekannt und sich große Mühe gegeben, sie genau nachzubilden.

Der Täter hatte sich offenbar viel Zeit gelassen, die Leichen der Mädchen im Wald zu arrangieren. Als hätte jedes Detail eine Bedeutung: wie ihr Körper lag, die Blumen, ihre Nacktheit. Die Frühlingsblumen, die Saskia in den Händen hielt, waren nur wenige Stunden zuvor gepflückt worden, als man ihre Leiche fand. Evelinas Rose, vermuteten die Ermittler, stammte von einer Tankstelle. Spuren von Tesafilm waren am Stängel gefunden worden. Sonst nichts. Die Rose war im Schnee konserviert, das eisige Winterwetter hatte sie gefroren, genau wie Evelinas Körper, der nur wenige Verwesungsspuren oder Tierfraß zeigte. Sie konnte ebenfalls noch länger in der Gefangenschaft ihres Entführers gelebt haben, aber ob überhaupt und wie lange, darüber konnten die Rechtsmediziner nur vage Vermutungen anstellen. Der Winter hatte die Spuren erkalten lassen. Ob sie sofort nach der Entführung getötet worden war oder später, konnte nicht mit Sicherheit gesagt werden.

Bei Saskia war es einfacher: Sie war am 30. April verschwunden und am 09. Mai gefunden worden. Sie war erst einige Stunden tot gewesen.

Nora klopfte mit dem Ende des Kugelschreibers gegen ihre Lippen. Hätte es einen Unterschied gemacht, wenn man bereits von Evelinas Tod gewusst hätte? Hätten Spuren aus Tschechien die Ermittler auf die richtige Fährte bringen können und dem Mädchen in Lüneburg das Leben retten? Bisher wies nichts darauf hin.

Sie vertiefte sich in den Obduktionsbericht von Saskias Leiche, der eher aus dem bestand, was nicht gefunden worden war: keine Penetration, Hymen unbeschädigt, keine Spuren von DNA an ihrem Körper, kein Sperma, keine Nahrungsreste im Magen. Pflanzliche Beruhigungsmittel hatten in beider Blut nachgewiesen werden können: Baldrian und Hopfen, ebenso wie die beiden Alkaloide Hyoscyamin und Scopolamin, die in verschiedenen Nachtschattengewächsen vorkamen und zu den Delirantia gehörten, also ein Delirium hervorrufen konnten. Saskia hatte sich einmal als Kind den Arm gebrochen, ansonsten war sie kerngesund gewesen. Ebenso Evelina. Sie hätten beide sehr alt werden können.

Nora warf einen nachdenklichen Blick aus dem Fenster, bevor sie den Rücken durchdrückte, die Akten nebeneinander vor sich ausbreitete und begann, sich systematisch an die Vergleichsanalyse zu machen.

Lüneburg, Montagmittag

Als jemand an die Tür ihres Büros klopfte, zuckte Nora zusammen. Sie hatte nicht bemerkt, dass die Sonne inzwischen hoch am Himmel stand. Seite für Seite hatte sie sich durch Vernehmungsprotokolle, rechtsmedizinische Analysen und Besprechungsprotokolle gekämpft. Die Arbeit von drei Wochen in Lüneburg und, soweit übersetzt, von Monaten in Tschechien. Der Gummibaum warf bereits einen kleinen Schatten.

In der geöffneten Tür stand ein Mann um die fünfzig. Sein Gesicht sah aus, als hätte es eine Weile zwischen Kinn und Scheitel in einem Schraubstock gesteckt, mehr breit als lang. »Hallo, Frau Kollegin«, sagte er und dehnte dabei das »e«. Er verschränkte die Arme vor der Brust, trat ins Zimmer, und seine Präsenz im Raum ließ keinen Zweifel an der latenten Aggressivität, die sein Körper ausdünstete.

»Da gibt uns das BKA jetzt auch noch die Ehre«, fügte er hinzu. Was darauf folgte, sollte wohl ein Lächeln darstellen, zuvor aber huschte für den Bruchteil einer Sekunde eine Anspannung durch Muskel Nummer 15 und 17, die mit einigen anderen das Herunterziehen der Mundwinkel steuerten, die Ringmuskeln um die Augen zogen sich zusammen, seine Lider schlossen sich halb. Dann war die Grimasse weg, er grinste sie an, bemüht freundlich, aber Nora hatte den Ausdruck des Unwillens gesehen und seufzte.

Oh ja, den kannte sie. Noch immer pochte es an seiner Schläfe, sie sah die ineinander verschränkten Arme, die Hände, die ein klitzekleines bisschen zu stark an den Armen klammerten. Um das zu kaschieren, hatte er sich lässig in den Türrahmen gelehnt. Dieser Mann hatte Angst vor ihr, am liebsten würde er sie sofort wieder wegschicken. Dass er das nicht durfte, ärgerte ihn. Er fühlte sich bedroht. Er hatte wahrscheinlich ein Autoritätsproblem, weil er nicht gemocht wurde, und je weniger er gemocht wurde, desto mehr fühlte er sich bedroht. Und er sah aus wie einer, den zu mögen schwerfiel.

»Sie müssen Rainer Mohns sein.« Nora deutete auf die

Akten, die sie bis jetzt gelesen hatte. »Gute Arbeit!« Komplimente sind so eine Art optimal energieabsorbierende Masse, dachte sie, weich und ohne nennenswerte Leitungseigenschaften.

Nora hatte kein Interesse an Kompetenzgerangel. Sie machte ohnehin, was sie wollte. Daran würde auch einer wie Mohns nichts ändern.

Der Leiter der Lüneburger Mordkommission betrachtete sie einen Moment skeptisch, dann ließ er die Spannung aus seinem Körper weichen, wechselte von breitbeinig auf festen Stand und löste seine Arme. Er nahm Noras Hand. Waffenstillstand.

»Wir treffen uns um drei in der großen Runde zur Besprechung. Bis dahin haben Sie Zeit, sich einzulesen«, sagte Mohns.

Als er gegangen war, merkte Nora, dass sie flacher geatmet hatte. Sie war froh, dass sie sich hier wahrscheinlich nur für sehr begrenzte Zeit aufhalten würde. Der Ton, in dem er ihr einen Auftrag erteilt hatte, ließ sie daran zweifeln, dass sie gut miteinander zurechtkommen würden. Sich gängeln zu lassen war nicht ihr Ding. Sie warf einen Blick auf die Uhr, zog die Akten wieder zu sich heran und begann abermals zu lesen.

Lüneburg, Montag, früher Nachmittag

Johan war spät dran. Der Vormittag war ihm nur so unter den Händen zerronnen. Er hatte im LKA in Hannover wesentlich mehr Zeit verbracht als geplant, nachdem sein Chef ihre morgendliche Besprechung kurzfristig hatte verschieben müssen. Aus diesem Grund waren Johans Vorbereitungen hauptsächlich auf die Autofahrt nach Lüneburg beschränkt gewesen, was zur Folge hatte, dass er nun ohne eine gut choreographierte Fallanalyse vor die Kollegen treten musste. Etwas, das ihm nicht nur aus Respekt vor den Opfern zuwider war. Er würde improvisieren müssen.

Als er die Tür des Besprechungsraumes öffnete, saßen bereits alle Beamten der SoKo-Saskia an den Tischen. Er ließ seinen Blick über die Anwesenden schweifen. War Nora Klerner schon aus Berlin angereist? Ja, sie hatte sich einen Stuhl ganz hinten gesucht. Er lächelte ihr erleichtert zu.

Mohns saß vorne links, dem Platz neben dem Flipchart und der Leinwand, auf denen Johan gleich seine neuen Erkenntnisse in einer kurzen Präsentation veranschaulichen würde.

Ob Mohns Nora bei den Kollegen einführen würde? Es wäre ihm zuzutrauen, dass er ihre Anwesenheit einfach ignorierte. Es wussten ja ohnehin die meisten, wer die Frau war, die da in ihren Reihen saß. Und Nora hatte etwas an sich, das den Menschen natürlichen Respekt einflößte, selbst den Mohns dieser Welt. Wie sie jetzt auf ihrem Stuhl saß, halb zurückgelehnt, aber dennoch mit einer wahrnehmbaren Körperspannung. Sie kam ihm vor wie eine Katze, weich, aber wachsam, klein, aber präsent. Ihre dunklen Haare waren so kurz, dass sie ihren schmalen Hals betonten. Ungeschminkt wirkte sie pur, verletzlich. Sie war zwar noch nicht lange Sonderermittlerin, hatte aber schon von sich reden gemacht. Manchmal auch in der Art, dass sie zickig sei, schwierig. Aber seit sie im letzten Jahr mitgeholfen hatte, einem internationalen Ring Pädophiler das Handwerk zu legen, waren selbst kritische Töne von Respekt untermalt. Sie hatte von Anfang an die richtige Spur verfolgt und war zuletzt in einer verdeckten Operation als Käuferin und Händlerin von pornographischen Fotos aufgetreten und hatte so die Täter überführen können.

Johan erinnerte sich gut an die Zusammenarbeit mit ihr

in Hannover. Ihr irritierender Blick, der von innen loderte, schien dem Gegenüber die Seele Stück für Stück auseinanderzunehmen und gleichzeitig auf Abstand zu halten. Und bei den Kinderschändern hatte sie sofort gewusst, welcher als Erstes einknicken würde und wie sie ihn anpacken musste. Sie schien über eine Art Emotions-Detektor zu verfügen, verblüffend und ein wenig beängstigend. Und er fand sie auch nicht kompliziert, eher schwer einzuschätzen. Sie ließ sich nicht in die Karten schauen, und zwischendurch hatte er gedacht, dass sie ziemlich verbissen sei. »Du fängst an.« Mohns machte sich nicht einmal die Mühe, von seinem Stuhl aufzustehen. Wie immer ließ er den Chef der SoKo raushängen, obwohl er an den konkreten Ermittlungen wenig beteiligt war. Johan empfand seine Worte fast ironisch. Wer sollte denn sonst anfangen? Er hatte den zweiten Mord entdeckt. Die nächste Dimension.

Er trat an die Chart. Vor allem galt es jetzt, die Zusammenhänge zwischen den Tötungen beider Mädchen aufzuzeigen, bevor die Beamten vielleicht sogar eine Verbindung ermitteln konnten, die den Mörder ausgerechnet zu ihnen geführt hatte.

Johan fing mit den Übereinstimmungen an, die in diesem Fall mehr als deutlich waren. Beide waren blond, zierlich und hübsch. Sie sahen sich ähnlich. Gleichzeitig wies die Tatsache, dass sie beide nicht sexuell missbraucht worden waren, darauf hin, dass der Täter ein Motiv hatte, das aus seiner Persönlichkeit und seiner Biographie und weniger aus seinem sexuellen Trieb heraus resultierte. Und dann die Art, wie die Mädchen zurechtgemacht waren, ein weiterer Hinweis auf einen Zwang. Wer machte sich schon die Mühe, dem Opfer einer Gewalttat Blumen ins Haar zu binden, wenn da nicht auch Schuldgefühle waren? Und wer schloss aus, dass es sich nicht auch um eine Täterin handelte? Die Inszenierung einer Leiche war häufig mit Sühne verbunden, Gesichter wurden abgedeckt, Nacktheit verborgen. Über Evelina hatte der Täter Zweige gebreitet. Weil er nicht wollte, dass sie gefunden wurde, weil es sehr viel kälter war im tschechischen Winter als im frühlingshaften, nassen Norddeutschland oder weil er sich bei dem früheren Mord geschämt hatte?

Johan begann die wichtigsten Punkte der Parallelen der beiden Mordfälle in einer Tabelle an die Tafel zu schreiben. Alter: beide zwölf. Aussehen: blond, blaue Augen, schlank. Kleidung: keine. Kein Schmuck, keine Habseligkeiten. Todesursache: Strangulation.

Dann ließ er den Stift einen Moment in der Luft schweben und fügte stichwortartig die Punkte hinzu, von denen er glaubte, sie könnten auf den Täter zutreffen, während er erläuterte: »Beide Morde wurden mit an Sicherheit grenzenden Wahrscheinlichkeit von ein und derselben Person verübt. Selbst wenn man davon ausgehen würde, dass der Täter vom Mord in Tschechien wusste und ihn dann nachgeahmt hat, so waren einige Details der Tat nur einem kleinen Kreis ermittelnder Beamter bekannt.« Er schrieb: Sakrale Motive, rituelle Handlung. »Dabei handelt es sich vor allem um die überkreuzten Beine, das gebürstete und arrangierte Haar, die Blumen, mögliche Zeichen einer emotionalen Wiedergutmachung der erfolgten Tötung. Die Würgemale sind die einzige sichtbare Verletzung, eine Übertötung liegt nicht vor, was für eine weniger persönliche Beziehung zu den Mädchen spricht.«

Das Schweigen im Raum war lähmend. Johan spürte, wie er zu schwitzen begann. Mohns war für einen nicht unwesentlichen Teil der angespannten Stimmung in der Abteilung verantwortlich. Aber das war ihm nicht bewusst, oder er wollte es nicht wissen. Mohns gehörte nicht zu den Menschen, denen es wichtig war, wie seine Mitmenschen sich fühlten. Ihm ging es nur darum, ob sie funktionierten.

Johan war nicht sicher, ob es sich bei dem Täter um einen Mann oder eine Frau handelte. Er konnte den Gedanken nicht aus seinem Kopf bekommen, dass vielleicht eine Frau für die Tode verantwortlich war. Doch allein schon die körperliche Kraft, deren es bedurfte, um jemanden, auch ein Kind, zu erwürgen, sprach dagegen. Aber ihm schien es, als ob sich in der Tat eine Art Askese, ein Ritual verbarg, zumindest in sexueller Hinsicht. Wie eine Austreibung der Sexualität. Ein Triebtäter, der seinen Trieb töten wollte.

Doch das war reine Spekulation und die würde Johan hier nicht preisgeben.

»Er oder sie fühlt sich nicht als Teil unserer Gesellschaft, sondern über ihr stehend«, sagte er und schrieb »Außenseiter« an die Flipchart. Im gleichen Moment merkte er, wie unglücklich das Wort gewählt war. War nicht jeder, der mordet, ein Außenseiter vor allem unter moralischen Gesichtspunkten? Er drehte sich zur Gruppe: »Zumindest empfindet er oder sie das so. Die Gesellschaft muss den Mörder nicht zwangsläufig auch als Außenseiter wahrnehmen. Er hatte sich die Zeit genommen, sich bei dem toten Mädchen lange aufzuhalten, als würde ihm niemand gefährlich werden können. Das spricht für ein überhöhtes Selbstbewusstsein. Er hat keine Angst.«

Johan zögerte, blickte sich um und entspannte sich etwas. Mittlerweile verfolgten die meisten Beamten interessiert seine Ausführungen. Nur bei Mohns nahm er einen leicht belustigten Ausdruck um die Augen wahr. Der Erste Hauptkommissar hatte seine Arme vor der Brust verschränkt und sich auf seinem Stuhl weit zurückgelehnt.

Er schaltete den Beamer ein. Bilder beider Mädchen, aus der gleichen Perspektive fotografiert, leicht schräg von vorne, sodass Gesicht und Arme zu sehen waren, erschienen auf der Leinwand.

Ihre Wangen schmiegten sich an den Boden, als schliefen sie. Evelinas Leichnam war eingefallener, aber sie lagen vollkommen gleich. Still, kalt wie tot geborene Zwillinge.

Einen Moment schien die Zeit stillzustehen, bis alle Anwesenden kollektiv die Luft ausatmeten, die sie unvermittelt angehalten hatten. Johan ließ ihnen einen Augenblick, die Informationen, die die Fotos transportierten, sacken zu lassen. Keiner der Lüneburger Kriminalbeamten hatte je in einem solchen Fall ermittelt, keiner hatte je erwartet, es tun zu müssen. Jetzt gab es kein Entrinnen vor dem Schmerz und der Wut. Und bei einigen Kriminalern auch vor dem Jagdinstinkt. Ein Serienmörder, ein potentiell mit allen Wassern gewaschener Täter – das war so etwas wie ein Zwölfender der Beamtenkarriere. Johan wusste das, auch wenn ihm selbst diese Gefühle abgingen. Ihn interessierte mehr, was in jemandem vorging, der zu so etwas fähig war. »Wir haben zwei Morde. Bei einem dritten sprechen wir von einer Serie. Dennoch lässt sich nicht von der Hand weisen, dass der enge zeitliche Abstand und die Inszenierung der Leichen aus psychologischer Sicht alarmierend sind. Wir müssen davon ausgehen, dass der Mörder es wieder tun wird.« Er ließ das Gesagte wirken. Nora hatte sich nach vorne gelehnt und betrachtete die Bilder.

»Wir wussten, dass der Täter Saskia Blumen als Grabgabe in die Hände gelegt hatte, und waren bisher davon ausgegangen, dass die Haltung, in Embryonalstellung auf der Seite liegend, eher zufällig beim Ablegen der Leiche entstanden ist und die Blumen womöglich auf ein persönliches Verhältnis zu Saskia selbst hinweisen. Die exakte Übereinstimmung ihrer Haltung mit der Evelinas zeigt jedoch, dass es sich bei beiden Kindern um Stellvertreter für eine Tötungsfantasie handelt, die nicht unbedingt persönlich motiviert ist. Unter dieser Prämisse verraten uns die Blumen auch etwas Generelles über den Täter. Er möchte vor seiner eigenen moralischen Instanz oder der der Gesellschaft ausdrücken, dass er trotz seiner Tat den toten Mädchen Ehre erweist. Das spricht dafür, dass er wenig oder keine Kontrolle über seinen Zwang zu töten hat. Womöglich sogar für Reue.« Johan machte eine Pause. »Wenn man jetzt beachtet, dass die Beine der Kinder überkreuzt sind, dann ergibt sich ein weiterer Hinweis. Die überkreuzten Beine sind hier womöglich ein christliches Motiv, denn auch Jesus hatte am Kreuz die Beine übereinandergelegt. Vielleicht sollen auch die Kinder in aller Unschuld stellvertretend eine Sünde des Täters auf sich nehmen oder sie waren ein Opfer.« Er holte Luft, spürte ein nervöses Kratzen in seinem Hals. »Womöglich hinkt der Vergleich. Die Haltung stimmt natürlich nicht ganz überein. Wir haben es nur eventuell mit einem religiösen Menschen zu tun. Ebenso ist es möglich, gerade im Zusammenhang mit dem nicht eindeutigen sexuellen Motiv, dass sich Scham hinter dieser Stellung verbirgt. Der Täter möchte nicht, dass jemand die Kinder entblößt sieht, obwohl er sie selbst ausgezogen hat.«

Ein Schnalzen war zu hören – es kam von Mohns, der die Hände hinter dem Kopf faltete. Die operative Fallanalyse und ein vorhergegangenes Psychologiestudium rangierten bei ihm auf der Stufe von Kaffeesatzlesen, vermutete Johan. Krank, mehr Worte würde er nicht finden, um einen solchen Täter zu beschreiben. Sich in ihn hineinversetzen zu wollen: noch kränker.

Dabei ging es in der Analyse nicht um die Psyche des Mörders, sondern um das Geflecht der Fakten, die Rückschlüsse auf seine Person zuließen. Die Ausbildung bestand darin, den Tatort zu lesen wie eine Semiotik des Todes. Es ging um Absichten, Nachlässigkeiten und Akribie. Alles war ein Zeichen, auch die Auslassungen wie die Pausen in der Musik. Ohne einen sexuellen Missbrauch hatte die Tat einen anderen Klang. Die Zeit, die sich der Täter bei den Leichen genommen hatte, bestimmte den Takt und zeigte seine Kaltblütigkeit. Er hatte die Kinder gewaschen. Nur das Verwischen von Spuren oder ebenfalls Teil eines Rituals? Es gab einen umfangreichen Bezugskatalog in der operativen Fallanalyse. Er hatte bisher zu wenig Zeit gehabt, die einzelnen Schritte der Rekonstruktion des Tathergangs durchzuführen, um nicht auch Vermutungen äußern zu müssen. Es gab nie nur ein Motiv, es war immer ein ganzes Motivbündel, das nach und nach zutage trat, und er konnte bisher nur einzelne Aspekte benennen. Das spielte Mohns Skepsis in die Hände.

»Ein Glaubensbekenntnis durch gekreuzte Beine?«, fragte Mohns spöttisch. »Wenn du mich fragst, hat er sie so klein gefaltet, wie es ging. Als wollte er, dass sie wie Babys liegen.« Er blickte sich zu seinen Leuten um und grinste. »Religiöser Spinner, das klingt nach ziemlichem Hokuspokus!«

Johan schaute ihn kalt an. Er wusste, er hätte sich besser vorbereiten sollen, und ja, Jesus, das konnte etwas an den Haaren herbeigezogen erscheinen. Aber das Bild der Mädchen trug auf jeden Fall einen sakralen Stempel, und auch Scham über sexuelle Triebe konnte einen religiösen Hintergrund haben. Oder in einem rigiden Elternhaus oder selbst erlebten Missbrauch wurzeln. Es gab viele Möglichkeiten, sie mussten über alle reden.

Er wandte sich von Mohns ab und referierte über die betäubenden und halluzinogenen Stoffe, die im Blut der beiden Mädchen gefunden worden waren. »Der Täter wollte nicht, dass die Kinder bewusst erleben, was mit ihnen geschieht. Es ging nicht um sie, sondern um ihn selbst.« Hier bewegte er sich auf sicherem Terrain.

»Irgendwelche spontanen Ideen oder Eindrücke?«, fragte er und eröffnete die Diskussion, die jeder Fallanalyse folgte; die Kollegen waren dazu aufgefordert, seine Schlussfolgerungen zu kommentieren.

Einen Moment war es still. Sein Blick blieb an Marie Güster hängen, einer jungen Beamtin, deren lange Haare zu einem kunstvollen Dutt an ihrem Hinterkopf verschnürt waren und die nun von ihren Notizen aufblickte. »Gehen wir denn tatsächlich von einem Einzeltäter aus?«, fragte sie. »Ein religiöser Hintergrund könnte doch auch auf eine Gruppe hinweisen. Das Fehlen des sexuellen Aspekts wäre so auch leichter zu erklären. Wenn mehrere Menschen zusammenkommen, tritt dieser zurück, vor allem, wenn er als verwerflich gilt.«

Johan nickte. »Guter Hinweis!«, sagte er. Tatsächlich war er selbst bis jetzt eher von einem Einzeltäter ausgegangen. Marie lächelte.

»Vielleicht wurden sie einem seltsamen Gott geopfert? Es gibt genug Wahnsinnige da draußen!«, sagte Moritz Wochleben, ein junger Kollege, dessen Pony bis fast über die Augen fiel. Er stützte den Kopf auf die Hände und starrte auf seine Notizen, als ob dort die Antwort auf seine Vermutung stünde. Moritz Wochleben war gerade zum ersten Mal Vater geworden, hatte Johan unlängst gehört. Ob das dazu führte, dass er die Welt bedrohlicher wahrnahm als zuvor? Auf jeden Fall sah er müde aus.

Johan warf Nora einen Blick zu und fing ein Lächeln auf, wenn auch ein undurchdringliches. Für sie brachte die Besprechung vermutlich nichts Neues. Im Gegensatz zu den Kollegen hatte sie die Bilder von Evelina schon zuvor gesehen.

»Wir müssen auf jeden Fall schnellstmöglich damit beginnen, die Liste der verhörten Personen in Tschechien und Deutschland abzugleichen«, sagte Mohns. Seine Ungeduld war ihm anzumerken, offensichtlich wollte er die Diskussion wieder in eine Richtung lenken, die er fassbarer fand. »Die Kollegen in Lestra sollen uns alle Pendler von und nach Deutschland auflisten, soweit welche in der Gegend leben. Es gibt eine Menge Tschechen, die hier über die Sommermonate als Leiharbeiter auf dem Bau oder in der Landwirtschaft arbeiten.« Irene notierte, was er gesagt hatte. Weitere Ideen und Mutmaßungen folgten. Unter anderem sollten die Fernfahrerrouten und Handelsbeziehungen zwischen Niedersachsen und Mittelböhmen geprüft werden.

Die Idee, jemand, der sich regelmäßig in beiden Gegenden aufhielt, könnte am ehesten als Täter in Frage kommen, elektrisierte alle. Worüber keiner gerne nachdachte, war dagegen, dass der Ort ebenso zufällig gewählt sein könnte wie die Mädchen, dass es weitere Opfer in ganz Europa gab. In diesem Fall hatten sie keine Chance, den oder diejenigen, die das getan hatten, zu schnappen. Diese Möglichkeit blieb unausgesprochen, aber sie war allen mehr als bewusst. Ein Albtraum. Dagegen sprach allerdings, dass Saskia so viele Tage in den Händen ihres Entführers verbracht hatte. Das bedurfte einiger Vorbereitung und Ortskenntnis.

Johan ergriff wieder das Wort und schloss seine Präsentation damit ab, für wie unwahrscheinlich er es erachte, dass der Täter aus dem engeren Familien- und Bekanntenkreis der Mädchen stammte. Es gebe in Saskias Umfeld niemanden, der – soweit bekannt – eine wie auch immer geartete Beziehung zu Tschechien habe, und Johan zeigte noch einmal auf die Bilder, die immer noch wie eine makabre Fata Morgana auf der Leinwand erschienen. »Bei einem Mord dieser Art könnte durchaus eine persönliche Beziehung zu dem Mädchen eine Rolle spielen. Aber bei zwei identisch zurechtgemachten Leichen geht es meiner Meinung nach um die Tat an sich, und das birgt, wie gesagt, auch unmittelbar die Gefahr von weiteren Opfern.«

Er zog den Stecker des Beamers aus dem Laptop, und in dem Moment, wo die Bilder verschwunden waren, schien sofort mehr Sauerstoff im Raum vorhanden zu sein. Trotzdem wirkten alle wie gelähmt. Die blütenweiße Leinwand sah plötzlich aus, als könne jederzeit eine weitere, noch unbekannte Tote auf ihr erscheinen.

Dann begann sich die Anspannung zu lösen, geschäftige Unruhe kam auf, aber Mohns dachte nicht daran, Johan das letzte Wort zu überlassen. Er stand auf und hielt das, was er vermutlich für eine Motivationsrede hielt. »Der Faktor Evelina wird uns nun endlich dorthin bringen, wohin wir von Anfang an gesteuert sind: die Lösung des Falls. Ich erwarte vollen Einsatz, Männer.« Er nickte in Richtung der Kolleginnen. »Und Frauen!«

Johan sammelte seine Papiere ein und biss die Zähne zusammen. Aus Mohns Mund klang es, als sei es ein Glücksfall gewesen, dass ein zweites Kind ermordet worden war. Die Beamten im Raum scharrten mit den Füßen. Obwohl es draußen noch hell war, hatte der Himmel inzwischen einen rötlichen Abendschimmer angenommen. Der Tag neigte sich dem Ende zu, und alle schien es aus der Enge des Besprechungszimmers an den Schreibtisch zu ziehen, um das Gehörte erst einmal zu verdauen.

»Dass er schon einmal getötet hat, macht es umso dringlicher, den Täter zu finden«, schnarrte Mohns. »Und Leute, wir müssen verdammt noch mal einen Zahn zulegen, bevor er auf die Idee kommt, es wieder zu tun.«

Was du nicht sagst, dachte Johan bitter. Was du nicht sagst.

Während der Raum sich leerte, hielt Nora die wichtigsten Punkte des Vortrags stichwortartig für die tschechischen Kollegen fest. Sie hatte Johan genau beobachtet, während er seine Analyse zusammenfasste. Beim Durchgehen der Akten hatte sie bereits ähnliche Schlüsse gezogen. Sie stimmte ihm zu, wenn er den sakralen Charakter der Aufbahrung der Kinder unterstrich. Sie vermutete, dass auch Evelina vor ihrem Tod noch einige Zeit in der Gewalt des Entführers gelebt hatte, obwohl es keine Fesselspuren, nur leicht abgekratzte Fingernägel gab. Als hätte das Mädchen erst sehr spät begriffen, in welcher Lage es sich befand. Das konnte an der Betäubung liegen. Und natürlich beschäftigten sie die Wirkstoffe aus den Nachtschattengewächsen. Wie die Alkaloide wirkten, darüber äußerten sich die Mediziner in beiden Ländern vage. Wahrscheinlich waren die Mädchen benommen gewesen, vielleicht bewusstlos. Bilsenkraut, Stechapfel, Tollkirsche konnte man im Garten ziehen.

Wenn sie wach gewesen waren, hatten sie womöglich sogar halluziniert. Aber trotzdem schien es Nora, als wären sie mit dem Mann vertraut gewesen oder vertrauten ihm zumindest ein wenig. Die Drogen wurden oral verabreicht und wirkten verzögert.

Nora tendierte zu einem Mann als Täter. Mehrere Täter oder sogar eine ganze Gruppe von Menschen hielt sie für sehr unwahrscheinlich. Das Bild der Mädchen hatte so etwas Privates. Gelegentlich hatte sie sogar das Gefühl gehabt, als würde sie eine höchst intime Szene stören, wenn sie die Fotos betrachtete. Der Täter hatte die Mädchen nicht für die Polizei so arrangiert, sondern für sich selbst. Warum sie eine Frau als Täterin ebenfalls fast ausschloss, würde sie in einer ruhigen Minute noch einmal mit sich selbst ausmachen müssen. Der fast mystizistische, christliche Aspekt dagegen war ihr suspekt. Aber irgendwie passte er trotzdem ins Gesamtbild, wenngleich sie nicht sagen konnte, warum.

Im Großen und Ganzen fand sie, dass Johans Ausführungen eine Bereicherung waren. Er dachte ungewöhnlich. Und diese Taten waren ungewöhnlich. Johans Unsicherheit heute hatte sie allerdings überrascht. Als er anfing, hätte sie schwören können, er sei überhaupt nicht vorbereitet. Aber er hatte schnell in ein Fahrwasser gefunden, auch wenn er gelegentlich gezögert hatte.

Johan wurde häufig in die Kategorie emphatischer Schlauberger gesteckt, als schusseliger Professor mit Jeans und Turnschuhen, zerraufter Frisur und Intellektuellenbrille abgetan.

Weil er obendrein recht jung war, erst Mitte dreißig, schienen ihn viele zu unterschätzen. Aber Nora wusste, er konnte pragmatische Entscheidungen treffen, ohne in eine Vielzahl von Theorien zu verfallen. Er hielt sich stets an die Fakten, auch wenn er sie kreativ interpretierte.

Nora dagegen vertraute mehr ihrer Intuition. Sie wusste zwar, wie trügerisch die sein konnte, aber sie pflegte ihr Unterbewusstsein wie ein sensibles archaisches Haustier, das sich in wenig eindeutigen Lauten und jeder Menge intensiver Gefühle ausdrückte. Wenn Nora sich die Zeit nahm, es aus seiner tiefen Höhle in ihren Gehirnwindungen zu locken, zu streicheln und ihm Brocken der Ermittlungsergebnisse hinzuwerfen, dann lieferte es nicht selten Einsichten. Insgesamt war sie der Meinung, dass Fakten sich im Blickwinkel der Betrachtung veränderten. Und damit war der Begriff Fakt eigentlich auch schon obsolet.

Sie sah sich um. Der Raum war inzwischen leer, nur noch Johan und die junge Marie Güster standen vorn am Flipchart und unterhielten sich leise. Nora sammelte ihren Laptop und ihre Notizen ein und ging zu ihnen.

Sie war überrascht, wie sehr sie sich darauf freute, wieder mit Johan zusammenzuarbeiten. In seinem jungenhaften Grinsen lag etwas, das ihr einfach gute Laune machte.

Er streckte ihr die Hand entgegen: »Nora! Schön, dass du da bist!«

»Schön, dass du so aufmerksam das VICLAS studiert hast«, erwiderte Nora.

Johan hob seine Hand verschwörerisch an den Mund. »Glück!«, flüsterte er.

Nora lächelte. »Na gut. Dann gut, dass du Glück hattest.«

Er grinste. »Was planst du als Erstes?«

Sie zuckte mit den Schultern. »Ich werde mir den Fundort der Leiche ansehen. Dann mit den Eltern des Mädchens sprechen, mit Freundinnen, der Schule, versuchen, Saskia ein bisschen besser kennenzulernen. Aber am wichtigsten wird die Kommunikation mit Tschechien sein. Herausfinden, was nicht in der Akte steht.«

Johan nickte. Er wusste, dass er nicht nach der Abteilung beim BKA, in der man seit drei Tagen über Euro- und Interpol begonnen hatte, mögliche weitere Leichen aufzuspüren, die in das Profil passten, fragen musste. Sobald dort etwas auftauchte, würde Nora es sie wissen lassen.

Nora blickte zu Marie hinüber, die aufmerksam das Gespräch verfolgt hatte. »Mohns hat mir vorhin gesagt, ich könne mir einen Beamten aus der Gruppe aussuchen, der mich begleitet. Haben Sie Interesse?«

Marie bekam rote Flecken im Gesicht. »Auf jeden Fall!«

Nora lächelte. »Dann treffen wir uns morgen um sieben hier auf dem Parkplatz.«

Nora spürte, wie ihr die beiden hinterhersahen, als sie den Flur zu ihrem Büro hinunterging. Sie hatte heute gleich zwei Menschen mit ihrer Anwesenheit froh gestimmt. Das war deutlich mehr, als sie in der Bilanz ihrer zwischenmenschlichen Interaktionen an den meisten Tagen auf der Habenseite verbuchen konnte.

Lüneburg, Dienstagmorgen

Ein Kaffee mehr hätte auch nicht geschadet, dachte Nora und blinzelte missmutig hinter ihrer Sonnenbrille, während sie tiefer in das Lederpolster des Wagens rutschte. Die Nacht war ähnlich kurz gewesen wie die vorherige. Endlose Stunden des Grübelns waren vergangen, bis sie endlich hatte einschlafen können. Jetzt war es gerade erst sieben und in ihren Augen nicht der geeignete Moment für ein angeregtes Gespräch.

Zum Glück sah es nicht so aus, als ob Marie sich innerhalb der nächsten Minuten aus ihrer Befangenheit befreien würde. Seitdem sie in das Auto gestiegen waren, blickte sie nach vorne, lenkte und schwitzte. Nora spürte ihre Verunsicherung. Aber sie hatte keine Lust, das zu ändern, und sie selbst konnte Schweigen sehr gut aushalten.

Es war so verdammt hell. Bei aufgehender Sonne fühlte Nora sich oft einer schützenden Haube beraubt, die ihre Sinneseindrücke auf ein erträgliches Maß dämpfte. Außerdem war der Punkt, auf den der Wagen sich zubewegte, eine weitere Stecknadel in der düsteren Landkarte in ihrem Inneren, die den Ort eines gewaltsamen Todes eines Kindes bezeichnete. Ihr war nicht nach Reden.

Marie steuerte den Wagen auf einen kleinen Feldweg, der von der Hauptverkehrsstraße abging, die Adendorf und Bardowick verband. Sie kamen an einer Abzweigung zur Mülldeponie vorbei und ruckelten dann eine Weile zwischen hohen Bäumen hindurch. Am Ende des Weges hielten sie an, und Nora folgte Marie auf einem Pfad weiter in den Wald hinein. Ihre Schritte wurden vom Laub des Vorjahres gedämpft, das den Boden der Buchen-Monokultur bedeckte und leise knisterte. Sie stiegen einen kleinen Hügel hinauf, auf dem weniger Bäume wuchsen. Nora hielt an und lauschte. Von ferne war das leise Rauschen des Verkehrs zu hören, trotzdem erschien es ihr, als seien in dem Moment, als sie die Anhöhe betraten, alle Geräusche verstummt. Sie setzte einen Fuß vor den anderen und versuchte zu erspüren, was der Boden ihr verriet. Schritte waren auf ihm gegangen, eine Last war getragen worden, 32 Kilogramm. Saskia war leicht für ihr Alter und ihre Größe von 1,30 Meter gewesen. Nora sah vor sich, wie die blonden Haare über ihren zarten Nacken fielen.

Sie war in eine Plane gewickelt gewesen, ein winziges Stück davon hatten sie unter der Leiche gefunden. Aber bestimmt hatte er sie trotzdem in den Armen gehalten wie in einem billigen Liebesfilm. Dieser Täter warf sein Opfer nicht über die Schulter wie ein Sack. Er hatte sie genau betrachtet, mit dem Blick eines Liebenden, sonst wäre sein Arrangement später nicht so exakt ausgefallen. Er hatte sie bestimmt vorher und mit Sicherheit danach betrachtet.

Nora lauschte in sich hinein. Was hatte Johan über die Haltung gesagt? Ob der Täter hier gebetet hatte?

Er musste einen Grund gehabt haben, mit dem Mädchen einen Hügel hinaufzugehen. Etwas über 30 Kilo waren schließlich etwas, das getragen sein wollte. Entweder er war sehr stark, oder es gab einen anderen Grund. Oder waren da mehrere Menschen? Sie spürte in sich hinein, aber auch wenn sie es sich vorstellen konnte, wie eine Gruppe von Menschen im Gänsemarsch auf den Hügel gestiegen waren, hielt sich das Bild eines einzelnen Mannes, der das Kind trug, hartnäckig.

Sie hatten die Mitte des Hügels erreicht. Marie blieb stehen und deutete auf einen Stein neben einer kleinen Senke. »Hier hat sie gelegen. Die Beamten von der Spurensicherung haben drei Tage lang das ganze Gelände durchforstet, aber bis auf ein paar unvollständige Schuhabdrücke im nassen Untergrund nichts gefunden. Ohne eine Marke, wahrscheinlich ein robuster Alltagsschuh, der Breite nach zu schließen Größe dreiundvierzig.«

Groß für eine Frau. Normal für einen Mann.

Nora blickte zurück. Die Steigung war nur leicht, vielleicht zehn bis zwölf Grad, und im Endeffekt war der Hügel vermutlich nicht mal höher als vier Meter. Aber er schien die einzige Erhöhung hier zu sein, so weit sie sehen konnte.

Sie wandte sich an Marie. »Hat mal jemand einen Altertumsforscher gefragt? Vielleicht hat die Erhöhung einen menschlichen Ursprung? Sonst hätte sie doch längst durch Erosion abgetragen sein müssen.«

Marie schaute sie erstaunt an. »Gibt es solche Hügel denn nicht überall?«

»Nicht unbedingt. Wir sollten es zumindest in Betracht ziehen«, sagte Nora und lächelte.

Marie lächelte ebenfalls, sowohl über das »wir« als auch die Tatsache, dass Nora mit nur einem Schritt auf den Fundort der Leiche eine mögliche Spur zutage gefördert hatte »Würdest du mich einen Moment alleine lassen?«, bat Nora.

Marie nickte und lief zwischen den lichten Bäumen in Richtung Auto zurück. Als sie hinter der nächsten Biegung verschwunden war, nahm Nora die dunkle Brille ab, um sich ganz und gar der Atmosphäre des Ortes auszusetzen. Die noch fast nackten Äste der Bäume befingerten den blassblauen Himmel, die Erde leuchtete braun, wo die Beamten während der Spurensicherung das Laub abgetragen hatten. Die kleine Senke schien jedes Licht zu schlucken. Nora ging in die Hocke. Sie beugte ihr Gesicht so tief herab wie möglich, streckte die Hände aus und legte sie auf den nackten Boden. Traurigkeit durchfuhr ihre Fingerspitzen, arbeitete sich langsam an ihren Armen hinauf. Nora spürte Schmerz, unergründlich, voller Gedanken und Wünsche, die in der Dunkelheit der Träume trieben, ohne je an die Oberfläche zu gelangen. Aber sie hörte keinen Schrei in ihrem Inneren, fühlte keinen Hass oder Groll. Sie atmete einmal tief durch. Also hatte sie es unter Kontrolle. Das war gut.

Als Nora zum Auto zurückkam, stand Marie an den Kühler gelehnt und rauchte. Als sie die Kollegin sah, ließ sie die Zigarette fallen und trat die Kippe aus, um sie anschließend aufzuheben, unschlüssig zu betrachten und schließlich in ein Papiertaschentuch zu knüllen. Nora wickelte sich wieder in ihren Parka. Plötzlich war ihr die junge Frau zu viel. Zu viel von dem, was sie auch einmal gewesen war, wachsam, eifrig und ehrgeizig. Doch dann lächelte sie. Eigentlich war sie das immer noch, manche Dinge änderten sich vermutlich nie.

Sie ließ sich in ihren Sitz gleiten. »Wir fahren jetzt zu Saskias Eltern!«

Bardowick, Dienstagmorgen

Sie erreichten das schlichte Einfamilienhaus in weniger als zwanzig Minuten. Es unterschied sich in nichts von den weiteren, die in einer langen Reihe die Straße säumten. Auf dem Gehweg war keine Menschenseele zu sehen. Es war inzwischen neun Uhr, und die Leute waren bereits in der Arbeit oder auf dem Weg dorthin. Die Straße lag verlassen da. Nora klingelte, während Marie sich neben sie stellte. »Ich war einmal mit hier«, flüsterte Marie, »als wir alle Gegenstände aus dem Zimmer katalogisiert und Fingerabdrücke genommen haben.«

»Wurde etwas verändert?«, fragte Nora flüsternd zurück. Marie schüttelte nur den Kopf, denn in diesem Augenblick wurde die Haustür von einer molligen Frau geöffnet, die sie wortlos musterte und dann die Tür weiter öffnete, um sie einzulassen. Als Nora den engen Flur betrat, streifte sie ein Hauch bodenloser Resignation, allumfassender Erschöpfung, gepaart mit der Unfähigkeit, auch nur noch ein Wort mit diesen Menschen zu wechseln, die seit Wochen hier ein und aus gingen, Fragen stellten, zermürbten und bohrten. Nora konnte sie gut verstehen.

Der Vater von Saskia schien nicht im Haus zu sein. Er arbeite seit ein paar Tagen wieder, hatte Irene gestern gesagt. Als selbstständiger Handwerker konnte er sich nur entscheiden durchzuhalten oder seinen Betrieb zu ruinieren. »Danke, dass Sie uns empfangen«, sagte Nora. »Ich weiß, wie schwer das für Sie sein muss, aber können wir noch einmal in Saskias Zimmer?«

»Natürlich«, sagte Regina Meiner. Ihre Stimme klang, als sei die Nadel eines Plattenspielers nicht ganz in der richtigen Spur gelandet. Gestern Nachmittag hatte Nora sie angerufen und den Termin ausgemacht, auch da war ihre Stimme leise gewesen, die Sätze nahezu tonlos. Nora fragte sich, ob sie die therapeutische Hilfe in Anspruch nahm, die man ihr angeboten hatte. Und wenn nicht, wie lange es dauern würde, bis sie vollends zusammenbrach.

Marie ging die schmale Treppe voraus. Das Haus war freundlich eingerichtet, ohne besondere Individualität. Die Türen waren aus funktional glattem Furnier, der Boden mit Laminat belegt, darüber ein mintgrüner Läufer, ein silbergerahmter Spiegel über einer weißen Kommode. In silbernen Bilderrahmen Gruppenfotos und Porträts und auf fast jedem das Gesicht, das Nora inzwischen schon vertraut war: Saskia, wie sie ihre Freundin umarmte. Saskia, wie sie auf einem Pony saß. Saskia als Kleinkind mit einer großen Eistüte in der

Hand, den schokoladeverschmierten Mund zu einem seligen Lächeln verzogen – ein Einzelkind. Nora ging weiter, öffnete die Tür zu ihrer Rechten und stand in einem typischen Mädchenzimmer, wie sie inzwischen schon einige in ihrer Laufbahn gesehen hatte. Der Anblick versetzte ihr einen Stich. Das Spielzeug der Kindheit war das Granulat, aus dem sich langsam die schlanke Pflanze des Erwachsenwerdens emporzuranken begann; hier mischten sich Filmplakate mit Pferdepostern, Diddl-Maus-Schals mit Batikshirts und Silberkettchen, bunte Filzstifte mit Füller und Tintenkiller, Kinderbücher mit Unterhaltungselektronik.

Nora ging langsam über den hellen Teppich, ihr Blick erfasste die wenigen Möbel im Raum. Das weiße Kastenbett stand unter einer Schräge aus hellem Holz, daneben der Schreibtisch für die Schulaufgaben, alle Utensilien ordentlich an den oberen Rand geschoben, rechts oben in der Ecke lag ein weißes I-Book. An dem dicken, leicht zerkratzten Plastik konnte Nora erkennen, dass es sich um ein älteres Modell handelte. Bei der Spusi war die Festplatte kopiert und an die Abteilung für Cyberkriminalität beim LKA in Hannover geschickt worden. Anscheinend war sie sauber. Der Täter schien nicht über die bedrohliche Schnittstelle des Cyberspace in Saskias Leben geschlüpft zu sein. Obwohl sie einen Facebook-Account hatte – und damit, wie nahezu alle Kinder, die Altersfreigabe unterlief – und mit ihren Freundinnen chattete, hatten weder Befragungen dieser noch die Chat-Protokolle Anzeichen für ein erfolgreiches Cyber-Grooming geliefert. Natürlich die üblichen Perversen. Alle Kinder wurden von Perversen angeschrieben. Aber sie hatte sich daran gehalten, erst die Profilnamen in der Wirklichkeit auf einem Zettel zu erhalten und dann mit Gleichaltrigen zu chatten. Und keinem Fremden zu antworten.

Saskia hatte sich mit ihren Freundinnen SMS auf dem Handy geschrieben. Ein Smartphone hatte sie nicht gehabt, nur einen kleinen I-Pod, der neben dem Rechner lag. Nora scannte ihn rasch durch. Saskias Musikgeschmack war ziemlich durchmischt gewesen: Shakira, Wir sind Helden, aber auch Nena und Britney Spears. Bei drei Alben stutzte sie. David Byrne, Dead can Dance und Janis Joplin. Wo hatte Saskia diese Musik her? Sie legte das Gerät beiseite und schaute sich weiter um. Auf der Schreibtischauflage aus Kunststoff waren galoppierende Einhörner und Sterne in einem surreal anmutenden Mix geeint. Nora hob sie an. Sie vermutete, dass hier die Spickzettel lagen und die kleinen Briefe, die in der Schule hin und her geschickt wurden. Und tatsächlich waren sie da, auch heute noch beruhigend analog. Das Kästchen hinter der krakeligen Frage »Willst du mit mir gehen« auf einem Zettel war noch leer. Ein kleiner Verehrer? Oder eine beschämende Anfrage eines Jungen, der den Spott einer ganzen Mädchenclique ertragen musste, weil er seine Gefühle offenbart hatte? Er würde nie erfahren, wie Saskia wirklich zu ihm gestanden hatte. Außer dem Briefchen mit der Frage lagen noch weitere Zettel unter der Ablage, eine Postkarte von Saskias Oma, ein Spickzettel für Mathe, gefüllt mit ameisengroßen Buchstaben und Formeln. Die Ansammlung wirkte zwar nicht willkürlich, aber Nora hatte das Gefühl, sie hatte Saskia auch nicht wirklich viel bedeutet. Der Junge hätte kein Ja bekommen.

Nora erinnerte sich, wie sie selbst mit zwölf gewesen war. Sie hatte ein Geheimversteck gehabt. Eine Dose mit Kinkerlitzchen unter dem Bett, ein Tagebuch. Die Kollegen hatten nichts dergleichen gefunden. Nora sah sich noch einmal um und ließ ihren Blick über die sorgfältig gefaltete Bettdecke, die schlichten Möbel schweifen. Wo hatte Saskia ihre Schätze aufbewahrt? Sie öffnete eines der Schulhefte, die neben der Unterlage lagen. Ordentlich, keine Kritzeleien am Rand, die Handschrift rund und sauber. Saskias Kleidung und ihre Schultasche hatte man nicht gefunden.

Nora öffnete die Schreibtischschublade, die ein kleines Schmuckkästchen enthielt. Das Protokoll zählte verschiedene Schmuckstücke auf, die meisten aus Glas oder Kunststoff, aber auch einige aus Edelmetall.

Sie betrachtete den schlichten Schmuck aus Silber, ein kleines Amulett mit dem Foto von Saskias bester Freundin, ein Ring zur Kommunion und eine kleine Figur aus Rosenquarz: ein sitzender Elefant, Ganesha, die hinduistische Gottheit. Nora nahm die Figur in die Hand. Die Spurensicherer hatten keinerlei Fingerabdrücke auf all diesen Gegenständen gefunden außer denen von Saskia.

Sie stellte den Elefanten auf die Schreibtischplatte und trat an das Regal, in dem Saskia ihre Spiele und Bücher aufbewahrte. Ein Barbie-Pferd mit silberdurchwirkter Mähne nahm einen prominenten Platz ein, im Fach darunter waren einige pinke Gläser mit Cocktailstäbchen gruppiert. Die Reihe Bücher enthielt hauptsächlich Pferdegeschichten, Hanni und Nanni und einige Kinderklassiker, in dem Brett darunter befanden sich beliebte Gesellschaftsspiele. Saskia hatte kaum Zeit gehabt, ihrem Leben einen eigenen Stempel aufzudrücken, der es in irgendeiner Art von dem ihrer Altersgenossinnen unterschied. Mädchen, so austauschbar wie die Perlen einer Kette, und doch trugen sie alle die Verheißung in sich, zu einem Solitär heranzuwachsen. Hätte, wäre, wenn.

Nora drehte sich abrupt um und sah zu Marie hinüber, die in der Mitte des Zimmers stand und sie beobachtete. »Wo hättest du an Saskias Stelle etwas versteckt? So gut, dass es bei der Spurensicherung nicht gefunden wurde?«

Marie zuckte die Achseln, zog die Mundwinkel nach unten. Nora hatte in einem Bruchteil von Sekunden den Eindruck, Erschrecken über ihr Gesicht huschen zu sehen. Schnell wie ein Gedanke: Was, wenn sie etwas übersehen hatten? Ein schlechtes Licht auf die Arbeit in Lüneburg? Nora kannte das.

»Keine Ahnung! Die waren gründlich, aber sie haben nicht jede Staubflocke umgedreht. Nur die Fingerabdruck-Experten haben nichts ausgelassen. Mohns hatte ja von Anfang an die Idee, dass der Täter aus dem engsten Familienkreis stammen müsste. Er hätte sich bestätigt gefühlt, wenn die Fingerabdrücke eines Onkels an Saskias Wäscheschublade oder so gefunden worden wären. Aber da war nichts.«

Nora nickte. »Hier muss irgendwo etwas sein«, sagte sie. »Es ist einfach alles zu aufgeräumt.« Sie tastete mit einer Hand unter das niedrigste Regalbrett, ihre Finger passten gerade noch darunter. Sie bückte sich. Nichts außer ein paar Flusen. Sie öffnete den Kleiderschrank und fuhr mit den Händen in die Ecken. Dort war sauber gewischt worden. Sie war nicht die Erste, die suchte. Sie betrachtete die Kleider. Ein paar Strickjacken, Cord- und Wollkleider hingen dort. Nora entdeckte einige bestickte Tuniken, wie sie in den Siebzigern modern gewesen waren und aus einem Second-Hand-Geschäft hätten stammen können. Es sah so aus, als hätte Saskia begonnen, sich langsam von dem Polohemden-und-rosa-T-Shirt-Geschmack abzunabeln, der sonst in ihrem Kleiderschrank vorherrschte. Unter den hängenden Kleidern standen ordentlich aufgereiht einige Schuhe: Turnschuhe und Ballerinas, daneben zwei Paar Reitstiefel. Sie waren identisch, nur das eine wirkte einen Bruchteil kleiner. Nora nahm den linken Stiefel des kleineren Paares in die Hand, drehte ihn um und schüttelte ihn. Dann nahm sie den zweiten und wiederholte die Untersuchung. Ein klein wenig wog der Stiefel schwerer in ihrer Hand als sein schwarzer Zwilling. Sie fuhr mit der Hand hinein und fühlte am unteren Ende des schmalen Schaftes etwas Weiches. Sie zog es heraus. Es waren nur ein paar aufgerollte Wollsocken.

Als Nächstes nahm sich Nora das Bett vor. Sie zog das Laken ein Stück weg und suchte nach dem Reißverschluss des Matratzenbezugs. Der Zipper befand sich am Fußende und ließ sich leicht öffnen. Sie tastete unter der Füllung, dann den Rand ab. Zwischen den beiden Lagen ergonomisch geformten Kaltschaumes war eine handtellergroße Vertiefung. Nora steckte ihre Hand zwischen die Schaumstoffschichten. Doch da war nichts. Wahrscheinlich irre ich mich, wahrscheinlich haben nicht alle Kinder Geheimnisse vor ihren Eltern, dachte sie.

Sie richtete sich auf und ging zum Regal zurück. Die meisten Bücher sahen recht neu aus, fast alle zeigten Pferde auf dem Umschlag. Nora nahm eines nach dem anderen aus dem Regal und schüttelte es. Aus Black Beauty schließlich fiel ein Umschlag. Als sie die Karte darin herauszog, lachte ihr ein glitzernder Clown mit einer Torte in der Hand entgegen. In der Karte lagen fünfzig Euro. Die Schrift war schräg und altmodisch. Von Oma. Zum Geburtstag. Der war letztes Jahr im August gewesen.

»Das Ersparte«, sagte Nora bitter zu Marie, die näher gekommen war und ihr nun über die Schulter sah. Als Nora das nächste Buch in die Hand nahm, durchzuckte ihre Finger ein kleiner Stromstoß. Es fiel auf in der Reihe der Kinderbücher. War das ein Schulbuch? Es war ein schmaler Band mit Goldprägung, eine antiquarische Ausgabe von Friedrich Schillers Gedichten mit dunkelrotem Leineneinband. Nora schlug das Buch an der Stelle auf, an der das Lesebändchen es markierte.

Friedrich Schiller: Resignation. Sie las die ersten Zeilen.

Auch ich ward in Arkadien geboren,/Auch mir hat die Natur/ An meiner Wiege Freude zugeschworen;/Auch ich war in Arkadien geboren,/Doch Tränen gab der kurze Lenz mir nur.

Sie schluckte. Schrecklich makabre Worte in Anbetracht der Situation. Sie las weiter.

Des Lebens Mai blüht einmal und nicht wieder;/Mir hat er abgeblüht./Der stille Gott – o weinet meine Brüder –/Der stille Gott taucht meine Fackel nieder, / Und die Erscheinung flieht.

Nora schauderte. Es war, als würden die Worte sie anspringen, aus dem Mund von Saskias Mörder und dem des toten Mädchens einen unheilvollen Chor bilden, der in ihr Ohr raunte. Dabei hatte Nora die Ballade schon einmal irgendwo gelesen. Wo? In der Schule? War das bei Saskia ebenfalls gerade Schulstoff gewesen? Sie erinnerte sich plötzlich vage an einige Sätze, die sie als Abiturientin im Deutschunterricht berührt hatten, dunkel und schicksalsschwer.

Sie blätterte um, und eine gepresste Blume segelte auf den Boden. Da waren die Worte, ganz am Ende der langen Ballade: *Du hast gehofft, dein Lohn ist abgetragen,/Dein Glaube war dein zugewognes Glück./Du konntest deine Weisen fragen,/ Was man von der Minute ausgeschlagen,/Gibt keine Ewigkeit zurück.*

Saskia hatte diese letzte Strophe farbig unterstrichen. Warum? Nora bückte sich und betrachtete den platten Klatschmohn, dessen Blütenblätter sich vom Stempel lösten. Keine optimale Blume, um sie zu pressen, von der roten Farbe war auch nur ein bräunlicher Ton übrig, der an getrocknetes Blut erinnerte. Vorsichtig klaubte sie die Bestandteile auf und steckte sie weiter hinten zwischen die Seiten. Dann überflog sie die Strophen der Ballade noch einmal und verstand es so, dass Schiller eine Kritik an der Hörigkeit von der Kirche und deren Lehren äußern wollte. Doch die Worte waren durchdrungen vom

Tod. Schiller musste in einer wahrlich erbärmlichen Stimmung gewesen sein, als er dies niederschrieb.

Was hatte eine Zwölfjährige, die Black Beauty las, daran gefunden? Die Worte waren viel zu groß für so ein junges Mädchen. Schiller, die getrocknete Blume. Zu viel.

Nora blätterte mit dem Daumen durch die restlichen Seiten, aber keines der anderen Gedichte war in dieser Weise markiert. Es gab auch keine weiteren gepressten Blumen.

»Wir nehmen das Buch mit«, sagte sie zu Marie und warf noch einen Blick in den Raum, aber sie war sich so gut wie sicher, dass da nichts mehr war.

Sie nahm vorsichtig das Buch, den I-Pod, die Schulhefte und einem Impuls folgend steckte sie auch den Ganesha ein, der auf der Schreibtischplatte saß und der trotz Elefantengestalt geradezu leicht, friedlich und freundlich wirkte bei all dem bleiernen Gewicht, das die Worte der Ballade in ihr zurückgelassen hatten. »Gehen wir«, sagte sie.

Marie nickte, sie wirkte erleichtert, das Zimmer des Mädchens verlassen zu können.

Unten in der Küche saß Frau Meiner und rauchte, vor sich eine Tasse Kaffee, die sie aber nicht angerührt zu haben schien. Ihr Blick war abwesend, ihre Schultern hingen nach vorn. »Haben Sie inzwischen irgendeinen Verdächtigen?«, fragte sie, rauchdurchsetzt und leise.

Nora schüttelte den Kopf.

»Wissen Sie, woher Saskia den hatte?« Sie streckte ihr die kleine Elefantenfigur entgegen.

Frau Meiner betrachtete ihn alarmiert. »Nein, keine Ahnung!« Sie begann zu weinen. »Nehmen Sie ihn mit, bitte. Wenn ER ihn ihr gegeben hat, will ich ihn nicht im Haus haben!« Sie schien so viel geweint zu haben in den letzten Wochen, dass sie nicht einmal mehr wahrnahm, wie die Tränen ungehindert über ihre Wangen liefen und auf ihr T-Shirt tropften. Ihre Hände machten keine Anstalten, sie wegzuwischen.

»Danke«, sagte Nora, »wenn Sie nichts dagegen haben, nehme ich auch die Schulhefte und den I-Pod mit. Und das hier. Gehört das Ihnen? Oder Saskia?« Sie hielt Frau Meiner den Gedichtband hin.

Die schüttelte den Kopf. »Keine Ahnung.« Dann betrachtete sie Nora mit einem trüben Blick. »Was soll das nutzen?« Ihre Stimme verriet es: Diese Frau hatte alle Hoffnung aufgegeben.

Nora hielt Frau Meiner die Hand hin, die sich müde erhob und den Händedruck so schwach erwiderte, als würde es sie übermenschliche Kräfte kosten. Auf dem Weg zur Tür drehte Nora sich noch einmal um: »Was haben Sie und Saskia eigentlich letztes Jahr in den Sommerferien gemacht? Sind Sie verreist?«

Frau Meiner schaute sie in dem engen Flur irritiert an. »Das habe ich alles schon aufgeschrieben. Wir hatten leider nicht die Möglichkeit wegzufahren, im Sommer ist in der Firma meines Mannes Hochsaison. Ich muss dann auch im Büro helfen. Aber Saskia hatte immer viel vor, vor allem war sie bei den Ponys.

Und sie war immer pünktlich zu Hause. Sie war sowieso immer schon so selbstständig, sie war …« An dieser Stelle brach Frau Meiner ab und lehnte sich mit der Stirn an die Wand, Schluchzer durchfuhren ihren Körper.

»Bitte, lassen Sie mich allein«, murmelte sie. Nora und Marie nickten sich zu, öffneten leise die Tür und traten auf die Straße, die nach wie vor wie leergefegt dalag. »Puh«, sagte Marie. »Daran gewöhnt man sich doch irgendwann, oder?«

»Nein«, sagte Nora und es klang schärfer als beabsichtigt.

Sie sehnte sich nach einem ordentlichen Kaffee und einem Frühstück, aber sie wusste, dass sie sich mit dem Filterkaffee im Büro begnügen würde. Die Tschechen warteten schon auf ihren Anruf, aber vorher musste die Blume so schnell wie möglich in die Kriminaltechnik. Um den I-Pod würde sie sich persönlich kümmern, sie würde ihn an einen Freund beim BKA in Wiesbaden schicken. Er würde ihr genau sagen können, woher Saskia die älteren Musikalben hatte. Sie machte sich eine geistige Notiz. Der Mohn, dachte sie. Er blüht im Juli. Zu diesem Zeitpunkt musste Saskia die Blüte in den Gedichtband gelegt haben. Vielleicht in den Sommerferien.

Nora legte ihre Hand auf den Türgriff des Audis und sah noch einmal zurück zum Haus. Sie tastete nach dem kleinen Ganesha in ihrer Tasche. Das Buch, den I-Pod und die Hefte legte sie vorsichtig auf der Rückbank des Wagens ab – ein bisschen von dem, was Saskia in dieser Welt besessen hatte und was ihr vielleicht etwas bedeutet hatte. Es war beinahe, als säße Saskia selbst hinter ihnen und triebe sie zur Eile an.

Jemand, der im Abstand von sechs Monaten zwei Kinder getötet hatte, würde es wieder tun. Sehr bald. Vielleicht fand sich in den Ermittlungen der letzten Wochen in Deutschland oder Tschechien irgendein Hinweis. Etwas, das die Kollegen bisher übersehen hatten.

Lüneburg, Dienstagnachmittag

Während Nora den Stapel Notizen betrachtete, den sie sich gemacht hatte, versuchte sie zu ergründen, was die Lektüre der Akte und die Gespräche bisher in ihr ausgelöst hatten. Da war nichts Konkretes, an dem sie anknüpfen konnte.

Nachbarn waren vernommen worden, niemand hatte Saskia mit jemandem gesehen, der sich nicht vollkommen normal in ihr Umfeld einfügte. Freundinnen, ihre Eltern. Sie war in den Wochen vor ihrem Tod einmal länger krank gewesen und hatte in der Schule gefehlt, aber in dieser Zeit hatte sie zu Hause im Bett gelegen, wie ihre Mutter bestätigte. Nora hatte das Bewegungsprofil des Handys betrachtet, aber es war an dem Nachmittag, an dem Saskia verschwand, ausgestellt. In der Schule war es nicht erlaubt, das Telefon anzulassen, und danach hatte sie es anscheinend nicht eingeschaltet. Sie hatte sich von ihren Freundinnen an der Kreuzung getrennt, an der sie sich immer verabschiedeten. Alles war wie immer gewesen. Sie hatten über den Berg Hausarbeiten gestöhnt, den sie an dem Tag aufhatten. Saskia hatte erwähnt, dass sie zu Hause bleiben wollte, um zu lernen und zu lesen. Nichts wies darauf hin, warum sie nie dort angekommen war. Nora schob den Stapel Ordner, den sie bisher gelesen hatte, zur Seite und starrte an die Wand. Saskia hat Bardowick nie verlassen, dachte sie. Sie ist dort verschwunden, sie ist dort gefunden worden. Aber wo war sie in den zehn Tagen dazwischen gewesen?

Nora nahm sich Evelinas Akte vor und stellte fest, dass es sich in ihrem Fall ganz genauso verhielt. Keiner konnte sich vorstellen, warum das Mädchen verschwunden war. Je länger sich der Zeitraum ohne ein Zeichen von ihr hinzog, desto mehr fragten die Beamten auch danach, ob sie eventuell von zu Hause ausgerissen sein könnte. Es schien wie die letzte Hoffnung, sie lebend zu finden. Eine Hoffnung, die sich nicht bewahrheitete. Sie las Seite um Seite, doch es war wie das Stochern in einem trüben Fluss nach einem Grund, der sich immer nur als Morast herausstellte. Nirgends gab es festen Boden. Es war, als würden sich die Protokollanten und Vernommenen dagegen sträuben, dass überhaupt etwas passiert sei. Dabei war das nun das Einzige, das mit Sicherheit feststand.

Als Nora am späten Abend die letzte Akte zuklappte und alleine durch die kleinen Gassen zu ihrer Pension ging, fühlte sie sich wie der letzte Mensch, der noch wach war. Johans Offerte, gemeinsam etwas essen zu gehen, hatte sie mit einem Fingerzeig auf den wachsenden Berg Papier ausgeschlagen. Sie hatte ihm nicht lange genug in die Augen geschaut, um zu sehen, ob er enttäuscht war. Es war besser so.

Lüneburg lag in einem heimeligen Schlummer, in den Straßen war es still, und die angestrahlten Altbauten leuchteten wie Monumente der Beschaulichkeit. Morgen würde sie wieder mit den Menschen sprechen, die Saskia gekannt hatten.

Waldgebiet Drawehn im Wendland, Mittwochmorgen

Die Sonne wärmte den Untergrund, und das Unterholz roch modrig, während Bernd Sander dem Dackel in den Wald folgte. Er fluchte auf seinen Sohn und dessen blödsinnige Idee, Jagen zu seinem Hobby zu machen. Was für ein Schwachsinn! Das ganze Geld, das das alleine kostete! Für den Jagdschein hatte er das Konto geplündert, das er letztes Jahr von Opa geschenkt bekommen hatte. Das hätte noch als Zuschuss für ein Studium gereicht. Wenn denn noch eines käme.

Bernd verzog das Gesicht, während er durch das Unterholz stapfte. Der fahlen Frühlingssonne schenkte er keine Beachtung. Sein Blick ging auf seine Schuhspitzen. Gummistiefel. Seine Gartenstiefel. Er hatte hier ebenso wenig zu suchen wie sein missratener Spross. Hätte er doch nur die Laube gestrichen.

Kai war schlau, keine Frage. Aber faul! Wahrscheinlich dachte er ohnehin, dass das hier nur ein Wurmfortsatz der virtuellen Realität war, in der er sonst herumgeisterte. Aber hier kostete eine Patrone fast drei Euro! Wie der Junge seine vielen Fehlschüsse finanzieren wollte, war Bernd ein Rätsel. Diese Landpartie hatte er bezahlt, aber das war das letzte Mal, dass er diesen Quatsch mittrug.

»Wir sollten mal zusammen wegfahren«, hatte Kai gesagt. »Nur wir beide allein. Richtiger Männerausflug!« Dabei hatte er seinen Vater mit der Schulter angestoßen, und Bernd war warm ums Herz geworden. So viel hatte er von seinem Sprössling nicht gehabt in den letzten Jahren. Seit der Pubertät lief ständig der PC, und seitdem Kai ausgezogen war und tatsächlich arbeitete, kam er nur noch, um schnell etwas Selbstgekochtes von Mutti runterzuschlingen.

Sie beide gemeinsam in der Natur, mit echten Pflanzen und guter Luft, er hatte sich das richtig nett vorgestellt! Und Sohnemann konnte endlich mal zeigen, was er von dem versoffenen Förster gelernt hatte. Also hatte er sein Portemonnaie gezückt. Wer ahnte denn, dass selbst so eine mickrige Hütte in einem einsamen Revier in der Göhrde richtig teuer war? Angeblich, weil man hier Wildsäue abknallen konnte. Aber seit vier Tagen waren sie nun da, und das Einzige, was sie gesehen hatten, waren Hasen, und die waren zu schnell für Kai. Peng, drei Euro, peng, sechs Euro, peng neun, puff, zwölf – und weg war das Langohr. Allerdings hatte Bernd sich auch gefragt, was passieren würde, sollte er einen Hasen treffen. Er hatte einen Baum gesehen, bei dem Kais Geschoss die Rinde weggesprengt hatte. Darauf war er so misstrauisch geworden, dass er in seinem alten Handy mühsam das Kaliber der Patronen, die überall in der Hütte herumlagen, in den Browser getippt hatte. 30-06. Infanteriegewehr, Maschinengewehr,

Zweiter Weltkrieg, NATO, erst war ihm schlecht geworden, dann war er regelrecht erleichtert, als er weiter unten in der Beschreibung auch noch hatte lesen können, dass die Patrone häufig bei der Jagd eingesetzt wurde. Allerdings nicht auf Hasen.

Bernd schüttelte den Kopf. Und jetzt konnte er diesem undisziplinierten Dackel, der angeblich einen ganzen Stammbaum erfolgreicher Jagdhunde vorwies, zum nächsten Fuchsbau hinterherkriechen, damit Kai sich eine halbe Stunde aufs Ohr hauen konnte. So richtig glücklich schien der auch nicht mehr zu sein über ihren Ausflug. Würde er sonst bei jeder sich bietenden Gelegenheit seinen Nintendo rausholen?

Bernd schob mit dem Arm den triefnassen Ast einer Buche beiseite, an dem sich bereits etliche Knospen zeigten, und kam zu der Senke, in der Stups sich wild knurrend betätigte. Er hatte angefangen zu graben. Blätter und Dreck spritzten in alle Richtungen. An der Stelle war der Boden eingesunken, die Erde dunkel und saftig. Trotz seiner winzigen Pfoten war Stups bereits tief im Erdreich verschwunden.

»Aus, Pfui!«, brüllte Bernd und packte den Hund am Halsband, doch der strampelte wie besessen mit seinen Pfoten in der Luft herum. Bernd ließ ihn fallen, und der wild gewordene Köter buddelte unbeirrt weiter. Auch egal. Er konnte genauso gut eine Pause machen, er war völlig kaputt. Erschöpft setzte Bernd sich auf einen dicken Baumstamm, der neben der Senke lag, und beobachtete Stups, der sich immer tiefer in den Untergrund wühlte. War ihm doch egal, ob der Hund gleich einen Dachs ausgraben würde, einfach nur total verdreckt aufgab oder tot umfiel. War doch nicht sein Hund.

Stups hatte anscheinend gefunden, wonach er gesucht hatte, denn jetzt zerrte er wie wild an etwas, das im losen Erdreich steckte. Er zog und zog und fiel dann mit einem Ruck nach hinten, als der Waldboden seine Beute endlich freigab. Bernd blinzelte und brauchte einen Moment, bis er den länglichen Gegenstand, der jetzt eifrig von kleinen, spitzen Zähnen benagt wurde, näher in Augenschein nahm. Dann allerdings begann sein Herz wie ein Presslufthammer zu schlagen, seine Ohren rauschten, und ihm brach am ganzen Körper der Schweiß aus. Bernd packte den Hund, der verzweifelt kläffte, als er seine Beute loslassen musste, und rannte keuchend und schnaufend Richtung Hütte. Hier gab es doch keine Affen? Eine Hand war eine Hand, das stand mal fest.

Ihm wurde schlecht. Als Stups seine kleinen Hinterbeine zusätzlich mit voller Wucht in seinen Magen rammte, brach er zusammen und kotzte in das matschige Laub des Vorjahres, während der Hund wie eine Rakete ins Unterholz davonschoss. Kurz dachte er, dass der Schock seinem Herzen den Rest geben würde, dass sein Arzt doch recht gehabt hatte und er zu viel Zucker und Fett aß und sich zu wenig bewegte. Aber dann hörte der Boden auf, sich zu drehen, und Bernd Sander erhob sich langsam und taumelnd und ging mit weichen Knien weiter Richtung Hütte. Jeden Schritt setzte er mit Bedacht. Der Wald war trotz aller Geräusche mit dröhnender Stille erfüllt, jedes Vogelkrächzen, jedes Zirpen und Rascheln und das Knacken der abgestorbenen Äste unter seinen Füßen waren wie Explosionen in seinen Ohren. Er wollte nur noch weg. Und jetzt fiel ihm auch ein, warum das Wort Göhrde ihm so bekannt vorgekommen war. Aus XY. Waren hier nicht vor Jahrzehnten schon etliche Menschen ermordet worden und der Täter wurde nie gefasst?

Lüneburg, Mittwochvormittag

Johan blätterte in den neuen Kopien der Blätter aus der Lestra-Akte, die ihm Nora gestern noch auf den Schreibtisch gelegt hatte und die größtenteils aus Übersetzungen weiterer tschechischer Vernehmungsprotokolle bestand, und fühlte, wie Resignation in ihm hochkroch. Er hatte sich so viel von der Verbindung mit dem Fall Evelina versprochen, aber jetzt, fast eine Woche nach seiner Entdeckung, konnte er beim besten Willen nicht behaupten, dass sie wirklich weitergekommen waren.

Nora war erst seit drei Tagen in Lüneburg. Seitdem arbeitete sie wie ein Pferd, wälzte Akten, las die Protokolle der Hinweise aus der Bevölkerung und hatte mit dem tschechischen Ermittlungsleiter Bohumil Nekovaf telefoniert und Daten ausgetauscht, der laut ihrem knappen Bericht in der Morgenbesprechung exzellentes Deutsch sprach und ebenfalls mit keinerlei weiterführenden Hinweisen dienen konnte. Auch die Tschechen tappten im Dunkeln. Johan hatte sich vor allem in den Fall Evelina vertieft. Doch ihn ließ das lähmende Gefühl nicht los, dass sie auf der Stelle traten.

Am ehesten hatten Nora und er sich etwas von dem Buch mit den Balladen versprochen. Ein Schulbuch war es laut Lehrplan von Saskias Schule nicht. Die Ausgabe war von 1983, also noch vor Saskias Geburt gedruckt worden, aber noch nicht so alt, dass es sich um ein besonders wertvolles Exemplar handelte. Anrufe bei den örtlichen Antiquariaten hatten nichts ergeben.

Johan hatte das Schiller-Gedicht unzählige Male gelesen, aber bis auf den Fakt, dass danach Reime in seinem Kopf herumspukten *(Auch ich war in Arkadien geboren, doch Akten gab der kurze Lenz mir nur…)*, hatte er beim ersten Mal so wenig verstanden wie bei den folgenden. Außer dass auch er Saskia und die Worte nicht zusammenbringen konnte. Was fand ein fröhliches junges Mädchen daran? Die pathetische Sprache, die Anklage, die in den Worten steckte, waren ihm zuwider. Und immer wieder dieser Gedanke, dass es genauso gut ihr Mörder gewesen sein konnte, der ausgerechnet diese Ballade angestrichen hatte: *Gib mir das Weib, so teuer deinem Herzen,/Gib deine Laura mir!/Jenseits der Gräber wuchern deine Schmerzen. –/Ich riss sie blutend aus dem wunden Herzen./Und weinte laut und gab sie ihr.*

Wahnsinn, dachte er. Was für ein Wahnsinn. Und zwei Mädchen waren tot.

Lüneburg, Mittwochvormittag

Nora spürte eine unerklärliche Nervosität, als sie den Audi durch den Stadtverkehr steuerte. Sie hatte diese Unruhe schon gefühlt, als sie den Autoschlüssel vom Brett genommen hatte. Sie war wieder eine der Ersten gewesen, die im Büro saß, und nachdem sie ihre Notizen in ein Dokument übertragen hatte, in dem nicht mehr stand, als dass sie nichts wussten, wollte sie nur noch raus. In ihren Augen hatte sie sich nicht abzumelden oder Rechenschaft über ihren Verbleib abzulegen. Genauso wenig hatte sie eine Veranlassung, immer in Begleitung unterwegs zu sein, außer sie wollte es so. Heute wollte sie zunächst das Gestüt besuchen, auf dem Saskia geritten war. Es hatten dort bereits diverse Befragungen stattgefunden, aber Nora ging es mehr um die Atmosphäre des Ortes, an dem Saskia sich gern und oft aufgehalten hatte. Sie musste eine Fährte finden, eine Fährte, die die Akten bisher nicht zutage gefördert hatten. Es musste etwas geben. Und wenn die Akten keinen Aufschluss gaben, dann die Menschen.

Dennoch hatte sie ein schlechtes Gewissen, als sie an Marie dachte, an ihren eifrigen Ausdruck, ihre Augen, die Funken sprühten, als sie vorhin in ihr Büro gestürzt kam. Die Kollegin war so stolz gewesen, dass sie auf einen Hinweis gestoßen war. Sie hatte einen Altertumsforscher ausfindig gemacht, der in einer Datenbank tatsächlich ein Hügelgrab mit den Koordinaten des Fundortes gefunden hatte. Nora hatte sie darum gebeten, den Archäologen darauf anzusetzen, ob es Auffälligkeiten an dem Fundort der Leiche in Tschechien gab, aber Marie war ihr mitten im Satz ins Wort gefallen. Sie war bereits auf die gleiche Idee gekommen und wartete auf den Rückruf.

Nora verstand, dass sie hungrig nach jeder Form von Anerkennung war, nachdem Mohns sie regelmäßig am langen Arm verhungern ließ. Und Nora tat es ja auch leid, aber die Rolle als Mentorin war nun mal nicht ihr Ding.

Der Verkehr nahm ab, je weiter sie auf der vierspurigen Straße vorankam, die den Stadtkern wie einen Ring umschloss. Sie nahm die Abfahrt Richtung Adendorf und erreichte die Ausläufer von Lüneburg mit Autobahnbrücke, Elektromarkt und modernen Reihenhäusern. Auf der Landstraße drückte sie aufs Gaspedal. Ihre Nervosität wandelte sich in das intensive Freiheitsgefühl, das sie jedes Mal verspürte, wenn sie der klaustrophobischen Enge eines Polizeigebäudes entkommen war. Noras Gedanken glitten wieder zum Hügelgrab zurück, und sie fühlte einen kleinen Stich der Aufregung. Endlich ein konkreter Strang in all dem Wirrwarr. Laut dem Altertumsforscher war das Grab sehr alt, Jungsteinzeit vermutlich, wie etliche seiner Art in der Umgebung. Es bestand kein Hinweis auf Artefakte oder Besonderheiten, die eine Ausgrabung rechtfertigten, es war vermessen und durchleuchtet worden. Aber dennoch, der Ort war besonders. Wer konnte von ihm wissen? Doch nur jemand, der sich verdammt gut in der Gegend auskannte.

Nora machte sich eine geistige Notiz. Sie musste Marie zum Landesamt für Archäologie und Denkmalschutz schicken, um die Datenbanken zu nutzen, in denen alle Hügel- und Hünengräber der Gegend verzeichnet waren.

Lüneburg, Mittwochmittag

Johan betrachtete das Diagramm, das er angefertigt hatte. In dem Raster waren Evelinas Verwandte und Freunde näher bei ihr angeordnet, Schulkameraden und Nachbarn weiter weg. Alles in allem schien sie ein normales Mädchen zu sein, aus einer normalen Familie, der Vater Busfahrer, die Mutter Hausfrau, drei jüngere Geschwister. Er fragte sich kurz, was ein Busfahrer in Tschechien wohl verdiente, ob Herr Berkowski überregional unterwegs war, während die Mutter mit vier Kindern allein zu Hause blieb. Doch davon stand nichts in der Akte. Er machte eine Notiz für Nora.

Die Informationen über ihre Schule, Freundinnen, Freizeitgestaltung machten aus Evelina eine weitere Saskia, zwar weniger behütet, mehr eingespannt auch in die Hausarbeit; aber ebenso ein Kind, dessen Charaktereigenschaften hauptsächlich in der Spiegelung der Liebe ihrer Eltern existierten, die für ihre Gefühle nur unzureichende Worte fanden. *(Evi war so ein fröhliches Mädchen, gut in der Schule, bei allen beliebt.)* Das Unaussprechliche war zu groß, um es zu fassen. Aber kein pubertierendes Mädchen war bei allen beliebt.

Johan rieb sich das Gesicht, blickte wieder in die Akten, überflog die Worte und machte sich Notizen, wenn er das Gefühl hatte, etwas sei relevant. In einer Spalte notierte er Parallelen zu dem Mord an Saskia. Es war wichtig, das genau zu verifizieren. Es durfte keinen Fehler geben, wenn sie bei beiden Mädchen den gleichen Mörder vermuteten. Etwas in seinem Inneren sagte ihm, dass Evelina das erste Opfer war. Es hatte vor ihr keine anderen Mädchen gegeben. Hoffte er. Die Suche nach ähnlichen Opferprofilen lief, aber er glaubte nicht, dass sie etwas finden würden. Die Rose von der Tankstelle, das war zu willkürlich, die Zeit, mitten im Winter.

Doch warum hatte der Täter sein erstes Opfer in Tschechien gesucht? War er ein Freier, der über die Grenze gefahren war, weil käufliche Liebe dort billiger war, und dem dann die unschuldige, behütete Evelina besser gefallen hatte? Aber er hatte sie nicht vergewaltigt. Der Blick auf die brutalen Tatsachen ließ ihn nicht kalt, doch er arbeitete konsequent und konzentriert, ohne seinen Gefühlen zu erlauben, sich zu verselbstständigen. Zwischendurch glich er die Fakten immer wieder mit der Akte »Saskia_Rennich_9_05_12_Lue_I ab, die im Intranet für ihn zugänglich war und in die alle Ermittlungsergebnisse eingetragen wurden. Irene entschied dann anhand der neuesten Erkenntnisse und verteilte die Aufgaben entsprechend. Gerade hatte jemand eine Liste mit Freikirchen in der Umgebung Lüneburgs eingestellt, ebenso die Adressen weiterer Unternehmen im Landkreis, die Waren aus Tschechien importierten.

Chemische Erzeugnisse, vor allem Pestizide und Düngemittel für die Landwirtschaft, waren wichtige Exportgüter Tschechiens. Ein stetig wachsender Industriezweig. Johan musste an einen weiteren chemischen Exportschlager denken: die ebenso stetig steigende Menge Chrystal Meth, die in tschechischen Hinterhoflaboren für den deutschen Markt hergestellt wurde. Rund zehn Tonnen, schätzte die tschechische Anti-Drogenbehörde, waren es derzeit, ein Drittel davon landeten in Deutschland. Doch Johan bezweifelte, dass dieser Schattenmarkt etwas mit seinen Mädchen zu tun hatte.

Aber sie würden die Lieferanten der Chemiekonzerne und deren Mitarbeiter im Landkreis erfassen. Bei zwei Unternehmen hatten sie schon Befragungen durchgeführt, ohne Resultat. In Tschechien wurde das Gleiche gemacht. Per Mail gingen die Überprüfungen an Nora, die sie weiterleitete. Kommissar Nekovafs Leute leisteten ganze Arbeit, aber voran kamen sie deshalb noch lange nicht. Aber sie standen ja auch erst ganz am Anfang, auch sie mussten jetzt die Tatsache einbeziehen, dass in Deutschland ein weiteres Kind ermordet worden war.

Johan nahm die Brille ab und rieb sich die Nasenwurzel. Er hatte es noch nicht geschafft, mit Nora eine der alten Kneipen zu besuchen, für die Lüneburg so berühmt war. Stattdessen hatten sie die Abende hier im Präsidium verbracht, jeder für sich in seinem Büro, und im Licht der Halogenbirnen Akten gelesen, bis ihnen die Augen tränten. Als er gegangen war, hatte sie jedes Mal noch konzentriert gearbeitet. Und als er fragte, ob sie mit ihm essen gehen wollte, hatte sie abgewinkt.

Eigentlich hatte er es nicht anders erwartet, aber es hatte ihm dennoch einen Stich versetzt. Schließlich waren sie hier beide Externe. Sie könnten ein Team sein.

Und er hatte bislang Lilly nicht angerufen, obwohl er immer wieder an sie hatte denken müssen und daran, dass sie eigentlich für das nächste Wochenende verabredet waren. Und heute war schon Mittwoch. Einmal hatte sie es gestern Abend auf seinem Handy versucht, aber da konnte er gerade nicht rangehen. Und später hatte er nicht zurückgerufen.

Aber es war wie an dem Tag in Mikes Küche. Ein Mädchenmörder und eine Frau, die sein Herz berührte, für beides zugleich war kein Platz in seinem Kopf. Sie war weit weg, während der Mörder nachts auf seiner Bettkante saß. Und er fürchtete, das würde so sein, bis sie ihn gefasst hatten. Dass er mit dieser Frau Sex gehabt hatte, und das erst vor ein paar Tagen, kam ihm vor wie ein seltsamer Traum.

Johan nahm einen Stoß Fotos aus der Ablage, um sich noch einmal in die Tatortbilder zu vertiefen. Irgendetwas übersah er. Mit Sicherheit. Er hatte Ideen zu den möglichen Motiven der Tat, aber kein Bild des Täters vor Augen. Trotz seiner Konzentration bemerkte er, wie auf dem Flur Unruhe entstand. Er blickte von den Bildern auf, die er gerade auf seinem Schreibtisch verteilt hatte. Auf der linken Seite die Bilder der toten Saskia, auf der rechten Fotos des leblosen Körpers Evelinas. Aus allen Perspektiven – ein Kaleidoskop des Schreckens.

»Und wo in Richtung Göhrde?« In Irenes Stimme schwang etwas mit, das Johan in Alarm versetzte.

Eine Männerstimme, die er nicht zuordnen konnte, klang hohl vor Entsetzen: »Mohns weiß mehr. Anscheinend liegt der Körper schon länger da.«

Johan sprang auf. Die fiebrige Aufregung der letzten Tage, die Anspannung, ihr verzweifeltes Lesen, Telefonieren und Befragen, die ohnmächtige Frustration, er wusste, worauf all dies fußte.

Johan hechtete in den Flur. »Noch ein totes Mädchen?«

Irene stand im Gang, der Mann bei ihr war Kriminalkommissar Volker Reine. Beide wirkten zutiefst irritiert, mit starrem Blick und beinahe marionettenhaften Bewegungen, als könnten sie es selbst nicht fassen, was hier gerade passierte.

»Wir wissen es noch nicht«, sagte Irene, und Johan sah ihr an, wie sie sich bemühte, nicht die Fassung zu verlieren. »Aber es scheint einen Leichenfund im Wald zu geben. Die Notrufzentrale hat einen aufgeregten Mann durchgestellt. Mohns spricht noch mit ihm.« Sie wandte sich steif an Volker. »Wie viele Kinder werden derzeit vermisst?«

Johan schloss für einen Moment die Augen. Er hatte die Zahlen aus der Statistik für vermisste Kinder des BKA gestern nachgesehen: »Bei rund 250 Kindern aus den letzten drei Jahren sind die Ursachen ihres Verschwindens noch unklar.«

Irene sah ihn überrascht an. »Mohns ist dabei, eine Truppe zusammenzustellen und die Spurensicherung in die Wege zu leiten. Die Rechtsmedizin aus Hannover ist angefordert, und ein Streifenwagen ist schon unterwegs, um die Fundstelle abzusichern.« Volker drehte sich um und eilte in sein Büro, vermutlich um seine Jacke zu holen. Irene blieb stehen und legte zweifelnd den Kopf schief. »So viele?«

»Die Ermittlungsquoten liegen bei über 99%, aber immer noch sind zum Beispiel aus 2011 57 Fälle von vermissten Kindern unter 14 Jahren ungeklärt«, sagte er.

Sie kniff die Augen zusammen.

»Und zieht man die ab, bei denen es zumindest naheliegt, dass es sich um Kindesentzug durch ein Elternteil und unbegleitete Flüchtlingskinder handelt, sind immer noch 23 Kinder spurlos verschollen.« Er verzichtete darauf, ihr weitere Zahlen entgegenzuschleudern, obwohl sie wie Leuchtbuchstaben in seinem Kopf auftauchten: Zurzeit führte das BKA seit der ersten Anzeige 1951 872 erfasste und noch ungeklärte Fälle von vermissten Kindern bis einschließlich 13 Jahren, davon rund 250 aus den letzten Jahren, bei denen man nicht mit Sicherheit sagen konnte, was aus ihnen geworden war. Nicht alle waren Opfer einer Gewalttat. Aber ausschließen konnte man das nicht.

Er schaute sie an, hob eine Augenbraue. Irene seufzte. »Wir sind hier manchmal etwas abgeschnitten von den Fortbildungen.« Sie war schockiert, musste aber akzeptieren, dass er wusste, wovon er sprach.

In diesem Moment spürte er eine Bestätigung, als hätte er

die ganze Zeit auf eine nächste Leiche gewartet. Johan fühlte einen kleinen zusätzlichen Adrenalinstoß, als sein Kampfgeist erwachte.

Wir werden das Schwein kriegen, dachte er. Ein weiterer Mord brachte auch eine Reihe von Hinweisen mit sich. Er schreckte vor seinen eigenen Gedanken zurück.

Nora hatte eine Datenbank beim BKA erstellen lassen, in der die passenden Vermisstenprofile gesammelt worden waren. Es gab Mädchen in dem entsprechenden Alter, die seit einigen Jahren vermisst wurden, auch in Norddeutschland. Nur konnte bisher keiner der Fälle mit einer Entführung in Verbindung gebracht werden, es hatte immer irgendwelche anderen Hinweise und Vermutungen gegeben. Trotzdem waren die Kinder nicht wieder aufgetaucht.

»Ich komme sofort«, sagte Johan und machte sich im Laufschritt auf den Weg zu Mohns' Büro.

Mohns stand an seinem Schreibtisch und legte gerade den Hörer auf. Sein Blick war, anders als sonst, eher hilflos und alarmiert. Sämtliche Animositäten schienen wie weggewischt, und er wirkte plötzlich gealtert.

»Sie fahren am besten bei Irene im Einsatzwagen mit«, sagte er knapp, bevor er zu seinen eigenen Autoschlüsseln griff.

Erst als Johan neben Irene im zivilen Einsatzfahrzeug saß und mit aufgesetztem Blaulicht über die Bundesstraße Richtung Dahlenburg raste, fiel ihm ein, dass er vergessen hatte, Nora Bescheid zu geben. Er hatte keine Ahnung, wo sie war. Sie ging nicht ans Handy. Er hinterließ eine Nachricht auf ihrer Mailbox: Totes Mädchen im Wald. Melde dich! Dann tippte er vom Navi die GPS-Koordinaten ab und schickte sie ihr als SMS. Er lehnte sich zurück. Noch nicht mal eine halbe Stunde, dann waren sie da. Ein Seitenblick auf Irene zeigte ihm, dass auch sie die Kiefer fest aufeinandergepresst hatte.

Bardowick, Mittwochmittag

Noras Handy klingelte. Sie fischte es vom Beifahrersitz, warf einen Blick auf die Anruferkennung und bremste scharf, um den Wagen in eine Parkbucht am Waldrand zu lenken. Sie war noch nicht beim Reiterhof angekommen, weil sie zunächst noch einmal die nähere Umgebung des Fundortes abgefahren war, in der Hoffnung auf eine Erkenntnis, etwas, das ihr entgangen war. Sie wartete schon seit gestern Abend auf den Rückruf von Kommissar Bohumil Nekovaf, Leiter der Ermittlungsgruppe im Fall Evelina Berkova. Er gehörte der Regionaldirektion des größten Bezirkes Stfedocesky kraj, Mittelböhmen an, die in der Kleinstadt Kladno lag, ungefähr fünfzehn Kilometer vor der Stadtgrenze Prags und dreißig Kilometer von dem Wohnort Evelinas entfernt. In der Nähe von Lestra gab es nur eine kleine Gemeindepolizei, in Hofovice, wo Evelina zur Schule gegangen war.

»Frau Klerner!?« Bohumil Nekovafs Stimme hatte einen schmelzenden, warmen Ton. Das in der Mundhöhle gesprochenes lange »e« gab seinem Satz einen freudigen Unterton, als würden sie sich bereits kennen, dabei hatten sie erst einmal telefoniert. »Sie haben versucht, mich zu erreichen?«

»Nora, bitte«, sagte Nora. »Ich habe noch ein paar aktuelle Fragen zu dem Material, das ich Ihnen vorgestern gemailt habe.« Sie wechselte das Telefon von einer Hand in die andere, seine Stimme beschwor eine seltsame Form von Intimität, die sie störte. Das Du war nur ihre Brücke zu mehr Informationen.

»Schiller, hm? Und ich habe geglaubt, Kafka sei düster.« Er lachte leise.

»Haben Sie etwas Ähnliches im Besitz von Evelina gefunden?«

»Nein, ich habe bei ihren Eltern angerufen. Evelina hat viel gelesen, aber sich fast alles in der Bibliothek in Hofovice ausgeliehen.«

Er sprach perfekt Deutsch. Nora wusste aus ihrem ersten Telefonat am Montag, dass seine Mutter als eine der wenigen Deutschböhmen nach dem Krieg in Tschechien geblieben war. Ihr Smalltalk hatte darin bestanden, dass sie gefragt hatte, worauf seine guten Deutschkenntnisse gründeten, und war mit seiner Auskunft versiegt. Denn sie hatte sich gefragt, ob es wohl schlimm gewesen sei, als zumindest zur Hälfte Teil einer früher unbeliebten Minderheit aufzuwachsen. Vielleicht war das aber immer noch besser als die Vertreibung der Familie in einem Gewaltmarsch Richtung Westen? Und wäre eine Vertreibung seiner Eltern unausweichlich gewesen, wenn nicht die Mutter, sondern der Vater Deutscher gewesen wäre? Aber sie würde ihm diese Fragen ganz sicher nicht stellen.

»Könnten Sie die Liste der Bücher erfragen, die sie im letzten Jahr entliehen hat?«, fragte sie.

»Das habe ich bereits veranlasst«, sagte Bohumil Nekovaf freundlich.

Nora konzentrierte sich. »Wir haben heute erfahren, dass Saskias Leiche direkt auf einem Hügelgrab, vermutlich aus der Jungsteinzeit, abgelegt wurde. Könnten Sie sich vorstellen, dass das bei Evelina genauso war? Oder dass etwas Ähnliches den Ort besonders gemacht hat?«

Sie hörte ihn leise atmen, während er überlegte. Er ließ sich Zeit.

»Nein«, sagte er dann entschieden. »Ich werde jemanden bitten, mehr über die Geschichte der Gegend herauszufinden, aber ich glaube nicht, dass da etwas ist. Wir haben das Glück, dass es in der Gegend um Lestra noch ursprüngliche Wälder gibt. Dort befinden sich aber kaum historische Stätten, soweit ich weiß.

Außerdem lag das Mädchen nicht auf einem Hügel, sondern in einer Grube, hinter einem Graben an der kleinen Straße, über die der Förster in den Wald fährt. Der Platz war unauffällig und wirkte sehr willkürlich gewählt. Ich glaube, dass sie zufällig auf ihren Mörder traf und er sie dort umbrachte und liegen ließ.«

Nora musste sich das durch den Kopf gehen lassen. Das wäre ein gravierender Unterschied zwischen den beiden Taten. Als habe der Mörder in Tschechien keine Zeit gehabt oder keine Ortskenntnis. Als sei der Mord an Evelina im Affekt geschehen.

»Es würde mich freuen, wenn Sie uns irgendwann einmal besuchen würden«, sagte Bogumil Nekovaf. »Es ist sehr schön hier in der Gegend.«

»Vielleicht eher unter anderen Umständen«, sagte Nora und lächelte. Sie war sich sicher, dass er das hören konnte.

Nora wollte gerade den Wagen starten, als ihr Handy einen entgangenen Anruf und zwei Nachrichten meldete. Eine Nachricht war von ihrer Mailbox. Die zweite von Johan enthielt eine lange Kolonne Zahlen. Als sie erkannte, worum es sich dabei handelte, krampfte sich ihr Herz zusammen. Sie wählte die Mailboxabfrage. Es waren nur zwei kurze Sätze, die Johan ihr hinterlassen hatte, aber sie ließen Nora innerlich gefrieren. Sie knallte das Blaulicht aufs Dach und gab mit fliegenden Fingern die Zahlen in das Navigationsgerät ein. Ein totes Mädchen im Wald. Das bedeutete, der Täter hatte seine Taktung erhöht, das bedeutete, dass es jetzt weiterging und sie sich nicht sicher sein konnten, ob nicht täglich eine neue Horrormeldung zu erwarten war.

Das bedeutete, ein Kind war gestorben.

Drawehn, Mittwochnachmittag

Nora wusste nicht, ob sie erleichtert oder verwirrt sein sollte. Sie war direkt in einen tiefen Wald gerast, immer dem Pfeil auf der virtuellen Karte nach, mit einem Sammelsurium an Gedanken, Vermutungen und Ängsten im Gepäck, ausgestattet mit nur einer Information und einer Mission. Dann hatte sie warten müssen, Stunden, die es dauerte, die Leiche fachgerecht freizulegen. Und jetzt war alles anders als erwartet.

»Das ist Humus, wie er aus Scheiße entsteht!« Die Rechtsmedizinerin Dr. Carolin Weiß streckte den Arm aus und ließ eine Handvoll Erde durch ihre behandschuhte Hand rieseln. »Eindeutig Scheiße, aber wir werden das noch genauer herausfinden. Wessen Scheiße.« Sie lächelte. »Na ja, welcher Spezies.«

Nora stand unter dem weißen Zelt, in dem eine ganze Batterie Halogenlampen den Boden ausleuchteten, und schaute in die flache Grube, die das Ausgrabungsteam um die Leiche ausgeschachtet hatte und in der Dr. Weiß in ihrem hellen Overall mit ihren Gummistiefeln stand.

Weiß gegen Schwarz, erster Zug, dachte Nora. Nur dass die Eröffnung eigentlich schon vorbei war und sie nicht mal wussten, ob ihr Gegner noch spielte oder das Brett längst verlassen hatte. Das Waldstück im Drawehn, abseits gelegen und nur durch Forstwege zu erreichen, wimmelte von Beamten. Die Landschaft, die topographisch noch zur Heide gehörte, war im Bereich um das Örtchen Zernien herum dicht bewaldet. Riesige Laubbäume bildeten ein Dach, unter dem sich das kleine Zelt über der Leiche ausmachte wie das Basislager einer Zwergenexpedition. Die Spurensicherung war seit Stunden im Gange und die sterblichen Überreste in Kürze bereit zum Abtransport.

Und es war kein Mädchen, wie sie alle erwartet und befürchtet hatten. Es lag ein Mann in dem Grab. Der größtenteils verweste Körper eines jungen Mannes.

Als Carolin Weiß mit ihren Kollegen weit genug zu den Knochen der Leiche vorgedrungen war und den Befund gestellt hatte, dass es sich um einen ausgewachsenen Menschen handelte, war etwas wie ein kollektives Aufatmen durch die anwesenden Polizisten gegangen. Es gab doch keinen mädchenmordenden Psychopathen, der die Gegend unsicher machte. Vielleicht war der Tote noch nicht einmal ermordet worden?

Irene betrat das Zelt und stellte sich neben Nora. Sie sah erschöpft aus. »Ich habe mit dem Mann und seinem Sohn gesprochen. Der Vater hat die Leiche gefunden.«

»Dies ist nicht gerade ein naheliegender Ort, um herumzustreifen«, sagte Nora und sah sie an. Irene fuhr sich mit beiden Händen durch die kurzen Haare und schüttelte den Kopf.

»Ich glaube nicht, dass die etwas damit zu tun haben. Der Vater wirkte sehr erschrocken. Wenn du noch mit ihnen reden willst, musst du dich beeilen. Mohns schickt sie gleich rüber nach Lüneburg ins Hotel, dann kommen sie morgen noch mal auf die Wache.«

»Ich komme in fünf Minuten«, sagte Nora. Es schien ihr unhöflich, dem Angebot, das wie eine Aufforderung klang, nicht nachzukommen. Anscheinend hielt Irene große Stücke auf sie, da sie sie gleich einbezog, selbst wenn das hier nicht ihr Fall war und auch nicht werden würde.

»Ich sag ihnen Bescheid«, sagte Irene und ging wieder hinaus.

Johan hatte sich zwei Kriminaltechnikern angeschlossen, die zu der Jagdhütte gegangen waren. Nora verstand nur zu gut, was ihn umtrieb. Er wollte irgendetwas tun, das ihm das

Gefühl gab, nicht zur Passivität verurteilt zu sein. Die Stunden, die sie jetzt schon hier waren, und dann das unerwartete Ergebnis der Ausgrabung hatten sie alle zermürbt. Dieser Tag war gelaufen, ein weiterer, an dem sie dem Mörder von Saskia keinen Schritt näher gekommen waren.

Nora seufzte und konzentrierte sich wieder auf das Geschehen in der Grube. Kleider hatte der Tote anscheinend nicht getragen, das Fleisch und ein großer Teil des Muskelgewebes waren schon zersetzt. Übrig gebliebene Sehnen hielten einen Teil der Knochen zusammen, der Rest lag verstreut in der Grube.

Die Überreste des Leichnams waren vorsichtig mit dicken Pinseln freigelegt worden, abgesehen von seinen langen Haaren, in denen einige marode Baumwollfäden hingen, gab es keine speziellen Merkmale, anhand derer sie irgendetwas über diese Person zu Lebzeiten hätten festmachen können.

Ich sollte gehen, dachte Nora. Was will ich hier noch? Aber sie blieb stehen. Und gleich würde sie mit den Zeugen reden.

Die Grube reichte Carolin Weiß inzwischen bis zum Oberschenkel. Sie hatte Dreckspuren im Gesicht. In dem Loch konnte man deutlich einen Übergang von dunklem, saftigem Erdreich zu dem festeren, teilweise mit Sand versetzten Waldboden erkennen. Käfer, Maden, Asseln und vor allem Regenwürmer flohen bei jeder neuen Schicht vor den hellen Lampen in die Tiefe. In einem Rechteck neben der Leiche war die Erde deutlich dunkler und weicher. Nora wippte vom Ballen auf die Ferse und zurück. Neben der Ausschachtung, so dicht, dass das Zelt teilweise über ihn hatte gebaut werden müssen, lag ein Baumstamm, und dieser hatte anscheinend einem bestimmten Zweck gedient. Es handelte sich um einen Donnerbalken.

Wer hatte mitten im Wald solche Mengen Kot produziert?

Obdachlose? Aber die hätten sich wohl kaum eine solche Mühe gemacht und außerdem noch andere Spuren hinterlassen. Und wer warf eine menschliche Leiche in einen Haufen Scheiße? Oder war er gefallen? Darin gestorben? So tief wirkte die Grube auch wieder nicht. Ein Erwachsener hätte jederzeit aus eigener Kraft herauskriechen können. Ich verstehe das nicht, dachte Nora. Hatte er etwas mit den Mädchen zu tun?

Mohns betrat das Zelt. Nora fiel auf, dass sein Gesicht eine fast graue Farbe angenommen hatte. Dennoch wirkte er resolut, wenn auch genervt. Als würde er es als persönlichen Affront auffassen, dass innerhalb kürzester Zeit schon der zweite Mensch in seinem Landkreis eines womöglich gewaltsamen Todes gestorben war. Nora fing einen Seitenblick in ihre Richtung auf, einen Bruchteil einer Sekunde sah es so aus, als schäme er sich.

Er wandte sich an Carolin Weiß. »Und, was Neues?«

»Die Verletzungen, die zum Tode führten, wurden durch einen stumpfen Gegenstand verursacht, der mit großer Kraft geführt wurde. Wenn ich meiner ersten Einschätzung folge, wurde dieser Mann geschlagen, und zwar ausdauernd und brutal, vielleicht sogar über seinen Tod hinaus. Mehrere der Verletzungen hätten tödlich sein können. Oder sie sind ihm post mortem beigebracht worden. Aber das glaube ich nicht, er sieht aus wie zu Tode geprügelt.« Die Gerichtsmedizinerin wies auf das zertrümmerte Becken. »Er hat hier mindestens einige Monate gelegen, aber ich kann mich noch nicht festlegen. Allerdings nicht mehr als ein Jahr.«

Nora war sich nicht sicher, was diese Informationen bedeuteten. Je länger der Tote hier begraben lag, desto unwahrscheinlicher war eine Verbindung zwischen Saskia und ihm. Sollte seine Leiche jedoch tatsächlich im letzten Jahr hier verscharrt worden sein, dann hätte Saskia ihren Mörder zu diesem Zeitpunkt vielleicht schon gekannt. Nur was hatte der erschlagene Mann mit dem erwürgten Mädchen gemein? Eigentlich nichts.

Carolin Weiß referierte die bisher eindeutig bestimmbaren Verletzungen. Nora hörte nur noch mit halbem Ohr zu. Sie konnte auch so sehen, dass etliche Knochen gebrochen waren, das Becken wirkte an mehreren Stellen wie geborsten, ein Hüftgelenk war in viele einzelne Splitter zerfetzt. Im Schädel klaffte ein Loch. Sie musste an Dominik Brunner denken, den Geschäftsmann, der vor einigen Jahren in München von zwei Halbwüchsigen totgetreten worden war, als er sich in der U-Bahn schützend vor ein paar jüngere Kinder gestellt hatte.

Aber prügelnde Halbstarke hier im Wald? Vielleicht war der Tote auch das Opfer eines schweren Verkehrsunfalls, und jemand hatte das vertuschen wollen.

»Könnte ein fahrendes Auto solche Verletzungen hervorrufen?«, fragte sie.

Die Rechtsmedizinerin schüttelte den Kopf. »Dann hätte der Aufprall ein anderes Muster von Verletzungen hervorgerufen.«

»Und wie alt war er ungefähr?« Mohns sah nachdenklich aus.

»Anhand der Spaltmaße vermutlich nicht älter als zwanzig. Ausgewachsen, aber noch nicht lange.«

War ein Mensch am Leben, konnte Nora häufig in ihm lesen wie in einem Buch. Menschliche Knochen dagegen kamen ihr so nackt vor, als habe nie ein Gesicht darüber existiert, als seien alle Menschen in ihrem Inneren nur grinsende Schädel. Ihr graute vor ihren eigenen morbiden Gedanken.

Sie verließ das stickige Zelt und atmete die kühle, frische Waldluft ein, die nach Moos roch.

Langsam ging sie zwischen den Bäumen hindurch in Richtung des kleinen Platzes, wo die Autos geparkt waren. Der feuchte Nebel, der inzwischen vom dichten Laub des Bodens aufstieg, seitdem die Sonne vollständig hinter einigen dunklen Wolken verschwunden war, schob sich wie nasse Finger unter die weiße Gaze des Schutzanzugs und unter die Säume ihrer Wollhose. Junge Sprösslinge reckten sich hier und dort tastend aus der dunklen Erde. Die Geräusche der Menschen am Grab wurden verschluckt, kaum dass sie wenige Meter gegangen war. Ein unheimlicher, verwunschener Wald ist dies, dachte sie. Ein Wald, wie ich ihn als Kind geliebt hätte, ein Märchenwald. Inklusive finsterer Graugnomen oder Schlimmerem, aber auch mit kleinen Inseln aus Sonnenlicht.

Neben den Wagen standen die beiden Zivilisten, die inzwischen völlig durchgefroren wirkten. Als Nora angekommen war, hatten sie noch mit Irene im Einsatzbus gesessen und ihre Aussage gemacht. Sie sah sofort, dass Kai Sander nervöser war, als er eigentlich hätte sein müssen. Er sprang auf und nieder, um sich zu wärmen, die Hände in den Taschen seines Blousons vergraben, seine Kiefermuskeln mahlten. Sein Vater dagegen ließ die Schultern hängen und stierte vor sich hin, als würde er sich dringend an einen anderen Ort wünschen, wo er sich wohler fühlte. Einen bequemen Platz vor einem Fernseher, mutmaßte Nora. Sie legte ihm freundlich die Hand auf den Arm. »Sie können gleich ins Hotel.«

Bernd Sander sah sie mit einem dankbaren Blick an, der sich nur wenig von dem unterschied, den der Dackel zu seinen Füßen ihr zuwarf.

»Wie sind Sie auf die Idee gekommen, diese Hütte hier zu mieten?«, fragte Nora.

»Das frage ich mich auch!«, stöhnte Sander. »Wenn ich gewusst hätte …« Er schüttelte den Kopf.

Kai Sander mischte sich ein. »Ein Kumpel von mir, der hat

gesagt, hier gäb's 'ne billige Hütte, wenn ich jagen will. Der Pächter vergibt Begehungsscheine.«

Nora zog die Augenbrauen hoch und wandte sich dem jungen Mann zu. »Und warum willst du jagen?«

Kai wirkte verdattert. Diese Frage hatte anscheinend noch keiner bisher gestellt.

»Ich hab's halt lernen wollen, falls wir alle uns mal selbst versorgen müssen«, sagte Kai trotzig. »Irgendwann ist die Menschheit am Ende, und dann müssen sich die Überlebenden selbst helfen, wissen Sie?«

In seinen weit aufgerissenen, ernsten Augen sah Nora, dass er wirklich daran glaubte oder dieses Szenario zumindest für eine nicht ganz unwahrscheinliche Möglichkeit seiner Zukunft hielt. Bernd Sander dagegen starrte seinen Sohn an, als hätte der ihm eine geklebt. »Und was hast du mir erzählt? Was von Traditionen! Du bist ja noch verrückter, als ich dachte«, schnauzte er.

»Und warum diese Hütte?«, fragte Nora bestimmt, bevor sich Vater und Sohn in einen handfesten Streit verwickeln konnten.

»War billig«, seufzte Bernd Sander. »Kai hat mir die Telefonnummer gegeben, dann hab ich reserviert. Die Tiere gehen extra, wenn man eines schießt.« Er wandte sich zu Kai. »Als ob du was geschossen hättest.«

Nora winkte Irene, die etwas abseits gestanden hatte, um das Duo aus Vater und Sohn in einen der Wagen zu verfrachten.

»Hast du den Namen des Tippgebers?«, fragte sie. Irene nickte und Nora lächelte. »Dann können die beiden jetzt fahren.« Obwohl der Sohn sich wirklich merkwürdig benahm, hatte sie nicht das Gefühl, dass Bernd oder Kai Sander etwas mit der Leiche des jungen Mannes zu tun hatten. Dennoch würden sie Kai Sander im Hinterkopf behalten.

Nora blickte dem davonfahrenden Streifenwagen nach, drehte sich um, zog den Zipper des Schutzanzugs herunter und holte ihr Handy aus der Tasche. Regina Meiners Rufnummer hatte sie gespeichert. Nach einer gefühlten Ewigkeit ging sie ans Telefon.

»Ja?« Ihre Stimme klang immer noch so tonlos wie bei ihrer Begegnung vorgestern.

»Frau Meiner, Nora Klerner hier. Sagen Sie, kennen Sie das Waldgebiet um Spranz? Bei Zernien?« Während sie das fragte, bewegte Nora sich zwischen den Bäumen hindurch auf Marie zu, die ihr von weitem winkte. Sie presste das Telefon fest ans Ohr, doch Frau Meiner schwieg, ihr Atem ging schwer und angestrengt. Nora blieb stehen und lauschte. Schließlich räusperte sich Saskias Mutter. »Nicht sehr gut, aber wir sind da irgendwo ab und zu zum Pilzesammeln hingefahren.«

Noras Herz schlug einen Takt schneller. »Auch im letzten Jahr?« Sie spürte förmlich, wie ihr Regina Meiner am anderen Ende der Leitung entglitt, in einen Kokon schlüpfte, wo der Schmerz nicht hinreichte.

»Ich weiß es nicht mehr«, sagte sie leise, »ich muss darüber nachdenken.« Die letzten Silben klangen, als hätte sie Watte im Mund. »Frau Meiner?«, fragte Nora laut, doch die hatte aufgelegt. Wahrscheinlich hat sie Beruhigungsmittel genommen. Das war eigentlich gut. Nur nicht gerade jetzt.

Sie erreichte Marie, die breitbeinig auf einer kleinen Sandbank in dem Bachlauf stand, den die Beamten der Spurensicherung etwa fünfzig Meter neben dem Waldabort gefunden hatten. »Schau mal«, sagte die und deutete auf etwas im Wasser.

Drawehn, Mittwoch, früherAbend

Johan folgte den beiden weiß gekleideten Männern durch die Bäume zurück zum kleinen Fuhrplatz, der sich in nächster Entfernung zum Fundort auf einem Wirtschaftsweg gebildet hatte. Ein Leichenwagen, ein Bus der Spurensicherung und mehrere Dienstwagen, darunter auch der Kombi der Rechtsmedizinerin, standen hintereinander geparkt. Am Heck eines Lieferwagens hatten sich einige Kollegen versammelt und unterhielten sich leise. Nora und Marie fehlten, er entdeckte sie ein wenig abseits zusammen an einem kleinen Bachlauf in ein Gespräch vertieft.

Die Techniker, die mit Johan in der Hütte gewesen waren, hatten sich ihre Einweg-Overalls auf die Hüfte gekrempelt und zu den Kollegen in Uniform und der Kripo gesellt. Volker und Mohns lehnten gegen einen Bus und sprachen über irgendwas, das mit dem kommenden Stadtfest zu tun hatte. Ob das jetzt nicht fehl am Platz sei. So viele Tote.

Fast alle hielten belegte Brötchen in der Hand, und aus Plastiktassen dampften warme Getränke in die Dämmerung. Es waren erschöpfte Frauen und Männer, die zu lange in Laub und Erde gewühlt hatten, nachdem sie wochenlang erfolglos den Mord an einem Kind untersucht hatten. Heiner starrte vor sich hin, die grauen Augen unter buschigen Brauen in den Wald gerichtet, als sei er gedanklich bereits weit weg. Moritz scharrte mit der Schuhspitze im Boden, sein Gesicht war ernst.

Johan streifte seinen eigenen Schutzanzug ab. Sie hatten in der Jagdhütte Fingerabdrücke genommen und das Gästebuch mitgebracht, auf das Bernd Sander sie hingewiesen hatte. Er gab das Tütchen mit einem linierten Hausaufgabenheftchen, das an den Ecken eingeknickt war und angegilbt aussah, an

Irene weiter, die als Einzige von allen noch recht aufgeräumt wirkte, wenngleich müde.

Volker reichte ihm ein Schinkenbrötchen, das er, obwohl es nach Salz, Torf und Pappe schmeckte, schnell hinunterschlang und mit einem Schluck heißen Kaffee herunterspülte.

Johan war schnell klar gewesen, dass dieser Fall eigentlich nicht zu seinen Aufgaben zählte, und Tatortsicherung war ganz sicher nicht sein Gebiet. Aber auch ihn hatte die Erkenntnis, dass es sich nicht um die Leiche eines kleinen Mädchens handelte, völlig durcheinandergebracht. Aber er war bei Irene mitgefahren, und bisher war niemand gegangen. Auch Nora nicht, was ihn erstaunte.

Eine kleine Prozession begann sich durch die Bäume zu nähern: vorneweg Gerichtsmedizinerin Carolin Weiß, dann folgten zwei Polizisten in Uniform. Auf der Trage, die sie zwischen sich genommen hatten, lag ein schwarzer Leichensack. Die Bergung schien vollständig.

Johan beobachtete, wie Carolin Weiß, mit der er schon mehrmals in Hannover zusammengearbeitet hatte, sich eine Tasse Kaffee nahm und sich dann etwas abseits neben einen Baum stellte und eine Zigarette anzündete. Ihre Locken, die in einer wilden Mischung aus Braun-, Rot- und Blondtönen gefärbt waren, waren verschwitzt und dreckig, und sie war blass um die Nase. Dem gewaltsamen Tod immer wieder so nahe zu kommen, hinterließ Male. Verbrannte Stellen der Seele. Und die Male waren für die sichtbar, die sie ebenfalls trugen. Auch Gerichtsmediziner waren nicht gefeit davor.

Johan ging zu ihr hinüber. »Fertig?«

Carolin Weiß nickte. »Noch alles aufladen und dann weg. Hier finden wir nichts mehr. Und morgen muss die Absperrung weg, damit keiner auf die Idee kommt, hier noch mehr umzugraben, wenn das erst publik wird.«

Sie nahm einen tiefen Zug. »Hältst du mal?«, fragte sie und streckte ihre Kaffeetasse aus. Dann drückte sie die Zigarette in einem kleinen silbernen Taschen-Aschenbecher aus, ließ ihn zuschnappen und nahm Johan den Kaffee wieder aus der Hand. Es war ein flüchtiger Moment der Eintracht zwischen zwei Menschen, die sich immer wieder an Orten trafen, an denen ein lockeres Miteinander fehl am Platz wirkte.

Nach und nach strömten die Beamten der Spurensicherung aus dem Wald zusammen. Ihre Arbeit war für heute abgeschlossen. In Gruppen stiegen sie in die zwei Einsatzwagen, die in einer Kolonne den Parkplatz verließen. Ihnen folgte der Leichenwagen und schließlich das Auto der Gerichtsmedizinerin, die sich mit den knappen Worten »Bis zum nächsten Mal« von Johan verabschiedet hatte. Etwas unschlüssig, was er jetzt tun sollte, schaute Johan zu Nora hinüber, die mittlerweile mit Marie das Stück hinter dem Bach abzusuchen schien. Mohns und Irene standen bei den verbliebenen Wagen.

Er dachte daran, wie gern er sich jetzt mit Nora beratschlagen würde. Über Lüneburg sprechen, die Leute, den Fall, die Atmosphäre.

Aber vor allem wollte er hören, dass er Gespenster sah. Als Fallanalytiker war er darauf getrimmt, alles miteinander in Beziehung zu setzen; dass dieser Tote in keinerlei Zusammenhang mit den Kindern stehen sollte, brachte ihn aus dem Konzept. Er fühlte sich überflüssig und konnte doch nicht einfach gehen. Es kam ihm wie eine Unterlassung vor, den Toten unterschiedliche Priorität einzuräumen.

Das Vibrieren des Handys ließ Johan zusammenzucken. Sofort fühlte er sich ertappt. Er hatte Lilly versprochen, dass er anrufen würde, dass sie ihre Verabredung für das kommende Wochenende konkretisieren würden. Er hatte sich nicht bei ihr gemeldet, und trotzdem versuchte sie ihn zu erreichen. Was er ihr hoch anrechnete. Aber gerade jetzt? Sollte er drangehen? Er hatte noch maximal fünf Sekunden. Sie wieder auf der Mailbox auflaufen zu lassen, wäre nicht fair.

Er hob hastig das Handy ans Ohr und trat ein paar Schritte abseits. »Hallo!« Er hörte selbst, wie hohl seine Stimme klang, dabei schlug sein Herz plötzlich mindestens doppelt so schnell wie zuvor. Es war ja nicht so, dass er nicht mit ihr telefonieren wollte. Im Gegenteil. Nur in einer besseren Welt.

»Hallo.« Ihre warme Stimme klang fragend. »Ich habe schon ein paar Mal versucht, dich zu erreichen.« Er spürte den leisen Vorwurf und fühlte sich sofort in der Defensive. Warum sagte er nicht, wie es war? Dass er, solange er mit den Bildern der toten Mädchen arbeitete, es einfach nicht über sich bringen konnte, sie anzurufen. Worüber hätte er mit ihr sprechen sollen?

Er stand im Wald, nicht einmal zwanzig Meter von einer Grube entfernt, in der ein junger Mann lag, der höchstwahrscheinlich eines gewaltsamen Todes gestorben war. Johan drehte den Kopf in Richtung der Fundstelle und sagte: »Es ist gerade sehr ungünstig. Ich kann schlecht sprechen!«

»Na ja«, ihre Stimme klang zögernd, »du kannst dich ja melden, wenn es dir besser passt.« Damit legte sie auf. Na, das war ja gut gelaufen. Warum hatte er nicht gesagt, dass er nachher zurückrufen würde? Weil er sich selbst nicht traute. Vielleicht würde er es wieder nicht tun.

Einen Moment stand Johan mit dem Telefon in der Hand da. Plötzlich wünschte er sich nichts sehnlicher, als in sein Auto zu steigen, nach Hamburg zu fahren und ihr zu erklären, wie sein Leben aussah. Wie schwierig es sein würde, als Außenstehende daran teilzuhaben, ohne in den Schmutz mit hineingezogen zu werden, mit dem er täglich zu tun hatte. Dass er sich im Grunde selbst nichts sehnlicher wünschte, als zwischendurch all das zu vergessen. Aber dass er sie dann nur benutzen würde. Mit Füßen, die wie Blei wogen, ging er zu den anderen zurück.

Nora sah zu Johan hinüber, der ein paar Schritte beiseitegetreten war und nun sein Handy einsteckte.

Gleichzeitig versuchte sie, sich auf Marie zu konzentrieren, die um ihre Aufmerksamkeit bat.

Nora hatte ein bisschen gebraucht, als Marie auf einen Haufen Äste gedeutet hatte, um zu erkennen, was sie da vor sich hatte. Aber dann setzte sich das Gebilde vor ihren Augen zu einem logischen Muster zusammen. Jemand hatte den Bach vor einiger Zeit mit einem rudimentären Staudamm versehen. Nicht leicht zu entdecken, aber wenn man sich die Stelle genau ansah, war es eindeutig.

»Das ist aber noch nicht alles«, erklärte Marie. Sie folgten dem Bachlauf und nach etwa der gleichen Strecke lagen im Laub auf einer kleinen Lichtung ein paar längere gerade Äste. Marie hob einen davon mit ihrer behandschuhten Hand auf.

Der Ast hatte unterhalb der Spitze eine kleine Einkerbung, als hätte jemand mit einem Messer einen Teil der Rinde abgeschabt. »Davon gibt es hier jede Menge.« Sie deutete auf die Äste, die wie Mikado-Stäbe am Boden verteilt lagen. »Und dort hinten war ein Zeltplatz.«

Nora hob die Augenbrauen. Ein Tipi? Ein Kinderspielplatz? Die Bewohner des Märchenlandes vor Einzug der Trolle?

Nora folgte Marie, und in einem gleichschenkeligen Dreieck zu dem Staudamm und den Ästen fanden sie einen einsamen, farbig markierten Hering, der im Waldboden steckte.

Wenn man genau hinsah, war hier der Waldboden flach, es lagen keine größeren Äste herum. Aber ansonsten deutete nichts darauf hin, dass hier jemand gecampt hatte.

»Wenn man die Menge Exkremente im Abort bedenkt, dann gibt es vielleicht noch mehr mögliche Zeltplätze«, meinte Nora. Sie sah sich um und fügte vor ihrem inneren Auge der Kuppel der Bäume noch eine Reihe Zelte auf dem Waldboden hinzu.

»Hier könnten zig Leute gecampt haben«, stellte sie fest.

Marie lächelte. »Das hab ich auch gedacht. Und wir werden schnell herausfinden, wann und wer. Camper fallen auf, zumindest dem Förster.«

Sie hockte sich auf den Boden und nahm einen kleinen Plastikbeutel aus der Jackentasche. Vorsichtig zog sie den Hering heraus, ließ ihn in die Tüte gleiten und beschriftete ihn mit den Koordinaten, die sie dem Laserabstandsmesser entnahm, den sie aus der anderen Jackentasche zog.

Nora lächelte anerkennend, um gleich darauf wieder zu Johan hinüberzublicken. Sie ertappte sich bei dem Gedanken, mit wem er wohl telefoniert hatte. Über seinem Gesicht lag ein düsterer Schatten, wie man ihn bei ihm selten sah.

»Es wird Zeit«, sagte sie zu Marie. »Gehen wir zurück zu den anderen.«

Die meisten Kollegen waren dabei, ihre Kaffeetassen im Heck des Einsatzwagens in einer Wanne zu verstauen. Alle machten sich zum Aufbruch bereit. Nora und Marie waren unter den Letzten gewesen, die aus dem Wald kamen.

»Ich werde morgen früh eine neue Zuständigkeitsverteilung vornehmen«, wandte Mohns sich an den kleinen Trupp der Beamten, der noch ausgeharrt hatte. »Einige von euch werden vorrangig in dem neuen Fall ermitteln. Aber die Gruppe bleibt so lange klein, bis wir Genaueres über den Todeszeitpunkt wissen. Und Leute«, er sah in die Runde, »ich möchte schon jetzt einmal darauf hinweisen, dass es nicht sinnvoll ist, nach Zusammenhängen zu suchen, die die aktuellen Ermittlungen der SoKo-Saskia betreffen.

Ein solches Vorgehen wäre kurzsichtig und würde am Ende nur darauf hinauslaufen, dass jemand vorbelastet in diesen Fall geht. Das hier ist etwas ganz anderes, da erwarte ich eine gewisse Unvoreingenommenheit. Ich weiß, was ihr denkt, aber der Landkreis ist so klein nun auch wieder nicht, da wollen wir uns nicht verzetteln.« Er klatschte in die Hände. »So, packen wir's!«

Ertappt, dachte Nora. Einige der Beamten schauten zu Boden, ob beschämt oder verärgert, war unklar. Sie war also nicht die Einzige, deren Gedanken darum kreisten, was den jungen Mann und das Mädchen verbunden haben könnte. Und sie hatte Mohns unterschätzt. Er wusste genau, was in seinen Leuten vorging. Was ihn so unangenehm machte, war, dass er alles kontrollieren wollte, selbst Mutmaßungen.

Nora verspürte den dringenden Wunsch, allein zu sein. Das hier war einer dieser Momente, in denen die enormen Anspannungen des Tages sich summierten und ihre Wahrnehmung langsam eine schmale Grenze zwischen Eindrücken und Erdrücken passierte. Die Luft begann eine zähe Konsistenz anzunehmen, die sie schwerer atmen ließ. Und als ein Bussard seinen durchdringenden Schrei erklingen ließ, zuckte sie zusammen. Trotzdem musste sie noch mit Johan reden. Ob er genau wie sie über einen Zusammenhang nachdachte?

Aber mit Johan zu sprechen würde bedeuten, sich ihm ein Stück weit preiszugeben. Er war jemand, bei dem Nora stets das Gefühl hatte, eines Tages würde er ihr Geheimnis aufdecken. Oder zumindest erkennen, dass sie nicht so war, wie sie sich anderen gegenüber darstellte. Sie könnte einfach abwarten. Die Polizei in Lüneburg ihre Arbeit machen lassen. Irgendwann würde sich ein Zusammenhang offenbaren, wenn da einer war. Man hilft dem Gras nicht beim Wachsen, indem man daran zieht, dachte sie.

Andererseits: Wenn sie jetzt nicht mit jemandem über ihre Gedanken sprach, tat sie genau das, was Mohns wollte. Sie separierte die beiden Fälle gedanklich voneinander, entzog dem Teil ihres Gehirns, der alles miteinander in Beziehung setzen wollte, die Nahrung. Und damit ihrer Intuition. Denn entgegen Mohns' Anweisungen konnte sie sich des Gedankens nicht erwehren, dass das hier kein Zufall war. Ich brauche Johan, dachte sie, als Sparringpartner. Sie fühlte nach den Schlüsseln zu dem Audi in ihrer Jackentasche und stupste Marie an der Schulter an. »Fährst du mit dem Einsatzwagen zurück? Ich komme später nach.«

Wenn Marie irritiert war, ließ sie es sich nicht anmerken. Sie hatte erstaunlich schnell akzeptiert, dass Nora Klerner jemand war, den man besser nicht fragte, warum sie etwas tat. Nora wartete, bis sich die Gruppe in Richtung der Fahrzeuge zerstreute, und zupfte dann Johan am Ärmel.

»Machst du noch einen Spaziergang mit mir?«

Er wirkte nicht mal sonderlich erstaunt.

Drawehn, Mittwoch, früher Abend

Die Wagenkolonne setzte sich langsam in Bewegung, zurück blieb nur der schwarze Audi, halb unter Bäumen verborgen. Nora schaute sich um. Mit dem Verschwinden der vielen Menschen fühlte sie sich sofort ruhiger. Johans Anwesenheit ließ sie zwar wachsamer sein, als sie es allein gewesen wäre, aber dennoch spürte sie Erleichterung. Der Wald hatte Nora vom ersten Moment des Betretens zugeflüstert, dass er seine Geheimnisse erst preisgeben würde, wenn sie sich bereitwillig seiner Einsamkeit stellte. Der Wunsch, sich abzusondern, entsprach ihrem Instinkt und hatte sich in den Jahren immer mehr manifestiert. Einsame Orte zogen sie an, weil sie eine vollkommene Entsprechung ihres Inneren darstellten. Die Jagdhütte war die einzige Behausung im Umkreis von drei Kilometern, soweit Nora wusste. Jetzt, wo die Geräusche der Autos in der Feme verklangen, legte sich ein Schalldämpfer aus Nebel und Dämmerung auf ihre Ohren. Selbst die Vögel schienen sich verabschiedet zu haben. Johan stand am Waldrand und schien seinen eigenen Gedanken nachzuhängen. Sie würden zur Hütte gehen und sehen, was die einsamen Jäger sahen, wenn sie hier im Revier umherstreiften.

Sie stellte sich neben ihn und sah in das Zwielicht zwischen den Stämmen. »Gehen wir?«

»Wohin?«, fragte er.

»Noch einmal zur Jagdhütte.« Er nickte, lächelte verschmitzt und zeigte Nora einen kleinen Schlüssel.

Das ist das Angenehme an ihm, dachte Nora. Er weiß, was ich brauche.

Die klamme Kälte hatte zugenommen. Nora schüttelte sich leicht, um ihre Muskeln zu lockern, während sie zwischen den Stämmen über das dichte vermoderte Laub des Vorjahres stapften, an den Resten der Markierungen aus Neonband vorbei und an der Grube. Verletzte Wurzeln ragten aus den Seitenwänden. Sie blieben kurz stehen und blickten hinein. Morgen früh würden Arbeiter einer Gartenbaufirma kommen, die Absperrung abbauen und die Grube zuschütten. Dann würde sich wieder Stille über diesen Ort legen. Nora versuchte sich vorzustellen, wie ein Körper in eine große Menge Exkremente fiel. Dass es wahrscheinlich ein weicher Sturz gewesen war, hatte etwas Groteskes. Johan war bereits einige Schritte voraus, sie beeilte sich, ihn einzuholen.

Sie folgte der schmalen, überwucherten Schneise, die von der Grube weiter in den Wald führte.

»Die Meiners waren gelegentlich in dieser Gegend Pilze sammeln«, sagte sie.

Johan blickte sie überrascht an.

»Tatsächlich? Und wann zuletzt?« Nora berichtete ihm von dem Telefongespräch mit Frau Meiner, und er nickte. »Es war eine gute Idee, sie zu fragen. Hoffentlich ist sie bald wieder klar im Kopf. Ihr Mann wusste auch nichts?«

»Saskias Vater ist immer erst nach acht Uhr zu Hause. Ich werde später noch mal anrufen, wenn er nicht mehr auf der Baustelle ist. Ich will, dass er mehr Ruhe hat, wenn ich ihn darauf anspreche.« Johan nickte wieder, und dann konzentrierten sie sich darauf, im Dämmerlicht tiefer in den Wald einzudringen. Es sieht aus, als könne man endlos weitergehen, dachte Nora. Weiter und weiter, bis zur Elbe. Dies hier war nicht ein reiner Nutzwald mit Monokultur, sondern ein Stück natürlicher Mischwald. Der Boden war von gerade ausschlagenden Büschen, Blaubeersträuchern und Gräsern bedeckt, wo das Blätterdach ihnen im Sommer Licht und Luft zum Wachsen ließ. Modernde Äste, an die sich Baumpilze klammerten, und teils zentimetertiefes Laub bedeckten die Schattenplätze. Die Bodendecker waren vernetzt durch ein Gespinst aus nassen Weben, kleinere Koniferen bildeten Inseln, in deren Mitte das Licht geschluckt wurde, und erste Farne rollten sich anmutig aus der angefeuchteten Erde. Es war ein schöner Wald, gerade jetzt im schwindenden Licht der fahlen blauen Stunde. Nora spürte den Blick der kommenden Dunkelheit im Nacken. Du wirst es nicht schaffen, dass ich mich umdrehe, dachte sie.

Unter Johans und ihren Schritten knackten kleine Äste. Sonst war es still.

Nachdem sie etwa zwanzig Minuten gegangen war, trafen sie auf die Gabelung des Forstweges. Dünnes Gras hatte hier die Furchen der letzten Fahrzeuge fast vollständig überwuchert, und vereinzelt standen Eichensprösslinge schon einen halben Meter hoch.

»Von hier aus ist es nicht mehr weit«, sagte er. Doch es dauerte noch weitere fünfzehn Minuten, bevor sie das nächste Wegmal erreichten. Es war noch dunkler geworden, und Nora steckte die Hand in die Manteltasche, um nach der Taschenlampe zu tasten, die sie aus dem Wagen mitgenommen hatte.

Der Weg endete an einem alten Schlagbaum aus unbehauenen Stämmen, und der Wald öffnete sich zu einer kleinen Lichtung, auf der die Blockhütte stand. Reifenspuren zeigten, dass hier noch vor kurzem ein Wagen geparkt hatte, aber jetzt war alles verwaist. Die Fensterläden der Hütte waren geschlossen und gaben ihr das Aussehen eines kleinen Bollwerks. Die Stämme, aus denen sie gebaut war, waren dick und klobig, die kleine Terrasse war mit massiven Brettern belegt, die sich in der Feuchtigkeit des Waldes verzogen hatten, und die einfachen Sitzmöbel waren nicht viel mehr als roh zusammengezimmerte Provisorien. Die massive Holztür war mit einem Vorhängeschloss gesichert. Johan steckte den Schlüssel ins Schloss und ließ Nora eintreten. Drinnen roch es nach ungewaschenen Männern, feuchten Kleidern und ganz leicht nach modrigem Holz. Sie öffnete die Fensterläden, um das letzte bisschen Tageslicht hereinzulassen. Auf dem Tisch stand eine Petroleumlampe.

Es war relativ aufgeräumt. Zumindest auf einer Seite der Demarkationslinie, die anscheinend die Territorien von Vater und Sohn trennte. Johan blieb in der Tür stehen, während Nora sich umsah. Eines der Betten war mit Klamotten, zerfransten Tierbüchern und Brötchenkrümeln übersät. Hier musste der Junge geschlafen haben. In einer Ecke des Zimmers stand eine Kochplatte mit Propangasflasche, auf der anderen ein kleiner gusseiserner Holzofen, dessen Abzugsrohr durch die Wand nach außen führte. Als Nora die einzige weitere Tür öffnete, sah sie dort ein Bio-Klo mit einer Tüte Sägespäne daneben und eine große Gefriertruhe. Sie hob den Deckel und blickte in eine chemisch müffelnde Leere. Etwas anderes hätte sie auch überrascht. Sie lächelte Johan zu, der sie beobachtete, und ging an ihm vorbei wieder nach draußen.

Diesmal folgte er ihr, als sie um die Hütte herum lief.

»Suchst du nach etwas Bestimmtem?«, fragte er.

Nora zuckte die Achseln und blieb hinter der Hütte stehen. »Eigentlich nicht. Ich bin einfach neugierig.« Auf der Rückseite war meterhoch Holz geschichtet und gegen Nässe mit einer Plane abgedeckt. In einem kleinen Anbau stand ein Stromgenerator mit einem Benzinkanister. Daneben ein Holzklotz, der Axtspuren trug, und auf der Plane ein Scheit, in den ein Gesicht geschnitzt war. Es war ein kantiges, lächelndes Gnomengesicht, grob aus dem Holz geschält.

»Schau mal«, sagte Nora, nahm das Stück Holz in die Hände und musste lächeln. Auf der linken Seite des Gesichts war der Mundwinkel nach oben gezogen, auf der rechten nach unten. Betrachtete man es von der einen Seite, sah es aus, als würde es weinen, und auf der anderen Seite, als lache es. Nora gefiel die Figur, sie hatte etwas von einem menschlichen Yin-und-Yang-Zeichen. Das kann man auch so verstehen, dachte Nora, man bekommt nichts geschenkt, ohne nicht auch dafür zu bezahlen.

»Und, was meinst du? Hat Mohns recht, wenn er sagt, dass der Tote hier nichts mit Saskia zu tun hat?«, fragte Nora.

»Lass uns auf die Veranda gehen«, sagte Johan. Gemeinsam gingen sie zurück zum Eingangsbereich und ließen sich auf dem klammen Holz der Sessel nieder. Johan nestelte ein Päckchen Zigaretten aus seiner Tasche. Er hielt es Nora hin, die den Kopf schüttelte.

»Ich rauche nicht oft«, sagte er, während er sich eine Zigarette anzündete. »Aber manchmal muss es einfach sein.«

Nora sagte nichts zu seiner Bemerkung. Aber so wie er melancholisch in die Ferne schaute, hatte sie wieder das Gefühl, dass es dabei um etwas ganz anderes ging als um eine Sucht, die keine sein sollte. Er war nicht zufrieden mit sich. Nur warum?

Johan lehnte sich zurück und beantwortete endlich Noras Frage: »Ich denke, dass er Recht hat. Menschen machen aus Korrelationen Kausalitäten, ganz unwillkürlich. Das kann richtig sein. Wo Rauch ist, ist auch Feuer. Oder auch völliger Quatsch. Ein paar Jahre lang gab es in Bremen eine Korrelation zwischen nistenden Storchenpaaren und der Geburtenrate. Die Statistik liefert die Daten, der Rest ist Fantasie. Trotzdem ist es nur logisch, dass man in diesem Fall einen Zusammenhang ebenso wenig ausschließen wie annehmen kann, solange wir nichts Genaueres wissen. Eine weitere Unbekannte in einer Gleichung voller Unbekannten. Die Menschen glauben nicht an Zufall, weil das Gehirn ein Apparat zur Mustererkennung ist. Wir konstruieren immer eine Kausalität.«

Nora dachte nach. Die Meiners waren hier spazieren gegangen. Zufällig?

Die Bäume waren inzwischen vor dem düsteren Blau des Himmels zu einer nahezu schwarzen Wand geworden, die Geräusche der Nacht nahmen zu, und sie hörten ein Käuzchen rufen.

»Du meinst also auch, dass wir gar nicht erst nach einer Verbindung suchen sollen?«

Er schüttelte den Kopf. »Na ja, es gibt sie ja schon. Wir sind nicht so weit von Bardowick und Lüneburg entfernt, dass wir sie nicht sehen könnten. Und wir werden noch weitere Verbindungen finden. Nur ob uns das zu Saskias Mörder führt, ist unklar.« Er zog an seiner Zigarette. »Die Gegend ist ein beliebtes Ausflugsziel.«

Er spielt den Advocatus Diaboli, dachte Nora. Belebt wirkte es hier nicht gerade. Zumal das Waldgebiet riesig ist. Im Grunde glaubt er auch, dass wir zu dicht dran sind, um einen Zusammenhang ausschließen zu können. Der Tote könnte ein Zeuge der Entführungen sein, ein Mitwisser. Sie hatten über eine Gruppe gesprochen, so wie sie hier gecampt hatte.

»Wie oft werden hier Mordopfer ausgebuddelt? Alle zwanzig Jahre? Es hatte den Göhrde-Mörder gegeben, der hier sein Unwesen trieb, den Maskenmann in Niedersachsen und Hamburg, und wenn wir zu spät nach einer Verbindung suchen, werden wir sie vielleicht nicht mehr finden.« Sie zögerte. »Ich glaube einfach, wir dürfen das nicht unbedacht getrennt behandeln, auch wenn es zwei verschiedene Fälle sind und unser stärkstes Indiz die räumliche Nähe ist. Hast du gerade viel zu tun?«

Johan lächelte schief und schüttelte den Kopf. »Wie soll ich es ausdrücken? Ich brauche neue Informationen, mehr Input, vor allem aus Tschechien. Ohne weitere Hinweise werde ich diesen Mann und seine Taten nicht verstehen können. Ich verstehe ihn sowieso nicht. Wenn es denn überhaupt ein Mann ist.«

»Wenn es ein Mann sein sollte, hat er ein Faible für die Vergangenheit.« Nora setzte Johan kurz in Kenntnis über das, was sie von Marie über das Hügelgrab erfahren hatte.

»Das deckt sich mit meinen Überlegungen, dass irgendetwas Rituelles darin verborgen scheint, wo und wie die Leichen lagen«, sagte er.

»Sollte der Täter Saskia das Buch mit dem Gedicht gegeben haben, und ich sage nicht, dass er das getan hat, dann wollte er vielleicht darauf hinweisen, dass das Leben nie hält, was es verspricht. Kannst du morgen mitfahren, wenn die ersten Vernehmungen hier gemacht werden? Einfach schauen, ob du irgendwo Hinweise auf Schiller, Gedichte, Hügelgräber oder sonst was siehst? Alles, was nur entfernt an Okkultismus erinnert, wäre hilfreich. Wenn wir hören, dass die Leiche bereits seit Jahren unter der Erde liegt, kehrst du an deinen Schreibtisch zurück.«

Sein Zögern dauerte nur einen kurzen Moment, trotzdem kam es Nora ewig vor. Bat sie um zu viel? Sie wusste es nicht. Aber sie bereute ihre Frage nicht.

Ihr Blick fiel auf den geschnitzten Holzscheit, den sie mitgenommen hatte und der nun vor ihr auf dem Boden stand. Ein halbes Lächeln, ein halbes Weinen. Das Glas war halbvoll oder halbleer. Es war ebenso wahrscheinlich wie unwahrscheinlich, dass Johan hier eine Verbindung fand.

»Na klar. Wenn du meinst, dass das was bringt«, sagte er, nahm einen letzten Zug von der Zigarette und drückte sie dann auf den Holzdielen der Hütte aus. Nora konnte im Halbdunkel nicht erkennen, was er wirklich dachte. Wollte er ihr nur einen Gefallen tun? Sie schaute wieder zum Wald, dessen Baumspitzen sich wie ein Scherenschnitt gegen den Abendhimmel abzeichneten.

Genau genommen spielte es auch keine Rolle.

Ein Mensch war in diesem Wald gestorben. Ein junger Mann, dessen Leiche anschließend in einem Haufen Scheiße beseitigt worden war. Da war keine Planung im Spiel, man entsorgte jemanden nicht in einem tiefen Loch, das voll mit den eigenen Körperausscheidungen war, außer man hatte keine Zeit. Die Täter hatten einiges Werkzeug benötigt, um ein Loch im Wald zu buddeln, aber dann keine Gelegenheit mehr gehabt, eine weitere Grube auszuheben. Es mussten viele Menschen im Wald gewesen sein. Wahrscheinlich hatten alle direkt nach der Tat ihre Zelte abgebrochen. Im wahrsten Sinne des Wortes.

Johan würde hier nützlich sein. Es war eine gute Entscheidung.

Plötzlich hatte sie das Bedürfnis nach den gestärkten Laken ihres Hotelbettes und der Trutzburg ihres Zimmerturmes. Sie zog die Hände in ihren Parka und stand auf. »Lass uns gehen.«

Johan erhob sich langsam. Einen Moment hatte sie das Gefühl, er wollte mit ihr noch über etwas anderes reden. Etwas, das nichts mit ihrer Arbeit zu tun hatte. Doch dann sagte er nur: »Wird auch kalt gerade.« Noras Blick fiel auf die Figur vor ihr, und sie klemmte sie sich unter den Arm. Eigentlich bin ich keine Fährtensucherin, dachte sie. Ich sammle nur. Wie ein Kind, das alles aufliest, was ihm gefällt. Und am Ende schaue ich, was in meinem Beutel ist.

Sie legten den Weg trotz der schlechteren Sicht zügig zurück. Das Licht der Taschenlampe fegte über Bäume und Sträucher und ließ die Schatten vor ihren Schritten zurückspringen. Der Wagen stand verlassen in der Dunkelheit.

Nora stieg ein und gab die Adresse ihrer Pension ins Navi ein. »Reitende Diener Straße«. Genau der richtige Name für die Herberge einer Polizistin, dachte sie. Dann holte sie einige CDs aus der Tasche, die sie im Fußraum hinter ihrem Sitz liegen hatte, und hielt Johan eine hin. Einen Moment später füllte sich das Innere des Wagens mit der sprudelnden Kaskade kristallener Klaviertöne, die in dem

Klangkäfig von allen Seiten reflektiert wurden und sich zyklisch wiederholten. Bach. Es gibt nichts Besseres, um die Gedanken auf null zu stellen, dachte Nora.

Wendland, Mittwochabend

Im Haus war es kalt, nur hier in diesem Raum nicht. Maja beugte sich über ihre Tochter. Ihr Gesicht wirkte so friedlich im Schlaf. Die zarten Fächer der Wimpern zitterten, wenn die Augäpfel sich unter den Lidern bewegten. Maja hoffte, sie träumte etwas Schönes, obwohl sie ahnte, dass es nicht so war. Sie hoffte, es sei etwas aus dem Land der Seelen und Magie, dort, wo sie alle herkamen und wieder hingingen, in ein Spektrum aus tausend Farben getaucht. Sanft legte sie die Hände auf die Hüfte des Mädchens, spürte der Kraft nach, die überall pulsierte, und versuchte, so viel wie möglich davon in das Kind zu versenken und es damit zu umhüllen. Die bunte Decke, das weiche Fell, der Körper des Kindes verschwammen hinter einem unscharfen Schleier, als die Tränen kamen. Sie atmete tief ein, um dagegen anzukämpfen, dass die Verzweiflung wieder Oberhand gewann. Es roch süßlich nach Moschus, die Luft war noch warm und feucht vom Badewasser. Maja konzentrierte sich mit aller Macht darauf, aus ihren Händen ein Licht fließen zu lassen. Sie bemühte sich, in ihrer Vorstellung alles zu vergolden, dem Leben eine Helligkeit zu verleihen, die es über das Jetzt erhob. Doch sie zitterte, als sie die Dunkelheit und Kälte fühlte, die sich gegen ihren Lichtstrahl zu wehren schien. Eine schwarze, zähe Masse aus Finsternis und Bosheit. Sie hatte so viel von ihrer Überzeugung verloren, ihrer Fröhlichkeit. Ihr war, als sei ihre Tochter ein heiliges Gefäß, umgestürzt, all seine Kraft und Lebensfreude verschüttet, und nun leer und ungeschützt. Wie sollte sie alleine es füllen können?

Wie gut, dass sie eine Familie waren. Sie würden sie beschützen. Irgendwann würde sie wieder heil und dann dankbar sein, dass alle gemeinsam an ihrer Genesung mitgewirkt hatten. Sie vertraute ihnen. Sie streichelte Ronja noch einmal über den Kopf, ihr Haar war noch feucht. Hinter der durchscheinenden Haut an der Schläfe pochte eine Ader. Dann erhob sie sich leise. Durch den Perlenvorhang, der in dem Türrahmen zur Gemeinschaftsküche hing, ging sie nach nebenan, um sich einen Tee zu kochen. Leise klackten die Holzperlen, als sich der Vorhang hinter ihr schloss.

Sie konnte nicht hören, wie auf der anderen Seite des Raumes, in dem ihre Tochter schlief, ein weiterer Vorhang aus Stoff, zum Schutz gegen die zugigen Ecken in dem alten Bauernhaus, zur Seite geschoben wurde und ein junger Mann das Zimmer betrat. Auch er betrachtete das schlafende Kind. Doch seine Stirn war gerunzelt, sein schmaler Mund zeugte von leisem Zorn und Unverständnis.

Warum forderte Liebe den Tod?

Lüneburg, Donnerstag früh

Der Arbeitstag begann im Morgengrauen auf dem Revier mit einer Besprechung zu der neuen Situation. »Wir werden jetzt noch härter arbeiten müssen«, verkündete Mohns mit einem strengen Blick auf seine Leute. »Doch das Mädchen hat Priorität. Wir wollen nicht, dass wieder etwas passiert.«

Eine Gruppe von vier Beamten wurde von der SoKo-Saskia zu den Ermittlungen der Leiche im Wald übergestellt. Keiner von ihnen wirkte besonders glücklich darüber, als sie in den kleineren Konferenzraum trotteten, um sich dort allein weiter zu beratschlagen. Johan blieb noch einen Moment sitzen, bis Mohns die Sitzung schloss, und ging mit schnellen Schritten zu dem Besprechungsraum, durch dessen Scheibe zum Flur er die vier sitzen sehen konnte.

Er öffnete die Tür und steckte den Kopf hinein. »Ich könnte euch ein bisschen unterstützen«, sagte er. Die anderen sahen ihn an, als würden sie das erste Mal seine Existenz wahrnehmen. Auf gewisse Weise war das ja auch so. Als normaler Polizist hatten die anderen ihn nie gesehen, und genau genommen war er ja auch keiner, sondern hatte Kriminologie und Rechtspsychologie studiert, bevor er in den Polizeidienst eintrat.

»Ich hab grad nicht so viel zu tun«, sagte Johan, öffnete die Tür ganz und setzte sich auf den nächsten freien Platz. Moritz reichte ihm eine Tasse vom Tablett hinüber, das in der Mitte des Tisches stand. Johan unterdrückte ein Gähnen, während er sich aus der Thermoskanne Kaffee einschenkte. »Ich muss auf neue Informationen der Tschechen warten. So wie es jetzt aussieht, kann ich erst morgen weitermachen. Und wenn ich dabei bin und ihr noch jemanden von der Schutzpolizei mitnehmt, dann können wir drei Teams bilden statt zwei. Alles geht dann schneller!« Während er an seinem Kaffee nippte, las er, was schon auf dem Flipchart stand: Identität? Abgleich vermisste Personen.

Irene lächelte, die Irritation schien von ihr abzufallen. »Das ist wirklich nett von dir!« Sie hatte in der Früh die Aktenführung in der SoKo-Saskia an Volker übergeben müssen und leitete nun diese klägliche Gruppe. Bei einem mutmaßlich gewaltsamen Todesfall im Landkreis würden normalerweise mindestens zehn Beamte hier sitzen, je nach Kapazitäten auch mehr.

Hinter den Fenstern zeichnete sich ein noch immer bleigrauer Morgenhimmel ab, als sie begannen.

Irene malte ein Schaubild. »Hier ist der Fundort der Leiche.« Sie zeichnete ein Kreuz. »Hier etwa haben wir die Überreste eines Staudammes«, sie malte eine gewellte Linie für den Bach und eine gerade für den Staudamm, »hier Äste, die zu einer Art Tipi gehören könnten.« Sie malte einen Kreis. »Und hier hat Marie einen einsamen Zelthering entdeckt.« Sie markierte den letzten Fundort mit einem Punkt. »Die Entfernungen betragen je dreißig bis vierzig Meter zwischen den einzelnen Plätzen. Hat jemand dazu eine Idee?«

»Da waren wohl Kinder bei den Campern dabei«, erbarmte sich Moritz.

»Das denke ich auch«, sagte Irene. »Wir werden heute den Tag damit verbringen, in der Umgebung zu erfragen, ob jemand zum fraglichen Zeitpunkt Camper gesehen hat.« Sie hob den Stift. »Ich habe heute mit Dr. Weiß gesprochen. Sie tippt, dass der Körper ein halbes Jahr in der Erde gelegen hat. Kein ganzes, vielleicht auch irgendwo dazwischen. Doch diese Einschätzung ist noch ohne Gewähr. Den vollständigen Obduktionsbericht erhalten wir erst in ein paar Tagen. Das würde bedeuten, dass letztes Jahr bis in den Herbst hinein Camper dort gewesen sein müssten. Moritz, kannst du die Wetterdaten für die Region in den letzten Monaten heraussuchen?« Er nickte und machte sich eine Notiz.

»Wir halten uns bei den Befragungen an einen relativ umfangreichen Zeitraum. Wenn es angenehmer ist, im Spätsommer zu campen, sind meist auch mehr Leute unterwegs. Es gibt auch Menschen, die stören sich nicht an schlechtem Wetter oder Kälte.«

Die anderen nickten zustimmend.

Irene befestigte eine Karte an der Tafel: »Wir bilden drei

Teams zu zwei Personen und teilen die Region in Planquadrate ein: Johan, du kennst dich in der Gegend nicht so gut aus und fährst mit mir.« Sie teilte die Bereiche auf und sah dann auffordernd in die Runde. »Okay, an die Arbeit.« Johan war klar, dass er auch deshalb mit Irene fahren sollte, damit sie ihn im Auge behalten konnte. In ihren Augen war er vermutlich ein Schreibtischhengst. Oder vielmehr ein Polizistenwallach.

Nora versuchte, Bohumil ans Telefon zu bekommen, aber er war schon aufgebrochen zu einer Sitzung mit Kriminalbeamten aus ganz Tschechien in Prag. Sie wollte ihm berichten, was gestern im Wald gefunden wurde, und zwar lieber telefonisch als per Mail. Entnervt legte sie den Hörer wieder auf. Die Nacht hatte ihr wieder kaum Schlaf gebracht, stattdessen Träume von hellen Knochen in dunkler Erde und weißen Leibern von Kindern unter großen Haufen verfaulender, matschigbrauner Blüten. Und Bilder von sich selbst, wie sie durch einen dunklen Wald stolperte, unfähig, etwas zu sehen und ohne zu ahnen, wo sie war. So ähnlich erging es ihr gerade mit dem Fall. Die ungewohnte Umgebung machte ihr zu schaffen. Mohns' Präsenz war im Gebäude spürbar wie der Geruch eines Panthers und nagte unterschwellig an ihrem Befinden. Außerdem fühlte sie sich abgeschnitten von irgendetwas Verwertbarem, an das sie anknüpfen konnte. Die Akten waren noch nicht zur Gänze gelesen, aber sie konnte sich innerlich nicht von den Momenten gestern im Wald losreißen. Sie klickte auf das Server-Icon, sah sich die aktuellen Protokolle der letzten zwanzig Minuten an. Bisher war keiner der Lüneburger, die mit Firmen in Tschechien zu tun hatten, zum fraglichen Zeitpunkt dort gewesen, umgekehrt galt das Gleiche.

Nora starrte auf die Wand gegenüber ihrem Schreibtisch, auf der sie gleich an ihrem ersten Abend in Lüneburg eine

Übersicht mit Notizen, Bildern und Karten angelegt hatte. Die gab es zwar schon im Besprechungszimmer, aber für Nora war eine solche Wand, auf die sie alles klebte, eine kartographische Erfassung ihrer Assoziationen. Sie stand auf und steckte eine Nadel an den Fundort der Camper-Leiche, wie diese nun intern genannt wurde. Sofort fühlte sie sich besser. Jetzt steckten zwei Nadeln auf dem Ausschnitt der Europakarte, die sie an die Wand geheftet hatte, dicht an Lüneburg und eine in der Nähe von Prag. Eine Fotografie der Ganesha-Figur hatte sie neben das Bild von Saskia gehängt, für die der gesamte linke Teil der Wand reserviert war. Dort hing auch die Kopie eines Schulzeugnisses, mehrere Fotos ihrer Leiche, eine Inventarliste ihres Zimmers, ihr kurzer Lebenslauf, eine Liste der Verwandten, die in der Nähe wohnten, sowie ein Ausdruck ihres Facebook-Profils. Ganz am Rand hing die Zusammenfassung des Obduktionsberichtes.

Gegenüber das Spiegelbild des Arrangements mit all dem, was mit Evelina zu tun hatte. Ebenfalls ein Obduktionsbericht, Bilder von Evelina und ihrer Familie, von ihrer Leiche. Ihr Zeugnis hing dort auch, allerdings noch auf Tschechisch, doch die Noten des Mädchens, konnte Nora erkennen, waren sehr gut gewesen. Ein Foto vom Haus, in dem sie mit ihren Eltern gewohnt hatte, zeigte ein kleines, grau verputztes Häuschen mit nur einem Geschoss. Auf dem flachen Schindeldach war eine Luke geöffnet, vermutlich befanden sich dort oben die Schlafzimmer. Der Garten bestand aus einem Streifen Rasen und zwei, drei kahlen Büschen am Rand hinter dem Holzzaun, darüber ein blasser Winterhimmel. Es war nicht weit weg, dieses Haus, aber Nora kam es vor, als würde es aus einer anderen Welt stammen oder aus einer anderen Zeit. Aus den Sechzigern vielleicht. Ein Facebook-Profil hatte Evelina nicht gehabt, nicht mal einen Computer.

Nora trat von der Wand weg und betrachtete das Dreieck, in dessen Mitte die Karte prangte. Sie unterdrückte ein Stöhnen, die altbekannte Wut auf sich selbst, wenn sie in der Flut der Informationen nicht mal einen Fadenstrich fand, der sie weiterbrachte.

Seit drei Wochen lag Saskias Leiche in der Kühlkammer der Rechtsmedizin. Wer auch immer das getan hatte, konnte längst fort sein. Entweder man fand genügend Spuren in den ersten Tagen und überführte den Täter schnell, oder die Suche konnte sich Jahre hinziehen. Sie waren auf den Zufall und die Schlampigkeit des Täters angewiesen. Und der hatte in diesem Fall nicht geschlampt, und der Zufall ließ sie bisher auch im Stich. Der Fund der Leiche gestern bedeutete auch keinerlei Fortschritt, sondern nur eine weitere Baustelle. Fast bedauerte sie jetzt, dass sie Johans wertvolle Arbeitskraft in diese Richtung gelenkt hatte. Ein leiser Ton kündigte eine E-Mail auf ihrem Computer an. Nora blickte auf den Bildschirm und überflog die wenigen Zeilen. Die Nachricht kam über das interne Datennetz der Polizei und stammte von einem Kollegen aus dem BKA in Wiesbaden von der Abteilung SO 42, ermittlungsunterstützende Internetrecherche. Sie hatte ihm Saskias I-Pod geschickt und ihn gebeten, ihr zu mailen, woher die Musikdateien darauf stammten.

»Tut mir leid, bei den alten Sachen passe ich!«, schrieb er. »Das sind bestimmt digitalisierte Platten. Mit den Chiffren, die diese Digitalisierung im Code und der Benennung der Dateien hinterlassen hat, habe ich einen Suchalgorithmus gefüttert, der jetzt im Internet unterwegs ist. Wir müssen abwarten. Wenn jemand die gleichen Stücke auf seinem I-Pod hat, werden wir ihn finden, aber das kann etwas dauern.«

Enttäuscht heftete Nora die mitgelieferte Playlist von Saskias I-Pod an die Wand. Mit einem neongelben Marker strich sie die Alben von Dead can Dance, David Byrnes »My life in the bush of ghosts« und Janis Joplins »Live at Woodstock« an. Sie wurde den Gedanken einfach nicht los, dass sich Saskia diese Musik nicht allein ausgesucht hatte, keine ihrer Freundinnen hörte sie. Auch die kriminaltechnische Untersuchung des Gedichtbandes sowie der Blume hatten keinerlei Ergebnisse geliefert, außer dass es sich um Papaver rhoeas, Klatschmohn, und keineswegs um Papaver somniferum, Schlafmohn, handelte, wie Nora insgeheim gehofft hatte. Dann hätten sie wirklich etwas in der Hand gehabt, dessen Seltenheitswert verdächtiger war als die auf allen Feldern blühende Schwester.

Drawehn, Donnerstagvormittag

Johan und Irene übernahmen die nächsten Nachbarn beim Fundort. Zuvor klopfte Johan noch bei Mohns an. Zumindest Bescheid musste er ihm geben. Die Hierarchien, wenn drei unterschiedliche Behörden beteiligt waren, waren etwas schwammig, jeder interpretierte sie unterschiedlich. Dass er vom LKA kam, machte ihn zwar nicht automatisch autark, er war immer noch dem örtlichen Leiter der Ermittlungen unterstellt, aber in der Regel ließen die ihn unabhängig agieren.

»Und wieso?«, fragte Mohns, während er seinen Blick kaum von den Papieren hob, an denen er gerade arbeitete.

»Ich brauch einfach einen frischen Blick«, sagte Johan. »Außerdem sind die unterbesetzt, und ich kann da vielleicht mehr ausrichten als momentan am Schreibtisch. Mir fehlen neue Ansätze aus Tschechien, dann kann ich hier auch wieder mehr machen.« Jetzt schaute Mohns doch auf.

»Einen frischen Blick auf den neuen Fall?« So, wie er das sagte, klang es tatsächlich albern.

Johan war genervt. Mit einem wie Mohns konnte man nicht diskutieren. Er wollte ihm nur Bescheid sagen, keine Erklärungen abgeben und sich rechtfertigen. Mohns bedachte ihn mit einem weiteren süffisanten Blick, schaute wieder auf seine Papiere und hob dann die Hand, um Johan gönnerhaft hinauszukomplimentieren. »Dann fahren Sie mal mit.«

Johan kochte immer noch, als er bei Irene im Auto saß. Diese Herablassung! Mohns war zwar nicht blöd, aber ein Arschloch. Der wusste doch genau, wie er die Menschen um sich herum spüren ließ, dass sie von seinen Entscheidungen abhängig waren. Irene fuhr in zügigem Tempo über die Landstraße, und Johan versuchte sich zur Beruhigung die Strecke einzuprägen. Es war eine Übung. Er zeichnete vor seinem inneren Auge eine Landkarte mit Ortsmerkmalen, Straßennamen und Kreuzungen. Hannover konnte er im Kopf rekonstruieren und manchmal, wenn er nicht schlafen konnte, fuhr er im Halbdämmer zwischen den Häuserschluchten entlang, visualisierte Parks und Hydranten, Abzweigungen und Fassadenkritzeleien. Dann schlief er in der Regel ein. Auch jetzt machte ihn die Konzentrationsübung ruhiger und vertrieb die vielen herumschwirrenden Fragen aus seinem Kopf. War es wirklich richtig, hier im Wagen zu sitzen und sich um einen verstorbenen jungen Mann zu kümmern statt an seinem Schreibtisch, der immer noch mit den Bildern von den toten Mädchen bedeckt war? Was, wenn er doch etwas Neues entdeckt hätte? Am Ende einer Fallanalyse stand eine vollständige Rekonstruktion der Tat. Ein langwieriger und komplizierter Prozess, der vieler einzelner Schritte bedurfte und am Ende nicht selten zu Ergreifung des Täters führte. Aber Nora hatte ihn gebeten, und er tat es gerne, weil sie es war. Basta.

Und was mochte Lilly wohl gerade tun? Gestern Abend hatte er es bei ihr zu Hause versucht, aber sie hatte nicht abgenommen. Eine Nachricht hatte er nicht hinterlassen, sondern einfach aufgelegt, als die Mailbox an gegangen war.

Nachdem sie aus Lüneburg auf die B216 gefahren waren, ging es fast dreißig Kilometer geradeaus. Er war dankbar, dass Irene keine Fragen dazu stellte, wie es ihm ging oder in Lüneburg gefiel. Er hätte ihr keine vernünftige Antwort geben können. Ebenso wenig wollte er sie fragen, ob sie ihre neue Aufgabe als Rückschritt empfand. Ob es sie belastete, nicht mehr am Puls der Ermittlung nach einem Kindermörder zu sein, der womöglich wieder zuschlagen konnte.

»Der Markt hier ist phänomenal. Es gibt frisches Gemüse und Obst aus der Region und echten Heidehonig«, sagte Irene und zeigte auf ein Schild in Barendorf, das auf einen saisonalen Bauernmarkt hinwies. Johan hatte allerdings auch bemerkt, dass Barendorf zwischen Klinkerhäusern mit Fachwerk und Reetdach außerdem einen Shop für Armeezubehör aufwies. Wer brauchte in einem Heidedorf Armeezubehör? Dann fiel ihm ein, dass es in der Heide etliche große Truppenübungsplätze gab. In Lüneburg waren noch vor einigen Jahren große Kasernen der Bundeswehr gewesen. Einige gab es immer noch. Und die Jäger nicht zu vergessen. Camouflage fürs Unterholz.

Irene deutete auf eine ganze Reihe hoher Windräder, die sich trotz der leichten Brise recht schnell drehten. »Viele Menschen finden, die verschandeln die Landschaft«, sagte sie, »aber ich mag sie. Oder vielmehr die Vorstellung, dass die Höfe hier in der Umgebung alle von ihrem eigenen Windrad mit Strom versorgt werden. Das stimmt zwar nicht, aber es sieht so aus. Wie eine wahr gewordene Utopie!«

Johan betrachtete sie von der Seite. Irene hatte eine gesunde, rötliche Gesichtsfarbe, sie war ungeschminkt und trug ihr braunes Haar kurz. Es war gut vorstellbar, dass sie auf so einem Selbstversorgerhof gut zurechtkäme. Vielleicht strebte sie dieses Lebensmodell ja irgendwann mal an.

»Ziemlich futuristisch!«, sagte er.

»Demnächst werden wir hier noch ziemlichen Ärger mit den Bürgerinitiativen in der Gegend bekommen, die gegen die geplante Höchstspannungstrasse sind. Die Streckenplanung ist noch nicht abgeschlossen. Nur die Entscheidung, dass die Trasse oberirdisch verlaufen wird, die ist sicher. Unterirdisch wäre zu teuer.« Sie gluckste. »Neulich hat eine Frau im Fernsehen gesagt, das seien doch nur 16 Cent pro Steuerzahler in Deutschland im Jahr, damit die Leitung komplett unterirdisch verlegt werden könnte. Ich frage mich, ob wir überhaupt so viel für alle neuen Kitaplätze zusammen ausgegeben haben!«

»Na ja, es müsste ungefähr das Gleiche sein. Bei rund 42 Millionen Steuerzahlern à 16 Cent … also rund 7 Millionen Euro …«

Irene warf Johan einen konsterniert amüsierten Blick zu, und er schwieg betreten. Kopfrechnen war eben ein Hobby von ihm so wie virtuelles Auto- oder Radfahren.

»Also wird es Proteste geben, ähnlich wie beim Castor?«, fragte er.

»Hoffentlich nicht! Die Überstunden nehmen wir noch mit in die Rente.«

Hinter Dahlenburg begann sich die Landschaft zu verändern. Statt Feldern und Wiesen mit kleinen Waldstücken rückten die Bäume dichter an die Straße, bis sie durch nahezu undurchdringlichen, durch eine Vielzahl Flechten beflaumten Wald fuhren. Als sie hinter einer Baustelle das Ortsschild Göhrde passierten, sog Irene die Luft ein. Johan konnte sich denken, woran sie dachte. Der Vierfachmord in der Nähe von Göhrde war berüchtigt und immer wieder Beispiel in Fortbildungen für Fallanalytiker. Zwei Paare waren 1989 im Wald erschossen und dann unter Zweigen versteckt worden. Das Perfide daran war unter anderem, dass das zweite Paar ermordet wurde, während die Polizei ein paar hundert Meter weiter die Spuren des ersten Doppelmordes sicherte. Am Ende waren tausende Hinweise und Jahre der Ermittlungen ins Leere gelaufen.

Johan starrte auf die Straße, die Lichtstrahlen, die sich mit den Schatten unter den Baumwipfeln abwechselten, blendeten ihn. Das war nicht mal fünfundzwanzig Jahre her. War der Göhrde-Mörder womöglich zurückgekommen? Wer damals vierzig war, war heute dreiundsechzig. Wer dreißig war, gerade mal dreiundfünfzig.

Vielleicht war er nicht zurückgekommen. Aber vermutlich lebte er noch.

Lüneburg, Donnerstagvormittag

Nora stand auf und reckte die Arme über den Kopf, um die Muskeln zu dehnen. Jetzt hatte sie wieder zig Seiten stupiden Beamtendeutschs hinter sich. Und das Ergebnis? Nichts. Nachbarn hatten niemanden gesehen, Anwohner nichts bemerkt. Nora sehnte sich danach zu laufen, um ihre innere Unruhe loszuwerden. Sie hatte das Gefühl, dass endlich etwas passieren musste. Wieder glitt ihr Blick über die Playlist, dann griff sie in eine Schreibtischschublade und holte den kleinen Ganesha hervor, den sie dort verstaut hatte. Nach kurzem Zögern steckte sie ihn ein. Einen Versuch war es wert, und selbst wenn nicht, dann hatte sie sich wenigstens die Füße vertreten. Hier im Büro lief sie Gefahr, sich in dem Hamsterrad zu verfangen, das sie umgab. Sie hatte mit etlichen Verwandten und Freunden von Saskia bereits telefoniert, niemand hatte auch nur den Hauch einer Ahnung, warum und wann Saskia begonnen hatte, sich mit den Siebzigern, indischen Götterfiguren und Gedichten von Schiller zu beschäftigen. Sie hatten sich alle angehört, als verstünden sie überhaupt nicht, wovon sie redete. Aber von allein kam ein Kind doch kaum auf solche Gedanken? Schon gar nicht in diesem Elternhaus. David Byrne!

Sie hatte in den Tagen, seit sie in Lüneburg war, kaum einmal eine Pause gemacht und erst recht keinen Spaziergang. Und kaum gegessen. Kantine oder Lieferservice, manchmal auch gar nichts. Morgens ohne Frühstück an den Schreibtisch, sie musste aufpassen, dass sie überhaupt etwas zu sich nahm.

Plötzlich sehnte sie sich nach dem idyllischen Bild, das ihr am ersten Tag so fragil erschienen war, so trügerisch. Und fragte sich, warum sie eine Reihe von Rechtfertigungen brauchte, nur um einmal in Ruhe ein bisschen herumzustreifen. Du bist doch arbeitssüchtig, dachte sie. Außerdem sprichst du mit dir selbst.

Nora griff nach ihrem Parka, bereute es aber sofort, als sie vor die Tür trat. Draußen war die Luft so mild, dass sie das Gefühl hatte, sie würde ihr über die Wangen streichen. Sie knotete den Parka um ihre Taille. Unter ihrem schwarzen Pulli fühlte es sich an, als sei ihr Körper noch vom Winter knochig und dürr. Sie atmete tief durch und ging über die große Kreuzung in die Altstadt, zum Rathausmarkt, dessen Brunnen wieder in Betrieb war und angenehm plätscherte. Von dort bog sie nach links in die Rosenstraße ab. Sie lief zum Wasserviertel mit den bildschönen Fachwerkhäusern und der Brücke über die Ilmenau, deren Gitter voll von Liebesschlössern hingen, vor denen es ihr graute, weil sie sie mehr an Fesseln erinnerten als an zärtliche Versprechen. Dann ging sie den Rundbogen unter einem historischen Wasserturm durch: Die Altstadt Lüneburgs war den Bomben des Krieges vor allem deshalb entkommen, weil die Engländer sie sich als zentral gelegenen Stützpunkt für ihre Besatzungsverwaltung ausgeguckt hatten, wenn sie den Krieg erst einmal gewonnen hätten. Hatte ihr Johan erzählt. Was der wieder alles wusste.

Sie umrundete den alten Hafen mit dem historischen Kran und ging über die Lünertorstraßen-Brücke über die Ilmenau wieder zurück zum Stint. Hier war angeblich nachts die winzige Partymeile der Stadt, tagsüber konnte man an den Tischen draußen essen. Bei so einem Wetter waren fast alle Plätze belegt. Nora bog rechts ab, dann die zweite Straße wieder links und schon war sie, etwas erfrischt und wacher, wieder in dem Innenstadtbereich mit den Geschäften, ihrem eigentlichen Ziel. Vor einem Schaufenster blieb sie stehen. Hochpreisige Sommerkleider, die neue Saison hatte begonnen. Unwirklich.

Ein Laden weiter gab es Schuhe, ebenfalls recht teuer. Dann ein Schmuckgeschäft.

Sie fühlte in ihrer Tasche nach dem kleinen Elefanten. In Lüneburg standen die Chancen höher als in Bardowick, so etwas kaufen zu können. Wahrscheinlich gab es einen Laden, der indischen Schmuck und Tinnef führte. Nora ging weiter, wieder über den Marktplatz, und bog in die Schröderstraße ab. Sie sah eine Menge Lädchen, die durchaus in ihr Raster passen könnten: ein Teeladen, ein Esoterikgeschäft mit Literatur über Engel, Chakren und Tarot sowie Schmuck und Steinchen. Ein bis vor die Tür nach Patschuli duftender Klamottenladen mit indischem Batikzeug, der bunte Schals an der Markise hängen hatte, die in der Sonne leuchteten. Sie prägte sich die Geschäfte ein, wartete auf eine innere Resonanz. Saskia war häufig mit ihren Freundinnen samstags nach Lüneburg gefahren, sie hatten Eis gegessen, waren bummeln. Was hatte sie am meisten interessiert?

Wendland, Donnerstagmorgen

Als Maja spät erwachte, schmerzten ihre Glieder. Sie fühlte sich wie zerschlagen, genau wie gestern, als ihre Lider wie von selbst nach unten gezogen wurden und sie, die Arme um ihre Tochter geschlungen, neben ihr auf dem Fell eingeschlafen war. In letzter Zeit war selbst das Aufwachen von einer bleiernen Schwere überzogen, als müsste sie jeden Morgen aufs Neue eine Eierschale aufpicken, die sich in der Nacht um sie geschlossen hatte. Sie blinzelte und warf einen Blick auf ihre süße kleine Tochter, die sich tief in die Mulde und unter die Decke gekuschelt hatte. Schönheit, dachte sie, die Schönheit ist ein Fluch, sie zieht die Finsternis an.

Als sie sich aufsetzte und die Kälte spürte, die dem kleinen Raum mit dem milchig beschlagenen Fenster alle schummerige Gemütlichkeit nahm, die er am Vorabend noch gehabt hatte, schlang sie die Arme um sich. Sie hatte in ihrer Kleidung geschlafen, einem weiten, geblümten Rock mit Stickereien, einer Fließjacke mit Kapuze und mit wollenem Halstuch. Darüber hatte sie die gewebte Wolldecke gebreitet. Ein Blick auf ihr Kind zeigte ihr, wie durchscheinend blass das Mädchen war. Was sollte sie heute mit ihr anstellen? Kindergarten kam nicht in Frage, die Erzieherinnen würden sicher Verdacht schöpfen. Es war so mühsam, eine Sechsjährige den ganzen Tag zu beschäftigen, wenn keine anderen Kinder da waren.

Einen Moment hasste sie ihr Leben. Alle sagten, sie sollte abwarten, das würde von selbst besser werden. Hier seien sie erstmal sicher, und wenn Ronja das erste Schuljahr verpasste, was tat das schon. Sie war ja noch so jung, sie würde alles aufholen. Die Meldeadresse in Spanien schützte sie vor den Fragen der Behörden.

Aber sie fühlte sich nicht sicher, eher so, als würde ihr alles entgleiten, auch Ronja, die so klein war und doch schon fast alle Fröhlichkeit im Leben verloren zu haben schien.

Und wo sollte sie hin? Allein konnte sie Ronja nicht beschützen, die ganze Welt war ein hoffnungsloser Kommerztempel, der für Menschen wie sie, die im Einklang mit der Natur leben wollten, die zu sensibel waren, die Großstädte auszuhalten, und die außerdem, wie sie sich eingestehen musste, keine Ausbildung und keine Ahnung hatten, wie sie sich und ihr Kind über Wasser halten sollten, nicht viele Möglichkeiten bot. Alleine der Gedanke, sich in die Mühlen der Bürokratie zu begeben, machte Maja so müde und mutlos, dass sie die Knie noch fester anzog. Der Perlenvorhang klimperte leicht, und ein Mann stand im Türrahmen und sah sie an.

»Tee?« Er streckte die Hand aus, in der er eine irdene Schüssel hielt.

Sie nickte und schälte sich langsam aus dem Deckenhaufen. Ronja schlief noch tief und fest. Fröstelnd folgte Maja ihm in die Küche, in der es dank des Feuers in der Küchenhexe schon mollig warm war.

»Ich muss dir etwas zeigen«, sagte er. Sie setzte sich auf einen Stuhl an dem großen Holztisch.

»Sieh hier.« Er hielt ihr eine Zeitung entgegen. Auf den ersten Blick verstand Maja nicht, was er meinte, doch dann sah sie die reißerischen Zeilen unter dem nichtssagenden Foto eines Polizeibeamten: Leichenfund im Totenwald. Sie musste den Artikel nicht lesen, um zu wissen, um wessen Leiche und welchen Wald es sich handelte.

Sie schlug die Hände vors Gesicht. »Das ist das Ende! Jetzt kommen sie und holen Ronja«, stöhnte sie und legte den Kopf auf die Tischplatte. Nur schlafen, dachte sie. Einfach einschlafen …

Leise faltete er die Zeitung und setzte sich ihr gegenüber. Als sie den Kopf hob, blickte Maja in seine leuchtend blauen Augen, die von innen zu strahlen schienen, warm und wohlwollend.

»Es wird sich alles weisen.«

Sie seufzte leise. Das wäre so gut, und im Grunde glaubte sie das auch. Aber in letzter Zeit fragte sie sich häufiger, wohin es sie weisen würde. Dorthin, wo alles immer besser wurde, jedenfalls nicht. Oder nicht nur. Ein Tal der Tränen sei zu durchqueren, sagte der Mond – die Karte, die sie gestern Nachmittag gezogen hatte, als sie wie jeden Tag Tarot legte. Sie zog häufig den Mond. Ein Tal. In Ordnung, dann ging es irgendwann wieder bergauf. Sie hatte früher immer dieses Gefühl gehabt: Alles würde stetig und dauernd und immer besser werden. Bis zur gleißenden Helligkeit der seligen Erleuchtung und dem Ankommen in einer besseren Welt.

»Haben die anderen das gelesen?«

Er schüttelte den Kopf. »Ich habe die Zeitung direkt von dem Fahrer, der die frischen Eier abgeholt hat, und hab sie gleich weggelegt.« Dann stand er auf und schob wortlos die Titelseite durch die Feuerklappe in den Küchenherd. Aber er wusste nicht, dass es dazu bereits zu spät war. Die Nachrichten hatten auch noch jemand anderen erreicht.

Drawehn – Wendland, Donnerstagvormittag

Die Stimme des Navigationsgerätes begleitete Johan und Irene in eine kleine Seitenstraße, die nicht viel mehr war als ein asphaltierter Feldweg. Nach ein paar Feldern und dem kleinen Ort Pranz ging es links Richtung Roidemeßel, vom Fundort der Leiche aus gesehen die nächste menschliche Behausung, die auf einer Karte eingezeichnet war.

Natursteinmauern säumten die winzige Straße. Linker Hand stand ein, im Vergleich zu den Fachwerkhäusern, die sie unterwegs gesehen hatten, moderner kleiner Bungalow im Wald. Dann öffnete sich die Straße auf eine Gabelung, auf der eine kapitale Eiche stand, und links und rechts gruppierten sich die wenigen Gebäude, aus denen Roidemeßel bestand. Um den Ort herum erstreckte sich Wald, nur in eine Richtung öffnete sich der Blick auf Felder, die inzwischen erste Spuren von Grün in den dunklen Furchen zeigten. Johan zählte von dieser Warte aus nur vier Wohnhäuser zwischen Wald und Feldern, dazu Schuppen mit Fachwerk und alte Scheunen zwischen frühlingsfrisch grünenden Gärten. Das war mehr Abgeschiedenheit, als sich Johan als Hamburger Stadtkind vorstellen konnte. Wenn man hier wohnte, hatte man dann das Gefühl, in eine Oase des Friedens nach Hause zu kommen oder an den letzten bewohnbaren Ort am Rande der modernen Welt? Es kam ihm seltsam vor, dass auch hier sein Telefon plötzlich Töne von sich gab. Es war Nora.

»Die Meiners sind tatsächlich hier in der Gegend gewesen, wo genau, wussten sie nicht mehr. Es waren noch andere Pilzsucher unterwegs, jedenfalls waren sie nicht völlig allein. Mehr war aus ihnen nicht herauszubekommen.« Sie seufzte, und Johan fühlte das Gleiche. Sie waren genauso schlau wie vorher.

Irene parkte den Wagen unter der Eiche, und sie gingen zu der Haustür, die am nächsten an der Straße lag. Eine Schnecke aus Ton saß im Blumentopf auf der Treppe und sah sie an. Johan klingelte.

Als sich die Tür nach einigem Warten öffnete, hielt Irene ihren Dienstausweis bereits in der ausgestreckten Hand.

»Hallo, wir sind von der Kriminalpolizei in Lüneburg. Dürfen wir reinkommen?« Johan stand hinter Irene. Diese Tür-zu-Tür-Sache war ihm schon immer unangenehm gewesen. Aber auch das gehört dazu, tröstete er sich. Die grauen Locken der Frau wippten aufgeregt, als sie sie über einen dicken Teppich in ein mit Spitzendeckchen garniertes Wohnzimmer voll düsterer Mahagonimöbel führte. Auch sie hatte nichts bemerkt, keine Camper gesehen, ihr Mann war nicht zu Hause. Sie rang die Hände und schien Schwierigkeiten zu haben, die beiden wieder gehen zu lassen. »Schrecklich, schrecklich«, murmelte sie immer wieder, als sie sie zur Tür geleitete.

Irene und Johan fragten sich von Haus zu Haus. Doch die paar Einwohner, die greifbar waren, waren schnell abgehakt. Niemand hatte etwas gesehen, niemand war letztes Jahr an der Stelle mit den Campern vorbeigekommen. Alle waren schockiert, als sie von dem Toten im Wald erfuhren. Es war kein Geheimnis, bereits am Morgen war die Pressemitteilung auf der Website der Polizei veröffentlicht worden, hatte die Landeszeitung auf der Titelseite mit einer großen Schlagzeile aufgemacht, aber hier waren die wenigsten informiert.

»Fragen Sie die Jäger!«, sagte ein junger Mann, der so aussah, als hätten sie ihn gerade aus dem Bett geholt. »Die ballern zwar blind auf alles, was sich bewegt, aber eine ganze Ansammlung Zelte werden sie wohl kaum übersehen haben.« Er hatte sich durch die ohnehin schon wüste Frisur gewuschelt. »Oder die Reiter!« Die Jagdaufsichtsbehörde und den örtlichen Förster hatten Moritz und ein Kollege übernommen, aber die Reiter waren tatsächlich ein guter Hinweis. Die Hufabdrücke und Pferdescheiße auf den schmalen Wegen waren Johan bereits aufgefallen. In Pranz, hatte ihnen der junge Mann berichtet, hielten sich einige Reitpferde. Er hatte gelacht. »Roidemeßel ist selbst für Pferde zu klein! Wenn wir welche hätten, wären es Ponys.« Sie hatten ihn immer noch über seinen eigenen Witz kichern hören, nachdem die Tür schon geschlossen war.

Johan warf Irene einen fragenden Blick zu. »Kiffer in Käffern?«

»Na ja, was sollte man hier auch sonst machen?«, kommentierte sie trocken, grinste und zuckte mit den Achseln.

Pranz war nur unwesentlich größer als Roidemeßel und fünf Minuten mit dem Auto am Wald entlang entfernt. Zusammengewürfelt standen Fachwerkhäuser und einige Bungalows aus Rotklinkern um ein paar Eichen herum, daneben Weiden und einige Stallungen.

Johan und Irene gingen auf eines der Gebäude zu, neben dem auf einer Wiese zwei gemütlich aussehende Haflinger weideten, als ein großer Hund um die Ecke geschossen kam. Der Dobermann knurrte zunächst nicht, sondern blieb in der Entfernung von wenigen Metern stocksteif stehen. Dann hob er zu einem finsteren Grollen an, das tief aus seiner Kehle zu kommen schien.

Johan zischte »Kusch!« und rief dann laut: »Hallo, Polizei. Nehmen Sie bitte den Hund an die Leine!« Niemand kam. Langsam stieg das dumpfe Grollen im Hals des Tieres empor. Johan glaubte, den heißen Atem des Tiers zu spüren, ein flaues Gefühl stieg aus seiner Magengegend auf. Gerade als Johan die Möglichkeiten abwog, entweder auf den Hund zuzugehen oder die Flucht zu ergreifen, kam eine Frau in Gummistiefeln und mit einer Mistforke in der Hand aus der Scheune. Noch bevor sie etwas sagen konnte, legte der Hund sich flach auf den Boden und winselte. »Sie wünschen?« Sie war vielleicht Ende vierzig, das Gesicht kantig und verschlossen, auch ihr Gesichtsausdruck war nicht freundlich.

»Können Sie den nicht an die Leine legen!«, fuhr Irene sie an.

Da lächelte die Frau: »Und was nutzt er dann?«

Johan beschloss, lieber gleich zur Sache zu kommen, erklärte, wer sie waren, und stellte seine Frage nach den Campern.

Sie runzelte die Stirn. »Ja, meine Tochter Carla hat da irgendwann mal was erzählt. Ich erinnere mich daran, weil wir hier nicht so oft Fremde in der Gegend sehen und sie ziemlich aufgeregt war«, sagte sie, und Johan spürte einen Schub Adrenalin in seinen Adern.

»Können wir reingehen und uns unterhalten?«, fragte er. Irene wirkte immer noch angesäuert.

Sie folgten der Frau durch eine kleine Kammer, die als Dreckschleuse diente und in der etliche Paare von Matsch verklebter Gummistiefel ordentlich auf Zeitungspapier aufgereiht standen, in eine geräumige Landhausküche. Sie setzte sofort mit routinierter Bewegung einen Kessel Wasser auf den gusseisernen Herd mit blitzenden Kupferleisten und Emaille-Fächern. Schlecht ging es diesen Leuten hier nicht. Wieder fragte Johan sich, wie es wohl sein mochte, so weit außerhalb zu wohnen. Mit einem Mal erschien es ihm als gar nicht mehr so ungemütlich. Abgesehen von dem Hund.

»Tee?«

Irene und Johan nickten.

»Carla hat erzählt, dass sie beim Ausritt eine Gruppe Camper gesehen hat, die mitten im Wald ihre Zelte aufgeschlagen hatten. Sie hatte sich gewundert, was die da bei dem herbstlichen Wetter wohl machen, aber dann hat sie die Schwitzhütte gesehen und meinte, das wären Spinner, die da wohl Rituale abhalten wollten.« Johan und Irene setzten sich an den langen, polierten Eichentisch. »Sie fand es bedenklich, dass die so einfach im Wald campieren.«

Johan warf Irene einen Blick zu. Die angespitzten Stöcke, die Marie gefunden hatte, gehörten also zu einer selbstgebauten Schwitzhütte.

»Frau …?« Irene hatte einen Block herausgeholt.

»Ingrid Seiler«, antwortete sie, während sie zwischen den Teedosen kramte.

»Und hat Carla mit den Campern gesprochen?«

»Carla waren die Leute ein bisschen unheimlich. Aber sie sagte, es seien auch Kinder dabei. Deshalb haben wir nicht die Forstverwaltung informiert, wir wollten denen unschöne Szenen ersparen. Irgendwann waren sie dann ja auch wieder weg.«

»Hat sie erzählt, wie viele Personen sie gesehen hat?«

Frau Seiler hielt in der Bewegung inne, mit der sie den Tee in die Kanne häufelte. »Nein, aber es klang so, als seien es recht viele gewesen. Sie hat gesagt: Mama, da campen Leute im Wald, die machen doch alles kaputt. Die ganzen Blaubeeren!«

»Wann ist Ihre Tochter wieder zu Hause, wir würden gerne mit ihr sprechen.«

Frau Seiler überlegte. »Wenn ich sie jetzt anrufe, dass sie gleich nach der Schule nach Hause kommen soll, ist sie gegen drei Uhr hier.«

»Das wäre toll!« Irene klappte ihren Block zu.

Als sie vor die Tür traten, kam ihnen der Dobermann entgegen und wackelte gutmütig mit dem Hinterteil. Johan strich ihm vorsichtig über den Kopf. Irene grinste.

»Volltreffer! Ich bin gespannt, was die Tochter zu erzählen hat.«

Lüneburg, Donnerstagmittag

Nora spürte die Erschöpfung aus den letzten Abendschichten, den Tag gestern im Wald. Heute schien es fast undenkbar, dass sie noch am Vortag im Unterholz mit aufkommendem Nebel die Gebeine eines jungen Mannes ausgegraben hatten. Das Loch im Boden, das Ungeziefer, die Knochen. Sie passierte unzählige Menschen, die in den Cafés in der Sonne saßen, ganz Lüneburg schien sich zurückzulehnen und das Wetter zu genießen. Geschirr klapperte, die Stimmen klangen fröhlich und aufgeregt. Ein lautes Lachen war zu hören, eine gedämpfte Unterhaltung. Warum nicht einfach sitzenbleiben, dazugehören zu dieser bunten Menge? Einfach abschalten. Doch Nora ging weiter.

Da war etwas, das ihr einfach keine Ruhe ließ. Sie hatte Johan darum gebeten, zwischen dem Toten im Wald und Saskia und Evelina eine Verbindung zu suchen. Sie konnte sich des Gefühls nicht erwehren, dass es eine gab, und sei sie noch so dürftig. Warum?

Sie dachte an die Kinder, die im Wald einen Staudamm gebaut hatten. Da war dieser ungewöhnliche Zeltplatz, so abgelegen. Familien bevorzugten normalerweise geschützte Campingplätze mit sanitären Anlagen und Spielplatz. Wer würde die Unbequemlichkeiten im Wald in Kauf nehmen? Jemand, der sich verstecken wollte? Vielleicht. Fahrendes Volk, fahrende Familien. Oder einfach Familien, die mit den herkömmlichen Campingplätzen wenig anfangen konnten. Mit dem Leben in der sogenannten Normalität. Was hatte sie zu Johan gesagt: Vielleicht will er uns sagen, dass das Leben nie das hält, was es verspricht?

Sie hatten Montag bei Johans Fallanalyse über eine Gemeinschaft gesprochen, über eine Gruppe von Menschen, vielleicht sogar über eine religiöse Gruppe. Sie hatten über die Christen und Bestattungsriten gesprochen. Aber Schillers Gedicht über Resignation, die indische Figur mit einer ganzen Schattenentourage anderer Götter und das Hügelgrab sprachen noch eine andere Sprache. Sie zeugten von einer Welt voller bedeutungsschwangerer Symbole, deren Ordnung nur denen bekannt war, die sie als gegeben akzeptierten. Wie die Blumen bei den Leichen, das Arrangement der kindlichen Körperglieder, die nur der Täter verstand.

Es geht nicht um das einzelne Zeichen an sich, dachte sie. Sondern darum, dass überhaupt Zeichen und Symbole da sind, etliche. Und nicht mal subtile, sie sind ganz greifbar. Die Holzfigur gestern an der Jagdhütte. Yin-Yang, ein Symbol für die Unendlichkeit und das Leben an sich. Ebenso wie Ganesha, Arkadien, Hügelgräber, Kindheit und Tod es sein konnten. Ein Wegweiser in eine andere Wirklichkeit. Und da war auch die Musik auf Saskias I-Pod, die in eine Zeit gehörte, zu der viele Menschen ihr Leben einer Sinnsuche gewidmet hatten. Hatte sie sich für diese Zeit interessiert oder für jemanden, der sich für diese Zeit interessierte?

Nora spürte, da war etwas. Ein noch nicht ganz greifbarer Weg, der etwas mit diesen Esoterikläden und Heilsversprechen zu tun hatte, mit Abkehr und Einkehr, Versprechen und Wünschen. Sie ließ noch einmal den Blick über die flanierenden Menschen gleiten, die ihre Mäntel und Jacken ausgezogen hatten und sich zulächelten, ein Guckkasten mit der

Überschrift Harmonie. Sie drehte um. Jetzt wusste sie, welcher Laden Saskia interessiert hätte. Vielleicht.

Nicht mal fünf Minuten später betrat sie das Geschäft, an dem ihr zuvor die bunten Schals aufgefallen waren. Ein Windspiel erklang, aber zunächst blieb sie allein. Drinnen gab es ein reiches Angebot an Silberschmuck und Halbedelsteinen, indischem Kitsch und Räucherwaren. Nora sah sich um.

Die Ganesha-Figur hätte hier gut hergepasst, auf einem Tischchen stand eine Kali-Figur aus Messing, die acht Arme in die Luft gereckt. Ein Mädchen würde hier vermutlich jede Menge Kleinode finden, die ihm gefielen. Was hätte Saskia gereizt?

Sie betrachtete eine Reihe geschnitzter Mobiles und Trommeln. Die wären für ihren kindlichen Geschmack vermutlich zu extrem gewesen. Der Schmuck dagegen würde vermutlich fast jedes Mädchen faszinieren, aber davon hatte nichts in Saskias Schmuckkästchen gelegen. Nora schaute in die verspiegelten Vitrinen. Neben Bling Bling aus Indien lagen Amulette mit verschiedenen Symbolen, neben hinduistischen Gottheiten Penta- und Hexagramme.

Eine Frau kam aus dem hinteren Bereich in den Laden geeilt, sie trocknete sich noch im Laufen die Hände an ihrer Jeans ab. »Sorry«, rief sie freundlich. »Was kann ich für Sie tun?«

Sie war höchstens zwanzig, eher ein Mädchen, ihr Lächeln war direkt und ungekünstelt. Nora zog das laminierte Foto von Saskia aus der Tasche, das jeder aus der Ermittlungsgruppe bei sich trug. »Haben Sie dieses Mädchen schon einmal gesehen?«

Die junge Frau betrachtete das Foto, dann glitt ein Erkennen, gefolgt von Erschrecken über ihr Gesicht. »Das ist doch das Kind, das ermordet wurde!«

Nora nickte. »Hat sie hier mal eingekauft?«

Sie schüttelte den Kopf. »Nicht bei mir, aber ich arbeite hier auch nur zwei Mal die Woche neben der Uni.«

Nora dankte ihr und bat sie, bei ihren Kollegen zu fragen, ob sie Saskia je im Laden gesehen hatten. Dann legte sie ihre Visitenkarte auf den Tresen.

»Sagen Sie ihnen bitte, dass sie sich dann unbedingt bei mir melden sollen!« Als sie wieder ins Freie treten wollte, entdeckte sie links neben der Tür einen Ständer mit Flyern und Leporellos. Sie zog einen fotokopierten Handzettel in Quietschgelb hervor, Werbung für einen Chakren-Joga-Kurs. Daneben gab es einen Aura-Soma-Workshop, ein Schmuckgestalter-Kurs, Bildhauerei und ein kleines Heftchen: Kultur-Landpartie im Wendland.

Nora blätterte es durch. Die Menschen im Wendland öffneten ihre Häuser und Höfe, Galerien und Geschäfte. Für ein ganzes Wochenende gab es Livemusik, Theater, Unterhaltung. Viele Veranstaltungen hatten einen sozialen Charakter, wie die Unterstützung eines Fonds zur Gewaltprävention bei Kindern, ein Brunnenprojekt in Afrika oder ein Frauenhaus. Die Orte trugen ulkige Namen wie Reddereitz, Salderatzen oder Quartzau, sprachliche Hinterlassenschaften der Slawen, auch Wenden genannt, die hier vor Jahrhunderten gelebt hatten. War Saskia vielleicht einmal dort gewesen? Es war ein Großereignis für den ganzen Landkreis. Wenn sie die Geografie der Gegend richtig verstanden hatte, dann lag der Fundort der Leiche gestern mitten im Wendland. Natürlich gab es keinen direkten Zusammenhang zwischen den Leuten, die sich an der Veranstaltung beteiligten und dort wohnten, und dem Toten im Wald. Aber sie hätten vermutlich gesehen oder gehört, wenn die Menschen, die im Wald gecampt hatten, sich irgendwie in der Umgebung hätten blicken lassen. Und dann war da dieses Gefühl. Als wäre all das furchtbar spannend für ein Mädchen, das sich sechs lange Wochen ohne seine Eltern langweilte. Landpartie. Camping. Sommer.

Drawehn, Donnerstagmittag

Johan und Irene verbrachten die Wartezeit in einem Restaurant mit dem teutonischen Namen »Zur deutschen Eiche« in Sternien, rund fünf Kilometer von Pranz entfernt. Johan grübelte kurz, ob er bei dem Namen mehr an Heine dachte oder an Hakenkreuzbanner und was das über ihn aussagte. Aber hier war das Land der Wenden, heilige Haine waren auch eine Option.

Irene und er nahmen in einer der rustikalen Sitzecken neben einem Waldhorn Platz und bestellten Wildschweingulasch und Krustenbraten.

»Und, magst du das platte Land?« Irene musterte Johan. Er überlegte, was er seiner Kollegin über seine momentane Verfassung erzählen konnte. Sie war ein Typ Mensch, mit dem er schon immer gut zurechtgekommen war: meist gut gelaunt, auf das Wesentliche konzentriert, pragmatisch und gleichzeitig neugierig. Er hätte gerne mit ihr geredet, vor allem darüber, ob er Lilly nun doch bald anrufen sollte oder nicht. Er schob einen weiteren Anruf vor sich her, und je länger er es verschleppte, desto unwahrscheinlicher wurde es, dass sie sich noch auf ihn einließ. Irene schien eine Frau zu sein, die gute Ratschläge auf Lager hatte, seine Situation wahrscheinlich sogar verstehen würde. Schließlich war sie im Polizeidienst wie er. Aber das wäre viel zu aufdringlich und privat, entschied er.

»Tja«, sagte er stattdessen, »das ist hier schon anders als in Hannover. Die vielen Drogendelikte, der Dreck und Müll in der Großstadt und die Verbrechen aus einem Affekt, der allein schon aus der tristen Umgebung geboren wird, setzen mir da teilweise ganz schön zu. Wir können uns nicht um alles kümmern, und Dinge auf sich beruhen zu lassen ist schon Teil der Politik.«

Irene sah ihn nachdenklich an. »Glaub nicht, dass das hier auf dem Lande so viel anders aussieht. Wir sind auch chronisch unterbesetzt. Die Verbrechen sind nicht weniger schlimm, nur weil die Oberfläche glatter wirkt. Die Menschen kehren vielleicht ihren Vorgarten besser aus, aber du weißt nicht, was hinter den gestärkten Gardinen alles lauert. In der Großstadt ist vielleicht die Überreizung eine Gefahr. Hier ist es die Langeweile.«

Sie kaute einen Bissen und sagte dann: »Denk nur an Saskia. Woher kam der Mörder, wenn nicht hier aus der Gegend? Allein dieses Hügelgrab, von dem Marie erzählt hat. Kaum eine Chance, dass er von außen gekommen sein könnte. Mein Gefühl sagt mir, der lebt hier. Aber wir stoßen hier überall nur auf artige Bürger, geschlossene Netzwerke aus Gutmenschen. Wir gleiten daran ab wie an Teflon.« Johan nickte. Wahrscheinlich hatte sie Recht. In einem Landkreis voller Dörfer, Gemeinden und Samtgemeinden zu agieren bedeutete, dass sich vieles der Kontrolle entzog. Die Menschen waren doch unbeobachteter als in der Stadt. Auch wenn dort niemand bewusst hinschaute. Egal wo, der Polizist stand draußen, während drinnen das normale Leben mit all seinen Facetten ablief. So wie bei Lilly und ihm. Sie war drinnen, er war draußen.

Irene hob ihr Glas. »Gerade erst vor einigen Tagen haben Jugendliche in Lüneburg einen Mann vom Fahrrad gezerrt, ihn verprügelt und seinen Rucksack genommen. Er hat ausgesagt, dass er eines der halbstarken Kids angeschrien hat: »Guck doch erst mal rein, du Idiot …« Da war nämlich nichts von Wert drin. Darauf hat der Junge den fallenlassen.« Sie grinste traurig. »Die wollten gar nicht sein Geld. Er hatte sogar sein I-Phone noch. Die Jugendlichen wollten das vermutlich filmen. Vielleicht hatten die schon alle selbst ein I-Phone.«

Johan trank einen Schluck von seinem alkoholfreien Bier. »Und die Ermittlungen?«

Irene zuckte die Achseln. »Laufen, aber wenn niemand was gesehen hat und sie nichts mitgenommen haben …« Johan wusste, worauf sie hinauswollte. Seine Gedanken kehrten zu den Campern zurück. Selbst wenn es sich um ein zufälliges Opfer gehandelt hatte, das nicht zu ihrem Kreis gehörte. Sie waren nicht gekommen, hatten zugeschlagen und waren in der Dunkelheit verschwunden. Sie hatten sich mehrere Tage am Ort des Verbrechens aufgehalten. Der Tote war nicht eingeplant gewesen. Sie waren das Risiko eingegangen, ihn an dem Zeltplatz zu verscharren. Wir sind ihnen jetzt schon auf den Fersen, dachte er. Anders als dem Mädchenmörder. Was tat er hier? Mord aus dem Affekt. Er sollte zurück nach Lüneburg und Nora berichten, dass das alles hier nichts miteinander zu tun hatte.

Lüneburg, Donnerstagnachmittag

Wieder zurück in ihrem Büro, rief Nora zunächst bei Ehepaar Meiner an, um über Saskias Ausflüge nach Lüneburg zu sprechen und die Musik, die ihre Tochter gehört hatte, doch sie waren nicht zu Hause. Dann steckte Nora den Packen Zettel, die sie in den verschiedenen Läden zusammengesammelt hatte, in eine Klarsichthülle und schrieb mit einem Edding »Johan« darauf. Sie würde mit ihm sprechen, damit sie diesen Ansatz von jemandem zerpflücken lassen konnte, der alle Eventualitäten herauspickte. Und wenn am Ende noch irgendetwas davon übrig blieb, dann würden sie die Suche in diesem Bereich ausweiten. Sie legte die Hülle auf das Bord, das mittlerweile nicht mehr ganz so leer aussah, setzte sich an den Schreibtisch und stellte erfreut fest, dass der Spaziergang ihr gutgetan hatte. Sie hatte sich eine Teigtasche mit Schafskäse mitgebracht, aber gerade als sie hineinbeißen wollte, kam Marie. Unter dem Arm hatte sie eine dicke Rolle Papier, die sie nun in die Höhe hob und entrollte. Darauf war auf pastellgrünem Grund eine mit Punkten und Linien überzogene Landkarte. Nora brauchte einen Moment, um zu erkennen, dass es sich nicht nur um eine topographische Karte der Umgebung handelte, sondern dass überall kleine Kreuze eingezeichnet waren, Umrisse, Quadrate und Punkte. Als hätte jemand mit dem Bleistift darauf herumgemalt. »Das«, sagte Marie, »sind die Siedlungen und Gräber aus der Bronzezeit, die hier im Landkreis zu finden sind.« Ihre Stimme drückte die Resignation aus, die Nora sofort empfand, als sie auf das Gewirr schaute. Es war, als läge hier eine ganze Welt im Untergrund. Und diese Spur kam ihr mit einem Mal sehr kalt vor.

Drawehn, Donnerstag, früher Nachmittag

Als Johan und Irene wieder vor dem Anwesen der Familie Seiler in Pranz standen, lehnte ein Rennrad an der Mauer zum Hof. Frau Seiler bat sie in die Küche und rief ihre Tochter, die mit polternden Schritten die Treppe herunterkam. Das Mädchen war schlank, etwa dreizehn, ihre langen braunen Locken waren zu einem Zopf gebunden. Sie schaute die beiden Beamten neugierig an und zappelte hin und her, als hätte sie Probleme, ihre überbordende Energie in den dünnen Gliedern unterzubringen. »Setz dich doch.« Mutter Seiler rückte ihrer Tochter einen Stuhl zurück.

Carla starrte sie an. »Sie wollen was über die Camper im letzten Herbst wissen, oder? Stimmt es, dass sie eine Leiche im Wald gefunden haben?« Sie schüttelte sich.

Irene nickte. »Aber das heißt nicht, dass die Camper etwas damit zu tun haben. Uns würde nur interessieren, wann sie da waren.«

Carlas Blick glitt in die Ferne. »Ich bin auf Cookie geritten, den hab ich im September bekommen. Es war kurz danach, nur ein paar Tage.«

»Wann im September hast du Cookie bekommen?«

»Zu meinem Geburtstag am 29. September.«

»Toll, ein eigenes Pferd!« Irene lächelte auffordernd, und Johan beschloss, sich aus dem Gespräch rauszuhalten. »Er ist ein Isländer!« Carla reckte sich stolz, und ihre Mutter lächelte, während sie eine Kanne und drei Becher auf den Tisch stellte.

»Und du hast die Camper im Wald gesehen?«

Carla nickte. »Zuerst habe ich die Zelte gesehen, aber dann später auch ein paar Leute, die Holz gesucht haben.« Sie überlegte wieder. »Ein Mann und zwei Kinder.«

»Hast du noch mehr Menschen gesehen?«, fragte Irene.

»Ein paar Zelte, ein paar Leute, keine Ahnung. Zehn?« Sie schaute Irene an, als wisse sie die Antwort.

»Und wie lange waren sie da?«

Carla zuckte die Achseln. »Keine Ahnung. Als ich das nächste Mal da vorbeikam, waren sie weg.«

Irene fragte nach den Zelten, nach dem Aussehen der Kinder und des Mannes, und Carla antwortete, so gut sie konnte. Aber sie konnte sich an nichts Prägnantes erinnern.

»Hast du Autos in der Nähe gesehen?« Irenes Stift schwebte über dem Papier.

»Ja, da auf einem Seitenweg einen großen Bus. Oder so etwas wie ein Laster, aber mit Tür an der Seite.« Carla dachte noch länger nach. »Und einer Luke auf dem Dach.«

»Einer Luke auf dem Dach?« Irene zog die Augenbrauen in die Höhe.

»Du meinst ein Wohnmobil?«, fragte Johan. Carla schüttelte den Kopf. »Nein, eher so ein Kastenwagen, aber viel größer und mit ganz großen Reifen. Es sah super alt aus und war bemalt.«

Das klang nach einem Bundeswehrfahrzeug oder einem alten Krankenwagen.

»Warst du allein mit Cookie unterwegs«, fragte Irene, als sie die Miene des Kugelschreibers schon zurückschnappen ließ.

»Nein, Sophie war dabei, auf Shiva.«

Johan schüttelte innerlich den Kopf. Er hätte nicht daran gedacht, das Mädchen danach zu fragen. Zu selbstverständlich hatte sie immer nur von sich gesprochen. Die kleine Welt der Teenager, ich, ich, ich … und mein Pferd.

Irene notierte Namen und Anschrift der anderen Reiterin. Als sie wieder vor dem Hof standen, sah Irene Johan ratlos an. »Was soll das für ein Auto sein?«

Johan lächelte. »Stell dir doch mal vor, sie hätte gesagt, da standen ein roter Golf und ein silberner Mercedes, dann hätten wir echt alt ausgesehen.«

Irene wählte die Nummer von Sophie, und es stellte sich heraus, dass sie zu Hause war. Sie ließen den Wagen vor dem Haus der Seilers stehen und gingen in die Richtung, die ihnen Carlas Mutter gewiesen hatte. Nachdem sie ungefähr fünf Minuten gelaufen waren, kamen sie zu einem Einfamilienhaus. Es war nicht so herrschaftlich wie das von Carlas Eltern, eher heruntergekommen, aber etliche Kletterrosen an dem Fachwerk gaben ihm einen baufälligen Charme.

Ein junges Mädchen öffnete die Tür. Sie hatte ein blasses, spitzes Gesicht, das unter der schwarzen Kapuze ihres Sweaters nur anteilig hervorlugte, und schaute sie missmutig an. Die langen Ärmel ihres Pullis schienen ihre Hände vollständig eingesaugt zu haben.

Verhuscht, dachte er. Ein Teenager wie eine Schildkröte, stets gewappnet, die Gliedmaßen schnell einzuziehen, sollte jemand zu nahe kommen. Allerdings volljährig, das hatte Carlas Mutter ihnen schon gesagt. Dabei sah sie höchstens wie fünfzehn aus.

Johan und Irene wechselten einen kurzen Blick. Das würde nicht so einfach werden. »Dürfen wir reinkommen?«

»Klar!« Sophie öffnete die Tür weiter, um ihnen Einlass in eine kleine Diele zu gewähren, sie stolperten über Schuhe und Stiefel und quetschten sich an einer Garderobe vorbei.

»Wir können ins Wohnzimmer gehen, mein Vater ist nicht da.« Sophie setzte sich auf eines der beiden Sofas, dessen helle, aber fleckige Polster nach anscheinend jahrzehntelanger Nutzung im Kiefernholzrahmen hingen wie Hängematten, und deutete auf das andere. Das Zimmer war vollgestopft mit Büchern. Die Regale reichten bis unter die Decke, und einige Bretter bogen sich unter der Last dicker Folianten, zerfledderter Romane und Bildbände. Es hätte gemütlich sein können, nur dass das Sonnenlicht, das durch die Terrassentür schien, den Eindruck erweckte, Möbel und Regale würden unter der unerbittlichen Helligkeit ihr Fell sträuben, so dick war die Staubschicht.

Johan ließ den Blick über die Buchrücken schweifen und sah das ein oder andere Buch, das auch sein Vater schon seit Zeiten der Studentenrevolte im Regal stehen hatte: das

»Kursbuch«, »Die protestantische Ethik«, dazu Nietzsche und Hegel. Aber der größte Teil war Wirtschaftstheorie und Mathematik. Johan stellte »Ist Gott ein Mathematiker?« schnell wieder ins Regal, als er Sophies Blick sah.

»Mein Vater war Lehrer. Mathe«, sagte sie. Johan nickte. Er hatte ein Bild vor Augen, das gar nicht so weit weg lag von seinem eigenen Elternhaus. Auch wenn sein Vater kein Lehrer war, so hatte er doch immer der Welt etwas beibringen wollen. Gegen alle inneren und äußeren Widerstände. Inzwischen lebte sein Vater auf einer Bauernhof-WG in Ludwigslust. Ein ewig Zürnender.

»Carla hat uns erzählt, du warst bei der Begegnung mit Campern im letzten Jahr im Wald dabei«, sagte Irene, als sie ihren Block und einen Stift gezückt hatte.

Sophie nickte, zog aus ihrem Hoodie eine Schachtel Zigaretten hervor und ließ ein Zippo aufschnappen.

»Ich bin achtzehn«, sagte sie schnippisch, als sie Irenes missbilligenden Blick sah.

»Also gut.« Irene blätterte eine Seite auf dem Notizblock um und ließ den Kugelschreiber klicken. Trotz Irenes burschikoser Art schien Sophie nicht verunsichert. Doch anders als bei der Befragung von Carla hatten Irene und dieses Mädchen vom ersten Moment ein angespanntes Verhältnis. Selbst als sie ihr von dem Toten im Wald erzählte, blickte Sophie scheinbar gelangweilt ihrem Rauch hinterher. Sie antwortete einsilbig, überlegte nicht lange, sondern konnte sich angeblich an nichts Besonderes erinnern. Aber auch Irene wirkte frustriert, ihre Fragen waren stereotyp und wenig freundlich.

Die Camper, meinte Sophie, hätte sie von weitem gesehen, das Auto gar nicht bemerkt.

Dabei lümmelte sie auf dem Sofa und zog an der Zigarette. »Die haben da gecampt, na und? Das heißt doch nicht, dass die was mit der Leiche zu tun hatten. Die könnte doch da schon seit Jahren gelegen haben.«

»Warum glauben Sie, dass die Camper nichts damit zu tun hatten?« Irene musterte Sophie abschätzend.

»Die sahen einfach nicht so aus.«

»Wie sahen die denn aus?«

»Friedfertig halt.«

»Wieso friedfertig?« Irenes Stift schwebte in der Luft.

»So Hippies, alles klar? Lange Haare, Wollpullis, Wanderstiefel. Friedfertig eben!« Sophies Stimme war brüsk geworden, und sie schnippte energisch die Asche von ihrer Zigarette in den Aschenbecher auf dem Couchtisch. Johan beobachtete sie. War das alles nur Fassade? Sie sah so verletzlich aus.

»Warum regt Sie das so auf?« Irenes Tonfall klang jetzt versöhnlicher. »Wir ermitteln in einem ungeklärten Todesfall, versuchen herauszufinden, was da passiert ist. Wir wollen die doch nicht verhaften.«

Sophie musterte sie argwöhnisch. »Ich war mal auf ’ner Demo wegen dem Castor-Transport, da sahen fast alle so aus. Die haben nichts gemacht – und mit denen ist die Polizei nicht gerade nett umgegangen …«

Eine unangenehme Pause entstand.

Johan setzte sich auf und versuchte, sich seine Resignation nicht anmerken zu lassen. Sie hatte Recht, aber das musste sie ja jetzt nicht wissen. »Es gibt Situationen, da entsteht der Eindruck, die Polizei wäre der Feind, gegen den es zu kämpfen gilt. Aber die Demonstranten kämpfen gegen die Atomkraft, und die Polizisten müssen die Ordnung aufrechterhalten, solange die Transporte erlaubt sind. Das heißt aber nicht, dass alle von ihnen für Atomkraft sind.« Er sprach mit ihr wie mit einem Kind, das man als Erwachsenen behandelt. Oder behandelte er hier eine Erwachsene wie ein Kind? Kurz dachte er, dass sie Reiterin war trotz ihrer schmächtigen Gestalt. Ob sie auch versuchte, ihr Pferd zu beruhigen, indem sie ihm gut zuredete?

Sophie schaute erst ihn und dann Irene an. Anscheinend überlegte sie, was sie von dieser kurzen PR-Ansprache halten sollte. Schließlich zuckte sie die Achseln. »Ist ja auch egal. Jedenfalls waren die ganz nett, und es wäre nicht fair, ihnen was anzulasten, was sie nicht getan haben.«

»Du hast also mit ihnen gesprochen?« Johan lehnte sich zurück.

»Nur kurz.« Jetzt zeigte sich eine leichte Röte auf Sophies Wangen. »Da war Carla aber nicht dabei«, sagte sie, zog an der Zigarette und drückte den Stummel dann mehrmals resolut in den Aschenbecher. »Ich bin am nächsten Tag alleine geritten, und da habe ich einen von ihnen im Wald getroffen. Der Typ war jung, und er saß da einfach nur rum. An einem Waldweg. Wir haben ein bisschen geplaudert.« Sie griff zu der Schachtel mit den Zigaretten, zog aber die Hand wieder zurück und legte sie stattdessen in ihren Schoß. Sie war eindeutig nicht so taff, wie sie tat.

»Worüber habt ihr euch denn unterhalten?«, fragte Johan.

»Och, über Pferde und dass es im Wald fast keine natürlich gewachsenen Baumbestände gibt. Das fand er nicht gut.«

»Und wie war er so?«

»Hübsch!«

»Hübsch?« Johan wiederholte das Wort erstaunt, als wäre es in seiner Vorstellung fast nicht möglich, dass ein Junge »hübsch« sein konnte.

»Na ja«, Sophie wurde wieder rot und griff dann doch nach ihren Zigaretten. Sie steckte sich eine zwischen die Mundwinkel und sagte nach der kleinen Pause, in der der Tabak an der Flamme aufglomm, und einem tiefen Zug: »Er sah einfach verdammt gut aus. Blonde Locken, toller Mund und Kinn. Einfach hübsch!« Sie entließ den Rauch aus ihren halb geöffneten Lippen und musterte Johan.

Er nickte. Er war selbst einmal ein hübscher Junge gewesen, der hübschen Mädchen nachgestellt hatte. Er stellte sich nicht so gerne vor, es sei eher andersherum gewesen. Dass er eigentlich in ein Gespinst aus Verlockungen eingewickelt wurde, bei dem er nur glaubte, er hätte den ersten Schritt getan. Aber das lag durchaus im Bereich des Möglichen.

Sophie überlegte. »Er sagte ›bis morgen dann‹, als sei er sich völlig sicher, ich würde jeden Tag da langreiten.« Sie zögerte einen Moment, zog nachdenklich an ihrer Zigarette. »Aber am nächsten Tag war er nicht da, die Camper waren weg.«

»Du hast also nachgeschaut?«

»Ich bin am Zeltplatz vorbeigeritten, aber da war keiner mehr.«

Irene schrieb eifrig mit, notierte die möglichen Tage, soweit Sophie sich erinnerte. Getroffen hatte sie den Jungen mit großer Wahrscheinlichkeit am 9. Oktober.

»Und das Auto?«, fragte Johan.

»Das war so ein großer Bus, ein altes Armeefahrzeug, oben mit Luke. Darauf waren Blumen gemalt.« Plötzlich klingelte es bei Johan. Er selbst hatte zwar seinen Zivildienst im Krankenhaus absolviert – und dafür von Kollegen schon eine Menge irritierenden Spott ertragen müssen. Aber er hatte dieses Fahrzeug der Bundeswehr mit einer Luke auf dem Dach auch schon gesehen. Kein Panzer, sondern ein Einsatzfahrzeug, ein Krankentransporter der Firma Hanomag. Ein beliebtes altes Fahrzeug, das sich gut ausbauen ließ und für Offroad-Fahrten geeignet war.

Johan gab Irene ein Zeichen, dass sie die Befragung zum Abschluss bringen konnten.

»Ist dir sonst noch etwas aufgefallen?«, fragte Irene.

Sophie schüttelte den Kopf. »Nö.«

Auf dem kurzen Weg zurück durch den Wald interpretierte Irene Johans gehobene Augenbrauen richtig. »Sie erinnert mich an meine Tochter, okay? Erst gibt man ihnen alles an Liebe, was man hat, und dann hauen sie verbal um sich, dass einem Hören und Sehen vergeht.« Sie ging schneller und riss die Autotür auf. »Fahren wir!«

Lüneburg, Donnerstagnachmittag

Marie war gerade gegangen, als das Telefon klingelte. Nora erkannte an der Nummer, dass der Anruf aus Tschechien kam.

»Nora!« Bohumils Stimme klang erfreut und erwartungsvoll, obwohl er genau wie sie bei seinem Fall auf der Stelle trat.

»Was gibt es?« Nora lächelte über das Du.

»Wir haben im Landkreis Lüchow-Dannenberg einen weiteren ungeklärten Todesfall.«

Sie hörte ihn nach Luft schnappen.

»Aber es ist kein Kind, sondern ein junger Mann«, beeilte sich Nora zu erklären. Sie konnte verstehen, was jetzt gerade in ihm vorging. Entsetzen, Trauer, aber auch die Hoffnung, dass der Täter dieses Mal einen Fehler gemacht hatte. »Wenn wir die Identität des Toten ermittelt haben, sollten wir überprüfen, ob er irgendetwas mit Tschechien zu tun hat. Nur der Vollständigkeit halber.« Sie erklärte ihm die Umstände des Fundes, den Ort und die bisherigen Indizien auf einen Mord.

»Gibt es häufiger Mordopfer in der Gegend?«

»Fast nie«, sagte Nora und schüttelte den Kopf, als könne er sie sehen. Er sprach aus, was sie dachte. »Aber der Mann wurde erschlagen. Wahrscheinlich im letzten Jahr, als eine Gruppe Camper im Wald ihre Zelte aufgebaut hatte. Es sieht eher nach Totschlag aus. Mord im Affekt. Nicht so geplant und durchdacht wie die Taten an den Mädchen.«

»Dann habt ihr ja viel zu tun!« Bohumils Stimme klang mitfühlend, und Nora konnte sich einen Moment in seinem Verständnis ausruhen, das ihr beinahe väterlich vorkam.

Plötzlich hörte sie, wie im Flur Türen klappten und schnelle Schritte an ihrem Büro vorbeiliefen. Sie hob den Kopf. Marie stand in der Tür. Ihre Blässe hatte sich in ein kalkhelles Weiß verwandelt.

»Was ist passiert?«, fragte Nora und hielt dabei unvermittelt den Hörer zu.

Marie sagte tonlos: »Ein Mädchen wird vermisst. Es ist im gleichen Alter wie Saskia und Evelina. Sie sieht sogar ähnlich aus!«

Angst schoss Noras Rückenmark hinauf und explodierte in ihrem Bewusstsein. Wann? Wo? Wer?

»Bohumil. Ich muss Schluss machen«, sagte sie und legte ohne ein weiteres Wort auf. Als sie aufstand, war sie bereit. Bereit, es mit Allem aufzunehmen, um dieses Kind zu finden. Sie spürte, wie ihr Körper in höchster Alarmbereitschaft alle Kräfte zusammenzog, die sich in diesem einen Wunsch bündelten.

Drawehn, Donnerstagnachmittag

Johan zuckte zusammen, als mitten in das angenehme Schweigen im Auto hinein sein Telefon ein weiteres Mal klingelte. Sie fuhren im Schritttempo auf einer winzigen Straße durch den

Wald. Hier irgendwo sollte es noch eine Siedlung geben, eine kleine Reihe Häuser, die zu Pranz gehörten, aber im Moment war es, als würden sie gar nicht existieren, um sie war nichts als dichter Wald.

Mohns' Stimme klang herrisch und zerhackt von digitalen Störern. »Kommt sofort zurück, ein Kind ist verschwunden!«

Johan sah Irene an, sein Herz raste. »Gib Gas! Wir müssen zurück. Ein Kind wird vermisst.« In Johan ballte sich ein angstvoller Knoten zusammen, während Irene wendete.

Lüneburg, Donnerstagnachmittag

Einige der Beamten saßen auf Stühlen, doch die meisten mussten stehen, obwohl sie sich in dem größten Konferenzraum versammelt hatten. Mohns hatte alle zusammengetrommelt, die im Revier anwesend waren. Man sah den meisten Beamten an, dass sie sich noch genau an den 30. April vor rund vier Wochen erinnerten, als sie unter den gleichen Umständen hier zusammengekommen waren. Gerunzelte Stirnen und zusammengepresste Lippen verrieten ihr Entsetzen und das erst kürzlich erlittene Trauma. Damals hatten sie das Kind nicht retten können. Johan und Irene waren die Letzten, die hereinkamen. Nora hatte sich mit dem Gesicht zur Tür gesetzt, mit dem Rücken zum Fenster, und sie fühlte, dass auch ihre eigenen Gesichtsmuskeln wie erstarrt waren. Der Beamer zeigte bereits seit zehn Minuten das lachende Gesicht eines blonden Mädchens. Zehn Minuten, in denen Nora nichts anderes tun konnte, als ruhig zu atmen und ihren Gefühlen zu erlauben, das Grauen auszuhalten, das ihre Fantasie produzierte. Was tat er gerade dem Kind an? Konnte nicht endlich mal jemand beginnen? Oder wenigstens dieses Bild da wegnehmen? Aber sie wusste, es waren nur ihre angespannten Nerven, die diese Ungeduld produzierten. Sie würde noch viel mehr aushalten müssen als den glücklichen Ausdruck auf einem Foto des Mädchens, wenn das Kind verschwunden blieb.

Mohns stand auf und wechselte auf dem Computer zu einer Landkarte von Lüneburg in großem Maßstab. »Hier ist die dreizehnjährige Marina das letzte Mal gesehen worden, hier ist ihr Heimweg.« Er fuhr mit dem Cursor über die Ilmenau weiter südlich der Innenstadt, wo sich der Fluss zwischen Sumpfwiesen und Wald durch ein Naturschutzgebiet schlängelte. »Sie war mit dem Fahrrad vom Reitstall am grünen Tore durch den Wilschenbruch unterwegs nach Hause.« Mohns tippte auf zwei Punkte, die an den entgegengesetzten Rändern des Waldgebietes lagen. Der eine abseits mit viel Grün war der Reiterhof, der andere war eine Wohnstraße in der gehobenen Wohngegend Wilschenbruch. Er wechselte auf ein Satellitenbild, auf dem große Gärten zu erkennen waren und freistehende Einfamilienhäuser direkt am Wald.

»Marina ist gegen 15 Uhr aufgebrochen, allein, obwohl sie meistens mit ihrer Freundin Bianca zusammen mit dem Fahrrad fährt. Sie hat mittwochs immer eher Schulschluss, der Reiterhof bietet einen Hort für ältere Kinder an, wo sie regelmäßig nach der Schule untergebracht ist. Als sie um 17 Uhr noch nicht nach Hause gekommen war, riefen ihre Eltern Bianca an. Die war längst daheim und wunderte sich, denn Marina wollte direkt nach Hause fahren, weil ihr kleiner Bruder heute Geburtstag hatte. Deshalb hatte sie auch eher gehen dürfen. Die Freundin, Bianca, fuhr darauf noch einmal mit ihrem Vater die Strecke entlang, die sie sonst mit Marina nimmt. Doch statt des Mädchens fanden sie nur ihr Fahrrad!« Hier machte Mohns eine Pause, um das Gesagte wirken zu lassen. »Es stand an einem Baum, ein relativ neues Mountainbike. Wir haben Glück, dass es nicht schon jemand mitgenommen hatte. Biancas Vater rief erst daraufhin die Eltern an, die sich sofort an die Polizei wandten. Es sei ausgeschlossen, dass Marina ihr Fahrrad im Wald allein und ohne es abzuschließen stehen gelassen hätte, wenn sie nicht die Absicht gehabt hätte, gleich wiederzukommen. Die Eltern halten sie für ein zuverlässiges und umsichtiges Mädchen und sind in höchster Sorge.« Er hielt inne. »Sie ist demnach erst seit etwas über drei Stunden verschwunden. Wir müssen sie finden!«

Nora hörte die Verzweiflung in seiner Stimme. Normalerweise war eine so kurze Zeit des Verschwindens kein Anlass für einen Großeinsatz, aber hier gab es kein Normalerweise mehr. Sie hatten einen Fall, den sie nicht lösen konnten, sie hatten einen Täter, in dessen Opferschema Marina genau passte. Sie wurden von Aktionismus getrieben, aber es stand zu befürchten zu Recht. Aber es bestand noch die Möglichkeit, dass Marina sich vielleicht heimlich mit einem Jungen traf. Sie ist schon dreizehn, dachte Nora. Es kann sein, dass wir uns umsonst verrückt machen. Aber sosehr sie versuchte, ihre Gedanken in diese Richtung zu lenken, so sehr zerrten ihre Gefühle in die andere. Das Mädchen war in Gefahr!

Mohns teilte die Beamten in Teams ein, um die Gegend im Wald abzusuchen. Eine Gruppe wurde beordert, mit einem Boot auf der Ilmenau zu fahren, die Feuerwehrtaucher waren bereits angefordert. Das Gebiet wurde in Planquadrate unterteilt, es würde nicht mal mehr zwei Stunden lang hell sein. Johan wurde mit seiner Gruppe für den östlichen Teil des Waldes eingeteilt, dort, wo die Schienen eine Schneise quer durch den Wald zogen und die Schnellzüge der Bahn hindurchrasten. Verstärkung war aus Hannover und Uelzen angefordert worden, die Beamten der Schutzpolizei würden im Wald zur Lüneburger Kripo stoßen. Nora und Irene würden den Eltern von Marina einen Besuch abstatten. Es galt, alle Verwandten und Bekannten, mit denen Marina ohne weiteres mitgehen würde, in Erfahrung zu bringen – die statistisch potentiell wahrscheinlichsten Entführer.

Es gab genug Trittbrettfahrer, die eine solch aufgeheizte Situation nutzen würden, um ihrerseits geheimen brutalen Gelüsten nachzugehen, die sich im Schatten eines anderen Täters gut getarnt wussten.

Lüneburg, Donnerstag, früher Abend

Marinas Eltern lebten in einem Bungalow aus den Achtzigerjahren. Das Gebäude war flach und fügte sich harmonisch in den großen Garten ein, der hauptsächlich mit Bambus, Buchs, Schilf und Rasen bepflanzt war. Etwas kühl und modern, aber als die Haustür von Marinas Vater geöffnet wurde, fand sich Nora in den Resten einer bunten Kinderparty wieder, deren Hinterlassenschaften aus zentimetertiefem Luftschlangendschungel, einem Teppich aus Konfetti und bunten Ballons den Boden bedeckten. Anscheinend hatte die Geburtstagsparty für ihren Bruder auch ohne Marina stattgefunden. Hagen Rennich, Marinas Vater, geleitete sie ins Wohnzimmer, wo auf der Ledercouch die Mutter, Sabine Rennich, saß. Sie war in eine Decke gewickelt und blickte sie aus geweiteten, verweinten Augen an. Der Glastisch vor ihr war verschmiert von Kuchen und Zuckerresten, in Pappbechern schwammen Gummibärchen in Limonade mit Kuchenkrümeln. Der Kontrast zu der Angst in Sabine Rennichs Augen hätte kaum größer sein können. Sie zitterte, als wäre es eiskalt, dabei war es fast brütend warm in dem Raum.

»Haben Sie Marina gefunden?« Nora spürte die hoffnungsvolle Angst in der Frage der Frau. Ihr Blick wechselte von Nora zu Irene und zurück, als könne sie sich nicht entscheiden, wer ihr mehr Halt bot. Nora trat einen Schritt zurück. Sie wollte beobachten, was geschah. Und verhindern, dass Frau Rennichs Angst bis in ihr eigenes Inneres vordrang und dort auf seine klamme Entsprechung traf. Sie musste unvoreingenommen bleiben.

Marinas Vater setzte sich neben seine Frau, nahm ihre Hand, worauf sie wieder zu schluchzen begann.

»Wir machen uns solche Vorwürfe.« Ihre Stimme überschlug sich. »Die Gäste kamen, lauter vierjährige Jungs. Die Eltern lieferten sie hier ab, wir haben zwischendurch gedacht: Wo Marina nur bleibt? Warum kommt sie nicht? Aber wir waren viel zu beschäftigt, um uns ernsthaft Sorgen zu machen. Und plötzlich war es so spät, und niemand hatte sie gesehen …« Sie verstummte, gelähmt von Gedanken, die sie nicht denken wollte oder konnte.

Irene zückte ihren Block. »Wer von ihren Verwandten wohnt hier in Lüneburg?« Sie notierte Adresse und Telefonnummer der Großeltern väterlicherseits, der Tante und des Onkels, bei denen auch der kleine Sohn Mirko inzwischen war. »Aber mit denen haben wir schon gesprochen, sie haben Marina nicht gesehen.« Marinas Vater konnte die Frage nicht verstehen.

Nora wollte ihm noch nicht erklären, dass sie sich vom engeren Umfeld langsam in den weiteren Bekanntenkreis vorarbeiten würden. Menschen, die in den Familien, die Marina kannte, ein und aus gingen; die ihr so vertraut waren, dass sie mit ihnen mitgehen würde. Dazu mussten sie alle befragen, bei denen sich das Kind regelmäßig aufhielt. Wenn sie ihnen das erklärte, würde ihnen schlagartig bewusst werden, dass sie ihre Tochter vermutlich nicht nur heute Abend nicht ins Bett bringen würden. Noch wollte Nora ihnen die Hoffnung einige weitere Momente erhalten, denn die Erkenntnis würde sie früh genug ereilen.

»Und Marinas Freundinnen?«

»Da ist Bianca«, hauchte Marinas Mutter, »und Jacob.« Sie überlegte. »Und natürlich kennt sie die Nachbarn gut, Ernst und Maria. Zu ihnen geht sie, wenn die Schule oder der Hort aus ist und wir noch nicht zu Hause sind.« Nora hatte das Gefühl, dass sie schon verstanden hatte, worum es ging. Sie hatte offensichtlich genug Fantasie, sich vorzustellen, was es bedeutete, wenn ein Kind nicht nach Hause kam. Nora beneidete sie nicht um diese Gabe. Sie würden sich von innen nach außen arbeiten. In der Peripherie der Lebensbedingungen von Marina einen Menschen suchen, der ihr schaden wollte. Und gleichzeitig die Gegend durchkämmen nach jemandem, der auftauchte, ein Kind mit sich nahm und verschwand. So wie vermutlich der Mörder von Saskia. Nora ballte die Faust und biss die Zähne zusammen, um die Wut zu unterdrücken, die sich in ihr emporarbeitete. Hier, angesichts dieser Tragödie, hatte sie kein Anrecht auf ihren eigenen Schmerz.

Wilschenbruch, Nacht von Donnerstag auf Freitag

Die Nacht war sternenklar und mild. Johan stand im Schatten eines Baumes am kleinen Uferweg der Ilmenau und beobachtete die durch das Dunkel wischenden Taschenlampen, das Knistern der Hundepfoten auf dem Laub, und die schweren Schritte der Kollegen drangen bis zu ihm, obwohl er sich wie auf einer Insel wähnte. Aus den Schatten löste sich eine Gestalt und trat zu ihm.

»Hast du eine Zigarette?«, fragte er Irene, die sich neben ihn stellte und die Hände vor der Brust faltete. Sie fischte ein zerdrücktes Päckchen Camel aus ihrer Lederjacke und reichte es ihm. Ein Zippo folgte. Die vertrauten Gegenstände und der leichte Benzingeruch wärmten Johan mehr als die kleine Flamme, die aufsprang, als er das Rad mit dem Zündstein drehte.

»Und? Was meinst du?«, fragte er, nachdem der erste tiefe Zug sich in dünne Rauchschlieren aufgelöst hatte.

»Ich glaube, der Kindermörder hat sie, und wir werden sie nicht finden, bis er auch sie tötet«, sagte sie und starrte in die Finsternis, in der die Taschenlampen sich langsam entfernten. Sie zog die Nase hoch, eine Mischung aus Schniefnase und Traurigkeit. »Wir sind einfach zu wenige. Wir können nichts ausrichten, und hier ist sie nicht.«

Sie schwiegen, Johan rauchte.

»Vielleicht hält sie uns alle zum Narren. Sie ist alt genug dafür. Vielleicht ist sie eifersüchtig auf ihren kleinen Bruder und wollte ihm die Party crashen.«

»Möglich«, sagte Irene, »aber ich fand ihre Freundin ziemlich glaubhaft, die sagte, Marina hätte sich sehr auf die Feier gefreut. Sie hatte in ihrem Zimmer dieses Geschenk liegen: ein großes Feuerwehrauto, selbst eingepackt. Das wollte sie ihrem Bruder noch geben.«

Johan nickte, auch wenn Irene das in der Dunkelheit kaum erkennen konnte. Sie betrachteten das Wasser, auf das der Mond schien und das erstaunlich schnell kleine Blätter und Zweige transportierte. Weiter entfernt konnte Johan die Lichter des Bootes mit den Tauchern erkennen, Beamte stachen mit langen Stöcken in das hohe Schilf. Der Wald war abgesucht, die Taucher hatten den Fluss nahezu komplett durchkämmt. Die Hunde, der Hubschrauber mit Wärmebildkamera, die rund achtzig eingesetzten Bereitschaftspolizisten hatten nichts gefunden. Gar nichts. Kein Kleidungsstück des vermissten Mädchens, keinen Unterschlupf, kein Lebenszeichen. Seine Insel war eine Insel der Wut, nicht der Hoffnung.

»Lass uns gehen«, sagte er.

Lüneburg, Freitag, Morgengrauen

Nach der ganz großen Besetzung am Abend zuvor waren dieses Mal nur die Kripo-Beamten bei der Besprechung anwesend. Mohns stand vorne und schaute jedem einmal ins Gesicht. Sein Blick war forschend, seine Mundwinkel skeptisch, als versuche er abzuschätzen, wie es um die Motivation seiner Leute bestellt sei. Nora fühlte seine Wut, die ihn weiter antrieb. So wie sie selbst. Sie hatte jetzt seit knapp vierundzwanzig Stunden nicht geschlafen, und die Gegenstände verloren langsam die Konturen. Es war ärgerlich. Sie könnte auf mehr Reserven zurückgreifen, wenn sie nicht ohnehin schon von Schlafmangel geplagt würde, dachte sie und kniff sich in die Nasenwurzel, bis es richtig wehtat. Dann füllte sie den Kaffee in der Tasse vor ihr auf dem Tablett auf, das jemand fürsorglich auf den Tischen platziert hatte. Sie zwang sich, eines der halben belegten Brötchen auf eine Serviette vor sich auf den Tisch zu legen.

»Wir werden alle Personen ein weiteres Mal zu Marina befragen, die wir im Zusammenhang mit Saskia vernommen haben«, sagte Mohns. »Außerdem alle, die mit Marina in Kontakt standen. Ihre Schulkameraden, beginnend mit ihren Freundinnen, den Familien ihrer Freunde, den Reitstallbesitzern, der Hort-Betreuung. Einige wurden gestern schon zu dem Verschwinden befragt, aber das tut nichts zur Sache. Wir werden noch einmal mit ihnen reden. Jedes Zucken einer Wimper, das nicht ins Bild passt, wird registriert und an Irene berichtet.« Mohns begann vor den Beamten hin und her zu wandern. »Ich erwarte, dass jeder eine Liste der Personen bei ihr abgibt, mit denen er bisher im Fall Saskia gesprochen hat, die eventuell auch Marina kennen könnten. Wir brauchen alle Daten zu den Freizeitaktivitäten Marinas, um sie mit Saskias abgleichen zu können. Moritz, du vergleichst ihre Internetaktivitäten und Social-Media-Kontakte. Volker, du gehst mit der Bereitschaftspolizei den vielversprechenderen Hinweisen aus der Bevölkerung nach. Marie, du wirst ihn unterstützen.« Er wandte sich an Nora. »Außer Sie brauchen Marie noch?«

Nora schüttelte den Kopf. Während sie Mohns beobachtete, überlegte sie, was genau ihre Aufgabe wäre. Es gab so vieles, das sie überprüfen mussten, es würde Wochen dauern, bis die Beamten mit allen Personen gesprochen hatten. Dass auch Personen einbezogen wurden, die mit Saskia bekannt waren, folgte der Prämisse, dass der Täter die Mädchen kannte.

Die Mädchen aus Lüneburg und das Mädchen aus Tschechien, dachte sie. Als Erstes würde sie mit Bohumil telefonieren. Sie warf einen Blick zur Seite, wo Johan saß. Auch er sah müde aus. Er musste ein neues Täterprofil erstellen. Es wäre sinnvoll, mit ihm zusammen einige der Orte zu besuchen, wo die Mädchen gewesen waren. Auch Saskia war geritten. Vielleicht ritt der Täter auch? Ohnehin war ihr erst bei ihrem Gespräch im Wald klar geworden, wie sehr sie sich von allen distanziert hatte. Es wurde Zeit, das zu ändern. Jetzt war

Teamarbeit gefragt. Der Besuch auf Saskias Reiterhof stand auch noch aus.

»Wir werden uns voll auf die Suche nach Marina konzentrieren, das hat Vorrang vor allem anderen. Die Ermittlungsgruppe zur Camper-Leiche wird vorläufig aufgelöst, und die Hinweise, die dazu eingehen, werden lediglich abgelegt und von Heiner gelesen, bis wir wieder mehr Kapazitäten haben. Auch alle anderen Gewaltdelikte werden zunächst an die Schutzpolizei weitergeleitet. Wir werden uns nicht ablenken lassen!« Mohns ließ seine Faust auf den Schreibtisch krachen und entließ dann mit einer Handbewegung die Beamten. Alle erhoben sich hastig von ihren Stühlen.

Nora war erleichtert, dass Mohns keine konkreten Anweisungen gegeben hatte, was sie und Johan zu tun hätten. Sie spürte das leichte Prickeln, mit dem sich alle ihre Sinne auf die Suche nach Marina einstellten. Wo bist du?, dachte sie. Und: Wir werden dich finden!

Es war ein Versprechen.

Sie passte Johan ab, nachdem sie sich mit allen anderen durch die Tür in den Gang geschlängelt hatte, nur schnell raus.

»Ich möchte zu dem Reiterhof fahren, auf dem Marina gewesen ist, und auch zu dem von Saskia. Vielleicht gibt es eine Verbindung über die Pferdewirte, die Aushilfen oder andere Reiter. Willst du mit? Wie wirst du bei der Tatanalyse vorgehen?«

Er zuckte die Achseln, blinzelte. »Da ist eine ganze Menge auf einmal. Die Zeitpunkte des Verschwindens liegen nah beieinander. Immer am Nachmittag. Ganz offensichtlich hat er einen Beruf, der ihm da Zeit lässt. Wahrscheinlich keine Familie, die abends auf ihn wartet. Außer er bringt die Mädchen irgendwo hin und fährt dann wieder weg.«

Er legte den Kopf schief, nahm seine Brille ab und begann sie an einem T-Shirt-Zipfel, der unter seinem Pulli hervorlugte, zu putzen. Als er sie wieder aufsetzte, schaute er grimmig. »Ja, ich komme mit. Dass sie beide geritten sind, heißt, dass der Täter sich womöglich tatsächlich im Umfeld der Kinder herumgetrieben hat. Ich muss das auf jeden Fall in das Profil der Opfer einarbeiten und so viel wie möglich über ihr gemeinsames Interesse herausfinden.«

Nora hob bestätigend die Hand und ging mit schnellen Schritten zu ihrem Büro. »Dann treffen wir uns gleich. Zehn Minuten?« Johan nickte.

Er sah Nora hinterher, wie sie zu ihrem Büro eilte, und drehte sich dann um, um ebenfalls seine Jacke zu holen. Auf dem Weg begegnete er Irene, die mit einem Stapel Zettel auf dem Weg in ihr Büro war. »Nora und ich fahren zu dem Reiterhof am grünen Tor«, sagte er im Vorbeigehen.

Irene blieb stehen und hob die Augenbrauen. »Das ist zu unkoordiniert, wir sollten uns nicht doppelte Arbeit machen.« Sie sah konsterniert aus. »Volker ist ebenfalls mit einem Kollegen eingeteilt, dorthin zu fahren.«

Na und, dachte er, dann würden die Leute eben zwei Mal erzählen, was sie gesehen hatten.

Er sagte nichts.

Irene seufzte und zuckte mit den Achseln. »O.k., ich sage Volker, dass er stattdessen zu Marinas Schule fahren soll. Da hatte ich bisher noch niemanden für übrig. Und wir müssen das Fahrrad erkennungsdienstlich behandeln lassen. Und das LKA wird weitere Beamte der Schutz- und Bereitschaftspolizei aus Hannover schicken, die helfen, die Umgebung zu sichern und Hinweisen nachzugehen.« Sie klang aufgewühlt. »Es wird eine Spurensicherung im weiteren Umkreis rund um das Fahrrad geben, die gestern wegen der Dunkelheit abgebrochen wurde. Also wenn du mich brauchst, bin ich dort.«

Sie sah Johan streng an. »Sagt mir bitte Bescheid, was ihr tut. Mohns hat euch ausgeklammert, damit Nora mit den Tschechen sprechen kann, bestimmt nicht, damit ihr Vernehmungen durchführt, für die andere Beamte vorgesehen sind.«

Johan fühlte sich gemaßregelt und steckte die Hände in die Hosentaschen. »O.k., wir sind hier ein bisschen außen vor«, sagte er. »Aber trotzdem ist es doch sinnvoll, wenn Nora und ich uns an den laufenden Ermittlungen beteiligen.«

Irene nickte und lächelte halbherzig. »Natürlich ist das sinnvoll, sogar eine Hilfe, aber bitte berichtet alles ganz genau.« Sie hob die Papiere, um zu verdeutlichen, was sie damit meinte und dass sie jetzt keine Zeit mehr hatte, und ging weiter. Johan starrte ihr hinterher. Das war manchmal so. In akuten Gefahrensituationen wirkte er plötzlich überflüssig wie ein Kropf auf die Kripo-Kollegen. Der Typ, der nichts anderes konnte als grübeln und der hinterher alles erklären sollte. Das Warum. Sie erwarteten zwar, dass er ihnen sagte, was in den Tätern vorging, vor allem, wenn sie nicht weiterkamen, aber nicht, dass er sich an der Suche nach ihnen direkt beteiligte. Dabei hab ich diesen ganzen Quatsch auch gemacht, dachte er. Nahkampf, Schießtraining, Vernehmungstechnik. Was wollten die eigentlich?

Einen Augenblick lang wünschte er sich weit weg. Irgendwo hin, wo er keine Verantwortung dafür trug, ob ein Mädchen aus den Händen ihres zukünftigen Mörders befreit werden konnte. Vielleicht wäre dann in diesem Leben auch Platz für eine Frau. Aber da er nun mal in dieser Situation feststeckte, wäre es zumindest schön, von den Kollegen geschätzt und respektiert zu werden.

Wilschenbruch, Freitagmorgen

Nora fing Johans zaghaftes Lächeln auf, als sie das Auto startete, und hob fragend die Augenbraue. Es war offensichtlich, dass er sich nicht wohl in seiner Haut fühlte.

»Ich freu mich, dass wir jetzt endlich mal was zusammen tun. Das wurde echt Zeit!«, sagte er.

Nora schwieg und lenkte den Wagen auf die Straße. »Ich meine, wir sind hier beide wie zwei Trabantenmonde, Mohns die Sonne, Irene die Erde und …« Er zögerte. »Keiner braucht uns so richtig.«

Nora schnaubte leise. »Da täuscht du dich aber. Wenn wir nicht hier wären und in jeder Besprechung mit drinsitzen würden, dann wäre Mohns noch ekliger zu seinen Leuten. Außerdem geht es bei so etwas nicht darum, wer wen braucht und was die anderen denken.«

Nora spürte, wie er sie von der Seite musterte. Sie ahnte, dass er gerade noch an etwas anderes dachte, an das Gefühl, dazuzugehören oder nicht. Und ob er akzeptiert wurde. Das konnte sie daran erkennen, wie er seine Hände an den Hosenbeinen rieb. Sie ahnte, was in ihm vorging. Johan war so sehr bemüht, mit allen gut Freund zu sein, dass er völlig verpasste, dass er nicht dazugehörte. Er würde es nie, dazu war er einfach zu sehr an Dingen interessiert, die den meisten Menschen gleichgültig waren. Abstrakte Muster, Sprachen, Zahlen. Er hatte ihr damals in Hannover von einem Buch über die Knotenschrift der Inkas erzählt, und einmal hatte er ihr erklärt, warum Affen sich vermutlich nicht so weit entwickelt hatten wie Menschen. Sie guckten ab, aber sie zeigten sich nichts gegenseitig, nicht mal ihrem Nachwuchs. Wenn er etwas erzählte, war es spannend, aber oftmals etwas abseitiges Wissen. Sie mochte ihn dafür. Das taten vermutlich die meisten, aber das bedeutete nicht, dass sie ihn deshalb in ihren Kreis einließen. Er musste sich nur möglichst schnell daran gewöhnen.

Als sie in die Einfahrt des Reiterhofs einbogen, dachte Nora, dass er ziemlich genau dem Idyll einer Reiterferien-Broschüre entsprach. Hinter niedrigen Holzzäunen streckten Shetlandponys ihre Köpfe ein paar Kindern entgegen, die sie mit Karotten fütterten, die Dächer der Rotklinkerhäuser glänzten und der helle Sand, der den Hof bedeckte, leuchtete in der Sonne. Neben einem Parcours mit kleinen Hindernissen erstreckte sich eine große Weide, auf der Pferde und Ponys unterschiedlicher Größe grasten. Dahinter begann ein Wald.

Nora parkte neben einem Pferdeanhänger und einem Traktor, und sie stiegen aus. Es war zwar noch früh, aber bereits so warm, dass sie ihre Jacken gleich im Auto ließen.

»Die Frau, der der Hof gehört, heißt Marianne Lehmser«, sagte Nora. »Die Hortbetreuung beginnt erst gegen dreizehn Uhr, wenn auch die ersten Schüler kommen. Aber es gibt morgens Führzügel-Gruppen und Ponypflege für kleinere Kinder, die um neun Uhr anfängt.«

Bis dahin war es noch eine Viertel Stunde. Nora und Johan gingen zwischen den beiden Stallgebäuden hindurch zum Haus dazwischen. In der Ferne wieherte ein Pferd.

»Als kleines Kind bin ich geritten«, sagte Nora. »Aber dann habe ich damit aufgehört.« Sie hörte selbst, dass es bitter klang.

Johan, der die Hände in die Hosentaschen gesteckt hatte, lächelte sie von der Seite an. »Was ist passiert? Alle Mädchen sind doch verrückt nach Pferden.«

»Wir sind umgezogen«, sagte Nora barsch, und ihr Herzschlag beschleunigte sich. Das war zu nah an der Episode ihrer Kindheit, über die sie nicht mit Kollegen sprechen konnte. Sie ärgerte sich, dass sie damit angefangen hatte. Ich bin wirklich müde, dachte sie. Dann kriechen die Geister der Vergangenheit wie Würmer aus einer fauligen Masse.

Sie erreichten die Holztür des Fachwerkhauses. Es lag in einem kunstvoll angelegten Bauerngarten mit Naturstein und gusseisernen Rankhilfen. Die Hortensien und einige Stauden hatten schon kleine Blütendolden ausgetrieben. Nora drückte auf den Klingelknopf aus Messing. Nur einige Sekunden später wurde die Tür von einer Frau mit silbergrauem Haar geöffnet, das in einem Dutt lose zusammengesteckt war. Sie trug ein Holzfällerhemd, zerbeulte Jeans und Clogs.

»Ich habe Sie schon erwartet«, sagte sie. »Lassen Sie uns ums Haus herumgehen.«

Johan und Nora folgten ihr auf einem schmalen Weg, der zwischen den Beeten hindurch zu einer Terrasse führte, wo auf einem Holztisch eine Kaffeekanne und Becher bereitstanden. »Entschuldigen Sie, ich bin schon seit heute Morgen um fünf Uhr wach. Ich habe gleich genug Kaffee gemacht, dass Sie auch welchen trinken können.« Die Frau bat sie mit einer Handbewegung, Platz zu nehmen.

Nora zog ihren Block aus der Tasche und stellte ein Diktiergerät in die Mitte des Tisches. »Für mich schwarz«, sagte sie. Johan setzte sich ebenfalls. Er rührte Milch und zwei Teelöffel Zucker in seinen Kaffee.

»Sie sind Frau Marianne Lehmser?«, fragte Nora. Sie notierte sich das heutige Datum auf ihrem Block und zog zwei senkrechte Striche, die das Blatt in drei Spalten teilten.

»Ja«, Frau Lehmser nickte. Dann schaute sie Nora mit rot geränderten Augen an. Sie zog die Nase hoch. »Ich habe kein Auge zutun können. Das arme Mädchen, das arme Mädchen.« Sie schüttelte wild den Kopf, eine Strähne löste sich aus ihrem Haar. »Wer tut so etwas? Wer kann Kindern so etwas antun?«

»Um das herauszufinden, sind wir hier«, sagte Nora leise. Dann schob sie Frau Lehmser den Block hin.

»Könnten Sie hier bitte die Namen aller Menschen notieren, die regelmäßig auf dem Hof ein und aus gehen, dann in die zweite Spalte deren Anliegen und Funktion und hier«, sie tippte auf die dritte Spalte, »tragen Sie bitte das Datum ein, an dem sich diese Person zuletzt hier befunden hat. Wenn Sie es denn wissen.«

Frau Lehmser seufzte tief.

»Am besten, ich beginne morgens«, sagte sie nachdenklich. »Als Erstes kommt Eva, sie hilft mir morgens mit den Pferden und leitet die Kindergruppen.« Bestürzt hielt sie inne. »Soll ich überhaupt alle aufschreiben oder nur die Männer?«, fragte sie Nora. Eine steile Falte entstand auf ihrer Stirn, und ihre Augen glitten kurz nach links. Danach verkrampfte sich ihr ganzes Gesicht, als würde sie gleich in Tränen ausbrechen, doch sie behielt die Kontrolle.

Nora legte ihre Hand auf die von Frau Lehmser. »Alle bitte!«, sagte sie.

»Also Eva«, sagte Frau Lehmser mit zusammengepressten Zähnen. »Dann kommt zwei Mal in der Woche der Mann, der morgens die Eier der Hühner zum Verkauf einsammelt. Wir haben eine recht große Herde«, fuhr sie fort und setzte einen Vornamen und eine Firma in die erste Spalte und das Datum von vorgestern in die dritte. »Manchmal sind auch schon frühmorgens Pferdebesitzer da, die ihre Tiere bei uns stehen haben.« Sie sah Nora erschrocken an. »Aber ich kann ihnen beim besten Willen nicht sagen, wann die alle zuletzt da waren.«

Nora nickte. »Geben Sie mir die Liste der Pferdebesitzer und wir kümmern uns darum. Schreiben Sie nur auf, an wen Sie sich konkret in den letzten Tagen erinnern. Wir wollen vor allem wissen, wer regelmäßig zur selben Zeit wie Marina da war.«

Sie lehnte sich zurück und genoss eine Sekunde die zunehmend warmen Sonnenstrahlen, die durch die Äste des Obstbaumes über ihnen fielen und auf dem Tisch ein Muster zeichneten. Sie trank einen Schluck von dem Kaffee. Das hier würde einen Moment dauern, und sie brauchte jede Sekunde Erholung, die sie bekommen konnte, auch wenn es nur für einen Lidschlag lang das Einsaugen dieses saftigen Frühlingsgrüns und der lauen Luft war, die die flirrende Müdigkeit vertrieb, die sie heute den Tag über noch in Schach zu halten gedachte.

»Wenn du mich nicht brauchst, sehe ich mich einen Moment um«, sagte Johan und stand auf. Nora nickte mit geschlossenen Augen.

Johan ging durch den Garten zurück zu den Stallungen. Er war so müde, dass er Angst hatte einzuschlafen, wenn er sitzen geblieben wäre. Er kniff die Augen gegen die Sonne zusammen und wünschte sich in eine Hängematte im Schatten. Die Gruppe Kinder, die mit ihren Eltern am Gatter gestanden hatte, drängte sich inzwischen um eine hochgewachsene blonde Frau in Reithosen mit einem Klemmbrett in der Hand. Die Kinder steckten ihre Gesichter in die Höhe, reckten einen Arm und bohrten die Zeigefinger, so hoch sie konnten, in die Luft. »Darf ich? Darf ich?«, hörte er ein Mädchen, als er näher kam. »Ich will Schneeflocke!«, schrie ein weiteres durchdringend.

»Moment, ihr kommt alle dran«, beschwichtigte die Frau und rief dann verschiedene Namen, die wohl Ponys bezeichneten, und zeigte jeweils auf eines der Kinder. Ein Mädchen sprang in die Luft und jauchzte, ein anderes zog einen Flunsch, dann rasten alle Richtung Ställe. »Nicht drängeln!«, rief die Frau ihnen enerviert hinterher und seufzte.

»Führzügel-Gruppe?«, fragte Johan, als er sich neben sie stellte. Er hatte das Wort heute das erste Mal gehört, aber es schadete ja nichts, ein wenig Pferdeverstand zu suggerieren. »Ja«, sie musterte ihn. »Fortgeschrittene. Sie dürfen jetzt die Ponys alleine aus dem Stall holen.«

»Hat Marina auch bei dieser Gruppe mitgemacht, als sie jünger war?«

Sie schaute ihn überrascht an. »Sie sind von der Polizei?«

»Na ja, so in etwa.« Johan grinste. Sie gefiel ihm.

»Nein, Marina kam erst zu uns, als sie schon Unterricht nehmen konnte. Die Kinder in der Führzügel-Gruppe sind in der Regel aus Familien, wo die Mütter zu Hause bleiben, bis die Kinder eingeschult werden.«

Das erklärte die hohe Dichte SUVs auf dem Parkplatz, dachte Johan. »Das klingt, als würden Sie Marina gut kennen.«

»Wie man es nimmt. Sie hat jetzt seit ein paar Jahren Unterricht bei mir. Sie konnte auch mit ausreiten, und ich hatte mit ihren Eltern schon über die Möglichkeiten einer Reitbeteiligung oder eines eigenen Pferdes gesprochen. Dabei habe ich gehört, dass sie beide viel arbeiten und Marina dabei nicht unterstützen könnten. Es wurde auch erwähnt, dass sie am Nachmittag lang im Kindergarten war und wie schwierig der Übergang nach der Schule war. Sie waren so glücklich, als wir mit dem Hort anfingen …« Sie erstarrte einen Moment, ein kaum merkliches Zittern lief durch ihren Körper. »Ich kann es immer noch nicht fassen. Sind Sie sicher, dass sie entführt wurde?« Ihre Augen begannen zu schwimmen.

Johan nickte kurz. »So ziemlich. Wir haben allerdings die Hoffnung nicht ganz aufgegeben, dass sie weggelaufen ist. Könnten Sie sich dafür einen Grund vorstellen?«

Sie schüttelte vehement den Kopf. »Nein, keinen.«

Ein kleines Mädchen zog ein ebenso kleines weißes Pony aus einer Tür im Gebäude. »Komm, Schneeflocke, komm«, lockte sie, doch das Pferdchen stemmte seine Hufe in den Boden und ruckte am Seil.

»Ich muss arbeiten!«, sagte die Frau.

»Wie ist Ihr Name?«, fragte Johan, während sie sich neben das Pony stellte und ihm einen kleinen Klaps gab, sodass es sich in Gang setzte.

»Eva Riener.« Sie bückte sich zu dem Mädchen. »Binde Schneeflocke da drüben am Gatter an und hole schon mal das Putzzeug!«

Als die Kleine verschwunden war, wandte sie sich an Johan. »Ich habe um zehn eine Stunde Pause, dann können wir uns unterhalten.« Johan nickte und entfernte sich so weit, dass die anderen Kinder, die jetzt mit ihren Ponys am Strick aus dem Stall strömten, genug Platz hatten, die unwilligen Tiere auf dem Platz zu verteilen und festzubinden. Dann betrat er den Stall und schaute sich dort um. Es roch intensiv nach Dung und Heu, warm, feucht und süßlich. Seine Nase begann zu kribbeln.

Verdammte Allergie, dachte er und trat wieder nach draußen. Er umrundete die Ställe, machte sich ein Bild von der Größe des Anwesens. Es gab eine Menge Ecken und Winkel, von denen aus jemand die Kinder beobachten konnte. Der Hof war für jeden zugänglich, nachmittags wimmelte es hier bestimmt von Vätern und Müttern, die ihre Kinder brachten oder abholten. Er seufzte. Es würde verdammt schwer werden einzugrenzen, mit wem Marina Kontakt gehabt hatte. Allerdings gab es relativ wenige Großpferde, soweit er sehen konnte. Das schränkte zumindest die Zahl der erwachsenen Reiter ein.

Er schaute zu der Gruppe, die inzwischen unter der Anleitung von Eva die Hufe der Ponys säuberten, die sich mit ihrem Schicksal abgefunden zu haben schienen. Er dachte wieder an Marina. Sie war hier bestimmt glücklich gewesen. Er ballte die Hände zu Fäusten. Diese Befragungen! Das dauerte alles so verdammt lange, während sie irgendwo darauf wartete, dass jemand sie rettete. Einen kurzen Moment hoffte er, die alarmierte Schutzpolizei, die Autobahnstreifen, irgendjemand hätte das Kind gefunden. Vielleicht in einem Laster Richtung Tschechien, der angehalten und kontrolliert wurde. Er warf einen Blick auf sein Handy. Kein Anruf. Und es war erst 9:20 Uhr, ein langer Tag lag noch vor ihm. Aber zum Glück hatte er seinen toten Punkt von eben überwunden.

Lüneburg, Freitagmorgen

Johan dachte auf der Fahrt zurück zur Wache darüber nach, was er noch von der jungen Frau erfahren hatte. Marina hatte sich geärgert, dass sie kein Pferd haben konnte. Sie hatte sich auch manchmal geärgert, dass sie selten zeitig abgeholt wurde und bei schlechtem Wetter meist die Eltern ihrer Freundin die Mädchen nach Hause gefahren hatten. Als er Eva verlassen hatte, hatte sie ihm kurz einen Blick zugeworfen, als wolle sie noch etwas sagen. Oder etwas hören, das nichts mit den Ermittlungen zu tun hatte. Doch er hatte an Lilly gedacht und nichts gesagt.

»Meinst du, von ihren Eltern ein Pferd zu erpressen, könnte für Marina der Grund sein, eine Entführung zu fingieren?«, fragte er und schaute zu Nora, die den Blick nicht von der Straße nahm. Sie fuhr schnell, während sie darüber nachzudenken schien. Dann schüttelte sie den Kopf.

»Möglicherweise, ich kann es mir aber nicht vorstellen. Das wäre eine ziemlich drastische Methode, seine Eltern zu etwas zu zwingen, und was noch wichtiger ist, sie kamen mir nicht vor wie Leute, die sich erpressen lassen.«

»Wie kommst du darauf?«

»Sie haben gestern kein einziges Mal gefragt, was sie tun könnten. Ob sie Geld bereithalten sollten.«

»Aber das ist doch vielleicht normal bei Eltern, die nicht so reich sind«, sagte Johan erstaunt.

»Aber sie sind relativ vermögend. Oder zumindest die Familie der Frau. Sie wohnen zwar in einem eher durchschnittlichen Haus, und er ist Lehrer und sie arbeitet bei einer Agentur, aber in ihrem Haus sind nur hochwertigste Materialien verarbeitet. Es standen ein paar Vasen da rum, die jeweils einige hundert Euro kosten, das Sofa war von einer teuren Marke. Ich habe gestern Abend noch alle Personen aus der Familie im Internet gesucht und habe die Adresse von Marinas Großvater gegoogelt. Er wohnt im Hamburger Speckgürtel in einer recht beachtlichen Villa.«

Johan war verblüfft. »Warum hast du das heute Morgen bei der Besprechung nicht gesagt?«

»Ich habe Marie gebeten, die Vermögensverhältnisse der Familie zu überprüfen und die Grundbucheinträge zu checken. Das habe ich auch Irene gesagt, kurz bevor wir losgefahren sind. Außerdem wird natürlich der Großvater vernommen, ob sich bei ihm Erpresser gemeldet haben, was er uns jetzt verheimlicht, weil die das gefordert haben. Aber ich wollte nicht, dass das zu viel Raum einnimmt. Das ist keine Entführung, um Lösegeld zu erpressen!« Nora schaltete in den zweiten Gang, und der Motor heulte auf, als sie ein langsameres Fahrzeug mit fast achtzig Sachen am Ortsschild Lüneburg überholten.

Johan ließ sich in den Sitz sinken. Das konnte ja heiter werden. Wenn Mohns Wind von dieser Theorie bekam, und damit war ja zu rechnen, wäre das für den ein gefundenes Fressen. Alles war in dessen Augen besser als ein Serientäter, der es auf junge Mädchen abgesehen hatte. Und dann noch Nora, die sich nur mit den Leuten absprach, die ihr in den Kram passten. Das könnte Ärger geben.

In ihrem Büro griff Nora sofort zum Telefonhörer. Sie hatte Bohumil am Morgen eine kurze Mail geschrieben mit dem Betreff »Entführung«. Jetzt wollte sie ihm sagen, wie weit sie waren und was für Ermittlungsansätze verfolgt wurden, doch in dem Augenblick klopfte es, und Marie öffnete die Tür, noch bevor sie »Herein« sagen konnte. »Marinas Eltern sind zur Vernehmung hier. Irene bittet dich, dazuzukommen! Es gibt etwas Neues.«

Sofort ließ Nora den Hörer fallen und schnappte sich die Liste, die Marianne Lehmser zusammengestellt hatte. Sie umfasste fast fünfzig Namen, und Nora bezweifelte, dass das tatsächlich schon alle in Frage kommenden Personen waren, obwohl die Frau ein gutes Gedächtnis zu haben schien. »Hier, die müssen alle überprüft werden, und wenn auch nur einer Dreck am Stecken hat, wird er sofort vorgeladen.«

Nora eilte den Flur entlang. Die Vernehmungsräume der Kriminalbeamten lagen ein Stockwerk tiefer. Sie sah, wie die Eltern von Marina von uniformierten Beamten in zwei verschiedene Räume geleitet wurden, und folgte Irene auf deren Wink hin durch eine Tür neben der, durch die man Hagen Rennich gerade gebracht hatte. Das Kabuff, das sie betraten, war ein Durchgangszimmer mit einer Sitzgruppe, dahinter lag der eigentliche, etwas größere Vernehmungsraum, in dem ebenfalls ein Tisch und vier Stühle standen. Die Räume waren durch eine dicke, einseitig verspiegelte Glasscheibe in einem Metallrahmen miteinander verbunden.

Als der Vater von Marina mit dem Beamten der Schutzpolizei den Vernehmungsraum betreten hatte, die Tür hinter ihnen zugefallen war und er sich an den Tisch setzte, flüsterte Irene: »Wir haben die Liste von gestern überprüft. Die Verwandten und Bekannten und natürlich auch die Eltern. Er hat als Vertretungslehrer an Saskias Schule unterrichtet. Außerdem war er gestern genau zu der Zeit, als Marina verschwunden ist, gar nicht zu Hause. Es fehlte etwas für den Geburtstag, und er ist noch mal los, um es zu besorgen. Seine Frau meinte, kurz bevor die Gäste kamen, also gegen 14:30 Uhr oder etwas später.«

Nora blickte Irene überrascht an, dann schaute sie durch die Scheibe zu Hagen Rennich, der so aussah, als könnte er es nicht fassen, an diesem Ort zu sein. Nora sah seine Angst. Sie manifestierte sich in den Muskeln der Augenlider, die wie gestrafft wirkten; den Nasenflügeln, die sich weiteten, jedes Mal, wenn er Atem holte. Sie dachte an den Moment gestern, als sie ihn das erste Mal gesehen hatte. Nichts an ihm hatte darauf hingedeutet, dass seine Sorge nicht echt gewesen sein könnte.

Irene lächelte triumphierend: »Immer zuerst die Eltern abklopfen. Es waren fast immer die Eltern.«

Da hatte sie Recht. Nora spürte, wie ihr heiß wurde.

»Hat er auch Saskia unterrichtet?«, fragte sie.

»Letztes Jahr im Frühling hatte er eine Krankheitsvertretung in Saskias Klasse. Die Deutschlehrerin ist ins Krankenhaus gekommen, und er hat den Unterricht bis zu den Sommerferien übernommen. Wir haben schon die Schule angerufen und um den Lehrplan und eine Liste der Schüler gebeten, die er im Unterricht hatte. Wird gefaxt.«

»Ob die Weimarer Klassik auf dem Lehrplan stand…« Nora schüttelte den Kopf.

Konnte es tatsächlich sein, dass er sich ihnen jetzt auf dem Silbertablett präsentierte?

»Und Tschechien?«, fragte sie.

Irene schüttelte den Kopf. »Bisher keine Hinweise. Wir überprüfen noch, wo er sich Anfang Dezember aufgehalten hat. Seine Schule schickt uns seinen Stundenplan und seine möglichen Fehlzeiten. Ferien waren aber nicht.«

Nora schaute auf ihre Schuhspitzen und überlegte. Wenn Hagen Rennich etwas mit dem Verschwinden seiner Tochter zu tun hatte, dann konnte er das sehr gut verbergen. Am besten, sie sprachen zuerst mit seiner Frau, damit sie etwas in der Hand hatte, womit sie ihn weich klopfen konnte falls nötig.

»Wer wird die Vernehmung durchführen?«

Irene zögerte. »Vermutlich Mohns, aber wenn du dich anbietest, könnte es sein, dass er ihn dir überlässt.« Es war ihr anzusehen, dass sie hoffte, Nora würde das Ruder in die Hand nehmen. Aber durfte sie das überhaupt?

Nora fröstelte innerlich und verschränkte die Hände vor der Brust. Das war wirklich eine unerwartete Entwicklung. Obwohl Irene natürlich Recht hatte. Sie mussten immer zuerst die Eltern im Blick haben. Rund 160 Kinder landeten jährlich auf den Obduktionstischen der Rechtsmedizin, weil sie von einem Elternteil so misshandelt wurden, dass sie an den Folgen starben. Rund 3600 weitere wurden krankenhausreif geprügelt. Und das waren nur die, von denen sie wussten. Hochrechnungen gingen von wesentlich höheren Zahlen aus. Die Eltern waren für ihre Kinder die größte Bedrohung, weil die Gesellschaft davon ausging, dass Eltern so etwas nicht tun. Dabei taten sie es fast täglich und meist ungestraft, weil das

Kind ihnen ausgeliefert war, ohne dass jemand hinter die verschlossenen Wohnungstüren sehen konnte.

»Ich spreche zuerst mit Frau Rennich«, sagte Nora und wandte sich zur Tür. »Vielleicht kannst du dafür sorgen, dass niemand zu ihm geht, bis ich mit ihm gesprochen habe.«

Sie warf einen Blick auf den Mann hinter der Scheibe, der jetzt mit gesenktem Kopf und auf dem Tisch verschränkten Armen ruhig dasaß.

Als sie auf den Flur trat, lief sie Johan in die Arme.

»Die Eltern von Marina sind hier?«, fragte er.

Nora nickte. »Frau Rennich hat gesagt, ihr Mann sei gestern noch kurz weg gewesen. Zu der Zeit, als Marina verschwand. Außerdem ist er Lehrer und war auch an Saskias Schule.«

Johan starrte sie an. »Ist nicht zu fassen!«

Nora warf ihm einen hoffnungsvollen Blick zu und öffnete dann die Tür zu dem Raum, in dem Frau Rennich saß. Anders als der, in dem ihr Mann wartete, war dies ein freundliches Besprechungszimmer, in Weiß und Gelb gehalten. Einen Spiegel, hinter dem sich Kollegen ungesehen verschanzen konnten, gab es auch nicht. Sabine Rennich saß auf einem der Stühle und kaute an den Fingernägeln. Ihr Knie wippte in schnellem Takt auf und nieder. Ein Beamter, den Nora bisher nur bei den Besprechungen gesehen hatte, war bei ihr, erhob sich aber, als Nora hereinkam, nickte ihr zu und verließ den Raum.

Nora wunderte sich, dass es plötzlich so selbstverständlich schien, dass sie die Gespräche führte. Aber dann wurde ihr klar, dass sie vermutlich tatsächlich die meisten Erfahrungen mit Eltern hatte, deren Kind zu Tode gekommen war oder in Gefahr schwebte. Wahrscheinlich war Mohns dann auch nicht so eitel, dass er das nicht anerkannte. Sie setzte sich Frau Rennich gegenüber. Die warf ihr einen schnellen Blick zu und starrte dann wieder auf den Fußboden, während sie weiter hektisch auf ihren Nägeln kaute. »Möchten Sie eine Tasse Kaffee?«, fragte Nora, während sie das Diktiergerät auf dem Tisch einschaltete und Datum, Uhrzeit und ihre Namen in das Mikro sprach.

Frau Rennich schüttelte den Kopf, ohne sie anzusehen. Nora lehnte sich auf ihrem Stuhl zurück und schwieg. Sie beobachtete, wie sich in Sabine Rennichs Gesicht Muskelgruppen anspannten. Wie Wellen liefen verschiedene Aggregatzustände über ihr Antlitz, Angst, Nervosität, Panik, dann wieder Entschlusskraft. Die Frau musste den Kampf mit sich ausfechten. Dann würde sie reden. Das spürte Nora.

Es dauerte etliche Minuten, dann begann Frau Rennich schnell zu sprechen, ohne von ihren Fingernägeln abzulassen oder den Blick vom Teppich zu heben.

»Er hat sie immer so angeschaut.« Ihre Augen huschten zu Nora, dann wieder zum Teppich. »So, wie soll ich sagen, verliebt ... Ich meine, da war sie noch kleiner. Oder auch, wenn er sie getragen hat, auf dem Arm. So eng. Und später, sie verstehen sich gut. Sie lachen miteinander.« Mit den Worten wurde auch ihre Atmung ruhiger, und sie legte Finger, deren Nägel bis zum Nagelbett abgekaut waren, das schon rot und rissig war, auf den Tisch und wandte sich nun Nora ganz zu. Nora sah ihr in die Augen und erkannte, dass sie den Boden unter ihren Füßen verloren hatte. Dass sie alles in Frage stellte: ihre Ehe, ihre Familie – sie löste sich auf.

Dann fing Sabine Rennich sich plötzlich ein wenig und schaute Nora fest in die Augen. »Hagen würde ihr nie etwas tun.« Sie schaute wieder auf ihre Hände, als würde sie gerade gewahr, wie sehr sie sie malträtiert hatte, und blickte wieder auf. »Er hat dieses Mädchen gekannt? Saskia?«

Nora neigte den Kopf ein wenig. »Er hat an ihrer Schule, in ihrer Klasse unterrichtet.«

Frau Rennichs Augen glitten wieder von ihr weg. »Das hat er mir gar nicht erzählt«, sagte sie leise. »Als das alles in der Zeitung stand, hat er mit keinem Wort erwähnt, dass er sie kannte.« Ihre Stimme war zum Ende des Satzes immer leiser geworden.

»Gestern hat ihr Mann noch etwas besorgt. Was war das und wie lange war er weg? Beschreiben Sie mir bitte genau die Situation.«

Frau Rennichs Blick wandte sich wieder ihr zu. Ihre Nasolabialfalten vertieften sich, die Augenbrauenheber arbeiteten, die Ringmuskeln um die Augen weiteten sich. Sie erinnerte sich, und es tat ihr weh.

»Es ist immer so hektisch bei einem Geburtstag. Mirko wuselte um mich herum, er stand hinter mir in der Küche, packte mein Hosenbein und wollte wissen, wo die Schokoküsse sind. Er wollte unbedingt Schokokuss-Wettessen machen.« Sie lächelte kurz. »Das hatte es auf dem Geburtstag seines Freundes vor zwei Wochen auch gegeben.« Sie rang die Hände. »Aber ich hatte keine Schokoküsse, ich hatte sie vergessen! Als ich ihm das sagte, brach er in ein ohrenbetäubendes Gebrüll aus und warf sich auf den Küchenboden. Er ließ sich nicht beruhigen. Ich rief ziemlich laut nach Hagen und bat ihn, doch bitte sofort zum Supermarkt zu fahren und Schokoküsse zu holen. Mindestens drei Packungen. Ich habe mich schrecklich geärgert, weil Hagen alle Luftballons noch aufpusten musste und wir für so einen Quatsch keine Zeit mehr hatten. Aber es war ja Mirkos Geburtstag«, sie zuckte entschuldigend die Achseln. Eine Rechtfertigung fürs Verwöhnen. Oder für einen Mangel an Durchsetzungsvermögen.

»Wie spät war es da?«

»Vielleicht so halb, Viertel vor drei. Jeden Moment konnte es losgehen und die ersten Gäste vor der Tür stehen.«

»Und wann war Ihr Mann wieder da?«

Frau Rennich zögerte, überlegte. »Dann klingelte es. Meine Freundin Evelin mit ihrem Sohn Max. Ja, ich glaube, sie waren die ersten. Aber gleichzeitig kam schon die nächste Mutter, und dann ging es drunter und drüber mit Schuhe ausziehen, Jacken-Chaos, Geschenken. Und ich habe noch mit den Mamas oder Papas geredet …« Sie nickte, als müsse sie ihre Worte bestätigen, »… übers Abholen, die Zeit, das Programm, ob sie Gummistiefel dalassen sollten, ob es Abendbrot geben würde.« Sie seufzte. »So was halt. Und als die Kinder alle da waren, machten wir einen Sitzkreis mit den Geschenken, und dann irgendwann beim Auspacken kam Hagen wieder.«

»Also war er zwischen Viertel vor drei und der Zeit, bis die Jungs im Kreis saßen und Geschenke ausgepackt wurden, nicht da. Wie viele Gäste hatten Sie?«

»Acht«, sagte Frau Rennich und strich sich ihr Haar aus der Stirn.

»Also war er bestimmt über eine Dreiviertelstunde weg. Wo ist der nächste Supermarkt?«

»Ich hab ihm eine Tüte von Lidl abgenommen. Das ist gleich vorne, wenn man hinter der Brücke abbiegt. Aber er hatte auch noch andere Sachen gekauft, Bananen und so.«

Sie lächelte traurig »Und wissen Sie was? Wenn ich weiß, dass mich gleich acht wilde Jungs erwarten, würde ich mich zwar beeilen, aber auch nicht zu sehr. Er wusste ja, dass die meisten Eltern etwas trödeln und sowieso nie alle pünktlich sind. Er konnte davon ausgehen, dass ich nicht alleine bin, weil mindestens eine Freundin warten würde, bis er wieder da ist. Und die Luftballons waren ihm nicht so wichtig.«

Während des Gesprächs war Sabine Rennich deutlich ruhiger geworden. Ihre Knie hatten aufgehört zu wippen. Sie lächelte sogar zwischendurch, wenngleich die Traurigkeit in ihrem Gesicht eingemeißelt blieb. Jetzt senkte sie den Kopf und begann leise zu weinen. »Hagen war das nicht. Er würde mir und Mirko das nie antun. Er liebt Marina. Warum sollte er so etwas tun?«

»Frau Rennich, sind Sie in therapeutischer Behandlung?« Nora stellte die Frage bewusst so offen, dass sie sich sowohl auf die akute Situation als auch die weitere Vergangenheit beziehen konnte. Sie hatte schon die ganze Zeit das Gefühl, dass Frau Rennichs flüssige Erzählweise, ihre Fähigkeit, sich schnell in die Vergangenheit zu versetzen, in etlichen Therapiestunden geschult war. Außerdem sah die Nagelhaut an ihren Fingernägeln so aus, als wären sie nicht das erste Mal einer solchen Attacke ausgesetzt. Die Frau war zweifelsfrei mit einem fragilen Nervenkostüm ausgestattet.

»Ja, aber...« Frau Rennich senkte den Blick. »Ja«, sagte sie dann und schaute Nora an. Sie verstand, dass Nora sie für alle Möglichkeiten wappnen wollte. Eine sensible Frau.

»Würden Sie mir den Namen Ihres Therapeuten geben und ihm die Erlaubnis geben, mit mir zu sprechen, und würden Sie erlauben, dass er Sie hier abholt? Ich glaube, Sie könnten gerade Unterstützung gebrauchen. Oder soll ich jemand anders anrufen lassen?«

Sabine Rennich nannte Nora den Namen ihres Therapeuten. Dann schaute sie wieder auf ihre Hände. »Ich bin einfach ziemlich überdreht.«

Nora lächelte traurig. »Sie machen gerade sehr viel durch. Es kann kaum eine schlimmere Situation für eine Mutter geben. Ich werde Ihren Therapeuten anrufen lassen. Und dann spreche ich kurz mit Ihrem Mann. Sie können jedenfalls gehen, wenn Sie möchten. Aber bleiben Sie bitte erreichbar, falls wir noch weitere Fragen haben.«

Frau Rennich nickte wieder kurz und steif.

»Natürlich. Und Sie müssen mich ja anrufen können, wenn Sie Marina gefunden haben!« Sie sah sehr klein und verloren aus.

Als Nora den Flur betrat und die Tür hinter sich schloss, wartete die Sekretärin des Kommissariats schon auf sie und hielt ihr einen Stapel Zettel entgegen. »Die soll ich Ihnen geben«, sagte sie. Nora bat sie, den Therapeuten von Sabine Rennich anzurufen und ihr Bescheid zu sagen, falls er nicht kommen konnte. Dann überflog sie die Angaben auf dem Fax. Auf der ersten Seite war eine Liste mit Namen. Rennichs Schüler in Bardowick, Saskias Name stand im unteren Drittel, hinter Linde und vor Opitz. Dann ein Fax der berufsbildenden Schule in Lüneburg. Hagen Rennich hatte Anfang Dezember letzten Jahres krankheitsbedingt gefehlt. Noras Herzschlag beschleunigte sich, sie drehte sich auf dem Absatz um und öffnete die Tür zum Vernehmungszimmer. Frau Rennich saß noch genauso, wie sie sie verlassen hatte, die dunklen Haare fielen ihr über das Gesicht. Als sie aufschaute, wirkte sie sehr blass.

»Was hatte Ihr Mann letzten Dezember, Anfang Dezember, für eine Erkrankung?«

Frau Rennich starrte sie verständnislos an. Dann überlegte sie. »Irgendwann hatte er eine ziemlich fiese Halsentzündung letztes Jahr. Irgendwann vor Weihnachten, aber genau weiß ich das nicht mehr.« Sie guckte fragend. »Wieso Dezember?«

»Wie lange sind Sie auf der Arbeit?«

»Täglich bis fünfzehn oder sechzehn Uhr.« Sie machte eine Pause, überlegte. »Aber Anfang Dezember war ich sowieso nicht da. Ich war mit den Kindern eine Woche bei meiner

Mutter in Harburg – Marina hatte ich vom Unterricht befreien lassen –, mein Vater war im Krankenhaus. Stimmt, jetzt, wo Sie es sagen … Hagen hatte die Halsentzündung, als wir wiederkamen. Das war, glaub ich, schon Mitte Dezember. Jedenfalls hatte ich noch nicht alle Geschenke und musste mich dann ganz schön beeilen. Nikolaus haben wir jedenfalls in Hamburg gefeiert. Daran erinnere ich mich.« Nora überlegte kurz. Das würde der Frau nicht gefallen.

»Frau Rennich«, sagte sie, »dürfen wir in Ihrem Haus nach Hinweisen suchen, die uns zu Marina führen könnten?« Die Frage war so formuliert, dass Sabine Rennich keine Wahl blieb. Wie erwartet nickte sie. Mechanisch und steif, aber sie nickte.

»Gleich kommt jemand, der Ihnen eine Erklärung vorlegt, die eine Hausdurchsuchung erlaubt.«

Nora hielt ihr die Hand hin. »Sie haben uns sehr geholfen, Frau Rennich. Vielen Dank!«

Nachdem sie Sabine Rennichs Hand kurz gedrückt hatte, verließ sie den Raum. Sie musste mit Hagen Rennich sprechen. Dringend.

Als Nora das Zimmer betrat, saß Irene noch an dem Tisch und beobachtete durch die Scheibe den Mann, der seine Arme inzwischen auf den Tisch gelegt hatte, den Kopf mit geschlossenen Augen darauf. »Schläft er?«, fragte Nora verwundert.

»Sieht ganz so aus!« Irene schüttelte den Kopf. »Der hat ja die Ruhe weg.«

»Glaub ich nicht«, sagte Nora. »Er ist todmüde. Vermutlich hat er gestern überhaupt nicht geschlafen. Kannst du uns Kaffee besorgen? Am besten frischen und richtig stark.«

Sie öffnete die Tür und betrat den Raum. Ein Speichelfaden lief von Hagen Rennichs Mundwinkel auf seinen Unterarm. Er schlief tatsächlich.

»Herr Rennich«, sagte Nora. »Wachen Sie auf!«

Sie zog den Stuhl absichtlich laut über den Boden und setzte sich ihm gegenüber.

»Was?« Hagen Rennich fuhr auf, dann fuhr er sich mit beiden Händen über das Gesicht und die Haare, während er blinzelte.. »Oh Gott, ich bin so müde. Vorgestern hatte ich sehr wenig geschlafen, dann gestern … überhaupt nicht.«

Nora nickte verständnisvoll. »Und da Sie jetzt gerade ja sowieso nichts tun konnten …«

Er sah sie an. »Sie verstehen das«, sagte er überrascht und musterte sie. »Hier drinnen ist es egal, ob ich schlafe, während ich warte. Draußen könnte ich etwas tun, irgendwas. Sie suchen oder so. Oh Gott, wie muss es erst Menschen gehen, die im Gefängnis sitzen? Ob die dann mit einem Mal auch einfach loslassen? Sich sicher fühlen? Entschuldigen Sie, ich rede wirres Zeug!«

Nora bezweifelte seine These. Und vielleicht würde Hagen Rennich das ja irgendwann selbst herausfinden, wenn sie mit ihren neuen Ermittlungen richtiglagen? Seltsam, dass er jetzt ans Gefängnis dachte, auch wenn das Zimmer recht trist war.

»Warum haben Sie Ihrer Frau nicht erzählt, dass Sie letztes Jahr in Bardowick die Klasse des Mädchens unterrichtet haben, das vor drei Wochen ermordet wurde?«

Er stutzte, schaute sie erschrocken an. »Hab ich nicht? Bestimmt hab ich das! Sie hat es nur vergessen.« Nora musterte ihn. Um seine Augen hatten sich die Muskeln leicht gespannt, sein Blick wich ihrem nicht aus, wirkte aber starr, als müsste er seine Pupillen zwingen, in Position zu bleiben. Schließlich hielt er für einen kurzen Moment nicht mehr stand, und für den Bruchteil einer Sekunde sah Nora Entsetzen über sein Gesicht huschen.

Er hatte etwas zu verbergen. Sie lehnte sich auf ihrem Stuhl zurück und beobachtete ihn ruhig.

Sie hatte das Gefühl, er wurde mit jeder Minute nervöser. Vieles an ihm war unterschwellig in Aufruhr; ein Finger zuckte, er blinzelte häufiger und leckte sich die Lippen.

Der Mann war ein miserabler Lügner.

Was Nora erstaunte, war, dass sie bisher nicht das Gefühl gehabt hatte, dass etwas an ihm nur vorgespielt war. Jetzt versuchte er die Fassung zu wahren. Was war an dieser Schule vorgefallen?

»Wissen Sie, wo Ihre Tochter ist?«

Er starrte sie an.

»Nein!«, sagte er mit Nachdruck. »Nein, ich mache mir schreckliche Sorgen, ich denke an nichts anderes. Ich will, dass sie nach Hause kommt. Ich will, dass ihr kein Leid geschieht …« Mit jedem Wort kletterte seine Stimme in eine höhere Tonlage, schriller, voller Panik.

»Wo waren Sie im Dezember letzten Jahres?«

»Dezember … Dezember. Ich weiß nicht, in der Schule wahrscheinlich. Zu Hause. Wo denn sonst?« Er klang wütend, defensiv und begann mit seinen Fingern auf den Tisch zu trommeln. Seine Nervosität suchte eine Ausflucht. Als er Noras Blick auf seine tanzenden Finger bemerkte, steckte er sie unter seine Beine und schaute sie schuldbewusst an.

»Ihre Frau sagt, Sie waren nicht da, und in der Schule haben Sie auch gefehlt.«

»Dann war ich krank. Ja. Ich war letzten Winter häufiger krank. Eine Halsentzündung, die ging gar nicht weg. Fragen Sie doch meinen Arzt! Und finden Sie meine Tochter, verdammt noch mal! Während wir hier sitzen, kann er ihr sonst was antun!« Seine Stimme überschlug sich, und er musste sich offensichtlich zusammenreißen, um nicht aufzuspringen.

Der schmale Mann bebte vor Wut. Er zog seine Hände wieder unter den Oberschenkeln hervor und ballte kurz die Fäuste, lockerte die Finger wieder und legte die Hände mühsam auf den Tisch. »Was fällt Ihnen überhaupt ein?«, zischte er gefasster und leiser. Seine Augen füllten sich mit Tränen, doch er presste die Tränen weg und starrte trotzig zur Wand.

Nora war nicht überrascht, wie schnell Hagen Rennich explodierte. Die wenigen Minuten Schlaf eben hatten nicht genügt, seine Hülle war dünn und brüchig wie die eines Eises.

Er drehte den Kopf und schaute Nora an. »Ich bring den Kerl um, diesen verdammten Schweinehund, wenn er ihr etwas antut. Ich bring ihn um!«

Nora schaute ihm ins Gesicht, zwischen ihren Schulterblättern verkrampfte sich ein Muskel. Er war gewaltbereit. Diese Verzweiflung war nicht gespielt. Aber ob womöglich die Verzweiflung einen anderen Grund hatte als den, dass seine Tochter verschwunden war, und er sich zu Unrecht bezichtigt fühlte, konnte sie an seinen Gesichtszügen nicht erkennen. Nur dass er selbst glaubte, was er sagte. Und dass er am Rand einer tiefen Klippe stand. Er könnte aber auch so verzweifelt sein, weil er selbst Opfer seiner Ausbrüche war und nun auch Marina. War er ausgerastet? Sie atmete langsam ein und aus, und ihre Muskeln entspannten sich langsam.

Noch wusste Nora nicht, was sie von Rennich halten sollte. »Und Saskia? Bringen Sie den Kerl auch um?«

»Ich kannte doch Saskia gar nicht richtig. Sie war recht still, schriftlich besser als mündlich.« Die Sätze kamen professioneller, klarer. Er schüttelte den Kopf, sein Kiefer mahlte. »Aber wenn Sie mich fragen, hat jeder, der kleinen Mädchen so etwas antut, den Tod verdient. Auch wenn ich natürlich nicht für eine Einführung der Todesstrafe bin, Gott bewahre.« Er zögerte. »Aber trotzdem.«

»Was haben Sie durchgenommen?«

Er guckte verdutzt, antwortete dann widerwillig, als sei das nun wirklich nicht von Belang: »Konjunktiv und Kommaregeln. Nichts Schwieriges.«

Nora nickte. Dieser Mann hatte verschiedene Seiten. Ein ruhiger, besonnener Lehrer. Und ein brodelnder Vulkan.

Als Nora zurück bei Irene war, hatte diese die Stirn in tiefe Falten gelegt.

»Ich find ihn komisch«, sagte sie.

»Ja«, sagte Nora. »Da ist irgendwas, das er uns verheimlicht. Aber ich bin nicht sicher, ob es wirklich mit seiner Tochter zusammenhängt. Wir sollten das Haus durchsuchen lassen. Jeden Quadratzentimeter nach Hinweisen auf eine Bekanntschaft mit Saskia und auf Auffälligkeiten im Verhältnis zu seiner Tochter prüfen. Bis dahin lassen wir ihn frei und hängen jemanden an ihn ran, der ihn beobachtet.« Nora wusste, dass sie Rennich nicht festhalten konnten, nur weil er Saskia unterrichtet hatte und seine Tochter entführt worden war. Aber sie konnten sonst fast alles. Schließlich wurde ein Kind vermisst.

Irene nickte. »Ich geh zu Mohns. Er hat einen guten Draht zum zuständigen Staatsanwalt.«

»Und ich fahre zu der Schule. Unser Verdacht gründet darauf, dass er Saskia gekannt hat, also sollten wir schleunigst herausfinden, wie gut.« Auf dem Weg zu ihrem Schreibtisch steckte Nora den Kopf zu Johan ins Büro und berichtete ihm von der anvisierten Hausdurchsuchung und Hagen Rennichs Fehlzeiten im Dezember.

»Ich fahre mit zur Schule«, sagte Johan. »Ich werde versuchen, so viel über den Mann herauszufinden, wie es geht, und sein Profil mit dem abstimmen, was mir bisher über die Fälle bekannt ist. Wenn wir ihn so festnageln können, umso besser!« Als er nach seiner Jacke greifen wollte, die er über die Rückenlehne seines Stuhls gehängt hatte, hielt Nora ihre Handfläche hoch. »Warte, ich muss zuerst einen Termin machen und dann Bohumil Nekovaf in Tschechien anrufen.«

Sie schaute auf ihre Uhr. »In zwanzig Minuten bin ich wieder hier.« Johan nickte und wandte sich wieder den Bildern zu, die er auf dem Tisch liegen hatte. Kein Wunder, dass es ihn nach draußen treibt, dachte Nora. Er hatte wieder die Bilder der toten Mädchen auf dem Tisch. Und daneben das Foto von Marina.

Nora ließ es endlos klingeln, doch schließlich war es nicht Bohumil Nekovafs Stimme, die sich meldete, sondern jemand anders ohne beruhigenden Bariton, vermutlich aus der Zentrale, der den Anruf entgegennahm. Auf Englisch gab Nora das Autokennzeichen von Rennich durch, mit der Bitte zu überprüfen, ob irgendwelche Ordnungswidrigkeiten in Tschechien vorlagen. Kurz blitzte das Bild eines Strafzettels oder noch besser eines Starenkastenfotos vor ihr auf. Es könnte so einfach sein.

Als sie auflegte, war sie nicht sicher, ob die andere Seite die Dringlichkeit des Anliegens verstanden hatte. Obwohl der tschechische Beamte versichert hatte, sich darum zu kümmern und auch Bohumil Nekovaf zu bitten, sie so bald wie möglich zurückzurufen.

Dann rief sie in der Schule an und bat darum, unverzüglich mit den besten Freundinnen von Saskia aus der Klasse sprechen zu können. Beide hatten schon in längeren Vernehmungen alles zu Protokoll gegeben, was ihnen zu den letzten Tagen gemeinsam mit Saskia und zu dem Schultag, an dem sie verschwunden war, einfiel. Beide, nahm Nora an, wären nicht erfreut, sie zu sehen. Auch dem »Ich werde sehen, was ich tun kann« der Schulsekretärin konnte man anhören, dass bei ihr noch nicht wirklich angekommen war, dass der Alptraum weiterging.

Lüneburg – Bardowick, Freitag, später Vormittag

»Was meinst du, könnte er es gewesen sein?« Nora fuhr mit halsbrecherischem Tempo Richtung Bardowick.

Johan sah geradeaus, auf seiner Stirn bildete sich eine Reihe Falten.

»Klar, warum nicht«, sagte er schließlich. »Da ist die eigene Tochter, die ihm jeden Tag vor der Nase rumtanzt. Da sind andere Mädchen, die ihr ähnlich sehen. Aber schließlich reichen sie nicht mehr als Stellvertreterinnen …«

»Warum sollte er seine Tochter töten wollen?«

»Da könnte es mehrere Gründe geben. Einige Eltern, die ihr Kind töten, bilden sich ein, es hätte es nicht anders verdient oder sie hätten es vom Leben erlöst.«

Johan sog vernehmlich die Luft ein und schnaubte leise. Dann nahm er die Brille von der Nase und begann sie wieder am T-Shirt-Zipfel sauber zu wischen.

»Erlöst«, sprach er weiter, »vom Leben allgemein oder von dem schlechten Charakter, den die Eltern meinen, in dem Kind zu sehen, oder von der Situation, in der es lebt. Der Armut, die vielleicht den Eltern selbst verhasst ist, oder dem Druck eines rigiden Elternhauses oder Partners. Oder sogar Erlösung davon, mit einem solchen Elternteil geschlagen zu sein, das solche Gedanken hegt. Bizarr, oder? Da gibt es viele widersinnige Motive. Fakt ist: Ein Kind wendet sich von sich aus ganz den Eltern zu, mit jeder Faser seines Wesens. Es verzeiht Schläge und Demütigung und ist nicht abzuwimmeln.

Es ist völlig ausgeliefert. Die Verantwortung für ein Kind zu haben, kann zu seltsamen Gefühlen führen. Zu Hass, Sadismus. Zu dem Wunsch, sich von der Verantwortung loszusagen. Oder zu dem Gefühl, das Kind wäre ein Besitz.« Er überlegte. »Und dann ist da noch der Beziehungsaspekt. Es kann dabei auch um seine Frau gegangen sein. Ihr das zu nehmen, was ihr am liebsten ist. Sie zu bestrafen.«

»Auch mit den anderen ermordeten Kindern?«

Johan schüttelte den Kopf. »Nein, das wäre dann eine Vorbereitung auf die eigentliche Tat.«

»Aber sie dann noch so lange am Leben zu lassen? Das muss doch einen Grund haben.« Noras Stimme war neutral, aber sie spürte, dass sie immer stärkere Zweifel an der Sache mit Rennich bekam. Sie mochte keine Silbertabletts.

»Vielleicht konnte er sich nicht entscheiden. Hatte Angst vor sich selbst, vor den Konsequenzen ...«

»Das widerspricht der Darstellung, dass du meintest, der Täter sei selbstbewusst und würde sich eher wenig verwundbar fühlen, weil er sich so viel Zeit genommen hat, die Kinder herzurichten.«

»Schon, aber das wäre dann ja danach gewesen. Nachdem er sie bereits erwürgt hatte.«

Nora passierte das Ortsschild Lüneburgs und trat das Gaspedal durch. Das Perfide an solchen Gesprächen war, dass sie das Gefühl hatte, sie redeten über die Alternativen, die anderen Kinder, die Vergleiche. Jede einzelne Situation davon war schon vorgekommen. Erwachsene töteten Kinder. Häufiger das eigene als ein fremdes Kind. Und tatsächlich wurden Todesfälle von Kindern, die vermeintlichen Unfälle, häufig nur unzureichend untersucht. Jeder Kinderarzt in Deutschland durfte einen Totenschein ausstellen, es gab keine verpflichtende rechtsmedizinische Untersuchung durch einen geschulten Pathologen. Warum dann eine solche Inszenierung? Er hätte seine Tochter auf viele andere Arten töten können und würde vermutlich nicht erwischt werden. Wenn er es denn war. Und wenn sie nicht doch noch am Leben war.

Bardowick, Freitagmittag

Es war erst kurz nach zwölf Uhr, die beiden Mädchen, Saskias beste Freundinnen, mussten aus dem Unterricht geholt werden, damit Nora und Johan sich mit ihnen unterhalten konnten. Nora war nervös. Ihnen lief die Zeit davon. Was geschah mit Marina, während sie hier Befragungen durchführten? Im Sekretariat der Schule saß eine junge Frau, die sich als alte Frau verkleidet hatte. Sie trug einen grauen Strickpullover mit dazu passendem Stiftrock, der bis über die Knie ging, und eine goldene Nickelbrille, die an einem Brillenband befestigt war. Minuten später kam Saskias Klassenlehrer mit zwei Mädchen im Schlepptau und bugsierte alle ins Lehrerzimmer. Offensichtlich war er so gewohnt, Kleingruppen zu dirigieren, dass ihm gar nicht aufzufallen schien, wie er die Arme ausbreitete, um sie alle durch die Tür zu lotsen. Die Mädchen bestanden im Wesentlichen aus Augen und Beinen. Sie musterten Nora und Johan furchtsam, wussten nicht, wohin mit ihren Händen. Sie wippten auf und nieder, auch nachdem sie in den abgewetzten Sesseln im Lehrerzimmer Platz genommen hatten. Sie waren in dem Alter, in dem Kinder wie Füllen wirkten, schlaksig, energiegeladen, neugierig und scheu. Ihr Lehrer setzte sich hinter sie. Er war mindestens fünfzig, seine müden Augen hinter der dicken Brille gaben ihm den Ausdruck einer Eule bei Tag, und nur der graue, gestutzte Vollbart schien seinen weichen Zügen Konturen zu verleihen.

Nora ließ sich mit Johan gegenüber den beiden Mädchen in der Sitzgruppe nieder. »Hallo, ich bin Nora Klerner, und das ist mein Kollege Johan Helms.«

Fiona öffnete sofort den Mund. Das Mädchen mit den langen braunen Haaren schien weniger schüchtern als ihre Freundin Mia, die nur noch ihre Schuhspitzen betrachtete.

»Wir müssen gleich zurück zu Mathe. Nächste Woche schreiben wir eine Arbeit.«

Nora nickte. Sie konnte gut verstehen, dass sogar Matheunterricht besser war als das hier.

»Es geht ganz schnell. Ich wollte vor allem von euch wissen, wie ihr einen Vertretungslehrer fandet, der euch letztes Jahr ein paar Wochen unterrichtet hat. Sein Name ist Hagen Rennich.« Die beiden wechselten einen Blick.

»Der war o. k.«, sagte Fiona.

»Und du?« Nora wandte sich direkt an Mia. Die ließ den Kopf hängen. »Na ja, ein bisschen streng vielleicht«, murmelte sie so leise, dass Nora sie kaum verstehen konnte.

»Und Saskia, wie fand sie Herrn Rennich?« Die Mädchen sahen sich wieder an, überlegten einen Moment. Dann schüttelten sie beide die Köpfe. »Keine Ahnung«, sagte Fiona. »Wir haben nicht über ihn gesprochen.« Mia öffnete die Augen weiter. »Doch, sie hat einmal gesagt, dass sie es ungerecht fand, dass sie in einer Arbeit nur eine Zwei minus hatte, obwohl sie fast keine Fehler gemacht hatte. Ihn hatte irgendwas anderes nicht gefallen. Die Interpretation, oder so.«

»Ich dachte, ihr hattet Kommaregeln und Konjunktiv in Deutsch bei Herrn Rennich?«

Die beiden schauten sie an, als käme sie ihnen blöd. »Nee«, sagte Fiona. »Wir haben *Tschick* gelesen.« Nora fing einen

Blick des Lehrers auf, der aufmerksam zuhörte. »Was habt ihr beiden in den letzten Sommerferien gemacht?«, fragte Nora, auch weil sie merkte, dass die Kinder erschöpft waren.

»Ich war mit meinen Eltern drei Wochen verreist, wir waren auf Kreta«, sagte Fiona, sofort etwas entspannter.

»Und Saskia?«

»Saskia ist die ganze Zeit zu Hause geblieben«, sagte Fiona. Mia schwieg.

»Und du, weißt du, was Saskia in der Zeit hier gemacht hat?«, fragte Nora Mia, die antwortete, ohne den Blick zu heben. »Ich bin die ganzen Sommerferien bei meinem Papa in Stuttgart gewesen. Ich habe Saskia in den Ferien nicht gesehen.«

Nora blickte kurz zu Johan, der sich Notizen machte.

Dann war Saskia fast die ganzen Sommerferien ohne ihre Freundinnen gewesen. Mit wem hatte sie stattdessen ihre Zeit verbracht? Was hatte Rennich während dieser Zeit gemacht? Und warum hatte er ein anderes Unterrichtsthema genannt?

»Habt ihr eine Idee, was sie gemacht haben könnte? Hat sie jemanden erwähnt, der in dieser Zeit wichtig für sie gewesen ist?«

Die beiden schüttelten wieder den Kopf. »Sie hat gesagt, es sei furchtbar langweilig gewesen. Außer dass ihre Eltern ihr erlaubt haben, ganz oft reiten zu gehen. Sie war sogar in einem Ferienkurs mit Reitbeteiligung.«

»Hattet ihr das Gefühl, dass sie sich in der letzten Zeit verändert hatte?« Die beiden schüttelten synchron den Kopf.

Plötzlich begann Mia zu schluchzen. »Ich will nicht mehr über Saskia reden.« Fiona nahm ihre Hand und hielt sie fest. Auch ihre Augen begannen zu schwimmen.

Nora nickte. »Eine letzte Frage noch. Kanntet ihr oder Saskia eine Marina aus Lüneburg?« Nora holte das Foto aus der Tasche, das sie von Marinas Eltern bekommen hatte und das auch in den Medien zu sehen gewesen war.

Die beiden schauten auf das Bild, dann zu Nora. Plötzlich sahen sie so jung aus, wie kleine Kinder.

»Ist das das Mädchen, das entführt wurde?«, fragte Fiona zaghaft.

Nora nickte. Beide schauten noch einmal kurz auf das Bild, dann schlug Mia die Hände vors Gesicht und begann zu schluchzen. Schluss für heute, dachte Nora und sah den Lehrer an. »Kann ich Sie gleich noch mal sprechen?«

Er nickte, dann bugsierte er die Mädchen sanft wieder aus dem Zimmer. Nora stellte sich ans Fenster und spürte, dass Johan sich neben sie stellte und ebenfalls hinaussah. Sie blickte nicht zu ihm hinüber. Als er anhob, etwas zu sagen, machte Nora eine abwehrende Geste mit der Hand, er schwieg.

Die Kinder hatten sie berührt. Ihre noch leicht gerundeten Wangen mit Grübchen, die weiche Stirn; Züge, hinter denen das Gesicht der zukünftigen jungen Frau langsam Konturen anzunehmen begann. Dazu ihr offener Blick, neugierig, weltzugewandt zunächst. Und dann das Begreifen.

Man konnte in der Entfernung ein paar Felder erkennen. Nora atmete ruhig und kontrolliert ein und aus. Die Erinnerungen kamen langsam und in Wellen. Sie erlaubte sich einen Moment der Trauer. Über Saskia, Evelina, die toten Kinder, die sie schon hatte sehen müssen. Über Marina, die hoffentlich noch lebte. Über sich selbst und das, was zerbrochen war damals. Den Verlust. Ihr Nichtwissen. Sie fühlte, wie Johan sich von ihrer Seite entfernte, dann hörte sie, wie er in den Büchern stöberte, die in den Regalen standen, die die Längsseite des Zimmers bedeckten. Sie war ihm dankbar, dass er sie in diesem Moment allein ließ.

Johan hatte die steile Falte auf Noras Stirn gesehen und

ihren Blick, bevor sie sich zum Fenster wandte, der so schwer war, als würde sie alles Leid der Welt auf ihren Schultern tragen. Am liebsten hätte er ihr irgendetwas gesagt, das die Situation besser gemacht hätte. Aber was? Außerdem hatte sie wohl Recht. Was sollte man dazu sagen? Sie wussten, dass ein Mädchen in den Händen eines Mörders war. Dass er sie jeden Moment töten konnte. Dass sie vielleicht schon tot war. Aber durfte man sich deshalb so fühlen, als ob man daran schuld sei? Er las die Titel der Bücher, ohne sie zu verstehen. War Unvermögen das gleiche wie Schuld? Hier kamen sie nicht weiter.

Es wurde Zeit, dass sie bei Rennichs die Durchsuchung durchführten. Hatten sie schon einen Beschluss dafür? Er zog sein Handy aus der Tasche und schaute darauf. Irene hatte sich noch nicht gemeldet. Sie hatte versprochen, ihm den Zeitpunkt mitzuteilen, damit sie sich dort treffen konnten. Sie waren zum Warten verurteilt.

Etwa fünf Minuten später kam der Lehrer zurück.

Nora drehte sich vom Fenster weg und mit immer noch verschränkten Armen zu dem Mann hin: »Ich möchte Sie bitten, nicht darüber zu sprechen, was Sie gerade gehört haben. Ich nehme an, Sie kennen Hagen Rennich?«

Er nickte. »Ein angenehmer Kollege. Er war immer nur sehr kurz hier. Kam zu seinen Stunden, fuhr wieder. Ich habe gehört, er hat seine Sache gut gemacht, auch ein paar Wackelkandidaten haben es geschafft, versetzt zu werden.«

»Haben Sie die Weimarer Klassik schon im Unterricht der Sechsten durchgenommen?«

Er schüttelte den Kopf. Die ganze Schule war voller Menschen, die den Kopf schüttelten.

»In der sechsten Klasse lesen wir vor allem Bücher, die die Kinder auch spannend finden. So wie *Tschick*. Deutsche Klassiker sind eher was für die gymnasiale Oberstufe.«

Er sah sie prüfend an. Dieser Mann hatte den prüfenden Blick inzwischen so verinnerlicht, dass Nora sich fast automatisch ein bisschen jünger fühlte. Wackelkandidatin.

»Nein, ich denke, er wird wohl das übliche Thema gemacht haben. Motivationen, Innenleben der Figuren. Für so etwas Komplexes wie die Weimarer Klassik ist hier ohnehin kaum Raum und vor allem nicht in Vertretung.«

Nora nickte. Sie hatte das nicht anders erwartet. Sie verabschiedeten sich, verließen jedoch das Lehrerzimmer nicht.

Nora hatte gehofft, dass die beiden Freundinnen von Saskia mehr zu dem Verhältnis zwischen dem Lehrer und seiner Schülerin beitragen würden.

»Was meinst du, sollen wir mit der ganzen Klasse sprechen, die er unterrichtet hat?«, fragte Johan.

»Ich denke, wir sollten zuerst mit seinen anderen Kollegen sprechen. Irgendetwas ist hier vorgefallen, sonst wäre Rennich nicht so zappelig gewesen, als ich ihn auf die Schule ansprach. Gleich ist ohnehin Pause, und dann kommen einige von ihnen sicher hierher.« Nora wandte sich wieder zum Fenster und starrte hinaus. Johan ging abermals zum Bücherregal. Und zum ersten Mal ärgerte er sich über Noras distanzierte Art. Sie war wie ein Nebelstreif, wenn man versuchte, sie zu fassen. Selbst dann, wenn man ihr etwas Gutes tun wollte.

»Wo will der denn bloß ohne seine Frau hin«, fragte Marie, während sie und Holger dem Wagen von Hagen Rennich aus Lüneburg hinaus folgten. »Er hätte sie doch gut mitnehmen können.« Holger nickte barsch.

»Er ist direkt raus zu seinem Wagen. Hat nicht mal gefragt, ob sie eigentlich auch noch da ist.« Auf der Landstraße beschleunigte Rennich, und sie hielten geflissentlich Abstand. Mohns hatte Rennich bei so dünner Indizienlage gehen lassen müssen. Auch elektronische Überwachungsmethoden, wie Rennichs Handy zu tracken, fielen zunächst aus. Gleichzeitig hatte Mohns wissen wollen, was Rennich als Nächstes tat. »Wenn jemand fragt, hattet ihr einen anderen Auftrag in die Fahrtrichtung. Denkt euch was aus. Ich kümmere mich um den Papierkram«, hatte er gesagt. Also durften sie sich nicht erwischen lassen. Was gar nicht so einfach war, wenn der Verdächtige sich nicht an die Verkehrsregeln hielt. Auf der Straße Richtung Melbeck raste Rennich in den Kreisverkehr und nahm die gegenüberliegende Ausfahrt, während Marie anhielt, um den Blinker zu setzen und einen anderen kreiselnden Wagen durchzulassen. In diesem Moment bog ein Traktor auf den Ring und tuckerte langsam auf der Spur entlang, die sie nehmen mussten, um Rennichs rotem Skoda zu folgen. »Scheiße!«, fluchte Holger und hieb mit der Faust auf das Armaturenbrett. »Scheiße!«, sagte Holger noch mal, und Marie schaltete in den zweiten Gang, während sie im Schritttempo hinter dem Traktor herschlichen. Auf der Gegenfahrbahn rauschte ein Auto nach dem anderen vorbei; eingezwängt zwischen Leitplanken auf der zweispurigen Straße hatten sie keine Chance zu überholen.

Wendland, Freitagmittag

Maja hatte Ronja in dem Zimmer, das sie teilten, mit einer Malaufgabe zurückgelassen. »Du erzählst mir zwar nichts, aber Bilder magst du doch ausmalen, oder, Schatz? Wie wäre es mit Buchstaben?« Maja hatte ein schlechtes Gewissen. Sie kümmerte sich viel zu wenig darum, dass Ronja gut vorbereitet in die Schule gehen würde. Die Schule. Das war Lichtjahre entfernt. Sie sprach kaum. Wie sollte sie da in die Schule gehen?

Doch heute hatte Maja sich vorgenommen, wenigstens einmal mit den Buchstaben und Zahlen anzufangen, und an der Tankstelle einen rosafarbenen Ausmalblock mit Vorlagen gekauft. Ronja hatte sie mit leuchtenden Augen angesehen und genickt. Dann hatte sie ein ums andere A und a und dann B und b bunt gemalt, bis sich Maja vergewissert hatte, dass sie dabei bleiben würde. Manchmal benahm sie sich ganz normal, lächelte, lachte, summte ein Lied. Auch »Mama« rief sie manchmal, doch dann, als würde ihr etwas sehr Wichtiges einfallen, presste sie den Mund zusammen und verlangsamte ihre Schritte. Ein Schatten legte sich dann auf ihr Gesicht, der Maja das Herz zerschnitt. Sie streichelte ihr über das Haar. Später würde sie sich mit ihr zusammen hinsetzen und ihr zeigen, was es mit den Buchstaben auf sich hatte. Sie ging in die Waschküche. Während Maja in dem fensterlosen Raum die Wäsche zusammenlegte, hielt ein rotes Auto auf dem Hof.

Ein Mann stieg aus. Seine Bewegungen waren hastig, aber als er den Wohnbereich des Hofs durch die Seitentür betrat, gab er sich Mühe, wenig Lärm zu machen. Er schlüpfte aus seinen Schuhen und ging in Socken durch die kühle Diele auf der Rückseite des Hauses, wo auf dem Steinboden Holzkisten voller Saatkartoffeln und Säcke mit Getreide lagerten. Er öffnete die Tür an der linken Seite, ging durch den kleinen Flur, lauschte und öffnete dann das Zimmer zu seiner Rechten. Das Zimmer von Maja und Ronja. Das Mädchen saß mit seinem Kopf über eine Kiste gebeugt, auf der etliche Zettel lagen, die blonden Haare fielen ihr über das Gesicht, und an ihrer Haltung konnte er sehen, dass sie konzentriert etwas malte. Ihrem kleinen Körper war die Anstrengung anzusehen, diese Aufgabe zu meistern, und ihre Schulterblätter zeichneten sich auf ihrem Rücken unter dem Trägerkleid ab wie die Knorpel gestutzter Engelsflügelchen. »Hallo, Ronja«, sagte er leise und setzte sich neben sie. Sie zuckte zusammen, starrte ihn erschrocken an und begann auf dem Stiftende zu kauen, als wollte sie kleine Stücke aus dem Buntstift beißen.

»Du sprichst immer noch nicht, oder?«, flüsterte er und legte den Finger auf die Lippen. Das Mädchen kaute noch heftiger an dem Stift, ihre Augen waren weit aufgerissen, und als er ihr über den Kopf strich, erstarrte sie unter seiner Bewegung wie ein kleines Tier, das in die Fänge eines Raubvogels gerät. Sie nickte hastig.

»Du machst das sehr gut«, sagte er und tätschelte noch einmal ihren Scheitel. Dann stand er auf und ging in Richtung der Küche. Das Klimpern des Perlenvorhangs mischte sich in die Melodie, die er begann zu pfeifen, als er sich einen Tee aufsetzte.

Lüneburg, Freitagmittag

Nachdem Irene Maries Anruf entgegengenommen hatte, schrieb sie eine SMS an Johan: Rennich ist weg, wissen nicht, wo. Als sie die Nachricht abgeschickt hatte, lehnte sie sich zurück und rieb sich mit den Daumen ihre Schläfen. Dann wandte sie sich dem Computer zu, auf dem in der neuen Akte nahezu minütlich Befragungsprotokolle eingefügt wurden. Überall waren Beamte im Einsatz, die Anwohner, Spaziergänger, Lehrer, Verwandte und Freunde von Marina vernahmen. Aber von dem Mädchen fehlte nach wie vor jede Spur. Der Großvater, der von zwei Beamten aus Hamburg vernommen worden war, hatte ausgesagt, durch seine Tochter von der Entführung unterrichtet worden zu sein, es habe sich niemand bei ihm mit einer Lösegeldforderung gemeldet. Es gab keinen Grund, ihm nicht zu glauben. Der Mann war fast senil, seine Frau hatte nur geweint und den Kopf geschüttelt. Die beiden hätten laut den Kollegen vermutlich nicht das Durchhaltevermögen, eine Erpressung vor der Polizei geheim zu halten.

Bardowick, Freitagmittag

Nora und Johan stiegen ins Auto und zogen die Türen hinter sich zu. Trotzdem startete Nora den Wagen nicht. Sie hatten mit verschiedenen Lehrern gesprochen. Keiner konnte sich erinnern, dass Rennich etwas anderes getan hatte, als zu unterrichten und dann wieder zu fahren. Schließlich hatte er noch einen anderen Job an einer anderen Schule. In den Augen seiner Kollegen hatte er recht gute Arbeit geleistet. (»Er hatte die Klasse im Griff.«) Aber er war einfach zu wenige Wochen da gewesen, um einen bleibenden Eindruck zu hinterlassen.

»Wollen wir nicht doch alle Schüler vernehmen, die er unterrichtet hat?« Nora hielt immer noch den Zündschlüssel in der Hand.

Johan schüttelte den Kopf. »Es ist zwar verführerisch, ihn zu verdächtigen, aber damit würden wir eine regelrechte Hexenjagd eröffnen. Wir müssen erst auf anderer Ebene Indizien sammeln, bevor wir einen solchen Schritt tun. Selbst die Lehrer haben komisch geguckt, aber sie würden alleine schon, um die Schule zu schützen, nichts von unseren Fragen an die Eltern herantragen.« Er wuschelte sich durch die Haare. »Hoffe ich jedenfalls.«

Nora lachte trocken. »Das Kind ist wohl schon in den Brunnen gefallen, jetzt gerade ratschen die, dass sich die Balken biegen, und spätestens morgen weiß es die ganze Schule.«

Sie steckte den Schlüssel ins Zündschloss. »Wir sollten Irene bitten, zwei Beamten für eine Befragung der ganzen Schülerschaft einzusetzen. Auch ob hier jemand Marina kennt. Vielleicht kannst du Irene anrufen und das besprechen? Und im Anschluss daran fahren wir zu Saskias Eltern und zum Reiterhof, vielleicht ergeben sich ja Verbindungen.« Sie drehte den Zündschlüssel und drückte das Gaspedal durch, während sie startete, sodass der Motor aufheulte.

»Und, Mensch, ein Kind ist verschwunden, da sollten wir auf Rennichs Ruf keine Rücksicht nehmen!« Den letzten Satz hatte Nora wütend ausgespuckt. Ihr war es nicht egal, wie Rennichs Leben aussehen würde, wenn sie Marina nicht fanden, sich aber bei ihm keine weiteren Verdachtsmomente herauskristallisierten. Aber besondere Situationen erforderten besondere Rücksichtslosigkeit, sie mussten weiter in Rennichs Richtung ermitteln, und das so effektiv wie möglich. Und dabei nicht vergessen, dass es noch Alternativen gab. Dass er ebenfalls Angst um sein Kind hatte, wenn er unschuldig war, blendete sie bewusst aus.

Johan holte sein Telefon aus der Jackentasche, um Irene anzurufen. »Was?«, entfuhr es ihm, als er die Nachricht auf dem Display las. »Die Observierung hat nicht geklappt. Sie wissen nicht, wo Rennich jetzt ist.«

»Verdammte Scheiße!«, sagte Nora.

Johan überlegte, was jetzt zu tun sei. Sein Handy vibrierte ein weiteres Mal in seiner Hand. »Wir treffen uns um drei an dem Haus der Rennichs«, lautete die neue SMS von Irene.

Johan schaute auf die Uhr. Es war noch über eine Stunde bis dahin. Warum dauerte das so lange?

Aber dass sie so nahe an dem Fundort von Saskias Leiche waren, hatte ihn schon vorhin auf einen Gedanken gebracht. Der Fundort, der, seitdem sie von dem Hügelgrab wussten, eine völlig neue Bedeutung erlangt hatte, war nicht so zufällig gewählt, wie er bisher angenommen hatte.

Mit Saskias Eltern konnte Nora auch alleine sprechen. Er musste die Rekonstruktion der Taten vervollständigen. Aktion, Reaktion, Eskalation. Das Motivbündel. Sein Bedürfnis, die Stelle noch einmal zu besuchen, war groß. »Wäre es dir recht, wenn du mich noch mal an dem Waldstück herauslässt? Ich möchte mir den Ort noch mal anschauen.«

Nora nickte, bog in die richtige Richtung ein und hielt an der Stelle, an der sie zuletzt auch mit Maric geparkt hatte. »Ich hole dich dann in einer Dreiviertelstunde hier ab«, sagte sie.

Kaum war der Wagen auf der Straße verschwunden, wandte sich Johan dem Wäldchen zu. Er war schon einmal hier gewesen, vor drei Wochen, direkt nachdem er in Lüneburg angekommen war. Die Bäume hatten in der kurzen Zeit ein zartes grünes Gefieder entwickelt, aus dem Boden sprossen Gräser und Farne. Die Vögel sangen. Er hatte sich vorher bereits einen Eindruck verschafft, heute wollte er noch etwas anderes hier. Es war zwar zu früh dafür, aber er überlegte, wo und wie wohl der Entführer von Marina ihre Leiche loswerden wollte, wenn es so weit war. Hatte dieser Platz eine besondere Bedeutung für ihn?

Es war fast unanständig, jetzt daran zu denken, wo das Mädchen wahrscheinlich noch am Leben war. Aber wenn er frühzeitig damit begann, die Bedürfnisse des Täters auszuloten, bestand der Hauch einer Chance, dass er seine Absichten vorausahnen konnte. Würde er noch einmal hierher zurückkommen? Johan atmete tief durch und ging auf dem kleinen Weg zwischen den Bäumen hindurch. Er versuchte, sich alle Details einzuprägen und die Gegend systematisch einzuteilen. Da war die Straße, von der der Weg abging, der Hügel einige Dutzend Meter in den Wald hinein, ein Felsbrocken, dahinter ging der Wald licht weiter. Nach einiger Zeit würde er an die Säume der Samtgemeinde Bardowick gelangen, die einige Dörfer einschloss. Bardowick selbst war davon das größte. Ein Flecken, wie man eine solche Ortschaft seit dem Mittelalter nannte, an dem Markt stattfand. Bardowick hatte einen kleinen Dom aus dem vierzehnten Jahrhundert, dennoch hatte es heute den Charakter eines Vororts mit rund sechseinhalbtausend Einwohnern, und es wuchs langsam mit Lüneburg zusammen. Direkt hinter dem Wald kamen erst wenige landwirtschaftliche Betriebe und dann relativ neue Einfamilienhäuser.

Die Wagen, die während der Spurensicherung hier geparkt hatten, hatten dem Wald nicht langfristig Schaden zufügen können. Auf der kleinen Lichtung hatte sich das Gras wieder zu stattlicher Höhe aufgerichtet, nur die tiefen Furchen eines landwirtschaftlichen Nutzfahrzeuges waren zu sehen. Johan bestieg die kleine Anhöhe, erreichte die Senke und drehte sich dann um seine Achse. Bisher gingen alle davon aus, dass der Mörder an der Straße geparkt hatte, Reifenspuren hatten sie aber nicht gefunden und niemand hatte ein Auto gesehen.

Er blickte in die entgegengesetzte Richtung und begann dann zwischen den Bäumen auf der Rückseite den Hügel hinunterzugehen. Die Bäume standen insgesamt so weit voneinander entfernt, dass es kein Problem war, auch ohne Weg gut voranzukommen. Er duckte sich unter einem Ast hindurch. Johan erreichte den Waldrand tatsächlich bereits nach wenigen Minuten und stand an einem gepflegten Feld, in dessen Furchen gerade die Saat aufging. Links lag eine Wiese, auf der einige Holsteiner Kühe grasten. Die Kuh, die ihm am nächsten stand, hob den Kopf und schaute ihn an. Dann begann sie wieder zu fressen. Er trat an das Gatter, hörte das Zirpen des Elektrozauns und fragte sich, ob der Mörder nachts hier an der Rückseite der Weide hätte parken können. Wo war das Loch, aus dem er gekrochen war? Bisher waren alle Vorschläge verworfen worden. Wenn er nicht im Wald geparkt hatte, und dafür gab es keine Anzeichen, gab es auch sonst keine besonders geeigneten Stellen. Wenn es nicht so absurd klingen würde, könnte man meinen, der Täter hätte das Mädchen zu Fuß hierhergebracht.

An der letzten Furche des Feldes, die fast den Zaun berührte, wanderte Johan entlang, bis er auf die nächste Wiese und den damit verbundenen Feldweg traf. Spuren von getrockneten Fladen zeigten, dass die Kühe hier ihren Weg zum Melken antraten. Er folgte dem Weg und gelangte nach weiteren fünfhundert Metern zu einer Ansammlung von Gebäuden. Es war ein schlichter Bauernhof mit Wohnhaus, Stallung und Scheune. Johan ging an der Einfahrt vorbei, die Straße war von dort an asphaltiert, aber er bog gleich wieder links in einen weiteren Feldweg ein, der um das Wohnhaus herumführte. Geradeaus würde es nach Bardowick hinein gehen. Da wäre es noch unwahrscheinlicher, dass der Mörder dort gehalten hatte. Oder?

Aus den Protokollen wusste er, dass das ältere Paar, das hier wohnte, ausgesagt hatte, sie hätten nichts Auffälliges gesehen. Als der Feldweg an der Rückwand des Stalles entlang wieder auf die offene Fläche zwischen einem Feld und einer Wiese führte, bemerkte Johan zu seiner Rechten eine kleine Gruppe Nadelbäume, die sich ringförmig um eine kleine Lichtung anordneten. Er betrat das kleine Rondell und sah sich um. Friedliche Abgeschiedenheit umfing ihn. Auf der Rückseite des kleinen Rundplatzes stand ein Schuppen. Die Tür war mit einem Vorhängeschloss gesichert, neben dem Schuppen war ein Wasserhahn. Irgendwie sah alles gemütlich aus. Unter dem hohen Gras entdeckte Johan die Überreste einer steinernen Feuerstelle. Aber sie wirkte, als wäre sie bereits seit dem letzten Jahr nicht benützt worden. Johan steckte die Hände in die Hosentaschen und legte den Kopf in den Nacken. Die Sonne war bereits angenehm warm, und in dem lichten Schatten der Tannen hörte er das vielstimmige Konzert der Singvögel, die den Sommer begrüßten und die schon emsig dabei waren, Futter für ihre brütenden Partner zu suchen.

Johan nahm das Handy aus der Tasche. Es war Zeit, Lilly anzurufen. Wer wusste schon, wie diese Ermittlung ausgehen würde? Aber dass sein Leben nicht immer so weitergehen sollte, da war er sich sicher.

Nora hielt vor dem Haus der Familie Meiner. Als sie ausstieg, flog eine Kohlmeise aus dem Weidenbäumchen im Vorgarten auf. Beim letzten Mal hatte sie die hängenden Äste mit den wie Tränen daran sprießenden Kätzchen nicht als so trist empfunden wie jetzt. Wieder war die Straße still und unbelebt. Wie hatte Saskia das hier nur in den Ferien allein aushalten können? Nora wunderte sich, wieso ihre Gedanken immer wieder zu den Sommerferien im letzten Jahr zurückkehrten. Seitdem die Blütenblätter des Mohns zwischen ihren Fingern zerbröselt waren, ließ sie der Gedanke nicht mehr los, dass diese sechs einsamen Wochen für Saskia etwas verändert hatten. Dass sie in dieser Zeit jemanden oder etwas in ihr Leben gelassen hatte, das ihr später zum Verhängnis wurde. Aber es war nur ein Gefühl.

Sie klingelte. Regina Meiner sah heute ein wenig frischer aus als beim letzten Mal. Ihre Haare waren feucht, als habe sie gerade geduscht.

»Ja?« Sie musterte Nora abweisend.

Dieses Mal hatte Nora sich nicht angemeldet. »Entschuldigen Sie die Störung. Ich habe eine Frage zu der Schule Ihrer Tochter. Darf ich reinkommen?«

Sie setzten sich in die Küche an einen kleinen Tisch. Auf der Fensterbank stand ein Frühlingsgesteck aus Osterglocken und Perlhyazinthen in einem Weidenkörbchen. Der überquellende Aschenbecher von ihrem letzten Besuch war verschwunden. Die dicken Tränensäcke unter Frau Meiners Augen allerdings nicht und auch nicht die Erschöpfung, die sie von innen aufzufressen schien. Perlhyazinthen konnten daran nichts ändern.

»Das ist jetzt ein klein wenig heikel. Ich weiß, dass Sie bereits von Kollegen gefragt wurden, ob Saskia auch Männer kannte.« Frau Rennich hatte wie erwartet ausgesagt, dass Saskia sich noch nicht für Männer interessierte.

»Ich würde jetzt gerne wissen, ob Sie das Gefühl hatten, dass sich Saskia ab einem bestimmten Punkt in ihrem Leben mehr Gedanken um ihr Äußeres gemacht hat, verschlossener oder aufmüpfiger war. Ob Sie je das Gefühl hatten, sie würde Ihnen entgleiten.«

Frau Meiner starrte Nora verständnislos an. Dann schaute sie eine Weile aus dem Fenster, als koste es sie Mühe, sich auf diese Frage einzulassen. Nora gab ihr Zeit nachzudenken. Irgendwann wurde das Gesicht von Renate Meiner weicher.

»Wir hatten im letzten Frühling einen Streit. Als es noch nicht so richtig warm war, vor allem morgens war es noch richtig kalt. Aber Saskia wollte ständig Kleidchen anziehen, kurze Tops, enge Hosen. Sie wollte mit mir einkaufen fahren. ›Aber nicht in Lüneburg, Mama‹, hat sie gesagt, nach Hamburg. ›Ich will endlich mal richtig schöne Klamotten.‹« Sie schüttelte traurig den Kopf. »Ich wollte das nicht, erst später, aber wir sind nie dazu gekommen.« Ihr Blick verlor sich wieder in der Ansicht der Reihenhäuser vor dem Fenster.

»Wann war das?«, fragte Nora.

»Irgendwann im Frühjahr letztes Jahr. Ich weiß es nicht mehr.« Ihr Gesicht verschloss sich wieder, als hätte sie beschlossen, dass die Bilder ihrer Tochter in ihrem Kopf nicht mehr zu ertragen seien, und Nora ahnte, dass sie genau das zurzeit meistens tat. Sie machte langsam weiter und sperrte die Erinnerungen und den Schmerz weg. Das konnte funktionieren. Bei Nora hatte das auch geklappt. Meistens.

»Führte Saskia Tagebuch?«, fragte Nora.

Regina Meiner schüttelte den Kopf, ohne den Blick vom Fenster zu wenden. »Ich glaube nicht, sie war nie eine große Schreiberin.«

»Würden Sie auf Ihrem Grundstück und in Ihrem Haus nach einem Geheimversteck suchen? Viele Kinder haben das.«

Frau Meiner drehte den Kopf und sah Nora an. »Aber das hätte ich doch längst finden müssen!« Sie klang empört, so als unterstelle Nora ihr, dass sie ihre eigene Tochter nicht richtig gekannt habe.

Nora musterte sie schweigend und lächelte dabei versöhnlich. Schließlich zuckte Frau Meiner mit den Achseln und starrte wieder aus dem Fenster. Sie wirkte apathisch, Nora hatte Verständnis dafür. Weniger Welt, weniger Schmerz.

»Melden Sie sich, wenn Sie etwas finden«, bat Nora.

Sie erhob sich. »Hat Saskia jemals einen Vertretungslehrer aus Lüneburg erwähnt?« Frau Meiner schüttelte den Kopf.

»Und ein gleichaltriges Mädchen namens Marina, das sie vielleicht vom Reiten kannte?«

Jetzt zuckte Renate Meiner zusammen und schaute Nora erschrocken an. Anscheinend wusste sie nicht, dass ein weiteres Mädchen vermisst wurde. Vermutlich las sie gerade weder Zeitung, noch schaute sie Nachrichten. Dann erlosch ihr Blick. Sie hatte beschlossen, nicht wissen zu wollen, was auch immer es mit diesem Mädchen auf sich hatte.

»Nicht, dass ich mich erinnern könnte«, sagte sie.

Nora verabschiedete sich und trat auf die Straße. Sie war nicht mehr als zehn Minuten bei Regina Meiner gewesen.

Dieses Mal war es nicht so anstrengend, sich wieder aus dem Dunst der Trauer zu lösen. Es war eher, als würden die Frau und ihr ganzes Leben sich von der Realität lösen und davonschwimmen.

Sie hatten hier nichts mehr zu erwarten. Saskias Vater war noch auf ihrer Liste, bisher hatte sie nur die umfänglichen Protokolle gelesen, die aus den Befragungen mit ihm entstanden waren. Aber sie hatte den Eindruck gehabt, um Saskia nahe zu sein, sei die Mutter der Schlüssel. Sie schienen ein besonders enges Verhältnis gehabt zu haben. Nora hatte nie ein enges Verhältnis zu ihrer Mutter gehabt. Und das, was vorgefallen war, hatte letztlich alles zerstört.

Nora schüttelte die Gedanken an Mütter und ihre halbwüchsigen Töchter ab und stieg wieder ins Auto. Noch war Zeit. Sie konnte Bohumil anrufen oder aber den aufgeschobenen Besuch bei Saskias Reiterhof nachholen. Heiner Vollmer und ein weiterer Beamter, dessen Name ihr immer wieder entfiel, hatten vor einigen Stunden begonnen, die Liste der Menschen, die auf Marinas Reiterhof regelmäßig ein und aus gegangen waren, abzuarbeiten. Bei den Telefonaten wurde auch abgefragt, wem ebenfalls das Gestüt in Bardowick bekannt war. Bisher hatte sich kein Verdächtiger herauskristallisiert, sonst hätte sie eine Nachricht bekommen. Aber die Frage ließ sich ja auch von der anderen Richtung aus stellen. Sie legte die Hand an den Schlüssel im Schloss.

Zwischen Lüneburg und Bardowick, Freitag, kurz nach Mittag

Es hatte lange geklingelt, bevor Lilly drangegangen war. Jetzt stand Johan zwar immer noch auf der kleinen Lichtung, aber sie hatte ihren heimeligen Zauber verloren und war nichts anderes mehr als ein kleiner Platz zwischen Bäumen, auf dem ein verzagter Polizist stand.

Er starrte auf das Telefon in seiner Hand. Nach dem ersten erfreuten Hallo, ihrem Warten auf eine Erklärung, hatte die meiste Zeit er geredet. Er hatte versucht, Lilly zu erklären, dass er nicht sagen konnte, ob sie sich wenigstens am übernächsten Wochenende sehen würden, ohne zu dramatisch zu klingen.

»Wir ermitteln in der mutmaßlichen Entführung eines Kindes«, hatte er gesagt, und sie hatte erwartungsgemäß ihre Enttäuschung über das bisher ausgebliebene Telefonat und einen verbindlichen Zeitpunkt ihres geplanten Treffens hintenangestellt und beteuert, dass sie nachvollziehen könne, dass er dann keine Zeit für sie habe.

»Das verstehe ich«, hatte ihre Stimme gesagt, »das ist wichtiger.« Gleichzeitig hatte Johan gespürt, wie sie sich innerlich entfernte. Es war ja auch schlimm. Ein entführtes Kind. Wer wollte dem schon zu nahe kommen oder den Menschen, die damit in Berührung kamen? Wer ließ so jemanden wie ihn schon gerne in sein Leben?

Es war nicht, dass er sie versetzte. Er hatte ihr geglaubt, dass sie ihn verstand. Aber jetzt hatte sie auch verstanden, was in seinem Leben los war und wo die Prioritäten lagen. Und damit war jedes weitere Wiedersehen gefährdet, das wusste er. Und verstand es auch.

Er steckte das Smartphone ein. Außerdem war er peinlich berührt von seiner Unfähigkeit, seine Zuneigung in Worte zu fassen; ihr irgendetwas zu geben, das die Dunkelheit, die er in ihr Leben trug, aufwog. Einen Moment starrte er in den Himmel und folgte mit den Augen einer Schwalbe, die hoch oben über die Lichtung sauste. Zielstrebig.

Er musste eine Linie finden. Eine Grenze. Einen Wall zwischen seiner Arbeit und seinem Privatleben, der auch die Menschen schützte, mit denen er umging. Wenn er jetzt, mit Mitte dreißig, nicht den Absprung schaffte, vom Allzeitbereit-Arbeiter, der immer einen Kübel Dreck bei sich trug, zu einem Menschen, der auch noch etwas anderes in seinem Leben zuließ als Arbeit, war er zu ewiger Einsamkeit verdammt. Die Besuche von Jazzkonzerten, die er früher so geliebt hatte, gab es die noch? Ein oder zwei Abende im Quartal mit Kumpels, die ebenfalls zum großen Teil Polizisten waren. Und natürlich Bücher, die er fast zwanghaft ständig und dauernd las, wenn er sich einsam fühlte. Das konnte doch nicht alles sein! Er wollte so gerne jemand sein, der sich einlassen konnte.

Wütend stapfte er den Weg zurück, den er gekommen war. Gleich musste er wieder an der Straße sein, um Nora zu treffen. Und sein Besuch hier war vollkommen sinnlos gewesen. Nichts gab Aufschluss darüber, von wo aus der Mörder gekommen sein konnte und was diesen Platz auszeichnete. Nichts, woraus er Schlüsse über einen möglichen nächsten Fundort hätte ziehen können.

Als er das Hoftor passierte, kam aus einem der Gebäude eine ältere Frau in einer Latzhose, deren Hosenbeine in Gummistiefeln steckten. Sie trug eine Schüssel in der einen und eine Milchkanne aus Zink in der anderen Hand. Johan blieb stehen, beobachtete ihre resoluten und kräftigen Bewegungen, die einer jüngeren Frau, obwohl ihr Gesicht aussah, als sei sie über siebzig. Das musste Rita Busch sein, die mit ihrem

Mann das Gehöft bewirtschaftete. Laut Akte hatten sie drei erwachsene Kinder, aber keines lebte hier. Johan wunderte sich, wie sie das alles schafften, zwei alte Leute allein auf dem Hof. Sie stellten obendrein Lebensmittel nach ökologischen Richtlinien her, ein Biosiegel am Gartenzaun zertifizierte ihre Produkte. Rita Busch stellte die Schüssel auf den Boden und goss etwas Milch hinein. Sofort kamen aus den Ecken dünne Hofkatzen geflitzt, die begannen, die Milch zu schlecken, ohne dabei die Frau aus den Augen zu lassen, die lächelnd die Hände in die Hüften gestemmt hatte. Ein Bild ländlicher Idylle, wären die Katzen nicht so jämmerlich schlank und argwöhnisch gewesen und die Latzhose nicht so dreckig. Sie wollte sich umdrehen, aber Johan rief in ihre Richtung, und sie sah überrascht zu ihm hinüber.

»Entschuldigung, wozu ist die kleine Lichtung dort vorne?« Johan deutete in die Richtung, aus der er gekommen war. Die Frau machte ein paar Schritte auf ihn zu und folgte mit dem Blick seinem ausgestreckten Arm.

»Da campen manchmal unsere Sommergäste. Die, die kommen, um zu helfen.«

»Helfen?« Johan verstand nicht, was sie meinte. Sie ging zu einem Schuppen und zog etwas aus einem kleinen Fach, das dort hing. Wieder bei Johann, reichte sie ihm wortlos einen fotokopierten Zettel.

FH4FF – FREE HANDS FOR FREE FARMS

You are welcome to help and enjoy organic farming. Join us working on the farm for four hours per day or more if you like to. We offer free vegan meals three time the day, campside with tents or sleeping in the barn war darauf zu lesen.

Darunter stand die deutsche Übersetzung, die erklärte, dass hier Camping oder wahlweise Heuschober und Essen gegen Arbeit auf dem ökologischen Bauernhof geboten wurden.

Johan fragte nach: »Sie meinen, Sie haben regelmäßig Gäste?«

Sie nickte. »Jedes Jahr ein paar!« Seine Spurensuche hier war also doch nicht umsonst gewesen.

Bardowick, Freitag, kurz nach Mittag

Nora hielt vor einem Gebäudekomplex, der verrammelt und verriegelt aussah. Große Hallen aus grauem Wellblech, die von außen nur schwer als Ställe zu erkennen waren, gruppierten sich um eine grüne Reithalle und wurden von einem großen Backsteinwohnhaus flankiert. Um die Gebäude lagen Weiden mit ratzekahl abgefressenem grünem Flaum und dunklem Erdboden, ein paar wenige Pferde musterten das Auto neugierig. Kein Mensch war zu sehen.

Sie parkte den Audi auf dem ausgewiesenen Parkplatz neben einem weißen Golf, der mit dicken Schlammspritzern überzogen war, und ging auf das erste Gebäude zu, aus dem leises Schnauben und das Rumoren von Tieren zu hören war, die gegen ihre Boxen rempelten. Nachdem sie den Stall durch die große hölzerne Schiebetür an der Front betreten hatte, war sie überrascht. Die Halle, die von außen ungemütlich und wenig artgerecht wirkte, war innen mit geräumigen Boxen ausgebaut, in denen etliche Pferde und Großponys standen, augenscheinlich gut im Futter und gepflegt. Im Mittelgang zwischen den Pferden war ausreichend Platz zum Putzen und Satteln. Neonlampen an der hohen Decke gaben genug Licht, aber nicht so viel, dass es die Tiere gestört hätte. Es roch nach Heu, Dung und dem erdigen Kandisgeruch der warmen Pferdekörper. Auch hier war niemand zu sehen.

Nora betrachtete einen wunderschönen Rappen, der zu ihrer Linken stand. Als er sie musterte, streckte sie die Hand aus. Das Pferd spitzte die Ohren und bog anmutig den Hals, während es in ihrer Handfläche nach etwas Fressbarem schnoberte. Nora streichelte seine weiche Nase. Sie dachte an Marina und ihren Peiniger, dass das Kind vermutlich jetzt gerade litt und sich nach Hause wünschte und dass sie hier stand und ein Pferd streichelte. Beschämt zog sie die Hand zurück. Dann ging sie zwischen den Boxen hindurch zum Ausgang auf der Rückseite der Halle, während die Pferde und Ponys die Köpfe nach ihr drehten. Als sie wieder ins Freie trat, stand sie nah beim Wohnhaus. Der Garten um das Haus war ähnlich schön wie der vom Reiterhof am Grünen Tore. Anscheinend hatten die Besitzer einen ähnlichen Geschmack, was Gärten betraf. Sogar die mehrfarbigen quadratischen Steine auf dem Gehweg waren in einem ähnlichen Muster verlegt. Die Hintertür war nur angelehnt, und es gab keine Klingel.

Nora öffnete sie einen Spalt und rief ins Innere des Hauses: »Hallo, Frau Fehrenbach, sind Sie da?«

Niemand antwortete. Als sie sich gerade umdrehen wollte, um am Haupteingang zu klingeln, riss eine Frau in den Vierzigern resolut die Tür auf. Sie trug einen schlabbrigen Pulli, eine Reithose und Reitstiefel, und in der Hand hatte sie einen Eimer Wasser, aus dem es dampfte, über dem Arm lagen ein paar weiße Handtücher. Einige schweißnasse Haarsträhnen klebten an ihrem Gesicht, das rot glänzte.

»Huch, ich habe gar nicht gehört, dass jemand da ist«, entfuhr es ihr erschrocken. Sie sah aus, als hätte sie es eilig.

»Ich komme von der Polizei in Lüneburg. Wir ermitteln in dem Mordfall an Saskia Meiner und der möglichen Entführung eines weiteren Mädchens«, sagte Nora.

Erschrocken riss die Frau die Augen auf. »Ach, Saskia und dieses andere Mädchen!«

Trauer huschte über ihr Gesicht. »Ich habe schon mehrfach mit Ihren Kollegen gesprochen, aber Sie waren nicht dabei, oder?« Sie musterte Nora eindringlich. Dabei hielt sie die Klinke weiterhin in der Hand. Rein oder raus, wohin mit der fremden Polizistin?

Dann schien sie eine Entscheidung getroffen zu haben. »Ich kann mich mit Ihnen unterhalten, aber ich habe noch etwas sehr Wichtiges zu tun, das keinen Aufschub duldet.« Sie lächelte verschwörerisch. »Kommen Sie!«

Eilig schritt sie aus, in Richtung des zweiten Stalles. Sie öffnete die Tür und winkte Nora hinein. Im Halbdunkel stand in der ersten Box eine Stute, deren Leib dick gewölbt war. Frau Fehrenbach öffnete die Tür, stellte den Eimer ab und ging dann zu dem Pferd, redete ihm gut zu und strich ihm über den Kopf. »Das dauert hier noch einen kleinen Moment. Fragen Sie«, sagte sie. Nora betrachtete die aufgerissenen Augen und geblähten Nüstern, die die Anstrengung des Muttertieres verrieten. Die Frau streichelte weiter den Hals des Pferdes, den Rist und an den Flanken entlang, während sie mit schmeichelnder leiser Stimme begann zu berichten, wie sehr sie alle die Nachricht vom Tod Saskias bestürzt hatte. »Sie war vernarrt in unsere Fohlen und hat immer mitgeholfen. Sie war eines der Mädchen, auf die man sich verlassen konnte und die auch mal die Mistgabel in die Hand nehmen. Ich kann nicht fassen, dass sie tot ist. Und ich kann nicht fassen, dass dieses Schwein jetzt wieder ein Mädchen entführt hat!«

Nora hörte die Trauer in ihrer Stimme und ließ sie erzählen. Sie berichtete, dass Saskia hier viele Freunde hatte. Das Pferd und Nora hörten zu, der beruhigende Klang der Stimme gab den Worten etwas von einer freundlichen Erzählung und stand im Gegensatz zu ihrem Inhalt. Ein paar Minuten später tänzelte die Stute einen Schritt rückwärts und schnaubte.

»Alles ist gut, alles ist gut!«, rief Margarete Fehrenbach, während sie das Pferd tätschelte, und einen Moment lang wollte Nora ihr unbedingt glauben. Denn in diesem Augenblick wurden unter dem gehobenen Schweif des Pferdes zwei kleine Hufe sichtbar, noch eingehüllt in die helle, schleimige Membran der Fruchtblase. Nora bekam eine Gänsehaut. Die Hufe schoben sich immer weiter aus der Stute hervor. Zwischen den langen, knotigen Beinen des Jungtieres folgte die nasse Schnauze und dann der ganze Kopf, dessen nasses Fell sich lockte. Die Augen waren geschlossen, es sah aus wie tot. Dann glitt das ganze Fohlen heraus und mit einem Platsch in das Stroh. Als die Stute sich umdrehte und hingebungsvoll das am Boden liegende Junge ableckte, spürte Nora Tränen in ihre Augen steigen, die sie schnell wegblinzelte und die doch stärker brannten, als sie es selbst für möglich gehalten hatte. Sie zitterte.

Die Frau wandte sich dem Fohlen zu, holte die Handtücher, die sie über die Tür der Box gehängt hatte, und wischte ihm vorsichtig und liebevoll die kleine Stirn und die Augen frei. Mit einem Ruck, als sei es aus seinem Schlaf erwacht, begann es zu zappeln und mit den Beinen zu rucken, wollte sich aufrichten.

Nora wusste, dass das Gespräch nun beendet war. »Ich melde mich noch einmal«, sagte sie und verließ mit einem letzten Blick auf das staksige Neugeborene den Hof.

Dann sah sie in einer Entfernung von ein paar hundert Metern aus einem Waldstück eine dünne Rauchsäule aufsteigen. Noch immer leicht zittrig nahm sie ihr Handy zur Hand und warf einen Blick auf die Uhr. Noch fünfzehn Minuten bis zum Treffen mit Johan. Sie bückte sich unter einem Schlagbaum hindurch und ging in Richtung des Qualms. Ihr Körper prickelte, in ihrem Unterleib zog es, doch mit jedem Schritt wurde sie ruhiger.

Zwischen Bardowick und Lüneburg, früher Nachmittag

Nach dem Gespräch mit Frau Busch aktivierte Johan die Stoppuhr seines Handys und machte sich eilig auf, um rechtzeitig zurück am Treffpunkt an der Straße zu sein. Während er zwischen den Bäumen ausschritt, sich aber gleichzeitig so mäßigte, als würde er eine schwere Last tragen, ließ er die letzten Minuten Revue passieren.

Das Fatale an der Situation war, dass die Bäuerin ihm erzählt hatte, dass sie keineswegs von allen Gästen wüsste, wie sie vollständig hießen. »Wir sind da nicht so«, hatte sie gesagt und dabei etwas nervös geblinzelt. »Wenn jemand sagt, ›Hi, I am Jan from Danmark‹, dann frage ich nicht: ›Jan und wie weiter?‹«

Ihr Englisch schien recht gut zu sein, und anscheinend konnte sie anhand Johans entgeistertem Gesichtsausdruck nachvollziehen, dass diese Akzeptanz der Anonymität ihrer Gäste aus seiner Sicht etwas Grundnaives hatte.

Nun fragte er sich, ob er schon so von Misstrauen zerfressen war, dass er niemals jemanden so dicht bei seinem Haus würde haben wollen, womöglich sogar im Haus, dessen vollständigen Namen er nicht kannte. Zugleich war Johan sich mit einem Mal des friedlichen Vogelgezwitschers, der leuchtenden Tulpen und dem Fehlen des Autolärms an diesem Ort bewusster gewesen als zuvor. Wäre er anders, wenn er auch so leben würde? Wäre der Frieden dann Teil seiner Persönlichkeit? Und war die düstere Seite seiner Arbeit in seinen Gedanken bereits so übermächtig, dass er nicht mehr vertrauen konnte? Auch der Wald um ihn hatte – trotz des Leichenfundes vor wenigen Wochen – in seiner natürlichen Ursprünglichkeit eine Friedfertigkeit, die es in seinem Leben nur selten gab. Und er spürte noch den Blick von Frau Busch auf sich ruhen, der sagte, dass er ein emotional verkümmerter Stadtmensch sei. Und anhand ihrer Lippen, die hart aufeinandergepresst waren, hatte er erkannt, dass sie keinen Zentimeter von ihrer Haltung abweichen würde. Vertrauen ist auch eine Entscheidung, dachte er. Wenn man sich nicht fürchtet, lebt es sich leichter. Vielleicht nicht ganz so lang. Aber leichter.

»Wir haben ein Gästebuch«, hatte sie gesagt und ihn in die Diele geführt, wo aufgeschlagen ein dickes Buch lag, jemand hatte mit Kugelschreiber ein Herz gemalt und in runder Schrift etwas in einer fremden Sprache hineingeschrieben. Daneben stand in Englisch: *Germany is great!* Der Kugelschreiber lag neben dem Buch. Der zumindest war festgebunden. Das Buch durfte Johan mitnehmen, und es wog jetzt schwer in der Tüte in seiner Hand. Welche Personen, die sich hier aufgehalten hatten, mochten darin verborgen sein?

Johan warf einen Blick auf sein Handy, sieben Minuten war er bisher gegangen, zehn hatte er noch mindestens vor sich. Sie würden zu spät zur Hausdurchsuchung kommen. Er beschleunigte seine Schritte.

Bardowick, früher Nachmittag

Nora hatte sich bis auf wenige Meter dem Platz genähert, von dem der Rauch aufstieg. Sie konnte hinter einer Lorbeerhecke das Dach eines Bauwagens erkennen. Sie lauschte, konnte aber keine anderen Geräusche hören als das leise Knistern eines Feuers und zwitschernde Vögel. Vorsichtig spähte sie durch eine Lücke zwischen den Blättern. Neben dem größeren Wagen stand noch ein kleinerer. Vielleicht für Gerätschaften oder mit einer Schlafkabine, denn in beide waren Fenster geschnitten, und sie sahen aus wie Wagen, die zu einem Sommerdomizil umgebaut worden waren. Sie waren auf Bretterstapel aufgebockt, um die Reifen zu entlasten, aber offensichtlich erst vor kurzem hier aufgestellt worden. Das Gras um das Holz war nur niedergedrückt, aber noch nicht gelb.

Nora sah vor ihrem inneren Auge, wie ein junges Mädchen in Jeans und T-Shirt den Weg an der Weide entlang zu diesem Ort fand. Wie es neugierig die exotisch anmutenden Gerätschaften an einer provisorischen Küchenbank, wo eine metallene Kaffeekanne und ein runder Kessel standen, beäugte, wie es sich von dem schlichten Sperrmüll-Arrangement aus Sitzgelegenheiten um das Feuer sowohl abgestoßen als auch angezogen fühlte.

Sie musste sich nicht überlegen, wie das ausgegangen war. Menschen wollen sich an ein Lagerfeuer setzen. Das war einfach so. Gerade wenn sie sich unsäglich langweilten, weil sie einen ganzen Sommer nahezu allein verbringen mussten. Sie spürte ihr Herz klopfen. Es war niemand zu sehen, aber das Feuer, das in der Feuerstelle zwar gut geschützt war, brannte recht hoch. Es würde nicht lange allein gelassen werden. Sie ging langsam in Richtung der Weide zurück und wand sich Richtung Stall. Sie musste später wiederkommen. Johan wartete bestimmt schon auf sie.

Nora war klar, dass sie zu selbstverständlich davon ausging, dass die Wagen auch im letzten Jahr hier gestanden hatten, aber sie war sich ihrer Sache trotzdem sicher. Hier hatte Saskia im Sommer jemanden kennengelernt. Sie würde sich, nachdem sie Johan dort abgesetzt hatte, von der Hausdurchsuchung bei den Rennichs abmelden und hierher zurückkehren.

Sie warf einen Blick über die Schulter zu dem Platz, niemand hatte sie gesehen. Als Analytiker war Johan prädestinierter als sie, in Rennichs Privatleben zu buddeln. Vielleicht sollte sie Marie mal wieder mitnehmen, nach der vergeigten Observierung von Rennich brauchte die bestimmt einen Tapetenwechsel. Und besser noch einen Beamten von der Schutzpolizei. Wer wusste schon, wie viele Menschen hier hausten? Sie überlegte kurz, ob sie die Reitstallbesitzerin nach den Wagen fragen sollte, entschied sich dann aber dagegen. Die hatte bestimmt noch zu tun, und die Zeit war knapp. Warum hatte die Frau bisher nichts darüber verlauten lassen, dass so dicht an dem Gelände bewohnte Bauwagen standen?

Zwischen Lüneburg und Bardowick, Freitag, früher Nachmittag

Nachdem Nora am Straßenrand gehalten hatte, riss Johan die Autotür auf und sprang auf den Beifahrersitz. »Der Hof, der am hinteren Waldrand liegt, hat im Sommer regelmäßig Gäste, die in der Landwirtschaft arbeiten. Letztes Jahr waren es insgesamt zehn Jugendliche, die letzten, zwei junge Schwedinnen, kamen im Oktober«, sagte er atemlos und fuhr sich mit der Hand über den Kopf, sodass sein Haar wie eine flauschige Bürste in der Luft stand. »Meinst du, wir haben da was?«

Nora warf ihm einen kurzen Blick zu. Er schien aufgebracht, dass die Leute bisher noch niemandem aufgefallen waren, elektrifiziert von dem Gedanken, welche neuen Möglichkeiten sie boten. Auf sie selbst hatte Johans unerwartet hohes Energie-Level allerdings eine eher ernüchternde Wirkung. Brannte sie eben noch darauf, ihm ihrerseits ihre Entdeckung mitzuteilen, war seine Euphorie wie eine Handvoll Sand auf ein Lagerfeuer. Wenn jemand sich zu sehr freute, fiel sie reflexartig in die Rolle der Skeptikerin. Warum eigentlich? Sie lächelte und hielt Johan die rechte Handfläche hin. »Ich hab auch was entdeckt!«

Er klatschte sie ab, und in Nora explodierte eine kleine Welle der Freude. Ging doch.

Die distanzierte Stimmung von vorhin war verflogen. Während sie von den Bauwagen und dem kleinen Platz hinter dem Reiterhof berichtete, schüttelte Johan den Kopf. »Ich verstehe nicht, warum nichts von all dem in den Protokollen steht. Ich meine, das ist doch offensichtlich!«

Nora wog den Kopf. »Das kommt ganz darauf an. Jetzt ist Frühling. Im Winter waren keine Jugendlichen auf dem Hof und bisher keine Wagen hinter dem Reiterhof.«

Johan lehnte sich im Sitz zurück und wuschelte sich abermals durch die Haare, sodass sie jetzt nach allen Seiten abstanden. »Trotzdem, ich versteh das nicht. In einer der Befragungen hätte doch jemand das erwähnen müssen oder die Frau von dem Hof. Ich kapier es nicht!«

Vorsichtig justierte er die Plastiktüte, die das Gästebuch des Bauernhofs enthielt, auf seinem Schoß. Dann zog er das Smartphone aus der Tasche und tippte im Suchfeld des Browsers FH4FF ein. Es dauerte trotz langer Ladezeiten nur wenige

Minuten, bis er den Hof in der Nähe von Bardowick unter den Anbietern auf der Website gefunden hatte. Johan stöhnte enerviert auf.

Lüneburg, Freitagnachmittag

Als sie bei den Rennichs ankamen, ging Johan auf Mohns zu, der auf dem Bürgersteig vor der Haustür stand, umringt von Beamten, die offensichtlich darauf warteten, endlich mit der Hausdurchsuchung zu beginnen. Nora beeilte sich, aus dem Auto zu steigen, um Johan zu folgen, aber er war bereits bei der Gruppe angelangt und hielt Mohns den Flyer hin.

»Wie konnte das passieren?«, fragte Johan. Nora hörte, wie vorwurfsvoll er klang, aber er schien keine Lust zu haben, Rücksicht auf die Gefühle von Mohns und seiner Truppe zu nehmen. Nora sah, wie Irene, die neben Mohns stand, unwillig die Augenbrauen hob. Offensichtlich fand sie Johans Verhalten unangemessen, ungeachtet des Anlasses.

Nora konnte Johan ansehen, was er dachte. Er wollte sich nicht mit Irene überwerfen, sondern seinen Frust loswerden. Aber sie hatte die Akten geführt, sie hatte genauso wie Mohns dafür Verantwortung getragen, allen möglichen Spuren nachzugehen.

»Das kann man doch nicht übersehen? Was, wenn der Täter dort für einige Zeit untergekommen war?«, fragte er. Mohns funkelte ihn an, bevor er nach dem Flyer griff und las.

Einen Moment schauten sich die Männer nur an, dann schien Johans Ärger auch schon verpufft, und er hob die Hände und lächelte kurz.

Am Ende erwartete er, dass sich alle über die Ergebnisse

für die Ermittlungen freuten, dachte Nora. Sie fragte sich, ob Johan bewusst war, dass Mohns ein ganz anderer Typ war als er. Anstatt sich kurz Luft zu verschaffen, verharrte er wie ein gepanzertes Tier in Angriffslust, um auf den geeigneten Moment zu warten, zurückzuschlagen. Egal wie lange es dauerte. Die Ermittlungen waren dabei zweitrangig, denn die waren irgendwann vorbei, und dann konnte man seine Ressentiments immer noch austragen. Begraben würde er sie jedenfalls nicht. Im Gegensatz zu Johan, der jetzt schon wieder in die Runde lächelte und fragte: »Und, können wir loslegen?«

Johan reichte die Tüte nun ebenfalls Irene, die immer noch fassungslos auf den Flyer starrte. Sie reichte sie nach einem prüfenden Blick auf den Inhalt an einen der Beamten weiter, der sie vorsichtig zum Wagen der Spurensicherung trug und dort verstaute. Irenes Ausdruck war nicht zu deuten.

»Dank dir«, sagte sie, aber es klang barsch. Ihre Augen huschten kurz zu Nora hinüber. Irgendwie hatte Nora das Gefühl, dass sich gerade die Kluft zwischen den Lüneburgern und den externen Fachleuten der Landes- und Bundesbehörde enorm verbreitert hatte. Sie verzichtete darauf, jetzt die Bauwägen zu erwähnen, und fragte: »Ist Rennich wieder aufgetaucht?«

Irene und Mohns sahen sie misstrauisch an und schüttelten den Kopf, als sie sahen, dass Nora harmlos lächelte.

»Ich hab keinen Bock auf so was. Ich hab keinen Bock«, dachte sie bei sich und grinste noch eine Nuance breiter. Sie konnte es einfach nicht verstehen: Überall, wo Menschen zusammenkamen, wurde die Hackordnung stetig neu verhandelt. Und auch wenn Johan glaubte, darüber zu stehen, er tat es nicht.

»Wir lassen jetzt sein Handy orten«, sagte Mohns, »aber bisher ist es aus.« Er machte mit einer Bewegung klar, dass die Hausdurchsuchung jetzt beginnen würde.

Sofort machte sich betretene Ernsthaftigkeit breit. Es war immerhin die Familie des Opfers, die hier in ihrer Angst und Trauer ins Visier genommen wurde. Auch wenn Sabine Rennich dem zugestimmt hatte, war es doch etwas anderes, als im Wald nach einem Unbekannten zu fahnden. Das eigene Kind!

Mohns drückte die Klingel, und Frau Rennich öffnete, begleitet von einem uniformierten Polizisten, der ihr zwischen der Zeit der Vernehmung auf der Wache und der Durchsuchung Gesellschaft geleistet hatte. Wortlos trat sie zur Seite. Falls sie bereute, vorhin so schnell ihre Einwilligung gegeben zu haben, ließ sie es sich nicht anmerken.

Als Nora sich der Reihe der durchsuchenden Kollegen anschloss, spürte sie Frau Rennichs starren Blick auf sich ruhen. Sie hatte aufgegeben. Alle nach außen gerichteten Sinne auf ein Minimum gedämpft, bewegte sie sich hölzern wie ein Roboter hinter den Beamten und Kriminaltechnikern her und nahm wieder auf dem Sofa Platz, wo sie auch schon gesessen hatte, als Nora zuletzt hier gewesen war, und blickte ins Leere.

Inzwischen waren alle Spuren des Kindergeburtstages eliminiert. Der Glastisch glänzte. Nora setzte sich neben sie. »Es tut mir leid«, sagte sie leise. Sabine Rennich sah sie an, mit dem unendlichen Schmerz einer Mutter in den Augen, deren Kind gerade jetzt Qualen ausgesetzt war. Die ihrem Mann nicht mehr vertraute.

»Haben Sie eine Vorstellung, wo Ihr Mann sein könnte?«

Frau Rennich schüttelte den Kopf. Kurz erwachte etwas in ihren Augen, das wie Hass aussah, doch dann erlosch ihr Gesicht, und sie starrte auf die Glasplatte. Mit der Fingerspitze stippte sie ein paar winzige Zuckerkrümel auf, die neben der Zuckerdose lagen, und leckte sich den Finger ab, dann begann sie übergangslos an den Nägeln zu knabbern.

Nora winkte dem Uniformierten, der seit der Vernehmung

bei ihr gewesen war, und gab ihm ein Zeichen, sie nicht aus den Augen zu lassen. Dass sie jemanden im Haus hatte, diente zum einen dazu, dass sie nichts veränderte. Aber Nora war sich sicher, dass der Beamte Sabine Rennich auch davon abhielt, sich selbst etwas anzutun. Während sie neben ihr saß, konnte sie geradezu spüren, wie diese danach lechzte, den Schmerz nicht nur innerlich, sondern auch auf der Haut zu spüren.

Nora ahnte, dass sie sich ritzte oder es zumindest früher getan hatte. Sie kannte dieses Bedürfnis, der lodernden Wut und dem Selbsthass Ausdruck zu verleihen, indem man die Gewalt gegen den eigenen Körper richtete. Einmal, noch als Teenager, hatte sie selbst so fest mit der Stirn gegen einen Türrahmen gestoßen, dass die Beule tagelang zu sehen war. Und das war nicht das einzige Mal gewesen, dass sie damals die Kontrolle verloren hatte. Etwas, das ihr heute nicht mehr passieren würde, solange sie sich an ihre eigenen Regeln hielt.

Aber vor Situationen, wie Sabine Rennich sie gerade erlebte, konnte man sich nicht schützen. Nora seufzte, legte Frau Rennich kurz vorsichtig die Hand auf den Arm und stand dann auf. Was lief hier alles falsch in dieser Familie?

Lüneburg, Freitagnachmittag

Irene, die mit einem Klemmbrett in der Hand zusah, wie zwei Kollegen ein Sideboard ausräumten, und die bereits zwei kleine Digitalkameras auf ihrer Liste der auf der Wache zu untersuchenden Gegenstände führte, zuckte zusammen, als Nora sich neben ihr räusperte. »Ich bräuchte einen Beamten. Es geht um eine Vernehmung von Bewohnern eines Bauwagenplatzes dicht bei dem Reitstall in Bardowick.«

Irene hob den Kopf. »Der Bauwagenplatz hinter dem Reiterhof? Ist der wieder da? Wir wussten, dass irgendwann die Wagen wieder aufgebaut werden würden.«

Sie hob den Stift, als wolle sie referieren. »In der Akte sind die Protokolle nicht zu finden, weil gegen die wechselnden Bewohner eine eigene Ermittlung läuft wegen Handels mit Rauschmitteln. Alle Vernehmungen, die zu dem Platz geführt wurden, finden sich in einer eigenen Akte. In der Akte zu Saskias Tod ist ein Verweis darauf.« Sie lächelte.

Nora bemerkte, dass Irene erleichtert war, dass sie den Verweis übersehen hatte. Dass er aber da war. Sie konnte das gut verstehen. »Weißt du noch, was in den Protokollen stand?«

Irene nickte. »Das war sehr unerfreulich. Es war direkt nach Saskias Entführung, als wir versuchten, den Eigentümer und dann die Bewohner des Platzes ausfindig zu machen. Der Platz gehört einem Mann, der das Land geerbt hat, aber selbst in Hamburg lebt. Er lässt die Bauwagen im Sommer dort stehen, und sie gehören wiederum Paolo Baretta-Krüger, einem Freund von ihm. Den konnten wir bisher nicht erreichen: Er zieht jedes Jahr gen Süden, Hauptsache warm, sagte der Grundstückseigentümer. Es gibt Flugtickets auf Barettas Namen nach Cuba. Im Oktober hin und Anfang Mai zurück. Auf Mails hat er nicht geantwortet, er hat auch nur ein altes Hotmail-Account. Dann kommt er im Sommer jedes Jahr wieder, holt seine Wagen aus einem Stall rund dreißig Kilometer von Lüneburg entfernt. Sie standen da unberührt den ganzen Winter, das haben wir überprüft. Er fährt sie auf den Standplatz. Dann wohnt er entweder selbst dort oder er überlässt den Wagen Freunden, deren Nachwuchs, einigen Bekannten. Ein paar Mal war die Polizei dort, weil es laut wurde. Aber es gibt keinen Grund, irgendjemandem das Campen auf dem Platz zu verbieten, so lange es im Einverständnis des Besitzers geschieht. Und der scheint zufrieden damit, wie sein Kumpel das regelt.« Sie seufzte. »Es gibt im Fachdezernat II ein paar Beamte, die nur darauf warten, dass sie sich wegen des angeblichen Dealens von Hasch den Zugvogel vornehmen können.«

Nora musste erst verdauen, was sie da zu hören bekam. Dann war hier die ganze Zeit bekannt gewesen, dass es den Platz so nah an dem Reiterhof gab? »Und eine Verbindung zwischen den Leuten dort und Saskia ist bisher nicht bekannt?«

Irene schüttelte den Kopf. »Von den Leuten vom Reiterhof war keiner der Meinung, dass sie dort hingegangen ist. Die halten sich da eher fern. Aber um Genaueres zu erfahren, müssen wir mit Baretta reden. Nur der weiß, wer wann dort gewesen ist!«

Jetzt sah Nora eine kleine Defensive, in die Irene sich zurückzog. Ihre Augen verengten sich leicht. Aber sie konnte verstehen, dass der ganzen Sache bisher keine Priorität eingeräumt worden war. Es lagen Monate zwischen dem letzten Aufenthalt Barettas in Bardowick und Saskias Verschwinden. Und er war auf Cuba. Wahrscheinlich. Wenn sie nur nicht dieses Gefühl hätte, dass im letzten Sommer etwas mit Saskia passiert war. Dann wäre sie jetzt nicht so überzeugt, dass es sich lohnen würde, augenblicklich mit dem Mann zu reden.

»Ich werde sofort dorthin fahren. Danach sage ich im Fachkommissariat II Bescheid, dass er wieder da ist. Mir ist es lieber, wenn ich zuerst mit ihm rede.«

Irene nickte. Dieses Zugeständnis musste sein. »Wen willst du mitnehmen?«

»Marie«, sagte Nora, ohne zu zögern. Im Zusammenhang mit der laufenden Ermittlung wäre es nur logisch, auch jemanden mitzunehmen, der im Jahr zuvor wegen der Drogen dort ermittelt hatte. Aber sollten die doch später fragen, was immer sie wissen wollten.

Johan hatte sich ein paar Handschuhe geben lassen und stand im Schlafzimmer der Rennichs. Er war zuerst in Marinas Zimmer gewesen und hatte beobachtet, wie dicke Pinsel Fingerabdruckpulver über Rahmen von Fotos, die Tastatur ihres Computers, Bettpfosten und alle persönlichen Gegenstände verteilten. Das war das Mädchenzimmer eines behüteten Teenagers, helle Möbel, Lichterketten mit Blütenkelchen und ein durchsichtiger Baldachin mit kleinen eingenähten Blumen über dem Bett. Geschmackvoll und romantisch, sicherlich nicht billig. Er hatte seinen Blick über den flauschigen grünen Teppich gleiten lassen, die rosafarbene Patchworkdecke auf dem Bett und die säuberlich aufgereihten Bücher. Dann war er vor dem tumben, hilflosen Gefühl geflohen, das sich in seiner Brust breitmachte.

Er wollte etwas über die Eltern wissen, dazu war er gekommen. Es galt, Hagen Rennich mit einem möglichen Täterprofil abzugleichen. Im Schlafzimmer des Ehepaares erstreckte sich über die gesamte Breite eine weiße Schrankwand. Auf dem Boden lag ein cremefarbener Teppich, das Bett war von einer fliederfarbenen, dicken Tagesdecke bedeckt. Ein Hotel hätte persönlicher gewirkt, wären da nicht auf den ebenfalls weißen Nachttischen je zwei Bücher neben einer Karaffe mit Wasser und einem Glas gewesen. Er nahm die Bücher in die Hand. Ein Familienratgeber und ein Liebesroman auf der einen Seite, auf der anderen ein harter Thriller und ein pädagogisches Sachbuch, in dem ein Lesezeichen steckte. Keines der Bücher hatte Eselsohren oder enthielt Notizen. Müsste Johan den Gesamteindruck des Schlafzimmers kategorisieren, würde er sagen, dass mindestens einer der Bewohner dieses Hauses unter einer Zwangsstörung litt, was Reinlichkeit und Ordnung anging. Sein erster Eindruck wurde bestätigt, als er eine Tür des Kleiderschrankes öffnete, in dem gebügelte T-Shirts nahezu millimetergenau aufeinanderlagen und aufgebügelte Damenblusen und Kleider mit gleichem Abstand voneinander aufgereiht hingen. Fast, als hätte jemand die Zwischenräume zwischen den Kleiderbügeln gemessen.

Er dachte an seinen eigenen völlig chaotischen Kleiderschrank in Hannover, in dem sich ausgeleierte Pullis und zerknüllte Hosen aus den letzten zehn Jahren wenige Fächer teilten. Nur seine Sakkos hängte er auf.

Auch auf Hagen Rennichs Seite des Kleiderschrankes war es ähnlich penibel aufgeräumt. Trotzdem hatte Johan das Gefühl, dass sie es war, die das strenge Regiment über die Ordnung im Haus führte. Warum, konnte er nicht sagen. Er hatte das Paar nur ganz kurz kennengelernt, und sie war ihm eindeutig nervöser erschienen als er. Rennich hatte einen recht selbstzufriedenen Eindruck gemacht. Hinter seinem Schmerz. Und der, da war sich Johan sicher, war bei beiden echt. Aber das musste nicht bedeuten, dass sie deshalb unschuldig waren.

Er machte sich eine geistige Notiz, dass er sich nach dem Jungen erkundigen wollte, dem vierjährigen Mirko, der immer noch bei den Verwandten zu sein schien. Wie kam ein kleines Kind in einem solch geordneten Haushalt klar? Oder: Wie kam ein Ordnungsfanatiker mit einem kleinen Kind im Haushalt klar?

Oben über den Kleidern standen einige Schuhkartons. Johan stellte sich auf die Zehenspitzen, um sie herunterzuholen. Erwartungsgemäß enthielten sie nicht alle Schuhe. Abgesehen von einigen hochhackigen Pumps, die mangels Gelegenheit an den unerreichbarsten Platz verbannt worden waren, enthielt ein Karton auch etliche ältere Fotos, nach Thema geordnet in Umschlägen. Johan setzte sich auf das Bett und öffnete die Kuverts, eines nach dem anderen. Das erste enthielt Bilder eines Urlaubs der jüngeren Version des Paares Rennich.

Vielleicht Griechenland, jedenfalls irgendwo am Mittelmeer, wo es Olivenbäume gab. Das Wasser war blau, die Sonne so grell, dass sie meist Sonnenbrillen trugen. Er schien fotografiert zu haben, häufig war sie alleine auf den Fotos zu sehen. Eine junge Frau, die sich königlich zu amüsieren schien. Ein Bild, das sie beide zeigte, hatte einen flammenden Sonnenuntergang im Hintergrund. Ihre Gesichter waren durch das Gegenlicht unterbelichtet, aber Johan konnte erkennen, dass sie glücklich aussahen. Im nächsten Umschlag fand er die Hochzeitsfotos. Unter ihrem weißen Kleid konnte man deutlich den gewölbten Bauch erkennen. Einen Moment verharrte Johan bei einem Bild, auf dem sie sich innig küssten. Er spürte einen Stich. Jetzt, dreizehn Jahre später, saß die gleiche Frau, die auf dem Foto so glücklich lächelte, auf dem Sofa im Wohnzimmer und war nur noch ein Schatten ihrer selbst. Hagen Rennich war seit der Vernehmung durch die Polizei wie vom Erdboden verschluckt. Ebenso wie die gemeinsame Tochter, die hier noch sicher unter Sabine Rennichs Herzen gewachsen war. Manchmal war die Welt zum Kotzen!

Wilschenbruch, Lüneburg, Freitagnachmittag

Als sie mit Marie im Auto saß, fühlte Nora, wie eine große Anspannung nachließ. Die körperliche Nähe zu diesen zerstörten Müttern tat ihr nicht gut. Dazu die Geburt des Fohlens heute. Ihr Inneres fühlte sich immer noch empfindlich an, als hätte jemand an dem Schorf über ihrer Wunde gekratzt. Sie instruierte Marie kurz über den Bauwagenplatz, den sie am Reiterhof entdeckt hatte. »Ich denke, dass er erst seit einigen Tagen wieder dort steht, aber ich habe schon erfahren, dass eigentlich jedes Jahr jemand dort wohnt. Das Areal ist wie gemacht für Dauercamper. Ich habe ein Stromkabel und eine Pumpe gesehen.«

Marie nickte. »Ich habe schon mal davon gehört. Der Platz ist ein bisschen berüchtigt.«

Nora lachte bitter. »Also genau das, was ein junges Mädchen faszinieren würde.«

Schweigend fuhren sie weiter. Der Tag heute war für Noras Geschmack ein wenig zu sehr in viele kleine explosive Ereignisse zerteilt gewesen. Sie durften nicht vergessen, dass es um ein Mädchen ging, das immer noch irgendwo in Lebensgefahr schwebte. Wo war der rote Faden?

Wilschenbruch, Freitag, früher Abend

Johan war inzwischen bei dem letzten Umschlag angelangt. Er hatte in einem Privatleben herumgeschnüffelt, als habe er das Recht dazu. Doch diesen Gedanken schob er sofort beiseite. Wenn irgendetwas etwas über die Menschen aussagte, dann das, was sie aufhoben. Ihre Erinnerungen. Vor seinen Augen hatte sich das ganze glückliche Familienleben der Rennichs aufgefächert. Babybilder, eine tapsige Zweijährige, eine lächelnde Mutter, Marina mit Schultüte, im Arm ihres Vaters, Marina mit Milchzahnlücken. Das zweite Kind in neuen, blauen Stramplern, die Geschwister. Nur, dass die Fotos mit fortschreitender Zeit immer weniger geworden waren. Es fehlte entweder die Zeit, die digitalen Bilder abziehen zu lassen, oder die Lust am Fotografieren. Und irgendwo gab es noch einen Laptop mit Bildern, USB-Sticks, das war überall so. Bisher ließ nichts darauf schließen, dass in der inneren Ordnung der Familie etwas nicht gestimmt hatte.

Johan zog einen Hocker heran und kletterte darauf. Alle Beamten hatten Überzieher über den Schuhen, sodass er sich keine Sorgen um den weißen, glänzenden Bezug des Möbels machen musste. Er spähte in die oberen Schrankfächer, aus denen er die Kisten geholt hatte. Ganz hinten, dort, wo vorher der Karton mit Hagen Rennichs polierten Abendschuhen gestanden hatte, lag noch ein Umschlag, den er gerade noch mit den Fingerspitzen erreichen konnte. Er öffnete ihn. Darin war das Foto einer jungen Frau, vielleicht zwanzig Jahre alt. Sie hatte ein sinnliches Lächeln auf den Lippen und schaute direkt in die Kamera. Johan musterte sie. Sie war bisher auf keinem der anderen Fotos zu sehen gewesen.

Gerade als er das Foto zu den anderen aufs Bett legen wollte, sah er durch das Fenster einen roten Kombi mit quietschenden Reifen vor der Einfahrt halten. Hagen Rennich sprang mit wutverzerrtem Gesicht aus dem Auto. Johan sah, wie sich seine Lippen bewegten, er schien etwas zu rufen.

Dann verschwand er Richtung Haustür. Johan eilte ins Wohnzimmer, wo Rennich völlig entsetzt auf die Beamten starrte, die sich in seinem Haus breitgemacht hatten. Er fiel förmlich in sich zusammen. Dann fuhr er sich mit beiden Händen durchs Gesicht, setzte sich neben seine Frau auf das Sofa und griff nach ihrer Hand. Mit Tränen in den Augen blickte er Johan an. »Können Sie mir das mal erklären?«, fragte er, und Johan erkannte, dass seine Stimme nur ein Zittern von einem Wut- oder Tränenausbruch entfernt war.

Bardowick, Freitagabend

Nora und Marie parkten mit etwas Abstand zu den Bauwagen und stiegen aus, um sich zu Fuß zu nähern.

Obwohl es eigentlich keinen Grund dafür gab, fühlte Nora sich ungewöhnlich nervös. Sie trug in der Regel keine Waffe, aber Marie hatte sicherlich eine dabei. Oder?

Das Feuer schien immer noch zu brennen. Auch wenn Nora keinen Qualm mehr gegen den sich langsam verdunkelnden Himmel aufsteigen sah, roch sie doch den würzigen Geruch von verbranntem Holz und sah einen orangeroten Widerschein hinter der Hecke. Dann erklang eine Reihe leiser Gitarrentöne, als ob jemand die Saiten stimmen würde, und kurz danach ein paar verhaltene erste Akkorde. Blues, wenn Nora sich nicht täuschte. Sie traten hinter der Hecke hervor.

»Guten Abend!«, sagte Nora. Der Mann am Feuer fuhr herum. Nora registrierte die Bierflasche neben ihm und den Aschenbecher, in dem eine Reihe Stummel selbstgedrehter Zigaretten lagen, einige mit einem kleinen Pappstreifen als Filter. Der Mann war etwa Mitte vierzig. Er trug eine Lederhose, die an den Seiten geschnürt wurde, und trotz der Abendkühle nur ein weites Holzfällerhemd und offene Lederschlappen. Er hatte ein ausdrucksstarkes und, wie sie fand, einnehmendes Gesicht. Wären seine recht langen gelockten Haare nicht ziemlich fettig gewesen, hätte er als attraktiv gelten können. Er hielt seine Gitarre lässig auf den Knien und lächelte.

»Hallo, die Damen«, sagte er. Dann spielte er einen Akkord, der klang wie eine Begrüßungsmelodie, und grinste wieder. Nora setzte sich ihm gegenüber auf einen Baumstumpf an das Feuer und sah einen Moment in die Flammen. Als sie wieder aufblickte, hatte sie sich innerlich gesammelt und begegnete seinem Blick offen und fest. Vielleicht war es durch das

Lagerfeuer und die aufkommende Dunkelheit, vielleicht war es auch das warme Leuchten, das aus seinen braunen Augen strahlte, die sich durch die gebräunte Haut noch mehr aus seinem Gesicht abhoben. Die Situation war irgendwie seltsam entrückt.

Er lächelte wieder, dieses Mal mit einem schelmischen Schmunzeln im Mundwinkel. Nora spürte, wie ihr Körper reagierte. Dieser Mann hatte etwas lasziv Dynamisches, etwas Animalisches an sich, mit dem er sie bewusst provozierte. Aber er wirkte nicht unkooperativ, und vielleicht konnte sie seinen Flirt zu ihren Gunsten ausnutzen. Sie hielt seinen Blick.

»Wir sind hier wegen eines Mädchens, das sich vielleicht im letzten Sommer einige Male zu Ihnen auf den Platz verirrt hat.« Sie zog das Foto von Saskia heraus und hielt es vor sich, sodass er es über das Feuer hinweg sehen konnte.

»Ach, die kenn ich.« Er nickte, schlug einen Akkord an. »Die hat immer nachmittags mit hier gesessen, wenn Musik gemacht wurde.« Seine Stimme klang arglos, die lange Pause zwischen den Sätzen und seine schleppende Sprechweise irritierten Nora jedoch. Er war vermutlich ziemlich bekifft.

»Was ist mit ihr?«, fragte er, ohne den Blick von seiner Gitarre zu lösen.

Nora wechselte einen Blick mit Marie. »Kam sie jeden Tag hierher?«

Er schaute zum Himmel, seine Augen folgten einer frühen Fledermaus. Dann schaute er wieder Nora an. »Nö, manchmal. Ich weiß nicht. Jedenfalls nicht immer. Ich war auch nicht immer hier.« Er grinste. Dann zupfte er wieder gedankenverloren an den Saiten und warf Nora wie nebenbei einen schmachtenden Blick zu. Anscheinend hielt er das Thema jetzt auch für abgeschlossen.

»Wer kam sonst noch hierher?«, fragte Nora, in ihrer Stimme jetzt etwas mehr Schärfe, damit er wach wurde.

»Ein paar Leute aus der Stadt, ein paar Leute aus der Gegend. Das sind alles nette Kids, die nicht viel zu tun haben. Manchmal wohnen meine Neffen hier. Das sind richtige Lausbuben, ihre Mutter ist froh, wenn sie die in den Sommerferien nicht immer sehen muss.« Nora gab Marie ein Zeichen, die Zettel und Stift zückte. »Namen und Adresse? Und Ihren eigenen können Sie bitte auch gleich vollständig zu Protokoll geben.« Laut Irenes Informationen hieß er Krüger aus der Ehe mit einer Deutschen, die aber schon lange zurücklag.

Dieses Mal musterte er sie prüfend und schien zu überlegen. »Was ist denn mit dem Mädel? Die war doch viel zu brav, um ernsthaft was auszufressen!«

Nora beugte sich vor und sah ihn durchdringend an. »Sie ist tot. Sie wurde von jemandem stranguliert, der sie zuvor zehn Tage an einem unbekannten Ort gefangen hielt. Und dieser Jemand hat vermutlich gerade wieder ein Kind in seiner Gewalt.« Ihre Worte waren kalt und hart. Nun konnte sie förmlich sehen, wie sie auf den überentspannten Kerl in Lederhosen zurollten, in sein wattiges Bewusstsein kullerten wie Murmeln, die dort in die Löcher seines Gehirns fielen, die durch jahrzehntelangen Drogenkonsum entstanden waren.

»Ist nicht Ihr Ernst?«, sagte er, den Mund aufgeklappt.

Nora seufzte.

»Wir ermitteln in einem Mord- und einem Entführungsfall. Also würden Sie uns jetzt bitte alle Namen nennen, die Ihnen einfallen? Jeder, der auch nur Hallo zu ihr gesagt hat. Wir können das hier machen oder auf der Wache. Und wo genau Sie Ende April waren, müssten Sie bitte auch erwähnen und Zeugen beibringen.«

In seinen Augen flackerte so etwas wie Enttäuschung über

ihren harschen Tonfall, als habe sie die mögliche intime Verbindung zwischen ihnen zerstört. Doch dann nickte er, und Nora sah plötzliche Traurigkeit, endlos und allumfassend.

»Warum machen Menschen so etwas«, seufzte er und stellte die Gitarre beiseite. Der Nebel schien aufgelöst. Mit einer ganzen Reihe von Vornamen wie Tommy, Bernd, aber von allen nur Kalle genannt, Susi, wahrscheinlich Susanne oder Sabine, sowie den vollen Namen und der Adresse seiner Schwester und der beiden Neffen verließen sie Paolo Baretta-Krüger und ließen ihn in der Dunkelheit zurück, die inzwischen den Bauwagenplatz und seine Seele umgab. Nora hatte schon häufiger mit Einzelgängern seiner Art zu tun gehabt. Auf der einen Seite niemals konform, immer dagegen, egal, um was es ging, aber gleichzeitig von narzisstischer Kränkbarkeit und fataler Arroganz, die das Zusammenleben mit anderen unmöglich zu machen schien. Außerdem immer mit einem Fuß in der Depression. Anstrengend. Sie zückte ihr Telefon und ging ein paar Schritte in die Dämmerung hinein.

Während dieses Mal wieder Marie fuhr, spähte sie aus dem Wagen auf die erleuchteten Fenster der Häuser, an denen sie vorbeifuhren.

»Was meinst du«, fragte sie Marie. »Ist er ein potentieller Verdächtiger oder jemand anders von dem Platz?« Marie nickte entschlossen. »Saskia hat ja anscheinend niemandem erzählt, dass sie dort war. Sie muss wirklich große Angst gehabt haben, man könne es ihr verbieten, wenn sie es geschafft hat, ihren Mund zu halten.«

Nora nickte zustimmend. »Aber ich glaube nicht, dass Paolo der Grund war. Ich bin vielmehr gespannt auf diese Neffen! Wir werden ihn trotzdem noch mal vorladen. Außerdem kommt gerade jetzt jemand und nimmt ihn fest wegen Drogenbesitz und Verdacht auf Verkauf von Haschisch. Der läuft uns nicht weg.« Sie sah auf die Uhr im Wagen. Es war erst sieben. Den ganzen Tag über hatte sie nach der durchwachten Nacht ihre Müdigkeit im Griff gehabt, doch nun kehrte sich das Verhältnis um. Die Erschöpfung packte sie, und sie lehnte sich zurück, um die Augen für einen Augenblick zu schließen. Die Abendbesprechung, die wegen der Entführung zu dieser Unzeit stattfand, würden sie noch hinter sich bringen müssen. Dann durfte sie endlich schlafen. Sie konnte den kühlen Bezug des Kissens so deutlich unter ihrem Kopf fühlen, dass sie kurz wegnickte und erst erwachte, als Marie den Motor auf dem Parkplatz der Polizeidirektion Lüneburg abstellte.

Lüneburg, Freitagabend

Im Besprechungsraum hatten sich bereits fast alle aus der engeren und weiteren Ermittlungsgruppe versammelt. Johan saß ganz vorne und sah, wie Nora und Marie hereinkamen und sich einen Platz in der letzten Reihe suchten, wo noch einige andere stehen mussten. Mohns nickte ihnen kurz zu und brachte sich dann in Position. Seine Gesichtsfarbe war grau, und unter seinen Augen waren die Tränensäcke angeschwollen, was ihm wegen seines kurzen Schädels den Ausdruck eines misslaunigen Bullterriers gab. Er hob die Hand, und alle im Raum verstummten. Rund dreißig Beamte aus allen Dezernaten in Lüneburg hatten sich eingefunden, das Treffen war für alle offen. Auch aus dem Fachkommissariat II saß jemand dabei, der Nora kurz zunickte. Sie nahm an, es war der Beamte, mit dem sie vorhin telefoniert hatte. Sie hatten verabredet, dass sie Baretta ausquetschen und seinen Aufenthalt auf Cuba überprüfen würden. Und sollte er auch nur für einen Zeitraum, der für die Morde an den Kindern in Frage kam, kein Alibi vorweisen können, würde man ihr Bescheid sagen.

Es gab inzwischen sehr viele Namen. Paolo Baretta-Krüger war nur ein weiterer auf einer immer länger werdenden Liste. Menschen kannten Menschen, die andere Menschen kannten, und dazwischen verlor sich irgendwo die Spur eines kleinen Mädchens. Während die Kollegen jeweils von ihrem Tag berichteten, schlich sich eine erschöpfte Resignation in die Ausführungen. Es gab keine neuen Hinweise.

Johan tippte mit dem Kugelschreiber auf dem Block herum, der vor ihm lag. Seine Müdigkeit hatte einen Punkt erreicht, an dem ihm fast alles egal war. Außer Marina natürlich, nur wegen ihr saß er noch hier. Aber alle anderen, Mohns mit seinem schnodderigen Gewäsch, Nora mit ihrer gelegentlich blasierten Art, selbst Lilly, die ihm heute für einen Moment etwas wie Wärme und Verständnis gespendet hatte, sie konnten ihm für die nächsten Stunden gestohlen bleiben. Er musste endlich schlafen. Mohns fasste noch einmal zusammen.

»Wir haben drei verschiedene Kernthesen, nach denen wir ermitteln. Erstens: Der Entführer ist jemand aus dem engeren Umkreis von Marina, der nicht gleichzeitig der Mörder von Saskia und Evelina ist. Ein neuer Täter, statistisch gesehen womöglich ein Verwandter oder naher Bekannter, der sich die angespannte Situation in der Presse zunutze macht, seinen pädophilen Neigungen nachzugehen. Ein Trittbrettfahrer.« Mohns machte eine Pause. »Zweitens: Der große Unbekannte, der Saskia und Evelina tötete und jetzt Mädchen Nummer drei entführt hat. Und natürlich drittens«, hier bedachte er Johan mit einem kurzen Blick, »der Mord in unserem Landkreis und die Entführung hier und Evelinas Ermordung in Tschechien haben nichts miteinander zu tun. Dann suchen wir nach mindestens zwei verschiedenen Tätern.« Mohns ließ seinen Blick über die Beamten wandern, musterte den ein oder anderen kurz skeptisch, bevor er sich einen Zettel vom Schreibtisch schnappte. »Aber da die Mädchen eindeutig einem ganz bestimmten Typ entsprechen, nahezu gleichaltrig sind und die beiden Mordopfer auf gleiche Art getötet wurden und die Leichen der beiden Mordopfer auf nahezu identische Art und Weise hergerichtet wurden und aufgrund des Fehlens eines sexuellen Übergriffes bei beiden, gehen wir davon aus, dass wir einen Mann suchen! Und zwar einen, der hier ansässig ist und höchstwahrscheinlich auch in Tschechien irgendetwas zu tun hatte. Wir konzentrieren uns auf These Nummer zwei.«

Johan registrierte, dass Mohns die Möglichkeit, es könne sich um eine Gruppe von Tätern handeln, ignorierte, war aber froh, dass er nun alle Kräfte darauf konzentrierte, einen Serientäter zu fassen.

»Der dreiundvierzigjährige Lehrer Hagen Rennich, Vater der entführten Marina, hatte im letzten Frühjahr bis zum Sommer einen Vertretungsauftrag an der Schule von Saskia Meiner. Obendrein war er zu der Zeit, als Evelina …« Mohns stockte, er schien sich an den Nachnamen des Mädchens nicht erinnern zu können, fuhr dann aber fort: »… in Tschechien entführt und ermordet wurde, allein in seinem Haus, das er normalerweise mit seiner Frau und seinen Kindern bewohnt, und von der Arbeit krankheitsbedingt freigestellt. Was aber schwerer wiegt und als Indiz zu werten ist, ist die Tatsache, dass er seine Verbindung zu einem der Mädchen geheim halten wollte: Er hat seiner Familie nicht erzählt, dass er Saskia kannte, nicht einmal, als das Kind tot aufgefunden wurde. Zeitlich hatte er die Gelegenheit, sich aller drei Mädchen zu bemächtigen, jetzt brauchen wir noch ein Motiv. Da wäre die Möglichkeit, dass er einen Hass auf seine halbwüchsige Tochter hegte, womöglich sexuell motiviert, und dass er seine Tötungsgelüste zunächst an zwei optisch ihr ähnelnden Kindern ausließ, bevor er nicht mehr an sich halten konnte!« Mohns lehnte sich mit beiden Händen auf den Schreibtisch. »Ich werte es als Ermittlungserfolg, dass wir bereits so schnell einen konkreten Verdächtigen identifizieren konnten, und wir arbeiten daran, die Indizien zu Beweisen auszubauen.«

Johan beobachtete das selbstzufriedene Lächeln, das Mohns' Lippen beim letzten Satz umspielt hatte. Es jagte ihm einen Schauder über den Rücken, wie leichtfertig Mohns aus dem Opfer Hagen Rennich, dessen Tochter sich in den Händen eines tötungsbereiten Entführers befand, einen möglichen Täter machte.

Natürlich war nicht von der Hand zu weisen, dass er nah an beiden Mädchen dran war, statistisch wäre Mohns' Rekapitulation der möglichen Ereignisse sogar recht haltbar, Johans Erfahrung als Psychologe sprach sogar für eine mögliche Interpretation in dieser Richtung, ebenso die Tatsache, dass Rennich seine Bekanntschaft mit der Schülerin nicht erwähnt hatte. Aber es konnte ja auch seine Frau sein, die hier log. Mohns' Begeisterung für den Verdacht gegen Rennich war nachvollziehbar. Er war auf simple Art statistisch untermauert.

Doch Hagen Rennich erschien ihm nicht kalt genug für diese Lückenbüßer-Morde. Kinder zu töten, weil er eigentlich seine eigene Tochter umbringen wollte. Gleichwohl hatte er eine eigenartige Art an sich, irgendwie falsch. Dennoch.

Johan hob die Hand, bis Mohns sich ihm zuwandte. »Die räumliche Nähe von Saskia und Marinas Wohnorten spricht dafür, dass wir ganz schnell noch mehr Menschen finden werden, die beide kannten.« Er drehte sich zum Rest des Raumes: »Da wäre ein Veterinär, der beide Reiterhöfe betreut, die Musikschule und Turnvereine in Lüneburg haben wir auch noch nicht vollständig überprüft. Geschäfte, Lokalitäten, Veranstaltungen für Teenager. Es gibt unzählige Möglichkeiten.« Er machte eine Spannungspause. »Und irgendwo ist ein Mensch, der auch gerne nach Tschechien fährt. Nach dem sollten wir suchen, anstatt uns auf Rennich einzuschießen!«

Letzteres war Johan so rausgerutscht. Er hatte sich in diesem Punkt eigentlich noch nicht so deutlich positionieren wollen, sah aber, dass einige Beamten nickten. Als er Noras Blick auffing, der ihm Beifall spendete, wandte er sich wieder zu Mohns. Der konnte offensichtlich Johans Äußerungen nichts Positives abgewinnen, sondern setzte eher brummig hinzu: »Wir werden natürlich alle Optionen prüfen. Und damit geht es jetzt an die Einteilung der Ermittlungsgruppen.« Er machte eine ausholende Geste in Richtung Irene. »Das wird unsere werte Kollegin übernehmen.« Die Beamten der anderen Kommissariate verließen den Raum, und nur die rund zwanzig Kollegen der SoKo-Marina blieben sitzen.

Wie zu erwarten wurden weder Johan noch Nora einem der Ermittlungsteams direkt zugeteilt. Irene schien es ein bisschen peinlich, aber gleichzeitig versuchte sie es zu rechtfertigen. »Ihr könnt natürlich dazustoßen, wo immer ihr möchtet. Moritz kümmert sich verantwortlich um die Online-Recherche, die Spuren der beiden Kinder in sozialen Netzwerken. Ich bin bei der Überwachung Rennichs hauptverantwortlich, die anonymen Hinweise aus der Bevölkerung landen bei Volker, Marie soll in Marinas Vergangenheit weiter recherchieren, sie überprüft auch die Liste vom Reitstall, weshalb hier einige Beamten mehr beschäftigt sind. Die Geschäftsbeziehungen der Lüneburger Firmen zu Tschechien übernimmt Heiner Vollmer. Daneben arbeitet die Forensik mit Hochdruck an dem Fahrrad, Marinas Zimmer und den Gegenständen aus dem

Haus. Der Rest kümmert sich um die offenen Vernehmungen. Allen Teams steht jeweils ein kleiner Stab Kriminalbeamter aus allen Abteilungen zur Verfügung, wenn es eng wird.« Sie schnaufte kurz, um Luft zu holen, nachdem sie die Liste heruntergerattert hatte. Das klang fast so, als seien sie überflüssig, dachte Johan.

»Alle Kräfte werden in dieser Ermittlung gebündelt, alles andere bleibt so lange liegen, bis wir Marina gefunden haben«, sagte Irene. »Ihr könnt euch beteiligen, wo es euch sinnvoll erscheint.«

Als Nora mit Johan auf dem Flur stand, sah sie an seinem fragenden Blick, dass es ihm ähnlich ging wie ihr. Natürlich hatten sie beide noch andere Aufgaben. Johan musste sein psychologisches Täterprofil ausweiten, Nora musste mit Tschechien kooperieren. Aber es gab nichts, woran die deutschen und tschechischen Beamten gemeinsam hätten ermitteln können. Manchmal schlich sich der Gedanke in Noras Kopf, dass es vielleicht doch nur ein Zufall war, dass die Leichen so ähnlich aussahen.

»Tut mir leid, aber ich muss jetzt schlafen«, sagte Johan. »Wir können ja morgen überlegen, was wir jetzt tun.« Nora nickte. Die Ausgrenzung hatte noch einen anderen Effekt. Aus ihnen beiden war ein Wir geworden. Als sie Johan davonschlurfen sah, den Saum seiner Hosenbeine hinten platt getreten und ausgefranst von seinen Turnschuhen, war sie erleichtert. Mit Johan konnte sie umgehen. Es war eine Chance. Sie entzogen sich dem Einfluss der bürokratischen Ermittlungen und folgten ihren Ideen. Und Nora hatte das Gefühl, dass irgendetwas in ihrem Unterbewussten darum kämpfte, in ihr Bewusstsein zu gelangen.

Lüneburg, Samstag, frühmorgens

Nora war um vier Uhr morgens aus dem Schlaf geschreckt, hatte sich dann aber gezwungen, sich noch einmal unter der Decke zusammenzurollen und die Augen zu schließen. Während der folgenden Stunde waren Bilder hinter ihren Lidern vorbeigeflossen. Teilweise waren es Erinnerungsfetzen, düster und schwer, zu schmerzhaft, um bei ihnen zu verweilen. Sie wurden immer wieder von dem Bild Marinas überlagert, die irgendwo unbeschreibliche Ängste ausstand. Aus den Bildern des Kindes troff eine dunkle Masse, wie flüssiger Teer, die Noras Glieder lähmte und ihre Bewegungen im Traum unendlich zäh und langsam machte. Dann sah sie sich selbst im Wald, Johans Rücken und die Baumstämme wie Schattenrisse gegen die blau schimmernde Dämmerung. Die offene Grube. Nur lag dieses Mal kein junger Mann darin, sondern ein neugeborenes, mit Geburtssekret bedecktes Fohlen. Sie fuhr mit einem Schrei in die Höhe und ließ sich dann wieder ins Kissen fallen.

Als Noras Wecker um fünf Uhr klingelte, hatte sie dennoch das Gefühl, als habe ihr Gehirn Wellen geglättet und Furchen neu sortiert, und sie fühlte sich relativ erholt. Die Angst um Marina hatte sie die ganze Zeit begleitet, jetzt setzte sie neue Energien frei. Sie hatte das Gefühl, in ihrem Unterbewusstsein irgendetwas losgetreten zu haben. Etwas, das jetzt durch ihre Gedanken flitzte, schnell wie eine Elritze, ohne wirklich sichtbar zu werden. Sie kletterte aus dem Bett, zog die Vorhänge zurück und machte sich mit dem winzigen Wasserkocher auf dem kleinen Schreibtisch einen Tee. Dann schob sie die Kissen auf dem Bett zu einer Lehne zusammen und schlüpfte wieder unter die Decke. Woran hatte sie gedacht? Welches Bild hatte sich wiederholt?

Sie nahm die Tasse in beide Hände und pustete hinein. Die blanke Morgensonne, die durch das Giebelfenster schien, beleuchtete grausam die Tatsache, dass ein neuer Tag angebrochen war. Und eine schmerzhaft tickende Uhr in ihrer Brust zeigte an, dass Marina sich bereits seit fast vierzig Stunden in der Gewalt ihres Entführers befand. Jetzt war der Zeitpunkt, an dem sie zweifelsfrei davon ausgehen mussten, dass das Kind entführt worden war. Sonst hätten sie sie längst gefunden. Sie hatte zwei Nächte überstehen müssen, voller Angst und womöglich Schmerz. Nora schämte sich für ihr weiches Nest aus sauberen, gestärkten Laken, das heiße Getränk, die Sicherheit am Ende ihrer Stiege. Sie hätte sofort mit dem Mädchen getauscht, wenn sie sie so würde retten können.

Sie dachte an die Mädchen. Evelina, Saskia, Marina. Ein Zyklus, ein wiederkehrendes Ritual, ein sich im Kreis drehender Zeiger, ein Takt. Zu dem er zuschlug. Alle Serientäter hatten diesen Stundenschlag. Das Reiz-Reaktionsschema, einen Auslöser, der immer wieder in diesem entsetzlichen Ereignis mündete. Und irgendwo, irgendwann musste diese Bewegung mit einer Initialzündung ihren Anfang genommen haben. War die Gewalt entfacht worden. Manche Menschen waren wie tickende Zeitbomben, aber was hatte die Lunte gezündet?

Sie nippte an dem Tee, verbrannte sich fast den Mund und dachte an den toten Mann im Wald, das Skelett, das sie erst vor drei Tagen hatte in der Erde liegen sehen. Dann die Nachricht von der Entführung, die verzweifelte Suche nach dem Mädchen, Erschöpfung, vermeintliche Idylle auf einem Reiterhof. In so wenigen Stunden hintereinander.

Sie wussten noch so wenig. Nur ein paar Tage hatte sie sich mit den Todesfällen beschäftigen können. Es ging alles so schnell.

Überschlugen sich die Ereignisse, weil er gefunden werden wollte? Johan hatte von Reue und Scham gesprochen. Konnte tatsächlich Rennich der Täter sein, der so dicht an beiden Kindern dran gewesen war? Doch wie passte Evelina da ins Bild?

Sie sah den dünnen, angespannten Mann vor sich. Rennichs Verzweiflung war echt gewesen, seine Wut und Trauer auch. Und er log ihrer Meinung nach nicht, wenn er sagte, dass er nicht wusste, wo Marina war. Aber wegen irgendetwas log er. Und dann war da noch Paolo Baretta. Sie würde den Mann mit dem seltsamen Namen als Erstes in seiner Zelle aufsuchen, wenn sie im Büro ankam. Mal sehen, was die Kollegen zu erzählen hatten. Freuen tat sie sich nicht auf die Begegnung. Noras Gedanken kehrten zurück zu dem Bild der Uhr, ein Zyklus, ein wiederkehrender Schlag. Wenn ihre Gefühle ein Bild wären, dann zeigte es einen Kreis aus Steinen, eine Spirale, ein Grab, darauf der bleiche Körper eines nackten Mädchens.

Sie schauderte und nahm den letzten Schluck Tee, um sich zu wärmen. Dann schüttelte sie die gruseligen Gedanken ab. Aber irgendetwas hatte dieses Bild angeregt. Sie stand auf, schlüpfte aus Slip und Unterhemd und ging unter die Dusche.

Man half dem Gras nicht beim Wachsen, indem man daran zog.

Als sie eine halbe Stunde später das Gebäude der Polizeidirektion betrat, verschwanden die Reste der morbiden Bilder im gradlinigen Pragmatismus, der ihr aus den Fluren entgegenstrahlte. Sie bog im ersten Stock rechts ab und öffnete die Glastür zum Rauschgiftdezernat. Sie ging an geschlossenen Bürotüren entlang. Es war noch zu früh, als dass sie erwarten konnte, die ganze Belegschaft hier zu finden, zumal Wochenende war. Aber irgendjemand hatte sich vielleicht schon eingefunden. Eine Bürotür war nur angelehnt, und Nora öffnete sie nach einem kurzen Klopfen. Hinter dem Schreibtisch saß ein übernächtigter junger Mann, der fahrig einige Akten aufeinanderstapelte. Anscheinend wollte er gerade nach Hause und schlafen.

»Wissen Sie etwas über die Vernehmung eines Paolo Baretta-Krüger?«, fragte ihn Nora. Er schaute sie verdutzt an. Dann begann er in seinen Papieren zu wühlen. »Warten Sie, ich habe hier einen Ausdruck...« Nachdem er gefunden hatte, was er suchte, las er vor: »Paolo Baretta-Krüger konnte durch Vorlage der Bordkarten nachweisen, vom 1.Oktober bis 18. Mai auf Cuba gewesen zu sein. Im Bauwagen wurden keine größeren Mengen Rauschgifts festgestellt. Wegen Besitz von ca. 0,5 Gramm Haschisch wird Herr Baretta-Krüger demnächst eine Vorladung der zuständigen Staatsanwaltschaft an seine Meldeadresse...« Er leierte eine Hamburg-Adresse herunter. Nora kannte sie, dort lebte Barettas Schwester. »... zugestellt. Da kein dringender Tatverdacht des Handels mit illegalen Rauschmitteln vorliegt, wird Paolo Baretta-Krüger aus dem Gewahrsam entlassen. Unterzeichnet, usw...«

Nachdem er das verlesen hatte, sah er Nora erwartungsvoll an. Sie presste die Lippen zusammen. Das war schnell und unbefriedigend gewesen, und sie hätte sich denken können, dass gestern am späten Abend die Kollegen kein gesteigertes Interesse mehr daran gehabt hatten, Paolo Baretta-Krüger auszuquetschen und ihn bis morgens festzuhalten. Es war bürokratisch vor sich gegangen, und jetzt war er vermutlich über alle Berge. Sie konnte sich beim besten Willen nicht vorstellen, dass er einfach so in seinem Bauwagen saß und darauf wartete, zu einer weiteren Vernehmung wegen des toten Mädchens abgeholt zu werden. Er war einfach nicht der Typ dafür. Er saß die Sache irgendwo aus und wartete auf die Lösung.

Und wenn sie ihren Täter hatten, würde er zurückkommen. Oder er war es selbst, und das Alibi war fingiert? Sie überlegte, ob sie eine Fahndung ausgeben konnte. Doch dazu war Cuba einfach ein zu gutes Alibi.

»Können Sie die anderen Flüge von Havanna überprüfen, ob sein Name sich da auf einer der Bordlisten findet? Ob er in diesem Zeitraum vielleicht zwei Mal hin- und hergeflogen ist?«

Er nickte und sie dankte dem jungen Beamten resigniert, der nun wirklich nichts dafür konnte, dass sie sich etwas anderes erhofft hatte, drehte sich um und ging hoch in das Fachkommissariat I.

Nora betrat den Flur im zweiten Stock, wo die Büros der SoKo lagen.

Es war immer noch sehr still, so wie am ersten Tag ihrer Ankunft hier, aber inzwischen hatte sich die Stille verändert, war durch ihre Erfahrung mit den Menschen hier lebendig geworden und zurzeit angefüllt mit Spannungen.

Volker, der ihr entgegenkam und kurz grüßte, sah wütend aus, seine Haut lag straff über seinem hageren Gesicht, als wäre jeder Muskel verkrampft. Irene, bei der Nora kurz ins Büro hineinschaute, um ihr guten Morgen zu wünschen, wirkte entgegen ihrer sonstigen gesunden Gesichtsfarbe leicht fahl.

Nora fragte sich, ob sie ebenfalls so aussah, als sie sich hinter ihrem Schreibtisch niederließ. Sie alle wurden von der Situation gebeutelt, die Beamten hier das zweite Mal in kurzer Zeit. Die Motivation aller war hoch, aber der Glaube daran, das Mädchen lebend zu finden, gering. Die Erinnerung an Saskias Leiche im Wald war noch frisch.

Nora zog einen Block zu sich heran. Irene hatte alle Bereiche abgedeckt, in der nächsten Stunde würden die Beamten ausschwärmen und wieder die Freunde, den Bekanntenkreis von Marina, die Verwandten, ihre bevorzugten Aufenthaltsorte und ihre Familie, vor allem Hagen Rennich, abklopfen. Sie würden Menschen besuchen, die etwas im Wald gesehen hatten oder meinten, etwas gesehen zu haben. Es würden nach wie vor alle Streifenwagen, die ganze Polizei Niedersachsens in Alarmbereitschaft sein. Was sollte sie tun?

Sie ließ die Spitze des Stiftes auf das Papier sinken und überlegte. Gründliche Ermittlungsarbeit bedeutete manchmal, tief in der Vergangenheit der Opfer zu wühlen. Sie hatte sich bisher hauptsächlich mit Saskia beschäftigt, und es erschien ihr falsch, sich von den neuen Ereignissen vom Kurs abbringen zu lassen. Da war etwas, sie spürte es. Das Gefühl, dass irgendwo in der Vergangenheit Saskias ein erster Kontakt zu ihrem Mörder bestanden hatte, ließ sie nicht los. Wenn sie herausfand, wo und wie das möglich war, wusste sie auch, wo in Marinas Leben sie nach ihm suchen mussten.

Bohumil hatte gesagt, es weise nichts darauf hin, dass Evelina lange in Gefangenschaft gewesen sei. Sie wurde anscheinend fast sofort nach ihrer Entführung getötet. Wenn sie die Theorie aufstellte, dass Evelina zufällig zur falschen Zeit am falschen Ort war, hatte er vielleicht Evelina nur ausgesucht, weil sie Saskia ähnlich sah, nicht umgekehrt.

Bisher hatte Nora noch kein Wort geschrieben. In ihrem Inneren ließ sie Bilder von Hagen Rennich ablaufen. Wie er unterrichtete und von einer besonders eifrigen Schülerin nach dem Unterricht angesprochen wurde. Dann stellte sie sich eine gelangweilte Saskia vor, die sich nachmittags zu einer Gruppe Jugendlicher gesellte, die um ein Feuer saßen, den Sommer feierten und sich einen Joint teilten. Sie konnte fast die Gitarrenklänge hören, die gelockerte Stimmung fühlen, die schnell in eine gefährliche Ausgelassenheit mutieren konnte, während das Bild von Saskia und ihrem Lehrer in der Schule statisch blieb. Wenn sie sich vorstellte, wie Rennich Saskia verfolgte, dann wirkte die kleine innere Inszenierung wie ein Puppentheater, unecht und aufgesetzt. Er hätte Saskia freundlich geantwortet und wäre seiner Wege gegangen. Wenn sie sich das vorstellte, sah sie es klar vor Augen.

Nora begann wieder an ihrem Stift zu kauen. Sie hatte schon häufiger mit dieser Art Kopfkino die Plausibilität von Thesen überprüft und auch festgestellt, dass die Plastizität der Szenen für ihren möglichen Realitätsgehalt sprachen. Die Fantasie war in der Lage, alle möglichen Bilder zu erzeugen, aber der Kopf konnte am besten mit dem arbeiten, woran das Herz glaubte.

»Barettas Neffen« schrieb sie auf den Zettel.

Dann visualisierte sie Saskia, die mit dem Fahrrad durch Bardowick kurvte. Es war heiß. Es war menschenleer. Wo wäre sie in den Ferien immer wieder hingefahren? Was waren die Stationen, die sie anfahren wollte, welche die, die sie anfahren musste?

Bestimmt hatte sie ihrem Vater Essen auf die Baustelle gebracht. Wenn er in Bardowick war. Oder nur manchmal ins Büro? Oder überhaupt nicht? Wer hatte überprüft, für wen er in der Zeit arbeitete, als Saskia Ferien hatte? Gab es handwerkliche Arbeiten, die auch in Marinas Umgebung ausgeführt worden waren?

Gab es Mitarbeiter, die überprüft wurden? Sie erinnerte sich an eine Liste von Männern, die für die Firma Meiner arbeiteten, teils als Saisonarbeiter, wenn im Sommer die Gewerke auf den Baustellen aktiv waren, teils als Angestellte, die das ganze Jahr Heizungen anschlossen und Rohre verlegten.

Diese Leute waren vernommen worden. Niemand hatte

Saskia in den letzten Wochen vor ihrem Verschwinden gesehen, es war Winter, saisonale Pause für die meisten Handwerker.

Aber im Sommer davor? Was war mit den Saisonarbeitern? Wer wohnte in der Gegend? Die Firma Meiner baute Duschen ein, legte Rohre, lieferte Thermen. Vermutlich besorgten sie einem Bauherrn bei Bedarf auch Anstreicher, Maurer und Zimmerleute. War in diesem engmaschigen Netz aus handwerklichen Beziehungen schon ausreichend ermittelt worden?

Nora lehnte sich auf ihrem Stuhl zurück, sah sonnenbeschienene Baustellen voller Staub und Sand. Saskia, wie sie ihr Fahrrad abstellte und ein Paket mit Essen aus dem Korb auf dem Gepäckträger nahm. Ein paar Männer grüßten sie. Die Tochter vom Chef. Das Bild war glasklar. Trotzdem war Saskia von einer Hülle umgeben. Dem Schutz ihres Vaters.

Sie schrieb »Meiner GmbH« auf den Notizzettel.

Dann waren da noch die, wie hieß das noch gleich, FH4FF. Sie hatten bei dem Hof der Buschs gecampt. Das Zelt stellte Familie Busch zur Verfügung. Wer wollte, konnte auch im Heuschober schlafen. Und vielleicht am Bauwagenplatz vorbeischauen?

Hier wird ganz schön viel gecampt im Sommer, dachte Nora.

Im Wald war auch gecampt worden, letztes Jahr. Und ein Toter zurückgelassen.

Ihr Blick schweifte zu der großen Karte an der Wand gegenüber. Die grüne Stecknadel, die die »Camperleiche« markierte, war immer noch da. Vier Nadeln, drei rot, eine grün. Drei Mädchen, eines verschwunden, zwei tot, ein junger Mann, grüne Nadel. Junge Männer auf dem Bauwagenplatz, Camper mit Kindern im Wald. Chronologisch, erst ein Mann, dann drei Mädchen. Eine Nadel weit weg in Tschechien, mitten im Böhmerwald. Im Wald. Wieder.

Und wer hatte dort gecampt?

Sie nahm die Maus, und der Bildschirm des Computers erwachte zum Leben, in das Adressfeld des Browsers tippte Nora »Free Hands on free Farms Czech Republic« ein und wartete auf die Suchergebnisse. Von der Hauptseite der Organisation, wo man eine vollständige Liste der teilnehmenden Höfe in Tschechien anfordern konnte (indem man 15 Dollar, 10 Pfund oder 15 Euro in Küchenpapier gewickelt in einem Briefumschlag mit der Kopie der Mitgliedsbescheinigung steckte und an eine Adresse in Tschechien schickte), gelangte sie durch einen Link auf eine ansprechende englisch- und tschechischsprachige Seite, auf der mit Fotos und kurzen Texten einige Höfe vorgestellt wurden.

Bei den Bildern von blühenden Feldern und Pferden auf Weiden bedauerte sie einen Moment, nicht auch als Jugendliche von solchen Organisationen gewusst zu haben. Das wäre ein weit besserer Anlaufpunkt bei ihrer Flucht gewesen als die abgefuckten Häuser, in denen sie sich verkrochen hatte.

Sie schrieb »Mitgliederbescheinigung, Organisation FH4FF« auf ihren Zettel und scrollte dann durch die Höfe, wählte auf der Karte die Region, in der Evelinas Familie lebte, und tippte die Adressen bei Google Maps ein. Es gab einige Höfe, die in der Nähe lagen, einen in unmittelbarer Umgebung. Sympathische Anwesen, einige Farmer hatten Blogeinträge, zum Teil auf Englisch, aus denen hervorging, dass sie mit Hilfe der FH4FFer tolle Projekte umgesetzt hatten. Es gab regionale Fernsehbeiträge in Tschechien und Zeitungsartikel. Alles war so ländlich schön und von Grund auf gut und sinnvoll.

Nora war überrascht und lehnte sich zurück. Ihr war nicht bewusst gewesen, wie umfangreich dieses organisierte Volunteer-System war und wie etabliert. Konnte sich wirklich jemand, der Mädchen in Serie tötete, in einem solchen Netzwerk verstecken? Konnte ihr Mörder unter sozial engagierten jungen Menschen zu finden sein? Das widersprach sich doch irgendwie.

Andererseits war es nun mal nicht so, dass Menschen, die gezielt töteten, zwangsläufig sozial isoliert waren. Ihre Störung konnte unter der Oberfläche liegen, für andere nicht sichtbar, wenn sie die unglaubliche Fähigkeit besaßen, sich anzupassen und allen ihr zerstörerisches Inneres vorzuenthalten. Oder so lange der Kontakt sich auf ein Minimum beschränkte und nur für kurze Zeit bestand.

Dafür bot das Umherziehen auf verschiedenen Farmen doch eigentlich ideale Bedingungen? Plötzlich hatte sie von ihrem Gesuchten ein neues Bild vor Augen. Statt der Fassade eines braven Bürgers, die ihr in der Begegnung mit der Lüneburger Idylle immer wie ein trügerischer Schatten gefolgt war, dieses Bild von jemandem, der sich in der Normalität verkroch wie in einer Höhle, sah sie plötzlich einen Wanderer, ein unstetes Wesen, wie sie selbst es war. Ein Mensch, der sich nirgendwo niederließ, immer unterwegs war, unerkannt, weil er in Bewegung blieb.

Doch wie konnte so jemand mit Saskia und Marina in Kontakt kommen, die behütet bei ihren Familien lebten? Oder Evelina? Sie musste an Paolo Baretta denken und den abgründigen Blick aus seinen braunen Augen. Er war zweifellos ein Nomade. Und er hatte Freunde.

Sie blickte auf die Liste der Höfe und überlegte, wie sie Bohumil dazu bringen konnte, seine Beamten in Richtung der Free Farms ermitteln zu lassen. Würde er ihren Gedanken folgen? Es gab anscheinend überall in ländlichen Gegenden diese Höfe. Sie griff zum Telefonhörer.

Wendland, Samstagmorgen

Das helle Morgenlicht schien schräg durch die Fenster, und Maja fühlte, wie ihre Schultern sich unter der Wärme etwas entspannten. Sie saß in der Gemeinschaftsküche am großen Holztisch und pulte dicke Bohnen aus ihren Häutchen, die sie am Abend vorher eingeweicht hatte. Das Gemüse, das sie hier selbst zogen, bereitete ihr Freude. Aus den Bohnen würde sie einen Salat machen. Sogar Ronja mochte dicke Bohnen mit Tomaten und Petersilie.

Sie war gerade mit Shree draußen, um die Hühner zu füttern.

Maja war erleichtert, dass er sich so rührend um sie kümmerte. Sie wusste, dass er ihr die Entscheidung nicht abnehmen würde, wie es mit ihrem Leben weitergehen sollte, aber so lange sie hier waren, würde er für sie da sein, und jeder Tag würde ähnlich ablaufen. Sie flitschte eine weitere Bohne in die Schüssel und streifte das weiße Häutchen an einem Tuch ab. Vielleicht war das nicht das Schlechteste? Irgendwann würde Ronja wieder richtig sprechen, sich erholen, genesen in dieser friedlichen Umgebung. Es schien ihr jetzt schon besser zu gehen, und nachher würden sie aufbrechen, um zu dem Treffen zu fahren. Dort waren viele Menschen, Musik, Lagerfeuer, auch andere Kinder. Das würde ihr guttun!

Sie hob den Blick, als Sebastian, Eva und Leif die Küche betraten. Wie immer begann Leif sofort herumzualbern. Er kam ab und an als Gast vorbei, war immer gern gesehen, weil er alle zum Lachen brachte. Auch Sebastian hatte Maja länger nicht gesehen. Aber vermisst hatte sie ihn nicht. Leif nahm drei Äpfel aus dem Korb auf der Anrichte und begann zu jonglieren. Dabei wippte er locker in der Hüfte, und seine Zähne blitzten zwischen dem Dreitagebart hervor, als er grinste und einen Apfel zu Eva passte, die ihn fing, hineinbiss und sich dann neben Maja auf die Bank gleiten ließ. Eva war eine sehr große junge Frau, ungefähr neunzehn oder zwanzig, schätzte Maja, aber sie kannte sie noch nicht lange und hatte nie nach ihrem Alter gefragt. Sie wollte nur ein paar Wochen bleiben, von hier aus weiter um die Welt reisen, und sicher war nur, dass die Männer alle um sie herumscharwenzelten. Eva trug ihre langen Dreads in einem Knoten hinten am Kopf, aus dem die Enden wie Stacheln hervorstanden, dazu lugten Federn und farbige Bänder aus dem überdimensionalen Dutt. Sie war sportlich und bewegte sich mit fließender Leichtigkeit.

Ebenso wie die Jungs. Sie alle strahlten und sahen so gesättigt aus von Landluft und Vitalität, dass Maja sich älter fühlte, als sie war. Sie war ja selbst noch jung, gerade mal sechsundzwanzig. Aber sie war auch eine Mutter und hatte Sorgen.

Ihr Blick huschte zu Sebastian. Auch er hatte Sorgen oder sollte sie zumindest haben. Oder hatte er das alles schon weggesteckt? So einfach? Das konnte eigentlich nicht sein.

Immer wenn Sebastian sich mit ihr in einem Raum aufhielt, spürte sie, wie ihre Fingerspitzen kalt wurden und ein harter Klumpen in ihrem Bauch zum Leben erwachte, seine Tentakel ausfuhr und sich in ihren Eingeweiden zu schaffen machte. Sie wünschte, er würde gehen und nie mehr hierherkommen. Zum Glück war sein Leben so unstet, dass er ständig verschwand, dann wieder unerwartet aufkreuzte und oben im Gemeinschaftszimmer schlief. Auch Ronja reagierte heftig auf ihn und kuschelte sich jedes Mal an sie, wenn er da war. Kein Wunder!

Maja war fast fertig mit den Bohnen, als Eva und Leif die Küche wieder verließen. Sebastian dagegen ließ sich ihr gegenüber nieder. Er schaute sie aus seinen babyblauen, nervösen Augen an. Sie senkte den Kopf. Hektisch tippte er mit den Fingern auf dem Tisch herum, als würde er Klavier spielen. Maja wünschte, er würde gehen und dieses Mal nicht mehr wiederkommen. Er sollte sie zufrieden lassen, er hatte doch schon genug Schaden angerichtet. Das wäre für alle leichter. Sie fröstelte unter seinem Blick, wollte am liebsten selbst aufspringen und weglaufen.

»Ronja spricht noch immer nicht so viel, oder?«, flüsterte er schließlich, nachdem er sich umgesehen hatte, ob ihnen jemand zuhörte.

Maja schüttelte den Kopf. »Mal hier und da ein paar Worte, das war's«, sagte sie. Sie wühlte mit den Fingern durch die Bohnen im Wasser, ob sie noch eine Schale vergessen hatte, und starrte dabei in die Schüssel, spürte den Hülsenfrüchten nach, die wie glitschige Perlen durch ihre Finger glitten. Es fühlte sich gut an, beruhigend.

Sic hatte Angst davor, was sie sehen würde, doch dann hob sie den Blick und musterte Sebastian vorsichtig und halb aus den Augenwinkeln. Er sah verloren aus, irgendwie angespannt, wie er langsam aufstand und ohne ein weiteres Wort ging. Er bewegte sich unentschlossen, als sei etwas offengeblieben. Als wisse er nicht, was er als Nächstes tun sollte. So wie sie.

Lüneburg, Samstagmorgen

Nora hatte Bohumils Stimme noch im Ohr, als sie auflegte. Er war Frühaufsteher, und während sie förmlich den Widerhall ihrer eigenen Stimme auf dem langen, leeren Flur in Tschechien hören konnte, spürte sie eine neue Nähe zu ihm. Bestimmt war er heute einer der Ersten im Büro. Und je häufiger sie mit ihm telefonierte, desto angenehmer empfand sie ihn. Er wollte sofort überprüfen lassen, wer im Herbst in der ökologischen Landwirtschaft in der Nähe von Lestra gegen Kost und Logis gearbeitet hatte, womöglich angelockt durch das internationale Netzwerk aus freiwilligen Erntehelfern.

»Andererseits sind die Menschen doch besonders friedfertig, die so etwas tun«, hatte er zum Schluss noch überlegt. »Aber es kann ja nicht schaden.«

Friedfertig. Ja. Nora legte energisch auf. Das hatte sie bisher auch am meisten gestört. Ein so blühendes Projekt wie die Arbeit der ökologischen Höfe, die hübsche Fotos ins Netz stellten, sollten nicht durch den Verdacht korrumpiert werden, dem Bösen Unterschlupf zu gewähren.

Aber Vorurteile, gleich welcher Art, waren immer unangebracht, wenn es um Tötungsdelikte ging. Gewalt zog sich quer durch alle Gesellschaftsschichten und -formen. Die Gemeinschaft konnte Moral und gesellschaftliche Konventionen aufpfropfen, das Individuum war getrieben von der ungestümen Macht des Überlebens, des Beschützerinstinktes, dem Erhalt der eigenen Art. Jeder Mensch konnte töten oder wegschauen, wenn das geschah. Das passierte andauernd, überall, jeden Tag. Nora stützte den Kopf in die Hände und dachte nach. Trotz all dieser neuen Impulse zerrte das Bild der Spirale an ihr. Wie ein Muster, das sich über ihre Gedanken gelegt hatte.

Und plötzlich wusste sie, was es war, das an ihr nagte. Als sie auf dem Reiterhof gewesen war, sowohl gestern Morgen am Grünen Tore am Wilschenbruch als auch in Bardowick, war ihr der schön gestaltete Garten aufgefallen. Und das Muster auf dem Weg. Wenn sie genau darüber nachdachte, dann hatte die kleine Terrasse nicht ein ähnliches, sondern das gleiche Spiralmuster aus bunten Ziegeln aufgewiesen, das in Bardowick war lediglich einige Meter größer gewesen, weshalb ihr das nicht gleich aufgefallen war.

Eine ungewöhnliche Form. Wer hatte die Steine verlegt? Und wann?

Nora griff wieder zum Telefonhörer und wählte eine Nummer aus dem Adressspeicher. Margarete Fehrenbach meldete sich. Nora erklärte ihr, weshalb sie anrief.

»Das war letztes Jahr«, sagte Frau Fehrenbach. Dann lachte sie, es klang aufgesetzt. Sie schien von der Frage peinlich berührt zu sein. Nora konnte durch den Hörer hindurch fühlen, wie sie zögerte. Nachdachte. Es ging schließlich um eine Mordermittlung. Sie war nach allen Menschen gefragt worden, die regelmäßig auf ihrem Hof in Bardowick ein und aus gingen. Vielleicht war ein Fliesenleger niemand, den sie unter regelmäßig verbuchte. Vielleicht hatte sie ihn aber auch absichtlich verschwiegen. Nora wartete.

»Die Terrasse hat ein Mann aus Tschechien verlegt. Er hat hier irgendwo in Bardowick gearbeitet. Hier bei mir hat er sich ein Zubrot verdient.« Frau Fehrenbach gab einen leisen Klagelaut von sich. »Sie wissen doch, was eine reguläre Stunde Pflasterarbeiten kostet. Und er machte das wirklich sehr schön, sehr kunstvoll. Sie haben es ja gesehen. Und er wurde mir empfohlen.«

Obwohl Nora wusste, dass Frau Fehrenbach nichts vom Tod Evelinas in Tschechien wusste, flaute ihre anfängliche Sympathie für die Frau merklich ab. Sie hatte natürlich den Namen des Mannes nicht genannt, als sie gefragt worden war, wer alles auf dem Hof Saskia begegnet sein konnte. Von einem Fliesenleger war nie die Rede gewesen. Um keinen Ärger mit der Finanzbehörde zu bekommen.

»Von wem wurde er Ihnen empfohlen?«, fragte sie.

»Das war, lassen Sie mich überlegen …« Nora hörte, wie

Frau Fehrenbach vernehmlich Luft holte und dann mit veränderter Tonlage hauchte, als würde ihr der Atem wegbleiben. »Das war jemand, der kam, um den Abfluss zu reparieren. Jemand von der Firma Meiner.«

Nachdem die aufgeregte Frau Fehrenbach in ihren Notizzetteln und Unterlagen die Telefonnummer und den Namen des Tschechen gefunden und sie Nora gegeben hatte, starrte Nora auf den Zettel.

Sie griff zum Hörer und wählte die Nummer des Reitstalls am Grünen Tore und ließ sich von Marianne Lehmser bestätigen, was sie schon wusste. Auch bei ihr waren im letzten Jahr von dem gleichen Tschechen Wege im Garten sowie die Terrasse neu gepflastert worden. Plötzlich waren Rennich und die Jugendlichen vom Bauwagenplatz nur noch kleine Fische.

Hatte der Tscheche etwa auch für Meiner gearbeitet? Und auch schwarz, weshalb er bisher völlig unter ihrem Radar geflogen war?

Inzwischen waren noch mehr Kollegen eingetroffen. Nora hörte Schritte auf dem Flur, Türen klapperten, Stimmen. Erregung stieg in ihr auf, Adrenalin ließ sie kerzengerade auf ihrem Stuhl sitzen. Konnte das sein? Eine winzige Unkorrektheit und alles wäre vielleicht schon längst vorbei?

Ihre Tür war nur angelehnt, und Johan öffnete sie. In der Hand hielt er eine Zeitung und klappte mit einer schwungvollen Bewegung das Titelblatt in Noras Richtung auf. Er lächelte, aber sein Lächeln hatte Schieflage. »Mordserie« stand da quer über die ganze Vorderseite der Lüneburger Tageszeitung, die sonst eher zu weniger reißerischen Aufmachern neigte. Nora nahm ihm das Blatt aus der Hand und begann zu lesen. Klipp und klar stellten die Journalisten die Polizei an den Pranger. Sie warfen der Inspektion Verschleierung und Verharmlosung vor, indem sie die Informationen über den Mord in Tschechien und einen möglichen Zusammenhang zu dem getöteten Mädchen in Lüneburg und der neuerlichen Entführung eines Mädchens verschwiegen hatten.

Mohns würde schäumen. Das ging direkt gegen ihn und seine Öffentlichkeitspolitik. Und im Grunde hatte er nichts falsch gemacht. Obwohl? Hätte etwa Margarete Fehrenbach davon gewusst, hätte sie vielleicht eher etwas über den tschechischen Arbeiter gesagt.

»Sag mir, was bei der Besprechung gelaufen ist, o.k.? Ich habe etwas zu erledigen«, rief Nora Johan zu, während sie ihre Jacke nahm und schon in der Tür war.

Lüneburg, Samstag früh

Mohns schäumte nicht. Johan suchte sich extra einen Platz weiter vorne. Er konnte sich eine gewisse Häme nicht verkneifen, den Ersten Hauptkommissar in Bedrängnis zu sehen. Die Entscheidung, den Mord an Evelina nicht an die Öffentlichkeit zu bringen, war in Lüneburg getroffen worden. Er hatte dazu bisher keine weitere Meinung gehabt. Jetzt erschien ihm das als Fehler.

Bei der Morgenbesprechung wirkte es, als wäre Mohns von einem schweren Gewicht niedergedrückt, sodass er nur innerlich brodelte und der Druck nicht entweichen konnte. Nüchtern, fast steif, hielt er die Zeitung in die Höhe und schwenkte sie langsam im Halbkreis, damit auch jeder die Schlagzeile lesen konnte.

»Seit heute Morgen laufen unten im Bereitschaftsdienst die Telefone heiß, es gibt eine ganze Reihe Leute, die sich beschweren, dass sie nicht gewarnt wurden, was für ein Monster hier wütet. Sie machen uns für die Entführung Marinas verantwortlich. Es gibt außerdem auch eine ganze Reihe Leute, die meinen, Tschechen zu kennen, dass ihre Nachbarn Tschechen seien, so was halt.« Er holte tief Luft. »Aber gleichzeitig haben wir noch Glück gehabt. Anscheinend ist unsere Hausdurchsuchung bei den Rennichs nicht so weit ausgeschlachtet worden, dass die Zeitung ihn als möglichen Entführer seiner eigenen Tochter und als Mörder der anderen Mädchen hinstellt. Das ist gut! Wir können hier keine Hexenjagd auf einen Lehrer gebrauchen, und noch gibt es nur Verdachtsmomente. Stattdessen haben wir seit heute Morgen eine Liste der Fingerabdrücke und DNA-Spuren auf dem Fahrrad von Marina und können nun mit Sicherheit sagen, dass es neben denen ihrer Eltern auch noch weitere Abdrücke gibt, die leider nicht zuzuordnen sind. Sie sind zu groß, um von einem Kind zu sein. Gestern am späten Abend ist außerdem der Anruf eines Spaziergängers eingegangen, der zum fraglichen Zeitpunkt von einem roten Wagen auf der kleinen Straße im Wald überholt wurde, als er sich auf dem Weg zur Teufelsbrücke befand. Auf das Kennzeichen hatte er nicht geachtet.« Mohns schaute auf seine Notizzettel. »Rennich fährt einen roten Skoda-Fabia-Kombi mit einer deutlichen Schramme am Kotflügel. Der Mann schließt nicht aus, dass der Wagen beschädigt gewesen sein könnte, denn er hat ihn nur von hinten gesehen.«

Johan stutzte, lehnte sich zurück und überlegte, was er inzwischen alles über Rennich wusste. Mal abgesehen von seinem Beruf, der viele Menschen in die Frühverrentung trieb, seiner nervösen Frau mit Ordnungstick, dem entführten Kind und dem quasi dauerfremdbetreuten jüngeren Sohn wirkte er wie jemand, der Wert auf sein Äußeres und Status legte. Warum ließ er die Schramme an dem Wagen nicht reparieren? Oder warum fuhr er einen Fabia, einen relativ durchschnittlichen Kleinwagen, wenn doch Nora sagte, in der Familie der Frau sei Geld vorhanden?

Aber vielleicht lag genau da das Problem: in der Familie seiner Frau.

Als das Mädchen ermordet wurde, spätestens dann hätte man doch gegenüber seinem Ehepartner erwähnt, dass man es kannte. Was konnte schwerer wiegen in einer Ehe, so schwer, dass man sich verkniff, den eigenen Schock über einen Mord zu verschweigen? Johan spürte, wie in seinen Gedanken etwas einklinkte. Er dachte an das Foto unter Rennichs Schuhen. Die junge Frau.

Er warf einen Blick nach vorne, Mohns kam auf Paolo Baretta zu sprechen. »Gestern Abend wurde von den Kollegen der Drogenfahndung ein Verdächtiger in Gewahrsam genommen. Bisher scheint es, dass Paolo Baretta-Krüger ein Alibi für die Tatzeit der Ermordung der Mädchen hat. Wir haben heute in der Früh noch einmal versucht, ihn zu einer Vernehmung abzuholen, ihn aber nicht angetroffen. Es wird nach ihm als möglicher Zeuge gesucht.« Er blickte sich kurz um. »Für eine Fahndung haben wir zu wenig in der Hand.«

Dann referierte Mohns über die Großeinsätze im Landkreis und die erhöhte Alarmbereitschaft in den umliegenden Bundesländern. Wegen des entführten Mädchens waren teils Urlaubssperren verhängt worden, gezielt wurden hunderte Menschen befragt, aktenkundige Pädophile und Straftäter überprüft. Johans Gedanken schweiften ab. Gestern hatten sie mit dem ganzen Kollegium der Bardowicker Realschule gesprochen, doch es war keine junge Frau dabei gewesen. Wer arbeitete noch an einer Schule oder in der Nähe?

Mohns war inzwischen ebenfalls wieder zum Vater von Marina Rennich zurückgekehrt und erläuterte die Überwachung. »Er hat sich nicht von der Stelle bewegt. Inzwischen ist die ganze Familie zu Hause, auch der vierjährige Mirko, der von Tante und Onkel gebracht wurde, und von dort haben sie sich nicht mehr wegbewegt. Interessant ist immer noch, wo Rennich gestern gewesen ist, aber bisher fehlen uns auch dazu neue Informationen. Er sagt, er wäre einfach so in der Gegend herumgefahren.«

Marie meldete sich: »So sah das aber nicht aus. Er hat ganz schön Gas gegeben, und es schien, als hätte er ein Ziel. Er fuhr südlich aus der Stadt heraus.« Mohns betrachtete sie und nickte. Das passte zu seinen Überlegungen.

Dann lehnte er sich auf den Schreibtisch und blickte ernst in die Runde: »Marina ist seit nunmehr fast zwei Tagen in der Gewalt eines unbekannten Entführers. Hoffen wir, dass sie noch lebt! An die Arbeit!« Stuhlbeine scharrten leise über das Linoleum, als alle aufstanden. Die Uhr tickte. Jeder wusste, dass alles von Bedeutung sein konnte, was sie jetzt taten. Oder unterließen.

Johan massierte sich mit den Händen den Kopf, um die Gehirnzellen besser zu durchbluten. Arbeitet! Los!, dachte er. Irgendwie muss es doch weitergehen, sie konnten doch nicht so auf der Stelle treten.

Bardowick, Samstagmorgen

Die Meiner GmbH lag in einer Seitenstraße am Rand von Bardowick. Ein kleines Haus mit großem Parkplatz, auf dem zwei Lieferwagen und ein PKW mit Firmenlogo standen, blau auf weißem Grund. Gas- und Wasserinstallation, Heizungstechnik und Sanitär, stand unter dem Firmennamen. Das Gelände war eingezäunt, zum Teil standen Kacheln oder Sanitärartikel auf Paletten herum, unter einem Dach sah Nora eine ganze Reihe Rohre an die Wand gelehnt.

Nora fuhr durch das Gittertor und parkte neben den Lieferwagen, als drei Männer in blauen Latzhosen aus dem Gebäude kamen. Anscheinend hatte sie es gerade noch geschafft, vor dem Aufbruch der Arbeiter hier zu sein. Und es wurde auch samstags gearbeitet, es schien viel zu tun zu geben.

Sie stieg aus und erkannte Lars Meiner sofort an seiner Ähnlichkeit zu Saskia, dasselbe blonde Haar, die blauen Augen. Er war groß, mit langen Armen und riesigen Händen, hatte freundliche Züge und lächelte zuvorkommend, als er jetzt stehen blieb und zu ihr herüberschaute; zumindest, bis ihm klar wurde, dass sie keine Kundin war. Sein Lächeln erlosch und machte einem Kummer Platz, der sich in seine Züge eingebrannt hatte und ihn um Jahre gealtert wirken ließ. Er winkte seinen Mitarbeitern und ging auf Nora zu, die am Wagen stehen geblieben war.

»Gibt es etwas Neues?«, fragte er. Nora hatte das Gefühl, er meinte nicht nur die Ermittlungen zu dem Tod seiner Tochter, er sorgte sich auch um Marina. Das andere Kind, die anderen Eltern, die das durchmachen mussten, was er und seine Frau erlitten hatten. Spontan war er ihr sympathisch.

Sie schüttelte den Kopf. »Aber ich habe eine Frage zu einem Mann, den einer Ihrer Mitarbeiter letztes Jahr Margarete Fehrenbach vom Reitstall empfohlen hat. Ein Tscheche, der dann ihre Gartenwege gepflastert hat.« Alles an Lars Meiner erstarrte. Dann fuhr seine Hand unwillkürlich an den Mund, um ihn zu verdecken. Nora sah, wie der Musculus procerus sich gemeinsam mit dem depressor supercilii zu einer steilen Falte über der Nasenwurzel zusammenzog, gleichzeitig der Frontalis die Augenbrauen hob, da war nicht nur Überraschung, da war Bestürzung, und nachdem er die Hand fallen ließ, eiskalte Wut in der Mundpartie. »War er das?«, flüsterte er. »Habe ich dieses Schwein in die Nähe meines Mädchens gebracht?«

Nora bemerkte, wie ein Zittern seinen Körper durchlief. Er sah aus, als würde er gleich mit den Fäusten auf einen Stapel Paletten losgehen, der neben ihnen stand.

Schnell schüttelte sie den Kopf. »Wir wissen es nicht. Sie haben heute den Artikel in der Kreiszeitung gelesen, nicht wahr?«

Er nickte. Sein Atem ging angestrengt, aber er bekam sich langsam in den Griff. »Aber ich hab da nicht sofort einen Zusammenhang gesehen. Das war ja erst gerade eben. Ich habe außerdem nicht gelesen, ich ertrage es nicht, nur überflogen. Und Pavel ist so …«, er stockte, »nett«, setzte er noch hinzu. »Einfach nett!« Die letzten Worte hatte er gemurmelt und dabei den Blick in den blauen, von kleinen Schäfchenwolken durchzogenen Himmel gerichtet. »Einfach nett«, wiederholte er tonlos, als sei damit etwas bewiesen. Sein Zittern hatte aufgehört, mit einer Geste bedeutete er Nora, ihm zu folgen.

Sie setzten sich in das kleine Büro, das vollgestopft mit Ordnern war, und Nora bat Lars Meiner zu erzählen, wer der Mann war, wann er ihn zuletzt gesehen hatte und woher er ihn kannte. Sie wartete, während er sich sammelte. Lars Meiner fuhr sich mit der Hand durch das Haar, dann schnaufte er noch einmal vernehmlich. »Also, Pavel kommt schon seit einigen Jahren nach Bardowick, nimmt sich hier ein Zimmer und arbeitet den Sommer über auf dem Bau oder bei Privatleuten am Haus, und dann fährt er im Herbst wieder. Er ist nett.«

Er stutzte. »Das hab ich schon mal gesagt, oder?«

Er holte wieder tief Luft. »Aber er ist wirklich total freundlich, zuverlässig und überhaupt jemand, dem man den Schlüssel für eine Baustelle oder Haus gibt, und wenn man wiederkommt, ist der Flur geweißelt oder das Carport fertig, je nachdem. Und Pavel hat Familie, ein kleines Kind, ich kann mir einfach nicht vorstellen …« Er rang schon wieder um Fassung, und Nora merkte, wie sie ungeduldig wurde. »Hören Sie, wir ermitteln in einer aktuellen Entführung. Ich muss Ihnen nicht erklären, was auf dem Spiel steht!«

Er schüttelte traurig den Kopf. »Das müssen Sie nicht.«

Dass er das »Sie« langzog und damit auf seinen Verlust anspielte, versetzte Nora einen Stich. Er hatte Recht. Sie nickte und schwieg.

»Pavel war zuletzt im Herbst hier. Ich meine, dass er die Tage kommen wird. Ich habe eine Handynummer von ihm, falls was anliegt.«

»Haben Sie ihn schon einmal darüber kontaktiert?«

Er nickte. »Gelegentlich.«

Das Risiko war kalkulierbar. »Bitte rufen Sie ihn an und sagen ihm, dass Sie einen Auftrag haben. Fragen Sie ihn, wo er jetzt ist.«

Sie sah zu, wie Lars Meiner sein Telefon aus der Tasche zog. Als er durch die Adresskartei scrollte, zitterten seine Finger ein wenig. Sie fragte sich, ob er es schaffen würde, sich nichts anmerken zu lassen, doch als jemand dran ging, klang er verwandelt, locker, munter.

»Mensch, Pavel, ich hab da was für dich«, sagte er. »Große Baustelle, viel zu tun!« Dann verstummte er, hörte zu.

»Alles klar. Dann melde dich, o.k.?« Nora spürte, wie ihre Schultern sich anspannten, als er auflegte.

Lars Meiner legte auf und schüttelte den Kopf. »Er kann erst nächste Woche kommen, sagt er. Zurzeit ist er noch zu Hause, das ist in der Nähe von Pilsen, und arbeitet dort.«

Nora nickte, sie hatte es nicht anders erwartet. Pavel Němec käme nicht so einfach nach Lüneburg gefahren, sofort. Also war es jetzt Zeit, Bohumil zu kontaktieren. Und er würde Němec vernehmen, wenn er denn wirklich dort war, wo er sagte, und nachprüfen, ob er die Gelegenheit hatte, alle drei Mädchen kennenzulernen, und wie weit er von Evelinas Wohnort weg wohnte. Dann musste er herausfinden, wo Němec vor zwei Tagen war und Ende April. Und natürlich, ob er schon einmal polizeilich erfasst worden war. Aber Nora hatte schon bei der Ortsangabe Pilsen gespürt, wie ihre Hände angefangen hatten zu schwitzen. Das war dort um die Ecke, ganz in der Nähe des Ortes, an dessen Waldrand der gefrorene Körper Evelinas gefunden wurde. Sie suchten nach einer Verbindung zwischen Marina, Saskia und Evelina, und dieser Mann war in ihrer aller Nähe gewesen.

Sie wischte sich mit den Handflächen über ihre Hose und stand auf. »Danke, dass Sie ihn angerufen haben. Ich möchte Sie bitten, Stillschweigen zu wahren und sich bei einem Anruf von Pavel sofort zu melden.« Als sie die Türklinke in der Hand hatte, drehte sie sich noch einmal um. Vor sich sah sie einen Mann, dessen Leben zerstört war. Lars Meiners Körper hing schwer im Sessel, und sein Gesicht war leer, nur noch wenige Muskeln hielten den Schmerz eisern zusammen wie Wundklammern. Er hatte seine Tochter verloren. Er hatte gerade erfahren, dass ein Freund deswegen von der Polizei gesucht wurde. »Danke für Ihre Hilfe«, sagte Nora und ließ ihn in seinem Schmerz allein. Er dauerte sie.

Auf dem Rückweg nach Lüneburg hielt sie noch einmal vor Paolo Barettas Bauwagen und rüttelte verärgert an der Tür des größeren, die mit einem Vorhängeschloss gesichert war. Die Asche des Lagerfeuers war kalt.

Scheiße, dachte Nora. Warum hatte sie die Leute von der Drogenfahndung nicht besser instruiert? Das war gründlich schiefgelaufen.

Lüneburg, Samstagvormittag

Im Anschluss an die Besprechung saß Johan in seinem Büro und vergegenwärtigte sich, was er bisher über Rennich und seine Familie wusste. Während er die wenig schmeichelhaften Punkte auflistete, war ihm klar, dass es immer eine Falle gab, in die man tappte, während man so etwas tat. Wie mit einem Schlaglicht beleuchtete er die Dysfunktionen in dem kleinen System Rennich, bestehend aus Sabine, Marina, Mirko und Hagen Rennich. Während er das tat, würde das Normale in den Hintergrund treten und die Waagschale sich zu ihren Ungunsten neigen. Dabei konnte es sehr gut sein, dass bei den Rennichs zwar, wie überall, nicht alles perfekt war, sie aber im Großen und Ganzen mit ihrem Leben zufrieden waren. Und damit nicht die geringste Veranlassung bestand, das eigene Kind zu entführen oder andere Kinder zu ermorden.

Johan erinnerte sich an die Situationen, in denen er Hagen Rennich bisher erlebt hatte. Er nahm einen Stift und schrieb stichwortartig auf, wie Rennich jeweils reagiert hatte. Wie hatte er die Vernehmung aufgenommen? Wie war er mit den Beamten umgegangen, die in seinem Haus alles durchwühlten? War er freundlich gewesen, wenn man ihm freundlich begegnete, und aggressiv, wenn er es mit ebenfalls drohendem Verhalten zu tun bekam? Wenn jemand nur spiegelte, was sein Gegenüber ihm anbot, konnte dies ein Zeichen mangelnder eigener Emotionalität oder einer instabilen Persönlichkeit sein.

Tatsächlich hatte Rennich aber so reagiert, dass er seinen eigenen Emotionen Ausdruck verlieh. Meist waren seine Reaktionen – gemessen an der extremen Situation – nachvollziehbar und auch nicht übertrieben rational gewesen, was auf einen Mangel an Empathie oder unterdrückte Bedürfnisse hätte hinweisen können. Oder eine grundlegende Persönlichkeitsstörung.

Rennich zeigte keine offenliegenden Züge eines Soziopathen. Er mochte Choleriker sein und ein geringes Selbstbewusstsein besitzen, das durch die Beziehung zu einer Frau aus einer sehr wohlhabenden Familie noch mehr litt. Und er manipulierte seine Frau dahingehend, sich unterlegen zu fühlen, was ihm auch gelang und bei ihr zu Zwangsstörungen und Minderwertigkeitskomplexen mit autoaggressivem Verhalten führte. Vielleicht war auch eine leichte dissoziative Störung bei ihr vorhanden. War seine Manipulation unbewusst? War er wirklich einfach nur geflohen nach der Vernehmung, um seinen eigenen Gefühlen Raum zu verschaffen, und bloß herumgefahren, wie er gesagt hatte? Oder hatte er seine Frau bewusst alleine bei der Polizei sitzen lassen, damit sie litt? Und damit zu einem besseren Opfer wurde. Gab es sadistische Neigungen? Aber gleichzeitig wäre selbst das nichts, was nicht in einer ganzen Reihe von Familien gang und gäbe war. Die Menschen waren wesentlich gemeiner, als man annehmen möchte. Johan lehnte sich zurück und starrte auf sein Blatt.

Auf die meisten Menschen, die in eine Therapie, eine psychosomatische Klinik oder in psychologische Obhut kamen, trafen eine ganze Reihe Diagnosen zu. Viele Diagnosen waren lediglich Versuche, Menschen zu Clustern zu ordnen. Jeder Mensch vereinte nahezu alle Persönlichkeitsanteile in sich, wenngleich verschieden stark ausgeprägt.

Es war nicht sein Problem, wenn etwas geringfügig aus dem Ruder lief. Aber es gab Menschen, die waren für sich oder andere eine Gefahr. Johan nahm einen Schluck Kaffee und schaute auf das kleine Diagramm. Über dem Pfeil zwischen Rennich und seiner Tochter stand ein Fragezeichen. Hatte er auch versucht, emotionalen Druck auf seine Tochter auszuüben? Er lehnte sich zurück. Es gab einen Versuch, bei dem man jungen Studenten einige Regenwürmer gab, um diese in einem Labyrinth zu testen. Man sagte ihnen, ein Teil der Regenwürmer hätte die Artgenossen verspeist, die sich vorher im Labyrinth am besten zurechtgefunden hatten. Hinterher waren die Studenten in der Lage, empirisch zu beweisen, dass die so durch Kannibalismus klügeren Regenwürmer ihren vegetarischen Kontrahenten überlegen waren. Nur dass die Studenten in diesem Versuchsaufbau die Kaninchen waren, nicht die Würmer. Und bewiesen wurde nur eines: Der Mensch sah nur, was er sehen wollte.

Johan starrte auf das Blatt Papier. Was war er? Versuchsleiter, Student oder Wurm?

Lüneburg, Samstagmorgen

Nora hielt den Telefonhörer in der Hand. Sie wusste auch nicht, warum es ihr so schwerfiel, Bohumil den Namen des Verdächtigen zu nennen.

Vielleicht, weil er dann ihrem Zugriffsbereich entzogen war?

Wenn Bohumil und seine Leute ihn festnahmen, hatte sie nahezu keine Möglichkeit mehr, sich an den Vernehmungen zu beteiligen. Doch die Chance, ihn in Lüneburg aufzugreifen, war vertan. Pavel hatte zu tun, er würde nicht kommen. Aber es bestand auch die Möglichkeit, dass er Marina in seiner Gewalt hatte und sich in Deutschland aufhielt.

Bohumil war wie elektrisiert. »Arbeitet regelmäßig in Deutschland, in Bardowick, sagst du.« Dann hörte Nora ihn tippen. Ein leises Pfeifen erklang. »Němec ist einmal wegen einer Schlägerei aufgegriffen worden. Augenblick …« Nora wartete.

»Er wurde allerdings angegriffen, die Anzeige hat der andere bekommen. Anscheinend ging es um eine Frau …« Nora hörte Bohumil wieder auf der Tastatur hämmern. »Ansonsten ist da nicht viel. Ein Verweis auf eine andere Akte, aber ohne weitere Angaben. Die werde ich mir ansehen. Er ist hier in der Nähe gemeldet. Ich schicke gleich jemanden.« Er machte eine Pause. »Nein, noch besser, ich fahre selbst. Das ist nur eine Stunde.«

Bevor sie sich verabschieden konnten, schien ihm noch etwas einzufallen. »Ach ja, bevor ich es vergesse, diese Höfe, da, wo die FH4FF arbeiten. Da gab es nur vier Gäste im ganzen Sommer. Davon zwei Deutsche, junge Männer. Und die waren besonders fleißig. Die Besitzer des Bauernhofs sagten, sie hätten viel mehr gearbeitet als die normale Zeit. FH4FFs müssen ja anscheinend höchstens vier Stunden am Tag auf dem Hof arbeiten. Aber diese hätten richtig, wie sagt man, reingeklotzt und dafür einen Teil der Ernte als Honorar vereinbart. Im September sind sie abgereist. Und die Ernte, wie besprochen, vor allem Möhren und Kartoffeln, haben dann zwei andere jetzt gerade vor ein paar Tagen abgeholt. Einen ganzen Lieferwagen voll. Bestimmt eine Tonne Gemüse insgesamt.«

Nachdem Nora aufgelegt hatte, ließ sie die Information in ihrem Kopf kreisen. Zwei Deutsche arbeiteten den ganzen Spätsommer und im Herbst auf einer Farm für Kost und Logis und eine Tonne ökologischer Lebensmittel. Wieso? Wen wollten die damit versorgen? Und warum holten das andere ab? Das klang mehr nach einer Organisation als nach privatem Vergnügen.

Dann hörte sie den leisen Ton des Posteingangs und öffnete die Mail von Bohumil. Im Anhang war eine Tabelle mit Namen, Aufenthaltsdaten und Altersangaben. Bei den beiden Deutschen, die im Sommer da gewesen waren, handelte es sich um Sebastian Vollmer und Jonas Kern. Sebastian war einundzwanzig und Jonas neunzehn. Anscheinend nahmen es die tschechischen Betreiber des Biohofes etwas genauer mit der Satzung der FH4FF-Organisation als die Buschs, denn sie hatten neben den Geburtsdaten auch Mitgliedsnummern und An- und Abreisedatum vermerkt. Beide Männer waren von Mitte Juli bis Anfang September auf dem Hof gewesen. Nora tippte die Namen ins Einwohnermelderegister. Eine Minute später wusste sie, dass Sebastian in Hamburg gemeldet war, gemeinsam mit einer ganzen Reihe anderer Personen in einer gemeinsamen Wohnung. Bei Jonas Kerns Namen tauchte lediglich ein Vermerk auf, dass er unbekannt verzogen sei. Nora schaute auf die wenigen Daten: geboren in Hamburg, zuletzt wohnhaft in Hamburg, keine neue Adresse. Also ohne festen Wohnort.

Dann hatte er tatsächlich über die Kost hinaus auch die Logis gebraucht, dachte sie.

Junge Wohnungslose hatte sie früher auch gekannt. Davon gab es nicht wenige, und die meisten verbanden mehr oder sehr viel mehr schlimme Erfahrungen mit dem Ort, von dem sie ursprünglich stammten. Dann tippte sie die Namen in die Datenbank für registrierte Straftäter, doch bei keinem der beiden tauchte etwas auf.

Soso, Jonas Kern war also unbekannt verzogen. Das kam vor. Jemand wohnt irgendwann nicht mehr in seiner alten Wohnung, zahlte seine Miete nicht. Jemand anders mietet sich ein, meldet sich an und der Vormieter bleibt verschwunden. So lange ihn niemand als vermisst meldet, interessiert das auch keinen und er wird immer noch rechtlich der Gemeinde zugeordnet, in der er zuletzt gelebt hat. Probleme bekäme derjenige erst bei einer Polizeikontrolle, und selbst dann hätte er nur gegen die Meldepflicht verstoßen.

Nora rief die Adresse von Sebastians WG bei Google Maps auf, das Haus stand an einer Ecke, an der etliche Spuren zweier Hauptverkehrsstraßen zusammenliefen, gegenüber waren Bahngleise. Sie wechselte auf Satellitenansicht und erkannte einen Altbau von oben, Google Streetview zeigte eine stuckverzierte Fassade und Balkone an allen drei Seiten des Gebäudes, das wie ein Keil in die Kreuzung ragte. Eine Weile starrte sie auf das Haus. Was brachte Menschen, die auf Ökofarmen arbeiteten, dazu, an einem solchen Ort zu wohnen, umgeben von sieben Spuren Asphalt? Aber immerhin wäre vermutlich jederzeit jemand anzutreffen bei der Menge von Leuten, die dort wohnte. Kurz dachte sie an Bohumil, der jetzt gerade ins Auto stieg. Sie ärgerte sich, dass sie nicht dabei sein konnte. Aber selbst wenn sie schnell fuhr, in weniger als sechs oder sieben Stunden würde sie auf keinen Fall in Lestra sein. Sie rief die Seiten des Gästebuches vom Bauernhof in Bardowick auf, die inzwischen als Scans in der Akte vorlagen, und überflog die Seiten. Mit etwas Wohlwollen konnte man zwei Unterschriften als Jonas und Sebastian deuten. Sie standen nebeneinander, also waren sie gemeinsam dort gewesen. Das Datum, der 30. September, passte, und es war so etwas wie ein indianisches Symbol zur Verzierung der Unterschriften aufgemalt, eine Schlange, an deren Kopf eine Feder hing.

Nora öffnete das Mailprogramm und schickte Bohumil eine kurze Bitte, auf dem Hof in Tschechien nach einem Gästebuch fragen zu lassen, und ob er ihr bitte die Seiten ebenfalls als jpgs schicken könnte, wenn es eines gab. Waren das die gleichen jungen Männer gewesen, die auf beiden Höfen gearbeitet hatten? Etwas sagte ihr, dass dies der Fall war.

Sie holte sich die Telefonnummer der Buschs auf den Bildschirm und rief dort an.

»Dis Ende September letztes Jahr?«, wiederholte Frau Busch ihre Frage, danach schwieg sie so lange, dass Nora Sorge hatte, sie sei eingeschlafen. Aber tatsächlich schien sie in ihrem Gedächtnis gekramt zu haben. Ohne wirklich fündig geworden zu sein.

»Das kann sein. Ich bin mir nicht sicher, aber möglich ist es.«

»Jonas Kern und Sebastian Vollmer, neunzehn und einundzwanzig Jahre alt…Waren sie es wahrscheinlich, möglicherweise oder wissen Sie es nicht?« Nora hörte, dass sie genervt klang, aber vielleicht brachte das die Dame ja etwas auf Trab.

Wieder dauerte es lange, bis sie antwortete. »Wie ich sagte, es ist möglich, ich bin mir nicht sicher.«

»Erinnern Sie sich an zwei junge Männer, die besonders fleißig waren?«

Dieses Mal brauchte Frau Busch nicht ganz so lange, um sich zu erinnern. »Ja, da gab es welche. Wir haben kein Geld, um Hilfskräfte zu bezahlen, aber sie waren einverstanden, dass sie dieses Frühjahr einen Teil der eingelagerten Kartoffeln bekommen. Nur bisher hat die niemand abgeholt.«

Noras Herzschlag beschleunigte sich. Wenn sie die Unterschriften im Gästebuch mit einbezog, das ungewöhnliche Horten von Lebensmitteln, dann war sie sich fast sicher, dass Jonas und Sebastian auf beiden Höfen reingeklotzt hatten, wie man sagte. Aber warum hatten sie ihren Lohn noch nicht in Empfang genommen?

Sie lehnte sich zurück und bewegte ihren Kopf, um die angespannten Nackenmuskeln zu lockern. Ihre Halswirbelsäule knackte vernehmlich. Sie spürte, wie die Informationsflut sich mit jedem Bit mehr in ihre Muskeln fraß, jede neue Person auf ihrem Radar einen weiteren Faserstrang in ihrem Körper verhärtete. Heute war auf diesem Radar ein Mann aufgetaucht, der in Tschechien lebte und im Lüneburger Landkreis gearbeitet hatte, unter anderem bei der Firma von Saskias Vater. Dazu zwei junge Menschen, Deutsche, die in Tschechien gearbeitet hatten und zentnerweise Kartoffeln brauchten und im Anschluss in Bardowick gewesen waren. Und dann war da noch Hagen Rennich. Ein Lehrer, der bisher den engsten Kontakt zu beiden Kindern in Lüneburg gehabt hatte. Dessen Tochter sich gerade jetzt in den Händen eines Entführers befand. Dessen Frau zugestimmt hatte, dass man ihr gemeinsames Haus durchsuchte.

Noras Blick wanderte über die Mindmap an der Wand. Ein Lehrer, der allerdings keinerlei okkulte Anwandlungen hatte, soweit sie das bisher beurteilen konnte. Ebenso wenig konnte sie sich vorstellen, dass Tschechen, die auf dem Bau arbeiteten, sich in ihrer Freizeit mit Hügelgräbern befassten. Wie sah das mit den Jugendlichen aus? Indianische Symbole?

Sie sah auf die Uhr. Es war gerade elf, und sie hatte das Gefühl, dieser Tag musste etwas Durchschlagendes bereithalten. So viele Spuren. Als sie an das Mädchen dachte, sah sie die zarte Gestalt des Kindes gerade jetzt in einem dunklen Kerker, zusammengekauert, das Gesicht verborgen hinter den blonden Haaren, die strähnig waren und dreckig vom Staub. Nora spürte, wie das bisher nur als Passepartout für das schreckliche Leid fungierende Kindesbild zu einem lebenden, atmenden Wesen wurde, das im Dunkeln saß und Todesangst hatte. So nah, als würde sie neben ihr sitzen. Nora roch Moder und spürte Kälte auf ihren Armen. Alle Härchen an ihrem Körper stellten sich auf, und das Gefühl nahm ihr fast den Atem. Es war, als würde jemand kalte Klauen in ihr Herz schlagen, ihre Lunge zog sich krampfhaft zusammen, und sie rang kurz nach Luft.

Hilfe, dachte Nora, als sie fühlte, wie ein Schatten sich auf sie senkte, ein Entführer, der nach ihrem Hals greifen wollte. Sie spürte, wie die Betäubungsmittel, die durch ihre Adern flossen wie flüssiges Blei, sie schwer und benommen machten. Sie war bei Marina, nein, sie war Marina.

Sie zuckte und mit einem Keuchen war sie wieder in der Wirklichkeit, starrte auf den Computer, der unverändert leuchtete, die flirrenden Staubpartikel, die vor ihr in der Luft tanzten, den Gummibaum. Vorsichtig setzte sie beide Füße ab, die sie zuvor an ihrem Drehstuhl abgesetzt hatte, und spürte Ferse, Ballen und Zehen nach, die ihr Halt gaben, wieder fest auf dem Boden zu stehen. Sie atmete kontrolliert durch die Nase ein und aus, und nach einigen Sekunden ließ das Angstgefühl nach. Nach einigen Minuten fühlte sie sich wieder wie sie selbst.

Nora lehnte sich im Stuhl zurück, versuchte das Gefühl der akuten Bedrohung beiseitezuschieben, das sie in einen Abgrund hätte reißen können. Sie hatte sich im Griff, und sie hatte hart daran gearbeitet. Sie würde nicht mehr in dieses Loch stürzen, aus dem sie schon einmal herausgekrabbelt war. Sie würde nie wieder so beschädigt werden. Niemals.

Und sie wusste auch, warum Marina ihr plötzlich so nah war: Sie war zu langsam, und sie fühlte sich schuldig. Es war an der Zeit zu handeln. Um Pavel Němec würde sich Bohumil kümmern, Rennich war Irenes Job. Mit dessen Überprüfung waren drei Beamte beschäftigt, systematisch wurden bei Befragungen der Bekannten und Verwandten auch Hintergründe zu seinem Verhalten abgefragt. Sie würde mit Johan nach Hamburg fahren zu der Wohnung von Sebastian Vollmer. Johan war in Hamburg aufgewachsen, hatte Jahre dort gelebt, und er würde ihr viel besser erklären können, was das für junge Menschen waren, die dort wohnten. Und den Neffen von Paolo Baretta könnte sie dann auch gleich einen Besuch abstatten. Vielleicht wusste deren Mutter auch, wo ihr Bruder steckte. Und sie würde nicht lockerlassen, wenn es um den Sommer ging, den letzten, den Saskia erleben durfte.

Die kleine Ganesha-Figur lächelte sie wissend vom Regalbrett aus an.

»Wo du herkommst, werde ich auch noch herausfinden«, sagte Nora zu ihr. Sie steckte den Elefanten ein. Ab jetzt war er ihr Talisman und würde sie daran erinnern, dass alles in der Waage zu bleiben hatte. Auch die Angst.

Wendland, Samstagvormittag

Es wird Zeit, dachte sie. Ronja, es wird Zeit! Aber Maja sagte nichts, stattdessen stand sie mit der Fleecejacke in der Hand neben ihrer Tochter, die auf dem Boden hockte, den Kopf zwischen den Knien und die Arme um die Beine geschlungen. Sie wollte anscheinend weder hören, was sie ihr zu sagen hatte, noch mitkommen.

Maja seufzte. Ronjas starker Wille erschöpfte sie. Das war schon immer so gewesen, aber als Ronja jünger war, hatte sie noch dagegen ankommen können, jetzt fühlte sie sich ihr einfach nur ausgeliefert.

Dass Ronja so lange schweigen konnte, bis auf die allernötigsten Worte nichts sagte, nicht mehr plapperte, nichts erzählte, hatte sie erstaunt. Einerseits – andererseits auch nicht. Sie war schon immer wortkarg und manchmal schüchtern gewesen, gleichzeitig unbeirrbar, wenn sie etwas wollte. Stoisch geradezu. Genau wie jetzt.

Dass Ronja nicht wirklich sprach, hatte eine ganz eigene

Dynamik zwischen ihnen hervorgerufen. Manchmal vergaß Maja beinahe, dass sie da war, und sie ließ Ronja meist in Ruhe, zumal es auf dem Hof immer etwas gab, womit das Kind sich beschäftigen konnte. Unlängst hatte es Katzenjunge gegeben, und Ronja war manchmal stundenlang nicht zu sehen gewesen. Maja war überzeugt, die Nähe zu den kleinen, verletzlichen Tieren würde auch Ronjas innere Wunden heilen, und so ließ sie sie laufen, wohin sie wollte. Aber jetzt nicht, jetzt wollte sie selbst unbedingt los. Auch sie brauchte Erholung und die würde sie dort vielleicht finden.

»Es wird dir gefallen«, sagte Maja. »Es werden eine Menge anderer Kinder da sein, und wir sind den ganzen Tag draußen, schlafen im Zelt und es gibt Musik. Das wird schön!«

Und für mich gibt es endlich eine Pause, dachte sie. Eine Pause brauchte sie, vor allem von dieser gedämpften und gruseligen Stimmung hier im Haupthaus. Und sie schämte sich sogleich, dass sie so empfand. Shree hatte sie aufgenommen. Es war eine helle, liebevolle Atmosphäre gewesen, als sie vor drei Jahren entschied, auf dem Hof zu wohnen. Für Ronja war es das Paradies gewesen. Immer viele Menschen, die sich um sie kümmerten, Feste, Treffen, Lagerfeuer. Alle hatten Streicheleinheiten für das Kind übrig, eine liebevolle Geste für die junge Mutter. Wann, verdammt, war das anders geworden?

Was für eine Frage. Ja, wann wohl!

»Ronja, komm jetzt!« Der scharfe Ton tat ihr wohl, endlich Druck ablassen. Doch sofort tat es ihr leid.

Ronja konnte nun wirklich nichts dafür, sie litt doch nur – und das aus gutem Grund. Mitfühlend betrachtete sie ihr Kind, das angefangen hatte, mit dem Finger Muster auf den Holzboden zu malen, ohne sie anzusehen. Mitgefühl und Zorn, was für eine eigenwillige Mischung.

In diesem Moment trat Shree durch den Perlenvorhang

hindurch. »Kommt ihr? Wir wollen los. Sebastian und Veronika werden sich um die Tiere kümmern, ich hab das geklärt.«

Majas Kopf zuckte zu ihm. »Sebastian?« Der Gedanke, dass er ebenfalls auf das Gathering fahren könnte, hatte zuvor Übelkeit in ihr aufsteigen lassen. Jetzt war sie erleichtert. Shree zuckte die Achseln. »Vielleicht kommt er nach.« Er lächelte.

Plötzlich stand Ronja auf und ließ sich widerspruchslos die Fleecejacke überstreifen. Mit einigen Hopsern lief sie aus dem Zimmer, ohne Shree anzusehen.

»Hast du das gesehen«, lächelte Maja. »Anscheinend freut sie sich auch. Wenigstens ein bisschen.«

Sie griff nach dem unförmigen, doppelt verschnürten Wanderrucksack und wuchtete ihn mit Schwung auf ihren Rücken, noch bevor Shree zu ihr treten konnte, um ihr zu helfen. Über ihrem Kopf thronte der Schlafsack wie ein olivgrüner Heiligenschein. »Lass uns gleich fahren!«, sagte sie. Bloß weg hier.

Lüneburg, Samstagvormittag

Als Nora den Kopf zu ihm ins Büro hineinsteckte und sagte: »Wir müssen nach Hamburg«, dachte Johan gerade darüber nach, wie er weiter vorgehen sollte.

»Wieso Hamburg?«, fragte er irritiert. Für ihn war seine Heimatstadt mit einer Menge Orten und Menschen verbunden, aber keiner von denen hatte auch nur im mindesten mit Marina oder Saskia zu tun. Dann fiel der Groschen. »Du meinst wegen der Neffen von Paolo Baretta?«

»Ja, auch. Aber ich habe hier die Adresse eines Jugendlichen, der letztes Jahr mit seinem Freund zusammen auf einem Hof der Free Hands for Free Farms in Tschechien gearbeitet hat. In der Nähe von Evelinas Fundort. Und anschließend, wieder mit dem gleichen Freund, wohl auch in Bardowick. Doch der eine hat keinen festen Wohnsitz. Der andere, zu dem wir wollen, wohnt in einer WG.«

»Aber Evelina ist erst im Dezember verschwunden. Da waren die alle schon weg.«

»Das mag ja sein«, Nora wurde jetzt unwirsch, »aber sie kannten sich dort aus. Und du hast schließlich die Farm in Bardowick entdeckt.«

Johan stand auf und griff nach seiner Jacke.

»O.k....«, sagte er gedehnt. »Und die waren auch wirklich hier auf dem Hof?«

»Ziemlich sicher.«

»Ziemlich sicher? Und deshalb fahren wir nach Hamburg?!«

Nora, die bereits wieder im Türrahmen stand, blieb stehen und drehte sich ruckartig um. »Ja, das machen wir.« Sie hatte die Fäuste geballt und starrte Johan so durchdringend an, dass der zusammenzuckte.

»Ich hab ja nur gefragt«, murmelte er, während er sich die Jacke unter den Arm klemmte. Er schnaubte leise.

Sie reagierte gerade wirklich übertrieben. Und gefragt, ob er überhaupt Zeit hatte, hatte sie auch nicht. Eigentlich hatte er die nicht, aber es stimmte, er hatte das Netzwerk der FH4FF entdeckt, und jetzt wollte er auch wissen, wohin sie diese Information führte. Schweigend liefen sie schnellen Schrittes das Treppenhaus hinunter. Grüßten Heiner, der ihnen entgegenkam, nur mit einem Handzeichen. Als sie auf dem Parkplatz standen, fragte Johan: »Ist alles in Ordnung?« Nora schüttelte den Kopf und öffnete den Dienstwagen. Erst als sie hinter dem Steuer saßen, schüttelte sie abermals den Kopf, während sie nach vorne starrte und Johans Blick mied.

»Nein, nichts ist in Ordnung. Ein Kind ist verschwunden und leidet und leidet, und wir fahren in der Gegend herum und versuchen herauszufinden, was passiert ist, aber es dauert so verdammt lange! Zu lange!«

Ihre Hände krampften sich ums Lenkrad.

Sie ist schön, wenn sie in Rage ist, dachte Johan.

Er betrachtete Nora prüfend, vergaß einen Moment, dass sie seine Kollegin war. Sie war aufgewühlt, wirkte so zart. Einen Moment hatte er den Eindruck, als wollte sie in den Arm genommen werden, aber gleichzeitig verströmte sie so viel Abwehr, verschanzte sie sich in ihrem Bollwerk, das alle Menschen abwehrte, die versuchten, sich ihr zu nähern.

»Wir werden dieses Schwein kriegen.« Nora startete den Motor. »Wir werden ihn kriegen, egal, wie lange es dauert. Und wenn ich selbst dabei draufgehen muss!«

Johan nickte. Er wollte etwas darauf erwidern, doch es gab nichts zu sagen. Die düstere Atmosphäre, die Noras Worte heraufbeschworen hatte, lag wie eine zusammengerollte Schlange zu ihren Füßen. Noras verletzliche Schönheit hatte eine andere Färbung bekommen. Nora war objektiv eine schöne Frau. Aber jetzt wirkte sie hart und bitter, gnadenlos. Ein Racheengel. Sie akzeptiert keine Schwäche, dachte Johan und fühlte sich mit einem Mal schwach. Zu weich, immer wieder nach einem Ausweg suchend, sich nach Momenten sehnend, in denen er die Gedanken an den Fall weit hinter sich lassen könnte. Sie tat das nicht. Sie schien nur für ihre Arbeit zu leben.

Nachdem Nora Johan in dürren Worten über den weiteren neuen Verdächtigen informiert hatte und darüber, dass Bohumil Nekovaf gerade auf dem Weg war, Pavel Němec zu vernehmen, schwiegen sie auf der Fahrt in Richtung Maschener Kreuz.

Johan dachte daran, dass er in Hamburg in der Nähe von Lilly sein würde. Ausgerechnet heute, am Samstag, dem Tag, an dem sie sich eigentlich hatten wiedersehen wollen. Die Entführung hatte alles verändert. Aber er durfte doch, verdammt noch mal, auch bedauern, dass er deswegen seine Wünsche und Bedürfnisse unterdrückte. Das musste doch erlaubt sein.

Nora und er würden danach in der Besprechung sitzen und ihre Ergebnisse mit zum großen Haufen geben. Dem Berg der Erkenntnisse des heutigen Tages. Und dann würden sie Feierabend machen, spät. So spät, dass sich das Schlafen kaum noch lohnte, weil sie auch früh aufstehen würden. Sie würden alles lesen, was die anderen bei Vernehmungen zu hören bekommen hatten, würden sich in den Büros das Hirn über mögliche Verbindungen heiß reden. Sie würden alle auf allen Fluren die Ohren spitzen, ob nicht ein Telefon läutete, an dem jemand dran sein könnte, der etwas über das Kind wusste. Sie würden den Polizeifunk hören, in der Hoffnung, dass eine Streife etwas meldete. Und er würde sich immer noch Gedanken machen, wie er das fehlende Puzzleteil in Rennichs Leben aufstöbern konnte. Er wurde müde, wenn er an all das dachte.

Und wahrscheinlich würden sie nichts erreichen. Und solange würde es keinen Gedanken außerhalb des Falls und dem möglichen Tod des Mädchens geben, dessen Leben von ihnen abhing.

Johan rutschte tiefer in den Sitz. So war das einfach, egal, wie sehr er das bedauerte.

Nora ärgerte sich über ihren Ausbruch. Erst als sie zwischen Winsen und dem Maschener Kreuz die starke Maschine des Wagens voll ausreizen konnte, ließ das Kribbeln in ihren Gliedern etwas nach. Der Wagen schoss auf der linken Spur dahin, und sie hatte nicht die Absicht, langsamer zu fahren, solange sie nicht musste.

Natürlich war es ihre kurze Vision von Marinas Leid gewesen, die jetzt wie eine Ölpest auf ihren Gedanken schwamm. Und sie musste sich eingestehen, dass sie immer instabiler wurde. Sie hatte lange keine Panikattacke mehr gehabt. Und in Nürnberg, bei ihrem letzten Fall, hatte sie mehrere Monate durchgehalten, bevor sie das Gefühl hatte, zwischen selbst inszenierten Verbalattacken gegen Kollegen und unterdrücktem Anlehnungsbedürfnis zerrieben zu werden. Diese Emotionen waren nur hinderlich bei den Ermittlungen. Aber unweigerlich kam der Punkt, wo das berufliche Miteinander persönlicher wurde und sie ihre ganze Umgebung zwanghaft auf Loyalität gegenüber den Opfern prüfte.

Dabei gab es keinen Zweifel, dass alle Beamten fieberhaft nach Marina suchten, trotzdem würde Nora sie am liebsten packen und schütteln, ihnen klarmachen, dass das alles jetzt und wirklich passierte.

Das Ziehen in ihrer Brust machte Nora schmerzhaft klar, was hinter ihrer Wut stand: Wer selbst nicht gerettet worden war, wusste, wie es sich anfühlte, ganz allein zu sein und im Stich gelassen zu werden. Dieses Gefühl und den Vorwurf wurde man niemals mehr los. Wer einmal versucht hatte, Augenblicke des vollkommenen Ausgeliefertseins zu vergessen, der wusste, dass es kein Entrinnen gab, dass das Böse existierte und nie eine Pause einlegte. Sie zählte langsam rückwärts und konzentrierte sich auf die Aufgabe, die vor ihr lag. Als sie fünfzehn Minuten später auf die vierspurige Autobahn Richtung Elbbrücken fuhren, hatte sie ihre Ängste aus dem Fall wieder aussortiert wie fremdländische Münzen nach der Urlaubsreise aus dem Portemonnaie. Wegwerfen konnte man sie nicht, obwohl man damit nichts mehr anfangen konnte, aber verwahrte sie an einem anderen Ort.

Vor der Abzweigung zu der Autobahn in Richtung Berlin

lief der Verkehr zäher, und sie war gezwungen, langsamer zu fahren.

Wie auf ein Stichwort hin brach Johan das Schweigen. »Was genau fragen wir Sebastian? Wenn er überhaupt zu Hause ist.«

»Wir wollen wissen, was er in Tschechien gemacht hat. Wo sein Freund ist. Wie sie zu diesem Hof gekommen sind und zu dem in Bardowick.«

»Mhm.«

Nora sah kurz zu Johan rüber. Sie fühlte sich zu einer Erklärung bemüßigt. »Man muss sich verdammt gut auskennen, wenn man tagelang ein Mädchen versteckt halten will.«

Vor ihnen bremste jemand, und auch Nora musste abrupt abbremsen. »Arschloch!«, schnaubte sie.

Ein Blick nach rechts auf das nächste Verkehrsschild zeigte ihr, dass ihr Tempo weit über der Geschwindigkeitsbegrenzung gelegen hatte.

»Und die Neffen von Baretta?«, fragte Johan.

»Bohumil glaubt nicht, dass Evelina länger irgendwo festgehalten wurde. Aber ich denke auch, man hätte Saskia beobachten und ausspähen müssen, irgendwie ihr Vertrauen gewinnen. Sie ist am helllichten Tag mitten in einer Ortschaft verschwunden.«

Johan nickte kurz. »Möglich …«, sagte er gedehnt. »Aber du hast dich auch viel mit dem Sommer vor Saskias Tod beschäftigt. Er hätte sie auch um die Weihnachtszeit kennenlernen können. Oder gar nicht. Oder Evelina auch kennen und Saskia während der Weihnachtszeit kennenlernen können, nach Evelinas Tod.«

Nora schüttelte den Kopf. »Vielleicht, wenn er tatsächlich ihrem direkten Umfeld angehörte. Aber Saskia ist viel weniger geritten nach den Sommerferien. Sie hat neben der Ganztagsschule ihre Freundinnen gehabt.« Sie zögerte. »Eigentlich war

Rennich perfekt nah dran. An Marina sowieso und auch an Saskia, noch dazu unauffällig. Deshalb war ich auch sofort bereit, ihn als Verdächtigen zu akzeptieren. Denn bei Mädchen, die so gut wie ständig unter Aufsicht sind, wenn wir bei denen Eltern, Lehrer, Verwandte und Eltern ihrer Freunde ausschließen, dann bleibt nur jemand übrig, der sich ihnen irgendwie außerhalb des Gewohnten nähern kann. Im Sommer, als Zeit war, Muße und Mangel an Kontrolle.«

Johan sah auf die Straße, schwieg einen Moment, dann sagte er: »Und wer ist unauffälliger und erscheint weniger gefährlich als ein anderer Jugendlicher, auch wenn er ein paar Jahre älter ist ... aber Marina war nicht beim Bauwagenplatz, oder?«

Nora zuckte die Achseln. »Ich weiß es nicht.«

Ratlosigkeit breitete sich im Wagen aus.

»Aber so tun wir wenigstens etwas?«, kommentierte Johan. Dann nickte er. »Ich denke, da könnte etwas dran sein.«

Nora lächelte ihm dankbar zu. »Und deshalb fahren wir jetzt dahin. Die Neffen wegen ihres Kontakts zu Saskia und Sebastian Vollmer, weil sie beide Gegenden gut kannten. Zuerst zu ihm. Die Neffen von Paolo Baretta wohnen bei ihrer Mutter, obwohl der eine schon volljährig ist. Das ist irgendwo am Stadtrand.«

Die Route hatte Nora sich auf der Karte online angeschaut. Sie erinnerte sich nur noch vage an Hamburg, vor siebzehn Jahren hatte sie während ihrer Ausbildung bei einer Ermittlung zu Menschenhandel und Zwangsprostitution dort hospitiert. Eine Sache fiel ihr allerdings wieder ein, als sie die großen Verladekräne für die Container sah. Sie bremste scharf, aber es war zu spät. Zu ihrer Rechten blitzte es aus der Radaranlage vor den Elbbrücken. Zehn Minuten später waren sie im Viertel Rotherbaum.

Hamburg, Samstag, später Vormittag

Nora quetschte den Audi mit der Nase voran in eine winzige Parklücke gleich um die Ecke der angegebenen Adresse, und sie schälten sich durch den Spalt zwischen den Türen und den anderen parkenden Autos nach draußen.

»Nett hier!«, sagte sie und legte den Kopf in den Nacken, um an den Fassaden der Altbauten hochzuschauen. Die Häuser mit vier Stockwerken waren mit Stuck verziert, dort, wo sie parkten, waren die Fassaden gepflegt. Doch als sie in Richtung der größeren Verkehrsstraße gingen, die obendrein an den Bahngleisen entlangführte, wurde mit jedem Haus der Putz blätteriger und die Fenster stumpfer. Das Eckhaus, das eigentlich einen imposanten Anblick bot, war in einem eher tristen Zustand, die Fassade grau von Autoabgasen. Bei der Kneipe im Untergeschoss waren die Fenster von innen mit Holz zugenagelt, und zwischen der Scheibe und der Sperrholzplatte hatten sich Staub und Insekten über Jahre angesammelt. Von der hölzernen Eingangstür platzte der Lack ab, und die Stufen waren ausgetreten. Nur als sie das Treppenhaus betraten, bot sich der überraschende Anblick eines quasi möblierten Eingangsbereichs. Ein geblümtes Sofa stand unter den Briefkästen, von denen es mindestens acht Stück gab. Auf jedem standen obendrein, teils auf mit Tesafilm festgeklebten Zettel oder mit Edding geschrieben, etliche Namen, mindestens dreißig Leute schienen hier im Haus zu wohnen, verteilt auf vier Wohnungen. Neben dem Sofa stand auf einem Nierentisch eine Topfpflanze, über der Treppe hingen gerahmte Gemälde, billige Drucke von Landschaftsmalereien. Alle Gegenstände sahen aus, als wären sie vom Sperrmüll aufgelesen, aber dennoch haftete dem ganzen Arrangement etwas liebevoll Unkonventionelles an.

Das Haus wirkte mehr wie ein Studentenwohnheim als ein normales Wohnhaus.

Nora schaute Johan fragend an und sah ein Lächeln um seine Mundwinkel spielen. »Weißt du, was lustig ist?«, fragte er. »Dieses Haus war schon in meiner Jugend so eine Art Party-Location. Hier wohnen seit bestimmt zwanzig Jahren WGs, regelmäßig gab es früher große Feiern mit Bands, DJs und einer Bar in den Wohnungen.« Er schüttelte den Kopf. »Ich hätte die Adresse gleich wiedererkennen können, ich war drei oder vier Mal hier. Aber das ist über fünfzehn Jahre her.« Er schmunzelte noch ein bisschen, steckte die Hände in die Hosentaschen und wippte vergnügt. »Hier im Treppenhaus habe ich sogar schon mal mit einem Mädchen geknutscht.«

Nora zog die Augenbrauen hoch. »Kennst du jemanden, der hier wohnt?«

Er schüttelte den Kopf. »Wohl kaum.« Er musterte die Namen auf den Briefkästen und schüttelte den Kopf. »Ich kannte auch damals die Leute nicht, sondern wurde nur mitgebracht. Wie die meisten.« Nora lächelte. Es war leicht, sich Johan als draufgängerischen Jugendlichen vorzustellen, bestimmt war er hübsch gewesen. Und er schien, im Gegensatz zu ihr, an seiner Vergangenheit nichts auszusetzen zu finden.

Langsam stiegen sie die Treppen nach oben. Sebastian wohnte laut Einwohnermeldeamt im dritten Stock. Auf jedem Treppenabsatz wechselte der Stil der Bilder, auch Poster waren darunter, die allerdings reichlich demoliert aussahen. »Anscheinend gibt es hier immer noch Partys«, sagte Johan, als sie an einer Wand vorbeikamen, die über und über mit Signaturen und Sprüchen bedeckt war.

Nora schwieg. Auch sie hatte, allerdings in viel jüngerem Alter, also vor mehr als fünfundzwanzig Jahren, Feiern besucht, die wild und, wie sie dann feststellen musste, sogar gefährlich waren. Sie schauderte, und es erschien ihr, als ob die Temperatur fiel, je weiter sie nach oben stiegen.

Vor der Wohnungstür von Sebastian Vollmer hielten sie einen Moment inne, verschnauften und lasen die Namen an der Tür, bevor sie die Klingel drückten. Vier Frauen und vier Männer wohnten hier. Eine ganze Weile passierte gar nichts. Nora klingelte wieder, dieses Mal länger. »Bei so vielen Bewohnern muss doch eigentlich am Samstagvormittag jemand zu Hause sein.«

»Schlafen noch!«, murmelte Johan.

Kurz darauf hörten sie schlurfende Schritte hinter der Tür, und eine junge Frau in türkisfarbenen Leggins und weitem, orangefarbenem T-Shirt öffnete die Tür. Sie hatte Filzschlappen an den Füßen und trug trotz der Wärme eine graue Strickmütze auf dem Kopf, unter der sich eine Wolke blonder Locken hervorkringelte. In der Hand hielt sie eine riesige Kaffeetasse. »Ja?«, fragte sie, während die Helle des Treppenhauses sie blinzeln ließ. Im Flur der Wohnung war es finster wie in einem Keller.

»Wir kommen von der Kriminalpolizei und würden gerne mit Sebastian Vollmer sprechen«, sagte Nora und hielt dem Mädchen ihren Ausweis entgegen. Bevor die genauer hinschaute, ließ sie ihn wieder in der Tasche verschwinden. Sie wollte nicht, dass die Buchstaben BKA zusätzliche Fragen bei Sebastians Mitbewohnern hervorriefen.

Doch die Frau oder vielmehr das Mädchen, verbesserte Nora sich, denn sie konnte nicht älter als achtzehn oder neunzehn sein, starrte Nora ins Gesicht, den Ausweis ignorierte sie. Nora sah eine ganze Reihe von heftigen Emotionen über ihr schmales, hübsches Antlitz huschen: Überraschung, Angst, regelrechtes Grauen, dann sogar eine Art Erleichterung, als hätte sie auf sie gewartet.

Ihre Hand zitterte ebenso wie ihre Stimme, als sie sagte: »Kommen Sie doch herein.« Sie trat einen Schritt zur Seite, um sie durchzulassen.

Nora und Johan warteten an der Garderobe, bis sie die Tür geschlossen hatte und durch den Flur voranging, in dem sich schemenhaft Möbel abzeichneten, je mehr ihre Augen sich an das Dunkel gewöhnten. Die Wohnung war riesig. Von dem Flur, der im Bogen einmal über die ganze Etage lief und in dessen Mitte sich ein großer Raum befand, in dem eine Sofaecke vor einem Fernseher stand, gingen etliche Zimmertüren ab.

Das Licht war so gedämpft, weil alle Türen bis auf eine geschlossen waren und der Flur selbst keine Fenster hatte. Durch den Spalt der geöffneten Tür fiel gerade so viel Licht, dass sie die schlanke Gestalt des Mädchens sehen konnten, das ihnen, die volle Tasse balancierend, vorausging. Angespannt wie eine Seiltänzerin, ging es Nora durch den Kopf. Als könne sie jederzeit abstürzen. Sie warf Johan einen fragenden Blick zu, aber sie konnte im Zwielicht nicht erkennen, ob er ihn aufgefangen hatte.

Am Ende des Flurs wurde es heller, hinter einer Kehre lag die Küche, und das Mädchen lotste sie in einen angrenzenden Raum, in dem ein großer ramponierter Tisch, ein weiteres geblümtes Samtsofa und eine große Anzahl zusammengewürfelter Stühle standen. Die Bilder an den roh verputzten Wänden glichen denen, die im Hausflur hingen. Nora sah, dass das Mädchen immer noch zitterte, als es sich setzte und nun mit beiden Händen die Kaffeetasse umklammerte. Sie bekam Mitleid mit ihr. Anscheinend hatte sie sich entschlossen, ihnen etwas zu sagen, und Nora nahm ihr gegenüber Platz, um das willkommen zu heißen, was immer sie loswerden wollte. Bisher hatte die junge Frau keinerlei Anstalten gemacht, nach

Sebastian zu rufen oder irgendeinem anderen der Mitbewohner Bescheid zu sagen. Stattdessen zeigte sie auf die Stühle und sagte zu Johan: »Setzen Sie sich doch.«

Nora wartete. Der Ausdruck, der nun in ihrem hübschen Gesicht vorherrschte, war Trauer. Sie kämpfte anscheinend mit Worten, mit dem Wachwerden und den Fremden in ihrer Wohnung.

Nora half ihr. »Sebastian ist nicht hier?!« Es war mehr eine Feststellung als eine Frage.

Das Mädchen schüttelte den Kopf. »Nein, er ist nicht hier, und ich habe auch keine Ahnung, wann er wiederkommt.«

Nora sah sie weiterhin fragend an.

»Sebastian ist mit Freunden weggefahren und hat sich seit ungefähr sieben Monaten nicht mehr gemeldet.« Sie zog die Schultern hoch. »Er war vorher schon manchmal etliche Wochen weg, ohne uns Bescheid zu sagen.« Es klang wie eine Rechtfertigung.

Sie machte eine Geste, ein vages Flattern ihrer schlanken Hände. »Ich meine, wir sind uns hier keine Rechenschaft schuldig, und seine Miete wird auch überwiesen. Aber das ist ein Dauerauftrag, der vom Bafög abgedeckt wird.« Sie biss sich auf die Lippen. »Sebastian studiert Agrarwirtschaft«, setzte sie als Erklärung hinzu. »Aber wir sind hier auch Freunde und passen aufeinander auf, ersetzen uns die Familie…« Johan und Nora wechselten einen Blick. Was war das hier?

Plötzlich lief dem Mädchen eine Träne über die Wange. »Ich meine, gut, Sebastian war schon eigenartig. Familie hatte er, glaub ich, gar keine, und das fiel ihm auch schwer. Aber ich denk schon seit einer Weile, dass ihm etwas passiert sein muss. Und jetzt sind Sie hier…« Sie konnte die Tränen nicht mehr zurückhalten, mit einer trotzigen Geste wischte sie sie mit dem Handrücken weg und starrte in ihren Kaffee.

»Was glauben Sie denn, was Sebastian passiert sein könnte?«, fragte Nora.

Sie blickte wieder auf, zuckte die Achseln. »Keine Ahnung. Und vielleicht reagiere ich auch über. Die anderen sagen, dass er nur spontan beschlossen hätte, sich für ein halbes Jahr nach Indien oder sonst wohin abzusetzen, und irgendwann wieder auftaucht. Sie sind dafür, dass wir ihn, solange die Miete kommt, nicht kontrollieren. Wir haben das auf dem letzten WG-Treffen besprochen. Zwei waren dafür, die Polizei einzuschalten und ihn als vermisst zu melden, drei dagegen. Der Rest hat sich enthalten.« Sie starrte neuerlich in die Tasse. »Und so haben wir halt nichts gemacht …«

Nora lehnte sich auf ihrem Stuhl zurück, einem Drehstuhl mit Rollen, der jetzt angenehm nach hinten federte, und ließ die neuen Informationen sacken.

»Wie heißen Sie?«

»Linda Meier.«

»Frau Meier, wie sieht Sebastian aus?«

Der Blick, mit dem Linda Nora ansah und Johan ausklammerte, hatte etwas Flehendes. Als suche sie nach einem Anker in dem Blick der Älteren, einer Bestätigung, dass sie das Richtige tat, indem sie die beiden Beamten in die Wohnung ließ, die nach ihrem Mitbewohner fragten, der vielleicht nur an einem Strand auf KoTao oder in Goa saß. Woran sie jetzt in diesem Moment dringend glauben wollte.

»Mittelgroß, dunkelblonde lange Haare, immer einen kleinen Dreitagebart. Aber irgendwie gepflegt…« Bei dem Satz lächelte Linda leicht, und Nora fragte sich, ob da nicht noch andere Gefühle waren, die sie Sebastian vermissen ließen oder sich zu fragen, wo und vor allem mit wem er weg war.

»Warten Sie«, Linda sprang auf und verschwand aus dem Raum.

»Was denkst du?«, flüsterte Johan.

Nora wollte ihm gerade antworten, als Linda wieder in das Zimmer kam. Sie hielt ein Smartphone in der Hand, auf dessen Display ein Foto zu sehen war: »So sieht er aus.«

Das Bild zeigte einen jungen Mann mit blauen Augen und sonnengebleichtem Haar, der fröhlich grinste und dessen Gesicht durch die Nähe zum Objektiv konisch zulief. Was aber nicht verhinderte, dass man erkannte, wie gut er aussah. Am Haaransatz hatte er eine Strähne, um die farbige Bänder gewickelt waren.

Nora blickte auf das Bild, und ihr Herz begann in einem Takt mit tief dröhnenden Basstrommeln zu schlagen, der bis in ihren Bauch hinein spürbar war.

»Würden Sie uns einen Moment allein lassen, Linda?«, sagte Nora.

Linda stand auf und ging durch die Küche auf den Flur. Nora hörte die Tür ins Schloss fallen.

»Sebastian könnte der Tote aus dem Wald sein!«

Johan starrte sie an, sein Mund öffnete sich leicht.

»Woher weißt du das?«

Nora sah den Moment genau vor sich, wie sie sich in die Grube gebeugt hatte. Carolin Weiß hatte bereits den größten Teil der Leiche freigelegt, sie zupfte an einigen Haaren im Untergrund, die sich vom Schädel gelöst hatten, um die sich dunkles Band schlang, das einmal bunt gewesen sein könnte, auf jeden Fall aber dem ähnelte, das sie eben auf dem Foto gesehen hatte. Sebastians Alter stimmte auch, ebenso wie der Zeitpunkt seines Verschwindens.

Sie flüsterte, damit Linda, selbst wenn sie an der Tür lauschte, sie nicht hören konnte. »Ich bin mir sicher. So sicher, wie man sich ohne DNA-Probe sein kann. Aber ich glaube, er ist es.«

Johan dachte einen Moment nach. »Dann sollten wir das Linda sagen. Sie muss uns alles über Sebastian erzählen, über seine Freunde, sein Leben. Wir brauchen die Personalien aller, die hier ein und aus gehen. Und wir müssen die Hamburger Kripo einschalten. Wir werden die Mitbewohner befragen. Sie müssen verstehen, worum es hier geht.« Er schnaubte. »Das ist ganz schön viel ohne Beweise. Bist du dir wirklich sicher?«

Nora legte den Kopf zur Seite. War sie das? Ja, sie war sicher, dass ein junger Mann in Sebastians Alter, der zu dem Zeitpunkt starb, als dieser verschwand, im Wendland in einem Waldklo beiseitegeschafft wurde. Und dass beide bunte Bänder in den Haaren gehabt hatten.

Ziemlich sicher. Und sie würden die Identität der nahezu skelettierten Leiche schnell bestätigen können, wenn sein Zimmer nicht angerührt worden war. Sie mussten etwas mitnehmen, an dem sich seine DNA befand. Dazu mussten sie Linda sowieso sagen, was sie befürchteten. Marina wurde vermisst, sie durften nicht aus Rücksichtnahme Zeit verlieren. Nora seufzte und stand auf.

Sie öffnete die Tür und rief Linda, die mit ihrem Kaffee am Ende des Flurs auf dem Sofa saß. Ein junger Mann saß neben ihr. »Kommen Sie bitte. Beide!« Von einer Sekunde auf die andere waren sie von Gästen zu Akteuren geworden, die das Territorium neu definierten. »Und bitte bringen Sie mit, wer sonst noch da ist«. Der junge Mann legte Linda die Hand auf die Schulter und ging in Richtung eines der Zimmer, Linda stand auf und kam unsicher auf sie zu.

Nachdem sich alle drei anwesenden Bewohner der WG, Linda, Yussuf und Henning, auf dem Sofa neben der Küche versammelt hatten, teilte sie ihnen mit, welche Entdeckung die Lüneburger Polizei im Waldgebiet Drawehn gemacht hatte. Sie sprach Worte aus wie »sterbliche Überreste«, »passendes

Alter« und »vermutlicher Todeszeitpunkt« und spürte, wie sie diese Termini benutzte, um sich von der Situation zu distanzieren und nüchtern die Reaktion der drei jungen Menschen beobachten zu können, über die gerade ein unerwarteter Gefühls-Tsunami hereinbrach. Johan hatte sich seitlich von ihr so hingestellt, als wäre er nicht beteiligt. Gleichwohl wusste sie, dass er ebenfalls die Reaktionen der drei genauestens im Auge behielt.

Anhand ihrer Gesichter, in denen sich die müden Augen weiteten, die Lippen erstaunt öffneten, die Hände wie kleine Vögel in Aufruhr gerieten und über Hosenbeine wischten und lose Haarsträhnen aus dem Gesicht strichen, konnte sie erkennen, wie das Verstehen einsickerte. Alle Abwehrreaktionen liefen an. Yussufs Mundwinkel hoben sich für einen Moment unwillkürlich, geführt von dem Wunsch, was sie sagte, möge sich als Scherz entpuppen. Eine Übersprungsbewegung, genau wie Lindas Griff nach ihrer Kaffeetasse, die sie sofort wieder losließ. Als sie alle begriffen hatten, was Nora gesagt hatte, saßen sie starr wie Wild im Visier eines Autoscheinwerfers.

»Wir müssen alles wissen, was Sie im Zusammenhang mit seinen Reisen, Sebastians Leben, seinen Freunden und seiner Familie wissen. Und es wäre hilfreich, wenn wir sein Zimmer durchsuchen dürften.« Sie dachte an Marina. Die Möglichkeit, dass Sebastian der Tote im Wald war, barg neue Ansätze für ihre Ermittlungen. Was würden sie finden?

Ohne sich anzusehen, nickten sie. Henning, der in der Mitte saß, griff nach Lindas und Yussufs Hand und hielt sie fest. Nora kamen sie sehr jung vor. Und es tat ihr leid, was jetzt alles über sie hereinbrechen würde. Sie nickte Johan zu, und er nickte knapp zurück.

»In welchem Zimmer hat er gewohnt?« Linda stand auf und schlängelte sich um den Tisch. Ihren Bewegungen war das Fließende abhandengekommen, jetzt wirkte sie wie ein Kind, dessen Selbstbewusstsein seinen zu schnell gewachsenen Körper noch nicht ausfüllte. Johan blieb stehen, und auch Yussuf und Henning rührten sich nicht. Sie schauten wie Delinquenten bei einer Hinrichtung, als Linda sich entfernte. Nora hörte, wie Johan zu ihnen sagte: »Bitte teilen Sie mir mit, wer noch hier in der Wohnung wohnt und wo Ihre Mitbewohner sich aufhalten.« Seine Förmlichkeit hatte etwas Bedrohliches.

Linda blieb vor einer Tür auf halber Höhe des Flures stehen, öffnete sie und ließ Nora den Vortritt. Sie spähte hinein. In dem Zimmer war das dunkelrote Rollo heruntergezogen, trotzdem konnte man das Innere gut erkennen. Über dem Bett mit einem schwarzen Laken war ein Baldachin aus rotem Baumwollstoff gespannt, sodass es wie eine gemütliche Höhle wirkte. Auf dem Boden lagen ein paar Klamotten verteilt, Socken, eine Cargohose, ein Pulli. Der Schreibtisch mit einer Glasplatte war mit Papierkram übersät. Ein Computer war nicht zu sehen. Ein Skateboard stand hochkant an der linken Wand, die schwarz gestrichen war. Auf die Wand war mittig eine große, rote Teufelsfratze gemalt. Ohne auf Lindas entsetzten Blick zu achten, zog sie ein paar Einmalhandschuhe aus der Jackentasche. Nora setzte einen Fuß in das Zimmer und sog die Atmosphäre ein. Staub lag auf allem, auch auf den Socken am Boden, die sich wie eingetrocknete Schnecken kringelten. Das Sonnenlicht, das trotz des Rollos noch ins Zimmer fiel, konnte den vorherrschenden dunklen Farben nichts von ihrer Düsternis nehmen. Auf der Fensterbank und dem kleinen orientalischen Nachttischchen standen Flaschen mit roten Kerzen, deren heruntertropfendes Wachs wie geronnenes Blut an dem grünen Glas klebte. Nora trat ganz ein. Es war, als ob sie eine unsichtbare Grenze überschritten, hinein in ein Land der Finsternis. Vor ihrem inneren Auge tauchte das Bild des Zimmers auf, als es noch bewohnt war, die Kerzen erleuchtet, ein Paar in dem Bett. Auf so einen Typen hatte die niedliche Linda gestanden? Oder war das hier nicht mehr als postpubertäres Gehabe, das Spiel mit den Eitelkeiten eines Mystikers?

Sie drehte sich um. »Ist Sebastian ein düsterer Typ?«

Linda zuckte die Achseln und sah dann ein wenig beschämt zu Boden. »Eigentlich nicht. Er konnte manchmal so tun als ob, aber eigentlich hatte er einen Schalk im Nacken. Ich hatte eher das Gefühl, er fand das cool.« Sie sah zu der gemalten Fratze. »Das passte gar nicht so richtig zu ihm.«

Nora betrachtete das Gemälde. Es erinnerte sie an etwas, und plötzlich kam sie drauf. Die Zeichnung war der Malerei von HR Giger nachempfunden. Der Schweizer Künstler hatte etliche Bilder gemalt, in denen der Teufel vorkam. Meist mit sexuellen Aspekten.

Sie drehte sich zu dem einzigen Möbel neben dem Kleiderschrank, dem Bücherregal und besah sich die Auswahl. Thriller von Dean Koontz, »Die dunklen Türme« von Stephen King, »Der Herr der Ringe«, aber auch das »Glasperlenspiel« und »Demian« von Hermann Hesse standen hier. In der Reihe darunter waren Sachbücher aufgereiht, die sich allesamt mit esoterischen Themen befassten. »Das Buch Thoth« von Aleister Crowley, »Lichtarbeit«, mehrere Bände »Die Prophezeiungen von Celestine«, einige zerfledderte Taschenbuchausgaben von Carlos Castaneda. Ein kleines Büchlein hieß »Tanz mit dem Teufel«. Sie nahm es aus dem Regal. Der Untertitel neben einer leuchtenden menschlichen Silhouette, die vor lauter Dämonen stand, lautete: »Das Dunkle in der Lichtarbeit. Ein Selbstschutzbuch für Reiki-Praktiker, Heiler und Therapeuten«. Sie stellte es zurück, nahm ihr Handy aus der Tasche und begann, Fotos zu machen. Dann griff sie nach dem nächsten Buch: »Die Pflanzen der Götter«. Nora blätterte durch die Seiten und starrte auf ein Bild: Datura. Stechapfel. Eine der Pflanzen, die die Alkaloide enthielten, die in dem Blut von Marina und Evelina gefunden worden waren. Sie blätterte zum Index und fuhr mit dem Finger die Worte nach. Auch die Wirksamkeit des Bilsenkrautes und der Alraune waren in dem Buch beschrieben und wie die Pflanzen aussahen. Nora atmete tief durch und stellte das Buch zurück ins Regal.

Linda stand immer noch in der offenen Tür und sah ihr zu. Ihr Blick war apathisch, von Trauer erfüllt, und sie hatte sich nicht gerührt, seitdem sie Nora in das Zimmer geführt hatte. Nachdem Nora alle Wände, das Buch und ein paar Einzelheiten fotografiert hatte, ging sie zur Tür und schloss sie ein Stück, um dahinter zu sehen. Linda machte einen Schritt in das Zimmer hinein und sah ebenfalls hinter die Tür, als sie Noras überraschten Gesichtsausdruck bemerkte. An der Rückseite der Tür war eine Pinnwand, die mit etlichen Postkarten, Konzertkarten und Fotos bedeckt war.

Nora betrachtete eine Karte, die nicht eingerissen war. Sie war für ein Konzert einer Band, die sie nicht kannte, aber das Datum des Konzertes war der fünfte Dezember letzten Jahres. Also hatte Sebastian zumindest nicht geplant zu verschwinden. Auf den Fotos waren zum größten Teil Gruppen von Jungs und Mädchen abgebildet, die fröhlich in die Kamera blickten. Auf mehreren war ein Lagerfeuer in der Dunkelheit zu sehen, um das etliche Menschen saßen, die große Kongas zwischen den Knien hielten. Ihre Hände waren in der Bewegung verwischt, ebenso wie die Gestalten einiger Tänzer, die sich ekstatisch zu dem Klang der Trommeln bewegten. Auf einem Foto war der lange Rock eines Mädchens durch die Drehung zu einem bunten Farbwirbel verschwommen. Daneben hingen Bilder von Feuerwirbeln in der Dunkelheit, Fotos eines Tanzes mit einem kreisenden Stab oder einem Develstick mit angezündeten Enden. Artistisch und ein bisschen gefährlich.

Sebastian schien gerne gefeiert zu haben. Und das nicht auf die rotgesichtige, besoffene Art und Weise, wie sie so oft auf Facebook zu sehen war, sondern draußen im Wald mit Lagerfeuermusik. Außerdem gab es viele Bilder von Sebastian mit seinen Freunden. Eines stach Nora ins Auge: Zwei junge Männer sahen glücklich in die Kamera, ihre Augen strahlten wie gefallene Sterne. Die zwei sahen gut und vor allem sehr gesund aus. Ihre langen Haare schmiegten sich um die markanten Gesichter und verliehen ihnen ein verwegenes Aussehen, das von den Ohrringen und teils bunten Bändern in den Haaren noch unterstrichen wurde. Ein wenig Fluch der Karibik, ein wenig Winnetou, Adoleszenz in der Natur. Einer von ihnen war Sebastian. Der andere sah ihm ähnlich, sein Haar war eine Nuance heller, und er hatte ebenfalls ein violettes Band um eine Strähne seines Haares gewickelt.

Womöglich war es doch nicht Sebastian, der im Wald gelegen hatte? Aber wo war er dann geblieben? War der andere auf dem Foto Jonas?

»Kennen Sie jemanden auf den Fotos?«, fragte Nora Linda, die sich neben sie gestellt hatte. Linda schüttelte den Kopf. Dann deutete sie auf ein Foto von mehreren Leuten, die in einer Wohnung tanzten. »Das war hier, die meisten von denen kenne ich.« Sie deutete auf die anderen Bilder. »Aber die anderen habe ich noch nie gesehen.«

»Heißt einer von denen Jonas Kern?«

Linda schüttelte den Kopf. »Noch nie von ihm gehört.«

Nora fotografierte mit dem Handy einige Bilder ab.

Sie betrachtete die beiden jungen Männer noch einmal.

Sebastian war zusammen mit Jonas in Tschechien und wahrscheinlich Bardowick gewesen. Jonas konnte genauso gut der Tote im Wald sein, das gleiche bunte Band, das gleiche Alter. Von ihm gab es keine DNA. Sie musste das Bild sofort Bohumil mailen, der auf dem Hof dort nachfragen konnte, und sie mussten es Frau Busch von der Farm in Bardowick zeigen. Vielleicht würde sie die jungen Männer erkennen. Vielleicht.

Nora schrieb eine Mail an die Kollegen in Lüneburg auf ihrem Telefon und hängte das Bild an. »Bitte bei FH4FF Identität erfragen«, tippte sie in das Textfenster.

Auch die Hamburger Kripo würde herausfinden wollen, welche Personen auf den Bildern waren, wenn sie die Vernehmungen auf die restlichen Mitbewohner ausweitete und sich in Sebastians Freundeskreis vorarbeitete. Sobald die Identität der Leiche als Sebastian Vollmer offiziell bestätigt war, würden alle Details von der Inspektion Lüneburg und vom LKA Hamburg in Bezug auf die Hintergründe des Getöteten in Erfahrung gebracht werden. Sollte die DNA-Probe aus dem Zimmer nicht mit den Überresten aus dem Drawehn übereinstimmen, hatten sie noch einen weiteren jungen Mann mit farbigen Bändern im Haar, der verschwunden war. Schnell mussten sie auch genetisches Material von Jonas Kern auftreiben. Und sie mussten auch herausfinden, ob es inzwischen eine genauere Einschätzung zum Todeszeitpunkt der Camper-Leiche gab. Fragen über Fragen, die es alle zu klären galt.

Und sie mussten Marina finden. Bis eben hatte Nora nur in sich aufgenommen, war wie ein Informationsmagnet durch den Raum gegangen in der Hoffnung, irgendwo auf einen anziehenden oder abstoßenden Pol zu stoßen. Doch nun kam ihr mit einer überwältigenden Intensität die Bedeutung ihrer Entdeckung zu Bewusstsein. Ihr Herz begann zu rasen. War Sebastian der Schlüssel zur Ermordung der zwei Mädchen und der Entführung Marinas? Hatte einer der beiden Freunde den anderen getötet, weil der mitbekommen hatte, welch kranke Fantasien im Entstehen waren? Lag Sebastian in dem Grab, und Jonas Kern war durch den Mord an seinem Freund aus der Wirklichkeit katapultiert worden, hinein in eine Tötungssehnsucht, die er an kleinen Mädchen auslebte? Oder umgekehrt? Die Teufelsfratze blickte auf sie hinab.

Hamburg, Samstag, früher Nachmittag

Nachdem sie eine Stunde später die Wohnung verlassen hatten, zündete sich Johan vor der Tür eine Zigarette an. Kaum hatten sie die Straßenecke passiert, ließ er sich auf eine Treppenstufe in die Sonne fallen. Sein ganzer Körper erschlaffte, als wäre ihm jeglicher Halt entwichen, und selbst die Muskeln in seinem Gesicht lösten sich, als seien sie nicht mehr in der Lage, seine Züge in Form zu halten. Er klopfte mit der flachen Hand neben sich. Nora hockte sich ebenfalls auf die Stufe und spürte sofort, wie steif ihr Oberkörper war. Wie ein Stahlband lagen die Muskeln um ihren Nacken. Sie zog die Schultern ein paar Mal zu hoch und ließ sie wieder fallen. Gut, dass sie da raus waren. In der Wohnung waren jetzt mehrere Kripo-Beamte und führten die Befragungen fort. »Was hältst du von dem Zimmer?«, fragte sie Johan.

»Gruselig!« Er zog angewidert die Mundwinkel nach unten und nahm dann einen tiefen Zug von seiner Zigarette.

Nora war zutiefst erschöpft. Die plötzliche Neuorientierung durch die überraschende Wendung der Ereignisse und zugleich in der Situation mit den überrumpelten jungen Leuten souverän und klar zu bleiben, war nur mit höchster Konzentration möglich gewesen. Johan hatte bei den Hamburger Kollegen angerufen. Er hatte, soweit möglich, erzählt, was im Drawehn im Landkreis Lüneburg vorgefallen war, und ihren Verdacht geäußert, dass es sich bei dem Toten um Sebastian Vollmer handeln könnte, wohnhaft An der Verbindungsbahn 5, Rotherbaum. Dann hatte er Irene angerufen und ihr erklärt, was sie in Hamburg herausgefunden hatten. Ein Streifenwagen war mit einem Beweismittelbeutel mit einigen Haaren von Sebastians Haarbürste auf dem Weg ins Labor. Carolin Weiß war unterrichtet, und bald würden sie ein Ergebnis des DNA-Abgleichs haben. »Unglaublich«, sagte Johan und fuhr sich mit der freien Hand durch die Haare.

»Es muss nichts mit den Mädchen zu tun haben. Er ist im Oktober umgekommen, da lebten alle Mädchen noch«, erwiderte Nora. Die Sonne tat ihr gut, und sie schloss einen Moment die Augen. »Da ist noch sein Freund, der ebenfalls als möglicher Toter im Wald in Frage kommt. Da er keinen festen Wohnsitz hat, ist es unwahrscheinlich, dass ihn jemand vermisst melden würde.«

Sie blinzelte, auch Johan hatte die Augen geschlossen, während er zuhörte. Nora zog ihr Handy hervor, tippte ihn an und zeigte ihm das Foto. »Vielleicht hatten sie Streit?«

»Oder es kommen noch dreißig andere in Frage, die den gleichen Geschmack haben, was ihre Frisur betrifft?«, sagte Johan, er klang erschöpft. »Das Foto zeigt doch auch, wie viele Jungs sich Bänder ins Haar binden.« Er kniff die Augen zusammen. »Schöne Scheiße! Vielleicht sitzt Sebastian wirklich in Goa, mit Jonas!«

Nora schüttelte den Kopf. »Er ist im Oktober verschwunden. Er war in Tschechien, in Bardowick. Wir sind jetzt hier. Irgendwie hängt das alles mit Evelina und Saskia zusammen.«

»Aber die waren doch vor Evelinas Tod in Tschechien!«

Johan fuhr sich durch das Haar. Nora sah, wie wenig es ihm behagte, dass sie ihrer Sache so sicher schien.

»Schon, aber dicht an beiden Fundorten der Leichen liegen FH4FF-Bauernhöfe. Jetzt sind von den freiwilligen Helfern dort zwei wie vom Erdboden verschwunden, und wir haben eine Leiche, auf die das Profil von beiden passt.« Sie überlegte. »Ist der Todeszeitpunkt eigentlich sicher?«

Johan betrachtete das Foto eingehend und seufzte. »Carolin Weiß hat von mindestens einem halben Jahr gesprochen. Das wäre dann November, nicht später.«

»Oder es hat doch alles nichts miteinander zu tun.« Nora scharrte mit der Schuhspitze in dem Sand, der sich unter den Stufen angesammelt hatte. »Lass uns darüber nachdenken, was wir jetzt tun. Ich stimme dir zu, dass die Überlegung Perspektiven eröffnet, aber wir sollten uns da nicht verrennen.« Sie grinste süffisant.

»Jetzt klingst du wie Mohns«, sagte Johan grimmig. »Dabei wolltest du doch, dass wir die Fälle gemeinsam betrachten. Und jetzt hast du womöglich recht und freust dich nicht mal!«

Nora schnaubte. »Wieso sollte ich mich freuen darüber, dass ein junger Mann tot ist?«

Johan warf ihr einen konsternierten Seitenblick zu. »Er war schon tot, bevor wir wussten, wer er sein könnte!«

Nora dachte darüber nach. Es stimmte. Sie hatten etwas erreicht und nicht jemanden verloren. Und sie war froh, dass Johan aufhörte, gegen ihre Theorie zu wettern. Es war zermürbend.

»Fahren wir noch zu Barettas Neffen?«, riss Johan sie aus ihren Gedanken.

»Ich weiß nicht. Ich denke, wir müssen schnell nach Lüneburg zurück. Mohns wird eine Lagebesprechung anberaumen. Das DNA-Ergebnis wird in ein paar Stunden vorliegen.«

Johan legte den Kopf in den Nacken, entließ den Qualm langsam und kontrolliert und drückte dann die Zigarette auf der Stufe aus. »Stimmt, die Neffen könnten uns vielleicht weiterhelfen, wenn es darum geht, wen Saskia im letzten Sommer kennengelernt hat. Nicht höchste Prio gerade. Ich habe doch mit Irene telefoniert. Wir treffen uns um fünf zur Besprechung, es sind noch knapp drei Stunden bis dahin. «

»Dann sollten wir noch zu Jonas letzter Meldeadresse fahren. Vielleicht weiß der neue Mieter, wo er stecken könnte.«

Johan schürzte nachdenklich die Lippen. »Außerdem weiß ich vermutlich jemanden, der uns später sagen kann, ob einer dieser beiden jungen Männer und wenn, welcher, im Oktober im Wald campen war.«

»Tatsächlich?« Nora war überrascht. Dann grinste sie, als wolle sie damit sagen, dass sie das doch von Anfang an gewusst hatte. »Und damit ist das jetzt unser Fall? Die Camper-Leiche?«

»Auf jeden Fall«, erwiderte Johan und streckte die Hand aus. »Und jetzt fahr ich.«

Hamburg, Samstagnachmittag

Kaum dass sie im Auto Platz genommen hatte, klingelte Noras Handy. Bohumil.

Während Johan Kurs auf die letzte bekannte Adresse von Jonas Kern nahm, hörte Nora Bohumils aufgeregter Stimme an, dass in Tschechien etwas passiert war. Er schnaufte, wähend er sprach, als würde er sich durch ein Gebäude mit vielen Treppen bewegen. »Wir haben Pavel Němec vernommen, und er ist jetzt hier auf der Wache. Und bevor ich seine Geschichte nicht komplett durchleuchtet habe, lass ich ihn nicht wieder gehen!«

Er gab einen angewiderten Laut von sich. »Der Mann wurde vor zwei Jahren beschuldigt, ein Kind missbraucht zu haben. Die Tochter seiner Schwester. Gemeldet hatte den Vorfall eine Nachbarin, die beobachtet haben wollte, wie er seiner kleinen Nichte die Hand in die Hose geschoben hat, obwohl die wie wild gekreischt und gezappelt hat.«

Er schnaubte angeekelt.

Auch Nora fühlte, wie Übelkeit ihr die Kehle zuschnürte. »Wie alt ist die Nichte?«

»Zehn!«

Noras Hände wurden feucht. Sie umklammerte das Smartphone. »Wurde er verhaftet?«

»Ja, schon«, erwiderte Bohumil gedehnt. Die Resignation, die aus seiner Stimme sprach, verstärkte ihre Übelkeit. Sie ahnte, was jetzt kam.

»Aber die Eltern des Kindes haben keine Anzeige erstattet. Sie meinten, da sei nichts gewesen. Die Akte, die damals angelegt wurde, wurde geschlossen. Fertig, aus die Maus! Sagt ihr doch so, oder?«

»Nicht ganz. Wir sagen ›verdammtes Arschloch‹!«

Bohumil lachte zynisch. »Ach so, das sagen wir auch!«

Als er weitersprach, klang er sachlicher. »Wir werden den Vorwürfen von damals neuerlich nachgehen und dem Kind und der Schwester auf den Zahn fühlen. Wahrscheinlich wurde das Mädchen genötigt zu lügen. Und wenn das so war, dann werde ich den Mann festnehmen. Egal, ob das rechtens ist oder nicht. Dann stelle ich ihn unter Mordverdacht und nehme jede Minute seiner letzten Monate unter die Lupe!« Er seufzte. »Ärgerlich ist allerdings, dass er für den Tag im April, an dem Saskia entführt wurde, ein Alibi hat. Angeblich war er bei seiner Frau.«

Sie schwiegen beide. Trotzdem legte Nora nicht auf. Sie hatte sich inzwischen an Bohumils intimes Timbre gewöhnt, und das Schweigen war einträchtig.

Johan hielt vor einem Haus, bugsierte den Wagen in eine breite Parklücke.

Nora fiel etwas ein. »Hast du etwas über die Jugendlichen auf dem Foto herausfinden können? Ob das die zwei deutschen FH4FFler waren? Und schickst du mir das Gästebuch noch?«

»Ich kümmere mich drum!«, sagte Bohumil.

Der Moment einträchtiger Wut war vorbei. Nora dankte, bat ihn, sie auf dem Laufenden zu halten, und legte auf. Sie berichtete Johan, was sie erfahren hatte. Er antwortete nicht, während er einparkte, doch der Ausdruck in seinem Gesicht war Nora Antwort genug. Zu oft logen Menschen, weil sie etwas nicht glauben wollten. Weil es nicht wahr sein durfte.

Die Quader, vor denen sie standen, waren gelb geklinkert und lagen, überdimensionalen Ziegelsteinen gleich, versetzt in einem weiten Areal mit Rasen und einigen Bäumen. Nora blickte an der Fassade hoch. Das Haus vor ihnen hatte mindestens zehn Stockwerke, die Fenster waren blind vom Staub der Abgase.

Das dahinter liegende Gebäude war dagegen von einem Baugerüst umgeben, und die Hälfte davon erstrahlte bereits in einem sauber geputzten Gelbklinker, gegen das sich die weißen Kunststofffensterrahmen deutlich abhoben. Auf den neuen Scheiben klebte zum Teil noch Folie.

Als sie die Eingangstür zu dem Haus öffneten, war Nora sofort klar, warum die Gebäude saniert werden mussten. Es stank nach Müll und dem undefinierbaren Mief von Jahrzehnten. Das Linoleum auf dem Boden war von einer dicken Dreckschicht bedeckt, und Graffiti zierten das Treppenhaus. »Und das mitten in einer der teuersten Wohngegenden Hamburgs«, erklärte Johan mit einer ausholenden Handbewegung. »Die Grindelhochhäuser stammen aus der Nachkriegszeit. Damals geradezu ein Aufbruch in eine neue architektonische Ära durch Ferdinand Streb, modern und funktional. Natürlich stehen sie unter Denkmalschutz und gehören der Stadt. Und die hat die ganz schön heruntergewirtschaftet. Jetzt wird Stück für Stück saniert, und dann ist das hier begehrter Wohnraum.«

Nora nickte nur und musterte den betagten, dreckigen Fahrstuhl. Sie wandte sich zur Treppe. »Ernsthaft?«, rief Johan ihr hinterher. »Wir müssen in den siebten Stock.« Doch Nora ging unbeirrt weiter, er stöhnte und folgte ihr.

Oben angekommen, gingen sie den langen Flur entlang und durch mehrere Schwingtüren hindurch. Nora musterte die Klingelschilder. Schließlich blieb sie stehen und drückte lang und anhaltend auf einen der Knöpfe. Es dauerte einen Moment, dann wurde die Tür von einem jungen Mann geöffnet, der sich in den Türrahmen lehnte, als hätte er Probleme, gerade zu stehen.

»Ja?«, nuschelte er. Nora roch Zigaretten und, wenn es sie nicht täuschte, den Gestank einer abgestandenen Bong aus der kleinen Wohnung. Obwohl die Sonne hoch am Himmel stand, war es stockfinster hinter dem Mann, der nicht älter als Mitte zwanzig sein konnte. Sie reckte sich, um über seine Schulter zu schauen, und sah, dass er die Fenster mit einer schwarzen Jalousie verdunkelt hatte, an deren Rändern nur wenig Licht durchschimmerte. Das Einzige, was hinter ihm im Zimmer leuchtete, waren die Displays mehrerer Computer, die den größten Teil des winzigen Apartments einzunehmen schienen. Kabel lagen wie hellgraue Würmer überall auf dem dunklen Teppichboden. Vor einem der Rechner saß jemand. Die Gestalt kam Nora vage bekannt vor.

»Sind Sie Oliver Meier?«, fragte sie, ohne den Blick von der Person vor dem Computer abzuwenden.

»Was ist denn?«, fragte er.

Nora richtete ihre ganze Aufmerksamkeit wieder auf ihn und klappte ihren Ausweis auf. »Wir suchen Jonas Kern«, sagte sie.

»Der wohnt hier nicht mehr!« Der Ausweis schien dem jungen Mann nicht zu gefallen. Jedenfalls wirkte er alarmierter als vorher.

»Wissen Sie, wo er hingezogen sein könnte?«, fragte Nora freundlich.

Er schüttelte schnell den Kopf.

In dem Moment zog die Person hinter ihm an einer Zigarette, und im Licht der Glut und dem bläulichen Schimmer des Bildschirms erkannte Nora, wer dort saß.

Sie erstarrte. Auch Johan hatte etwas gemerkt und legte nun unauffällig die Hand an seinen Rücken, wo er unter dem Sakko ein Holster an seinem Hosenbund trug.

»Kai«, rief Nora in die dunkle Wohnung hinein, und alle schauten Kai an, der völlig perplex seinen Mund öffnete und dann aufstand.

»Was machen Sie denn hier?«, fragte er Nora und zog an seiner Zigarette. Seine Augen huschten unstet hin und her, als hätte er eben noch Ego-Shooter gespielt und sei immer noch auf der Suche nach einem flüchtigen Gegner. Die beiden jungen Männer standen jetzt nebeneinander in dem engen Türrahmen und versperrten ihnen den Blick in die Wohnung.

»Wir suchen jemanden, Jonas Kern.« Nora ging innerlich die Informationen durch, die sie über Kai Sander hatte. Es waren nicht viele. Außer, dass er im Wald mit seinem Vater gewesen war, als dieser die Leiche gefunden hatte, von der sie nun glaubten, dass es sich dabei um die sterblichen Überreste von Sebastian Vollmer oder Jonas Kern handelte.

»Wohnt hier nicht mehr«, sagte Kai achselzuckend.

»Und wo ist er hin?«, fragte Nora.

»Zu irgend so ’nem Ökohof, glaub ich«, brummte Kai, schaute zu Nora und dann kurz zu Oliver. Dem gefiel das Ganze überhaupt nicht, das sah man ihm deutlich an.

»Hat Jonas Kern dir von der Hütte im Wald erzählt?«, fragte Nora.

»Ja. Aber das ist schon ein Jahr oder so her.« Nora ärgerte sich, dass sie die Akte zu dem Fall nicht näher studiert hatte. Dann hätte sie bereits heute Morgen erkannt, in welche Richtung ihr Hamburg-Ausflug sie treiben würde. Außerdem hatte demnach auch niemand wirklich versucht herauszufinden, wie die Sanders ausgerechnet in dieses Waldstück geraten waren, denn dann wäre aufgefallen, dass derjenige, der sie dorthin geschickt hatte, nicht mehr aufzutreiben war und dem Toten sehr ähnlich sah.

»Habt ihr irgendetwas von Jonas gehört in letzter Zeit? Über ihn oder von ihm?«

Die beiden Jungs sahen sich an, und Kai steckte die Hände in die Hosentaschen. »Nö, aber sollen wir ihm was ausrichten, wenn wir ihn irgendwo sehen?«

Er gab sich hilfsbereit, aber gleichzeitig spürte Nora, dass er sie loswerden wollte. Er warf einen kurzen Blick hinter sie, den Gang entlang. Als erwarte er jemanden.

»Ich denke, das wird wohl kaum nötig sein. Aber ich hätte gerne Namen und Telefonnummer von jedem, den ihr kennt, der ihn auch kennt.« Sie kniff drohend die Augen zusammen. »Und wehe, die stimmen nicht. Dann sind wir sofort hier und nehmen euch wegen des Konsums und Verkaufs von Rauschgift und Ausspähen von Daten fest.« Letzteres hatte sie nur so ins Blaue gesagt, aber der ängstliche Blick, der zwischen beiden hin- und herging, zeigte ihr, dass sie ins Schwarze getroffen hatte. Sobald das hier abgeschlossen war, würde sich die Polizei ohnehin noch einmal mit Kai Sander und seinem Kumpel Oliver Meier auseinandersetzen müssen.

Nora wedelte mit dem Zettel in ihrer Hand, als sie wieder auf der Straße standen. »Wetten, wenn wir die alle angerufen haben, wissen wir, wo Jonas steckt! Und könntest du noch mal deine Kontakte aktivieren? Die sollen hier mal herausfinden, in welchem Umfang die beiden Jungs dealen.«

Johan legte ihr kumpelhaft die Hand auf die Schulter. »Du warst super!«, sagte er und lächelte.

Nora zuckte zusammen. Als er sofort betreten seine Hand wegzog, brannte seine Berührung noch auf ihrer Haut. Und auch noch, als sie neben Johan im Auto saß, war sie wie gelähmt.

Er hatte sie berührt und damit die professionelle Distanz verletzt, die sie so angestrengt um sich aufbaute. Die Berührung lief wie ein feiner Riss durch ihr Miteinander. Sie sagte nichts, sondern atmete nur einmal tief durch und zog das Handy hervor. Betont locker stellte sie sich mit Vornamen vor, sagte, dass sie die Nummer von Kai habe, und fragte nach Jonas und Sebastian. »Wir hatten uns alle auf einem Konzert getroffen, aber dann hatte ich die Telefonnummer verloren. Und, nun ja, jetzt habe ich Kai zufällig getroffen, und der hatte die auch nicht. Aber er meinte, du hättest die vielleicht. Oder wüsstest, wo die stecken.«

Sie legte einen plapprigen Kleinmädchenton in ihre Stimme, der ihr einen scheelen, wenngleich anerkennenden Seitenblick von Johan einbrachte. Das Eis war wieder gebrochen.

Die ersten drei Angerufenen schienen nicht wenig irritiert zu sein und antworteten alle das Gleiche, dass sie Jonas ewig nicht gesehen hätten, und einen Sebastian, der mit ihm befreundet war, würden sie nicht kennen. Drei weitere Nummern waren zurzeit nicht erreichbar. Nora seufzte, und während Johan das Auto durch den hektischen Verkehr Richtung Elbbrücken steuerte, tippte sie die vorletzte Nummer vom Zettel in ihr Smartphone. Die Telefonnummer gehörte zu einer Lisa. Ein Mädchen meldete sich; sie klang jung. Auf Noras Frage antwortete sie vergnügt: »Ach, da gibt's keine Nummer. Jonas hat gar kein Handy mehr.« Sie lachte. »Elektrosmog!«

»Und weißt du, wo er ist?«

Das Mädchen klang bedauernd. »Nee, das hat er mir nur letztes Jahr im Frühling erzählt, als ich ihn auf einem Straßenfest getroffen habe. Er hat da an einem Stand Veggie-Burger und Eier von glücklichen Hühnern verkauft.« Sie gluckste. »Dann ist das ja echt schon richtig lange her, dass du ihn kennengelernt hast?« Anscheinend hoffte sie jetzt auf eine anrührende Liebesgeschichte, aber Nora tat ihr den Gefallen nicht. »Und von wem war der Stand?«

»Wendland Farmers, glaub ich«, sagte sie.

Nora wurde heiß. Sie mussten dringend nach Lüneburg. Sie hatte den Begriff Wendland Farmers schon einmal gehört. »Danke, ich glaube, dass ich ihn so finden kann!«

Lüneburg, Samstag, später Nachmittag

In dem Moment, als sie auf den Parkplatz der Lüneburger Inspektion bogen, wurde Johan bewusst, wie gespannt er auf das Ergebnis des DNA-Tests war. Kais Verbindung zu Jonas, seine

Kenntnis von der Hütte im Wald, Sebastians Funkstille seit Oktober … Da ging doch was! Es war jetzt kurz vor vier. Wenn man die Zeit mitrechnete, die es dauerte, samstagnachmittags einen Mitarbeiter der Forensischen Serologie ins Institut für Rechtsmedizin zu bekommen, dann war es durchaus möglich, dass Caroline Weiß sich bereits gemeldet hatte.

Die Aufregung war allen anzumerken, die sich zur Besprechung im großen Konferenzzimmer zusammengefunden hatten. Heiner kippelte mit dem Stuhl und hatte die Arme vor der Brust verschränkt. Bisher war das sein Fall gewesen. Johan verstand seine Nervosität. Seine Camper-Leiche, die unter ferner liefen irgendwo in den Akten gammelte, war vor drei Tagen ans Licht gehoben worden, nur um sofort wieder beerdigt zu werden. Durch die neuen Erkenntnisse, die Verbindung zu den Mädchen, rückte der Tote im Wald plötzlich ins Zentrum der Ermittlungen. Vorausgesetzt, es handelte sich tatsächlich um Sebastian Vollmer.

Als Johan von Irene hörte, dass das Ergebnis des DNA-Vergleichs bisher nicht vorlag, war er enttäuscht. Nora würde jetzt darlegen müssen, wo sie eine Verbindung der Fälle sahen. Wie sie überhaupt zu der Wohnung in Hamburg gekommen waren und warum sie glaubte, dass es sich bei dem Toten im Wald um Sebastian oder einen seiner Freunde handeln könnte, ohne einen konkreten Beweis dafür zu haben. Als Mohns hereinkam und die Tür hinter sich schloss, stellte Nora sich an die Frontseite des Raumes. Fast dreißig Augenpaare hingen an ihr. Die Ermittlungsgruppe war gewachsen, vor allem die Zahl der Kriminalbeamten, die sich mit Marinas Entführung befassten. Einige schauten fasziniert, andere abwartend. Anscheinend hatte sich durch Irene die Neuigkeit schon verbreitet, dass Nora womöglich die Identität der Camper-Leiche lüften würde. Johan grüßte mit einer Geste einen Kollegen, der ebenfalls beim LKA Hannover arbeitete.

Nora wartete, bis sich die gesamte Aufmerksamkeit auf sie konzentriert hatte.

»Wir haben eine Wohnung in Hamburg aufgesucht, wo wir vermuteten, einen jungen Mann anzutreffen, der sich bei einer Organisation namens Free Hands For Free Farms engagiert. Bei FH4FF handelt es sich um einen Verbund verschiedener ökologischer Bauernhöfe, die in einem bestimmten geregelten Rahmen Kost und Logis für freiwillige Helfer anbieten. Hauptsächlich Jugendliche sind Mitglied in dem Netzwerk und erhalten dadurch Zugang zu Adressen von tausenden Bauernhöfen weltweit. Eine günstige und alternative Art des Reisens.« Sie zeigte mit dem ausgestreckten Arm auf eine Landkarte des Landkreises Lüneburg und Lüchow-Dannenberg. »Der nächste Hof am Fundort von Saskias Leiche ist so ein Biohof, der sich an dem Programm beteiligt. Und ganz in der Nähe von Evelinas Wohn- und Fundort befindet sich auch einer.«

Sie machte eine Pause. Dann deutete sie auf Johan. »Johan Helms und ich sind heute nach Hamburg gefahren, um zwei deutsche Männer im Alter von einundzwanzig und neunzehn aufzusuchen, die letztes Jahr im Sommer in Tschechien einige Wochen auf diesem Hof verbrachten, vor Evelinas Ermordung. Unterschriften im Gästebuch in Bardowick legen nahe, dass sie sich im Anschluss daran bis Ende September hier in der Gegend aufhielten. In Hamburg haben wir keinen von ihnen angetroffen. Stattdessen haben wir aber erfahren, dass der eine von ihnen, Sebastian Vollmer, bereits seit Oktober des letzten Jahres vermisst wird. Auf Fotos von ihm sieht man, dass er einen identischen Haarschmuck hat wie der Tote im Wald. Alter und

Größe stimmen ebenfalls überein. Außerdem haben wir am ehemaligen Wohnsitz des anderen jungen Mannes, Jonas Kern, ebenjenen Kai Sander angetroffen, der vor drei Tagen mit seinem Vater im Wald die Leiche des Unbekannten entdeckt hat. Sander kennt Jonas Kern, der ebenfalls seit Monaten von niemandem gesehen wurde.«

Unter den Beamten begann ein leises Getuschel einzusetzen, doch Nora brachte sie mit einer Geste zum Schweigen. »Die Hamburger Kripo ist bereits eingeschaltet und wird sich in Kürze mit Irene und Heiner in Verbindung setzen. Was wir jetzt noch abwarten müssen, ist der DNA-Abgleich. Proben aus Sebastian Kerns Zimmer wurden an Carolin Weiß in Hannover übermittelt.« Wie auf ein Stichwort hin klopfte es, und eine junge Beamtin steckte den Kopf durch die Tür. »Telefon. Die Rechtsmedizin aus Hannover für Nora Klerner.« Nora nickte und verließ den Raum.

Johan spürte, wie kollektiv die Spannung im Raum stieg. Er lächelte in sich hinein. Er hätte nicht gedacht, dass Noras Vorpreschen in Richtung der Jugendlichen in Hamburg derartig schnell Ergebnisse liefern würde. Und es machte Spaß, die überraschten Gesichter der Kollegen zu betrachten, die sich jetzt zum Teil zu ihren Nachbarn lehnten und tuschelten.

Das Gesicht, das Nora machte, als sie wieder eintrat, war allerdings eher ernst und zurückgenommen. Leise schloss sie die Tür hinter sich und stellte sich an ihre ursprüngliche Position. »Bei dem Toten im Wald handelt es sich nicht um Sebastian Vollmer. Die Proben aus seinem Kopfkissen und seiner Haarbürste stimmten überein, aber nicht mit der DNA der Leiche.«

Als sie das sagte, war ihr die Enttäuschung deutlich anzusehen. Sie klappte ihren Laptop auf und stöpselte das Beamer-Kabel ein. Unruhig rutschten die Beamten auf ihren Stühlen hin und her. Johan ahnte, worum es ging. Auf der Leinwand war nun das Foto von den zwei jungen Männern zu sehen, die Arme über die Schultern des anderen gelegt. Nora deutete auf die bunten Bänder in ihren langen Haaren.

»Es kann aber genauso gut sein, dass der Mann im Grab Jonas Kern ist, der als Wohnungsloser im Bundesland Hamburg registriert ist, wo er zuletzt gemeldet war, und von dem Kai Sander den Tipp mit der Jagdhütte hatte. Zuletzt wurde er vor einem Jahr auf einem Straßenfest in Hamburg gesehen in Begleitung einer Gruppe von Leuten der »Wendland Farmers«. Sie zog eine Klarsichthülle mit einem Zettel aus der Tasche ihres Blazers und gab sie Marie, die dicht vor ihr saß. »Die Wendland Farmers betreiben einen Hof in der Nähe von Zernien und beteiligen sich ebenfalls am FH4FF.« Sie schwieg.

Johan war beeindruckt. Diese Information untermauerte ein weiteres Mal die Verbindung.

»Wir müssen uns jetzt vorrangig um die Identifizierung des Toten bemühen«, sagte Nora. »Selbst wenn es sich bei der Person im Grab weder um Jonas noch Sebastian handelt, gibt es eine Verbindung zwischen den Fällen!« Da gab Johan ihr Recht. Mohns allerdings wirkte eher verärgert.

»Warum sehen Sie eine Verbindung zu der Entführung von Marina? Wegen des jungen Mannes, der die Leiche fand, und dem Haarband?«, fragte er nachdenklich.

Nora nickte. »Ich habe versucht, Sebastian Vollmer ausfindig zu machen, weil er in Tschechien war, ganz dicht an Evelinas Wohnort und in Bardowick, nahe dem Fundort von Saskias Leiche. Nicht, weil ich annahm, er wäre im Drawehn campen gewesen.«

Mohns schüttelte den Kopf. Er wirkte resigniert.

»Schön, Ihre Annahme, dass es sich bei dem Toten nun doch noch um Jonas Kern handeln könnte, begründen Sie durch seine Verbindung zu Kai Sander. Und durch die Verbindung zu dieser Hippiefarm in der Nähe. Ich bezweifle ja deshalb auch gar nicht, dass Jonas Kern unsere Leiche sein könnte. Aber mir ist noch nicht ganz klar, warum es dann auch eine Verbindung zu unserem Entführer geben soll. Wie sollten diese Jungs, die in Hamburg wohnen und auf Bauernhöfen arbeiten, denn an die Kinder rangekommen sein? In Tschechien halten sich im Sommer eine Menge Leute auf. Evelina wurde im Dezember ermordet. Und auch Saskia Monate nach dem Aufenthalt der beiden Männer auf der Farm. Ich schlage vor, Sie kommen wieder, wenn Sie mehr in der Hand haben. Heiner wird sich der Sache im Wald wieder verstärkt widmen und klären, ob es sich bei dem Toten um Jonas Kern handelt. Aber mehr Personal kann ich dafür nicht zur Verfügung stellen. Wir haben ein kleines Mädchen zu finden, und es eilt!«

Johan sah, wie Nora blass wurde. Ob vor Wut darüber, dass Mohns ihr unterstellte, nur Zeit mit dem anderen Fall zu verplempern, oder weil er den Finger direkt auf die Schwachstelle in der Argumentation gelegt hatte, konnte er nicht sagen. Bis auf die Bio-Höfe hatten sie keine Anknüpfungspunkte zu den Kindern. Die Schlappe mit der DNA-Probe entkräftete Noras Indizien zusätzlich. Und noch war Mohns nicht fertig. »Dieser Tscheche. Der, der anscheinend pädophile Neigungen hat, das ist doch eigentlich vielversprechender, meinen Sie nicht? Wenn Sie da nicht mit den Kollegen ordentlich zusammenarbeiten, dann weiß ich ehrlich nicht, wozu Sie eigentlich hier sind.« Jetzt klang er fast drohend. »Kümmern Sie sich um diesen Tschechen und wir uns um Rennich und die Leiche im Wald. Hier wird einfach alles in einen Pott geworfen. Wir müssen dringend Prioritäten setzen.«

Während Mohns sprach, hatte Nora wie in Stein gemeißelt

vorne gestanden. Jetzt stöpselte sie ihren Laptop aus, nahm ihre Unterlagen, lächelte, drehte sich um und ging. Sie schaute dabei niemanden an, auch nicht Mohns, der auf eine Antwort wartete und jetzt zu verblüfft war, um sie aufzuhalten. Johan hörte, wie die Tür hinter Nora ins Schloss fiel, und sah die entgeisterten Gesichter der Kollegen, die sich fragende Blicke zuwarfen. Er musste grinsen.

Nora hatte das Einzige getan, was Mohns komplett in seine Schranken wies. Sie hatte ihn ignoriert. Und ihr Abgang hatte in keinerlei Weise etwas Defensives. Sie hatte gesagt, was sie zu sagen hatte, und würde jetzt allein so weiterarbeiten, wie sie es für richtig hielt. Ihre konzentrierte Haltung hatte daran keinen Zweifel aufkommen lassen. Auch wenn Johan sicher war, dass sie ebenfalls wütend war. Aber sie wusste es gut zu verbergen.

Und er würde sie unterstützen.

»Da brat mir doch einer …« Mohns hatte sich aus seiner Überraschung gelöst und allem Anschein nach beschlossen, Noras Verhalten nicht zu kommentieren, auch wenn Johan an seiner Haltung erkennen konnte, wie verärgert er war.

Aber Mohns klatschte in die Hände, als wollte er sein Gefühl verscheuchen, und stand auf. »Also, wo waren wir stehen geblieben? Es gab noch Hinweise auf die Schrebergartenkolonie an der Ilmenau. Ein Pächter hat Leute gesehen, die dort vielleicht in eine Parzelle eingebrochen sind, ganz kurz nach Marinas Entführung. Der Staatsanwalt hat einer Durchsuchung zugestimmt.«

Die Klarsichthülle mit dem Din A5-Zettel darin, die Nora herumgegeben hatte, erreichte Johan. Es war ein Flyer, der für einen Holzschnitzer-Kurs warb. Auf der linken Seite war das fotokopierte Bild einer Figur, die aus einem Baumstumpf geschlagen worden war, auf der anderen Seite stand »Wendland Farmers – Holzschnitzen mit Shree«. Johan gab die Klarsichthülle weiter und musste schon wieder lächeln. Mohns wusste gar nicht, was er an Nora hatte.

Er erhob sich und drückte sich seitlich an den anderen Beamten vorbei. Einige Blicke folgten ihm. Dass er jetzt ging, verstärkte für die anderen die Allianz zwischen ihm und Nora und trieb den Keil zwischen ihnen und den anderen noch tiefer. Aber das war ihm jetzt egal. Seit heute Mittag waren seine Zweifel zerstreut. Er vertraute Noras Intuition mehr als Mohns' Einwänden.

Allerdings hatte er noch etwas zu erledigen, das jetzt keinen Aufschub mehr duldete. Er musste eine Sache für sich zum Abschluss bringen.

Nora zog die Tür zu ihrem Büro hinter sich zu. Die ganze Zeit über hatte sie die immer einen Spaltbreit offen gelassen. Damit hatte sie allen zeigen wollen, dass man jederzeit mit Fragen, Anregungen oder Informationen zu ihr kommen konnte. Dass sie sich einen Austausch wünschte. Damit war jetzt Schluss.

Sie setzte sich auf ihren Schreibtischstuhl und starrte an die Wand voller Hinweiszettel. Sie spürte, wie ihre Wut sie im Griff hatte, ihre Finger wollten etwas greifen und zerquetschen. Dann lockerte sie ihre Hände und ertrug das Prickeln der Energie, die sich nicht hatte entladen, nicht einfach hatte zuschlagen dürfen. Stattdessen sog sie einmal kräftig Luft durch die Nase und zog gleichzeitig die Schultern hoch und ließ sie wieder fallen. Das musste reichen.

Dann nahm sie das Foto von Sebastian und Jonas vom Schreibtisch, griff eine neue Nadel und pinnte das Foto mit Genuss dorthin, wo der Hof der Wendland-Farmers lag. Mit einem Edding malte sie ein Fragezeichen über den Kopf von Jonas. Das Bild hing nur wenige Zentimeter von der Stelle entfernt, wo die Camper-Leiche gefunden worden war, nicht einmal fünf Kilometer waren es. Sie nahm einen Schritt Abstand von dem Schaubild. Sie könnte dieses Foto noch an zwei weitere Orte pinnen, Bardowick und Lestra in Tschechien.

Irgendwo dort im Wendland lag die Antwort.

Und wenn es nicht Sebastian war, der in dem Grab lag, dann wusste er, wer. Und womöglich hatte er auch etwas damit zu tun. Hier lag die verdammte Lösung, und Mohns hatte nichts Besseres zu tun, als sie abzukanzeln. Aber wenn er der Meinung war, die Ermittlerteams gegeneinander aufhetzen und sein Autoritätsproblem an ihr abarbeiten zu müssen, dann hatte er die Rechnung ohne sie gemacht. Wenn er sie nicht unterstützen wollte, dann würde sie einen anderen Weg finden. Und sie wusste auch schon, welchen.

Lüneburg, Samstag, früher Abend

Johan ging hinunter zur Schutzpolizei, in die Abteilung Verkehr. Er klopfte an eine offene Bürotür und erkundigte sich, wer ihm Zugang zu den Verkehrsdelikten verschaffen konnte. Nachdem er den skeptischen Blick des Beamten auf sein Cord-Sakko und die Turnschuhe erduldet hatte, bekam er die nötige Auskunft. Und als er zehn Minuten später neben dem Computer einer jungen Verkehrspolizistin stand, die eine ganze Reihe von Verkehrsvergehen mit dem Kennzeichen aufrief, spürte er, wie sein Herz zu klopfen begann. Hagen Rennich war mehrfach geblitzt worden. Er parkte anscheinend gelegentlich unglücklich oder hatte das Unglück, dabei erwischt zu werden. Und er hatte Anzeige gegen Unbekannt erstattet, weil er eines Morgens an seinem Wagen eine Beule festgestellt hatte. Eines Morgens Anfang Mai.

»Wo ist das?«, fragte Johan und zeigte auf die Unfalladresse.

»Oh, nicht weit weg«, sagte die junge Frau, rief eine Karte auf und zoomte auf eine kleine Ortschaft in der Nähe Lüneburgs. Sie zeigte auf eine kleine Seitenstraße. »Hier.«

Johan starrte auf den Ausschnitt. Das war weit weg von der Schule, in der Rennich arbeitete, und ziemlich weit weg von seinem Wohnort. Der Wagen war über Nacht dort geparkt gewesen.

»Wie kommen die Ermittlungen in der Sache voran?«, fragte er.

Die Beamtin klickte sich durch eine übersichtliche Akte zu Rennichs Anzeige. »Es gibt eine Zeugin, die aussagt, dass der Wagen noch keine Beule hatte, als er abends geparkt wurde. Sie wohnt in der Straße.« Sie kniff kurzsichtig die Augen zusammen, um den Namen zu entziffern. »Sandra Höft, Weilandstieg 18, Melbeck. Aber das Ganze ist sowieso aussichtslos. Er hätte dieser Tage ein Schreiben bekommen, dass die Ermittlungen eingestellt werden. Ergebnislos.«

»Danke!«, sagte Johan und verabschiedete sich mit einem Lächeln. Er hatte eine Vermutung, und die erschien ihm so lohnend, dass sie sogar einen Abstecher nach Melbeck wert war. Auf dem Weg nach unten schrieb er Nora eine SMS, dass er in spätestens einer Stunde zurück sein würde.

Kurz darauf parkte er einen der verfügbaren Dienstwagen in einer kleinen, ländlichen Seitenstraße mit Einfamilien- und Doppelhäusern am Rand von Melbeck. Es war inzwischen halb sechs Uhr, und fast alle Parkplätze waren belegt. Trotzdem sah er niemanden auf dem Gehsteig. Ein Mehrfamilienhaus mit vielleicht sechs bis acht Wohnungen stand am Ende der Reihe. Wenn er sich nicht täuschte, war das die Adresse, nach der er suchte.

Dann überlegte er, ob es eigentlich leichtsinnig sei, alleine hierherzukommen. Wer sagte denn, dass Rennich nicht selbst gerade hier war? Und dass er nicht ziemlich wütend sein würde, wenn sein kleines Geheimnis ans Tageslicht käme?

Trotzdem ging Johan auf das Haus zu. Er konnte keinen roten Skoda unter den geparkten Autos entdecken. Kleine Singvögel flatterten zwitschernd von den blühenden Büschen emsig in die Holzzäune und auf den Boden und zurück, während sie Nistmaterial aufpickten. Friedlich war es hier und ruhig. Er musterte die Klingelschilder und drückte bei S. Höft, doch niemand öffnete. Bei W. Klipphahn knisterte es nach einer Minute in der Gegensprechanlage.

»Hallo, ich komme von der Lüneburger Polizei und habe eine Frage.«

Doch der Summer ertönte nicht. Stattdessen kam nach einigen Minuten eine ältere Frau die Treppe heruntergewatschelt und musterte ihn durch die Glasscheibe neben der Tür. Dann öffnete sie die Haustür einen Spaltbreit und streckte die Hand aus. Johan nestelte an seinem Sakko und zog seinen Ausweis hervor. Die Frau öffnete die Tür etwas weiter und sah ihn aus zusammengekniffenen Augen an. Johan begann an seinem Unterfangen zu zweifeln. Wie sollte er jetzt auf Sandra Höft und ihre Männerbekanntschaften zu sprechen kommen? Natürlich wusste diese Frau, wer in der Wohnung ihrer Nachbarin ein und aus ging. Aber würde sie es ihm deshalb gleich erzählen?

Sie starrte ihn immer noch mit wässerigen Augen an. Und ihm kam ein Gedanke. Er legte den Kopf schief, lächelte verschmitzt und leutselig. »Ich möchte zu Sandra Höft. Wissen Sie, wo sie stecken könnte?«

Das Gesicht der Frau war immer noch misstrauisch, aber jetzt mischte sich Sorge darunter. »Was wollen Sie denn von Fräulein Höft?«

Johan schüttelte den Kopf. »Das ist privat.« Er senkte die Stimme. »Aber es geht um einen Mann, der sie immer wieder besucht. Jemand, von dem ich weiß, dass er ein falsches Spiel mit ihr treibt. Ich meine, Sandra ist doch …«, er seufzte theatralisch, »einfach viel zu reizend, als dass so jemand …«

Das Gesicht von Frau Klipphahn zog sich noch einmal skeptisch zusammen, ihr Blick glitt wieder zu dem Ausweis, den Johan immer noch in der Hand hielt, und zurück zu seinem Gesicht. Dann entknitterte sich ihr Antlitz ein wenig, sie lächelte verhalten und öffnete die Tür etwas weiter. Zwinkerte sie ihm zu? Plötzlich schien es, als habe er eine Mitverschwörerin.

»Oh ja, Sandra«, sagte sie. »Eine sehr kompetente junge Frau.« Sie war immer noch zurückhaltend, aber ihre Neugierde schien geweckt. Sie beugte sich näher zu ihm. »Dann sind Sie also privat hier? Sie hat doch wohl kaum etwas ausgefressen, oder?«

Johan schüttelte den Kopf, lächelte dabei aber verschämt. Das konnte sowohl das eine als auch das andere bedeuten.

Einsamkeit und Neugier gewannen nun endgültig die Oberhand. Es war nun einmal so: Alte Menschen waren hervorragende Quellen, wenn man das Stichwort fand, das sie zum Sprudeln brachte. Sie hatten ihre Augen überall. Und Frau Klipphahn sah aus, als würde sie ihn in diesem Moment am liebsten alles preisgeben, was sie über Sandra wusste. Doch noch schien sie vor Indiskretion jeglicher Art zurückzuschrecken.

Johan setzte nach. »Na ja. Eigentlich ist es auch nicht so wichtig. Ich meine, Sandra ist erwachsen, sie weiß schon, was sie tut. Schade, dass sie nicht da ist.« Er drehte sich um und hob die Hand, als wollte er sich verabschieden.

»Warten Sie«, die Frau klang nervös. »Kommen Sie rein«. Mit der Hand wedelte sie in Richtung des Hausflurs, während sie die Eingangstür weiter aufdrückte. Ihre kleinen, blauen Augen huschten den Gehweg entlang, aber es war niemand zu sehen.

Der Kaffee war grauenhaft. Sauer und gleichzeitig dünn. Ansonsten war das Wohnzimmer von Frau Klipphahn allerdings überraschend gemütlich, und eine ganze Wand voller Bücher verriet, dass sie nicht ganz so eine naive Person war, wie Johan zunächst gedacht hatte.

»Die Sandra hat tatsächlich Pech mit den Männern«, sagte Frau Klipphahn, während sie geziert einen Schluck von ihrem Kaffee nahm.

»Zufällig Pech mit jemandem, der einen roten Skoda fährt?«, fragte Johan. Jetzt, wo sie bereit war zu reden, wollte er keine Zeit mehr verschwenden. Es hatte bestimmt fünfzehn Minuten gedauert, bis sie das Gebräu hergestellt und alles auf einem Tablett arrangiert hatte, während er in ihrem Wohnzimmer saß, in dem eine aufgeschlagene Fernsehzeitung mit zahlreichen Notizen zu Filmen den Eindruck von Einsamkeit unterstrich.

Frau Klipphahn sah ihn missbilligend an. »Der mit dem Skoda hat sogar einen Kindersitz im Auto!« Sie schüttelte den Kopf und sah ihn an, als könne sie durch bloße Musterung erahnen, ob er dieser Liederlichkeit etwas entgegenzusetzen habe oder ob er auch nur ein weiterer solcher Kandidat wäre.

»Und, ist es was Ernstes?« Johan war sich sicher, dass sie immer noch hoffte, er wäre selbst an Sandra interessiert. Ein junger Polizist im richtigen Alter. Gut, etwas abgerissen. Aber mit einem netten Lächeln.

Er hob die Mundwinkel. »Guter Kaffee!«

Kurz musterte sie ihn, dann seufzte sie. »Was Ernstes? Ein verheirateter Mann! Ich hab der Sandra immer gesagt, sie soll die Finger davonlassen. Das führt zu nichts. Doch stattdessen hat sie sich die Augen ausgeheult. Ein Jahr geht das jetzt schon fast.«

»Und kommt er oft?«

Als er wieder im Auto saß, hatte Johan ein umfassendes Bild der traurigen Liebesbeziehung zwischen der Lehramtsstudentin Sandra Höft und dem Lehrer Hagen Rennich, den sie während ihres Referendariats in Bardowick kennengelernt hatte. Sie interessierte sich sehr für Literatur, *Tschick* war ihr Lieblingsbuch. Er konnte nahezu sicher sein, dass Hagen Rennich ebendiese Affäre hatte geheim halten wollen, als er seiner Frau nichts von der Vertretung in Bardowick erzählt hatte. Und vermutlich war er auch direkt nach der Vernehmung in Lüneburg nach Melbeck gesaust, um Sandra auf Stillschweigen einzuschwören.

Johan startete das Auto und fuhr nachdenklich und mit durchgedrücktem Gaspedal nach Lüneburg zurück. Rennich hatte sicher Anfang Mai hier geparkt, die Anzeige bewies es. Zu der Zeit, als Saskia verschwunden war. Er war auch häufiger vormittags, vor allem dienstags, wenn er Freistunden hatte, und auch an den Wochenenden, an denen seine Frau mit den Kindern ihre Eltern besuchte, bei Sandra gewesen. Mindestens alle vier Wochen. Mit den Knöllchen, den Blitzern, dem Lehrplan und dem erstaunlich guten Gedächtnis von Frau Klipphahn würde er ein umfangreiches Bewegungsprofil des Mannes für die letzten Monate erstellen können. Auch das psychologische Profil hatte eine Komponente hinzugewonnen: Betrug, Midlife-Crisis, Kompensation von Unterlegenheitsgefühlen durch das Ausnutzen der Abhängigkeit einer jüngeren Frau. Alles Sachen, die Rennich enorm menschlich machten und sein bisheriges Verhalten in einem anderen Licht erscheinen ließen. Und wenn sie diese Spur abhaken könnten, dann hatten sie mehr Energie und Manpower, um die Identität der Camper-Leiche zu checken. Während Johan auf dem kurzen Stück Landstraße zwischen Melbeck und Lüneburg auf Höchstgeschwindigkeit beschleunigte, schnürte ihm die Dringlichkeit einer anderen Spur den Hals zu. Donnerstag war Marina entführt worden. Vor einundfünfzig Stunden. Wenn er mit seinen Einschätzungen Recht hatte, würde es nicht mehr lange dauern, bis der Entführer sie tötete.

Lüneburg, Samstag, früher Abend

»So, und wer kann uns jetzt sagen, ob die Jungs im Wald waren?« Nora setzte sich auf Johans Schreibtischkante. Sie hatte sich allem Anschein nach von der Besprechung erholt.

Johan, der gerade einen kleinen Bericht über seinen Besuch bei Sandra Höft für Irene verfasst hatte und gerade Rennichs Geliebte in sein psychologisches Profil des Lehrers integrierte, schob seinen Stuhl zurück und lächelte.

»Als ich mit Irene Befragungen durchgeführt habe, haben wir mit einem Mädchen gesprochen, das einen hübschen jungen Mann im Wald getroffen hatte, der zu den Campern gehörte. Das könnte einer von ihnen gewesen sein.« Er drückte auf Senden, und bei Irene würde jetzt eine Mail mit dem Protokoll eingehen. »Aber ich habe auch etwas über Rennich herausgefunden!« Er deutete auf den Rechner und setzte Nora ins Bild.

Sie nickte, erwiderte aber nichts. Johan, der sich wenigstens ein kleines Lob erhofft hatte, wurde wieder sachlich und wandte sich erneut Noras Frage zu.

»Ich versuche schon seit einer Weile, sie auf dem Handy zu erreichen.« Er schüttelte den Kopf. »Leider kein Erfolg bisher.«

Nora blickte aus dem Fenster, vor dem die Sonne goldenes Abendlicht über die Altstadtgiebel schickte. Puppenhausen, dachte sie, ich habe dich unterschätzt: Es ist ein gefährlicher Märchenwald um die Häuser der Unbescholtenen.

Sie hatte das seltsame Gefühl, ein Déjà-vu zu erleben. Es war nötig, einen Schritt von den anderen weg zu tun, mehr auf ihre eigenen Ideen zu vertrauen, sich nicht mehr abzusichern. Genau jenen Schritt, der sie entweder zum Täter führen würde und zu Marina oder in einen Abgrund, weil sie zu spät kam. »Versuch es wieder!«, sagte sie und stand auf. »Ich rufe Bohumil an. Er hat Němec jetzt seit rund sechs Stunden in der Mangel und wird wissen, was es mit ihm auf sich hat. Und dann muss ich noch etwas besorgen.«

In der Tür drehte sie sich noch mal um. »Ach ja, während du unterwegs warst, habe ich eine Streife zu Frau Busch geschickt. Die beiden auf dem Foto waren auf dem Hof, irgendwann letztes Jahr. Allerdings weiß sie immer noch nicht, wie sie hießen und ob sie mit ihnen oder anderen Absprachen über die Ernte getroffen hatte. ›Ich bin alt‹, hat sie gesagt. ›Mein Gehirn ist voll. Ich merke mir nur noch, was ich unbedingt wissen muss.‹« Wenigstens lächelte Nora jetzt.

Johan hatte den Eindruck, sie habe mit etwas abgeschlossen. Er rümpfte die Nase. Wenn er an sein Gespräch mit Rita Busch zurückdachte, dann fügte sich dies gut ins Bild. Der Frau war vieles schlicht gleichgültig. Und deshalb hatte sie ihren Frieden mit sich und der Welt, worum er sie fast beneidete. »Und ihr Mann?«

»Kann sich auch nicht erinnern. Aber der Kollege vermutet, der sei schon etwas senil.«

Nora sah auf die Uhr. »In einer halben Stunde komme ich vorbei, und dann fahren wir zuerst zu deiner Zeugin, mal sehen, ob sie zu Hause ist, und dann direkt auf diesen Hof von dem Holzschnitzer.«

Johan nickte und stand auf. »Dann hol ich mir mal noch einen Kaffee.« Den brauchte er jetzt.

Eine weitere lange Nacht. Als Johan am Kaffeeautomaten stand und seine Jeans betrachtete, wurde ihm klar, dass er schon seit Tagen immer dieselbe trug. Und auch jetzt würde er wohl kaum Zeit haben, sich umzuziehen.

Lüneburg, Samstagabend

Bevor Nora auf der Beifahrerseite einstieg, warf sie eine kleine Umhängetasche auf die Rückbank. Außerdem hatte sie einen Rucksack dabei, an dem ein Schlafsack baumelte.

»Willst du auf dem Hof übernachten?«, fragte Johan. Er war entsetzt.

Sie schüttelte den Kopf. »Nicht, wenn ich nicht muss.«

Johan sah, wie sie den Schlafsack vom Rucksack abnahm und ebenfalls nach hinten warf. Dann knotete sie ein dünnes Seil um die beiden Schultergurte, öffnete die Tür und warf den Rucksack hinaus.

»Jetzt kannst du fahren!«

»Das meinst du nicht ernst, oder?«

»Was? Dass ich einen Hundert-Euro-Rucksack, den ich gerade im Outdoor-Laden gekauft habe, hinter einem Auto herschleifen will?«

Johan sah Schalk aus ihren Augen blitzen. Dann wurde sie ernster.

»Oder dass ich mich auf einen Undercover-Einsatz vorbereite?«

»Wohl eher Letzteres!« Ihm gefiel die Vorstellung nicht, dass sie Pläne ausheckte, in denen sie sich der Kontrolle und damit der Sicherheit des Polizeiapparats entzog. Offensichtlich hatte sie Entscheidungen getroffen, die etwas mit dem Zusammenprall mit Mohns heute zu tun hatten. Sie wirkte jetzt klarer, als sei ihr eine Last von den Schultern genommen. Johan kam nicht umhin zu denken, es sei die Last, sich mit anderen Menschen arrangieren zu müssen. Sie schien entschlossen zu tun, was sie für richtig hielt.

Am liebsten wäre er ausgestiegen, aber er konnte sie in dieser Stimmung schlecht alleine lassen. Sie hatte den Nerv, sich jetzt auch noch von ihm loszusagen. Dann war sie ganz allein.

Johan fuhr an und sah im Seitenspiegel, wie der Rucksack hüpfte und über den staubigen Asphalt des Parkplatzes schrammte.

»O.k., das reicht«, sagte Nora, als sie nach fünfzig Metern die Ausfahrt erreichten. Sie öffnete die Tür, holte den Rucksack ein und besah sich das Ergebnis. Sie schien zufrieden damit. Der Rucksack sah aus, als wäre er bereits Jahre in Gebrauch, staubig, am Saum war er ausgefranst.

»Sophie Sauer, das Mädchen, das sich während ihres Ausrittes mit einem der Camper unterhalten hat, ist inzwischen zu Hause«, meinte Johan, als sie weiterfuhren. »Sie sagt, sie müsse fürs Abi lernen, und wir könnten gerne vorbeischauen. Es ist auch nur ein kleiner Umweg bis zu dem Hof der Wendland Farmers.« Er warf einen Seitenblick auf die Rückbank und zu Nora, musterte ihren dunklen Anzug, den Blazer.

»Du willst dich als Helferin einstellen lassen?«, stellte er mit dezentem Spott fest.

Nora legte den Kopf gegen die Nackenstütze und schloss für einen Moment die Augen. Als sie sie wieder öffnete, sah sie noch entschlossener aus als zuvor. »Denke schon. Ich hab noch mal nachgedacht, und ich hab das verdammte Gefühl, dass wir als Polizisten in dieser alternativen Szene nicht viel ausrichten. Wir müssen jetzt sensibel vorgehen und uns herantasten an das, was im Wald geschehen ist. Wir wissen ja noch nicht einmal, wen genau wir fragen sollen. Außer Sebastian Vollmer und Jonas Kern, aber die müssen wir erst ausfindig machen.« Sie seufzte. »Meiner Erfahrung nach haben viele Menschen, die sich für eine alternative Lebensweise entscheiden, keine guten Erfahrungen mit der Polizei gemacht.«

Johan dachte daran, was Sophie über die Demos zum Castor gesagt hatte. Aber er wollte kein zusätzliches Öl in das Feuer gießen.

»Aber so eine Tarnung muss gut vorbereitet sein. Du weißt fast nichts. Weder über die Leute noch über ihre Organisation oder die FH4FF. Es ist absolut leichtsinnig.«

Nora sah ihn kurz an und dann wieder durch die Windschutzscheibe. »Das ist wohl so. Aber uns schwimmen die Felle davon.« Sie schürzte die Lippen, bockig.

Dann fiel ihr etwas ein. »Bohumil hatte am Telefon eine ziemlich eigenartige Geschichte auf Lager, nämlich dass Němec damals lediglich versucht hätte, seiner Nichte eine Wespe aus der Unterhose zu holen. Deshalb habe sie so gekreischt. Das hatte Bohumil schon in der Akte gelesen, das mit der Wespe, aber es kam ihm absolut unglaubwürdig vor. Nur das Eigenartige an dieser Geschichte ist, dass es wohl tatsächlich so gewesen ist. Das Mädchen besteht auf dieser Version, ebenso wie Němec. Die Nachbarin, die ihn angezeigt hatte, ist außerdem dafür bekannt, ständig Menschen wegen irgendwas anzuschwärzen und Ärger zu machen. Wenn jemand seinen Müll nicht ordentlich entsorgt und so …«

»Das ist aber ein etwas schwerwiegenderer Vorwurf. Für mich klingt die Erklärung absurd.«

»Das meinte Bohumil auch und hat mit ihr gesprochen. Und sie hat zugegeben, dass sie sich damals etwas zusammengeflunkert hat, um Aufmerksamkeit zu bekommen.«

Johan schüttelte den Kopf. »Die wurde unter Druck gesetzt. Was glaubst du?«

»Ich glaube, dass ich gar keine andere Wahl habe, als darauf zu vertrauen, dass Bohumil gute Arbeit leistet. Das Alibi scheint auch stichhaltig. Der sexuelle Übergriff mag stattgefunden haben oder auch nicht, aber definitiv nicht bei unseren Mädchen. Und nach dem, was du herausgefunden hast, ist Rennich auch nicht unser Mann. Wir haben noch die Spur, die ins Wendland führt, sonst fast nichts. Egal, was Mohns sagt.

Die Kollegen von Bohumil, die mit dem Foto zu dem Hof in Tschechien gefahren sind, haben außerdem eine Bestätigung bekommen, dass es sich auf dem Bild tatsächlich um Jonas Kern und Sebastian Vollmer handelt. Und ich will alles dafür tun, das Beste aus dieser Information herauszuholen, auch wenn ich gegen sämtliche Dienstauflagen verstoßen muss. Und von Baretta fehlt jede Spur. Die Neffen sind telefonisch nicht zu erreichen, ihre Mutter mauert. Aber wenn das hier alles nichts bringt, machen wir mit denen weiter.«

Nora schloss die Augen. »Und jetzt bin ich so unglaublich müde, dass ich unbedingt ein paar Minuten schlafen muss, bevor wir da sind.« Der Satz kam seltsam verwaschen und wattig aus ihrem Mund. Johan hatte den Eindruck, sie wolle sich in erster Linie entziehen – ihm und seinen Vorwürfen. Er kniff den Mund zusammen und starrte wütend auf die Straße.

Wie sollte er damit nun umgehen, durfte er überhaupt für sich behalten, was Nora da vorhatte?

Von der Seite warf er ihr einen Blick zu. Sie war so zierlich, schmale Handgelenke, schlanke Taille. Sie war noch nicht einmal besonders groß. Dazu diese Frisur, die sie jünger machte und zerbrechlicher wirken ließ, als sie war. Natürlich war sie stark. Nicht nur durch eine innere Stärke, die sie so sperrig machte, sondern sie hatte auch eine gute Konstitution. Aber jungen, kräftigen Männern hätte sie nicht viel entgegenzusetzen.

Wieder warf er einen Blick auf die Sachen auf dem Rücksitz. Was mochte sie in der Tasche haben? Hatte sie ihre Waffe dabei? Er hoffte es. Er seufzte und konzentrierte sich auf den Verkehr.

Nachdem Nora eingedöst war und sich der Wald mit zunehmender Dunkelheit immer enger um das Auto schloss, kam es Johan so vor, als würden sie nicht nur an einen anderen Ort fahren, sondern in eine andere, feindliche Welt. Ihr Plan bereitete ihm geradezu körperliches Unbehagen. Sie war mutig, keine Frage, aber gerade jetzt fühlte es sich so an, als sei sie wie ein Magnet, der die Dunkelheit anzog und die Dunkelheit sie. Er wollte sie davor beschützen, aber er konnte sie ja schlecht vor sich selbst schützen.

Drawehn, Samstagabend

Sophie sah viel kindlicher aus, als Johans Beschreibung Nora vermittelt hatte. Statt der trotzigen Teenagergöre mit den dunklen Klamotten sah Nora ein in sich gekehrtes, fragiles Mädchen in Jeans und T-Shirt, das sie mehr schüchtern als aufmüpfig ansah. Und sie wirkte müde.

»Kommen Sie herein«, sagte sie und lotste die beiden durch den schmalen Flur in das Wohnzimmer. Auf dem Couchtisch lagen aufgeschlagen mehrere Bücher, dazwischen eine Kladde, die mit Notizen bedeckt war. Teekanne und Aschenbecher standen daneben. Wie Sophie es gesagt hatte, sie lernte fürs Abitur. Bio, wie es aussah.

»Wir schreiben am Dienstag«, sagte sie und nickte unwirsch zu dem Berg Bücher hinüber.

»Deine Eltern sind nicht da?«, fragte Johan.

»Mein Vater«, berichtigte Sophie ihn und schüttelte den Kopf. »Aber kann sein, dass er gleich kommt.« Johan zog das Foto aus der Tasche, und Nora sah Hoffnung, die sich in den angespannten Muskeln in Johans Gesicht widerspiegelte. Wenn Sophie eine weitere Brücke bildete zwischen den Ereignissen, dann waren sie wieder einen Schritt weiter. Bisher war nur klar, dass Jonas Kern die Hütte im Wald Kai Sander empfohlen hatte. Er kannte die Gegend. Der ganze Rest war bloße Theorie.

Johan reichte Sophie das Bild, und sie betrachtete es lange. Nora sah wieder zu Johan, der geduldig wartete. Aber vielleicht hoffte er ja auch, dass sie nichts wusste? Den jungen Mann nicht wiedererkannte. Damit er sie dann besser überzeugen konnte, von ihrem eigenwilligen Plan abzusehen?

Ihr war nicht entgangen, dass er ein Nervenbündel war, seitdem ihm aufgegangen war, was sie vorhatte. In ihm arbeitete es. Bevor sie aus dem Wagen gestiegen waren, hatte sie ihn gebeten, Stillschweigen zu bewahren. Er zappelte hilflos in dem Netz, das seine Sympathie für sie um ihn gezogen hatte. Er konnte sie nicht verpfeifen, ohne ihr zu schaden. Und er konnte sie nicht ziehen lassen, ohne sie einer Gefahr auszusetzen. Er überlegte, was schlimmer war und wie er sie begleiten konnte. Das hatte er nicht gesagt, aber es war ihm deutlich anzusehen, und Nora fand es rührend, wie er sich um sie sorgte. Aber sie würde darauf bestehen, dass er seine Stellung hielt. Das hier war allein ihre Sache.

Sophie legte den Kopf zur Seite, dann tippte sie mit dem Finger auf einen der jungen Männer. »Der saß am Wegrand. Ich bin mir sicher.«

Sie hatte auf Sebastian Vollmer gezeigt. Nora nickte. Er war hier zur Zeit des Mordes oder Todschlags im Wald gewesen. Und er war nicht das Opfer.

»Wie genau sieht dein Plan aus«, fragte Johan, als sie wieder ins Auto stiegen. Ihm war klar, dass er vor Noras Entschlossenheit nur noch kapitulieren konnte.

»Ich ziehe mich so an, als würde ich zu den freiwilligen Helfern und irgendwie zur Szene gehören. Ich behaupte, die Adresse von Linda aus Hamburg bekommen zu haben, das erklärt dann auch, warum ich keinen Mitgliedsausweis der FH4FF habe und dass ich Sebastian und Jonas suche …«

»Du willst gleich sagen, dass du sie suchst?«, unterbrach Johan sie und starrte sie vorwurfsvoll an. Auf seiner Stirn hatte sich eine steile Falte gebildet. »Das ist doch, als würdest du in ein offenes Messer laufen, nach dem Toten zu fragen. Oder du begegnest ihnen womöglich, und dann?« Johan schlug mit der flachen Hand auf das Lenkrad und fluchte.

»Das mag ja sein. Ich werde sagen, wir hätten eine gemeinsame Freundin, und mich auf das Mädchen berufen, mit dem ich telefoniert habe, Lisa. Aber ich werde dann auch merken, wer da Dreck am Stecken hat oder etwas weiß.«

Auch Nora war lauter geworden. Dann sagte sie versöhnlicher: »Es sind jetzt 54 Stunden. Uns läuft die Zeit davon, das weißt du so gut wie ich.«

Johan fluchte wieder und fuhr los. Nora konnte ihm ansehen, dass er noch nicht am Ende war mit seinen Argumenten, aber sie würde sich nicht abbringen lassen. Sie würde alles versuchen.

Als Nora im Wald neben der Landstraße die Zufahrt zu einem Parkplatz sah, bat sie ihn anzuhalten. Er stellte das Auto unter einem Baum ab, und sie stiegen beide aus. Außer ihnen war niemand in der Dämmerung im Wald unterwegs, und während Nora auf der Rückbank in ihrer Reisetasche wühlte, drehte Johan sich weg und zündete sich eine Zigarette an. Seine ganze Körperhaltung drückte Missbilligung aus.

Nora betrachtete die Auswahl an Kleidung, die sie in dem Geschäft mit den Batikschals in Lüneburg, kurz vor Ladenschluss, gekauft hatte: Shirts mit Aufdrucken, zwei weite Stoffhosen, lose Trägerhemden, zwei Schals, einer davon war weinrot und weich, eine Wolljacke mit Zipper in Hellgrün, eine in Schwarz, ein Paar Zehensandalen mit Muscheln dran. Sie hatte sogar ein Fußkettchen und Bindis gekauft, kleine bunte Papierkleber mit goldenen Mustern, die man sich auf die Stirn kleben konnte. Ein drittes Auge konnte ja nicht schaden, hatte sie dabei gedacht.

Sie streifte ihr Jackett ab und zog erst ihre schweren Stiefel, dann die Hose aus. Obwohl es noch warm war, fröstelte sie in ihrer Unterwäsche, und der sandige Untergrund des Parkplatzes fühlte sich kalt und feucht unter ihren Fußsohlen an. Sie streifte eine braune Pumphose aus Baumwolle über, zog ein dunkles Trägerhemd an. Dann schlüpfte sie in die Sandalen und zog die schwarze Wolljacke mit Kapuze über. Nachdenklich betrachtete sie den roten Schal. Dann nahm sie ihn und schlang ihn wie einen Turban um den Kopf. Im Seitenspiegel des Autos konnte sie sehen, dass ihr die Kopfbedeckung gut stand. Sie sah noch jünger aus oder zumindest ewig gestrig. Sie wählte einen der Bindis, und mit dem Kajal, den sie aus ihrer Kosmetiktasche mitgenommen hatte, schattierte sie ihre Augen.

»Ich bin fertig«, sagte sie zu Johan. Er drehte sich um. An dem Schock in seinem Gesicht konnte sie sehen, dass die Verkleidung gelungen war.

Wendland, Samstagabend

Als sie vor dem Hof im Wendland hielten, war es schon dunkel. Etliche Gebäude waren in der Dunkelheit auszumachen, aber erleuchtet waren nur die Fenster des großen Wohnhauses. Es war, als verstecke sich der Rest des Anwesens vor ihnen im Dämmerlicht und dem Schatten der großen Obstbäume. Nora stieg aus und hob grüßend die Hand, bevor sie die Autotür zuschlug. Johan fuhr sofort weiter. Sie würde sich als Tramperin ausgeben, deren letzte Mitfahrgelegenheit sie bis vor die Tür gebracht hatte. Einen Moment blickte sie auf das schiefe Gartentor aus morschem Holz, die hohen Gräser, die neben den Waschbetonplatten aus dem Boden wucherten, die Schaukel, die im nahe gelegenen Baum hing. Dann betrat sie den Vorgarten und ging auf die Haustür zu. Sie atmete einmal tief durch und nahm eine Bestandsaufnahme ihrer Gefühle vor. Angst? Ja. Wut? Ja. Dann verbannte sie diese Empfindungen in den hintersten Winkel ihres Bewusstseins und legte einen Deckel darüber. Sie knipste ein Lächeln an und klingelte.

Johan sah im Rückspiegel, wie Nora den Vorgarten betrat, und Angst zog ihm die Brust zusammen. Er musste etwas unternehmen. Er hatte Nora gefragt, ob er mitkommen sollte. Er fand seine Klamotten tauglich. Er könne auch in ihnen schlafen, hatte er gesagt, wenn es nicht anders ginge. Aber sie hatte darauf bestanden, dass sie alleine mehr ausrichten würde. Außerdem musste er mit Bohumil sprechen. Noch war das mit Pavel Němec nicht vom Tisch. Außerdem musste in Lüneburg jemand ihre Abwesenheit erklären und verhindern, dass dadurch unheilige Allianzen geschmiedet wurden und es zu Beschwerden über sie in Berlin oder Wiesbaden käme. Es wäre nicht das erste Mal.

Darin gab er ihr Recht. Wenn er nicht die Stellung hielt, war ihr ganzer Plan gefährdet. Sie würde ihn regelmäßig per SMS informieren. So oft es ging, hatte sie gesagt. Eigentlich klang das nicht so sehr nach regelmäßig, aber immerhin war Nora Profi. Ganz so gewissenlos konnte sie ja nicht sein, oder? Ein kleiner, unvernünftiger Teil von ihm bewunderte sie für ihren Mut. Dass sie die Informationen, die sie von Sophie Sauer bekommen hatten, nun Mohns vorenthielten, schob Johan in eine entfernte Windung seines Gehirns. Natürlich war es möglich, dass Mohns unter diesen Umständen bereit wäre, die ganze Sache in einem anderen Licht zu betrachten. Er würde womöglich die erforderlichen Schritte einleiten, die Noras Einsatz überflüssig machten. Aber sicher war das nicht, und Nora wollte kein Risiko eingehen. Mohns schien bei ihr wirklich verschissen zu haben. Ach, zum Teufel!

Johan fuhr nur einen Teil der Strecke zurück und bog dann mit dem Wagen in den Wald ab. Jetzt stand er unter einer großen Eiche und betrachtete sein Telefon. Er könnte Irene anrufen, aber ihre Loyalität gegenüber Mohns war schwer zu kalkulieren. Vielleicht würde sie alles melden, und das könnte Nora den Job kosten. Vielleicht nicht. Und wenn er nichts unternahm, könnte es Nora das Leben kosten. Er würde auf keinen Fall nach Lüneburg zurückfahren und sie hier zurücklassen, beschloss er. Vorerst nicht.

Er atmete tief durch und horchte in seinen Brustkorb, in dem sein Herz in einem fast schmerzhaft schnellen Rhythmus schlug. Aber er brauchte Unterstützung, jemanden, der ihm half zu beobachten, was dort auf dem Hof vor sich ging.

Es klingelte nur zwei Mal, dann ging Mike ran.

»Nachtsichtgerät? Satellitenüberwachung? Handyortung? Bist du komplett übergeschnappt?«, sagte er, als er hörte, was Johan von ihm wollte.

Wendland, Samstag spätabends

Die junge Frau, die Nora öffnete, riss die Tür mit Schwung auf und lächelte breit. Sie trug ebenfalls eine weite Baumwollhose, deren Bund knapp unter ihren markanten Hüftknochen hing. Ihr T-Shirt war auf eine Länge gekürzt, die ihr Bauchnabel-Piercing und einen flachen Waschbrettbauch zeigte. Ihre blondierten Haare waren an der einen Seite des Kopfes abrasiert und halblang auf der anderen. An dem freiliegenden Ohr steckten mindestens zehn kleine Silberstecker, bis in den Knorpel hoch.

Als sie Nora sah, musterte sie sie überrascht, ihr Lächeln schnurrte leicht zusammen. »Hi«, sagte sie. Hinter der Begrüßung schwang ein Fragezeichen.

Nora zog den Flyer mit der Werbung für den Holzschnitzkurs aus ihrer Tasche und hielt ihn ihr hin. »Jemand, den ich kenne, hat mir erzählt, es sei nett hier«, sagte sie. »Und dass ihr immer Leute sucht.«

»Ja, das stimmt. Komm rein. Ich bin Veronika. Also Vroni.«

Veronika drehte sich um und bedeutete Nora mit einer

Handbewegung, ihr zu folgen. Fremde Besucher waren also nichts Ungewöhnliches, genau wie Nora gehofft hatte.

Sie schulterte ihren Rucksack und folgte Veronika durch eine geräumige Diele mit Steinboden, auf dem sich große Haufen verschiedener Schuhe verteilten. Einige, anscheinend zur Stallarbeit benützte Stiefel standen auf Bastmatten. Trotzdem war der Boden dreckig von Sand, Erde und einzelnen Strohhalmen. Die roh verputzten Wände waren weiß getüncht, an Garderobenhaken hingen Regenhosen und gelbe Regenmäntel, darüber hatten Spinnen in den Ecken ungestört ganze Höhlensysteme anlegen können, auf denen sich Staub sammelte. Trotzdem war es nicht ungemütlich, eher zweckmäßig. Nora legte ihre Sachen auf dem Boden ab und behielt nur die kleine Umhängetasche bei sich, in der sie Handy und Geld aufbewahrte – und in einem Schal verborgen ihre Dienstwaffe. Sie folgte Veronika durch eine der vier Türen in der Diele in einen dunklen Flur, vorbei an einem Waschbecken in einer Nische und weiteren Türen bis in eine riesige Wohnküche. An der linken Seite des Raumes waren große Fenster, vor denen ein langer Holztisch mit zwei dazu passenden Bänken stand, die mindestens zwölf Leuten bequem Platz boten. Auf der anderen Seite war eine lange Küchenzeile, und auf dem Herd blubberte es aus einem Topf. Es war warm und anheimelnd.

»Oh Mist«, sagte Veronika und sprang an die große Küchenhexe. Nora konnte das goldene Glühen der Flammen hinter der Ofenklappe sehen. Mit einem Holzlöffel rührte Veronika hektisch in dem Topf herum. »Hirsebrei. Möchtest du auch etwas?« Nora nickte und setzte sich, einen Fuß zog sie auf die Bank, sodass sie fast im Schneidersitz saß. Sie hatte darauf geachtet, dass keine der Türen in ihrem Rücken lag.

So gastfreundlich aufgenommen zu werden, entsprach ihren größten Hoffnungen, und sie lächelte.

Nur, wo waren die denn alle? Das Haus wirkte bis auf Vroni verwaist.

»Der Freund aus Hamburg hat mir erzählt, dass ihr hier viele Tiere habt. Versorgst du die allein?«, fragte sie.

Vroni warf Nora einen irritierten Blick zu, als wollte sie sagen, welche Tiere, und Nora schaute sich schnell in der Küche um. »Schön!«, sagte sie und deutete auf eine Holzskulptur auf der Fensterbank. Es war ein kleiner Gnom, aus einem Stück Wurzelholz geschält, dessen Gesicht ausdrucksstark lächelte oder grinste, das war schwer auszumachen. Die Ähnlichkeit mit der Figur aus dem Wald war unverkennbar.

»Oh ja«, sagte Veronika. »Die macht Shree.« Sie füllte zwei Tonschüsseln mit Hirsebrei, tat Löffel hinein und stellte sie auf den Tisch. Von einem der Holzregale an der Wand nahm sie einen großen Topf mit Honig und stellte ihn daneben. Nachdem sie dessen Deckel geöffnet hatte, leckte sie sich die Finger ab und setzte sich Nora gegenüber.

»Die anderen sind alle beim Gathering. Hast du davon gehört?«

Nora schwieg. Ein Treffen, eine Zusammenkunft? Was sollte sie sagen? Umständlich füllte sie Honig in ihren Brei. »Der Fahrer, der mich zuletzt aus Hamburg mitgenommen hat, hat mich bis vor eure Tür gefahren«, sagte sie und probierte. Die Hirse war köstlich, weich und süß. Und sicher nahrhafter als die ganzen weichen Pappbrötchen auf dem Revier.

»Das ist nett«, antwortete Veronika und löffelte ebenfalls ihren Hirsebrei. »Die anderen sind heute schon auf das Treffen gefahren, aber einer muss sich ja um die Tiere kümmern. Außer mir ist im Moment noch ein Typ hier, aber der ist gerade unterwegs. Vielleicht fährt er nachher auch noch weg. Bis zum Gathering.«

Sie warf Nora einen schrägen Blick zu. »So viele Tiere sind es nämlich gar nicht. Nur ein paar Hühner und Katzen. Wenn du willst, kannst du also auch mitfahren.«

Nora zuckte die Achseln. »Kann sein, dass ich das falsch verstanden habe, und er hat gesagt ›viel Arbeit‹.« Was war das für ein Treffen? Sollte sie dorthin fahren? Oder hier die Stellung halten? Es klang ja danach, als wenn sich dort alle versammeln würden. Und wenn alle da waren, dann musste sie auch hin.

Veronika schnaubte. »Ja, die haben wir allerdings. Aber vor allem mit dem Gemüse und dem Korn, aber das kümmert sich im Moment um sich selbst. Machst du das schon lange? Ich meine auf Bauernhöfen?« Nora schüttelte den Kopf und begann mit ihrer erfundenen Vita. »Ich habe lange als Verkäuferin gearbeitet. Aber ich habe im letzten Jahr eingesehen, dass wir Menschen einfach falsch leben. Der ganze Konsum. Fleischindustrie und so …«

Veronika zeigte mit dem Kinn zu dem Topf Hirsebrei. »Der ist mit Sojamilch. Hier sind viele vegan.«

»Lecker!«, sagte Nora und nahm einen weiteren Löffel. Sie beobachtete Veronika, während sie aß. Sie schien erst um die zwanzig zu sein, aber ihre Züge hatten eine unter der Oberfläche liegende Härte, die nur noch von den Resten einer verbleichenden Jugendlichkeit weichgezeichnet wurden. In spätestens zehn Jahren, ahnte Nora, würde sich ein schroffes, kantiges Gesicht aus der aufgesetzten Fröhlichkeit geschält haben. Glücklich war Veronika nicht, und Nora hatte das Gefühl, dass ihre Freundlichkeit nicht ihr galt, sondern die allgemeine Umgangsform war, die sich Veronika gegenüber Fremden angewöhnt hatte. Und der Habitus der Gruppe. Im Grunde war ihr vermeintlich aufgeschlossenes Verhalten ein Schutzschild.

Sie waren fertig mit Essen, und eine kurze Stille entstand. »Wohnst du hier?«, fragte Nora. Dann zog sie eine Packung Tabak aus ihrer Hosentasche und begann, sich eine Zigarette zu drehen. Sie hatte es sich angewöhnt, undercover als Raucherin aufzutreten. Es gab kaum eine bessere Gelegenheit, um mit Menschen ins Gespräch zu kommen. Fürs Wendland hatte sie sich eine Packung American Spirit, Filter und Canuma-Blättchen aus Hanf besorgt. Eine Steilvorlage. Und tatsächlich fragte Veronika nach einem kurzen Blick: »Darf ich?«

»Klar.« Nora schob ihr den Tabakbeutel rüber.

Veronika zündete sich ihre Zigarette mit dem Feuerzeug an, das Nora ihr reichte, und hielt dann die Flamme zu Nora, die sich über den Tisch beugte, die Selbstgedrehte anglühen ließ und innerlich frohlockte. Bisher lief es doch prima.

»Ich wohne schon seit zwei Monaten hier. Es ist gut mit den Leuten, die sind nett. Die Arbeit ist auch o. k.« Zwei Monate. Sollte sie nach Jonas und Sebastian fragen? Nora hielt den Mund und erinnerte sich an Johans Worte. Vielleicht hatte er Recht, vielleicht steckte hier mehr dahinter. Veronika schien auf der Hut zu sein.

»Ich würde auch gerne jetzt schon fahren, aber ich werde in drei Tagen abgelöst und komme dann nach. Immerhin dauert es ja fast sechs Wochen«, sinnierte Veronika, während sie dem Rauch hinterherstarrte, ohne sich darum zu kümmern, ob Nora wusste, wovon sie sprach. Dann schaute sie Nora an: »Willst du nun oder nicht? Vielleicht ist jetzt die letzte Gelegenheit für den Anfang.«

Dann grinste sie. »Du würdest auf jeden Fall Spaß haben. Und ich komme auch weiter mit den vielen Tieren allein zurecht.« Im Nebenzimmer klingelte ein Telefon, und Veronika sprang auf. Nora hörte sie nebenan lachen und flirten, und sie hatte das Gefühl, dass nicht nur sie Veronika abgecheckt hatte, sondern diese auch sie. Und was sie gesehen hatte, hatte sie gut verborgen. Ihr wurde ein wenig mulmig zumute. Sie nahm noch einen Zug von ihrer Zigarette und merkte, dass ihre Finger leicht zitterten. Dann zog sie schnell ihr Handy heraus, tippte eine SMS an Johan und ließ es wieder in die Tasche gleiten.

Nach ein paar Minuten kam Veronika wieder herein und nickte. »Du solltest unbedingt mitfahren.« Dann lächelte sie. »Du warst noch nie auf einem Gathering, oder?«

Nora hatte sich inzwischen eine weitere Zigarette gedreht. Jetzt ließ Veronika sich mit einer fließenden Bewegung auf dem Stuhl neben ihr nieder und schaute sie mit einem seltsamen Blick an. Durch ihre aufgerissenen, plötzlich hell leuchtenden Augen schien ein neues Wesen zu stieren, das Nora unruhig machte. Und weil sie sich nicht erklären konnte, warum – es hatte nichts mit ihr als Polizistin oder ihrer Mission zu tun –, sogar ängstigte. Ein subtiles Ziehen in ihrem Bauch, das sie nicht einordnen konnte, dem ähnlich, das sie verspürte, wenn sie Menschen mit einer Persönlichkeitsstörung gegenübersaß.

»Das Gathering ist das größte Treffen der Flower-Family«, sagte Veronika, und ihre Stimme bekam einen bedeutungsschwangeren, schwärmenden Klang.

Nora zündete sich eine weitere Zigarette an und suchte nach dem Auslöser ihrer Unruhe. Bis eben hatte sie Veronika noch einschätzen können, doch jetzt ging eine kribbelige Energie von ihr aus.

»Und das heißt?«, fragte sie und entließ ruhig den Rauch durch die Nase.

»Die Flower-Family, das sind Menschen wie du und ich. Menschen, die einfach die Nase voll haben von dem ganzen Scheiß, der abgeht. Von der Verschmutzung der Ozeane, der

Massentierhaltung, den Kriegen. Die ganze Welt ist doch ein Drecksloch!« Mit jedem Wort verblasste das enthusiastische Leuchten, das die junge Frau eben noch eingehüllt hatte, ein wenig, und sie sah wieder so aus wie zuvor, mit leichter Trauer im Blick, der Ohnmachtstrauer notorischer Weltverbesserer. Noras Unruhe erklärte sich nun, das, was ihr suspekt vorgekommen war, war ein dezenter Fanatismus. Aber wer war diese Flower-Family und was wollten sie? Kurz dachte Nora an Öko-Aktivismus. Ging es bei den Entführungen und Ermordungen der Kinder um eine Nachricht, eine Drohung?

»O. k. Ich würde gerne mitfahren«, sagte sie. »Sag das deinem Freund.«

Wendland, Samstag spätabends

Johan hatte die SMS von Nora bekommen und suchte jetzt im Internet nach einer Frau mit dem Vornamen Veronika, um die zwanzig, die irgendwie zum Wendland gehörte. Aber ohne Nachnamen war da nicht viel zu machen.

Er war noch zwei Dörfer weiter gefahren, bis er ein kleines Hotel mit WLAN gefunden hatte, das er auf dem Parkplatz empfangen konnte. Mit Hilfe von Mike, der ihm ein kleines Hackerprogramm über sein Handy geschickt hatte, konnte er sich nun einloggen, und auf einer Seite im Dark Web, die Mike ihm ebenfalls genannt hatte, eine konstante Ortung von Noras Handy aufrufen. Ihre Position wurde über die Funktürme errechnet, in die sich ihr Telefon eingeloggt hatte. Das Einzige, was er dazu brauchte, war ihre Telefonnummer. Das Verfahren war nicht ganz so genau wie GPS, aber besser als nichts. Wie genau Mike solche Dinge zustande brachte, war unklar, aber er konnte es. An aktuelle Satellitendaten kam allerdings auch Mike nicht heran. Für eine Luftüberwachung hätte es einer Polizeidrohne bedurft. Wäre der Einsatz genehmigt, wäre es wahrscheinlich im Bereich des Möglichen gewesen, eine zu beschaffen.

Mike arbeitete als Systemadministrator bei einer großen Firma und war dort für Online-Sicherheit zuständig. Und er kannte selbst alle möglichen Schlupflöcher. Das Nachtsichtgerät wollte er ihm bringen lassen, sobald er den Freund erreicht hatte, der eines besaß. Mike kannte eine Menge Leute mit seltsamen Hobbys.

Johan ließ die langweiligen Datenbankseiten und Sozialen Netzwerkprofile an sich vorbeilaufen und schaute immer wieder auf das Browser-Fenster, in dem Noras Handy sich nicht vom Fleck rührte. Seine Gedanken gingen auf Wanderschaft und landeten bei Lilly. Natürlich hatte Mike gefragt. Schließlich hatte er sie miteinander verschwinden sehen. Vorher hatten sie so nah beieinandergestanden und gelacht, dass sich ihre Nasenspitzen fast berührt hatten. Nur ein Vollidiot hätte nicht gesehen, was da abging.

Plötzlich spürte er den Widerhall der Erinnerung im ganzen Körper, ihren Atem an seinem Hals, ihre Beine, die sich um seine Hüften schlangen. Er rutschte ein wenig hin und her, um einer unbequemen Erektion zu entkommen, die sich anbahnte. Lilly. Er hatte es komplett verbockt. Und das in nur einer Woche.

Mike war kein Vollidiot. Deshalb hatte er auch einen Moment geschwiegen, als Johan ihm sein »Das ist kompliziert. Ich stecke in diesem Fall fest« unterjubeln wollte.

»Und dann sind alle Telefone tot?«, hatte er schließlich gefragt. An dem Unterton in seiner Stimme konnte Johan hören, dass Mike Lilly mochte und sich gerade noch zurückhalten konnte, Johan zu rüffeln. »Du bist echt 'ne Gurke…«, war das Letzte, was er gebrummt hatte.

Johan musste zugeben, dass ihn das mehr traf, als wenn er zur Rede gestellt worden wäre. Als hätte das nämlich gar keinen Sinn. So fühlte es sich an; als hätte Mike schon aufgegeben und hielt eine Zukunft mit einer Frau wie Lilly, die zuverlässig und offen war, sowieso nicht möglich für einen Beziehungstrottel wie ihn. Womit er vermutlich Recht hatte.

Wendland, Samstag spätabends

Das Gespräch war versiegt. Sie rauchten, schwiegen, und Nora hatte das Gefühl, die Hauptmotivation für Veronikas Angebot, ihr eine Mitfahrgelegenheit zu besorgen, war, dass sie sie loswerden wollte. Wahrscheinlich wegen dem Typen am Telefon. So eine Neuerwachte, Ende dreißig, schien sie nicht auf dem Hof haben zu wollen, wenn sich ein Date anbahnte. Außerdem war sie sicherlich auch dabei zu missionieren. Die Flower-Family schien ihr wichtig zu sein.

»Er müsste gleich kommen«, sagte Veronika.

»Wo findet das Gathering denn eigentlich statt?«, fragte Nora. Veronika schaute sie kurz an. Dann drückte sie die Zigarette im Aschenbecher aus und stand auf. »Ich muss mal aufs Klo.« Nora schaute ihr verdattert hinterher. Entweder sie wollte es ihr nicht sagen, oder sie hatte sie nicht gehört.

»Dann hole ich kurz was aus meinem Rucksack«, rief Nora ihr hinterher und ging durch den Flur zur Diele, um im Vorgarten noch schnell eine weitere SMS mit den geänderten Plänen zu schreiben, während sie Veronikas Schritte auf der Treppe in den ersten Stock hörte.

Nora wusste, dass Johan es nicht gutheißen würde, dass sie zu diesem »was auch immer« fahren würde. Ein unbestimmtes Ziel in einer unbestimmten Entfernung. Sie hatten sich darauf verständigt, dass sie hier sondieren würde, wer verdächtig erschien, und dass sie dann zurückkam. Aber hier war niemand. Sie musste zu diesem Treffen.

Sie zuckte zusammen, als sich die Tür der Diele mit Schwung öffnete und sie mit einer Gestalt zusammenstieß, die in den Flur trat. Sie war deutlich kleiner als der Mann, gegen dessen Brust sie geprallt war. Nora hob den Blick, und selbst in dem dürftigen Licht, das aus der Diele zu ihnen hereinschien, erkannte sie Sebastian Vollmer. Ihr entfuhr ein leiser Schreckenslaut.

»Oh, 'tschuldigung, ich hab dich nicht gesehen«, sagte Sebastian, der sich ebenfalls erschrocken zu haben schien. Außerdem konnte Nora im schwachen Licht erkennen, wie zerzaust er aussah. Nicht nur äußerlich, auch sein Blick hatte etwas von jemandem, der gerade einem Sturm entkommen war. Seine hellen, blauen Augen glänzten, und er sah sie an, als bräuchte er ein paar Sekunden, die Information zu verarbeiten, dass sie eine Fremde war. Er drehte sich um, ohne jedoch die Tür loszulassen, und versperrte Nora so weiter den Weg in die Diele und zur Haustür. »Vroni!«, rief er laut.

Nora hörte das Poltern der Schritte auf der Treppe, und Veronika trat in den halbdunklen Flur. »Ah, da bist du ja«, sagte sie. Sebastian trat einen Schritt von der Tür weg und ließ Nora durch, die einen panischen Schritt in die Diele machte. Er war hier!

Langsam ging sie zu ihrem Rucksack, versuchte Herzschlag und Tritt in Einklang zu bringen und damit ihre Überraschung in den Griff zu kriegen. Die beiden wussten doch nicht, wer sie war. Dass sie mit Sebastian zusammengestoßen war, war ein glücklicher Zufall. Sie musste in seiner Nähe bleiben. Wo war er gewesen? Bei Marina? Sie bückte sich zu dem Rucksack. Ihre Finger zitterten noch ein wenig, aber ihre Gedanken funktionierten wieder einwandfrei.

Hier hatte er sich tatsächlich seit Oktober immer wieder verkrochen.

Sie fingerte an ihrer Umhängetasche. Ihre Hand streifte ihre Walther P30, die sich selbst durch das Tuch kalt und hart anfühlte. Dann zog sie den Rucksack fest zu, um sich zu sammeln. Die Handgriffe hinterließen eine konzentrierte, stoische Ruhe. Sie würde abwarten, was passierte. Sie würde mit Sebastian fahren, wo immer er hinfuhr.

Die Dinge waren im Fluss, und sie würde folgen. Es war gut, dass sie hier war. So nah waren sie in den ganzen Ermittlungen noch nicht dem Puls der Ereignisse gekommen, das spürte sie.

Veronika setzte ihn über seine neue Reisebegleitung in Kenntnis, er sah nicht erfreut aus.

»Dann lass uns mal fahren!«, sagte er trocken.

Sie gingen gemeinsam zu einem alten Geländefahrzeug, das in einem Seitenweg neben dem Hof geparkt war. Nora erkannte es als den Hanomag, der womöglich im Herbst im Wald geparkt hatte. Nur war er frisch gestrichen. Die Fahrerkabine war so hoch, dass sie ihr Knie weit anwinkeln und sich gleichzeitig an einem Haltegriff neben der Beifahrertür festhalten musste, um hineinklettern zu können. Ohne zu zögern, stemmte sie sich hoch, ließ sich auf dem dicken Schaffell nieder, das die Sitze bedeckte, und schob ihren Rucksack in den Durchgang zum hinteren Teil des Lasters. Dort konnte sie eine Liegefläche und etliche selbsteingebaute Holzschränke erkennen. Sebastian stieg auf der Fahrerseite ein und drehte den Zündschlüssel. Mit einem lauten Röcheln erwachte der Motor zum Leben, und sie zuckelten von dem Feldweg auf die Straße.

Nora beobachtete Sebastian aus den Augenwinkeln. Er starrte auf die Landstraße, fast wie weggetreten. Er sah jünger aus als auf den Fotos. Ein schlaksiger Junge mit glatter Haut und weichem Bartwuchs, der sich vermutlich nicht häufiger als einmal die Woche zu rasieren brauchte. Im Moment hatte er einen dunkelblonden Schatten im Gesicht, der ihm zu seinen hellen, wilden Haaren gut stand. Linda hatte Recht, er sah gut aus. Er trug eine schlabberige Batikhose und ein dunkles Shirt mit einer Lederweste darüber. Die Bänder im Haar waren noch da, dazu ein Federohrring. Ein Großstadtindianer. Ein unhöflicher Outlaw; er hatte sich noch nicht einmal vorgestellt.

»Ich bin Nora«, sagte sie.

»Sebastian!«, brummte er. Zu einer Unterhaltung schien er nicht aufgelegt. Nora dachte an die Fratze, die Teufelsbilder in seinem Zimmer. Der hübsche Junge. So hatte auch Sophie ihn beschrieben.

»Fahren wir alleine?«, fragte sie.

»Mhm«, brummte er. Er kuppelte, schaltete, das Getriebe knirschte. »Vroni hat gesagt, ich soll dich mitnehmen.«

Der dichte Wald links und rechts der Landstraße war wie eine schwarze Mauer, ihre Scheinwerfer das einzige Licht. Nora dachte an Johan, der keine Ahnung hatte, wo sie war, und dem sie nicht mehr hatte schreiben können. Sie zog ihre Umhängetasche nah an ihren Schenkel. Sie musste ihm simsen.

Angst hatte sie nicht mehr. War das ein Fehler?

Wendland, Samstag spätabends

Johan beobachtete Noras Handy. Ein kleiner, grüner Punkt in einer rudimentären Karte. Er musste sich zusammenreißen, nicht einzuschlafen, immer wieder wurden seine Lider schwer. Um den Akku zu schonen, verzichtete er darauf, weiter im Internet zu surfen. Wenn um ein Uhr die SMS kam, dass immer noch alles in Ordnung sei, dann würde er seinen Sitz zurückklappen und schlafen. Und am nächsten Morgen, hatten sie vereinbart, würde er wieder in Lüneburg zur Morgenbesprechung sein. Das zumindest hatte Nora sich so gewünscht. Aber ob das wirklich die beste Option wäre, darüber mochte Johan jetzt nicht nachdenken. Morgen früh würde er merken, ob er es überhaupt über sich brachte, sich aus Noras Nähe zu entfernen. Mohns hin oder her. Er brachte den Sitz in eine bequemere Position.

Plötzlich bewegte sich Noras Signal in dem Fenster. Es wanderte eine Straße entlang, schnell genug, dass er erkennen konnte, dass Nora oder ihr Handy sich in einem Auto befanden. Johan rieb sich über sein Gesicht, dass es wehtat, und startete den Motor.

Was für eine verdammte Scheiße, auf die er sich da eingelassen hatte! Wenn ihr etwas passierte, dann war er schuld. Er allein! Es war bald Mitternacht. Er starrte noch einmal auf sein Telefon. Sie hatte nichts geschrieben.

Mit quietschenden Reifen verließ er den Parkplatz und raste in die Richtung, in die sich das Signal entfernte. Er musste Sichtkontakt zu dem Wagen aufnehmen. Johan stellte sich vor, wie er alleine mit dem PKW ein anderes Fahrzeug zum Anhalten zwang und Noras Herausgabe forderte. Er musste sich beeilen. Sobald ihr Handy ohne Empfang war, würde er das Signal verlieren, und bei dieser Art der Web-

Ortung war es reine Glückssache, ob er es schnell genug wiederfand. Außerdem ging dem Laptop trotz des Extra-Akkus, den er eingepackt hatte, und des Autoladekabels, das im Zigarettenanzünder steckte, allmählich der Strom aus. Und auch seine Internetverbindung war von nun an nur noch von dem löcherigen Handynetz abhängig.

Elbauen, Nacht von Samstag auf Sonntag

Sie passierten die Grenze Sachsen-Anhalts. Nora dachte an Johan. Er würde vermutlich sagen, dass sie jetzt sofort die Kollegen informieren sollte. Sie hatte einen Verdächtigen aufgespürt. Er war zweifelsfrei im Wald gewesen, als dort ein junger Mann eines gewaltsamen Todes gestorben war. Und Johan konnte nicht wissen, dass sie nicht mehr auf dem Hof war.

Sie blickte aus dem Fenster in die Dunkelheit. Auch Sebastian schwieg. Es war unwirklich, hier mit ihm in der Fahrerkabine zu sitzen und die Welt draußen vorbeischweben zu sehen.

Sie würde sagen, dass sie mal pinkeln musste. Sie würde ihre Position im Handy orten und einen Notfallcode an Johan schicken, der den nächstgelegenen Kriminaldauerdienst anrufen würde. Sie würde ihn informieren, dass sie Sebastian gefunden hatte.

Die Bäume wischten vorbei.

Dann würden die Kollegen Sebastian festnehmen und in einen Vernehmungsraum sperren, und er würde mauern. Sagen, dass er nicht wüsste, wovon sie überhaupt sprachen, und dass er Jonas seit ihrem gemeinsamen Aufenthalt auf dem Bauernhof in Bardowick nicht mehr gesehen habe. Er würde leugnen, im Wald gewesen zu sein. Und selbst wenn er es zugab, würde er leugnen, etwas von den Mädchen zu wissen. Es war noch nicht so weit, sie würde gar nichts machen. Sie hatte Sebastian gefunden, und sie würde ihn nicht mehr aus den Augen lassen, bis sie mehr wusste.

Gegenüber der Polizei schweigt er, dachte sie. Ihn umgab die Aura eines Menschen, dem im Leben noch nicht viel Gutes widerfahren war. Er würde ihnen nicht vertrauen.

Seit ihrem Aufbruch hing er seinen Gedanken nach, und Nora konnte ahnen, dass darin wenig Fröhliches zu finden wäre, gelegentlich zog er seine Mundwinkel nach unten, und seine Stirn kräuselte sich nachdenklich. »Wie lange fahren wir?«, fragte Nora.

»Was?! Ach so. Ungefähr sechs Stunden. Wenn du willst, kannst du gerne schlafen. Wir sind hoffentlich morgen früh da.«

Das klang im Grunde verlockend. Schlaf. Sie hatte nicht so viel davon gehabt in den letzten Tagen. Aber daran war natürlich nicht zu denken, hier mit einem mutmaßlichen Mörder und Entführer im Bus, obwohl der wollige Geruch des Schaffells in der stickigen Kabine und das gedämpfte Licht sie schläfrig machten.

»Wo ist denn das genau? Veronika hat ja sehr geheimnisvoll getan.«

Er lächelte zerstreut. »Ach so. Ja, sie tut so, als sei das alles ein großes Geheimnis.«

»Ist es das nicht?«

»Na ja, es geht. Es kommen tausende von Menschen aus ganz Europa zu dem Gathering, da kann man das wohl kaum als Geheimnis bezeichnen. Es gibt sogar eine Website, auf der man die Treffpunkte abrufen kann. Andererseits haben die meisten Menschen wohl noch nie von der Flower-Family gehört.« Dann schwieg er wieder und starrte auf die Straße. Nora schaute ebenfalls nach vorn. Sie fuhren auf eine Autobahn, sonst änderte sich nichts. Sie waren immer noch fast allein, gelegentlich überholte sie ein Wagen, und sie sahen Rücklichter, die sich in der Dunkelheit entfernten.

»Was ist das für eine Website?«

»Flower-People Net oder so ähnlich. Da gibt es die Termine, Projekte, alles Mögliche. Wenn man möchte, dann kann man die ganze Zeit um den Globus reisen, von einem Flower-Meeting zum nächsten.« Er sah wehmütig aus, als wäre das verlockend, aber leider nicht möglich. Für ihn.

Nora lächelte. »Das klingt toll! Warum bist du dann noch in Deutschland?«

Sein Gesicht verschloss sich. »Ich bleib nicht mehr lang.« Er fingerte am Armaturenbrett herum und stellte die Lüftung höher, als wollte er das Gespräch beenden.

Nora wollte unbedingt verhindern, dass er sich wieder in seinen Kokon zurückzog. »Ah, wohin willst du denn?«

Er zuckte die Achseln.

»Und wohin fahren wir nun?«, fragte sie weiter.

»Nach Tschechien.«

Er klappte die Sonnenblende herunter und zog eine CD aus dem Futteral, das darunter befestigt war. Nachdem er sie in den Schlitz des Spielers gesteckt hatte, waberten Didgeridoo-Klänge durch das Wageninnere. Er drückte einen Track weiter, und sphärischer Gesang erklang, untermalt von verschiedenen leisen Trommeln. »Dead can dance« erkannte Nora. Das nächste Lied begann. »David Byrne« – Nora schauderte.

»Wir sind noch die ganze Nacht unterwegs, schlaf ein bisschen«, sagte Sebastian und deutete mit dem Daumen auf die Liegefläche hinten im Bus. Nora dachte an die SMS und kletterte nach hinten. Sie rollte sich auf der Liegefläche zusammen und schob ihre Jacke unter den Kopf. Unter die Jacke steckte sie das Handy, damit das Display vorn nicht zu sehen war, und wartete. Als er sich nicht nach ihr umdrehte und sie ganz zu vergessen schien, tippte sie eine Nachricht an Johan. Sie schrieb über die Website, Sebastian, die Route und vergewisserte sich immer wieder mit einem kurzen Blick, dass er sie im Rückspiegel nicht beobachtete. Dann legte sie die Umhängetasche vor den Bauch und schützte sie mit den Knien. Sie hatte ohnehin einen sehr leichten Schlaf und würde sofort merken, wenn der Wagen hielt. Während er steuerte, konnte ihr nichts passieren, und wer wusste schon, wofür sie ihre Kraft noch brauchen würde.

Irgendwo auf einer deutschen Autobahn, Nacht von Samstag auf Sonntag

Johan war erstaunt, wie lange der Akku des Laptops durchhielt, wenngleich jeden Moment die Batteriewarnung kommen musste. Er schaute immer wieder auf den blinkenden Punkt auf dem Bildschirm und korrigierte seinen Kurs, wenn das Signal einen Richtungswechsel anzeigte. Mit LTE oder UMTS war das kein großes Problem, aber nun wurde das Netz wesentlich langsamer. Er fluchte leise. Immer wieder sprang der Punkt plötzlich ein ganzes Stück oder bewegte sich eine Zeitlang gar nicht mehr. Je ländlicher die Gegend werden würde, desto eher würde er das Signal ganz verlieren.

Er hatte den Wagen einmal überholt, um zu sehen, um was für ein Fahrzeug es sich handelte. Als er den alten Hanomag in der sumpfgrünen Farbe erkannte, hatte sich in seinem ganzen Körper ein Kribbeln breitgemacht. In der Fahrerkabine konnte er beim Vorbeifahren den Schatten einer Person erkennen. Doch zu lange konnte er nicht dicht vor dem Fahrzeug bleiben, denn hier auf der leeren Autobahn war das zu auffällig.

Sein Handy gab einen hellen Ton von sich, eine SMS war eingegangen. Er hielt auf einem Parkplatz, ließ den Hanomag überholen und las, was Nora geschrieben hatte. Als er las, dass Sebastian den Wagen steuerte, der gerade jetzt auf der Autobahn wieder an ihm vorbeizog, machte sein Herz einen Satz. Verdammte Scheiße! Vorhin hatte sie noch gedacht, er liegt in dem Grab. Seit der Begegnung mit Sophie waren sie sich so gut wie sicher, dass er irgendwie an den Ereignissen im Wald beteiligt war. Es gäbe doch sonst kaum einen Grund für ihn, so lange unterzutauchen. Die Reifen drehten im Schotter auf dem Asphalt des Parkplatzes durch, als Johan Gas gab, um sich wieder an ihre Fersen zu heften. Sebastian. Verdammt. War Nora wahnsinnig? Sophie hatte ihn identifiziert.

Zunächst fuhr der Hanomag Richtung Magdeburg, dann auf die Autobahn nach Leipzig. Allmählich wurde Johan klar, wohin sie fuhren. Nervös dachte er an seine Dienstwaffe. Durfte er sie einfach mit nach Tschechien nehmen?

Es gab neuerdings ein Abkommen der grenznahen Polizeidienststellen in Deutschland und Tschechien, wonach verdächtige Personen auch bis über die Grenze verfolgt werden durften. Aber galt das in diesem Fall auch?

Johan wurde zunehmend aufgeregter. Vielleicht hatte sie gerade noch Zeit gehabt, die SMS zu schreiben? Vielleicht hatte Sebastian sie dabei beobachtet? Warum hatte sie nicht vorne gesessen?

Er griff nach dem Telefon und fragte beim Kriminaldauerdienst in Hannover das Kennzeichen des Hanomag ab. Doch weder sagte der Name des Besitzers ihm etwas, noch war er bisher in den Ermittlungen aufgetaucht. Er bat die Kollegen, einen Hintergrundcheck des Mannes vorzunehmen. Als sie ihn zurückriefen, konnten sie ihm nichts Genaueres über Ernst Lange, geboren 1949, wohnhaft in der Nähe von Bremen, sagen. Er war nie mit der Polizei in Konflikt geraten.

Er behielt die Tankanzeige und die Batterie des Laptops im Auge, während er in angemessener Entfernung dem Bus folgte, und kämpfte gegen das Brennen in seinen Augen und mit der Müdigkeit. Einstweilen war das das Einzige, was er noch tun konnte. Und sobald er das Signal verlor, Hilfe holen. Von wem genau, wusste er im Moment noch nicht.

Als hätte der Computer seine Gedanken gehört, poppte oben rechts eine Batteriewarnung auf, und im gleichen Moment ging das Licht der Tankreserveleuchte an.

Tschechien, Nacht von Samstag auf Sonntag

Bohumil Nekovaf saß in seinem Büro und machte sich Sorgen. Es war fast fünf Uhr morgens, und er hatte weder geschlafen, noch hatte er das Bedürfnis, es zu tun. Die Vernehmung von Pavel Němec war aufreibend gewesen. Der Mann machte einen vollkommen unschuldigen Eindruck. Familienvater, freundlich, geduldig und bereit, der Polizei zu helfen. Und er hätte ihm am liebsten die Fresse poliert.

Immer wieder. Diese absurde Geschichte mit der Wespe! Aber er konnte nicht anders, er musste dem Mann Glauben schenken. Alle, die etwas zu der Situation damals ausgesagt hatten, bestätigten das. Dabei wäre es so einfach gewesen.

Der ganze Fall, die toten Kinder, das alles frustrierte ihn zutiefst.

Er hatte bereits mit vielen schlimmen Fällen zu tun gehabt. Auch Mord an Kindern war dabei gewesen. Mord an Ehefrauen und -männern, an Unbekannten. Er wollte endlich in den Ruhestand. Aber er wusste, dass er sein Altenteil erst genießen würde, wenn er den Mörder von Evelina gefunden hatte. In seiner langen Karriere hatte er das Elend in all seinen Schattierungen erlebt.

Er hasste den Straßenstrich in Cheb, wo Freiern direkt hinter der deutschen Grenze sogar Babys durch das Autofenster gereicht wurden. Wo junge Mädchen sich mit Crystal Meth vollpumpten, um zu ertragen, dass junge Männer mit ihnen Potenzspiele spielten, etwa »Anschläge pro Minute« in verschiedene Körperöffnungen zählen. Das alles war zum Kotzen. Die Grausamkeit, die er da gesehen hatte, überstieg jedes Maß an menschlicher Vorstellung.

Dennoch hatte ihn Evelinas Tod besonders berührt. Er erlebte ihre Eltern als aufrechte und liebevolle Menschen und fühlte mit Evelinas Vater. Vielleicht, weil der in einem ähnlich fortgeschrittenen Alter war wie er selbst, als er Vater wurde. Und er hatte dem Mann, ganz gegen seine übliche professionelle Herangehensweise, versprochen, den Mörder seiner Tochter zu finden.

Plötzlich schämte Bohumil sich dafür, dass er einen Unterschied machte zwischen den minderjährigen Nutten in Chep und der Tochter eines bürgerlichen Busfahrers. Diesen Täter jetzt zur Strecke zu bringen, wäre eine Art Läuterung dafür, dass er an der Front in Chep mehrmals hatte aufgeben müssen. Es gab Menschen, die er nicht hatte retten können. Vielleicht würde ihm das bei dem kleinen Mädchen, das sich gerade jetzt in den Händen des Mörders befand, noch gelingen.

Er schaute sich in seinem Büro um, an dessen Wänden sich

die Regale unter Aktenordnern bogen. Sentimentalität war in seinem Job fehl am Platz.

Aber er würde bald in Rente gehen, und er fürchtete, dass er diesen Fall bis dahin nicht mehr würde lösen können. Bohumil glaubte nur wenig an diese Theorie der Jugendlichen in Tschechien und in Deutschland. Obwohl? Vielleicht war da doch etwas dran? Er stützte den Kopf in die Hände. Kaffee oder Schlafen? Dann stand er auf und nahm seine Jacke vom Haken. Schlafen.

Auf dem Weg zum Ausgang kam er beim Bereitschaftsdienst vorbei und schnappte ein paar Worte aus dem Polizeifunk auf. Ein Kleinwagen war aufgefallen, weil er mit viel zu geringer Geschwindigkeit auf der Autobahn fuhr und aussah, als würde er bald auseinanderfallen. Seit Tagen meldeten Kollegen eine Zunahme des Verkehrs in den Randgebieten zum Naturschutzpark Böhmer Wald. Es seien erstaunlich viele Menschen unterwegs gewesen, seltsame Menschen. Schon mehrfach hatten Polizeistreifen ortsfremde, teils auffällig bunte Fahrzeuge beobachtet, die alle in die gleiche Richtung fuhren. Ihr Ziel schien irgendwo im Wald zu liegen, fernab jeder menschlichen Behausung. Bohumil seufzte und bog Richtung Kaffeeküche ab. Irgendetwas an dieser ganzen Geschichte hielt ihn wach.

Tschechien, Sonntag, sehr früher Morgen

Nora hatte nicht schlafen wollen. Ja, sie war sogar sicher gewesen, es nicht zu können. Sie hätte Sebastian gerne ausgefragt, aber ihr Instinkt sagte ihr, dass sie sich zurückhalten musste. Drei Stunden eintöniges Geschaukel, gleichförmige Musik, die weiche Schaumstoffmatratze unter ihrem Körper und der Schlafmangel der letzten Tage hatten ihr dann den Rest gegeben. Sie hatte nicht angeboten zu fahren, um sich nicht hilflos auszuliefern. Sie hatte noch heimlich eine SMS an Johan geschickt, nachdem sie die Grenze nach Tschechien passiert hatten. Riesige grell beleuchtete Casinos waren wie aus dem Nichts an der Straße aufgetaucht. Spielhöllen mit Namen wie Maharadscha oder Kairo mit opulenter Plastikdeko. Hier waren sie eindeutig außerhalb des Einflussgebietes des deutschen Glücksspielmonopols.

Sie erwachte aus ihrem Dämmer, als sie auf der Liegefläche nach vorn geschleudert wurde. Sie konnte sich gerade noch an der Kopfstütze des Vordersitzes abfangen. Sie hatten die befestigten Straßen verlassen. »Entschuldige!«, rief Sebastian von vorn. Nora setzte sich auf. Hinter ihrer Stirn explodierten Sternchen, und ein saurer Geschmack in ihrem Mund signalisierte ihr, dass sie eine ganze Weile weg gewesen war. Ausgeruht fühlte sie sich allerdings nicht.

»Wo sind wir?«, fragte sie.

»Wir sind gleich am Parkplatz«, antwortete Sebastian und konzentrierte sich wieder auf den Weg, ein tief zerfurchter Waldweg, der einen steilen Abhang hinabführte. Nora klammerte sich an dem Haltegriff der Schiebetür fest und hangelte sich von dort weiter in die Fahrerkabine. Als sie wieder auf dem Beifahrersitz saß, schnallte sie sich an.

Ein letzter Blick auf ihr Handy, bevor sie es in ihre Tasche gleiten ließ, hatte ihr gezeigt, dass es hier keinen Empfang gab. Es war halb sechs Uhr morgens, und sie konnten fast überall sein. Der Akku würde bald leer sein, sie waren seit sechs Stunden unterwegs. Der Wald um sie wirkte unwirklich, wie gemalt. Sie schaute sich um. Über dem Moos in allen Schattierungen, Findlingen mit fahlem Bewuchs und braunem, pilzbewachsenem Totholz stieg im Morgendämmer Frühnebel auf und umhüllte die schlanken Fichten, an deren Nadeln lange graue Bärte aus Flechten hingen. Laubbäume mit weit verzweigten Kronen regierten hier und da über kleine Lichtungen. Es war unordentlicher, ursprünglicher und gespenstischer Wald. Sie mussten sich in einem Teil der tschechischen Republik befinden, in dem es noch Urwälder gab.

Ganze Lichtungen abgestorbener Baumstümpfe und in die Höhe ragender Ballen entwurzelter Bäume, erinnerten eher an das Sterben eines Waldes als an sein Leben. Aber Nora wurde klar, dass hier der ganze natürliche Zyklus sichtbar war und nicht der Tod weggeräumt und ausgeschlossen wurde. Nur der Weg sah gepflegt aus. In besonders tiefe Schlaglöcher hatte jemand Rindenmulch gefüllt, und größere Äste waren beiseitegeräumt worden.

Der Wald öffnete sich auf eine Lichtung, und Nora sah im feuchten, hohen Gras hunderte Autos stehen. Sie hatten das Gathering erreicht.

Sebastian ließ den Bus über die Wiese rumpeln und hielt.

»Von hier müssen wir zu Fuß weiter!« Er gähnte.

Nora war inzwischen wieder hellwach. Zerschlagen, aber wach. Sie sah sich um. Abgesehen von ein paar Zelten am Rand des Parkplatz, waren keine Menschen zu sehen. Die Autos waren fast alle älteren Baujahrs.

»Wie weit ist es denn?«

»Ungefähr eine Stunde zu Fuß«, sagte Sebastian und griff nach seinem Rucksack. Dann deutete er auf Nora. »Hast du ein Handy dabei? Das musst du hierlassen. Wegen des Elektrosmogs.«

Nora schüttelte den Kopf. »Ich steh nicht auf Handys. Die kontrollieren einen doch nur, anstatt dass man sie kontrolliert.«

Das erste Mal musterte er sie anerkennend. »Na, dann mal los!«

Nora nickte, schulterte ihren Rucksack und folgte ihm. Sie prägte sich einige der Nummernschilder ein. Viele der Wagen kamen aus Deutschland, aber der Rest aus allen möglichen anderen europäischen Ländern.

Sie tauchten auf einem kleinen Pfad in das Zwielicht des Waldes ein. Das hier hatte nichts mehr mit unserer üblichen Zivilisation zu tun, dachte Nora. Soweit man die düsteren Orte, in denen sie normalerweise beruflich landete, als zivilisiert betrachten konnte.

Tschechien, Sonntag, sehr früher Morgen

Als der Anruf kam, wusste Bohumil zunächst nicht, mit wem er sprach. Zumal in den letzten Stunden auch nichts mehr passiert war. Am Ende hatte er auf dem Sofa in seinem Büro ein Nickerchen gemacht, bis der Anruf ihn geweckt hatte.

»Johan Helms?!«

Als er sich noch im Halbdämmer angehört hatte, was Johan Helms ihm zu sagen hatte, war er für einen Moment sprachlos gewesen.

»Nora Klerner ist was?«, fragte er. »In Tschechien? Und sie ist vom Wendland aus bei einem dieser Jugendlichen mitgefahren, die hier auf der Farm waren? Einem der Verdächtigen? Und Sie haben inzwischen den Wagen verloren und das Handysignal ebenfalls?« Zunächst verstand er gar nicht, was er hörte. Aber als er die Informationen verdaut hatte, wollte er nur noch eines wissen. »Und wie ist sie auf diese blöde Idee gekommen?« Mühsam rappelte er sich auf.

Er hatte Nora bisher als besonnene Beamtin wahrgenommen. Ihre Position tat das ihrige dazu, dass er sie sehr ernst genommen hatte. Aber andererseits kannte er sie ja kaum.

Statt seine Frage zu beantworten, fragte dieser Helms jetzt, ob er ihm helfen würde. Bohumil richtete sich auf dem Sofa auf und ächzte, sein Rücken schmerzte von der unbequemen Schlafposition. Er hatte eine Ahnung, wohin Nora mit ihrem unbekannten Begleiter unterwegs sein könnte.

Zumindest, wenn er alles richtig verstanden hatte. Und hatte er nicht vorhin noch darüber gegrübelt, dass sie nicht weiterkamen, und das Gefühl gehabt, besser nicht ins Bett zu gehen? Also würde er helfen. Er seufzte und gab Johan die Adresse seines Büros durch.

»Frühstücken Sie unterwegs etwas«, sagte er. »Wir fahren gleich gemeinsam weiter nach Lestra und von dort aus in den Böhmerwald. Ein paar Kollegen werden uns begleiten.«

Tschechien, Sonntag früh

Der weiche Boden federte unter ihren Füßen, während Nora Sebastian einen Trampelpfad den Berg hinauffolgte. Nora war gut im Training, trotzdem musste sie sich anstrengen, um mit ihm Schritt zu halten. Er sah sich nicht um, dabei war die Umgebung von blendender Schönheit. Wo kein Wald die Hügel bedeckte, schmiegten sich Wiesen in kleine Täler. Vögel schwangen sich durch die milde, von Feuchtigkeit satte Luft, die mit steigender Sonne allmählich klarer wurde. Es war eine lauwarme Bilderbuchidylle, ganz im Gegensatz zu dem eisigen Gefühl, das ihren Brustkorb füllte.

Sebastians sehnige braune Knöchel und sein drahtiger Körper, der sich geschmeidig und zielstrebig vorwärts bewegte, zeigten, dass er stärker war, als sie zunächst vermutet hatte. Harte Muskeln, die er vermutlich von der Arbeit auf den Höfen bekommen hatte.

Nora erinnerte sich an seine Wohnung in Hamburg, und sie konnte sich diesen Menschen einfach nicht in einem dunklen Zimmer an einer vielbefahrenen Straße vorstellen. Wegen dieser Wohnung war sie jetzt hier. Wäre sie nicht nach Hamburg gefahren und hätte nach den zwei jungen Männern gesucht, würde sie immer noch in Lüneburg in ihrem Büro sitzen. Vielleicht hatten sie Marina schon gefunden? Sie war wie amputiert, ohne den geringsten Kontakt zu ihren Kollegen oder wenigstens zu Johan. Vielleicht lag Marina irgendwo, tot, und sie wusste es nicht? Warum war Sebastian hier? Er war kurz entschlossen gefahren, nur kurz nach den anderen. So viel hatte sie in dem Gespräch mit Veronika rausgehört.

Die Eiseskälte in ihrer Brust nahm zu. Es musste schnell gehen. Die Gruppe aus dem Wald identifizieren, Informationen sammeln und dann weg. Mit jedem Schritt wurde sie nervöser. Die Umhängetasche mit der Waffe schlug bei jedem Schritt gegen ihren Schenkel.

Plötzlich sprang Sebastian vom Weg herunter. Mit einer fließenden Bewegung war er im Unterholz verschwunden. Nora blieb stehen und lauschte. Der Wald ballte seine Einsamkeit wie eine Faust um sie. Dann raschelte es neben ihr, und Sebastian tauchte aus den Büschen auf. Er hielt ihr eine metallene Trinkflasche hin: »Hier, frisches Quellwasser!«

Nora zögerte einen Moment, dann nahm sie die angebotene Flasche und trank einen Schluck. Sie hatte Durst.

Sebastian nickte. »Gut, oder?« Dann setzte er die Flasche an und trank in langen Zügen. Sein Adamsapfel hüpfte dabei auf und ab. Dann umwölkte sich sein Blick, er steckte die Flasche ein und ging ohne ein weiteres Wort weiter.

Das Wichtigste an einer Tarnung ist, mit ihr zu verschmelzen, dachte Nora. Sie hatte noch den metallischen Geschmack des Wassers auf der Zunge. Aber es war nur Wasser.

Nora wusste, dass sie ein gewisses Talent für das Infiltrieren von Gruppen hatte. Und sie zweifelte, dass Sebastian allein gehandelt hatte. Sie dachte an das, was Marie gesagt hatte. Was, wenn eine ganze Gruppe von Menschen für den Tod von Saskia verantwortlich war?

Für Nora war es etwas ganz Natürliches, Verhaltensweisen zu absorbieren, sich anzupassen. Sie konzentrierte sich mit jedem Schritt darauf, ganz in ihrer Rolle aufzugehen, und spürte, wie sie die wurde, die sie sein musste. Da sie gewohnt war, ihre eigenen Gefühle zu verbergen und sich auf die von anderen zu konzentrieren, war sie sehr gut in der Lage, ihre Mitmenschen zu spiegeln. Und ihnen dadurch eine Projektionsfläche für die Vorstellung zu bieten, sie sei wie sie.

Tschechien, Sonntag früh

Johan und Bohumil saßen sich gegenüber. Unter dem Blick Bohumils, der von erstaunlich buschigen Brauen beschattet wurde, fühlte Johan sich noch mehr in Erklärungsnot, als er ohnehin schon war. Der ältere Polizist hatte nachdenklich die Lippen geschürzt, ihm war anzusehen, dass er von Johans und Noras Methoden nicht sehr viel hielt. Von Johans Ehrlichkeit allerdings schon, denn er machte keine Anstalten, ihn zu kritisieren. Johan hatte alles erzählt, was bisher passiert war, und auch nicht ausgelassen, dass der Leiter der Ermittlungen in

Lüneburg Noras Ergebnisse abgeschmettert hatte. Und dass sie den Lüneburgern die Information vorenthielten, dass eine Anwohnerin im Drawehn einen der Jungen auf dem Foto identifiziert hatte. Dass er auf jeden Fall im Wald gewesen war.

Wenn er das so erzählte, klang das wirklich nach zwei Außenseitern mit Autoritätsproblemen, dachte Johan. Dabei hatte er kein Problem mit Vorgesetzten. Das mit Noras Autoritätsproblemen hatte er viel zu spät bemerkt und sich auf diese Aktion nur eingelassen, weil sie so überzeugend und zielstrebig geklungen hatte. Bestimmt hätte es andere Möglichkeiten gegeben. Er kam sich wirklich blöd vor.

Bohumil wirkte vollkommen ruhig. Er legte die Handflächen auf den Tisch und stand auf. So als sei das Vergangene nicht wichtig, sondern nur, wie es jetzt weiterging. Hinter seiner Stirn schien es zu arbeiten.

Er ging zu einer Karte der Region, die an der Wand hing, streckte die Hand aus und kreiste mit dem Finger ein Gebiet ein. »Hier in der Gegend muss es sein, wohin die beiden unterwegs sind. Wir haben seit Tagen beobachtet, dass dort eine Art Festival stattzufinden scheint.«

Johan fühlte sich von Bohumils warmem Bariton angenehm umhüllt. Es war beruhigend, einen so erfahrenen Mann an der Seite zu haben. Schon als er ihn gesehen hatte, hatte er gewusst, dass es gut gewesen war, ihn ins Boot zu holen.

»Aber wir können ja schlecht einfach da reinmarschieren!«, bemerkte er.

Bohumil grinste wie eine Katze, die einen Topf Sahne entdeckt hatte. »Das nicht. Aber wir haben Mobilfunkwagen, mobile Mikrozellen und Sendemastverstärker. Wir werden in der Gegend ein Handysignal installieren, indem wir mehrere stationäre Signale von Funktürmen in diese Richtung verstärken. Dann werden wir sehen, wo sich die meisten Telefone einloggen, und vielleicht sogar Noras Handy orten.« Er deutete auf die Karte. »Bisher ist das da alles elektronische Wüste. Das werden wir ändern.«

Tschechien, Sonntagmorgen

Sie traten über eine Hügelkuppe. Was Nora sah, ließ ihr den Atem stocken. Eine Stadt aus Zelten, Tipis und Konstruktionen aus rohem Holz, Stoffen und Planen erstreckte sich über das ganze Tal. Massen von Menschen wimmelten dazwischen. Vor dem Waldrand gruppierten sich hunderte Wanderzelte kreuz und quer, seitlich standen einige mit Baumwolle bespannte Tipis, aus denen Rauch aufstieg.

Daneben gab es einen Bereich, in dem Menschen geschäftig hin und her liefen und an großen Tischen Gemüse schnitten. Über mehreren Feuerstellen hingen Kessel. Um einen freien Platz in der Mitte der Veranstaltung flatterten an hohen Masten Wimpel und Flaggen mit Sonnen, buddhistischen Zeichen und anderen Symbolen, tibetische Wimpelketten hingen in den Bäumen. Nora hörte Trommeln, deren dumpfes Wummern in der Luft vibrierte wie ein nahendes Gewitter, und sie roch eine Mischung aus Patschuli und gewürztem Tee, die von einer improvisierten orientalischen Teeküche zu ihrer Rechten zu kommen schien.

Ein Mann mit bloßen Füßen, langem Bart und wüster Frisur, mit zahlreichen Muschelketten über seiner mageren, nackten Brust, deutete eine Verbeugung an, als er sie sah und rief: »Welcome, Brother and Sister!«

Zwei Frauen mit bloßem Oberkörper und wippenden Brüsten, Sarongs um die Hüften, die Haare zu kunstvoll hochgesteckten Frisuren arrangiert, liefen hoch erhobenen Hauptes an ihnen vorbei. Nora sah, wie Sebastian ihnen sehnsüchtig nachblickte. Staubbedeckte Kinder im Lederschurz rannten johlend an ihnen vorbei. Nora konnte kaum fassen, was sich ihr hier darbot.

Es war, als hätte sich eine Gruppe mittelalterlicher Gaukler mit einer Abordnung der Hausbesetzer-Szene zu einem Festival von Woodstock-Hippies gesellt. Und es zog sich etwas Einheitliches durch die Körper und Antlitze all dieser Menschen. Augen strahlten, Mundwinkel zeigten nach oben. Musik klang durch die Bäume. Es war ein Fest – ein Fest der Aussteiger, Querdenker, Freien. Die meisten sahen aus, als seien Zivilisationskrankheiten wie Fettsucht, Verspannungsbuckel, schlurfender Schritt und misstrauischer Blick nicht ihr Problem. Es gab aber auch verhärmte Gestalten mit vor Entsagung und Askese eingefallenen Wangen und scharf gezeichneten Nasen. Einige Blicke, die sie streiften, verursachten ihr Gänsehaut, waren sie doch von einer starrenden Intensität und einem lodernden inneren Feuer, bei dem sich wieder das gleiche Gefühl bei ihr einstellte, das sie verspürt hatte, als Veronika über die Flower-Family gesprochen hatte: die Schwelle zu Wahnsinn und Verblendung. Zumindest aus ihrer Sicht.

Noras Rücken war inzwischen nassgeschwitzt, und sie war über und über mit Staub bedeckt, seitdem sie den Wald verlassen hatten. Noch immer folgte sie Sebastian, der ein Ziel zu haben schien.

Die Menschen strömten zu der großen Wiese inmitten der Zelte, und etliche Grüppchen standen auch schon dort. Manche hatten sich an den Händen gefasst. Nora musste sich anstrengen, mit Sebastian Schritt zu halten, der nun ebenfalls auf den Versammlungsplatz zusteuerte.

Sie gerieten in einen immer größer werdenden Pulk von Menschen. Kurz hatte Nora die absurde Vision, wie sie öffentlich gedemütigt und als Spitzel entlarvt wurde und hunderte Augenpaare sie musterten, bis einige sich auf sie stürzen und an einen Marterpfahl binden würden. Man würde ihr zur Last legen, hier mit kritischen Augen herumzulaufen. Schlecht zu machen, was für viele Menschen die einzige Art zu leben schien, weil die Gesellschaft sie ausgespien hatte oder das Leben der breiten Masse ihnen zu unwirklich und trostlos erschien. Und man würde sie dafür an den Pranger stellen, dass sie ernsthaft behauptete, hier, in diesem Tal der Glückseligkeit, gäbe es einen Mörder.

Alle schienen auf etwas zu warten. Nora warf ebenfalls den Rucksack ab, als Sebastian seinen am Rand der Wiese niederlegte. Spannung lag in der Luft. Es war ruhig. Viel zu ruhig für so viele Menschen.

Inzwischen waren es über tausend, schätzte Nora, die sich in der Mitte der Zeltstadt versammelt hatten.

Plötzlich griff ein älterer Mann mit ledernem Schlapphut nach ihrer linken Hand und eine Frau im geblümten, bodenlangen Kleid und mit wallenden, hennaroten Locken nach ihrer rechten. Die beiden zogen sie in einen Kreis, eine Kette aus Menschen, die, als sie sich schloss, die ganze Mitte des Tales umfasste.

Auch die restlichen, versprengten Menschen reihten sich in den Kreis ein, und alle Geräusche verstummten. Mitten in der Menge war es, als würde sie ganz allein da stehen. Nora spürte, wie ihre Hand unter dem festen, rauen Griff ihrer Nachbarn zu schwitzen begann. Dann ertönte ein dumpfes Summen wie der Klang eines Bienenstocks, und Nora spürte, wie sich der Schall durch die Körper der anderen im Kreis und durch sie hindurch bewegte. Ein klagender, langgezogener Laut aus hunderten Kehlen pendelte zwischen den Tönen, bis sie einen harmonischen Gleichklang gefunden hatten. Dann begannen sie zu singen.

Es war ein einfacher Text, nicht mehr als drei Sätze. Trotzdem war das Gefühl dieses Gesangs überwältigend. Gleichzeitig fand Nora das Ganze lächerlich, wie ein zu groß geratener Kindergeburtstag, ein pseudoreligiöses Tamtam, mit dem sie nichts zu tun haben wollte. Sie wollte ihre Hände wegreißen, besann sich aber ihrer Rolle, sang mit, hielt fest und wurde festgehalten.

Nach dem Lied umarmte die Frau neben ihr sie, und Nora roch deren Duft aus Räucherstäbchen, Schweiß und Sonnenmilch, ihre Körper klebten für einen kurzen Moment aneinander, der Nora schier endlos erschien.

Dann setzten alle sich auf den festgetrampelten, staubigen Boden, und auch Nora hockte sich hin. Sie ließ Sebastian nicht aus den Augen, der ein paar Plätze weiter saß.

Jemand schob ihr einen Teller zu, ein Kessel wurde herumgetragen, aus einer Kelle Reis auf den Plastikteller geklatscht. Die Frau neben ihr lächelte, ihr fehlten mehrere Zähne, obwohl sie noch nicht viel älter als vierzig zu sein schien. Eine Kelle mit verkochten Früchten folgte dem Reis. Ein Löffel wurde Nora gereicht, und sie aß, weil alle aßen. Es schmeckte ungewohnt, aber nicht schlecht. Trotzdem war ihr übel. Um sie lachten und lächelten die Menschen, den Bruchteil einer Sekunde wünschte sie, dass sie ebenso einfach loslassen könnte. Sebastian wirkte dagegen nach wie vor angespannt. Schon während des Marsches hierher hatte Nora seine Unruhe bemerkt. Auch jetzt schlang er das Essen herunter, sprang auf und griff nach seinem Rucksack. Nora beeilte sich, ihm zu folgen. Wenn sie ihn hier aus den Augen verlor, würde sie ihn nie wiederfinden. Sie hatte Sebastian fast eingeholt, als er zwischen den Zweigen einer kleinen Baumgruppe hindurchschlüpfte. Jemand hatte ein paar Äste wie ein Tor zusammengebunden, und Nora trat hinter ihm ein. Im Inneren der Baumgruppe war eine kleine, mit Decken ausgelegte Lichtung. Zwischen den Stämmen standen kreisförmig Zelte. Und vor einem der Zelte stand wie ein Wächter eine größere Version der Figur, die Nora im Wald gefunden hatte. »Sebastian!«, hörte sie eine Stimme. Ein älterer Mann ging auf ihn zu, umarmte ihn kurz und klopfte ihm auf die Schulter. »Hat die alte Karre den Weg gut überstanden?« Nachdem er Sebastian ausgiebig angelächelt hatte, wandte er sich Nora zu und betrachtete sie freundlich. »Ich bin Shree«, sagte er, »willkommen!« Seine Musterung war wie ein körperliches Abtasten. Eine weitere, winzig kleine Falte erschien auf der Stirn seines zerklüfteten Gesichts, und sein Blick umwölkte sich ein wenig, als er sie mit in die Hüfte gestemmten Händen betrachtete. Nora fühlte sich verunsichert, legte alle Offenheit, die sie aufbringen konnte, in ihren Blick und war froh, als er schließlich lächelte.

»Ich bin Nora«, sagte sie.

Hatte er den Verdacht, sie könne jemand anders sein als diejenige, für die sie sich ausgab?

»Du kannst deine Sachen in das Zelt da tun«, sagte er und deutete auf ein Iglu-Zelt, vor dem zwei Paar Schuhe standen. Eines davon das eines Kindes. Auch Spielzeug lag herum.

»Sebastians Freunde sind auch meine Freunde!« Shree lächelte.

Nora ging zu dem Zelt. Aus dem Augenwinkel sah sie, dass Sebastian auf Shree zutrat und ihm irgendetwas zuraunte, dann blickten sie beide zu ihr. Sie tat, als hätte sie nichts gesehen, und kroch in das Zelt, in dem es warm und stickig war. Sie zog ihren Schlafsack aus dem Rucksack, legte ihn seitlich an den Zeltrand und tastete ein weiteres Mal nach der Waffe in ihrer Umhängetasche. Das Metall fühlte sich fehl am Platz an, etwas, das nicht hierhergehörte.

Jemandem wie Shree entging nichts, und wenn es sein Wagen war, den Sebastian hierhergebracht hatte, dann war er der Erste auf ihrer Liste, den es galt, zu den Vorkommnissen im Wald zu befragen.

Ihr Blick fiel auf einen abgeschnuffelten Teddy, der auf dem kleineren Schlafsack lag.

Nahm dieser Alptraum denn kein Ende?

Mit einem Blick zum Zelteingang vergewisserte sie sich, dass niemand sie sah, und zog ihr Handy aus der Tasche. Erleichtert und überrascht blickte sie auf die kleinen Balken am oberen Rand, von denen der erste schwarz gefärbt war. Seit wann gab es in dieser Wildnis ein Netz?

Aber hier konnte sie jeder hören. Sie öffnete die GPS-App, merkte sich die Zahlenkolonnen. Ihre Finger zitterten, als sie eine Nachricht an Johan tippte. »Habe die Waldcamper gefunden. Hunderte Menschen im Wald. Lauter Hippies. Melde mich wegen eines Zugriffs noch.« Dahinter setzte sie die Ziffern ihrer Position. Nach einer gefühlten Ewigkeit zeigte das Handy endlich an, dass die Nachricht gesendet worden war. Sofort wurde sie ruhiger.

Tschechien, Sonntagmorgen

Johan hörte das Pling-Geräusch und riss sein Handy vom Tisch, wo es lag, seitdem das Netz stand. Als er Noras Worte las, wäre er seinem tschechischen Kollegen am liebsten vor Erleichterung um den Hals gefallen. Er zeigte Bohumil das

Display seines Handys, und sie klatschten sich lächelnd ab. Dann rief Bohumil auf Tschechisch etwas zu dem Kollegen, der vor der geöffneten Seitentür des Busses stand, und auch der grinste und hob einen Daumen. Johan tippte eine Antwort: »Bohumil und ich in der Nähe. Melde dich regelmäßig, sonst kommen wir.«

Er war glücklich. Der Plan schien zu funktionieren.

Und das war nicht einfach gewesen. Der Netzbetreiber hatte zugestimmt, irgendwie hatte Bohumil einen Umweg ohne bürokratische Hürden gefunden. In einem Kreis von etlichen Kilometern Durchmesser standen vier Funkwagen mit mobilen Sendeeinheiten, die das Signal der vorhandenen Telefontürme am Rand des Böhmerwaldes verstärkten und in das ausgewählte Gebiet weiterstrahlten. Und mit einem staunenden Blick auf die Bildschirme, die in dem Bus mit der hohen Antenne auf dem Dach aufgehängt waren, hatten sie gesehen, wie sich einige Handys mitten in der Einöde eingeloggt hatten. Ein leuchtender Punkt nach dem anderen war auf der Karte erschienen. Dort lag mitten im Wald ein ausgedehntes Tal. Allerdings waren es am Ende nur ein paar dutzend Telefone, keinesfalls etliche hundert.

»Vielleicht haben die gar keine Handys«, sagte Bohumil staunend.

Johan lachte laut auf.

Bohumils gerunzelte Brauen zeigten ihm jedoch, dass es sich keinesfalls um einen Scherz gehandelt hatte. »Es gibt ja Menschen, die sich von Handys distanzieren, habe ich gehört«, wandte Johan ein. »Aber 97 Prozent aller Deutschen zwischen 14 und 50 haben eines.«

Johan konnte das Wort Klugscheißer auf Bohumils Stirn lesen, allerdings von einem freundlich ironischen Lächeln begleitet.

»Das sind vielleicht keine Deutschen«, brummte er.

Dann deutete er auf den Bildschirm. »Wir können die Mobilfunknummern speichern, aber es dürfte schwierig werden, die Nummern zu überprüfen.«

Johan starrte auf die kleinen Punkte. Auf einem weiteren Bildschirm lief eine Reihe von Telefonnummern. Man könnte jetzt die Mobilfunknummern googeln und hätte womöglich die Identität der Besitzer. Jeder konnte sich über Suchmaschinen sensible Daten beschaffen. Aber sie als Polizisten durften es nicht einfach so, weil sie die Nummern in einer bestimmten Funkzelle in Tschechien sahen. Darin lag ja das Problem der Datenbeschaffung insgesamt: Eine Information für sich allein war wertlos, weshalb die Nutzer sie auch so freimütig verteilten. Aber wenn man sie miteinander kombinierte, dann sah das ganz anders aus.

»Gib mir einen Ausdruck«, sagte Johan. Bohumil tippte ein paar Tasten, und neben den beiden Rechnern in dem technisierten Wagen kam ein langer Streifen Papier mit Zahlenkolonnen heraus.

Johan war bereit, für Nora die Persönlichkeitsrechte von diversen Handynutzern zu missachten.

Ihm war allerdings nicht klar, wie sie sich, wenn ihre Zahl der Teilnehmer stimmte, einen Zugriff vorstellte. Sollten sie da mit einer Hundertschaft reinmarschieren?

Tschechien, Sonntag, zehn Uhr morgens

Eine SMS von Johan – er war ihr gefolgt. Sie war ihm dankbar dafür und spürte Erleichterung. Nora wollte gerade wieder das Zelt verlassen, als sich der Kopf eines Kindes durch den Eingang schob. Als das kleine Mädchen sie sah, zuckte es zurück und klammerte sich an die braun gebrannten Beine in einem kurzen Rock, die hinter ihr standen. Nora steckte den Kopf durch die Öffnung und lächelte der Frau zu, die irritiert das Gesicht verzog und ihre Hände auf die Schultern des Kindes legte.

»Entschuldige, Shree hat gesagt, hier wäre noch ein Platz im Zelt frei.«

Ihre Augen verengten sich. Nora sah deutlich, dass sie den Ärger hinunterschluckte, nicht gefragt worden zu sein, und sich dann zusammenriss. Konventionen.

»Na ja, wir haben noch etwas Platz«, sagte sie. »Ich bin Maja, und das ist Ronja.«

»Hallo, Ronja«, sagte Nora und betrachtete das Kind, das seinen Lockenschopf mit rotblonden Haaren zwischen den Knien ihrer Mutter vergraben hatte. Sie mochte vielleicht fünf oder sechs Jahre alt sein. Dann schaute es kurz auf, und Nora erstarrte unter dem Blick der kugelrunden blauen Augen unter dichten Wimpern. Es war, als würde sie etwas darin lesen, das mit dem korrespondierte, was sie selbst erlebt hatte. Ein Schmerz, der sich in die Seele eingebrannt hatte und nun dort flackerte und wie eine stille Flamme alles verzehrte, was gut und fröhlich war.

Dann schmiegte sich das Mädchen an das Bein ihrer Mutter, anscheinend beruhigt, und lächelte zaghaft. Majas Unwille schien wie weggeblasen. »Sie mag dich«, sagte sie staunend. Dann tippte sie Ronja auf die Schulter. »Komm, mein Schatz. Wir wollten doch zur Waschstelle gehen. Und du hast gesagt, du musst mal Pipi. Holst du dein Handtuch?« Ronja kletterte an Nora vorbei ins Zelt und zog aus einer Ecke ein buntes Kinderhandtuch. Nora sah sich um. Von Shree und Sebastian war nichts zu sehen.

»Kannst du mir zeigen, wo die Toiletten sind?«, fragte Nora, und Maja nickte. »Klar, komm mit!«

Ronja sprang ihnen voraus, und obwohl sie eben noch gesehen hatte, welche Last das kleine Mädchen mit sich herumtrug, war es in diesem Moment ganz Kind, das sich aufs Herumplanschen freute. Doch die Bilder der toten, nackten Mädchen kreisten in Noras Gedanken wie Raubvögel, jederzeit bereit, niederzustoßen in die vermeintliche Harmonie.

»Hier geht es zu den Klos«, Maja deutete auf einen Trampelpfad. Nora folgte dem Weg in den dichteren Wald. Die aus groben Stämmen und Balken gezimmerte, über einem tiefen Graben thronende Konstruktion war eine größere Version des provisorischen Klos im Drawehn. Nora hatte das Gefühl, sie würde beobachtet, als sie sich hinhockte.

Als sie wieder aus dem Wald trat, sah sie Maja, die sich mit einem Mann unterhielt. Ihre Körperhaltung drückte Abwehr aus. Ronja stand knietief im Wasser des Baches und starrte die beiden an. Ihr Gesicht war weinerlich verzogen, und Nora beschleunigte ihre Schritte. Etwas an dem kleinen Mädchen brachte sie dazu, es unbedingt beschützen zu wollen, und sei es vor der eigenen Angst. Doch als sie Maja erreichte und der Mann sich umdrehte, war sie überrascht. Sebastian. Da war er wieder. Warum hatte Ronja Angst vor ihm?

Nora trat auf die beiden zu.

Sebastian schaute sie kurz an. »Das Auto ist jetzt weg«, sagte er zu Maja. Dann drehte er sich um und ging. »Welches Auto?«, fragte Nora. Sie überlegte, Sebastian zu folgen, doch dann zögerte sie. Maja könnte der Schlüssel sein. Vielleicht war sie das brüchige Glied in der Kette, das sie brauchte.

Maja zuckte die Achseln und lächelte, doch das Lächeln erreichte ihre Augen nicht. »Irgendein Auto halt.« Sie schaute zu Ronja, dann watete sie ins Wasser und spritzte sie nass. Das

Kind lachte wieder. Nora wusste genau, welches Auto gemeint war. Der Hanomag wechselte hier in Tschechien seinen Besitzer, wurde von deutschen Straßen entfernt – und aus den Augen der deutschen Polizei. Sebastian und Shree versuchten den Mord zu vertuschen. Aber was hatte Maja damit zu tun?

Tschechien, Sonntag, früher Mittag

Nora beobachtete Ronja, die im Wasser planschte. Es machte sie nervös, dieser friedvollen Szene beizuwohnen und dabei zur Untätigkeit verdammt zu sein. Sie hatte keine Zeit. Marina hatte keine Zeit.

Aber sie war erleichtert, dass Ronja anscheinend kaum körperliches Unbehagen mehr verspürte, seit Sebastian gegangen war. Sie quiekte und tauchte. Danach schlenderten sie zu dritt über den sandigen Weg zurück zum Camp. Es wurde allmählich heißer, und der Himmel wölbte sich inzwischen wie eine strahlende Kuppel über ihnen.

»Wohnst du schon lange auf dem Hof im Wendland?«, fragte Nora.

»Ach, schon eine ganze Weile«, antwortete Maja ausweichend, während sie Ronja im Auge behielt, die immer wieder stehen blieb und Menschen und andere Kinder musterte. Es gab viel zu sehen.

»Und wo kommst du her?«

»Aus Rheinland-Pfalz«, sagte Maja und lachte. »Aber da war ich schon lange nicht mehr. Ich hab angefangen zu studieren, und dann bin ich auf verschiedenen Höfen unterwegs gewesen. Ich wurde schwanger, und dann … na ja, dann bin ich dabei geblieben.« Ihr Blick verdüsterte sich.

Nora fragte mitfühlend nach Ronjas Vater, eine Indiskretion, aber einen Versuch wert.

Doch Maja schüttelte den Kopf. »Wir haben uns getrennt, als ich noch schwanger war. Es war ohnehin keine Liebe. Und es wegen dem Kind unbedingt zu versuchen, fanden wir beide doof!«

Nora dachte, dass sie sich beeilen müsste, gleich wären sie wieder bei den anderen. Eine Plauderei unter Frauen. Tratsch. Noch nichts Verwertbares.

Sie deutete mit einem Nicken auf Ronja, die jetzt mit einem Stock Grasbüschel am Wegrand niedermähte. Ihre Locken waren noch dunkel und feucht vom Wasser.

»Was ist mit ihr? Irgendetwas hat ihr doch zugesetzt?« Sie verpackte die dornige Frage in einen weichen, mütterlichen Ton. Maja sah sie an und schien zu überlegen, was sie ihr anvertrauen konnte.

Dann seufzte sie. Nora hatte die Prüfung bestanden.

»Sie hat etwas Schlimmes gesehen.« In den Worten schwang eine abgrundtiefe Trauer mit, eine Hoffnungslosigkeit, die Nora schockierte. Sie blieb stehen und schaute Maja an. Die Augen der jungen Frau leuchteten von dem Bad im Fluss noch wie poliert. In ihnen sammelten sich überraschend Tränen, als sie Noras fragendem, ernstem Blick begegnete. Nora fühlte sich das erste Mal seit langem für jemanden verantwortlich. Nicht für Maja, aber für Ronja. »Wenn du Hilfe brauchst«, sagte sie, »bin ich für dich da. Okay?«

Sie hatte die Worte mit der ganzen Autorität gesprochen, die ihr ihre Position bei der Polizei verlieh, ihre Erfahrung mit dem Verbrechen, und Maja schien zu spüren, dass Nora es nicht nur so dahinsagte.

»Okay«, sagte sie und nickte dankbar. Nora bemerkte ihren verunsicherten Blick von der Seite, als sie weitergingen.

Sie betraten das kleine Camp, und Nora erkannte enttäuscht, dass niemand mehr da war.

»Die anderen sind wahrscheinlich beim Chai-Stand«, sagte Maja.

»Was macht man hier den ganzen Tag?«, fragte Nora, als sie zwischen den Zelten hindurch zu dem Lager gingen, das Nora vorhin schon wegen des Teegeruchs aufgefallen war.

Maja zuckte die Achseln. »Nach dem Kreis gibt es eine Menge Angebote. Reiki-Workshops, Trommeln, Massagelehrgänge, Tanzen, Shanthi-Mantren singen …«

Nora fragte nicht, was Shanthi-Mantren seien, aber ob das alles etwas kostete, interessierte sie.

Maja lachte. »Nein, hier gibt es kein Geld! Es wird nichts gekauft oder verkauft. Einige von uns haben vor dem Gathering auf Farmen in der Gegend gearbeitet und dafür einen Teil der Ernte bekommen. Die wird hier verkocht. Und es wird Geld gesammelt für das gemeinsame Essen. Aber die Workshops sind umsonst.«

Da war also die Tonne Gemüse und Kartoffeln gelandet. Sebastian und Jonas hatten für das Gathering vorgesorgt.

»Wer entscheidet, wo das Treffen stattfindet?«

»Es gibt ein Komitee, das sich darum kümmert«, sagte Maja. »Sie suchen einen Platz aus, der abgelegen genug ist. Irgendwo, wo es keinen Elektrosmog und so etwas gibt. Ein Kraftplatz, der groß genug ist für so viele Leute und wo wir keinen Ärger mit Anwohnern bekommen.«

Nora unterbrach sie. »Ist das genehmigt?« Die Organisation schien sehr gut zu sein. Alleine die Stangen der Tipis, die Kochutensilien hierherzubringen, die Bäume für die Toiletten zu fällen musste ein ziemlich großer logistischer Aufwand gewesen sein. Andererseits war das hier doch eigentlich Naturschutzgebiet. Maja zuckte die Achseln. »Keine Ahnung.«

Sie nahm Ronja an die Hand, die hinter ihnen hergelaufen war. Sie hatten den Tee-Stand erreicht. Leise Gitarrenklänge kamen von dem Kissenlager neben der Feuerstelle, auf der ein großer Topf mit Gewürztee brodelte. Leiser Blues drang an Noras Ohr, und ihre Nackenhaare stellten sich auf.

Und dann erklang die Stimme von Paolo Baretta. »Was machen Sie denn hier, Frau Kommissarin?«

Tschechien, Sonntagmittag

In der dunklen Gaststube ließ es sich gut arbeiten. Es war viel kühler als in dem Bus, der auf einer Anhöhe in der Sonne stand. Und dank des Handynetzes hatte Johan hier auch Internet-Empfang, wenngleich nur eine unendlich langsame Datenverbindung. Bohumil hatte den Vorschlag gemacht, etwas essen zu gehen, und erleichtert hatte Johan den Laptop eingepackt und war mit Bohumil die kurze Strecke in den nächstgelegenen Ort gefahren.

Johan hatte ein deftiges böhmisches Gericht mit viel Fleisch und Klößen bestellt und auf Bohumils freundliches Zwinkern hin ein kleines Bier dazu. Sie hatten kaum geredet, sondern sich sogleich über die von Soße triefenden Fleischstücke hergemacht. Johan war Bohumil dankbar, aber er wusste nicht, wie er das ausdrücken sollte. Jede Beteuerung erschien ihm verhängnisvoll, als würde er womöglich Bohumil so dazu bringen, die Konsequenzen seines Tuns zu überdenken. Sie unterhielten sich über Belanglosigkeiten.

Bohumil erwähnte, dass er mit Němec noch nicht fertig sei. Auch wenn da im Moment alles stagnierte in diese Richtung.

Später saßen sie getrennt voneinander. Bohumil blätterte durch einige dicke Ordner, aus denen er Namen von Personen herausschrieb, die im Fall Evelina unter den neuen Bedingungen noch einmal vernommen werden sollten. Dazu gehörten vor allem all jene, die im letzten Jahr auf dem Biohof gewesen waren, sowie die Bauern und Händler dort. Es wurde eine lange Liste.

Johan gab Telefonnummern von dem Ausdruck in verschiedene Suchmaschinen ein und besah sich die Ergebnisse. Dann notierte er den Namen des jeweiligen Handybesitzers und ließ ihn durch die Datenbank laufen, ob eine Fahndung, Vermisstenanzeige oder vergangene Strafverfolgung gegen die Person vorlag. Bisher hatte er zwar Namen, aber nicht einen einzigen Treffer in den Polizeiakten. Dann ging er das Web durch. Er fand auch nicht alle Nummern im Internet. Die meisten Handynummern, die er zuordnen konnte, gehörten selbstständigen Handwerkern, Künstlern oder Leuten, die irgendwelche Hilfsdienste anboten.

Ein Mädchen stand auf einer Website einer Partnervermittlung. Einen Moment blieb er an ihrem Bild hängen. Dunkle Locken, verträumter Blick, zwischen ihren vollen Lippen blitzten perlweiße Zähne. Er klickte die Seite weg. Dann rief er sie noch einmal auf. Wäre es eine Möglichkeit, jemanden auf dem Festival zu den Begebenheiten zu befragen, indem man über eine Partnerbörse Kontakt aufnahm? Dann verwarf er den Gedanken. Zu kompliziert. Als er bei der letzten Nummer angekommen war, hatte er kurz noch mal ein hoffnungsvolles Gefühl. Aber wieder nichts. Er wusste jetzt von rund der Hälfte der Handynutzer, dass sie zwischen achtzehn und dreißig Jahren alt waren, mehrheitlich in Deutschland wohnten und sich derzeit auf einem Festival in Tschechien aufhielten. Mehr nicht.

Bohumil klappte den Ordner zu und trank den letzten

Schluck von seinem zweiten, inzwischen alkoholfreien Bier. »Packen wir's«, sagte er und stand auf. Zurück zum Bus.

Sie traten vor die Wirtschaft, als ein Mann auf Bohumil zusteuerte und etwas auf Tschechisch zu ihm sagte. Bohumil antwortete, und während sich ein anscheinend freundliches Gespräch entspann, ging Johan ein paar Schritte weiter bis zu der großen Linde, die in der Mitte des kleinen Platzes stand, der das Zentrum der Ortschaft bildete. Die Häuser hatten teils graue, teils in Pastelltönen gestrichene Fassaden; Geschäfte boten Sportbekleidung an.

Johan hatte nicht gewusst, dass in Tschechien funktionale Sportbekleidung der üblichen Hersteller wie Nike oder Adidas zu den Schnäppchen gehörten, wegen der die Deutschen über die Grenze kamen. Ein Blick in ein Schaufenster zeigte ihm, dass die Preise deutlich niedriger waren als westlich der Grenze.

Er warf einen Blick zu Bohumil, der immer noch sprach, und nahm sein Handy aus der Tasche. Sollte er? Er hatte Irenes Anrufe ignoriert, zwei Mal hatte sie ihm bereits auf die Mailbox gesprochen, dass sie sich Sorgen machen würde. Nun drückte er auf die Rückruftaste. Die ganze Zeit vorher hatte er sich gefragt, was er sagen würde, wenn Irene am Telefon war. Jetzt entschied er sich für die halbe Wahrheit.

»Wir sind in Tschechien«, sagte er, nachdem sie sich gemeldet hatte. Ihr verblüfftes Schweigen war Antwort genug.

»Und in welcher Funktion?«, fragte sie schließlich. Da war Distanz in ihrer Stimme. Und Unschlüssigkeit, wie sie mit der Situation umgehen sollte. Johan konnte sich vorstellen, dass sie gerade überlegte, ob sie sofort zu Mohns gehen sollte. Was machten die da bloß?

»Als Beobachter«, sagte Johan. »Wir sind hier, um zu sehen, ob mit Pavel Němec noch weitere Gespräche nötig sind. Wir hätten Bescheid gesagt, aber das Netz ist hier wirklich schlecht.« Er schaute, ob Bohumil ihn hören konnte, aber der stand immer noch vor der Wirtschaft und unterhielt sich.

»Wie steht es bei euch?« Johan hörte die Hoffnung in seiner eigenen Stimme, die jedoch sogleich von Irenes Antwort zerschlagen wurde.

»Unverändert.«

Er begann mit dem Telefon in der Hand auf und ab zu wandern. »Und wie sehen die aktuellen Ansätze aus?«

Anscheinend hatte Irene entschieden, dass es keinen Sinn hatte, ihn zu drängen, und sie erklärte Johan, dass immer noch nach Zeugen gesucht wurde, die den roten PKW am Entführungsort ebenfalls gesehen hatten. Und es gab noch immer Personen auf den Reiterhöfen, von denen man bisher keine Auskunft über ihre Beziehung zu Marina bekommen hatte. Parallelen zu Saskia waren aber keine weiteren aufgetaucht. Rennich war ein wenig aus dem Fokus der Ermittlungen gerückt, seitdem bekannt war, dass er seine außereheliche Beziehung hatte verheimlichen wollen und deshalb gelogen hatte.

»Insofern ist der Tscheche eine relativ heiße Spur.« Der Satz fühlte sich an wie ein Zugeständnis, und Johan atmete auf. Er hatte keinerlei Interesse daran, sich mit Irene zu überwerfen. Ob sie allerdings immer noch so verbindlich sein würde, wenn sie die Wahrheit wusste? Unwahrscheinlich.

Tschechien, Sonntagmittag-Gathering

Nora fühlte, wie sich etliche Blicke auf sie richteten. Nicht alle an der Teeküche hatten mitbekommen, was Paolo Baretta gesagt hatte, aber diejenigen, die seine Worte gehört hatten, schauten sie mit hochgezogenen Brauen an. Die Blicke waren fragend und abweisend. Eine Frau flüsterte ihrer Nachbarin etwas zu, und beide grinsten. Sie schienen Noras Verunsicherung gespürt zu haben.

Nora fühlte, wie ihr kalter Schweiß ausbrach. Blitzschnell rasten Gedanken durch ihren Kopf. Sie hatte es für unwahrscheinlich gehalten, hier jemandem zu begegnen. Hatte sie unterschätzt, wie bekannt dieses Treffen war? Oder gab es eine Verbindung zwischen den Wendlandhöfen und Baretta und war er damit das fehlende Puzzlestück zwischen Saskia und den FH4FF?

Sie entschied sich, die Ahnungslose zu mimen. »Ich habe Urlaub«, sagte sie und lächelte, doch Barettas Blick wurde drohend angesichts der allzu offensichtlichen Lüge. Er stand auf und kam auf sie zu. In der Hand hielt er seine Gitarre. Seine Finger, die den Bund umklammerten, waren weiß vor Anspannung, und Nora hatte die Assoziation, dass er sie benützen könnte wie einen Schläger. Volle Breitseite.

»Urlaub? Zwei Tage nachdem Sie mich auf meinem Bauwagenplatz verhört haben? Urlaub? Nachdem Sie mir erzählt haben, Sie wären auf der Suche nach einem Mörder?«

Nora sah sich um. Entsetzen huschte über das Gesicht von Shree und Sebastian, auch sie kamen näher. Baretta baute sich vor Nora auf, und sein Speichel stob ihr ins Gesicht, als er die Sätze ausspuckte: »Du hast mich verfolgt, gib es zu. Denkst wohl, ich bringe kleine Mädchen um, was?«

Er wirkte außerordentlich bedrohlich, und sie machte einen Schritt zurück. Ein flüchtiger Gedanke verirrte sich zu der Waffe in ihrer Tasche, aber daran war hier nicht zu denken. Sie musste die Situation deeskalieren, bevor es zu spät war.

Nora spürte die aggressive Präsenz, die Baretta ausstrahlte, so heftig, dass sie kurz überlegte, ob er vor seinem Leben als Blumenkind vielleicht auch noch etwas anderes gemacht hatte. Etwas, das weit weniger harmlos gewesen war. Erfahrung mit körperlicher Brutalität kam in seiner Körpersprache zum Ausdruck.

Ein in die Jahre gekommener Beau, der etwas zu gerne einen Joint rauchte und seiner verflossenen Jugend nachtrauerte, in der er sonst etwas angestellt hatte.

Nora war so konzentriert auf Baretta, dass sie gar nicht merkte, wie Sebastian und Shree noch näher kamen, bis sie sich direkt vor ihr aufgebaut hatten.

Maja hatte einen Schritt zur Seite gemacht und die Hand auf Ronjas Kopf gelegt, die sich jetzt an ihr Bein klammerte und ihr Gesicht an Majas Schenkel vergrub. Auch Majas Blick war angstvoll, geradezu panisch, als Nora kurz zu ihr hinübersah.

Baretta spuckte vor Nora in den Sand. Seine Wut war echt. Es schien Nora, sie sei vor allem dem Umstand geschuldet, dass sie so etwas von ihm denken konnte. Verzweiflung lag eine Schicht tiefer unter seiner ledrigen Gesichtshaut. Abscheu.

Sebastian dagegen betrachtete sie lauernd, seine Augen hatten sich verengt. Shree hatte die Hände gehoben und vor sich ausgestreckt, als sei sie ein wildes Tier, das es zu bändigen galt. Er schien um Fassung zu ringen. Einen Moment stand selbst die Luft still. Nora blickte Baretta in die Augen, der zurückstarrte. Plötzlich drehte er sich um, schnappte mit einer Bewegung einen Schlapphut vom Boden und stiefelte davon. »Zum Kotzen!«, hörte Nora ihn fluchen.

Sie war erleichtert, aus der Umklammerung seiner Aggression entkommen zu sein, gleichzeitig hätte sie ihn am liebsten an der Lederweste festgehalten und zum Bleiben gezwungen. Er musste verhört werden, sofort. Sebastian und Shree hatten sich nicht gerührt, noch immer standen sie vor Nora, anscheinend unentschlossen, wie es nun weitergehen sollte. Aber es war ihnen deutlich anzusehen, dass sie sie jetzt nicht so einfach gehen lassen würden. Die anderen Menschen am Feuer dagegen hatten entschieden, dass sie mit der Situation nichts zu tun haben wollten, und schauten in ihre Teetassen, die Flammen oder sprachen wieder miteinander. Immer wieder huschten verstohlene Blicke zu ihnen hinüber.

»Du bist Polizistin?«, fragte Shree leise und musterte sie vorsichtig. Seine Brauen hatten sich zu einem tiefen V über den Augen zusammengezogen.

»Wir können sie nicht gehen lassen«, Sebastian packte Shree am Arm. Nora erstarrte. Jetzt zeigte er sein wahres Gesicht.

»Wir können doch keine Polizistin festhalten«, entfuhr es Shree, und er schüttelte den Kopf, als habe Sebastian etwas vollkommen Unmögliches gefordert. Doch der starrte den Älteren nur an, sein Blick stechend und beredt. Auch wenn Nora nicht wusste, wovon seine Augen sprachen, sah sie, wie Shree in dem stummen Zwiegespräch langsam einknickte. Er presste den Mund zusammen.

»Lasst uns woanders hingehen«, sagte er mit einem Seitenblick auf die anderen. Sebastian machte einen Schritt auf Nora zu und griff nach ihrem Arm. Sie machte einen Schritt rückwärts.

Nora hatte das Gefühl, dass er nicht zögern würde, sie mit Gewalt wegzuschleppen, völlig ungeachtet der Zuschauer. Sie dachte an die endlosen Kilometer Wald um sie herum. Einsamer, verlassener Wald. Wie weit würden sie gehen, um sie daran zu hindern, zu ihren Kollegen zurückzukehren? Und mindestens einer von ihnen war bei dem Mord im Drawehn anwesend gewesen. Sebastian warf einen Blick auf Maja und Ronja.

Ihre Erwägungen dauerten nur Bruchteile von Sekunden, dann schnellte Nora mit einem Satz nach vorn, lief mit großen Schritten über das dürre Gras und schlug sich bei dem Pfad in den Wald. Sie musste versuchen zu entkommen. Ihre beste Option war, schnellstmöglich Bohumil und Johan zu informieren. Sobald sie weit genug weg wäre, würde sie Johan anrufen. Sie verringerte ihre Geschwindigkeit nicht, als Zweige und Blätter ihr ins Gesicht schlugen und spitze Stöcke sich in ihre bloßen Fußsohlen bohrten. Nora war eine schnelle Läuferin, doch sie hatte die Fitness der Männer unterschätzt. Sie hörte die Schritte ihrer Verfolger, drehte sich aber nicht um. Ihre Sandalen hielt sie noch immer in der Hand. Der Pfad führte sie auf eine grasbewachsene Lichtung, auf der einige Menschen im Kreis saßen. Sie rannte an ihnen vorbei, konnte aber nicht sehen, ob sie überhaupt reagierten, und schlug sich hinter der Lichtung ins Unterholz.

Laub, Äste, Wurzeln und Gestrüpp machten hier ein Vorankommen deutlich schwieriger, aber sie kämpfte sich weiter vor. In ihrem Kopf formte sich der Gedanke, jetzt stehen zu bleiben, die Waffe zu ziehen und damit ihre Verfolger in Schach zu halten. Aber die war in das Tuch gewickelt, sie hätten sie erreicht, bevor sie sie in der Hand halten würde.

Sie hörte, dass sich jemand hinter ihr ebenfalls in die Büsche schlug. »Sebastian!«, rief jemand laut und drohend. Schritte kamen näher. Ein Schmerzenslaut erklang hinter ihr, als sie einen Ast hinter sich schnellen ließ. Doch im nächsten Moment spürte Nora einen Schlag zwischen den Schulterblättern, der sie von den Füßen riss. Sie stürzte und streckte aus einem Reflex heraus die Arme in Richtung des Laubwerks, das sich wie eine Wand vor ihrem Gesicht auftürmte. Ihre Hände glitten durch die Zweige, während Äste ihr über die Wangen kratzten. Ihr Fall wurde gestoppt, als sie mit der Stirn gegen den Stamm eines Baumes knallte. Sie spürte noch, wie jemand nach ihr griff, hörte ein zischendes Geräusch, spürte einen weiteren Schmerz am Kopf, dann kippte die Welt in Schräglage, und es wurde schwarz vor ihren Augen.

Tschechien, Sonntag, früher Nachmittag

Als Nora zu sich kam, sah sie blauen Himmel mit Schäfchenwolken darauf. Dann spürte sie harten Boden unter ihrem Rücken, Halme, die ihre Arme kitzelten. Sie lag auf der kleinen Lichtung im Gras, über die sie vorher gelaufen war. Ein dröhnender Schmerz fuhr ihr wie ein Messer in den Kopf, als sie sich aufsetzen wollte, und gallige Flüssigkeit stieg in ihre Mundhöhle. Sie würgte, spuckte kurz aus und sah dann in das besorgte Gesicht von Maja, die neben ihr im Gras saß. Ronja hatte sich auf ihrem Schoß zusammengerollt und die Augen geschlossen. »Wer? Was?«, murmelte Nora, und Maja verstand sofort, was sie meinte.

»Sebastian ist weg«, sagte sie. »Shree ist zum Zeltplatz gegangen, um dir Wasser zu holen. Ich bin bei dir geblieben.«

Nora setzte sich vorsichtig auf und schaute sich um. Sie waren allein. Die Sonne stand hoch am Himmel, und ihr war speiübel. Sie schaute zu Maja. Die wiegte ihre Tochter und wirkte so verloren, dass Nora sich fragte, ob es wirklich eine gute Idee gewesen war, ihr vorhin ihre Hilfe anzubieten. Es könnte sein, dass sie sie tatsächlich brauchen würde. Und dass, wo sie selbst nicht in bester Verfassung war und etwas Wichtiges zu erledigen hatte. Vorsichtig betastete sie ihren Hinterkopf und erspürte eine kolossale Beule, die sich weich und druckempfindlich anfühlte. Blut ertastete sie zum Glück nicht.

»Was ist hier eigentlich los?«, stöhnte sie.

Maja schaute blicklos Richtung Wald. Ihr Gesichtsausdruck war unendlich traurig. Dann schüttelte sie den Kopf. »Darüber kann ich nicht reden.«

Nora hätte sie am liebsten geschüttelt. Aber sie biss die Zähne zusammen und stemmte sich hoch.

»Ich kann nicht hierbleiben.« Entsetzt tastete sie nach ihrer Tasche und stellte fest, dass sie nicht mehr da war.

»Wo ist meine Tasche?«, fragte sie und sah sich suchend um. Nora humpelte in Richtung des Waldes. Der Boden schien zu schwanken, aber mit jedem Schritt fühlte sie sich stabiler.

»Zeig mir die Stelle, wo ich gestürzt bin«, bat sie Maja, doch die rührte sich nicht. Sie summte und hielt Ronja, die nun zu schlafen schien. Es war, als wären beide in eine andere Welt entrückt.

Sie ging zu Maja zurück und bückte sich zu ihr hinunter. »Pass mal auf«, zischte sie. »Ich weiß zwar nicht, was genau passiert ist, aber ich glaube, dass es hier jemanden gibt, der sehr gefährlich ist. Vielleicht weißt du sogar, wer. Und wenn derjenige meine Tasche hat, dann hat er jetzt auch eine Waffe.«

Nora wollte, dass sie begriff, wie ernst die Situation war. Außerdem hatte sich ein Gedanke in ihrem Kopf geformt: Ich muss die beiden hier rausschaffen. Dann würde Maja auch reden.

Maja hob langsam ihren Kopf, blanker Schrecken stand in ihren Augen. »Eine Pistole?«

Ronja regte sich und schlug die Augen auf. Es gab Nora einen Stich in die Seele, dass sie das alles miterleben musste.

»Wir gehen«, sagte Nora. »Jetzt sofort. Wir nehmen Ronja

und gehen hier durch den Wald in Richtung Parkplatz. Sobald ich jemanden mit einem Telefon finde, rufe ich meine Kollegen an, und sie kommen uns holen. Oder weißt du jemanden, der hier ein Handy hat?«

Maja schüttelte den Kopf. Aber sie sah so aus, als würde sie jetzt Noras Anweisungen folgen, ihr Gesichtsausdruck war ernst und entschlossen.

Nora rief sich das Höhenprofil der Gegend in Erinnerung, das sie gesehen hatte, als sie die GPS-Daten aufgerufen hatte. Da waren kleinere Ortschaften, alle relativ weit weg, aber mit einem strammen Marsch zu erreichen. Und wenn sie hierblieben, dann waren sie alle in Gefahr.

»Komm!«, sagte sie und reichte Maja eine Hand. Maja ließ sich von ihr hochziehen und setzte dabei Ronja auf die Füße, die sich jetzt benommen an die andere Hand ihrer Mutter klammerte.

»Und meine Sachen?«, fragte Maja.

Nora schüttelte den Kopf. »Darum kümmern wir uns später. Wir suchen meine Tasche, da ist auch ein Telefon drin. Aber wenn sie nicht im Wald liegt, gehen wir auf keinen Fall zum Zeltplatz. Einer deiner sogenannten Freunde ist in einen Mord verwickelt. Und wenn der jetzt eine Waffe hat, dann möchte ich dich und Ronja aus der Schusslinie holen!«

Maja zögerte, nickte dann jedoch. Nora sah etwas in ihren Augen aufblitzen, den Wunsch, sich zu widersetzen oder ihr etwas zu beichten, das war schwer zu erkennen. Sie gehört zu den Menschen, die sich leicht unterordnen, dachte Nora.

Gemeinsam schlugen sie sich in die Büsche. Ronja lief zwischen ihnen, für sie war es viel leichter, unter den Bäumen mit den niedrigen Ästen hindurchzulaufen. Also war sie doch weniger ein Hemmschuh beim Vorankommen, als Nora befürchtet hatte. Die Stelle, wo sie gestürzt war, war leicht zu finden, Äste waren abgeknickt, und in einem Busch daneben lagen Noras Sandalen, die ihr aus der Hand geflogen waren. Wenigstens etwas. Aber die Tasche war verschwunden.

»Wer hat mich zur Lichtung gebracht?«, fragte Nora. Maja, die sich ebenfalls suchend umgesehen hatte, schaute sie überrascht an.

»Shree und ich. Sebastian ist sofort weg, nachdem du bewusstlos geworden warst.«

»Und wer hat mich niedergeschlagen?«

Sie senkte den Kopf. »Sebastian.« Es schien ihr unangenehm. Aber Nora konnte verstehen: Manchmal sah man nur, was man sehen wollte.

Sie würde schon noch von Maja erfahren, was sie wusste. Doch vor dem Kind konnten sie nicht reden. Sie musste Geduld haben.

Wenn sie sich nicht täuschte, dann lagen die nächsten Siedlungen in südlicher Richtung, der Parkplatz in westlicher. Mit einem Blick auf Ronja entschied sie, den Pfad Richtung Süden zu nehmen, auf dem vermutlich die Lebensmittel hierhertransportiert worden waren. Er würde sie rausführen. Sie hatte die Furchen großer Fahrzeuge hinter dem Küchenplatz im Wald verschwinden sehen. Sie schaute zu Maja, die in ihren Sommersandalen, dem kurzen Rock und dem lockeren Top mit Ronja an der Hand unschlüssig unter einem Baum wartete.

»Lass uns gehen!«, sagte Nora, streckte die Arme aus, und tatsächlich ließ sich Ronja von ihr hochheben. Gemeinsam liefen sie schnellen Schrittes zurück zum Festival und bogen hinter dem Waldrand in Richtung des Küchenplatzes ab. Direkt am Saum des Waldes war das Gelände unwegsam, immer wieder mussten sie achtgeben, nicht über Zeltschnüre zu stolpern. Nora hielt den Kopf gesenkt, beobachtete alles aus den Augenwinkeln und ging mit schnellen Schritten, Ronjas Kopf an ihre Schulter geschmiegt. Niemand nahm Notiz von ihnen.

Hinter dem Tank, der am Küchenplatz auf einem Hänger stand und um den sich bereits eine schlammige Pfütze gebildet hatte, zeigten Profilspuren in der dunklen Erde, wo der Traktor langgefahren sein musste. Sie folgten den Reifenabdrücken, und innerhalb weniger Minuten hatte der Wald sie verschluckt. Dennoch empfand Nora ihre kleine Gruppe als exponiert auf dem breiten Weg, und je weiter sie sich von den Menschen auf dem Gathering entfernten und nur noch die Geräusche des Waldes an ihre Ohren drangen, desto verwundbarer fühlte sie sich. Und ihr Kopf brummte immer noch, als hätten sich Hummeln darin eingenistet.

Tschechien, Sonntagmittag

Johan tippte gerade eine weitere Telefonnummer in den Computer, die zu einem Handy gehörte, das sich gerade eingeloggt hatte, als er sah, wie das Signal von Noras Handy auf dem Bildschirm erlosch. Er hatte nach dem Essen den Beamten in der mobilen Einheit abgelöst, der den kleinen Punkt ständig im Auge behalten sollte. Sie hatte auch keine weitere SMS geschrieben. Aber vermutlich war das auch nicht so einfach, so lange all die Menschen um sie herum waren. War ihr Akku leer? Hätte sie Bescheid gesagt, wenn er zur Neige ging? Er starrte auf das kleine Display, als könnte er nur durch seine Willenskraft das Signal zurückholen. Die anderen Punkte waren unverändert vorhanden, das Netz war also nicht zusammengebrochen.

Es war stickig in dem Bus, obwohl die seitliche Schiebetür die ganze Zeit geöffnet war. Bohumil stand im Schatten des Fahrzeuges. Er sah müde aus. Sein Gesicht wirkte eingefallen und grau, seine Augen waren rotgerändert. Aber als Johan ihm winkte, starrte er konzentriert auf den Bildschirm.

»Verdammt! Jemand sollte hinfahren und sie rausholen!« Bohumil warf Johan einen auffordernden Blick zu. Johan rieb sich die Schläfen. Er konnte keinen klaren Gedanken fassen, wusste nicht, wie er mit der Situation umgehen sollte. Die kurze Pause im Ort vorhin hatte zwar gutgetan, aber die Nacht ohne Schlaf forderte ihren Preis. Und jetzt war Noras Handy aus. Das letzte Signal, das ihren Standort anzeigte. Als hätte sie sich aufgelöst.

Tschechien, Sonntag, früher Nachmittag

Das Kind in ihren Armen war schwer. Nora setzte Ronja auf den Boden und nahm sie an die Hand. Der Weg war breit und gut zu begehen, und bisher waren sie keinem anderen Menschen begegnet. Obwohl sie nur einen halben Tag auf dem Treffen verbracht hatte, kam es ihr viel länger vor. Sie ahnte, dass die eigenwillige Atmosphäre sie noch länger beschäftigen würde, wenn das alles hier erst Mal überstanden war. Es war ein wenig, als würden sie Woodstock verlassen, ein New-Age-Woodstock ohne Verstärker und E-Gitarren. Ihre Füße zogen sie voran, wollten schneller gehen, aber sie musste ihre Schritte den kurzen Beinen des Mädchens anpassen. Maja lief neben ihnen her. Tausend Fragen gingen Nora durch den Kopf, und als Ronja trödelte und abgelenkt schien, stellte sie flüsternd die erste.

»Was hat Ronja im Wald gesehen?«

Maja warf einen Blick auf ihre Tochter. Sie schwieg.

»Ihr seid im Drawehn gewesen, stimmt's?«, bohrte Nora.

Maja nickte. Ihr Blick wurde hart. »Wir haben da gecampt.«

»Und musstet überstürzt abreisen?«

Wieder nickte Maja und presste die Lippen aufeinander.

»Wer ist das da? Im Wald, meine ich, der da zurückgelassen wurde…?«

Maja blieb stumm, und Nora ahnte, dass sie ihre Fragen nicht mehr beantworten würde, wenn sie nicht behutsamer vorhing. Sie hörte nur das Schnaufen der jungen Frau, als sie einen Hügel hinaufgingen.

Ronja blieb stehen und nahm verstohlen wieder Noras Hand. Als hätte sie ihr Gespräch gehört. Sie würde jetzt nicht weiterfragen können. Es rührte sie, wie das Kind sich an ihr festhielt.

Ein Knacken hinter ihnen auf dem Weg ließ sie zusammenfahren. Nora packte Maja am Arm und zog sie und Ronja in das Dickicht am Rand des Weges. Es war abschüssig, und Nora bedeutete den beiden mit einer Geste, sich flach auf den Boden zu legen. Zwei junge Frauen in langen Röcken und schlabberigen Tops, hölzerne Wanderstöcke in der Hand und Lederrucksäcke auf dem Rücken, gingen auf dem Weg an ihnen vorbei. Unter dem Blattwerk versteckt und mit einem Blick in Ronjas angstgeweitete Augen, schämte Nora sich ihrer Panik. Sie versetzte das Kind in Angst und Schrecken, dabei hatte es wahrscheinlich schon genug Schlimmes erlebt. Es waren so viele Menschen auf dem Gathering. Die meisten von ihnen ahnten nichts von dem, was hier vorging. Nichts von der Gefahr, womöglich einen geisteskranken Mörder unter sich zu haben.

Dem sie eine Waffe in die Hände gespielt hatte.

Sie rappelte sich auf und betrachtete die beiden, wie sie mit den Knien im Dreck hockten. Was war sie doch für ein Dummkopf! Wenn Nora könnte, würde sie sich eine Hand abhacken, um die Waffe zurückzubekommen.

Sie kletterten den Abhang wieder hinauf und setzten ihren Weg fort. Es war heiß, selbst hier zwischen den Bäumen, und Nora spitzte die Ohren, ob sie nicht das Rauschen von Wasser hören konnte. Sie hatten nichts zu trinken dabei, und wenigstens Ronja musste etwas Wasser haben, damit sie nicht dehydrierte. Doch außer dem Zwitschern der Vögel und dem Sirren der Insekten war nichts zu hören, es war beängstigend still im Wald. Nach einer weiteren halben Stunde Fußmarsch stemmte Ronja plötzlich die Fersen in den Boden und blieb stehen. Sie schürzte die Lippen zu einem Schmollmund und setzte sich auf den Boden. Nora wurde unruhig. Was sollte sie tun? Sie würde nicht die Kraft haben, Ronja länger als einige Minuten zu tragen.

»Komm, Schatz«, bat Maja. »Es ist nicht mehr weit!«

Ob sie damit richtiglag, wagte Nora zu bezweifeln. Aber es half nichts, Ronja musste weitergehen, und sie mussten sich beeilen.

Sie hockte sich vor Ronja. »Wir gehen jetzt weiter, und wenn wir da sind, dann sind da ganz nette Polizisten. Und die passen auf dich auf, und dann kann dir nichts mehr passieren. Nie mehr! Okay?« Ronja schaute sie mit einer trotzigen Skepsis an, wie sie nur Kinder aufbringen können. Dann rappelte sie sich wieder auf und griff nach der Hand ihrer Mutter.

»Kann sie nicht sprechen? Oder will sie nicht?«, fragte Nora, als sie weitergingen. Das Verhalten des Mädchens kam ihr zunehmend befremdlich vor. Sie schaute reifer, als es ihrem Alter entsprach, aber durch ihr Schweigen wirkte sie gleichzeitig jünger. Wie ein Baby, das man auch nicht in die

Gespräche mit einbezog. Darüber nachzudenken, was sie so vollkommen hatte verstummen lassen, verursachte Nora Gänsehaut.

Tschechien, Sonntag, früher Nachmittag

Bohumil und Johan hatten entschieden, Nora eine Viertelstunde zu geben, um sich zu melden. Ansonsten würde Johan mit zwei tschechischen Beamten zu dem Treffen aufbrechen. Das Risiko, Noras verdeckte Ermittlungen zu stören, würde er in Kauf nehmen. Johan war an dem Punkt angelangt, an dem er Nora keine weitere Schonfrist für Alleingänge mehr einräumen wollte. Er machte sich mit jeder Minute mehr Sorgen.

Im Wagen ließen Bohumil und sein Kollege die tschechischen Namen, die Johan gegoogelt hatte, durch ihre interne Datenbank der Polizei laufen.

Natürlich hätten sie Nora schon viel früher da rausholen müssen, und falls etwas passiert war, würde er sich für alle Zeiten Vorwürfe machen. Johan schaute immer wieder auf die Uhr. Noch fünf Minuten.

Er bat den Beamten, der ihm vorhin als Vlad vorgestellt worden war, um eine Zigarette. Sie war beruhigend, schmeckte aber gleichzeitig in dem stickigen Wagen ekelhaft trocken nach Teer. Sein Hals war ohnehin wie ausgedörrt. Johan nahm noch einen Schluck aus seiner lauwarmen Mineralwasserflasche und wischte sich den Schweiß mit dem Handgelenk von der Stirn. Bohumil hatte ihm heute Morgen im Büro ein frisches T-Shirt gegeben, aber Johan glaubte nicht, dass das noch viel ausrichten konnte. Er stank wahrscheinlich wie ein Iltis.

Endlich ging es los. Vlad und Karel, mit unaussprechlichen

Nachnamen, beide in Uniform, setzten sich in Bewegung, und Johan folgte ihnen zu dem weißen Kombi mit grünem Streifen, auf dem groß Policie stand. Aufregung packte ihn und fegte die Müdigkeit beiseite. Er nahm auf der Rückbank Platz. Vlad streckte die Zigaretten nach hinten zu ihm aus, lächelte freundlich und wedelte mit der Packung. Die beiden sprachen nur gebrochenes Deutsch und wenig Englisch. Johan nahm noch eine Zigarette an, obwohl ihm nicht danach war.

Tschechien, Gathering, Sonntagnachmittag

Wieder hörte Nora ein Geräusch. Es war das Brummen eines herannahenden Motors. Sie spürte, wie ihr Herz zu klopfen begann. In der letzten halben Stunde hatte sie schon mehrfach geglaubt, Geräusche zu hören, die sie sich aber nur eingebildet hatte. Sie war so angespannt, dass ihr Kiefer schmerzte. Dieses Geräusch jedoch war real, und es näherte sich langsam, kam aus der Richtung, in die sie unterwegs waren. Sollte Sebastian nach ihnen suchen, wäre er womöglich zum Parkplatz gegangen, um ein Auto zu besorgen und sie hier abzufangen. Sie legte den Finger auf die Lippen und scheuchte mit einer Armbewegung Ronja und Maja von der Straße, die zwischen zwei Büschen Deckung suchten. Nora duckte sich ebenfalls hinter einen Busch und wartete ab.

Ein verbeulter Kastenwagen mit tschechischem Kennzeichen zuckelte um die nächste Kurve. Die Sonne spiegelte sich zu stark in der Windschutzscheibe, um erkennen zu können, wer in dem Wagen saß. Nora signalisierte Maja, in Deckung zu bleiben, und trat auf die Straße. Sie winkte und gab Handzeichen, dass der Wagen anhalten sollte. Mit einem ächzenden Laut kam das alte Gefährt zum Stehen. Nora blickte durch das Seitenfenster und sah in das verhärmte Gesicht eines greisen Bauern, der sie zahnlos anlächelte. Sie seufzte. Ob der ein Telefon hatte, wagte Nora zu bezweifeln. Trotzdem hob sie die Hand ans Ohr und spreizte Daumen und kleinen Finger ab. »Telefon?«, fragte sie. Der Mann grinste, als hätte sie einen gelungenen Scherz gemacht, und schüttelte amüsiert den Kopf. Dann kuppelte er und warf mit einem knirschenden Geräusch den Gang ein. »Bitte warten Sie! Stadt! Da lang! Nehmen Sie uns mit!«, rief Nora erschrocken und deutete mit dem Arm in die Richtung, aus der er gekommen war. Sie winkte Maja und Ronja hervorzukommen, doch sie kamen nicht. Er sagte etwas auf Tschechisch und lachte. Dann gab er Gas, sodass Nora gezwungen war, von dem Wagen zurückzutreten. In gemächlichem Tempo fuhr er weiter und hob nur noch einmal grüßend die Hand aus dem geöffneten Seitenfenster.

Nora atmete tief durch, um ihre Wut in Zaum zu halten, und ging zu den Büschen, um Maja und Ronja zu holen. Erst dachte sie, sie hätte sich im Gestrüpp geirrt. Oder die beiden seien noch tiefer ins Unterholz gerutscht. Sie waren nicht da! Sie ging ein paar Schritte den Abhang hinunter und rief nach ihnen. An dieser Stelle kämpften etliche jüngere Bäume um das Licht, das ein umgestürzter Waldriese geschaffen hatte. Hinter dem dicken Stamm könnten zwei Menschen ohne weiteres verschwinden. Ihre Haut begann zu prickeln. Hier stimmte etwas nicht. Warum versteckten sich die beiden vor ihr?

Sie umrundete das gigantische Wurzelwerk und erstarrte: Maja hatte Ronja in die Arme genommen und kauerte auf dem Waldboden. Den Oberkörper hatte sie schützend über das Mädchen gebeugt.

Direkt vor ihnen stand Sebastian und richtet Noras Waffe auf sie.

Als er Nora hörte, drehte er nur so weit den Kopf, dass er die beiden dabei nicht aus dem Blick verlor, und winkte mit der Mündung, dass sie sich zu ihnen gesellen sollte.

Noras Puls raste. Sie spürte, wie das Blut in ihren Ohren pochte. Beschwichtigend hob sie die Hände.

Er war ihnen gefolgt und hatte nur auf den geeigneten Moment gewartet.

»Was geht hier vor?«, fragte sie und machte keinerlei Anstalten, seiner Aufforderung nachzukommen.

»Du setzt dich jetzt hierher!«, bellte Sebastian, seine Stimme überschlug sich.

Nora bekam noch mehr Angst, als sie ihn betrachtete. Seine Augen waren aufgerissen, die Pupillen groß wie Zehn-Cent-Stücke, und sein Körper schien unter der Anspannung, die von all seinen Muskeln ausging, fast zu krampfen. Er wirkte, als hätte er den Bezug zur Realität verloren.

Langsam und leicht geduckt, um ihre Kapitulation zu signalisieren, ging Nora zu Maja und Ronja und stellte sich vor sie. So waren sie zumindest vor den Kugeln geschützt. Die Mündung zeigte weiterhin in ihre Richtung, und sie sah den Lauf der Waffe zittern.

In einem Halbkreis bewegte Sebastian sich um sie herum. Als Nora weiterhin versuchte, Maja und Ronja mit ihrem Körper abzuschirmen, fuhr er sie an: »Weg da! Hinsetzen!«

Wieder fuchtelte er mit dem Lauf, und Nora wich einen Schritt zurück, näher an Maja, die nun Ronja hinter sich geschoben hatte und aufgestanden war. Jetzt standen sie beide vor dem Kind.

Doch er näherte sich ihnen, Schritt für Schritt. Und es war eindeutig, was er wollte. Er wollte Ronja!

Er kam näher, bis sie mit dem Rücken an der Rinde des Baumstammes standen. Nora überlegte, ob sie mit einem gezielten Tritt die Waffe aus seiner Hand befördern könnte. Sie machte sich bereit. Dicht genug war er inzwischen.

Plötzlich hörte sie wieder das leise Brummen eines Wagens, der sich auf dem Weg näherte. Einen Moment glitt ihre Aufmerksamkeit zu dem Geräusch. Doch der Wagen fuhr vorbei, nicht schnell, aber zu schnell, um zu entscheiden, ob sie um Hilfe rufen sollte. Das Motorengeräusch wurde vom Wald verschluckt. Es war wieder still.

Plötzlich machte Sebastian einen Schritt nach vorn und packte Ronjas Arm. Er zog sie mit einem Ruck zu sich, und das kleine Mädchen begann zu kreischen. Ein hoher, schriller Laut, der ihre Ohren klingeln ließ. Mit dem freien Arm hielt er sie fest. Ronja erstarrte und fixierte mit weit aufgerissenen Augen ihre Mutter. Maja schrie auf und warf sich in Sebastians Richtung, doch er wich zurück und hielt den Lauf der Waffe vor sich. »Zurück!«, befahl er. Seine Stimme zitterte.

Maja erstarrte in der Bewegung und wimmerte. Nora packte sie am Arm und zwang sie, still zu stehen. Sie mussten Ruhe bewahren, sonst würde nur noch Schlimmeres passieren. Noch waren sie alle am Leben.

Nora fühlte sich, als würde ihr der Boden unter den Füßen entgleiten, doch sie blickte Sebastian fest an. Am liebsten hätte sie ihn in diesem Moment mit voller Wucht ins Gesicht getreten und ihm das Kind entrissen. Doch sie beherrschte sich um Ronjas willen. »Das willst du nicht! Lass Ronja gehen! Sie ist ein Kind. Wenn du eine Geisel brauchst, dann nimm mich«, sagte sie mit fester Stimme.

Er schaute Nora an, als würde er nicht verstehen, wovon sie sprach. Dann schüttelte er den Kopf. Er machte einen Schritt rückwärts und zog das Mädchen mit sich, das in seinen Armen zu zappeln begann.

»Mama!«, rief Ronja, ihre Stimme ließ Nora und Maja erstarren, dann zog er das Kind weiter.

Maja ließ sich auf die Knie fallen, Tränen liefen über ihr Gesicht. »Nein, nein!«, wimmerte sie immer wieder.

So einfach entkommst du mir nicht, dachte Nora und folgte Sebastian langsam, Schritt für Schritt in den Schatten der Bäume. Er ging nach wie vor rückwärts und hielt die Waffe weiter auf sie gerichtet.

»Geh!«, sagte er. »Das geht dich nichts an.«

Er zog Ronja mit dem Arm hoch, drehte sich um und begann zu rennen. Mit der rechten Hand hielt er die Waffe umklammert, doch nun zeigte sie zu Boden. Trotz des Kindes war er ziemlich schnell. Aber Nora sprintete ebenfalls los, blieb ihm auf den Fersen und wartete auf einen Moment, in dem sie sich auf ihn stürzen könnte, ohne Ronja zu verletzen. Lange würde er das nicht durchhalten. Nur ihr Keuchen war in der Stille zu hören und Ronjas leises Wimmern. Sebastian lief immer tiefer in den Wald. Sie sprangen über Farne und rutschten einen Abhang hinunter. Ronja hüpfte in seinen Armen wie eine Puppe auf und ab, während er immer schneller wurde. Aber nicht schnell genug. Nora blieb immer im gleichen Abstand hinter ihm, bereit zuzugreifen, wenn er daneben trat und stolpern würde.

Als hätte er ihre Gedanken gehört, wirbelte er herum und richtete erneut die Waffe auf sie.

»Halt!«

Nora blieb stehen, hielt wieder beschwichtigend die Hände vor sich. Wenn er nicht schoss, würde sie an seinen Fersen kleben wie Pech und Schwefel.

»Halt«, sagte er wieder, und dieses Mal klang er ruhiger. Der Lauf der Waffe zitterte nicht mehr.

Dann drückte er ab.

Tschechien, Sonntag, Spätnachmittag im Wald

Sie hatten alle drei den Schuss gehört. Vlad, der am Steuer saß, trat auf die Bremse. Er und Karel sprangen aus dem Wagen und zogen ihre Waffen. Johan wollte ebenfalls aussteigen, stellte aber enerviert fest, dass er die hinteren Türen des Polizeiwagens nicht von innen öffnen konnte. Er klopfte gegen die Scheibe. Leise öffnete Vlad die Tür, und Johan stieg aus dem Auto. Zu dritt horchten sie in den Wald.

Die Vögel waren verstummt, nicht einmal das Laub bewegte sich im Wind. Alles schien zu warten. Dann erklangen wieder vereinzelt Vogelstimmen. Karel steckte seine Waffe in das Holster zurück und sagte etwas zu Vlad. Der drehte sich zu Johan um und zuckte die Achseln. »Weg?«, fragte er. Johan ging ein paar Schritte zwischen die Bäume, den Abhang neben dem Weg hinunter. Der Wald verwandelte sich hier nach wenigen Metern in ein undurchdringliches Dickicht. Johan lauschte wieder.

Sein Herz raste. Er zweifelte nicht eine Sekunde, dass der Schuss etwas mit Nora zu tun haben musste. Doch von wo war er gekommen? Sollten sie umkehren oder weiterfahren? Oder waren sie ganz dicht dran? Es hatte fast so geklungen.

Er winkte den beiden Polizisten und begann, den Hügel hinab in den Wald zu gehen. Ganz so undurchdringlich, wie es auf den ersten Blick schien, war das Gestrüpp doch nicht. Vlad sperrte den Streifenwagen ab, der mitten auf dem Weg stand, und folgte mit seinem Kollegen Johan. Sie verteilten sich und blieben nur so weit in Sichtkontakt, dass sie einander zwischen den Bäumen nicht völlig aus den Augen verloren, während sie in einer Reihe vorrückten.

Trotz der hellen Flecken aus Sonnenlicht, die dann und wann durch das üppige grüne Blattwerk auf den Waldboden fielen, war es düster – wie ein grüner Schlund, der alles verschlang. Was auch immer eben vorgefallen war, es war vorbei. Und das machte Johan Angst.

Nach etwa fünfzehn Minuten sah er ein, wie sinnlos das Unterfangen war, den Wald zu dritt durchkämmen zu wollen. Sie waren etwa dreihundert Meter weit gekommen und hatten nichts gesehen oder gehört. Außerdem hatte er das Gefühl, dass seinen tschechischen Kollegen das schon längst klar gewesen war, denn sie waren in den letzten Minuten eher halbherzig um die Bäume geschlichen. Ihre Waffen hatten sie aber alle drei noch in der Hand.

Immer wieder riefen Vlad oder Karel laut »Policie« und etwas auf Tschechisch, das vermutlich eine Aufforderung war, hervorzukommen. Johan schwieg. Nach wie vor spitzte er die Ohren und überlegte, ob er nach Nora rufen sollte. Doch das würde sie vermutlich nur in noch größere Gefahr bringen. Das Geräusch eines Schusses konnte selbst im Wald weit getragen werden.

Sie gingen zum Wagen zurück. Mit jedem Schritt stieg Johans Unruhe. Sollten sie gleich Verstärkung holen? Auch Vlad und Karel schienen darüber nachzudenken, kaum waren sie eingestiegen, redeten sie aufgeregt miteinander. Johan zeigte auf den Weg in die Richtung, aus der sie gekommen waren, und hob fragend die Hände. Die beiden sahen sich an. Schließlich schüttelte Karel den Kopf und deutete mit dem Kinn in die Richtung, in der das Festival lag, und startete den Wagen. Vlad gab etwas per Funk durch. Dann drehte er sich zu Johan um. »Mehr Policie kommt!«

Johan nickte, und sie fuhren langsam weiter.

Tschechien, Sonntagnachmittag

Nora hatte sich auf den Bauch fallen lassen, als der Schuss fiel. Sie drückte ihren Körper und ihr Gesicht in das Laub und rührte sich nicht, dankbar, nicht getroffen zu sein. Sie hörte, wie Sebastian sich hastig entfernte und Ronja leise wimmerte. Dann rappelte sie sich schnell auf und suchte hinter einem Stamm Deckung. Einen Moment lehnte sie mit dem Rücken gegen die raue Rinde, ihr Atem ging hektisch. Hatte sie den Luftzug der Kugel gespürt? Oder war sie weit weg von ihr eingeschlagen? Hatte er absichtlich daneben geschossen?

Sie blickte um den Baum herum. Sebastian war nirgendwo zu sehen. Nora kam hinter dem Stamm hervor, starrte in die verschiedenen Richtungen und lauschte. Doch er war wie vom Erdboden verschluckt. Und mit ihm Ronja. Nora fluchte, ihre Augen brannten. Im Laufschritt setzte sie sich in Bewegung. Sie musste Maja finden und sofort die Kollegen informieren. Mindestens eine Hundertschaft musste den Wald durchkämmen und das Kind zurückholen.

Als sie Maja sah, wurde sie von heftigem Mitleid gepackt. Maja stand immer noch neben dem gestürzten Baumriesen und wirkte so verloren, als sei die Welt um sie fremd geworden. Ihre Augen waren gerötet, das Haar wirr, und in ihren dünnen Klamotten sah sie mit einem Mal nackt und ungeschützt aus.

Der Schuss dröhnte immer noch in Noras Ohren, die wie mit Watte ausgestopft waren. Sie packte Maja am Arm und brüllte sie an: »Wir müssen Hilfe holen!« Als diese sie nur mit leerem Blick anstarrte, schüttelte sie ihren Arm. »Sofort!«

Maja stolperte fast, erwachte aus ihrer Erstarrung und stammelte Ronjas Namen. Dann schrie sie, laut und so schmerzvoll, dass der Schrei sich mitten in Noras Herz bohrte.

»Hilfe! Jetzt!«, sagte Nora und rannte los. Mit einem Blick über die Schulter sah sie, dass Maja ihr nun folgte. Sie erreichten den Weg an der Stelle, an der Nora vor vermutlich nicht einmal zwanzig Minuten mit dem anderen Autofahrer gesprochen hatte. Vorhin meinte sie wieder ein Motorengeräusch gehört zu haben. Oder war das Einbildung gewesen? Sie blieben kurz stehen, lauschten. Jetzt war es still.

Dann rannten sie weiter mit weit ausholenden Schritten. Noras Lungen brannten und ihr Herz pumpte bis zum Hals: Ronja, Ronja, Ronja!

Tschechien, Gathering, Sonntag, früher Nachmittag

Der Streifenwagen kam gefährlich ins Schwanken, als sie durch ein tiefes Schlagloch fuhren. Vlad parkte vorsichtshalber hinter einem kleinen Tankwagen, bevor sie in der Pfütze stecken blieben, die sich um dessen Ventil gebildet hatte. In ihrer Nähe standen einige Zelte, und ein paar Menschen liefen geschäftig hin und her, die meisten von ihnen nur spärlich mit bunten Fetzen bekleidet. Karel sagte etwas zu Vlad, und beide lachten. Dann drehte Vlad sich zu Johan um und sagte: »Hippies!« Er grinste.

Sie stiegen aus und nahmen die ungewöhnlichen Aufbauten in Augenschein, das wuselige Treiben drum herum. Ein Zelt mit einem Lagerfeuer davor, um das auf Kissen ein paar Leute saßen und Tee tranken. Eine Gruppe nackter Kinder, die mit Weidenzweigen und der Hilfe eines Mannes im Kaftan ein Tipi bauten. Sie gingen ein paar Schritte und erreichten eine Anhöhe, vor ihnen öffnete sich der Talkessel. Erst von hier konnte man die Größe des Festivals überblicken und die Masse der Zelte.

Wenn Johan es nicht mit eigenen Augen sehen würde, er hätte es nicht geglaubt. Fernab von jeder Ortschaft wimmelte es hier von Campingzelten, Tipis und bunt gekleideten Menschen. Nur in der Mitte war ein großes, freies Areal, in dessen Zentrum ein Lagerfeuer brannte. Darum saßen rund zwanzig Trommler, die auf Kongas und anderen, kleineren Instrumenten treibende Rhythmen erzeugten. Die bloßen Füße der Tänzer wirbelten Staubwolken auf, ihre ekstatischen Bewegungen erinnerten Johan an die verzückten Hippies von Woodstock.

Was ihn unangenehm berührte, war der Dreck überall. Wenngleich es keine Müllberge gab, wie er sie von Rockfestivals kannte, war alles staubbedeckt und irgendwie ärmlich. Viele Zelte sahen ramponiert aus. Der Platz neben ihnen, an dem augenscheinlich gekocht wurde, versank fast im Schlamm. Ein leicht süßlicher Geruch hing in der Luft, als dessen Quelle Johan einen Anhänger mit Kartoffeln und anderem Gemüse ausmachte, das zum Teil wohl bereits verdorben war. Fliegen schwirrten über Obst in großen Kisten.

Ihre Anwesenheit wurde zwar weitestgehend ignoriert, war aber nicht unbemerkt geblieben. Erwachsene, die an ihnen vorbeigingen, begannen zu tuscheln. Die Kinder hatten aufgehört zu spielen und starrten die Uniformen von Vlad und Karel an. Johan sah, wie eine junge Frau mit gerafften Röcken loslief. Sie trug nur ein Bikinioberteil, und beim Laufen hüpften ihre Brüste, und ihre langen Haare wehten hinter ihr her. Sie war schön, auf eine irritierende Art und Weise, und Karel stieß Vlad mit seinem Ellbogen an, während sie ihr hinterhersahen. Einige Minuten später näherte sich ihnen eine kleine Gruppe, zwei ältere Männer und eine Frau. Ihr aufrechter Gang war von verhaltener Autorität und Vorsicht.

Als die drei bei ihnen angelangt waren, musste Johan sich ein Grinsen verkneifen. Wenn er für ein Filmset einen Schamanen oder eine Schamanin gesucht hätte, dann hätte kein Maskenbildner diese so authentisch hinbekommen.

Die Frau, die in der Mitte stand, trug in ihrer Hand einen langen Stab, an dessen Ende Federn und Kristalle befestigt waren. Ihre schlohweißen Haare fielen bis über ihre Schultern, und sie war in ein Ledergewand gekleidet, an dessen Säumen Muster eingestickt waren, in denen ebenfalls Kristalle glitzerten. Ihre Augen blitzten wie die eines Menschen, der seinen einschüchternden Blick professionell einzusetzen weiß. Wahrscheinlich schlug sie in ihrem wahren Leben Kapital daraus als Hellseherin oder Kartenlegerin. Die beiden Männer hatten ähnlich lange, ergraute Haare und ebenfalls Augen wie aus poliertem Glas.

»Is there any problem?«, fragte der Mann und blickte dabei Vlad und Karel an.

Gab es ein Problem? Abgesehen davon, dass eine Versammlung dieser Größe bei irgendeiner tschechischen Behörde angemeldet sein müsste? Und wie sollten die beiden Polizisten, die hier waren, um nach einer deutschen Beamtin zu suchen, die sich heimlich hier aufhielt, damit umgehen? Johan konnte förmlich die Fragezeichen über den Köpfen seiner Kollegen schweben sehen.

Vlad reagierte als Erster. Er fragte etwas auf Tschechisch und streckte die Hand aus. Die drei wechselten einen Blick, dann nestelte der andere Mann ein Blatt Papier aus seiner Lederweste und reichte es Vlad, der es aufmerksam studierte und dann zurückgab. Dann tippte er sich an die Mütze und gab Johan und Karel ein Zeichen, sich zurückzuziehen. Johan folgte ihnen verblüfft zurück zum Streifenwagen.

Tschechien, im Wald, Sonntagnachmittag

Nora bemerkte den entgegenkommenden Wagen als Erste. Als sie erkannte, dass es sich um einen tschechischen Polizeiwagen handelte, begann sie wie wild mit den Armen zu fuchteln. Der Wagen hielt, und Maja und sie stürzten auf die Kühlerhaube und rangen nach Luft. »Her daughter«, keuchte Nora, »her daughter has been kidnapped!« Sie fummelte an dem Bund ihrer Hose und holte ihren Ausweis aus der dünnen Tasche, die sie darunter um ihre Hüfte geschnallt hatte. Langsam und vorsichtig stieg der uniformierte Fahrer aus dem Auto, anscheinend noch unschlüssig, was er von den beiden aufgelösten Frauen halten sollte.

Als er ihre Plastikkarte entgegennahm und ihren Namen las, flammte in seinem Gesicht ein Lächeln auf.

Er sagte etwas zu seinem Kollegen, der ausstieg, ihnen die Türen öffnete und half einzusteigen. Maja, die mehr auf die Rückbank fiel, als dass sie sich setzte, griff nach Noras Hand und klammerte sich an ihr fest. Nora drückte ihre Finger. Sie war froh, nicht mehr allein für Maja verantwortlich zu sein. Sie würde die tschechische Polizei bitten, einen psychologischen Beistand zu organisieren, mit Deutschkenntnissen, falls möglich. Im Fond des Wagens gab der Fahrer ihren Namen mit dem Funkgerät durch und wendete.

Nora beugte sich nach vorn. »Bohumil Nekovař?«, fragte sie. Der Beamte am Steuer nickte und gab Gas.

»Sobald wir bei der tschechischen Polizei sind, wird nach

Sebastian Vollmer gefahndet werden. Wir werden ihn finden, ihn und Ronja«, sagte Nora zu Maja.

Dann sah sie sie mahnend an. »Du musst mir alles sagen, was du über ihn weißt!«

Doch Maja schien ihr nicht zuzuhören. Sie atmete schwer, hatte den Kopf auf die Rücklehne gelegt und die Augen geschlossen, als müsse sie gegen eine heftige Übelkeit ankämpfen. Ihre Hand lag kalt und schweißnass in Noras.

»Er wird Ronja nichts tun«, flüsterte Maja kläglich. Es klang, als wolle sie sich beruhigen, Nora beruhigen, irgendetwas sagen, das das Unerträgliche weniger unerträglich machte.

Nora runzelte die Stirn. Sie wollte Maja ungern die Illusion nehmen, aber ein Mann, der bereits zwei oder inzwischen wahrscheinlich drei Mädchen getötet hatte, war eine reale Gefahr für Ronja. Für sie stand seit der Entführung des Mädchens fest, dass es Sebastian war, den sie suchten. Das hatte er mit seinem Verhalten eindeutig gezeigt. Und Ronja sah Evelina, Saskia und Marina ähnlich. Sie war nur viel jünger. Und sie hatte sie in Gefahr gebracht. Nora spürte, wie auch ihr in dem Wagen, dessen Kunstledersitze intensiv nach Desinfektionsmittel rochen, für einen Moment speiübel wurde. Es war ihre Schuld.

»Wir wollen hoffen, dass er ihr nichts tut«, murmelte sie.

Maja schlug die Augen auf und sah Nora flehend an. »Aber er ist ihr Vater. Da wird er ihr doch nichts antun!«

Nora drehte sich zu Maja um, soweit es der Sicherheitsgurt erlaubte.

»Er ist was?!«

»Ihr Vater.« Maja schloss die Augen wieder. Anscheinend ertrug sie das Leben, Nora und den Polizeiwagen nur, wenn sie sie nicht auch noch sehen musste. Sie seufzte. »Wir haben uns auf Shrees Hof wiedergesehen, da war Ronja vier. Er wusste gar nicht, dass es sie gibt.« Sie schluckte. »Er war ja selbst erst gerade mal sechzehn, als es passiert ist.« Sie zog ihre Hand von Noras zurück, durchbrach die Intimität zwischen ihnen. Es war ihr peinlich. »Ein One-Night-Stand. Nichts Besonderes, ich habe nie daran gedacht, ihm Bescheid zu sagen. Ronja ist mein Kind. Basta!« Sie biss sich auf die Lippen, die Mundwinkel nach unten gezogen. Aber die Augenbrauen hoben sich. Staunen und Bedauern. Das damalige Gefühl der Überraschung, gepaart mit dem großen Glück und der ganzen Verantwortung, die darauf folgten. Dann sprach sie weiter.

»Er hat eins und eins zusammengezählt. Ronja sieht ihm ähnlich. Er wollte teilhaben. Erst hab ich gedacht, wie schön, vielleicht hat Ronja jetzt endlich einen Vater. Aber er war aufdringlich und aufbrausend. Und Ronja mochte ihn nicht besonders. Irgendwann wollte sie nichts mehr mit ihm zu tun haben. Das wollte er nicht akzeptieren. Aber auf Shrees Hof konnte er nicht riskieren, sich danebenzubenehmen. Dann hätte Shree ihn rausgeworfen.«

Nora lehnte sich zurück und versuchte einzuordnen, was sie gerade hörte. Was bedeutete das für ihre Ermittlungen? Hatte er die Kinder getötet, weil Ronja ihn ablehnte? War Jonas zwischen die beiden geraten? Hatte Ronja ihn lieber gemocht? Und was bedeutete es für Ronjas Sicherheit, dass sie seine Tochter war? Vermutlich weniger als nichts.

»Und deshalb spricht sie nicht?«

Maja schüttelte den Kopf und verschränkte die Arme vor der Brust. Sie starrte aus dem Fenster, und Nora sah, wie sie sich mühsam die Tränen verkniff. »Das hat einen anderen Grund«, sagte sie. Dann presste sie die Lippen zusammen. In diesem Moment erreichten sie einen grünen Bus mit einer Antenne auf dem Dach, und der Streifenwagen hielt. Ein älterer Mann mit buschigen Augenbrauen und zerknittertem Hemd blickte zum Fenster herein. Dann lächelte er und öffnete die Tür.

»Nora Klerner?«

Nora erkannte Bohumils Bariton sofort und hatte das befremdliche Bedürfnis, ihm einfach um den Hals zu fallen.

»Wo ist Johan«, fragte sie stattdessen, nachdem sie aus dem Wagen geklettert war. Bohumils Blick war abschätzend. Sie dachte an ihre Versäumnisse in den letzten Stunden. Der Undercover-Einsatz in seinem Zuständigkeitsgebiet, die Waffe, die nun in den Händen eines Kindesentführers war. Ihr Gesicht begann zu brennen.

Erst jetzt antwortete Bohumil.

»Der kommt gleich zurück. Wir haben über Funk Bescheid gesagt, dass du wohlbehalten im zweiten Streifenwagen sitzt.«

»Er ist auf dem Gathering?« Sie erinnerte sich an die Motorengeräusche, die sie gehört hatte, als Sebastian mit der Waffe herumgefuchtelt hatte.

Sie packte Bohumil am Arm. »Wir müssen eine Fahndung rausgeben! Sofort! Sebastian Vollmer. Er ist der Mörder von Evelina und Saskia und womöglich auch von Marina. Und er hat jetzt gerade ein Kind bei sich.« Sie machte eine Pause, um die Worte wirken zu lassen, holte Luft und sagte ruhiger: »Und er ist gefährlich und bewaffnet.«

Bohumils Blick wurde hart. Er wollte sich umdrehen und seine Leute rufen. Nora hielt ihn zurück.

»Ihr habt ein Bild von ihm. Das hatte ich dir gemailt, zur Überprüfung auf der Farm. Er steht links, neben Jonas Kern. Und der liegt vermutlich tot im Wald im Drawehn!«

Bohumil beugte sich auf der Beifahrerseite in den Wagen und griff nach dem Funkgerät. Der Schwall tschechischer Worte, die er in das Mundstück bellte, klang alarmierend. Er bestätigte zwei Mal etwas, dann drehte er sich wieder zu Nora um. »Und das Kind?«

Nora gab ihm eine Personenbeschreibung, und er übersetzte synchron ins Tschechische. Nachdem er das Mundstück des Geräts wieder eingehängt hatte, wischte er sich mit einem Tuch aus seiner Hosentasche den Schweiß von der Stirn. »Ich habe Verstärkung angefordert. Alle verfügbaren Beamten im Umkreis von dreißig Kilometern machen sich auf den Weg hierher. Und zwei Hundestaffeln und ein Hubschrauber.«

Er sagte etwas zu den zwei Beamten, die mit Nora und Maja ausgestiegen waren, und sie setzten sich wieder in den Wagen und brausten davon. Bohumil nickte ihnen hinterher. »Sie werden hier auf der Landstraße eine Straßensperre einrichten. Die deutsche Grenzpolizei wird informiert. Das Bild ist schon an alle Streifen und Reviere im Umkreis gemailt.« Bohumil musterte erst Nora und dann Maja, die neben ihr stand. Es war, als ob er sie das erste Mal wirklich wahrnahm, und sein Blick verdunkelte sich vor Sorge. Als Nora sich zu Maja umdrehte, die bisher hinter ihr gestanden hatte, packte sie sofort ihren Arm. Majas Gesicht war blutleer, die Lippen fast blau und ihre Augen aufgerissen und starr.

»Er hat drei Mädchen ermordet?«, flüsterte sie. Dann drehten sich ihre Augäpfel nach oben, bis nur noch das Weiße zu sehen war. Nora gelang es gerade noch, sie aufzufangen, gemeinsam mit Bohumil legte sie Maja auf den Asphalt. Majas Augen waren offen und starrten blicklos ins Nichts, sie röchelte. Nora gab ihr eine leichte Ohrfeige. »Wasser«, rief sie, »schnell!«

Bohumil griff nach einer Flasche neben dem Bus, und Nora befeuchtete Majas schweißnasse Stirn damit. Einige Sekunden später blinzelte sie, wieder bei Bewusstsein.

»Wir beide unterhalten uns jetzt mal in Ruhe«, sagte Nora.

»Bohumil, hast du vielleicht eine Decke, damit wir Maja in den Schatten legen können?«

Bohumil nickte knapp und ging zum grünen Lieferwagen. Erst jetzt sah Nora, dass ein Kabel aus dessen Seite zu einem Generator lief, der leise wummerte.

Nora half Maja, sich aufzusetzen. Bohumil kam mit einem Beamten in Uniform zurück, und gemeinsam brachten sie die junge Frau zu der Decke, die er im Schatten ausgebreitet hatte.

»Ich habe jetzt ein paar Fragen«, sagte Nora und setzte sich neben Maja, die mit dem Rücken an einem Baum lehnte und eine PET-Flasche Wasser mit beiden Händen umklammerte. »Und ich möchte, dass du sie wahrheitsgemäß und ohne zu zögern beantwortest.«

Sie wartete, bis Maja schwach nickte. »Wo könnte Sebastian mit Ronja hin wollen?«

Maja schüttelte den Kopf. »Ich weiß es nicht. Vielleicht zu Shrees Hof… Oder nein, da würde man ihn zuerst suchen. Er könnte versuchen, mit ihr ins Ausland zu fliehen. Irgendwohin, weit weg.«

Nora nickte. Das könnte sein. Aber es wäre schwierig, er hatte keine Papiere für das Mädchen. Und vermutlich kein Geld.

»Du hast es ja schon gehört. Wir verdächtigen Sebastian des Mordes an drei Mädchen. Beziehungsweise des Mordes an zwei Mädchen und der Entführung eines dritten Kindes. Wir haben sie noch nicht gefunden. Wo war er in den letzten Monaten? Ist dir etwas aufgefallen?«

Maja überlegte. Die Farbe, die zunächst in ihr Gesicht zurückgekehrt war, war wieder dabei zu entweichen.

»Er kam letztes Jahr im Frühling das erste Mal zu Shree. Den Sommer über war er weg. Dann Anfang Oktober war er wieder da. Dann noch mal weg. Mal so, mal so. Er hat für die

Verpflegung auf dem Gathering auf anderen Höfen gearbeitet. Die Äcker bei uns werfen nicht so viel ab, und wir verkaufen die Lebensmittel auch recht gut.«

Nora bezwang ihre Ungeduld. »Im Oktober, was hat er da gemacht?«

Maja war anzusehen, dass die Frage in eine Richtung führte, die ihr nicht behagte. Sie knabberte wieder an ihrer Unterlippe und starrte an Nora vorbei.

»Was ist im Oktober passiert?« Nora konnte es sich denken, aber sie wollte es von Maja selbst hören.

»Es gab ein Unglück.«

»Maja, ich muss es wissen. Wir werden Ronja finden, aber nur, wenn du uns hilfst!«

Maja zog die Nase hoch, ihre Augen wurden feucht. Die Worte kamen nur stockend, während sie die ganze Zeit auf den Boden schaute. »Es gab ein Unglück. Jemand wurde getötet. Wir waren im Wald im Wendland, im Drawehn, und alle waren unterwegs. Spazieren, Holz für die Schwitzhütte sammeln, Blaubeeren ... Nur Jonas und Sebastian sind mit Ronja am Zeltplatz geblieben. Ich war mit Shree in der Nähe Holz sammeln.« Sie schluckte. »Wir hörten Schreie, sehr laut. Shree und ich rannten zum Zeltplatz. Bei den Zeltplätzen lag Jonas auf dem Boden. Er war ...«, sie suchte nach Worten. »Sebastian hielt ein Didgeridoo in der Hand, das voller Blut war, und Ronja saß am Boden und heulte. Sie hielt sich am Zipfel von Sebastians Hose fest.«

Maja begann haltlos zu schluchzen. »Seitdem hat sie kaum noch gesprochen. Das war der Grund!«

Nora fühlte, dass Maja das noch nie jemandem erzählt hatte. Doch warum hatten sie nicht die Polizei geholt? Sebastian hatte Jonas umgebracht.

»Und dann?«, drängte Nora, als Maja nicht weitersprach.

»Sebastian beteuerte, nicht zu wissen, was passiert war. Er sei selbst gerade erst wiedergekommen und habe das Didgeridoo nur aufgehoben. Hätte gar nicht darüber nachgedacht. Wir waren wie von Sinnen. Shree stellte fest, dass Jonas tot war. Er war völlig fertig und wollte die Polizei rufen. Schrie und rannte hin und her.

Und da brach Sebastian heulend zusammen. Er war davon überzeugt, dass er wegen Mordes festgenommen werden würde. Er meinte, er hätte ein paar Anzeigen wegen Körperverletzung, noch von Demos, bei denen er als Jugendlicher mitgemacht hatte. War beim Castor festgenommen worden. Und die ganzen Fingerabdrücke und alles…«

Die waren inzwischen gelöscht, wie Nora wusste. Sie verstand noch immer nicht, warum Shree nicht trotzdem die Polizei gerufen hatte, aber dann sprach Maja weiter.

»Wir haben uns nicht vorstellen können, dass Sebastian seinem besten Freund etwas antun könnte, und er war so überzeugend. Plötzlich schien es, als seien wir alle in Gefahr. Die Polizei war die Gefahr!« Maja schluchzte wieder. Die Tränen waren jedoch versiegt, und die Worte kamen immer flüssiger. Ihre Hände flatterten in der Luft. »Wir hatten alle Angst. Ich meine, wie wir leben… Das passt einfach nicht zusammen. Mir fiel ein, was alles an Gras im Haus herumlag. Ich hatte plötzlich Angst, man würde mir Ronja wegnehmen. Weil ich keine gute Mutter bin. Weil ich selbst zu nichts nutze bin und mich nicht um sie kümmern kann…« Maja schluchzte hysterisch. »Wir waren wie gelähmt, wussten überhaupt nicht, was wir machen sollten.«

Nora unterbrach sie nicht. Es bedurfte keiner Fragen mehr, um nun die ganze Wahrheit über diesen Tag im Wald zu erfahren. Sie schloss für einen Moment die Augen. Das tiefe Misstrauen den Autoritäten gegenüber, die Hilflosigkeit dieser Menschen hatte sie einen Mord decken lassen. Maja sprach weiter, sie hatte sich etwas beruhigt und klang apathisch. Die Beichte hatte sie vollkommen erschöpft.

»Sebastian bearbeitete Shree, dass die Polizei schon einmal dort in dem Wald vor vielen Jahren einen Mord nicht hatte aufklären können, der von einem Unbekannten begangen worden war. Warum also dieses Mal?« Maja schauderte. »Außerdem ist er doch immer noch Ronjas Vater ... Da hab ich gesagt, dass wir die Polizei nicht brauchen würden. Und Shree hat nachgegeben. Wir waren alle in Panik. Jonas' Körper lag da blutüberströmt. Ich habe es nicht ausgehalten zu bleiben, das alles zu ertragen. Ich brachte Ronja weg. Später hörte ich, dass sie Jonas in das Loch geworfen haben, das wir als Toilette ausgehoben hatten ...« Das erste Mal sah sie Nora direkt an. »Ich habe mich so geschämt!«

Nora stand auf. Ihr Verständnis für Maja hielt sich in Grenzen.

»Wir haben die Leiche eines jungen Mannes gefunden, dort, wo ihr gecampt habt. Es kommt sowieso alles irgendwann raus!«, fuhr sie sie an.

Maja blinzelte tränenblind. »Wenn ich gewusst hätte, dass er mir Ronja nimmt, hätte ich sofort die Polizei gerufen.«

»Wahrscheinlich hat er Jonas erschlagen, egal wie gut sie befreundet waren«, sagte Nora barsch.

»Das ist unsere Familie!«, schluchzte Maja.

»Und wenn jemand aus der Familie Kinder tötet, wird der dann auch gedeckt?«

Maja schüttelte den Kopf. Leugne nur, dachte Nora. Ihr übernehmt keine Verantwortung und tut nur, was für euch selbst das Beste ist. Und jetzt hat er dein Kind. Das Mitgefühl, das sie jäh überschwemmte, galt vor allem ihr.

»Hat Sebastian Geld? Ein Auto?«

Maja hob die Achseln.

Nora schüttelte den Kopf und drehte sich um. Mit einem Zeichen forderte sie einen der Beamten auf, sich zu Maja zu stellen. Sie berichtete Bohumil, was sie erfahren hatte.

Sie musste telefonieren. In dem Moment, als sie die Hand ausstreckte, um Bohumils Handy entgegenzunehmen, ratterte mit lautem Getöse der Hubschrauber über sie hinweg, und hinter ihnen hielt ein Streifenwagen, aus dem Johan heraussprang.

Tschechien, Sonntagnachmittag

Sie hatten nur kurz einen Blick gewechselt, in dem die Erleichterung geschrieben stand, wieder zusammen zu sein. Nora war erstaunt, wie sehr Johan ihr Halt gab. Sie gingen ein paar Schritte weg von den anderen, während die Rotorblätter des Hubschraubers langsam zum Stillstand kamen. Dann setzte Nora Johan ins Bild. Über den Mord an Jonas, der vermutlich ebenfalls auf das Konto von Sebastian Vollmer ging und gedeckt worden war, und über die Entführung von Ronja.

»Und du meinst, er hat auch die Mädchen entführt?«

»Zweifelst du daran? Er hat uns mit einer Waffe bedroht und Ronja mitgenommen. Er war in Tschechien und in Bardowick. Und im Wendland, also nicht weit von Lüneburg entfernt, als Marina entführt wurde.«

»Wenn er Jonas Kern im Wald ermordet hat, musste er fürchten, seine Tochter nie wiederzusehen. Vielleicht wollte er das einfach nicht hinnehmen.«

»Jetzt müssen wir ihn finden, alles andere sehen wir dann«, sagte Nora. »Bleibst du bei Maja? Ich schließe mich den Suchtrupps an.«

Johan nahm sein Telefon und rief Irene an. Nora konnte hören, wie er sie über die neuen Ereignisse in Kenntnis setzte, und war froh, dass er sie abschirmte. Sie war sich sicher, dass ihr Alleingang noch Konsequenzen haben würde. Es würde einen Bericht geben, und in dem würde alles stehen, was auf dem Festival passiert war. Auch dass es ihre Waffe war, mit der Sebastian sie und Maja bedroht hatte.

Mit einem dröhnenden Krachen erwachte der Motor des Hubschraubers wieder zum Leben. Bohumil rannte gebückt auf Nora zu und bedeutete ihr, einzusteigen. Zwei Beamte halfen Maja auf die Beine und führten sie zum Streifenwagen. »Wir fliegen das Gebiet ab, die Mutter wird auf die Wache hier in der Nähe gebracht«, schrie Bohumil gegen den Krach an.

Nora nickte, gab Johan ein Zeichen und folgte Bohumil zum Hubschrauber, wo er ihr Kopfhörer reichte, als sie ins Innere kletterte. Es knisterte in ihren Ohren, als sie das Sprechgerät anstellte. Außerdem reichte er ihr ein Handy. »Johan hat die Nummer!«, hörte sie seine Stimme in ihren Ohren. Er hatte inzwischen ebenfalls die Kopfhörer aufgesetzt. Ihr Magen sackte nach unten, als der Helikopter mit einem Ruck vom Boden abhob.

Aus der Luft konnte man sehen, wie endlos weit der Wald sich erstreckte. Blauschwarz bedeckten Fichten die Hügel bis zum Horizont, Blattwerk färbte die Täler in einer Melange aus Grüntönen. Es dauerte nur eine Minute, bis Nora die Zelte sah. Von oben erschien ihr alles kleiner. Aber sie erkannte auch, dass sich das Gelände weiter erstreckte als sie gedacht hatte. Überall schlängelten sich kleine Pfade in den Wald, und Lichtungen grenzten an die große Wiese. Sie sah, wie Menschen stehen blieben, nach oben starrten und wie Polizeiwagen auf den Zufahrtswegen zum Festival in Position gingen.

»Was hast du vor?«, fragte Nora.

»Wir werden eine Kontrolle der Personalien durchführen bei jedem, der sich vom Festival entfernen möchte. Deine Beschreibung von Shree ist an die Beamten weitergegeben worden. Wir werden nicht direkt dort eingreifen, dazu haben wir hier nicht genug Personal. Außerdem gibt es eine Erlaubnis des Landesforstamtes.« Er schnaubte, und Nora ahnte, dass er verärgert war, darüber nicht informiert worden zu sein. Aber vermutlich war auch im Landesforstamt die Dimension der Veranstaltung nicht klar gewesen. Und irgendjemand hatte ein hübsches Schmiergeld dafür kassiert, den Wisch auszustellen. Sie flogen jetzt tiefer über den Baumwipfeln. Als sie den Parkplatz des Gatherings zwischen den Bäumen ausmachen konnte, gab sie dem Piloten ein Zeichen. Er kreiste einige Male um den Platz. Nora konnte den Hanomag nirgends entdecken. »Wir müssen nach dem Fahrzeug suchen. Ich glaube nicht, dass der neue Besitzer des Wagens sofort damit weggefahren ist. Also hat Sebastian ihn.«

Der Helikopter nahm Kurs auf die Landstraße, und eine Weile flogen sie in Richtung der deutschen Grenze über die Autobahn. Der Bus war nirgends zu sehen. Nora dankte dem Schicksal, dass es sich um ein so auffälliges Fahrzeug handelte. Dann fiel ihr etwas ein. »Hast du jemanden zu dem Hof geschickt, auf dem Sebastian im letzten Jahr war?«

Bohumil schlug sich mit der Hand gegen die Stirn. »Nein.«

Nora nickte entschlossen. »Er weiß nicht, dass wir wissen, dass er da war.«

Bohumil schwieg einen Moment. »Wir sollten ihn nicht verscheuchen, indem wir mit dem Heli da aufkreuzen.«

Nora nickte. Ihr Gefühl zog sie zu diesem Bauernhof, von dem sie nur anheimelnde Bilder im Internet gesehen hatte. Der einzige Ort hier in der Gegend, von dem sie sicher sein konnte, dass Sebastian ihn kannte. Mehrere Ställe, Schuppen, Scheunen. Das ideale Versteck.

Bohumil drückte den Knopf für die externe Funkverbindung und gab etwas an seine Leute durch. Dann drehte der Helikopter ab, und sie flogen wieder in die Gegenrichtung. Nora suchte durch das Seitenfenster die Straßen mit den Augen ab. Ohne Erfolg. Sie flogen rund eine Viertelstunde, dann sah sie drei Polizeiwagen, die die Straße sperrten. Der Helikopter verlor an Höhe und setzte auf der Kreuzung auf. Als Nora die Kopfhörer von den Ohren riss, traf sie der Lärm der Rotorblätter, die die Luft malträtierten, wie eine Faust. Sie sprang ins Freie und lief geduckt auf die Wagen zu. Bohumil folgte ihr und gab allen ein Zeichen einzusteigen.

Nora saß auf dem Rücksitz, als der Wagen anfuhr.

Sebastian hatte eine Waffe. Sie hatte keine. Aber sie würde Bohumil nicht um eine bitten. Es würde eine heillos komplizierte bürokratische Angelegenheit, sollte sie gezwungen sein, sie abzufeuern.

Die Wagen fuhren in einer Kolonne. Das Martinshorn blieb stumm, aber das Blaulicht tauchte den Schatten unter den Bäumen am Straßenrand in blaues Flackern.

In der Auffahrt des Hofs bremsten sie scharf, und die Beamten stiegen aus. Drei Autos standen an einem Gatter aufgereiht. Nora erkannte den Hanomag und gab Bohumil ein Zeichen, indem sie auf den Wagen deutete und den Daumen hob. Er nickte. Die Beamten verteilten sich wortlos auf dem Gelände. Das Anwesen war so schön wie auf den Fotos, doch Nora nahm die bunten Holzhäuser, die am Waldrand standen, die saftigen Wiesen und den üppigen Gemüsegarten kaum wahr. Sie sah sich suchend nach Menschen um, konnte aber niemanden entdecken. Warum war niemand hier?

Sie folgte Bohumil, der auf das Portal des Haupthauses

zuging, laut gegen die Tür klopfte und »Policie!« rief. Dann drückte er die Klinke nach unten und öffnete die Tür. Hintereinander traten sie in den Flur. Es war eigentümlich still. Niemand war zu sehen. Sie warfen sich einen Blick zu, und Bohumil zog seine Waffe. Einer seiner Kollegen kam hinter ihnen herein, zog ebenfalls seine Waffe und bedeutete Nora, sich in einen toten Winkel neben der Treppe zu stellen, um aus der Schusslinie zu sein. Die beiden Männer bewegten sich vorsichtig durch die Flure, die rechts und links von der Diele abgingen, die Waffe mit beiden Händen vor sich ausgestreckt. Ein dritter Beamter schlüpfte durch die Tür und schlich die Treppe hinauf. »Draußen ist niemand«, flüsterte er auf Deutsch. Nora schob sich an der Wand vorwärts, bis sie an dem Fenster stand, das an der Rückseite der Diele auf den Hof zeigte. Auf der anderen Seite des Hofs sah sie einen Stall, dessen Flügeltür geschlossen war. Auch hier war alles ruhig.

Sie lauschte den Schritten der Männer, als sie sah, wie sich die Stalltür plötzlich bewegte.

»Er ist hinten im Stall!«, rief Nora halblaut und rannte zur Eingangstür. Hastig umrundete sie das Gebäude und blieb in Deckung, während sie rief: »Sebastian, komm heraus! Wir wissen, dass du da bist.« Keine Antwort, nur Stille.

»Du bist umstellt. Gib das Kind heraus. Du willst doch nicht, dass dem Mädchen etwas passiert.«

Bohumil hatte sich inzwischen hinter ihr an die Wand gepresst und zog die Augenbrauen hoch. Sie wusste, was er dachte: dass es Sebastian doch vollkommen gleich sei, ob dem Kind etwas passierte.

Wieder rief Nora nach Sebastian: »Du hast keine Chance!« Sie warteten. Noch immer war es still.

Plötzlich schwang mit einem knirschenden Geräusch die Tür auf, und Sebastian trat ins Freie. Er hielt den Kopf gesenkt, die Haare fielen ihm ins Gesicht. Aber auch so konnte Nora sehen, dass er ein Bild des Jammers bot. Alle Kraft schien aus seinem Körper gewichen zu sein. Er hielt ihre Pistole in der Hand, ging ein paar Schritte ins Freie und ließ sie fallen. Mit einem scheppernden Laut schlug sie auf das Pflaster des Hofs. Dann hob er die Hände, während sich drei Beamte auf ihn stürzten und ihn mit den Knien zwischen seinen Schulterblättern auf den Boden zwangen. Nora rannte über den Hof und riss die Stalltür auf. In ihrem Brustkorb hämmerte wieder ihr Herz: Bitte, bitte, bitte!

In dem Stall voller Boxen mit Ziegen und Schafen war es dunkel. »Ronja!«, rief Nora. »Ronja!«

Sie fand sie am hinteren Ende des Stalles im Stroh kauernd. Die Augen des Mädchens waren geschlossen, und es hielt sich die Ohren zu. Vorsichtig nahm Nora sie in den Arm und zog sie hoch. Wie ein kleiner Mehlsack hing sie auf ihrer Schulter. Die Arme ließ sie einfach baumeln, aber Nora fühlte, wie sie sich entspannte, und die zarten Atemzüge an ihrem Hals lösten eine heftige Welle Glücks in ihr aus. »Wir müssen sie zu ihrer Mutter bringen«, sagte sie zu Bohumil und strich Ronja über die Haare.

Als die Beamten Sebastian abführten, kamen aus dem Wald eine Reihe Menschen in Arbeitskleidung. Bohumil ging auf die Leute zu und sprach mit ihnen. Dann gab er zwei Beamten den Auftrag, alle Aussagen aufzunehmen.

Er kam und öffnete Nora die Autotür, damit sie mit dem Kind auf den Rücksitz rutschen konnte. Ronja hatte die Augen auf und den Daumen in den Mund gesteckt.

»Er hat die Leute bedroht und in den Wald geschickt«, sagte Bohumil. Nora nickte. Niemandem war etwas passiert.

Die Wache, wo sie auf Johan und Maja treffen würden, lag auf halber Strecke zwischen der Farm und dem Gathering. Im

Wagen war es warm, trotzdem kuschelte sich Ronja eng an Nora.

»Gleich bist du wieder bei deiner Mama«, sagte Nora zu dem Kind. »Und wir sorgen dafür, dass dir nie wieder jemand wehtut. Wir können das!«

»Auch nicht der böse alte Mann aus dem Wald?«, flüsterte Ronja. Ihre Stimme war kaum hörbar.

Trotzdem hatte Nora sie verstanden. »Welcher alte Mann, Ronja?«

Doch das Kind schloss die Augen und kuschelte sich in ihre Armbeuge. Nora küsste Ronja auf den Scheitel, hielt sie fest und runzelte die Stirn.

Lestra, Tschechien, Sonntag, früher Abend

Bohumil hatte Nora die Vernehmung von Sebastian überlassen. Sie war ihm dankbar dafür, schließlich war sie nur Gast. Alle waren aufgeregt. Mit ein bisschen Glück würden sie bald wissen, wo Marina sich befand.

Nora sprach Sebastians Personalien auf Band. »Vernehmung in der Mordsache Saskia Meiner, der Mordsache Evelina Berkowski, dem Entführungsfall Marina Rennich und des Totschlags an Jonas Kern und der Entführung von Ronja Voigt. Außerdem wird dem Inhaftierten zur Last gelegt, auf einen Polizeibeamten geschossen und etliche weitere Personen mit der Waffe bedroht zu haben.«

Sebastian zitterte. Bei den vielen Namen war sein Kopf kurz nach oben geschnellt, und sein Mund hatte sich geöffnet, als wolle er etwas sagen. Doch jetzt hielt er den Kopf wieder gesenkt und seine langen Haare hingen über sein Gesicht. Die

Hände hatte er zwischen die Oberschenkel geschoben und den Rücken so krumm gebeugt, als wollte er sich in sich selbst einrollen. Nora konnte sein ungewaschenes Halstuch und den Angstschweiß in seinem Shirt riechen. Sie selbst schwitzte ebenfalls. Obwohl die Sonne bereits unterging, war es heiß in dem kleinen Vernehmungszimmer mit den grauen Metallmöbeln und rohen Betonwänden. Aber er schien das Halstuch nicht zu tragen, weil ihm kalt war. Sondern vielmehr, um sich darin zu verkriechen.

Sie schwieg.

Als Sebastian endlich den Kopf hob, konnte sie sehen, dass Schweißperlen auf seiner Stirn standen. »Es tut mir leid«, nuschelte er.

»Was?«, fragte Nora scharf. »Dass du uns mit einer Waffe bedroht hast oder dass du Ronja entführt hast? Oder dass du zwei Mädchen getötet hast? Saskia und Evelina!«

Sie haute mit der flachen Hand auf die Tischplatte, dass es knallte. »Wo ist Marina? Raus mit der Sprache! Hast du sie auch umgebracht?«

Er zuckte zusammen und senkte wieder den Kopf. »Ich kenne keine Marina«, sagte er so leise, dass Nora sich vorbeugen musste, um ihn zu verstehen.

»Du musst mit uns zusammenarbeiten, das ist doch wohl klar, oder? Wir können auch anders.«

»Ich sag ja alles.«

Nora lehnte sich zurück. Sie war gespannt, was er aussagen würde. Wo war Marina? Er saß hier. Er war mit ihr nach Tschechien gefahren. Als für sie feststand, dass er der Täter war, hatte sie innerlich damit abgeschlossen, das Mädchen lebend zu finden. Er hatte sie getötet und war geflohen. Aber vielleicht gab es noch Hoffnung. Es juckte sie in den Fingern, ihn zu schlagen, den Aufenthaltsort des Mädchens oder ihrer

Leiche aus ihm herauszupressen. Aber sie wusste, dass sie behutsamer vorgehen musste. Um ihre Unruhe zu bezwingen, stand sie auf und lief hin und her.

»›Alles‹ ist ein gutes Stichwort«, sagte sie. »Jetzt erzähl mir mal ›alles‹. Fangen wir mit dem an, was im Drawehn passiert ist. Ist das Jonas Kern in dem Grab im Wald?«

Sebastian nickte zaghaft, doch auf Noras strengen Blick hin deutlicher.

»Und du hast ihn getötet?«

Sebastian zog die Schultern hoch, bis sie fast seine Ohren erreichten. Schüttelte den Kopf, hielt den Blick gesenkt.

»Jetzt setz dich gefälligst ordentlich hin und schau mich an!«, fuhr Nora ihn an.

Er kam ihrer Aufforderung nach und rutschte näher an den Tisch, legte die Hände darauf. Sie blieb stehen und musterte ihn. Seine Augen flackerten. Er starrte sie an wie ein Kaninchen die Schlange.

Hatte dieser adoleszente junge Mann wirklich drei Mädchen und seinen Freund ermordet?

»Er hat gesagt, dass er Ronja töten wird und dass er immer weiß, wo wir zu finden sind. Und dass niemand uns glauben würde«, stieß Sebastian hervor. Es war mehr ein Winseln.

Nora spürte ihr Herz kurz aussetzen. »Wer hat das gesagt?«

»Der Lehrer.«

Rennich?

»Welcher Lehrer?« Nora verstand nicht, worauf er hinauswollte.

»Jonas Lehrer aus der Mittelstufe, der Sauer.«

»Sauer?« Nora war es, als hätte sie sich verhört. Sie kannte nur einen Menschen mit dem Namen Sauer in dem ganzen Fall. Und das war der Vater von Sophie.

»Der Sauer hat Jonas unterrichtet, als wir jünger waren. In

Hamburg. Ich war auch auf der Schule.« Nora war kurz versucht, ihn anzuschnauzen, zur Sache zu kommen, nicht zu versuchen, sie an der Nase herumzuführen. Aber er wirkte so unbeholfen. Sie zögerte.

»Und weiter?«

»Als Jonas' Schwester Clara ermordet wurde, da hat er sich um Jonas gekümmert.«

»Jonas' Schwester wurde ermordet?« Nora spürte, wie sich unter ihr eine Falltür auftat und sie geradewegs in einen dunklen Schacht rutschte. Was war das alles für Quatsch! Oder schlimmer: Konnte das stimmen?

Sie hob die Hand. »Augenblick bitte. Wann war das?«

»Als er zwölf war. Also ungefähr vor … sieben Jahren.«

Er musterte sie jetzt erstaunt. Sie saßen sich einen Moment schweigend gegenüber, und während bei Sebastian zu bröckeln schien, was er an Vorstellung über die Allmacht und das Informationsniveau der Polizei gehabt hatte, wurde Nora das ganze Ausmaß der Katastrophe bewusst.

Sie unterbrach die Vernehmung, stand auf und öffnete die Tür. Johan wartete im angrenzenden Beobachtungszimmer und hob gleichzeitig Hände und Schultern.

»Jemand muss sofort die Akte dazu organisieren. Wir müssen wissen, ob das stimmt! Und lass eine Fahndung nach dem Vater von Sophie Sauer rausgeben, vorerst als Zeuge.«

Johan nickte und eilte davon. Bohumil schüttelte den Kopf. »Lass dich nicht einlullen. Er hat heute auf dich geschossen. Das ist kein Unschuldslamm.«

»Das weiß ich!« Nora ließ die Tür hinter sich zufallen und setzte sich wieder zu Sebastian an den Tisch. Sie atmete einmal tief durch. Sie durfte sich nicht davon leiten lassen, dass sie den Entführer von Marina haben wollte. Dass sie wollte, dass es endlich vorbei war. Dass sie ihre Wut an dem Jungen auslassen wollte. »Jonas' Schwester wurde vor sieben Jahren ermordet?«

»Ja, und eine Zeitlang sah es so aus, als wollte man das Jonas anhängen.« Sebastian knibbelte an seinen Händen, er klang tieftraurig. »Sie war erst vier.«

Zu dem Zeitpunkt war Jonas zwölf. Nora fühlte, wie ihr Hals sich anspannte, als würden kalte Finger sie in den Würgegriff nehmen.

»Wie ist sie gestorben?«

»Jemand hat sie erwürgt.«

Nora schluckte. »Wurde sie missbraucht?«

Er schüttelte den Kopf.

»Und im Wald habt ihr Jonas' Lehrer von damals wiedergetroffen?«

Er schüttelte wieder den Kopf.

»Er hat sich immer wieder bei Jonas gemeldet. All die Jahre. Jonas meinte, er wolle ihm wohl die Familie ersetzen, die er damals verloren hat, oder so was in der Art. Aber er hat ihn genervt. Eigentlich wollte er nicht daran erinnert werden, was damals war. Aber der Sauer hatte uns auch früher den Wald dort gezeigt, wo er wohnt. Schon länger her, aber daher kannten wir Stelle.« Seine Stimme klang monoton, leiernd, darunter jedoch verzweifelt.

Nora stutzte. »Jonas hatte seine Familie verloren? Nicht nur seine Schwester?«

»Seine Mutter hat es nicht mehr mit ihm ausgehalten. Den Verdacht gegen ihn. Die ganze Sache. Er hat nicht viel darüber gesprochen, aber er kam in ein Jugendheim für schwer erziehbare Jungen. Seine Mutter hat nicht mehr mit ihm geredet.« Sebastian senkte wieder den Kopf. »Er tat mir leid, wir waren schon damals Kumpels, und Jonas sollte auf sie aufpassen, als es passierte.«

Noras Anspannung nahm zu. Warum hatten sie das nicht gewusst?

»Und was passierte im Wald?«

Sebastian zögerte. Nora wurde ungeduldig, schnellte nach vorn.

»Jetzt erzähl schon, verdammt noch mal!«, herrschte sie ihn an.

Er zuckte zusammen. »Wir waren schon seit ein paar Tagen zum Campen da. Am Abend sollte die Schwitzhütte fertig sein, und wir hatten schon einen Damm gebaut und Steine gesammelt. Der Sauer war vorbeigekommen und hatte Hallo gesagt.«

Er hob den Kopf und sah Nora an. »Ich konnte ihn nie besonders gut leiden. Ich fand ihn immer etwas unheimlich und autoritär. Mir kam es so vor, als wollte er Jonas kontrollieren, und das schon fast sein ganzes Leben.«

Nora nickte. Verschränkte die Arme. Sie vibrierte vor Ungeduld, aber sie musste ihn erzählen lassen.

Sie dachte an Marina. Sie spürte, wie sich eine Chance auftat, an die sie nicht mehr geglaubt hatte. Sie lebend finden. Nach fast vier Tagen!

»An dem Tag waren Jonas und ich die Einzigen im Lager.« Er seufzte. »Und Ronja! Sie spielte. Deshalb sind Jonas und ich zum Bach, um das Wasserbecken zu vertiefen. Dann hörten wir sie schreien. Wir liefen los. Und da war Sauer und hielt sie fest. Er wollte sie würgen und wegschleppen. Sie hat sich gewehrt.« Tränen begannen über Sebastians Gesicht zu laufen.

»Einfach so, am helllichten Tag?« Nora schüttelte ungläubig den Kopf.

Sebastian wischte sich mit beiden Händen über das Gesicht. Seine Lippen zitterten.

»Wir waren, glaube ich, ziemlich lange weg.« Nora sah

Schamesröte seinen Hals hochkriechen. »Wir haben was geraucht. Und da haben wir einfach das Zeitgefühl verloren.« Er weinte jetzt stärker.

»Verstehen Sie! Ich habe meine Tochter ganz lange allein gelassen. Sie war erst fünf, aber so selbstständig. Sie hat gespielt. Wir haben die Zeit vergessen, weil wir gekifft haben.« Er spuckte das Wort aus, selbstanklagend. Schuldig.

»Dann haben wir sie gehört.« Er schniefte. »Und dann haben wir sie gesehen. Er hatte Ronja gepackt. Er ist groß. Er wollte ihr den Mund mit der Hand zuhalten, gleichzeitig hatte er sie fest im Schwitzkasten. Es sah aus, als würde sie gleich ohnmächtig, und sie zappelte, die Füße in der Luft. Es war furchtbar. Und das Schlimmste war sein Blick. Als sei er unendlich wütend. Vollkommen irre.«

Der böse, alte Mann, durchzuckte es Nora. In Sebastians Gesicht sah sie sein Flehen, ihm Glauben zu schenken. Aber auch Schuldgefühle und Erleichterung, dass er womöglich davonkommen könnte. Jemand anderen bezichtigte. Oder weil er sich etwas von der Seele redete?

Sebastian rang die Hände. »Ich glaube nicht, dass Sauer wusste, dass wir noch in der Nähe sind. Er muss gedacht haben, Ronja sei allein. Er hatte sie vorher schon häufiger gesehen.«

»Und was geschah dann?« Nora beugte sich vor.

»Jonas stürzte sich auf Sauer und hat geschrien: ›Lassen Sie sie los, Sie Schwein.‹ Er hat geheult wie ein wildes Tier und Sauer umgestoßen. Ich hab mir Ronja geschnappt, die völlig geschockt war, und habe nur gesehen, wie die beiden sich auf dem Boden gewälzt haben. Ich hatte Ronja im Arm, konnte nix machen. Jonas schlug auf Sauer ein, schrie und brüllte. Mir kam es so vor, als ginge es auch um seine Schwester oder so. Und plötzlich griff der Sauer nach dem Didgeridoo, das am Baum lehnte, und schlug auf Jonas ein.«

Sebastian stöhnte und schloss die Augen, als wolle er die Bilder ausblenden, die in ihm aufstiegen. »Er schlug zu. Wieder und wieder.« Er öffnete die Augen und sah Nora an. Dann öffnete er die Hände und zeigte einen Durchmesser von rund fünfzehn Zentimetern. »Das war ein langes, schweres Holzdidsch. Stabil mit einem dicken Ende. Fett wie eine Keule. Ich war wie erstarrt, saß auf dem Boden mit Ronja im Arm und hatte nur noch Angst. Angst, dass er uns auch erschlägt!«

Nora sah das Zittern, das von seinen Füßen bis zu den Schultern durch seinen Körper lief, wie Wind auf einer Wasseroberfläche. Seine Augen leuchteten intensiv blau, als hätte ein Maler ein Quäntchen Wahnsinn hineingemischt.

»Dann rührte Jonas sich nicht mehr, und der Sauer schaute mich an. Den Blick vergesse ich nie!« Sebastian wurde lauter: »Und er sagte: ›Kein Wort. Zu niemandem! Ich werde euch finden, und dann hole ich mir das Kind. Und dich bring ich auch um.‹ Er zeigte mit dem Finger auf uns. Dann ging er weg.« Sebastian senkte den Kopf wieder und murmelte: »Ich hab ihm geglaubt. Ich glaub ihm immer noch.«

Nora merkte, wie sie sich auf die Lippen biss. Sie lehnte sich noch weiter vor und zischte verschwörerisch: »Weißt du, was ich glaube? Ich glaube, du erfindest gerade diesen Lehrer, um von dir abzulenken. Du hast Jonas getötet, und dann hast du die Mädchen entführt und auch sie getötet.«

Sie beobachtete, wie er reagierte. Zuerst weiteten sich seine Augen, die Brauen hoben sich, sein Mund öffnete sich. Er sah aus, als würde er neuerlich in Tränen ausbrechen. Tränen der Wut und Verzweiflung. »Warum habt ihr nicht die Polizei gerufen?«

»Das hab ich doch schon gesagt. Er hat Ronja bedroht. Und mich auch!«

»Und später?«

»Ich weiß nicht.« Er senkte den Kopf. »Es war so unwirklich. Nicht das im Wald. Das war total echt und schlimm und bedrohlich, ich hab kaum noch geschlafen seitdem. Ich war ganz allein damit, die anderen hatten ihn ja nicht gesehen.« Er schluchzte. »Und ihr …« Er hob die Hand und wedelte damit unbestimmt in der Gegend herum, schloss Nora, die Zelle, die Kollegen hinter dem Spiegel mit der Geste ein. »Ihr wart total unwirklich. Als würdet ihr auf einem anderen Planeten leben, einem feindlichen.«

Nora betrachtete ihn. Sie hatte das Gathering gesehen. Und ihr war es auch so vorgekommen, als würden die Menschen dort auf einem anderen Planeten leben, oder wenn doch auf der Erde, dann in einer anderen Dimension als sie selbst.

Sebastians Mund war wieder geschlossen. Er mahlte mit dem Kiefer und starrte sie herausfordernd an. Seine Hände zitterten.

Nora stand auf. »Ich komme gleich wieder.«

Sie schloss die Tür hinter sich. »Was meinst du? Ich glaube, da ist etwas dran.«

Johan nickte. Er sah ernst aus. »Es könnte sein.« Er hielt ihr einen Stapel Zettel entgegen. »Ich habe ein paar Auszüge aus der Akte gemailt bekommen. Jemand in Hamburg scannt sie ein und schaut sich die Details an. Der Mord an der vierjährigen Clara Kern wurde nie aufgeklärt. Siegfried Sauer, geboren 1955, wurde damals verhört. Aber was noch viel schlimmer ist, ist die Beschreibung, wie man das Mädchen fand. Ich muss erst Fotos sehen, aber es klingt, als sei die Inszenierung ihrer Leiche fast identisch mit der von Saskia und Evelina.

Nora spürte, wie etwas in ihr in Bewegung geriet. Sie glaubte Sebastian. Seine Regungen, seine Muskeln im Gesicht. Um so lügen zu können, müsste er ein Meister darin sein.

»Okay. Großfahndung. Der Vater von Sophie, Siegfried

Sauer, ist dringend verdächtig, den Mord an Jonas Kern begangen zu haben. Mit den Kindern halten wir uns zurück!«

Sie wandte sich an Bohumil. »Wir müssen mit Sophie reden und in Lüneburg die Fahndung einleiten lassen. Sebastian und Maja brauchen wir dort. Ronja auch, sie ist eine Zeugin. Wir müssen schnellstmöglich zurück. Ihr solltet Shree festnehmen. Er ist ebenfalls ein Zeuge, was die Szene im Wald angeht.«

Bohumil nickte. »Es gibt ein Flugzeug. Es gehört nicht der Polizei, sondern einem Freund von mir. Eine Cessna, die hier in der Nähe auf einem Sportflughafen steht. Es gibt vier Plätze für Passagiere. Ihr könnt also die Mutter mit ihrem Kind mitnehmen oder Sebastian Vollmer und einen meiner Beamten, der ihn bewacht. Ansonsten gibt es die Möglichkeit, ihn mit einem Wagen zur deutschen Grenze bringen zu lassen, und wir übergeben ihn der deutschen Polizei, die ihn nach Lüneburg transportiert. Das müsst ihr organisieren, und in sechs Stunden habt ihr ihn dort.«

Nora schaute zu Johan, der auf die Scheibe zum Vernehmungsraum zeigte. »Wir sollten ihn mitnehmen. Wenn er lügt, brauchen wir ihn, um Marina zu finden.«

Nora nickte. »Lüneburg hat auch einen Sportflughafen! Wann können wir in der Luft sein?«

»Ich muss telefonieren«, sagte Bohumil und verließ den Raum.

Nora ging wieder zu Sebastian hinein.

»So«, sagte sie, nachdem sie sich gesetzt hatte. »Warum hast du Ronja entführt und mich mit einer Waffe bedroht, wenn du angeblich die anderen Verbrechen nicht begangen hast?«

Sebastian schüttelte traurig den Kopf. »Ich habe Maja nie gesagt, dass Jonas' Mörder auch Ronja bedroht. Ich habe vor den anderen behauptet, nicht zu wissen, wer Jonas ermordet hat. Und mir ist inzwischen auch klar geworden, wie dumm das war. Je länger ich schwieg, desto eher würden Sie doch mich ins Gefängnis stecken. Und dann wäre Ronja ganz ohne Schutz!« Tränen liefen ihm über die Wangen. »Ich bin vielleicht kein guter Vater, aber ich liebe mein Kind. Er würde sie bestimmt holen und töten.« Er schluchzte. »Ich hab es einfach gemacht, ohne nachzudenken. Ich wollte sie retten und weit wegbringen. Es erschien einfach richtig in dem Moment.« Er schüttelte den Kopf. »Aber es war so dumm!«

Nora fand nicht, dass seine späte Einsicht ihn entlastete.

»Wir werden nach Lüneburg fliegen. Dann werden wir ja sehen, was an der Geschichte dran ist.«

Sebastian nickte und ließ wieder den Kopf hängen.

Maja schien nicht glücklich, mit Ronja die weite Fahrt nach Lüneburg sofort und mit dem Auto antreten zu müssen. »Ronja braucht eine Pause«, sagte sie und schaute Nora flehend an.

Nora gab ihr Recht, aber in dieser Sache konnte es keine Pause geben, für niemanden. »Sie kann unterwegs schlafen. Ihr fahrt mit einem Bus. Da ist Platz genug, dass ihr euch auf der Rückbank ausstrecken könnt. Es ist wichtig!«

Sie setzte sich zu Ronja, die neben ihrer Mutter auf dem Boden im Gemeinschaftsraum saß und mit den Sachen spielte, die die Polizisten von ihren Schreibtischen für sie zusammengeklaubt hatten. Papier, leuchtende Textmarker, Büroklammern und einige wie Tiere geformte Radiergummis. Ein Kuscheltier gab es auch, einen kleinen Hund, den ein Kind seiner Mama mit auf die Wache gegeben hatte. Ronja hielt ihn an sich gepresst. Nora überschlug ihre Beine und sah Ronja an.

»Du hast mir von einem bösen, alten Mann erzählt«, sagte sie. »War dieser Mann im Wald, als du mit deiner Mama campen warst? Als ihr in einem Zelt unter den großen Bäumen geschlafen habt?«

Ronja sah sie skeptisch an. Dann nickte sie.

»Und der Mann wollte dir etwas tun?«

Ronja zog sich an den Beinen ihrer Mutter hoch und krabbelte auf deren Schoß.

Nora blieb sitzen. Ronja schaute auf sie hinunter wie ein kleines Tier, das sich auf einen Baum geflüchtet hatte. »Wer hat gesagt, dass du nicht über ihn reden darfst?«

Es tat weh zu sehen, wie Ronjas kleine Finger sich ineinandergruben. Dann hob sie die Hand und zeigte in Richtung der Tür. In die Richtung, in der Sebastian abgeführt worden war.

»Sebastian?«, fragte Nora. Ronja nickte. »War er böse zu dir?«

Ronja schüttelte den Kopf und vergrub ihr Gesicht an dem Hals ihrer Mutter.

Maja runzelte die Stirn. »Muss das sein?«, formten ihre Lippen lautlos.

»Ronja, es ist wichtig, dass du mir noch eine Frage beantwortest. Hat Sebastian Jonas im Wald totgemacht?«

Maja riss die Augen auf. Ronja tauchte unter ihren Haaren hervor und schüttelte wie wild den Kopf. »Das war der böse, alte Mann mit Bart«, flüsterte sie, sodass nur Maja und Nora ihre Worte verstehen konnten. Nora beugte sich vor und streichelte dem Mädchen über das Bein. »Das hast du sehr gut gemacht, Süße. Vielen Dank!«

Sonntagabend, im Luftraum

Die Cessna stand abflugbereit am Rande des kleinen Rollfeldes, das Flutlicht leuchtete. Der Pilot war ein dicker Mann, dessen Lacoste-Shirt sich über seinem Bierbauch spannte und der Nora jovial mit der einen Hand auf die Schulter klopfte, während er ihr die andere reichte. Bei Johan machte er es ebenso. Sebastian Vollmer und den Beamten, der ihn begleitete, ignorierte er.

Während des einstündigen Fluges starrte Nora aus dem Fenster in den dunklen Himmel und die Landschaft unter ihnen, in denen sich die Ortschaften und Städte wie Amöben in die Schwärze fraßen. Sie sah vor sich, wie in diesem Moment eine ganze Kolonne Streifenwagen nach Pranz unterwegs war, dazu ein Wagen des SEK. Trotz des Blaulichts und der Sirenen, die bei jeder Kreuzung angeschaltet werden würden, war ihr innerer Film ohne Ton. Stumme Beamten in voller Montur traten die Tür des Hauses im Wald auf, die lautlos zerbarst. Sie überwältigten einen alten, bösen Mann mit Bart, den sie dort überraschten und der schrie und gestikulierte, ohne dass ein Laut aus seinem aufgerissenen Mund kam. Sie sah vor sich, wie Sophie etwas rief, tonlos. Sie griff nach dem Arm eines Beamten, der ihren Vater abführen wollte und der sie abschüttelte. Sophie stand mit hängenden Armen weinend in der Tür. Irene führte sie zu einem der Streifenwagen. Ein Rest Sicherheitsband, das gelb aufleuchtete, als die Scheinwerfer der Wagenkolonne aufflammten. Ein Trupp Männer der Spurensicherung, die in ihren weißen Anzügen das Haus betraten. Dann Dunkelheit. Der dichte Wald um Roidemeßel lag verlassen und schweigend da. Ein offenes Grab, dort, wo eine Zwergen-Expedition ihr Zelt aufgeschlagen hatte. Nora lehnte den Kopf gegen den kühlen Bauch des Flugzeugs, hörte das

Surren der Propeller und spürte, wie dünn die Hülle war, die sie vom dunklen Sternenhimmel trennte. Dem unendlichen Kosmos, dem es egal war, ob ein Kind lebte oder starb. Der keine Belohnung hatte für die, die kämpften, sondern immer nur weitere Fragen aufwarf, ohne je Antworten zu geben. Sie war todmüde, ihre Augen brannten, aber sie würde sie erst schließen, wenn sie Marina gefunden hatte.

Lüneburg, Sonntagnacht

Die Autofahrt von dem kleinen Sportflughafen durch die schlafende Stadt führte sie über leere Straßen, die vom Regen glänzten. Nora dachte an die Stille. Für sie würde Lüneburg immer die stille Stadt sein, ganz gleich, was hier alles geschehen war. Erst als sie die Glastür zur Inspektion passierten, spürte sie die Erregung, den Lärm der Betriebsamkeit und aufgeladenen Stimmung. Nur Nora blieb ganz ruhig und versuchte die Stille zu bewahren wie ein kostbares Gut. Sie sammelte Kraft für die kommende Begegnung.

Aufgekratzte Beamte kamen ihnen im Treppenhaus entgegen. Sie redeten dröhnend, und ihre Bewegungen waren zackig. Nora spürte ein Kraftfeld, das von der Tür des Vernehmungszimmers auszugehen schien, als sie daran vorbeilief. Aber noch wusste sie nichts. In ihrem Büro legte sie die Jacke ab und ging zu Irene, um etwas über den Ausgang der möglichen Verhaftung zu erfahren.

Irene sah sie forschend an, musterte ihren eigenwilligen Aufzug. Vor ihren Augen schien abzulaufen, was Nora alles erlebt hatte, dass sich jetzt die Ereignisse überstürzten. Doch dann schaltete sie um. Das war nicht mehr wichtig. Sie berichtete knapp, was seit dem Anruf von Johan passiert war: Nach einer kurzen Analyse der neuen Informationen wurde das SEK einbestellt. Irene war beim Zugriff auf Sauers Haus dabei gewesen. Anfangs war es so abgelaufen, wie Nora es sich vorgestellt hatte. Nur, sie hatten Sauer nicht angetroffen.

»Seine Tochter saß zu Hause und aß Abendbrot, allein. Er war nicht da.« Irene blinzelte, und Nora versuchte zu erfassen, was daran nicht normal gewesen war. Das Blinzeln zeigte ihr, dass Irene trotz der alltäglichen Szene etwas ganz anderes empfunden hatte. »Er sei gerade nicht da, hat Sophie gesagt. Und sie wisse nicht, wann er wiederkäme.« Irene ließ ratlos die Schultern hängen. »Fahndung läuft. Aber bisher haben wir keinen Hinweis auf seinen Verbleib.«

»Sophie ist hier?«

Irene nickte. »Sie sitzt im Aufenthaltsraum und wartet auf ihre Vernehmung. Sie ist eine Zeugin, wenn ihr Vater wegen Mordes angeklagt wird. Aber sie muss natürlich nicht gegen ihn aussagen.« Wieder blinzelte Irene heftig.

In diesem Moment war Nora sich sicher, dass alles genau so gewesen war, wie Sebastian gesagt hatte, und dass der nur nicht wusste, dass Siegfried Sauer nach dem Mord an Jonas im Wald wie entfesselt Mädchen entführt und getötet hatte. Sie dachte an Marina. Sie war seit über drei Tagen verschwunden. Statistisch war sie tot. Aber Nora klammerte sich an den Tatverlauf bei Saskia. Sie hatte noch zehn Tage gelebt.

»Lass uns zu ihr gehen. Und vorher holen wir Johan, er kennt Sophie ja bereits.«

Johan stützte den Kopf in die Hände. Er hatte schon so viele Akten zu Mordfällen gelesen. Zu laufenden Ermittlungen und abgeschlossenen, zu alten Fällen. Ein Fall, der nicht abgeschlossen werden konnte, obwohl er alt war, tat ihm in der Seele weh. Er zeigte ihre Unzulänglichkeit, die Sinnlosigkeit all der geführten Vernehmungen, des Sammelns der Fakten, des rastlosen Stocherns im Nichts, bis man einsehen musste, dass es kein Weiterkommen gab. So wie bei Clara Kern. Ein totes Kind, im Keller des Hauses gefunden, in dem es gewohnt hatte. Es war nackt und lag wie aufgebahrt unter der Treppe. Eine Handvoll Gänseblümchen war über sie gestreut, und sie hielt weitere Gänseblümchen in der Hand. Stranguliert, nicht missbraucht. Er schauderte.

Das kleine Mädchen hatte sich im Sandkasten vor dem Mehrfamilienhaus in einer Siedlung gemütlich eingerichtet, bevor es geschah. Es gab Fotos, auf denen ihre Sandkuchen zu sehen waren. Die Mutter sagte aus, sie habe immer wieder aus dem Fenster geschaut. Außerdem war ihr Sohn Jonas Kern ebenfalls draußen in der Sonne, um Hausarbeiten zu machen. Einmal sah sie ihren Jonas, der mit seiner Schwester sprach. Dann waren beide verschwunden. Aber noch machte sie sich keine Sorgen. Jonas war bereits zwölf. Sie dachte, er habe Clara mit zum Spielplatz genommen. Doch ungefähr eine Stunde später kam Jonas nach Hause. Ohne Clara.

Johan blätterte weiter in der Akte. Jonas war Claras Halbbruder. Zum Zeitpunkt von Claras Ermordung war die Mutter bereits wieder alleinerziehend. War sie eine Weile mit Claras Vater zusammen gewesen? Johan blätterte in der alten Akte, die inzwischen aus Hamburg gekommen war und deren Papier weich war vom vielen Lesen. Schon viele Hände hatten vor ihm Seite um Seite umgeblättert, ohne auf einen Hinweis auf den Täter zu stoßen. Dann fand er, was er suchte. Claras Vater hatte eine Weile mit der Familie zusammengelebt und war dann ausgezogen. Er konnte als Mörder seiner Tochter ausgeschlossen werden, denn er hatte ein Alibi: Er hatte zur Zeit ihrer Ermordung im Krankenhaus gelegen.

Jonas habe sich in der Zeit der Beziehung wie das fünfte

Rad am Wagen gefühlt, hatte die Mutter in einer Vernehmung ausgesagt. Aber auch, dass er seine Schwester geliebt habe. Trotzdem hatte sie ihren Jungen später in ein Heim gegeben. Welch ein Elend!

Die Familie hatte in Hamburg in einem Problemstadtteil gewohnt. Die Anwohner und Jonas' Lehrer wurden befragt, was sie von dem Jungen hielten. Die Polizei hatte sich früh auf ihn eingeschossen, obwohl er selbst sagte, er hätte seine Schwester im Sandkasten zurückgelassen. Einer der Lehrer war Siegfried Sauer gewesen. Johan blätterte vor. Er fand das Vernehmungsprotokoll. Er hatte Jonas belastet. Jonas habe ein auffällig eifersüchtiges Verhalten gegenüber seiner Schwester und anderen Mädchen an den Tag gelegt und geradezu aufdringlich nach einem Ersatzvater gesucht. Er hätte unkontrollierte Aggressionsausbrüche gehabt. Siegfried Sauer ging sogar so weit zu empfehlen, den Jungen einem Psychologen vorzustellen.

In den nächsten Tagen hatte sich die Polizei dann tatsächlich auf Jonas konzentriert. Sie hatten einen Psychologen beauftragt, den Jungen zu untersuchen. Es war, als hätte Sauer einen Keim des Zweifels gesät, der auf fruchtbaren Boden gefallen war. Johan runzelte die Stirn. Wie mochte es für den Jungen gewesen sein, dem zunehmenden Misstrauen seiner Umwelt ausgesetzt zu sein? Das sogar seine Mutter teilte. Wenn wirklich so viele Menschen sich vorstellen konnten, dass der Zwölfjährige seine Schwester getötet hatte, dann musste auch etwas merkwürdig an dem Jungen gewesen sein. Andererseits waren alle Zwölfjährigen merkwürdig. Sie schliefen eines Tages noch als Kinder ein und erwachten als missmutige, aggressive Jugendliche. Das war Teil der Pubertät. Ohne dass sie deshalb gleich zu Mördern wurden.

Johan musste an die schlauen Regenwürmer denken. An die dummen Studenten.

Und nun lag Jonas in der Rechtsmedizin, und der Identitätsnachweis war nur noch eine Formsache. Mit achtzehn war er obdachlos geworden.

Johan blätterte durch die dicke Akte und suchte nach Hinweisen auf Sauers Hintergründe, aber nirgendwo stand etwas zu seinen Lebensumständen und seinem Privatleben. Er war nie verdächtigt worden. Nicht einmal ein Alibi war abgefragt worden. Er blätterte zurück. Dabei hatte Jonas selbst ausgesagt, Siegfried Sauer habe sich häufiger bei ihnen gemeldet, ihn versucht zu unterstützen. Und er hatte ihn nicht gemocht. Sauer kannte die Familie und Jonas. Und Jonas' Aussage widersprach der von Sauer in dem Punkt, dass der Junge sich ihm aufgedrängt habe.

Johan lehnte sich zurück. Sein Blick fiel auf den Namen des leitenden Ermittlers, und er erinnerte sich an den Mann. Er hatte ihn einmal getroffen. Johan griff zum Telefon.

»Doch, an den erinnere ich mich dunkel«, sagte Demirel Akay von der Hamburger Kripo verschlafen.

Johan hatte zunächst seine Privatnummer beim zuständigen Revier bekommen und ihn dann aus dem Bett geklingelt. Doch er war nicht ungehalten. Nachdem Johan ihm erklärt hatte, worum es ging, grub Akay bereitwillig in seinen Erinnerungen an den Fall und die Rolle, die Siegfried Sauer bei den Ermittlungen gespielt hatte.

»Der war unangenehm«, sagte er schließlich. »Irgendwie ungerührt.«

»Warum habt ihr ihn dann nicht weiter auseinandergenommen?«

»Dazu gab es keinen Grund. Er kannte die Familie, das war alles. Und angesichts seiner eigenen Tragödie …«

Johan wurde hellwach. »Welcher Tragödie?«

»Seine Frau war kurz vorher bei der Geburt ihrer Tochter gestorben.«

»Aber die Tochter ist doch hier«, sagte Johan einen Moment verwirrt, bis ihm einfiel, dass Sophie ja schon achtzehn war.

»Nicht die. Das zweite Kind. Aber es ist kurz nach der Mutter gestorben. Sauer war jedenfalls immer wieder deshalb krankgeschrieben und bereitete gerade seinen Umzug vor. Von Hamburg irgendwo in die Pampa. Dann Frühverrentung wegen psychischer Probleme und Stress.«

Ein totes Baby? Eine verstorbene Frau? Johan wurde eiskalt. Er wusste, dass solche Schicksalsschläge Risse in einer Persönlichkeit hervorrufen konnten. Aber er konnte auch verstehen, dass ein Mann mit einer solchen Last nicht als Mordverdächtiger in den Fokus gerückt war. Damals nicht.

»Wissen Sie, woran das Baby starb?«

»Keine Ahnung, es war gerade ein paar Wochen alt. Er war dann weg aus Hamburg. Wir haben ja immer mal wieder versucht, den Fall aufzurollen, aber es ist nichts dabei herausgekommen.«

Johan starrte die Wand an, nachdem er aufgelegt hatte. Sauer war in den Wald geflüchtet. Nora stieß fast mit Johan zusammen, als sie die Tür zu seinem Büro öffnete. »Wir müssen mit Sophie reden«, sagte sie.

»Ja, über ihre Schwester!«

»Welche Schwester?!«

»Das Mädchen, das Sauers Frau vor etwas über sieben Jahren zur Welt brachte und bei dessen Geburt sie gestorben ist. Das Kind starb kurz danach.«

»Woher hast du diese Informationen?«

»Ich habe mit dem Hamburger Kripobeamten telefoniert, der damals die Ermittlungen im Mordfall Clara Kern leitete.

Er konnte sich an Sauer und auch an dessen persönliche Tragödie, wie er es nannte, erinnern.« Nora starrte ihn an. »Weiß man, wie das Kind starb?«

»Danach sollten wir vielleicht Sophie fragen, meinst du nicht?«

Nora nickte. Sie wollte Johan folgen, doch als sie hinter sich ein Räuspern hörte, drehte sie sich erschrocken um.

»Frau Klerner, kommen Sie bitte mit in mein Büro.« Mohns' Miene ließ keinen Zweifel, dass er nicht bereit war zu warten.

»Aber...«, sagte Nora. Sie deutete auf Johan und die Akte in seiner Hand.

»Sie sind nicht die Einzige, die an dem Fall arbeitet, und Sie sind nicht unentbehrlich. Es können sich andere mit der Vernehmung von Sophie Sauer befassen.«

In ihrem Körper versteifte sich jeder Muskel. Sie hatte es geahnt. Der Tonfall, der bei Mohns mitschwang, war der eines Menschen, der Genugtuung gesucht und gefunden hatte. Er hatte bestimmt mit ihrem Chef in Wiesbaden telefoniert, und sie würde zurückbeordert werden. Auf dem schnellsten Wege.

Das durfte nicht sein. Sie folgte Mohns in sein Büro in das nächsthöhere Stockwerk. Vielleicht konnte sie ihn noch umstimmen?

Selbst als sie auf der Treppe Maja und Ronja begegneten, die, von einem Beamten begleitet, gerade ankamen, wurde Mohns nicht langsamer. Nora konnte Maja nur zunicken, die sie mit müden Augen aus einem blassen Gesicht anblinzelte. Ronja klammerte sich an die Hand ihrer Mutter, sie wirkte verschlafen. Die beiden hatten fast die ganze Nacht im Auto gesessen.

Hoffentlich kümmert sich jemand um sie, dachte Nora. Am liebsten wäre sie hinter ihnen hergelaufen, aber Mohns stapfte ihr zielstrebig voraus, und sie musste folgen, wenn sie nicht alles verlieren wollte.

Mohns ließ sie in sein Büro eintreten und schloss dann die Tür hinter ihr.

Dann musterte er sie angriffslustig, bevor er sich hinter seinen Schreibtisch pflanzte. »Was soll ich jetzt mit Ihnen machen? Ihnen selbst müsste doch als Allererstes klar sein, dass Sie nicht einfach so in der Weltgeschichte herumermitteln können. In einem anderen EU-Land als verdeckte Ermittlerin. Bewaffnet!«

Er schüttelte den Kopf, betrübt, als könne er nicht begreifen, warum sie so dumm war und warum er sich mit solcher Dummheit abgeben musste.

Nora überlegte, woher er das so schnell wissen konnte. Aber letztlich war es nur eine Frage der Zeit gewesen. Der Bericht, der in Tschechien geschrieben worden war, die Anklage gegen Sebastian Vollmer, beinhaltete auch das Bedrohen eines Beamten mit einer Waffe. Mohns hatte nur die Typ-Bezeichnung und die Seriennummer lesen müssen, um zu wissen, woher die stammte. Er mochte borniert sein, aber nicht dumm.

»Wir haben auf diese Art herausgefunden, was im Drawehn im letzten Jahr geschehen ist, und einen direkten Zusammenhang zu einem Übergriff auf ein weiteres Mädchen. Wir haben einen Täter im Visier. Wir haben das Kind hier, es kann den Entführungsversuch bezeugen.« Im Stillen betete Nora, dass Ronja überhaupt sprechen würde. »Es scheint, dass Siegfried Sauer der Mann ist, nach dem wir suchen. Sebastian Vollmer hat gesehen, wie er im Wald jemanden erschlug. Eine weitere Zeugin bestätigt die Identität unserer Leiche als die Jonas Kerns. Der Zusammenhang zwischen den getöteten Mädchen und Sauer ergibt sich aus dem engen Kontakt zu den jungen Leuten, die wir bisher im Fokus hatten.« Sie holte Luft und fasste zusammen: »Er war überall, wo sie auch waren. Er hat Ronja angegriffen. Und um Marina zu retten, war ich bereit, ungewöhnliche Wege zu gehen.«

Sich mit der Körpersprache anderer zu befassen, bedeutete nicht unbedingt, dass man nicht auch selbst ungünstige Signale aussandte. Nora löste die Hände, die sie hinter dem Rücken verschränkt hatte.

Mohns schaute sie an. So lange, dass sie spürte, wie sich ein dünner Film aus Schweiß in ihrem Nacken bildete.

»Wenn hier alle machen würden, was sie wollen, wären wir nicht die Polizei, sondern nur eine Horde bewaffneter Söldner. Wir haben eine Verantwortung gegenüber unserem Berufsstand.«

Nora konnte nicht umhin, ihm zuzustimmen. Auch wenn sie versuchte, vor sich selbst zu rechtfertigen, dass es Situationen gab, in denen der Zweck die Mittel bestimmte.

»Sie sind raus, Frau Klerner. Packen Sie Ihre Sachen. Ich werde Ihrem Chef mitteilen, dass wir Sie hier nicht mehr brauchen können.«

Nora spürte, wie Schwindel sie erfasste, ihre Gedanken begannen zu rasen. Was? Raus? Was war mit Sauer? Mit Sebastian? Er musste ein weiteres Mal vernommen werden. Was war mit Ronja und Maja? Niemand war dabei gewesen in Tschechien. Sie war selbst eine Zeugin.

»Aber ich denke, an dieser Stelle der Ermittlungen …«

»Was Sie denken, tut hier nichts zur Sache«, sagte Mohns und wandte sich seinen Unterlagen zu.

Er entließ sie so unhöflich, wie sie ihn ebenfalls vor versammelter Mannschaft hatte stehen lassen. Nora hatte erwartet, sich sofort nach Abschluss des Falles einer Untersuchung stellen zu müssen. Aber dass sie half, das Leben des Kindes zu retten, sei Mohns wichtiger, als sie sofort loszuwerden. Hatte sie zumindest gedacht. »Aber…«, warf sie ein.

Er schüttelte den Kopf, blickte aber nicht auf. Lassen Sie's, hieß das.

Nora drehte sich um und ging. Sie atmete leichter, als sie die Tür hinter sich wieder zuzog.

Im Flur kamen ihr Volker und Heiner entgegen. Volker hob den Daumen. »Irene hat Sebastian Vollmer noch einmal vernommen. Sie glaubt ihm auch.«

»Wir haben sie bald gefunden!«, sagte Heiner leise im Vorübergehen. Einige hofften also genau wie sie, dass Marina noch lebte.

Nora wusste nicht, was sie glauben sollte. Sie fühlte immer noch die Watte in ihrem Kopf. Das kann jetzt nicht das Ende gewesen sein, dachte sie.

Johan kam im Flur auf sie zu. »Wir müssen jetzt unbedingt Sophie nach ihrer kleinen Schwester befragen.« Da wusste Nora, was sie noch tun konnte.

»Bitte tu das. Und ruf mich nach der Vernehmung an und erzähl mir, was sie gesagt hat.«

»Wieso? Wo willst du hin?«, fragte Johan verblüfft.

Aber Nora hatte sich schon abgewandt und lief den Flur entlang.

Lüneburg, nachts

Sophies Wimperntusche hatte sich wie eine Waschbärenmaske um ihre Augen verteilt. Sie sah klein und verschreckt aus, und Johan reichte ihr ein Taschentuch, als er sich zu ihr an den Tisch setzte.

»Es tut mir sehr leid, was hier gerade passiert«, sagte er und meinte es so. Irene saß neben ihm und machte Notizen. Wie bei ihrem ersten Gespräch mit Sophie überließ sie Johan das Reden. Sie hatte sie nur gefragt, ob sie einen Anwalt wolle. Doch Sophie hatte den Kopf geschüttelt.

Verlegen drehte Johan den Becher Tee in seiner Hand. Sie war so jung.

»Weißt du, warum wir deinen Vater verhaften wollten?«

Sie schüttelte den Kopf und zog gleichzeitig die Schultern hoch, als wollte sie sich vor dem schützen, was sie gleich hören würde.

»Es gibt jemanden, der behauptet, dass er jemanden erschlagen hat«, sagte er sanft.

Sophie zog ihren Kopf noch tiefer zwischen die Schultern. Schildkröte, dachte Johan. Wie mochte es sein, mit einem Vater unter einem Dach zu leben, der vielleicht zu solchen Taten fähig war?

»Du hattest eine Schwester?«

Sophie runzelte die Stirn. Ein Anflug von Röte erschien auf ihren Wangen. »Die ist gestorben!« Dann blickte sie auf ihre Hände und knibbelte an ihren Fingernägeln.

»Wie ist sie gestorben?«

»Plötzlicher Kindstod.« Es war mehr ein Murmeln. Sophie zog die Ärmel über die Hände, bis sie ganz darin verschwunden waren.

Johan lehnte sich zurück und überlegte, was er über SIDS wusste. Das Sudden Infant Death Syndrome trat hauptsächlich bei Kindern auf, die noch keine sechs Monate alt waren. Die Atmung setzte plötzlich aus, oder das Kind atmete in eine Decke, und es war zu klein, um durch die erhöhte CO_2-Konzentration im Blut aufzuwachen oder den Kopf zu drehen. Andere Theorien gingen von Zigarettenrauch, Schadstoffen oder

Schimmelpilzen in Matratzen oder einfach einer Zellschädigung aus, die etwas mit dem Stoffwechsel anstellte, das einen Atemstillstand auslöste. Bis zu den Achtzigerjahren, wusste Johan, waren allein in der Bundesrepublik fast 1500 Babys pro Jahr an SIDS gestorben. Inzwischen waren es nicht einmal mehr zweihundert. Entweder die Diagnostik hatte sich verbessert oder die Schlafbedingungen der Säuglinge durch gezielte Aufklärung der Eltern.

»Wann war das?«

»Vor sieben Jahren ungefähr.«

»Also warst du elf.«

Sophie nickte. »Aber ich war nicht da. Ich war bei meiner Oma wie meistens damals. Meine Mama …« Sie schniefte laut. Fing sich dann wieder.

Johan überging den Hinweis auf die Mutter.

»Dein Vater war also allein mit dem Baby zu Hause? Wie war er so?«

Sophie schien zu überlegen, was sie sagen durfte. »Er hat sich um Laura gekümmert. Aber er war auch sehr traurig wegen Mama.«

»War er wütend?«

»Er ist meistens wütend!« Plötzlich war der widerborstige Teenager wieder da. Aufgestellte Stacheln.

»Und als ihr aus Hamburg weggezogen seid, wie war das?«

»Beschissen!« Sophie blinzelte ein paar Tränen weg. »Ich wollte nicht in den Wald. Meine ganzen Freunde waren in Hamburg. Mama war tot. Laura war tot. Papa hat sich so komisch aufgeführt und war ständig unterwegs. Er hat zwar nicht gearbeitet, aber sich ins Auto gesetzt und ist tagelang weggefahren.« Plötzlich schwieg sie erschrocken. Sie hatte vergessen, warum sie hier saßen. Sie hatte ihren Vater gerade bezichtigt, eine Elfjährige tagelang allein in einem fremden Haus im Wald gelassen zu haben.

»Aber ich glaube nicht, dass er jemanden umgebracht hat!«

Johan hörte das leise Zögern in ihrer Stimme, die Verlegenheit. Sophie konnte sich sehr wohl vorstellen, dass er jemandem etwas antat. Sie wollte nur nicht diejenige sein, die ihn denunzierte. Tochterpflicht. »Sophie, hat dein Vater dir je etwas getan?«

Sie schüttelte energisch den Kopf und zog wieder die Nase hoch. Die Tränen liefen jetzt stärker, als sie ihren Blick auf den Boden richtete und ganz in sich zu verschwinden schien. Sie drehte sich von ihm weg, beschämt. Johan hätte nicht Psychologie studieren müssen, um zu wissen, dass sie ihm etwas verschwieg. Sauer hatte sie angegriffen. Ob psychisch oder physisch, das mussten sie noch herausfinden.

Er lehnte sich zurück und sog langsam Luft durch die Nase ein. Warum hatte er das nicht bemerkt, als er das Mädchen vorher gesehen hatte? Aber dann riss er sich zusammen. Niemand konnte das aus zwei Begegnungen erkennen. Es gab Kinder und Jugendliche, die wurden jahrelang seelisch oder körperlich misshandelt, und niemand merkte auf.

»Kannst du mir die Telefonnummer deiner Oma geben? Ich würde gerne mit ihr reden.«

Sophie schüttelte den Kopf. »Meine Oma ist auch tot. Schon seit vier Jahren.«

Also war sie ganz allein mit ihrem Vater gewesen. Johan tat leid, was jetzt noch kommen musste. Er legte Fotos von Saskia und Marina auf den Tisch. Die Mädchen lächelten in die Kamera. Es waren Porträts aus der Zeit, bevor sie verschwanden. »Kennst du die?«

Sophies Augen weiteten sich. »Ja«, sagte sie zögernd. »Die habe ich auf dem Reiterhof in Bardowick gesehen. Und das

Mädchen ist am Grünen Tore geritten.« Sie tippte mit dem Finger erst auf Saskia, dann auf Marina.

»Du liest keine Zeitung, oder?«

Sie knibbelte an den Fingernägeln. »Nur manchmal!«

»Dann weißt du nicht, dass Saskia ermordet wurde und Marina verschwunden ist?« Auch Johan hatte auf die Fotos getippt.

Eine dicke Träne löste sich aus Sophies linkem Auge und tropfte an ihrem Kinn herunter. »Doch«, murmelte sie.

»Und dein Vater kannte sie?«

Sie nickte kläglich.

»Wo könnte dein Vater jetzt sein?«

Sie schüttelte traurig den Kopf. »Ich habe keine Ahnung. Er sagt mir nie, wo er hingeht.«

Johan zweifelte nicht, dass sie ihm die Wahrheit sagte. Sie war so in sich zusammengefallen, dass er sich wunderte, dass sie sich noch aufrecht auf dem Stuhl halten konnte. Er gab Irene ein Zeichen, dass die Befragung fürs Erste beendet sei.

Drawehn, Nacht auf Montag

Als es blitzte, zuckte Nora zusammen. Sie hatte an keiner Kreuzung auf der Landstraße auf die vorgeschriebenen siebzig Stundenkilometer gedrosselt. Aber dies war die erste, an der eine Radarfalle aufgestellt war. Die Straßen waren leer, sie raste allein durch den Wald. Solange ihr kein Wild vor den Kühler sprang, würde ihr nichts passieren, dachte sie. Scheiß-Radarfallen. Sie hatte es eilig. Die Techniker würden nicht die ganze Nacht brauchen, um das Haus von Siegfried Sauer auf Spuren der Mädchen zu untersuchen.

Als sie den weißen Lichtschein durch die Bäume sah, atmete sie erleichtert auf. Sie waren noch da. Und hier war auch niemandem bekannt, dass sie nicht mehr Teil der SoKo war. Wenn sie etwas fand, das Siegfried Sauer belastete und etwas über seinen oder Marinas Aufenthaltsort verriet, konnte sie es an Johan weitergeben. Nora zückte ihren Ausweis, nickte den Kollegen zu und betrat das ausgeleuchtete Haus, nachdem sie sich sterile Gummiüberzieher über ihre Schuhe gestreift hatte.

»Da haben Sie aber Glück, dass wir so weit sind«, sagte ein Mann im Ganzkörperschutz. »Bis vor fünf Minuten hätten wir Sie gar nicht reingelassen.« Nora nickte und murmelte einen Dank, während sie sich schon voll darauf konzentrierte, Witterung von dem aufzunehmen, was sie zu finden hoffte. Spuren einer Obsession, Zusammenhänge, die erklären könnten, warum er Jonas erschlagen hatte, warum er sich überhaupt so sehr für den Jungen interessiert hatte, nachdem dessen Schwester womöglich durch seine Hand gestorben war.

Sie begann im Wohnzimmer, das sie schon bei ihrem ersten Besuch im Haus gesehen hatte. Die Biobücher von Sophie lagen immer noch auf dem Tisch. Sie waren umgeschichtet, und ein großer Berg Zettel war hinzugekommen. Nora lief an den Bücherregalen entlang. Eine Auswahl diverser Romane, hauptsächlich Klassiker und populäre Sachbücher mit Schwerpunkt Mathematik. Das schwarze Fingerabdruckpulver bedeckte Kanten der Regale und partiell die Wände, als hätte Ruß hunderter kleiner Schwelbrände sich im Raum verteilt.

Seitdem sie wieder in der Nähe von Jonas' Grab war, rumorte es in ihrem Bauch, und das Gefühl der Dringlichkeit surrte in ihren Nervenbahnen wie Strom. Es war nie fort gewesen, aber in den letzten Tagen war der Kontrast ihrer Erlebnisse so groß gewesen. Von Dunkelheit, verwesenden Blumen und tiefen Gräbern zu sonnenbadenden Blumenkindern und jetzt zurück in den finsteren Wald mit all seinen abgründigen Geheimnissen. Sie stieg die Treppe in der Diele hinauf. Plötzlich hatte Nora das irrige Gefühl, Marina läge dort oben auf dem Bett, gefesselt. Die Fantasie hielt sich hartnäckig, obwohl sie wusste, dass es nicht so sein konnte. Die Holzstufen der schmalen Treppe, ausgetreten von Jahrzehnten und glatt wie eine Rutschbahn, knarzten, als sie im ersten Stock ankam.

Geblümte Tapeten. Sauer hatte für sich und seine Tochter oben nicht renoviert, als sie hierherzogen. Hier klebten noch die anheimelnden Fünfziger in der niedrigen Diele, die Lampe erinnerte an den Charme einer Kleingartenlaube. Nora öffnete die Tür zur Rechten und blickte in ein winziges Bad mit moosgrünen Kacheln und hellgrünen Sanitäranlagen. Hätte das Haus ihr nicht ohnehin einen Schauer verursacht, spätestens jetzt wäre es so weit. Es war Vater und Tochter egal gewesen, wie es dort aussah, wo sie lebten. Oder vielleicht nur Sauer, dachte Nora, als sie die nächste Tür öffnete. Sophies Zimmer war gemütlich. Wenngleich mit dunklen Möbeln eingerichtet, wirkte es durch die Vielzahl von Zeichnungen an den Wänden heimelig und persönlich. Nora trat näher an eines der Bilder und sah eine zarte nackte Frau mit Elfenflügeln, die auf einem Drachen ritt. Sehr schön ausgeführt, aber ziemlich kitschig.

Ein Knarren erklang auf der Treppe, und Nora wich vor Schreck vor dem Bild zurück. Es war der Kriminaltechniker von vorhin.

»Wir sind hier fertig. Wenn Sie noch bleiben wollen, lasse ich Ihnen einen Schlüssel hier.« Er wedelte mit einem Schlüsselbund an seinem Finger. Nora nahm die Schüssel, und der Beamte nickte und ging. Alle waren müde, zu müde für Höflichkeiten.

Als die Tür unten ins Schloss fiel, legte sich Stille auf das Haus wie eine Decke. Nora spürte wieder ein seltsames Kribbeln, als müsse sie sich beeilen, schneller werden, um Marina zu retten. Sie durfte sich nicht aufhalten mit dem Leben von Vater und Tochter. Sie ging den Flur entlang, öffnete die verbleibenden Türen, ließ ein nichtssagendes Gästezimmer links liegen und betrat Siegfried Sauers Schlafzimmer. Auch hier fanden sich lange Bücherregale, eingezwängt unter Dachschrägen. Dazwischen ein schmales Bett, ungemacht mit schmuddeliger Bettwäsche.

Nora verharrte einen Moment, dann trat sie an den Nachttisch aus dunklem Holz und nahm den Bilderrahmen in die Hand, der darauf stand. Der Rahmen war dunkel, fast schwarz und gab dem Foto das Aussehen einer Traueranzeige. Es fehlte nur ein schwarzer Streifen in der linken oberen Ecke. Das Foto zeigte einen Grabstein und auf dem Grab, wo sonst Blumen waren, stand die Babyschale eines Kinderwagens. Ob darin ein Kind lag, konnte Nora nicht erkennen. Aber die weiße Inschrift auf dem grauen Grabstein war deutlich lesbar: »Madeleine Sauer, Ewige Liebe, 10. Oktober 1975 – 9. Mai 2005.«

Nora hätte fast den Rahmen fallen lassen, und es war, als würde eine Glaswand in ihrem Inneren in tausend Stücke springen. Explodieren anhand dieser glasklaren Daten, die sich mit dem Todestag Saskias und vermutlich dem von Jonas deckten. Die Tage, an denen Siegfried Sauer vor lauter Trauer und Schmerz nicht an sich halten konnte, an denen er verletzte und tötete. Der Tag, an dem er Ronja entführen wollte und dabei von seinem ehemaligen Schüler gestört wurde. Er war überall gewesen, wo die Jungen waren, wie ein Schatten. Nora zweifelte nicht mehr an Sebastians Aussage. Sie nahm den kleinen silbernen Rahmen, der neben dem anderen stand, und wieder war darauf ein Grabstein, kleiner dieses Mal und aus weißem Marmor: »Laura Sauer, 09. Mai 2005 – 4. Juni 2005.« Das Baby, Sophies Schwester. Nora wurde kalt. Mitternacht war vorbei. Der 04. Juni 2005, das war heute vor sieben Jahren.

Marina war noch am Leben. Heute sollte sie vermutlich sterben.

Wieder knarrte die Treppe, und Nora erstarrte, aber es waren nur die Geräusche des alten Hauses mitten im Wald. Trotzdem war sie sich plötzlich ihrer Einsamkeit bewusst und der Tatsache, dass niemand wusste, dass sie hier war. Außer den Technikern, die jetzt vermutlich direkt nach Hause fuhren und sich ins Bett legten.

Sie wandte sich wieder dem ersten Bild zu. Ein Baby auf dem Grab. Warum? Sie sah genauer hin. Eine einzelne Rose lag auf der dunklen Erde. Und plötzlich stieg eine Ahnung in ihr hoch.

Sie waren Opfer. Die Mädchen waren Opfer, die Sauer seiner verstorbenen Frau darbrachte. So wie sie sich für das Kind in ihrem Leib geopfert hatte, es ausgetragen, obwohl sie dafür hatte sterben müssen. Nora steckte die Bilder mit den Rahmen in ihre Jackentasche.

Sie ging zurück in den Flur, schaltete das Licht hinter sich aus. Die kleine Lampe in der Diele brannte nur schwach, und die Treppe führte ins Erdgeschoss wie in einen dunklen Schlund. Nachdem die Techniker ihre Lampen abgebaut hatten, war es dort stockfinster. Nora fluchte. Warum hatten sie nicht wenigstens das Deckenlicht angelassen? Sie suchte nach einem Schalter, fand jedoch keinen. Dann stutzte sie. Sie hätten doch das Licht angelassen. Oder nicht?

Vorsichtig, Fuß vor Fuß setzend, stieg sie die Stufen hinunter. Das vierte Brett federte leicht, und es ertöne ein hässliches Quietschen. War das das Geräusch, das sie vorhin gehört hatte?

Sie wollte nach ihrer Waffe greifen, als ihr einfiel, dass sie keine mehr trug. Auf einmal kam sie sich so unendlich naiv vor. Was hatte sie denn gedacht, was Sauer tun würde, wenn er sah, dass sein Haus von der Polizei durchsucht wurde? Und ihr Auto stand für jeden sichtbar vor der Tür.

Sie sollte wieder nach oben gehen, irgendeine Art von Waffe suchen, mit der sie sich verteidigen könnte. Sie dachte an die Stehlampe, die sie in Sophies Zimmer gesehen hatte. Mit massivem Messingständer.

Doch als Nora sich auf der Treppe umwandte, nahm sie aus dem Augenwinkel die dunkle Silhouette einer Gestalt wahr, oben im Flur. Im nächsten Moment traf sie ein Schlag gegen die Stirn. Ihre Füße verloren den Halt, und ihre Schulter schlug hart auf einer Holzkante auf, bevor sie ganz das Gefühl für oben und unten verlor. Sie stürzte die Stufen hinunter, ohne sich irgendwo festhalten zu können. Instinktiv schützte sie ihren Kopf mit den Armen und spürte den scharfen Schmerz, als ihre Ellbogen auf den Kacheln der Diele aufschlugen. Sie fühlte einen dumpfen Schlag an ihrer Hüfte, als sie gegen die Wand prallte. Nora wurde kurz schwarz vor Augen. Sie würgte, als ihr Kreislauf mit einem Schwall Magensaft auf die Tortur reagierte. Sie schluckte, atmete hastig und riss sich zusammen, um sich nicht zu erbrechen.

Die Stufe knarzte wieder, und während Nora noch darum kämpfte, sich aufzurichten, trat er über sie hinweg. Sie hörte Glas unter seinen Schuhsohlen knirschen. Er bückte sich und hob etwas auf. Die Bilderrahmen waren aus ihrer Tasche geschleudert worden, beim Sturz war das Glas zersplittert. Gegen das diffuse Mondlicht, das durch das Fenster fiel, konnte Nora sehen, wie er mit bloßen Händen die letzten Scherben abbrach. Dann steckte er die Bilder in seine Jackentasche.

»Was machen Sie hier in meinem Haus?«, fragte er mit der kratzigen Stimme eines starken Rauchers. Nora rappelte sich hoch, ihr Herz schlug ihr bis zum Hals. Sauer war groß, bestimmt über eins neunzig, und wirkte dünn und kantig, selbst im Weichzeichner des nächtlichen Mondes.

»Wir suchen nach einem entführten Mädchen«, sagte sie, als sie es geschafft hatte, sich mit dem Rücken gegen die Wand zu lehnen. Der Schock war noch da, aber sie schien keine ernsthaften Verletzungen davongetragen zu haben. Das Adrenalin verscheuchte die Schmerzen. Er stand vor einem der Fenster, nur sein Umriss zeichnete sich in der Dunkelheit ab.

Er steckte etwas in den Mund, dann flammte ein Feuerzeug auf, und für einen winzigen Moment sah Nora einen silbernen Bart, tief in den Höhlen liegende Augen und ausgemergelte Wangen. Er hatte das scharf geschnittene Gesicht eines Menschen, der von innen verzehrt wurde. Er inhalierte, und die Glut der Zigarette knisterte. Ein kurzes, kehliges Lachen ging in Husten über, nachdem sich ein Schleimbrocken aus seiner Kehle gelöst hatte, sprach er wieder.

»Und warum hier?«, fragte er mit unverhohlener Feindseligkeit.

Nora überlegte. Sollte sie ihm die Wahrheit sagen? Er würde ohnehin wissen, dass sie mehr gegen ihn in der Hand hatten als nur ein paar Indizien. Er hatte die Techniker gesehen. Und vielleicht war das ihre einzige Chance, Marina zu retten. Langsam zog sie sich an der Wand hoch.

»Wir wissen, dass Sie Jonas Kern im Oktober letzten Jahres erschlagen haben. Wir haben zwei Zeugen. Danach haben sie Evelina Berkova getötet und Saskia Meiner. Vor vier Tagen haben Sie Marina Rennich entführt.«

Er hustete wieder. »Woher wollen Sie das wissen?« Er schien ernsthaft belustigt, aber Nora hörte auch eine leichte Unsicherheit in seiner Stimme. Als er die Zigarette wieder an die Lippen hob, zitterte seine Hand. »Die Daten. Sie haben versucht, ein Kind zu entführen, an dem Geburtstag Ihrer Frau. Und Sie haben ein Kind getötet an ihrem Todestag. Wir haben einen Zeugen.«

»Diesen kleinen Pisser Sebastian? Diesen Hippie? Der hatte sich doch die Birne schon weggekifft, bevor er zwölf war. Ich kenne diese Jungs. Sie denken, ihnen gehört die Welt, aber in Wirklichkeit scheißen sie sich schon in die Hose, wenn man sie nur schief anguckt. Und dem glauben Sie?« Er lachte meckernd, inhalierte wieder.

»Kommen Sie mit auf die Wache. Wenn Sie nichts damit zu tun haben, werden wir das aufklären können.« Er schien sie im Dunkeln zu mustern.

Dann seufzte er. »Es ist zu spät. Diese Kleine, Ronja. Ich wusste, dass ich da einen Fehler gemacht habe. Auch mit Jonas. Das war ein verdammter Fehler. Aber Sie wissen nicht, wie das ist, diese Wut und dieser Schmerz. Und dann die kleinen Kinder, so unschuldig und schön und gleichzeitig so lebendig. Ständig sterben Kinder auf der Erde, nach denen auch kein Hahn kräht. Warum nach diesen Wohlstandsblagen?«

Er zog an seiner Zigarette. Dann sprach er weiter. Seine Stimme war fast weich, liebevoll. Nora kannte diesen Ton. Es war der eines Menschen, der nichts mehr zu verlieren hatte, der sich erleichterte, indem er seine Wahrheit aussprach. »Madeleine wollte unbedingt Kinder. Sie wusste, dass die Schwangerschaft keinen guten Verlauf nahm, und wollte sie trotzdem zur Welt bringen. Unsere Tochter Laura. Und dann ist sie gestorben. Und danach Laura. Es war so sinnlos.« Er spuckte das Wort fast aus.

»Wir hätten glücklich sein können mit Sophie.« Er lachte trocken und beugte sich zu Nora. Blies ihr den letzten Rest Rauch ins Gesicht.

»Und jetzt bringe ich ihr Kinder. Sie hat es so gewollt.«

Nora standen die Nackenhaare zu Berge. »Sie glauben, dass die Kinder ein Geschenk für Ihre Frau sind? Sie ist tot! Nichts kann sie mehr zurückbringen, und die Mädchen haben nichts damit zu tun.«

Er ignorierte sie, sah auf seine Armbanduhr. Die Zeiger glommen fluoreszierend in der Dunkelheit. »Mitternacht ist seit drei Stunden vorbei. Heute vor sieben Jahren starb meine Tochter Laura, sie war gerade 26 Tage alt. Wir werden jetzt zu ihr gehen und ihr eine Opfergabe bringen. Und dass Sie gekommen sind, zeigt mir, dass es jetzt auch für mich an der Zeit ist. Heute endet alles.«

»Ihrer Frau nutzen diese Morde nichts, Ihrer Tochter auch nicht. Sie machen damit nur andere Menschen unglücklich. Andere Eltern.«

»Und wenn. Kennen Sie den Spruch: Liebe ist das Einzige, das mehr wird, wenn man es teilt? Nun, Leid wird weniger, wenn man es teilt. Es schenkt mir Frieden, in ihre Gesichter zu blicken. Ihre ewig schlafenden Körper zu sehen. Sie sehen so aus, wie Laura wahrscheinlich ausgesehen hätte, wenn sie lange genug gelebt hätte. Oder wie Madeleine, als sie jünger war.«

Nora wurde kalt. »Wenn Sie mir Marina übergeben, werde ich ein gutes Wort für Sie einlegen. Es ist noch nicht alles vorbei. Sie haben noch eine Tochter!«

»Sophie ist jetzt achtzehn, sie kann für sich selbst sorgen. Und sie hat noch Glück gehabt, weil Madeleine sie geliebt hat.« Er lachte wieder. Trocken, rauchdurchsetzt. »Sehen Sie, wie gut sich alles fügt?«

Lüneburg, in der Nacht von Sonntag auf Montag

Johan starrte wieder auf die Tabelle, die er angelegt hatte. An erster Stelle stand der Tod von Clara Kern. Darunter hatte er die Namen von Jonas Kern, dahinter Ronja in Klammern, dann Evelina und Saskia wieder darunter aufgelistet und dann Marinas Namen, den er mit einem Fragezeichen versehen hatte. Er hoffte immer noch, dass sie am Leben war.

Warum sollte ein Lehrer die kleine Schwester eines seiner Schüler umbringen? Johan dachte an die Lebenssituation, in der Sauer sich damals befunden hatte. Eine elfjährige Tochter, die Frau verstorben, das Neugeborene im Schlaf erstickt. Er war frustriert, wütend und traumatisiert, und er hatte dem Druck am Arbeitsplatz nicht mehr standhalten können. Dann hatte er Clara gesehen. Die lebte, während seine Tochter tot war.

Es musste irgendeinen Auslöser gegeben haben, der die grauenvollen Ereignisse in Gang gesetzt hatte.

Johan setzte den Namen von Sauers Frau ganz nach oben auf seine Liste. Wann genau war sie gestorben? Wann das Kind? Er musste jemanden auftreiben, der die beiden damals gekannt hatte. Als die »Tragödie«, wie der Kollege es genannt hatte, über die Familie hereingebrochen war. Und dann die lange Zeitspanne zwischen den Morden an Clara Kern und Evelina und Saskia. Sechs Jahre. Es machte ihn nervös, dass es so lang war. Wie hatte Sauer in der Zwischenzeit seinen Schmerz betäubt?

Johan schaute auf die Uhr des Rechners. Drei Uhr morgens. Um die Zeit dürfte es schwierig werden, jemanden zu finden, der ihm Näheres über Sauer und dessen Beziehung zu seiner Frau und seiner Zeit im Wald erzählen könnte. Er musste es morgen früh versuchen, und jetzt war es Zeit für ein kurzes Nickerchen, er war nur noch ein Schatten seiner selbst. War

Nora noch nicht zurück? Er nahm sein Handy und rief ihre Nummer an. Er ließ es mehrmals klingeln, aber sie ging nicht ran.

Wo verdammt konnte sie sein? Musste er nach ihr suchen? Bis auf die kurze Zeit, die er im Flugzeug geschlafen hatte, machte er die zweite Nacht in Folge durch. Morgen war auch noch ein Tag, und zwar ein anstrengender. In drei Stunden würde hier alles weitergehen.

Er gähnte. Dann stand er auf und nahm seine Jacke. Solange er seine Gedanken nicht klar bekommen würde, war er ohnehin zu nichts nutze. Der Flur des Kommissariats lag verlassen. Vorhin hatte ein Beamter Ronja und Maja in ein Hotel gebracht. Sophie war inzwischen kurzfristig in der jugendpsychiatrischen Abteilung des Klinikums untergebracht, da er der Meinung war, es wäre besser, wenn sich geschultes Personal in ihrer Nähe befand. Sie konnte jederzeit zusammenbrechen. Und Mohns hatte alle von der Kripo nach Hause geschickt, damit sie morgen in aller Früh mit der Vernehmung der Zeugen weitermachen konnten. Nach Sauer wurde gefahndet. Die Beamten auf der Straße waren alarmiert, ein SEK stand weiterhin bereit, sein Haus war durchsucht worden.

Nur hinter einer Tür brannte noch Licht, als Johan den stillen Flur entlangging. Er stieß sie auf und sah Marie übernächtigt und hohlwangig in ihren Computer starren. »Ich geh jetzt!«, sagte er. »Nora ist immer noch unterwegs. Oder sie ist im Hotel und schläft und hat vergessen, Bescheid zu sagen.« Er hörte, dass er nuschelte. Zeit, schlafen zu gehen.

Marie starrte ihn an. »Mohns hat sie rausgeworfen, hat sie dir das nicht gesagt?«

Johan runzelte die Stirn. »Er hat was?«

Sein Ärger auf Nora verflog augenblicklich. Deshalb war sie noch einmal losgefahren. Sie wusste, dass sie morgen nichts mehr würde ausrichten können. Es war ihre letzte Chance. Nach allem, was sie herausgefunden hatte. Er schlug mit der flachen Hand gegen den Türrahmen.

»Verdammte Scheiße! Dann ist sie zu Sauers Haus gefahren! Das hätten wir morgen als Erstes zusammen gemacht.«

Marie blinzelte, verzog ängstlich das Gesicht. »Was sollte sie jetzt bei Sauer wollen? Wir haben, seitdem die Spurensicherung abgeschlossen ist, nur einen Wagen an der einzigen Zufahrtsstraße zum Haus einen Kilometer weiter südlich.«

Johan fluchte noch einmal. Dann sah er Marie an, legte den Kopf schräg und setzte ein bittendes Lächeln auf. »Was meinst du?«

Marie legte ebenfalls den Kopf schief. »Ich weiß nicht, das kommt mir jetzt alles zu plötzlich.«

Johan musterte die junge Beamtin, als sie zum Telefon griff.

Nachdem sie erklärt hatte, worum es geht, lauschte sie und legte auf.

»Ein Dienstwagen ist gerade Richtung Lüneburg weggefahren, sagt unsere Patrouille. Es saß eine Frau darin. Ich denke, wir müssen uns keine Sorgen machen.«

Johan nickte. Ganz beruhigt war er allerdings nicht. Nora war immer so nah dran. Viel näher als alle anderen. Und deshalb auch viel mehr in Gefahr als alle anderen. Er drehte sich um und ging zurück zu seinem Büro.

Drawehn, kurz zuvor

Als Nora auf Sauers Geheiß an der dunklen Kreuzung rechts abbog, sah sie aus dem Augenwinkel den Polizeiwagen, der in einer Parkbucht stand.

»Nicht gerade unauffällig«, grunzte Sauer und lachte wieder sein röchelndes Lachen. Er hatte sich auf die Rückbank geduckt, aber die Spitze seines Messers hatte sich weiter unter Noras rechtem Rippenbogen in ihre Haut gebohrt. Nora spürte das Vibrieren des Handys in ihrer Jackentasche. Das dritte Mal. Ob Johan ahnte, dass etwas passiert war, wenn sie sich nicht bald meldete? Oder glaubte er, sie wäre schlafen gegangen, ohne sich noch einmal zu melden? Er sollte wissen, dass das nicht ihre Art war. Oder war das genau ihre Art? Bitte, Johan, flehte sie innerlich. Gib dir einen Ruck, setz dich ins Auto.

Nora hatte nicht versucht, Sauer zu überwältigen, als er das Messer gezückt und sie hochgezogen hatte. Das Wichtigste war, dass er sie jetzt dorthin brachte, wo er Marina gefangen hielt. Sie hatte keinen Zweifel, was er meinte, wenn er sagte, heute *werde alles enden*. Er würde erst sie, dann Marina und dann sich selbst töten. Und dieses Mal würde er sich nicht die Mühe machen, seine Spuren zu verwischen. Inzwischen hatte sie auch verstanden, warum Saskias Körper auf einem Grab gelegen hatte, wenngleich es nicht das Grab seiner Frau gewesen war. Aber er glaubte, so Kontakt zur Welt der Toten herstellen zu können. So wie er inzwischen in seiner eigenen Welt lebte.

Johan war ihre einzige Hoffnung.

»Warum haben Sie sich um Jonas gekümmert, nachdem Sie seine Schwester umgebracht hatten?«, fragte Nora, während sie entgegen ihrer üblichen Gewohnheit weit langsamer, als die Geschwindigkeitsbegrenzung erlaubte, durch den Wald schlich. Ein Schlagloch ließ den Wagen schaukeln. Sie spürte, wie die Stelle unter ihrem T-Shirt brannte und warm wurde, als das Messer ihre Haut perforierte und Blut zu fließen begann. Sie schluckte. Die Angst war wie eine kalte Eisenstange in ihrer Wirbelsäule.

Sauer redete jetzt: »Ich mochte ihn. Er hat mich an mich

selbst erinnert. Auch bei ihm hatte der Tod eines geliebten Menschen sein ganzes Leben zerstört.«

Nora spürte einen Anflug von Ekel. Sauer hatte sich an Jonas' Leid ergötzt. »Und Jahre später haben Sie ihn dann getötet? Das ergibt doch keinen Sinn.«

»Der Junge war so naiv. Und hat es genossen, dass ich für ihn da war. So allein, wie er war.«

Nora zweifelte an seinen Worten, nicht nur, weil sie daran denken musste, was Sebastian über das Verhältnis von Jonas und Sauer gesagt hatte.

»Deshalb waren Sie auch in Tschechien?«

»Ich habe Jonas im Sommer besucht. Ich war sein väterlicher Freund.« Sauer lachte.

Nora schwieg. Sie wollte ihn nicht wütend machen. Wenn er sie tötete, würde sie Marina nicht mehr retten können.

»Haben Sie Kinder?«

Ja, dachte Nora. Doch sie schüttelte den Kopf. Sie würde Sauer nicht ihren größten Schmerz anvertrauen.

Er schnaubte. »Ich wollte Ronja gar nicht töten. Clara auch nicht. Sie waren da, und sie waren so verführerisch lebendig. Ich wusste, wenn ich spüren würde, wie ihre Seele aus ihrem kleinen Körper entweicht, dann würde mein Schmerz mit dieser Seele hinweggezogen werden.« Jetzt klang er traurig. Er sprach weiter, hatte scheinbar Gefallen daran gefunden, einem anderen Erwachsenen alles zu beichten.

»Aber ich war dumm. Sie spielte alleine im Wald. Es war Madeleines Geburtstag. Ich dachte, das sei ein Zeichen.« Er schüttelte den Kopf. »Aber es war keines. Danach wurde der Drang so groß. Sie müssen wissen, ich habe durchaus ein Gewissen. Nach Claras Tod bin ich mit Sophie hierhergezogen, damit ich nicht ständig diese ganzen quicklebendigen Kinder sehen musste. Ich habe sie gehasst.«

»Hatten Sie keine Angst, dass man Ihnen auf die Schliche kommt? Sind Sie nicht geflohen?« Ihre Unterhaltung hatte jetzt einen fast beiläufigen Ton, als würden sie über Belanglosigkeiten sprechen. Noras Herz pochte schmerzhaft.

»Vor wem? Vor Ihnen?« Seine Verachtung war deutlich zu spüren.

»Ich hatte schon als Kind den Drang, Lebewesen zu töten. Und ich bin nie erwischt worden. Es hat noch nicht einmal jemand bemerkt. Es interessiert nämlich niemanden, was eigentlich passiert. Es ist nicht wichtig. Wichtig wird Gewalt für die meisten Menschen erst, wenn sie ihnen selbst passiert oder der eigenen Familie. Und dann geht man zur Polizei! Und selbst der ist es nicht wichtig, weil es dort eine Sache von vielen ist. Am Ende ist jeder mit Verbrechen allein.« Er lachte. »Auch der Verbrecher.«

Nora spürte, wie angesichts von so viel Selbstsicherheit eine Woge des Hasses in ihr aufwallte. Vor allem, weil seine Worte an der Wunde rührten, die sie so sorgsam aus ihrer Arbeit herauszuhalten versuchte. So gesehen hatte er Recht. Die Verbrecher waren allein. Die Opfer ebenfalls.

Sauer dirigierte sie in einen kleinen Weg, der von der Hauptstraße abzweigte, und Nora musste sich anstrengen, um in der Dunkelheit des Waldes noch etwas zu erkennen. Zweige streiften das Autodach, doch er befahl ihr weiterzufahren. Sie umklammerte das Lenkrad und bohrte ihre Fingernägel in die Handfläche. Ihre Wunde unter dem T-Shirt brannte. Hinter ihrem Schmerz war Wut. So viel Wut, dass sie, hätte sie das Messer in Händen, es ohne zu zögern in Sauers Körper stoßen würde.

»Und Evelina? Warum sie, im Dezember?«

Er schwieg einen Moment. »Falsche Zeit, falscher Ort. Ronja lebte noch. Ich weiß nicht.« Nora hörte an seiner Stimme, dass er lächelte. »Aber da begriff ich, in Tschechien, dass ich weitermachen musste. Dass es an Madeleines und Lauras Todestagen sein musste. Dass ich es noch mehr genießen würde, wenn ich die Kinder in meine Gewalt brachte und dann wartete, bis ihr Tag gekommen ist.«

Ein weiteres Schlagloch, und die scharfe Klinge in Noras Seite ließ sie aufstöhnen. Dann dachte sie an Marina, und Hitze machte sich in ihrem Bauch breit, strömte durch ihren Körper. Sie würde ihn töten, wenn sie konnte.

Sie erreichten einen winzigen, leeren Parkplatz mit Kiesbelag. Die Scheinwerfer erleuchteten kurz das schmiedeeiserne, halbhohe Tor eines Waldfriedhofs. Knirschend kam der Audi zum Stehen, und Sauer setzte die Messerspitze an ihren Hals.

»Tür auf und sitzen bleiben«, zischte er. Nora lehnte sich zur Seite und öffnete die Fahrertür. Er sprang hinten aus dem Wagen und war bei ihr, um sie aus dem Auto zu ziehen und ihr erneut das Messer an den Hals zu halten. Er stand hinter ihr. Nora wusste genau, mit welcher Nahkampftechnik sie ihn hätte überwältigen können. Er überragte sie um mehr als eine Haupteslänge, doch ihr Bein zuckte bei dem Bedürfnis, es ihm auf den Fuß zu rammen und anschließend mit einer halben Drehung beide Fäuste in seinen Bauch zu boxen. Doch sie dachte an Marina und hielt still. Plötzlich packte er ihre Handgelenke und zog einen Plastikstreifen darum. Ein Kabelbinder. Dann griff er in ihre Jackentasche und warf das Handy mit Schwung ins Unterholz. Also hatte er den Vibrationsalarm doch gehört.

»Wovor hast du Angst«, flüsterte er in ihr Ohr. Er strich mit der Hand an ihrem Hals entlang. Nora brach der Schweiß aus. Er war viel zu nah. Dann lachte er. »Wusste ich es doch!«

Nora wusste, wie er das meinte, und Galle stieg in ihrem Hals auf. Er spielte mit ihr. Etwas an ihr hatte ihm verraten, dass in der erwachsenen, kühlen Frau verborgen ein kleines Mädchen steckte, das panische Angst vor Männern hatte. Sie schluckte. Johan hatte Unrecht, er war ein Sadist. Bestimmt hatte er auch seine Frau gequält, und als sie tot war, hatte er sich an ihr gerächt. Die Opfer waren eine Strafe. Er log, wenn er sagte, er habe ein Gewissen.

Als er sie vorwärtsstieß, strauchelte sie, fing sich jedoch wieder und ließ sich von ihm in Richtung Friedhof schubsen. Das Tor war nicht verschlossen. Sie folgten einem ordentlich geharkten Weg, wie Quecksilber floss das Mondlicht um schwarze, gedrungene Grabsteine. Hier und dort konnte sie einzelne, silbrig schimmernde Blumen erkennen, doch die meisten Gräber waren ungepflegt.

»Die Leute ziehen weg«, zischte er. »Vergessen ihre Pflicht gegenüber den Verstorbenen.« Vor einem winzigen Mausoleum blieb er stehen. Er zog einen Schlüssel aus seiner Jackentasche, ließ sie los und öffnete die niedrige Eisentür.

Als er sich bückte, um die Gruft zu betreten, stand Nora einen Moment allein auf dem Weg. Jetzt! Sie drehte sich um und rannte. Sie rannte, so schnell sie konnte, den Weg entlang und bog an der ersten Kreuzung ab. Sie wusste, wo das Kind war.

Sie duckte sich hinter die Statue eines Engels und versuchte nicht zu atmen. Knirschende Schritte auf dem Kies, die näher kamen. Sich dann entfernten. Geduckt huschte sie weiter. Noch ein Grab, ein dicker Baum. Sie versuchte, in Deckung zu bleiben. Genug Abstand zu ihm zu bekommen. Ihr Herz raste. Noch ein Stück. Sie erreichte einen schmiedeeisernen Zaun, ließ sich in das Laub fallen, keuchte in den feucht-modrigen Boden. Ihre Handgelenke schmerzten von den scharfen Kanten der Plastikfessel. Das Blut rauschte in ihren Ohren. Würde sie das Handy finden, wenn sie es zum Parkplatz schaffte? Ihre dunkle Kleidung in der Dunkelheit war ihr einziger Schutz. Zum Glück hatte er keine Lampe. Vielleicht hundert Meter mochte sie zwischen sich und Siegfried Sauer gebracht haben. Doch wo war er? Sie konnte ihn nicht hören.

Sie rollte sich zu einer Kugel zusammen und versuchte, ihren Unterleib über die Fessel an ihren Händen zu schieben. Ihr Kreuz protestierte gegen die extreme Dehnung, ihre Arme fühlten sich an wie auf einer Streckbank. Doch Nora war gelenkig. Und sie hatte trainiert, das zahlte sich jetzt aus. Schließlich gelang es ihr, die gefesselten Hände bis zu ihren Kniekehlen vorzuschieben. Dann war Schluss. Sie bekam sie nicht weiter unter den Beinen hindurch. Erschöpft lehnte sie die Stirn auf die Knie.

Plötzlich ein Geräusch, Schritte im Laub. Hastig riss sie ihre Arme nach vorne und rollte sich gleichzeitig auf die Seite und hielt nun ihre gefesselten Hände vor ihrem Körper. Ihre Schultern schmerzten, doch als Sauer sich über sie beugte, holte sie mit den Armen zu einem Schwinger aus und traf ihn am Kinn. Es gab ein knirschendes Geräusch, er stöhnte auf und taumelte. Nora versuchte, sich aufzurappeln, doch dann traf sein Fuß mit dem dicken Stiefel sie mit voller Wucht in die Seite. Sie fiel. Ein weiterer Tritt folgte, der ihr die Luft aus dem Brustkorb trieb und rote Flecken in ihrem Blickfeld explodieren ließ. Nora rollte sich zusammen, während er wieder und wieder zutrat. Dann hielt er inne. »Du wirst zusehen, wie ich das Mädchen töte.«

»Du wirst sie nicht töten«, nuschelte Nora. Sie spuckte aus, schmeckte Blut. Er stand über ihr, zog sie auf die Knie.

Er ist ein Schatten in einer Schattenwelt, dachte Nora und fühlte, wie ihr Überlebensinstinkt sie mit aller Macht packte. Der ganze aufgestaute Hass entlud sich wie ein weißer Blitz in ihrem Gehirn. Sie warf sich nach vorn, packte mit den gefesselten Händen seine Hose, grub ihre Zähne in deren Schritt, spürte dünnen lockeren Baumwollstoff, aber auch noch etwas darunter und biss mit aller Kraft zu. Der kräftige Schlag gegen ihren Kopf, der folgte, ließ wieder Sterne vor ihren Augen tanzen, doch sie ließ nicht los.

Der Kiefermuskel ist der stärkste Muskel im Körper, schoss es ihr durch den Kopf. Sie unterdrückte den Ekel, verstärkte den Druck ihrer Zähne und fühlte, wie es warm und nass wurde an ihrem Mund. Der gellende Schrei von Siegfried Sauer erklang auf dem Friedhof, als wolle er die Gebeine in den Gräbern wecken. Sie ließ sich nach hinten fallen, sprang ungelenk auf die Beine, während er schrie und in die Knie sackte.

Schon war sie auf dem Weg, stolperte über eine niedrige Betonkante, taumelte und lief weiter in die Richtung, in der sie die Gruft mit Marina wähnte. Sie drehte sich nicht um. Sein Schrei war verstummt, und Nora fühlte, wie ein Zittern ihren Körper ergriff. In der Dunkelheit sah sie die Umrisse des Mausoleums. Erst als sie davor angelangt war, sah sie, dass es ein anderes war. Es fehlten die Statuen, die den Eingang bewachten. Suchend drehte sie sich um ihre eigene Achse. Der Mond hatte sich hinter Wolken verschanzt, dann brach er hervor, und ein heller Fleck zwischen zwei Bäumen ließ sie innehalten. Sie blinzelte und stürzte darauf zu.

Das Mädchen lag schon auf dem Weg. Sie war nackt. Unter ihr hatte Sauer eine Plane ausgebreitet. Nora verstand nicht, warum sie nicht fror. Sie lag einfach da, auf dem Rücken, als würde sie schlafen. Nora hielt ihr Ohr an ihr Gesicht, und als sie den leichten Luftzug des Atems fühlte, schossen ihr Tränen in die Augen. Sie kniete sich zu Marina, stupste sie mit den gefesselten Händen an.

»Marina«, flüsterte Nora. Sie sah sich um. Sauer war immer noch nicht zu sehen.

»Marina!« Das Kind stöhnte leise, bewegte den Kopf wie im Schlaf und rollte sich dann zusammen, als wolle sie sich vor einem bösen Traum schützen. Nora schob ihre Handgelenke über ihren Kopf. Sie stützte den Oberkörper des Kindes, indem sie sich hinhockte, und versuchte dann, ihre gefesselten Arme unter Marinas Achseln zu schieben, in der Hoffnung, sie von der Wegkreuzung ins Dunkel zu ziehen, ohne ihr wehtun zu müssen.

Marina lag schlaff da wie eine Stoffpuppe, und Tränen liefen Nora über das Gesicht, während sie versuchte, ihre Arme um sie zu legen. Sie sah die Gestalt Sauers gegen das Mondlicht, noch ehe sie ihn hörte. Er kam mit schleppendem Schritt den Weg entlang. Nora machte sich bereit, sich erneut zu verteidigen, sich und das Mädchen. Er würde sie nicht dazu bringen, Marina allein zu lassen, jetzt, wo sie sie gefunden hatte. Sie ließ ab von ihren Bemühungen, packte das Handgelenk des Kindes mit ihren gefesselten Händen und zog seinen nackten Körper über den Schotter, so schnell sie konnte.

Drawehn, Sonntagnacht

»Ich weiß nicht, ob wir hier richtig sind«, sagte Marie und starrte durch die Windschutzscheibe auf den Weg.

»Das sind die Koordinaten, an denen sich Noras Handy zuletzt eingeloggt hatte«, sagte Johan und deutete mit einem Nicken auf das Navigationsgerät, das an dieser Stelle eine Fläche von Grün anzeigte, in der sich ihr Pfeil bewegte. Sie warf ihm einen schrägen Blick zu. Marie schüttelte den Kopf. »Wahrscheinlich ist sie nur in einem Funkloch!« Sie klang unsicher.

»Dann würde ihr Telefon nicht läuten«, sagte Johan. Er verstand, dass Marie sich unsicher fühlte. Er hatte ihr gedroht, dass, wenn Nora etwas passierte, er Mohns berichten würde, dass sie ihn nicht unterstützt habe. Und gleichzeitig sorgte sie sich, vermutlich nicht zu Unrecht, dafür Ärger zu bekommen, dass sie nachts mit ihm auf die Suche nach Nora ging. Fragen konnte sie niemanden. Jetzt Mohns wegen Nora aus dem Bett zu klingeln, war keine gute Idee, und so loyal war Marie dann doch.

Sie waren beide müde. Mehr als das. Sie waren bis in die Knochen erschöpft. Ein Schlagloch, eine Kurve, plötzlich sah Johan im Licht der Scheinwerfer Noras Wagen auf einem kleinen Parkplatz. Sie hielten daneben und stiegen aus. Es war still. Marie zog an der Fahrertür des Audis. Er war nicht verriegelt. Als die Innenbeleuchtung anging, sahen sie, dass der Sitz an der rechten Seite dunkel verfärbt war. Adrenalin schoss in Johan hoch. Er wollte Nora rufen, doch Marie legte ihm die Hand auf den Arm.

»Lass uns leise sein!«, flüsterte sie und sah sich um. Johan nickte. Sie zogen ihre Waffen, und Marie holte aus dem Handschuhfach des zivilen Einsatzfahrzeuges zwei Taschenlampen. Dann beugte sie sich über das Funkgerät und forderte leise Verstärkung an. Eine der Taschenlampen reichte sie Johan. Er war überrascht, Marie gehörte anscheinend zu den Menschen, die in Gefahrensituationen kalkuliert handelten. Beachtlich angesichts ihres Alters und ihrer geringen Erfahrung.

Sie gingen zu dem niedrigen Tor des Friedhofs, das leise quietschte, als Johan es öffnete. Die Arme ausgestreckt, die Waffe und die Taschenlampe in den Händen gingen sie über die Wege zwischen den Gräbern hindurch. Johan hörte ein Käuzchen, und obwohl er nicht im Mindesten an die Existenz des Übernatürlichen und schon gar nicht an Friedhofsgespenster glaubte, sammelte sich kalter Schweiß zwischen seinen Schulterblättern.

Er hatte auf der Fahrt hierher im Halbdämmer darüber nachgedacht, wie es zu dieser Verkettung von Ereignissen gekommen war. Warum hatten Sebastian Vollmer und seine Leute sich nach dem Mord an Jonas nicht an die Polizei gewandt? Die Antwort war so schlicht wie niederschmetternd. Weil sie ihnen nicht trauten. Sebastian hatte nicht geglaubt, dass sie ihn und Ronja vor jemandem wie Sauer beschützen konnten. Er hatte nicht geglaubt, dass sie ihm überhaupt glauben würden.

Die Haltung des jungen Mannes hatte Johans Überzeugungen ins Wanken gebracht. Es machte ihn unglaublich wütend, dass Sauer so lange hatte im Verborgenen agieren können. Erst, weil er sich in den Wald zurückzog und sich niemand die Mühe gemacht hatte, ihn zu dem Mord an einem kleinen Mädchen zu befragen. Später, weil er einen jungen Mann einschüchterte, der nicht wusste, an wen er sich damit hätte wenden können. Sebastian wäre womöglich zur Polizei gegangen, aber die hatte seinen Freund schon als Zwölfjährigen des Mordes verdächtigt. Er bekam den Gedanken nicht mehr aus dem Kopf, dass sich an der Geschichte mit Clara Kern ihre Unfähigkeit zeigte. Er hatte etwas wiedergutzumachen.

Die Waffe war schwer, seine Muskeln verkrampften sich in der anstrengenden Haltung.

Auf einer Wegkreuzung glänzte etwas. Marie ließ den Kegel der Taschenlampe darüber tanzen. Es war eine Folie, die auf dem Boden ausgebreitet war. Dunkle Flecken auch hier. Johan leuchtete im Kreis. Zwischen den Bäumen stand ein Mausoleum. Niemand war zu sehen. Angst packte ihn. Schluss mit dem Versteckspiel. »Nora!«, schrie er, »Nora!«, während er sich im Kreis drehte.

Ein Knirschen ließ ihn herumfahren. Die Tür des Mausoleums schwang langsam auf, und Noras Gesicht leuchtete weiß im Schein der Taschenlampe.

»Schnell, ruf einen Krankenwagen!«

Johan und Marie erstarrten, dann zog Marie ihr Telefon hervor und wählte 112. Johan steckte die Waffe weg, mit zwei Schritten war er bei Nora. Abgesehen davon, dass ihre Pupillen schwarz und riesig vor Angst waren und sie eine purpurne Schwellung an der linken Wange hatte, wirkte sie wach und gefasst. Er sah auf ihre Hände und atmete zischend ein, als er die Plastikfessel und ihre verdrehten Arme sah. Dann leuchtete er hinter ihr in die Gruft und erblickte auf dem kahlen Boden das Mädchen.

»Wo ist er?«, flüsterte Johan.

Nora kam aus der Gruft geklettert. »Weg. In den Wald. Wir brauchen eine Hundestaffel. Mehr Leute.«

Sie streckte Johan die Hände entgegen. Johan zog ein kleines Taschenmesser aus der Hosentasche und säbelte das Plastik auf. Er hörte, wie Marie mit einem Kollegen telefonierte.

»Sie werden alle aus dem Bett klingeln«, sagte sie, als sie fertig war. Kaum war Nora von ihren Fesseln befreit, zog sie sich die Jacke aus und stürzte wieder zu Marina. Johan half ihr, den schlaffen Körper des Mädchens einzuhüllen.

»Sie atmet nur noch sehr flach«, stellte Johan fest. Nora nickte. Der Lichtkegel der Taschenlampe, die auf dem Boden lag, fiel auf Marina und sie und zeichnete ihre Schatten wie einen Scherenschnitt an die Wand. Die Silhouette der Frau, die das Kind im Arm hielt, rührte Johan. Er stellte sich in die Tür und hielt mit Marie Wache, während sie auf Verstärkung und den Krankenwagen warteten.

Johan fragte nicht. Er wusste, Nora würde irgendwann selbst erzählen.

Nach ein paar Minuten sagte sie: »Ich hatte ihn verletzt und versuchte gerade, Marina in Sicherheit zu bringen, als er wieder auftauchte. Ich habe sie gepackt und in die Gruft geschleppt und die Tür hinter uns zugeworfen.« Sie deutete mit dem Kopf auf einen Holzbalken, während sie mit den Händen vorsichtig Marinas stilles Gesicht streichelte. »Damit habe ich die Tür blockiert. Ich hatte solche Angst, dass er uns hier einsperren würde. Ich wusste nicht, wo der Schlüssel ist. Aber dann ist er plötzlich abgehauen. Vor ungefähr zehn, fünfzehn Minuten.«

»Er muss unser Auto gehört haben.«

Johan schauderte bei dem Gedanken, dass Siegfried Sauer ganz nah dran gewesen war, Marina und auch Nora in dieser Gruft einzusperren. Hätten sie sie durch die dicke Tür gehört? Wahrscheinlich nicht.

»Er ist besessen von dem Gedanken an seine verstorbene Frau und sein Kind. Er tötet aus Rache. Er denkt, er leidet – dabei ist er ein wütender Sadist und Kontrollfreak. Er fühlt sich betrogen, weil der Tod das Einzige ist, das er nicht kontrollieren konnte. Ich zweifle nicht, dass er tatsächlich leidet. Aber auf eine gekränkte, gestörte Art. Deshalb hat er den Spieß umgedreht: Er bringt Kinder um, um sich seiner eigenen Macht zu vergewissern. So fühlt er sich, als würde er alles kontrollieren. Und er hat sich junge Mädchen ausgesucht, die Ähnlichkeit mit seiner Tochter hatten, wäre sie älter geworden.« Nora flüsterte nur noch. »Ich bin sicher, er hat Clara umgebracht, weil er nicht ertragen konnte, dass der Tod seine Frau und sein Kind seinem Zugriff entzogen hat. Nicht Schmerz, sondern Wut.«

Johan sah, dass Tränen auf ihren Wangen glitzerten.

Sie zog die Nase hoch. »Evelina war das erste Opfer, bei dem er gezielt gekommen ist, nur um sie zu töten. Er ist dafür noch einmal nach Tschechien zurückgekehrt. Vermutlich hatte er sie gesehen. Bei Marina und Saskia hatte sich seine Manie noch gesteigert. Er hat die Mädchen ausgespäht. Und kennengelernt hat er sie, weil Sophie ebenfalls reitet. Vielleicht war das sogar der Grund, warum er ihr das Pferd gekauft hat. Ein Vorwand. Sie haben sich verschiedene Pferde auf den Reiterhöfen in Lüneburg angeschaut, bevor sie ein eigenes bekommen hat. Was ist vertrauenerweckender für ein Mädchen in dem Alter als ein Vater, der seiner Tochter ein Pferd kauft? Der ultimative Liebesbeweis in den Augen der jungen Reiterinnen.«

Johan nickte. So wie Nora es erzählte, hatte Sauer über Jahre seine krankhaften Mordfantasien immer mehr ausgeweitet. Clara, Ronja, Augenblicke der Schwäche. Evelina, ein erster kalkulierter Angriff. Saskia und Marina, lange zuvor geplant.

Sich näherndes Sirenengeheul ließ sie aufblicken. Blaues Licht fiel flackernd durch die Tür der Gruft, und schon waren die Sanitäter in dem engen, steinernen Raum. Ein Notarzt fühlte Marinas Puls, ein weiterer breitete eine Decke über sie und gab den Kollegen ein Zeichen, das Mädchen aufzuheben. Als Nora sich erhob, fühlte sie leichten Schwindel, und Johan hielt sie fest, damit sie nicht fiel. Er stützte sie, während sie hinausgingen.

»Du musst dich auch untersuchen lassen!«, ermahnte er sie und ahnte, dass sie zu stur dafür sein würde, aber zu seiner Überraschung nickte sie.

Als Nora am offenen Heck des Krankenwagens das blasse Gesicht des Mädchens unter der Sauerstoffmaske sah und die dicke Braunüle, die einer der Sanitäter ihr in die weiße, kleine Hand gelegt hatte, ergriff sie ein unwirkliches Glücksgefühl. Es war vorbei. Marina lebte.

Einer der Sanitäter kam zu ihr, und sie zog ihre Jacke hoch, die durch das Blut an ihrer Haut festklebte. Sie verzog das Gesicht. »Ist nicht so schlimm«, murmelte sie, als sie Johans entsetzten Gesichtsausdruck sah. »Nur ein Kratzer.«

Hundegebell ertönte aus Richtung des Parkplatzes, und weiteres Blaulicht tauchte den Friedhof und die hohen Bäume in tanzende Schatten. Nora beobachtete, wie Beamten einer Sondereinheit, gepanzert wie Schildkröten und bewaffnet mit Sturmgewehren, den Weg entlangrannten, gefolgt von zwei Beamten mit Schäferhunden.

»Dort am Zaun ist Blut von ihm!«, rief sie. Und als darauf der eine Hund von der Leine gelassen wurde, schoss er wie ein Pfeil in die Richtung, in die sie gedeutet hatte. Nora hörte sein aufgeregtes Bellen, als er die Stelle fand.

Doch es ließ sie merkwürdig kalt. Sie hatte nicht das Bedürfnis, sich der Verfolgung anzuschließen. Sie wollte nur noch eines: das Mädchen zu seinen Eltern bringen. Und Ronja erklären, dass der böse Mann im Wald fort war. Und dann schlafen.

Der Notarzt hatte ihre Wunde provisorisch verbunden. Weitere SEK-Beamten liefen an ihnen vorbei über den Friedhof. Die Sanitäter sprangen in den Krankenwagen.

»Wir folgen ihnen«, sagte Nora zu dem Arzt und gab Johan ein Zeichen. Er ging zu Marie, die mit dem Einsatzleiter sprach, und sagte ihr, dass sie ins Krankenhaus fahren würden. Als er die Hand nach dem Autoschlüssel ausstreckte, musste Nora lächeln. »Aber nicht abhängen lassen!«

Lüneburg, Montagmorgen

Ihr Kissen war von einem dreistündigen Schlaf nassgeschwitzt. Vielleicht waren es auch Tränen. Nora war trotz des Schlafmangels immer wieder aufgewacht, gestört von wirren Traumsequenzen, in denen Sauer sie über den Friedhof jagte und dann im Unterholz verschwand. Für immer.

Sie setzte sich ruckartig im Bett auf. So war es zum Glück nicht.

Die Kollegen vom SEK hatten ihn nach nicht einmal einer Stunde aufgespürt. Er hatte versucht, in ein nahe gelegenes Haus einzusteigen, um dort einen Autoschlüssel zu entwenden. Ein ziemlich fieser Hofhund hatte ihn gestellt. Als Johan davon gehört hatte, hatte er grinsen müssen, wenngleich Nora nicht genau wusste, warum. Sauer hatte sich ohne Widerstand ergeben.

Der Anruf von Irene, dass sie ihn gefasst hatten, kam um halb fünf, als sie und Johan noch im Lüneburger Klinikum auf die Eltern von Marina warteten. Die Ärzte hatten das Kind untersucht. Abgesehen von den Alkaloiden im Blut, die für ihr Delirium verantwortlich waren, Flüssigkeitsmangel und Schürfwunden am Rücken, die daher rührten, dass Nora sie über den Weg und in das Mausoleum hatte ziehen müssen, schien es ihr den Umständen entsprechend gut zu gehen. Wie lange die Wirkung der Betäubung noch anhielt, war unklar. Aber niemand zweifelte, dass sie bald aufwachen würde.

Während Nora unter die Dusche ging, sah sie das Bild der vor Glück weinenden Sabine Rennich vor sich, die durch den Krankenhausflur flog, gefolgt von ihrem Mann. Hagen Rennich hatte einen kurzen Blick auf Johan und sie geworfen, als sie vor dem Zimmer seiner Tochter saßen und auf sie warteten. Es schien, als habe er sich nicht sofort entschließen können, ihnen zu danken angesichts der Tortur, die er selbst durchgemacht hatte. Doch nachdem er Marina geküsst hatte und sie im Arm von Sabine Rennich geborgen war, war er zu ihnen gekommen und hatte ihre Hände geschüttelt. Voller Dankbarkeit, als sei nichts geschehen. Es spielte keine Rolle mehr.

Nora trocknete sich ab. Es war fast zehn.

Sauer war in Lüneburg und wartete auf dem Revier auf seine Vernehmung. Sie sollte sich beeilen. Aber sie verspürte keine Eile.

Kurz warf sie einen Blick auf ihren geöffneten Koffer, der neben dem kleinen Schreibtisch auf einem Ständer stand. Sie hatte darauf verzichtet, alles auszupacken, und es drängte sie jetzt, die Stadt zu verlassen. Sie warf einen Blick aus dem Fenster, vor dem sich die roten Giebel schachtelten wie ein bizarres, ungeordnetes Puzzle, und zog sich eine dünne weiße Bluse und einen schwarzen Blazer an. Konzentration. Mohns musste sie die Vernehmung machen lassen. Sie hatte gestern schon Sauers ganzes Geständnis gehört, jetzt galt es, alles aufzubereiten, um es vor Gericht verwertbar zu machen. Und was war mit Laura geschehen? War sie wirklich eines natürlichen Todes gestorben? Und waren Clara, Evelina, Saskia und Marina die einzigen Opfer gewesen? Sechs Jahre waren eine lange Zeit. Die Daten vermisster Mädchen flackerten vor ihrem inneren Auge vorbei. Es war möglich.

Sie holte sich bei einem Bäcker am Marktplatz einen Latte macchiato im Pappbecher. Es war noch wärmer geworden, wenngleich es hier im Norden noch nicht ganz so sommerlich war wie in Tschechien. Sie atmete die trutzige Geborgenheit der Stadt ein und entschied sich für den Umweg über die kleine Brücke am Stint, unter dem Turm hindurch und am alten Kran vorbei, um sich zu sammeln. Dann überquerte sie die Ringstraße um die Altstadt und ging über den Parkplatz zur Wache.

Eine Woche. Alles hatte nur eine verdammte Woche gedauert, aber als sie die Glastür zum Eingangsbereich aufzog, hatte sie das Gefühl, als wäre sie vor einem Jahr das erste Mal hindurchgegangen. Es war still. Kein Telefon läutete.

Oben in den Büros war es deutlich belebter, hinter den Türen wurde telefoniert und geredet. Spannung war in den Räumen spürbar, doch nicht mehr die Anspannung der letzten Woche, sondern vielmehr professionelle und aggressive Geschäftigkeit. Sie hatten ihn. Jetzt wollten sie ihn an die Wand nageln.

Nora ging gleich weiter bis zu Mohns' Büro und trat ein, indem sie lediglich gegen den Türrahmen klopfte. »Ich möchte ihn verhören!«, sagte sie, als Mohns aufblickte.

»Ah, Frau Klerner, ich habe Sie schon erwartet.«

Mohns raschelte mit einigen Papieren und schaute sie dann an.

»Mich hat ein Anruf aus Tschechien erreicht. Ein Bohumil Nekovaf, der sich dafür entschuldigt hat, dass er Sie um eine fragwürdige Mission gebeten habe, in deren Verlauf Ihre Waffe abhandengekommen sei. Er betonte, es sei das Versäumnis seiner Leute, die eigentlich hätten eingreifen sollen, und Sie seien mitnichten alleine undercover auf dem Festival gewesen. Sie wären, im Gegenteil, als sein Gast vor Ort gewesen.« Mohns hatte, während er sprach, die Ellbogen auf den Schreibtisch gestützt und die Fingerspitzen aneinandergelegt.

Nora zögerte. Bohumil wollte ihren Arsch retten. Konnte sie das zulassen? Sie überschlug kurz in Gedanken, welche Konsequenzen das im schlimmsten Fall für ihn haben könnte. Keine. Sie schwieg.

»Dann würde ich sagen, Sie schließen sich den Vernehmungen von Siegfried Sauer an.«

Nora nickte und sagte nichts mehr. Sie war sich sicher, dass Mohns kein Wort von dem glaubte, was Bohumil ihm erzählt hatte. Aber er war bereit, sie arbeiten zu lassen.

Zurück in ihrem Büro rief sie Bohumil an. »Du hast die Geschichte etwas anders dargestellt, als sie sich abgespielt hat«, sagte sie.

Sie spürte sein Lächeln durch das Telefon, als er antwortete: »Du hast das Richtige getan. Ich bin heute Morgen durch deinen Kollegen über die Ergreifung von Siegfried Sauer informiert worden. Aber was ich zu Protokoll gegeben habe, wollte ich ohnehin heute Morgen mitteilen.« Er machte eine Spannungspause. »Und wir haben Shree. Er wollte gerade abreisen.« Bohumil schnaubte. »Wenn du mich fragst, ist der Typ ein Weichei. Er hat uns erzählt, dass er früher Bauzeichner war. Aber er ist nicht so ganz klargekommen mit der Welt und die Welt nicht mit ihm. Depressionen, Burnout, das ganze Register. Und dann hat er für eine desinteressierte Erbengemeinschaft die Führung des Biohofs übernommen. Er sagt, es seien immer mehr Menschen zu ihm gekommen, weil sie seinen Rat suchten. Aber ich würde sagen, er hat nur den Eindruck gemacht, als könne er einen Rat geben. In Wirklichkeit ist der doch eher ein Jammerlappen, ehrlich gesagt. Sein Name ist übrigens Ernst Lange. Er sitzt jetzt hier in U-Haft. Wenn ihr wollt, könnt ihr ihn haben.«

»Okay, ich schicke jemanden, der ihn abholt. Die Kollegen werden eine ganze Weile brauchen, den ganzen Mist aufzuräumen. Jeder Zeuge ist wichtig«, sagte Nora dankbar. Ein weiterer Haken auf der Liste.

Bohumil hatte noch mehr zu berichten. »Außerdem haben wir Baretta aufgegriffen. Auf die Fragen, die du mir aufgeschrieben hattest, hat er Folgendes gesagt…« Nora hörte, wie Papier raschelte. »Sein jüngerer Neffe sei sowohl David Byrne- als auch Schiller-Fan. Er überspielt Platten auf digitale Medien. Ob er Saskia den Gedichtband geschenkt hat, weiß er nicht, aber er hält es für möglich. Im Bauwagen lagen oft antiquarische Bücher herum, die dann den Besitzer wechselten.«

Nora schloss die Augen, nachdem sie aufgelegt hatte. Warme Traurigkeit floss in ihrer Brust. Saskia hatte für Barettas Neffen geschwärmt, unerwidert. Deshalb *Resignation*. Das Kreuz auf dem Zettel, den der Junge ihr in der Schule geschrieben hatte, »Willst du mit mir gehen«, war leer geblieben, weil sie jemand anderen mochte. Nora schluckte. Vielleicht hatten sie eine gute Zeit miteinander gehabt, auch wenn Saskias Liebe nicht erwidert wurde.

Nora wappnete sich innerlich. Obwohl Sauer sie angegriffen hatte und obwohl sie in seinem Haus und in seinem Auto mit ihm gesprochen hatte, hatte sie ihm noch nicht einmal in die Augen sehen können.

Lüneburg, Montagvormittag

Johan stand vor dem Vernehmungszimmer und blickte durch die Trennscheibe auf Sauer. Seitdem er festgenommen worden war, saß er dort in diesem kleinen Raum. Jeder in der Abteilung war schon einmal an der Scheibe gewesen und hatte hindurchgesehen, als sei Sauer ein wildes Tier und sie die Zoobesucher.

Ein wenig ist es ja auch so, dachte Johan. Wir wollen die wilde Natur des Menschen sehen. Wir wollen wissen, ob er sich von uns unterscheidet. Er nahm einen Schluck von seinem Kaffee, aber der war bereits kalt geworden. Er selbst hatte auch lange hier gestanden und Sauer beobachtet. Der starrte die meiste Zeit auf die Tischplatte vor sich. Wenn sich eine Regung in seinem Gesicht zeigte, dann war es Verachtung oder Wut. Aber es gab auch zur Schau gestellt Resignation und sogar Langweile. Johan zweifelte daran, dass Sauer dumm war. Aber sonderlich klug schien er auch nicht zu sein, wenn er nicht wusste, was ihm nun blühte. Oder es ließ ihn tatsächlich kalt.

Die Tür ging auf, und Nora stellte sich neben ihn. Sie schien hellwach.

»Dann mal los«, sagte Johan und nickte mit dem Kinn in Sauers Richtung. Nora nickte und öffnete die Tür. Als sie sich vor Sauer hinsetzte und er den Kopf hob, war sie einen Moment erschrocken. Um seine helle graue Iris lag ein dunkler Ring, der zusammen mit der Pupille den Eindruck erweckte, als würde man in einen langen Tunnel blicken, an dessen Ende es tiefschwarz war.

»Sie können hier unterschreiben«, sagte sie und legte einige Papiere auf den Tisch. »Das ist das Geständnis, dass Sie Evelina Berkowski, Saskia Meiner und Clara Kern ermordet haben. Dass Sie Jonas Kern erschlagen haben und dass Sie Marina Rennich entführt haben in der Absicht, sie ebenfalls zu töten.« Sie schob einen Kugelschreiber zu ihm rüber. Er rührte sich nicht.

Als er ihren Blick suchte, schauten sie einander an wie zwei Gegner, die sich gegenseitig zu Boden starren wollen. Nora hörte ihre eigene Stimme in ihrem Kopf: Und wenn du nicht unterschreibst, du Schwein, dann werde ich dich kriegen. Malträtieren, bis du nicht mehr aus noch ein weißt.

Süffisant sagte sie: »Sie haben mir bereits gestern alles erzählt. Es besteht keinerlei Möglichkeit, nicht für die Morde an den Kindern zur Rechenschaft gezogen zu werden. Sie werden einfahren, für Ihr ganzes Leben. Aber was mich interessiert, ist: Haben Sie auch Laura getötet, Ihre Tochter, Ihr eigen Fleisch und Blut? Ein neugeborenes Kind? Haben Sie dabei Befriedigung empfunden?«

Falls möglich, wurde sein Blick noch hasserfüllter. Dann nahm er den Stift.

Lüneburg, Montagnachmittag

Nora hatte alles abgeheftet. Nach dem Geständnis hatte Sauer die Details zu den Entführungen und Ermordungen detailliert zu Protokoll gegeben. Saskia hatte er in einem alten Schafstall in der Nähe von Bardowick versteckt gehabt, gar nicht weit vom Haus ihrer Eltern entfernt. Er hatte Marina als ein mögliches weiteres Opfer im Auge gehabt. Aber später, vielleicht erst wieder im nächsten Jahr, zum Todestag seiner Frau. Nur weil Jonas' Leiche gefunden worden war, hatte er sich gezwungen gefühlt, sofort zu handeln. Weil er glaubte, dass er sonst womöglich keine Chance mehr dazu bekommen würde. Nora war zu Tode erschöpft. Als sie sich erhob, hatte sie das Gefühl, der Boden würde schwanken. Sie war traurig. Sie hatte Sauer die Worte über Lauras Tod entgegengeschleudert, weil sie wusste, dass es so gewesen war. Und weil sie wusste, er würde darüber schweigen. Bis ans Ende seines Lebens. Laura war sein erstes menschliches Opfer gewesen, sein eigenes Kind. Und bestimmt war er in diesem Moment der tiefen Schwärze in seinem Herzen das erste Mal in vollem Umfang begegnet. Sie hatte in diesen Abgrund gerufen, weil sie wusste, dass er darüber würde nicht sprechen wollen, dass das Echo ein Geständnis seiner anderen Taten sein würde.

Im Flur war niemand. Auch als sie die Tür von Johans' Büro öffnete, war sein Schreibtisch leer. Nora hörte Stimmen, Gelächter. Sie fand die gesamte Ermittlungsgruppe im Besprechungsraum, wo jemand einige Flaschen Sekt aufgebaut hatte. Johan stand neben Mohns und strahlte. Als er Nora sah, zog er sie zu ihnen, und die Kollegen applaudierten. Verlegen senkte Nora den Blick. Mohns reichte ihr einen Plastikbecher und lächelte verhalten. Alle prosteten ihr zu.

»Er hat gestanden!«, verkündete Johan und ließ seinen Becher gegen ihren stoßen. Dann seufzte er und nahm einen Schluck. »Er hat gestanden«, wiederholte er erleichtert. »Alles.«

Nora hielt ihren Becher fest. Es war ihr unangenehm, plötzlich im Mittelpunkt der Gruppe zu stehen. Sie fühlte durch das weiche Plastik die Kälte des Sekts. Etwas von dieser Kälte drang bis in ihr Innerstes. Er hatte gestanden, drei Kinder umgebracht zu haben. Und Laura? Und andere Mädchen? Auf die allerletzte Frage von ihr, ob es noch mehr gegeben hatte, hatte er zur Seite geblickt und geschwiegen. Es würde die Aufgabe der verschiedenen Polizeidirektionen in Deutschland werden, alle vermissten Mädchen der letzten sechs Jahre noch einmal anhand der Daten ihres Verschwindens und der Ähnlichkeit zu Sauers Frau zu untersuchen und mögliche Verbindungen zu ihm aufzuzeigen. Wahrscheinlich würden sie es nie erfahren.

»Ich möchte gerade nicht feiern«, flüsterte sie Johan zu und stellte ihren Pappbecher auf den Schreibtisch. Sie hob grüßend die Hand und verließ eilig den Raum. Blicke folgten ihr. Nora spürte selbst, dass sie floh. Plötzlich hatte sie das Foto aus Sauers Schlafzimmer wieder vor Augen. Das Baby auf dem Grab, und es war ihr, als sei dies ein Sinnbild ihres eigenen Lebens.

Als sie das Treppenhaus erreichte, spürte Nora, wie ihr Tränen kamen. Sie ging schneller. Schritte hinter ihr, sie drehte sich nicht um. Johan erreichte sie und hielt sie sacht am Arm fest.

»Mensch, Nora, es geht doch nur um einen kleinen Moment Glück. Um das Gefühl, etwas Gutes getan zu haben. Wir haben ein Mädchen gerettet. Ist das nichts?«

Nora wollte ihm zustimmen. Sie sah seinen flehenden Blick, sein Bedürfnis, sich und ihr Ruhe zu gönnen, Frieden zu finden, und sei es nur einen Moment.

Sie sah Johan in die Augen, ließ ihn einen Blick auf ihren Schmerz erhaschen.

»Feiert ihr. Ich kann das nicht.« Sie schenkte ihm ein schiefes Lächeln. Dann machte sie sich los und ging.

Johan war wie erstarrt. Was war das? Er starrte Nora hinterher. Er hatte sich die ganze Zeit darauf gefreut, mit ihr den Erfolg zu genießen. Sie hatte doch schließlich gerade dafür gesorgt, dass sie einen üblen Serienmörder gefasst hatten. Er hatte sich sogar vorgestellt, dass sie gemeinsam essen gehen und sich ihre Wege erst morgen trennen würden. Er hatte gedacht, jetzt würde sie ihre Distanz fallen lassen. Doch er hatte sich geirrt.

Und plötzlich wollte er nicht mehr. Er brauchte dringend jemanden, der ihm nahe war und mit dem er seine Freude teilen konnte. Der Abgrund, an dem sie alle immer wieder entlangtanzten, widerte ihn an. Er musste eine Trennlinie ziehen und sich einen Teil der Welt für Geborgenheit und Glück reservieren, sonst würde er so werden wie Nora. Der Gedanke versetzte ihm einen Stich.

Er hatte immer noch den Becher mit Sekt in der Hand und ging, während er das Handy aus der Tasche zog, in Richtung seines Büros.

Johan atmete einmal tief ein und aus, lockerte die Schultern und verschloss das Grauen der letzten Tage irgendwo tief in seinem Inneren. Einen Moment genoss er das prickelnde Gefühl, das ihn durchströmte, wenn er daran dachte, dass sie Sauer hinter Gitter gebracht hatten. Der würde so schnell nicht herauskommen.

Er wählte. »Lilly? Wir haben den Mistkerl! Wenn du heute mit mir essen gehst, erzähle ich dir alles. Oder besser noch: Lass uns vergessen, dass diese Woche je existiert hat, und gleich wieder da anfangen, wo wir aufgehört haben!«

Er lauschte einen Moment ihrer Stimme. »Ich freu mich auch!«

Lüneburg, Dienstagnachmittag

Maja trat mit Ronja vor die Tür des Hotels. Sie hatten lange geschlafen und ausgiebig gefrühstückt. Mutter und Tochter bummelten Hand in Hand die kleine Straße mit den schiefen Häusern entlang, schlossen sich dem Strom der Menschen an, die den Tag mit dem Einkauf von frischem Brot begannen. Sie hielten bei einem Spielzeuggeschäft, vor dem eine Seifenblasenmaschine jede Minute eine Wolke schillernder Blasen auf die Straße pustete.

»Mama!«, rief Ronja. »Sieh nur!« Sie sprang auf dem Bürgersteig auf und ab und versuchte, mit den Fingerspitzen die glitzernden Kugeln zu erhaschen. Maja steckte die Hände in ihre Jackentaschen und musste sich zusammenreißen, um nicht einfach loszuheulen. Es war so wunderbar. Und es war der erste Tag ihres neuen Lebens. Sie würde eine Ausbildung machen. Der Mistkerl, der Ronja so verstört hatte, war aus ihrem Leben verschwunden, und mit ihm der lange Schatten, der sie beide in Dunkelheit gehüllt hatte. Und anstatt mit irgendwelchen Lichtritualen würde sie gemeinsam mit der Therapeutin, die ihr die nette Polizistin heute Morgen vermittelt hatte, Ronja beistehen, die erschreckenden Ereignisse im Wald zu überwinden. Sie war ein Kind, sie würde genesen. Und sie selbst war eine junge Frau, sie konnte noch einmal von vorne anfangen. Der Boden unter ihren Füßen fühlte sich fest an, als könne man darauf vorwärtsgehen.

Danksagung

Ich lese die Danksagungen am Ende eines Buches immer mit großem Interesse. Ich will wissen, dank wem der jeweilige Autor die Zeit gut überstanden hat. Man ist zwar während des Schreibens bestenfalls ganz bei und für sich, aber ohne den Rückenwind etlicher wohlmeinender Mitmenschen könnte ich mir gar nicht vorstellen, ein Buch zu vollenden. Und bei den Danksagungen muss ich häufig lächeln, weil an erster Stelle, aber auf jeden Fall relativ früh, oft dem Agenten oder der Agentin gedankt wird. Daran sehe ich, dass es auch bei ihnen viel mehr ist, als nur eine Arbeitsbeziehung. Liebe Petra Hermanns, ohne dich gäbe es gar kein Buch! Dass du dein Vertrauen in mich gesetzt hast und deine wertvolle Zeit investiert hast, hat mir überhaupt erst das Zutrauen gegeben mein Schreiben ernst zu nehmen. Danke! Das gleiche gilt für meinen Mann, der zwar ein großer Moserer ist, wenn es um das Genre Krimi geht, mir aber trotzdem das Gefühl gibt, stolz auf das zu sein, was ich tue. Ohne Wurzeln keine Kraft.

Ich danke auch meinen Freundinnen Paula Deubner, Elisabeth Dietz, Stephanie Barho, Wiebke Breves und Lore Kleinert, die jeweils in unterschiedlichen Phasen der Manuskriptbearbeitung lasen und mir Sparringpartnerinnen und Motivatorinnen waren, wenn ich Fragen hatte. Ich danke auch ganz besonders meiner Kollegin, Chefin und Freundin Tina Schraml, die mich unterstützt hat, obwohl sie manchmal tief durchatmen musste, wenn ich den Kopf in den Wolken hatte. Tina, ohne dich wäre das auch nichts geworden!

Ganz am Anfang meines Wunsches zu schreiben, vor fast

fünfzehn Jahren, hat Nina George mir Mut gemacht, die sagte, ich solle nicht vor dem ersten Buch davonlaufen. Nina, ich danke dir dafür. Du hattest Recht, es ist ein tolles Gefühl, endlich über den eigenen Schatten zu springen. Ich danke auch den Kollegen vom Syndikat, die mich mit vielen Informationen und wohlwollender Motivation unterstützt haben. Ebenso danke ich den Mitarbeitern der Pressestelle der Lüneburger Polizei Nicole Winterbur und Kai Richter, die mir, noch ganz am Anfang meiner Recherchen, ihre Zeit gewidmet haben. Ich hoffe, sie wissen, dass Rainer Mohns keiner realen Person entspricht. In Lüneburg ist alles sehr nett! Wie sollte das bei so einer schönen Stadt auch anders sein? Die ich allerdings teils etwas geographisch verzerrt habe, um die Verbrechen nicht zu nah den realen Orten anzudichten. Und nicht zuletzt danke ich allen Kollegen im Voraus, denen ich in meiner Rolle als Kritikerin auf den Schlips getreten bin, und bitte sie, nicht zu hart mit mir ins Gericht zu gehen. Sie können mir glauben, dass ich mich häufig genug zusammenreißen musste, um nicht ganze Passagen in der Endfassung wieder umzuschreiben. Ein bekannter Autor sagte in der sehr lesenswerten Messezeitung der Frankfurter Buchmesse. »Woher weiß ich, dass mein Buch fertig ist? Weil mein Lektor es mir wegnimmt!« Vielen Dank an Maren Kröger, die mir das Buch schließlich aus den Händen genommen hat und sich bei btb dafür eingesetzt hat, dass ich gleich eine Reihe starten darf. Ich freue mich darauf!

Und wenn Sie bisher hierher gelesen haben, dann danke ich auch Ihnen, lieber Leser, für das Lob, das es für mich bedeutet, dass Sie sich selbst den letzten Zeilen noch widmen.